현대 한국인과 사회의 탄생

현대문학을 통해 본
한국인의 발견

1

현대 한국인과 사회의 탄생–현대문학을 통해 본 한국인의 발견 1

초판인쇄 2022년 6월 5일 **초판발행** 2022년 6월 10일

글쓴이 박상준 **펴낸이** 박성모 **펴낸곳** 소명출판 **출판등록** 제13-522호

주소 서울시 서초구 사임당로14길 15, 2층

전화 02-585-7840 **팩스** 02-585-7848

전자우편 somyungbooks@daum.net **홈페이지** www.somyong.co.kr

값 33,000원 ⓒ 박상준, 2022

ISBN 979-11-5905-696-3 93810

본 저서는 2022년도 포스텍융합문명연구원의 지원을 받아 연구되었음(This book published here was supported by the POSTECH Research Institute for Convergence Civilization (RICC) in 2022).

현대문학을
통해 본
한국인의 발견
1

현대 한국인과 사회의 탄생

THE BIRTH OF MODERN PEOPLE AND SOCIETY IN KOREA

박상준 지음

책머리에

이 책 『현대 한국인과 사회의 탄생』은 저자로서 새로운 시도를 해 본 것이다. 그동안 출간한 책들은 국문학 전문 연구서와 교양서의 두 종류로 명확히 나뉘었는데 여기서는 그 종합을 의도했다. 국문학 연구자뿐만 아니라 일반 독자들 또한 염두에 두고 책의 내용과 틀을 짜고 나름대로는 문체도 그에 맞추어 썼다. 이를 두고 새로운 시도라 하는 것이 좀 의외일 수도 있겠고 첫 책을 출간한 지 22년째에 열세 번째 개인 저서이자 일곱 번째 개인 연구서를 내면서야 비로소 이런 시도를 했으니, 이래저래 약간의 설명이 필요해 보인다.

국문학자로서 쓴 연구서들의 머리말 몇 곳에서 나는 내 책의 특징으로 '이데올로기적인 요소를 없앤 순수한 이론서'라는 주장을 펼쳐 왔다. 순수한 이론서라 함은 학적인 엄밀성을 지향할 뿐 그것을 해치는 이데올로기는 최대한 피한 연구서를 말한다. 지난 20여 년간 내가 경계한 바 국문학 연구에서의 이데올로기적인 편향은 두 가지다. 하나는 정치적 편향이고 다른 하나는 평론적 편향이다. 한국문학의 역사를 이루는 숱한 작가와 작품들 중에서 일부를 선정하여 연구 대상으로 삼고 논의 방식을 정하는 데 있어서, 저자의 정치적인 이념을 앞세우는 경우가 '정치적 편향'이고 저자의 문학관을 앞세우는 경우가 '평론적 편향'이다.

그러한 두 가지 편향을 최대한 삼가면서 나는 텍스트 자체가 말하는 바를 명확히 하기 위해서만 노력했다. 사회 역사적 현실을 바라보고 나날의 일상을 해석하는 나의 정치적인 견해가 내가 쓰는 연구서의 체제나 내용에 영향을 주지 않도록 항상 경계했다. 세상의 문학 갈래들에 대한 나의 개인적인 평가와 내가 나름대로 생각하는 이상적인 문학형文學型 또한 나의 연구서에

틈입하지 못하도록 조심하고 또 조심했다. 연구 대상인 텍스트들 각각이 말하는 것을 객관적으로 다시 구성하고 그것들 간에 존재하는 의미 관련을 논리적으로 드러내는 것만이 연구자로서 나의 관심사였다.

그동안 국문학 연구서들을 내면서 내가 취한 이러한 자세란 연구자인 나 자신을 없는 듯이 하는 글쓰기를 지향하는 것이었다. 이유는? 비주체적인 글쓰기야말로 제대로 된 의미의 연구, 이데올로기와 구분되는 온전한 이론적 연구라고 생각했기 때문이다. 루이 알뛰세르가 *For Marx*에서 말한 바 이론과 이데올로기의 구분을 나는 그렇게 실천했다. 논문은 논문답게, 평론은 평론답게! 이것이 1990년에 대학원에 입학하며 국문학 공부의 길에 들어선 이래 내가 취해 온 태도였다. 연구서는 이론의 장에서 인문학 교양서나 문학평론집은 이데올로기의 장에서! 이것이 2000년 이후 여러 책들을 출간하면서 내가 지켜 온 태도였다.

이 책 『현대 한국인과 사회의 탄생』은 그러한 구분을 뛰어넘고자 한다. 연구서이면서 교양서가 되는 것 그럼으로써 국문학 연구자뿐 아니라 일반인도 독자로 상정하는 것, 이것이 이 책을 쓰면서 내가 바란 것이다.

그동안 지켜 온 이론과 이데올로기의 구분을 뛰어넘으려는 시도가 그러한 구분을 폐지하거나 정치적 편향과 평론적 편향을 아랑곳하지 않겠다는 것은 아니다. 그와는 달리, 이론과 이데올로기 두 가지가 이 책 속에서 서로 구분되면서 뒤섞이기를 바랐다. 문체부터 그렇게 쓰고자 했다. 작품의 특징에 대한 분석은 사실에 대한 객관적인 기술 형식으로 쓰고 그에 대한 평가와 해석은 주관적 판단이라는 점이 드러나게 했다. 이러한 구분과 통합을 책의 체제에도 의식적으로 적용했다. 각 장의 논의는 객관적인 분석이 주를 이루게 했지만, 전체 장의 구성은 국문학자인 나의 문학적인 지향과 연구자 이전에 시민이요 지식인이고자 하는 나의 정치적인 지향에 따라 짰다.

이러한 변화를 꾀한 이유는 무엇인가. 연구 지평이 확장되면서 이렇게 쓰지 않을 수 없었다는 것이 일차적인 답이다. 나의 과거 연구들은 텍스트들의 관계라는 차원에서 기껏해야 문학사를 약간 훔쳐보는 수준에 그쳐 왔다. 하지만 이 책의 지평은 그보다 훨씬 넓어서 문화사와 정신사 더 나아가 일반 역사에 걸쳐 있다. '현대문학을 통해 본 한국인의 발견'이라는 부제가 연구 대상을 한국 현대문학으로 한정해 주었지만, '현대 한국인과 사회의 탄생'이라는 주제 자체가 국문학의 경계에 갇힐 수 없음은 당연하다. 논의의 지평이 이렇게 크게 확장되면서 순수한 이론의 장을 견지할 수 없게 되었다.

물론 이는 순전히 나 자신의 한계에 의한 것이다. 아리스토텔레스나 레오나르도 다 빈치, 괴테, 마르크스처럼 불세출의 박학이 있다면 이러한 지평에서도 이데올로기를 지양하고 이론을 구사하면서 학적 엄밀성을 갖출 수 있었을지 모른다. 그렇지 못한 일개 국문학 연구자요 인문학자로서 능력에 부치는 지평을 설정한 까닭에 『현대 한국인과 사회의 탄생』은 한국사를 위시하여 인문 사회과학의 제 성과들에 크게 기대게 되었다. 그렇게 의지하는 과정에서, 역사와 문학을 바라보는 나의 이데올로기적인 관점을 지울 수 없었다.

이렇게 말한다고 해서 『현대 한국인과 사회의 탄생』이 객관적으로든 나 자신의 연구 맥락에서든 뭔가 부족한 경우라고 말하는 것은 전혀 아니다. 따지고 보면 대부분의 국문학 연구자들이, 의식적이든 무의식적이든, 객관적인 분석과 주관적인 평가를 뒤섞으며 글을 써 왔다. 다른 어문학 분야는 물론이요 사회과학계의 연구 대부분도 실상 그렇다. 토마스 쿤의 『과학혁명의 구조』에 기대어 자연과학 또한 그렇다고도 주장할 수 있다. 물론 여러 학문 분야의 실제 양상이 그렇다고 해서 연구가 이론의 차원에서 수행되어야 한다는 당위가 약화되는 것은 아니므로 이 맥락의 논의를 계속할 필요는 없겠다. 그보다는 『현대 한국인과 사회의 탄생』을 지금과 같이 쓴 나의 실제적인 의도를 밝히는 것이 중요하다.

『현대 한국인과 사회의 탄생』을 통해서 나는 이론적 실천을 지향한다. 지금까지 내가 출간한 국문학 연구서들 또한 학계의 담론 장에 놓이면서 넓은 의미에서의 정치적인 의미를 띨 수밖에 없었지만, 이 책은 한 걸음 더 나아가 스스로가 정치적인 의미를 띠고자 한다. 자크 랑시에르가 『정치적인 것의 가장자리에서』를 통해 주장한 바, 공동체의 구성 요소들에 부과되는 정체성의 질서를 문제시하는 그러한 정치적 기능을 실행하고자 한 것이다. 현대 한국인과 사회가 어떻게 탄생하고 형성되어 왔는지를 밝히는 일은 순수한(?) 고고학적 연구일 수 없다. 과거의 탐구가 그 자체로 의미 있는 것이 아니라 미래를 기획하는 현재의 관심사에 이어짐으로써 비로소 의미를 갖게 됨은 널리 알려진 사실인데, 『현대 한국인과 사회의 탄생』 또한 바로 그러한 의미에서 사회의 역사를 다시 새롭게 구성하려는 의지의 산물이며, 그 결과가 우리의 미래 기획에 의미를 갖는 만큼 정치적인 의미를 띠지 않을 수 없다.

『현대 한국인과 사회의 탄생』이 갖는 그러한 정치적, 이론적 실천은 물론 그리 직접적이지 않다. 100년 전의 이야기를 하고 있으니, 지금 우리가 사는 현실과 동떨어져 있는 너무 한가한 논의가 아니냐고 누군가 투덜거릴 수도 있을 정도다. 그렇지만 내게는 이 정도도 큰 의미가 있다. 모든 텍스트가 담론 장에서 띠게 되는 수준의 정치적 의미보다 한 발짝 나아갔다는 것도 그렇지만, 무엇보다, 올바른(!) 정치적 실천을 위해 우리가 갖춰야 할 제대로 된 역사 인식을 수립하고 확산하는 데 적으나마 기여할 수 있다는 점에서 특히 그러하다. 예를 들어 안토니오 네그리와 마이클 하트의 『공통체-자본과 국가 너머의 세상』처럼 즉각적이며 전술적인 것은 아니지만,

우리의 미래를 어떻게 꿈꿔야 할지 모색할 때 참조해야 하는 역사에 대한 하나의 소묘로서의 의미는 갖는다고 본다. 이러한 의미도 결코 작은 것이 아니다. '역사의 종언'이 이야기된 지 오래고 문학사의 가능성 또한 회의되는 상황인 까닭에, 『현대 한국인과 사회의 탄생』이 갖는 이러한 역사 구성의 의미가 새삼스러운 만큼 한층 크다고 나는 믿는다.

물론 지금까지 말한 것은 저자의 의도일 뿐이다. 이러한 의도가 어느 정도 성취되었는지는 독자들이 판단할 일이다. 이 책의 체제에서 뚜렷이 드러나는 나의 지향에 대한 평가 또한 독자들의 몫이다. 성원이든 질정이든 비판이든, 독자들의 반응을 기대한다.

이 책을 집필하는 데 있어 포스텍 융합문명연구원의 연구비 지원을 받았다. 좋은 조건의 연구비를 지원하고 원고가 마감되기를 기다리며 응원해 주신 포스텍 융합문명연구원의 전 원장, 송호근 선생님께 깊은 감사의 말씀을 드린다. 송 선생님의 뒤를 이어 원장을 맡은 나의 청을 받아들여 '문명사' 총서의 발간을 수락하고 이 책을 그 첫 권으로 삼아 주신 소명출판의 박성모 대표님과 편집 작업에 애를 써 주신 편집부에 마음속 깊은 고마움을 표한다. 지난 3년간 여러 우여곡절을 겪으며 이 책을 쓰다 급기야는 지난해 초겨울 오십견을 얻고 여전히 통증을 느끼며 지금 교정을 보는데, 이 모든 기간 따뜻한 응원과 적절한 조언을 계속 보내 준 아내 김은숙에게도 고마움을 표한다.

멀고 먼 타국에서 외로운 유학 생활을 하는 정환이와
코로나 시절에 우울한 대학 시절을 보내는 지현에게
아빠의 새 책이 힘이 되기를 바라며,
2022년 초여름, 포항 양학에서 쓰다.

차례

서론

역사의 창으로서의 한국 현대문학

이 책의 목적은 한국 현대소설의 주요 작품들을 통해 현재 우리 사회의 주체들이 언제 어떤 모습으로 이 땅에 등장했으며 그와 더불어 국가 사회의 상황은 어떻게 변화해 왔는지를 살펴보는 것이다. 사회가 공동생활을 영위하는 인간 집단 일반을 가리키는 이상, 사회의 특성이 그 구성원인 인간의 특성과 뗄 수 없이 관련된다는 것은 상식이자 보편적인 진실에 해당한다. 바로 이러한 지평에서 현대 한국인과 사회의 형성 과정을 검토하는 것이 이 책의 목적이다. 사회의 맥락에서 보자면 가정에서 국가에 이르기까지, 인간의 맥락에서 보자면 개인에서 집단에 이르기까지, 전근대를 벗어나 근대화의 길에 들어서는 무렵부터 현재에 이르는 각각의 변화 과정을 톺아보는 것이 이 연구를 이끈 궁극적인 기획이다. 물론 이것은 장기 기획이고, 이 책에서는 그 첫 단계로 1900년대 애국계몽 문학으로부터 1930년대 좌파 문학까지를 대상으로 했다.

현대 한국인의 형성 과정이라 함은 무엇인가. 한반도를 바탕으로 민족문화를 이루어 온 한국인이 현대인이 되어 온 과정을 말한다.[1] 이 과정의 단초는 신분제를 폐지한 갑오개혁1894.7~1896.2에서 주어졌지만 그러한 제도적 현대화에 의해 전적으로 수행되는 것은 아니다. 현대 한국인의 형성이라는 인간의 변화에 있어서 국가 제도의 변화는 사회 상황이나 경제의 변화와 더불어 주요 요인일 뿐이다. 인간의 변화란 인간관의 변화와 보다 밀접하게 연관된다는 점에서, 보다 중요한 것은 공론장과 학계의 담론을 포

1 따라서 현대 한국인의 형성이라는 진술은 근대 민족국가(nation state) 차원의 국민의 형성을 이야기하는 것이 아니다. 그러한 측면이 배제되는 것은 아니지만, 1900년대에서 1930년대가 대한제국(1897.10~1910.8)과 일본 제국주의의 식민지 치하(1910.8~1945.8)이므로 대한민국이라는 국가가 없는 채로 국민을 이야기하는 데는 무리가 따른다. 해방 직후 국민국가를 형성하려는 노력이 뜨겁게 분출했던 사실로 보아 그 저력으로서 이 시기에 국민을 형성하려는 민족적 의지가 있었음은 분명하고 3·1운동 직후 수립된 대한민국 임시정부의 정통성 또한 명확한 것이지만, 임시정부가 존재했다고 해서 국민이 있었다고까지 말할 수 있는가는 좀 더 따져볼 문제이다.

함하는 생활 문화의 변화라고 할 수 있다. 당대 사회에서 필요하다고 주장된 인간형, 인간다운 인간이 되기 위해 바람직한 모습으로 그려진 인간형이, 현대 한국인의 형성에 있어서 보다 직접적인 요인이 되는 것이다. 정치 상황은 물론이요 사회 경제적 환경의 변화를 고려하되, 생활 문화의 변화 요인에 보다 주목해서 현대 한국인의 형성 과정을 살피는 것이 이 책의 방법이다.

생활 문화의 변화를 통해 현대 한국인의 형성 과정을 살피는 직접적인 방법으로는 한국 현대문학 특히 소설을 대상으로 삼는다. 이렇게 검토 대상을 특화한 데는 저자의 전공이 한국 현대문학이라는 사실이 맨 앞에 온다. 현대 한국인의 형성 과정을 검토하는 가장 유효한 방법이 문학을 통하는 것이라고 주장할 생각은 전혀 없다. 따라서 이 책의 직접적인 연구 방법은 사실 논리적 필요에 의해서가 아니라 전적으로 저자의 이론적 한계에 따른 것이다. 이 책의 부제를 '현대문학을 통해 본 한국인의 발견'으로 잡은 것은 이러한 점을 밝히려는 취지에서이다. 그럼에도 불구하고, 한국 현대문학 그것도 소설을 주요 대상으로 하여 현대 한국인과 한국 사회의 형성 과정을 검토하는 방식이 마냥 편의적인 것은 아니라 할 수 있다. 세 가지 이유를 들 만하다.

첫째로 문학 특히 현대소설이란 작품 바깥의 세계를 재현한다는 사실이다.[2] 전근대의 서사문학이 비실제적인 세계를 설정하고 현실에서는 찾기

---

2 지금 말하는 '재현(repesentation)'이란 르네상스 시대 이탈리아에서 쓰이기 시작한 개념으로서 '실재에 대한 예술의 의존성'을 의미하는 넓은 의미의 '모방' 개념의 자장 안에 놓인다. 개념들의 의미망 속에서 볼 때 재현은, 마르크스주의에 입각하여 현실을 총체(totality)로서 객관적으로 파악하려 한 루카치나 1930년대 카프 비평가들이 강조했던 '반영(reflection)'보다는 아리스토텔레스의 '미메시스(mimesis)'에 가깝다. 여기서 중요한 점은, 재현이 우리의 눈에 보이는 그대로 사물을 묘사하는 것이 아니라 '사물이 마땅히 그렇게 보여야 할 바대로 사물을 묘사'하는 방법이라는 점이다. 이러한 맥락에서 현대소설이 세계를 재현한다는 말은, 자연주의에서처럼 세계의 충실한 복사 혹은 세계에 대한 빈틈없는 충

어려운 인간을 제시하여 지배 이념의 구현이나 읽는 재미를 제공한 데 반해서, 현대의 대표적인 서사문학인 소설 특히 장편소설은 문예사조상의 차이를 불문하고 세계 곧 인간과 사회, 자연을 실제로 묘사하는 공통 특징을 보인다. '근대의 서사시'라 명명되는 현대소설 일반이 이러한데, 이에는 적지 않은 대중소설들도 포함된다. 작품의 공간 배경을 당대로 설정하면서 특정한 장르 코드에 매이지 않는 경우들이 대체로 이에 해당한다.

여기서 세계를 실제로 묘사하는 것이 사실상 세계 자체가 아니라 우리의 세계관에 포착된 것을 대상으로 한다는 사실이 주목된다. 간단히 말해 실제 자체가 아니라 실제의 상像이 재현된 것이라는 말이다. 역사의 재구성을 목표로 하고 바로 그러한 입장에서 역사학자들과의 논쟁도 마다하지 않은 조정래의 역저 『태백산맥』1989 또한 한국전쟁 전후의 현대사에 대한 작가의 해석을 보인 것이지 역사 자체를 재현한 것일 수 없다. 일반적인 역사서 또한 역사가의 사관에 큰 영향을 받는다는 사실을 떠올리면 이러한 지적은 어떠한 폄하도 아니다.

바로 이러한 사실이 문학작품을 통해 인간과 사회를 탐구하는 작업의 논리성을 확보해 준다. 소설이 사회와 인간의 모습을 재현하고 있을 때 그러한 작품의 재현 양상은 당대의 사회에 대한 인식과 인간에 대한 이해의 일단을 보여 주는 것이 된다.[3] 작품 밖의 사회 상황이나 인간들의 행태를 객관적으로 묘사하는 경우뿐 아니라 문제를 제기하거나 이상적인 상황을 제시하는 경우 모두, 작품이 형상화 대상으로 하는 시기의 사회와 인간에 대

실성에 구속되지 않고, 세계에 대한 관념 곧 세계관에 충실하게 세계를 묘사한다는 뜻이다. 재현을 이렇게 폭넓게 이해하는 방식에 대해서는 박상준, 『1930년대 한국 모더니즘과 이상, 최재서』, 소명출판, 2018, 237~9쪽 참조. 재현과 모방 개념의 역사에 대해서는 W. 타타르키비츠, 손효주 역, 『미학의 기본 개념사』, 미술문화, 1999, 323~47쪽 참조.

3 이러한 사회적 인식과 이해를, 피에르 부르디외가 말하는 바 체화된 사회적·계급적 습관으로서의 '아비투스'로 생각해도 좋다(최종철 역, 『자본주의의 아비투스』, 동문선, 2002).

한 이해를 가능케 해 준다. 작가의 개성이나 그가 속한 집단의 특성이 재현 양상에 영향을 미치지만, 이러한 영향은 재현된 것의 이해를 그만큼 풍성하게 하는 것일 뿐 재현된 것 자체를 사회나 인간의 이해로 해석하는 데 방해가 되는 것이 아니다.

현대 한국인과 한국 사회의 형성 과정을 한국 현대소설을 통해 검토하는 일의 적절성은, 문학 장이 공론장과 매우 긴밀한 관련을 맺어 왔다는 사실에서도 찾아진다.[4] 특히 20세기 전반기에는 문학 장과 공론장이 중첩 상태에 놓여 있었다고 할 수 있을 정도였다. 문학 장의 상당 부분이 그대로 공론장에 해당되어 문학 장의 변화가 공론장의 변모와 의미 있는 영향을 주고받았기 때문이다. 좀 더 구체적으로 말하자면, 문학 장의 상태와 변화를 결정하는 데 중요하게 작용하는 요소 중 하나인 각종 매체들이 그대로 공론장을 이루는 요소였다. 한국 현대문학 형성기의 각종 신문이나 잡지, 동인지, 문예지 등에 더해 강연장, 문인 예술인 단체 등이 이러한 매체로서 문학 장과 공론장의 유기적인 관계를 강화했다.

20세기 전반기의 신문들은 독자를 경성警醒, 계몽하는 주요 수단으로 다양한 종류의 문학작품들을 상당량 연재했으며, 문학계의 동향에 대한 기사나 문인들의 의견 등도 자주 실었다. 1920, 30년대의 가장 중요한 종합지인 『개벽』과 『조광』은 물론이요 『조선지광』, 『신생활』 같은 사상 잡지들이 문인들의 작품 발표 장으로 기능했으며, 『삼천리』나 『별건곤』, 『신여성』 등과 같은 대중적인 잡지들 또한 사정이 다르지 않았다. 이렇게 발표되는 작품들이 그대로 공론장의 한 요소가 됨은 물론이다. 다른 한편으로는 『창

---

4 이 책에서는 '문학 장(literature field)'을 문학의 생산과 향유 방식에 영향을 주고, 문학 갈래의 위계를 설정하며, 주류 문학의 방향을 결정하는 등의 역할을 하는 '사회 내 문학 관련 요소들의 구성 상태'의 의미로 사용한다.

조』나 『백조』처럼 문인들이 발행한 동인지나 『조선문단』, 『삼사문학』 등의 문예지 들이 공론장에 영향을 미치기도 했다. 매체가 크게 부족했던 이 시기의 문학 잡지는 전문성을 지향한 경우라 해도 대중 독자들의 호응 속에서 전개되었는바 그럼으로써 스스로 공론장의 요소로 기능했던 것이다.[5]

사회와 인간을 재현하는 소설 문학이 어떻게 쓰이고 읽힐지를 틀 지우는 문학 장이 공론장과 긴밀히 겹쳐 있었던 20세기 전반기의 이러한 상황은, 소설에 그려진 인간과 사회의 모습이 한국인과 한국 사회의 현재와 미래라는 점을 알게 한다. 소박한 재현으로 당대의 삶과 사회를 보여 주는 한편, 공론장의 흐름에 맞춰 우리가 갖추어야 할 새로운 인간의 모습과 사회 상황을 제시한 것이기 때문이다. 이러한 파악의 적실성을 강화하기 위해 이 책에서는, 한편으로는 문학계의 비평과 논쟁은 물론이요 공론장의 변화[6]에서 확인되는 바 공적 논의들의 추이를 검토하고, 다른 한편으로는 정치, 경제, 사회 상황의 중요한 변화들과 그에 따른 역사의 흐름을 고려했다.

셋째로, 문인들이야말로 당대 한국인들 중 최상위 지식인 집단으로서 문학계뿐만 아니라 공론장, 더 나아가 사회 문화 전반을 이끄는 역할을 해 왔다는 사실에서도, 현대소설을 창구로 하여 한국인과 한국 사회의 형성 과정을 살피는 작업의 적절성이 강화된다. 이는 1970년대까지 지속된 상황

---

5 잡지가 새로운 문화 건설의 중추 역할을 한다는 의식은 20세기 초부터 지속되었으며, 종합지 및 문예지가 사상계와 긴밀한 관련을 맺고 있다는 진단은 이미 1930년대 중반에 제기되었다. 이에 대해서는 조남현, 『한국문학잡지사상사』, 서울대 출판문화원, 2012, 17~21쪽 참조.

6 한국 현대 공론장의 형성, 분화 과정은 크게 보아 다음처럼 정리된다. 대한제국 시대 이래로 부르주아 공론장이 형성되어 가며, 3·1운동(1919) 이후가 되면 무산계급의 이해를 대변하는 평민적 공론장이 마련되어 공론장의 이원화를 이루게 된다. 중일전쟁(1937) 전후로부터는 총독부 권력에 의해 한민족의 공론장이 강제적으로 쇠퇴하게 되고 천황제 파시즘을 핵으로 하는 식민 권력 주도의 공론장이 등장한다. 해방 공간(1945~1948)에 들어서면 '나라 만들기'를 주제로 이데올로기상으로 분리된 이원화된 공론장이 다시 펼쳐진다. 우리나라 공론장의 특성과 변화 양상의 대강에 대해서는 손석춘, 『한국 공론장의 구조 변동』, 커뮤니케이션북스, 2005 참조.

인데 특히 20세기 전반기에는 문인들이야말로 당대의 최고 지식인이요 가장 활발히 활동하는 언론인이었다. 문인 그룹과 언론인 그룹이 사실상 뗄 수 없을 만큼 중첩되었던 것이다.

1900년대의 개신유학자들이 민족의 지도자로서 행한 두 가지 사업 곧 공론을 활성화하면서 정치적인 경륜을 펴는 일과 애국계몽 문학을 통해 대중을 계몽하는 일은 서로 명확히 분리되는 것이 아니었다. 신채호나 이인직의 경우처럼 한 개인이 '지식인-문인'으로서 두 가지를 모두 행한 까닭에 불가분리적으로 결합된 측면도 있지만, 이러한 사태를 낳은 근본적인 요인은 당대 지식인과 문인의 활동이 지향하는 바가 사실상 동일했기 때문이다. 민족 사회의 계몽이 그것이다. 이러한 상황은 넓은 의미에서의 계몽의 폭과 깊이에 변화는 있어도, 조중환, 최남선, 이광수, 염상섭, 현진건, 최재서, 김기림 등이 보여 주었듯이 1940년대까지 그대로 이어진다고 할 만하다.

문인 그룹과 언론인 그룹이 사실상 동일한 지식인 집단을 이루어 온 이러한 상황은, 문학 장과 공론장의 중첩 상태에서 유래한 것이면서 동시에 그러한 중첩 상태를 강화하는 요인으로 작용하기도 했다. 이러한 상태를 한 개인이 체현해 낸 경우를 굳이 갈라서 보자면 '**지식인**-문인'에서 '**문인**-지식인'으로의 변화 양상이 간취되기도 하는데, 행위 주체들의 이러한 변화를 포함하여 문학 장과 공론장의 변화를 더불어 살필 때, 20세기 전반기의 문학을 통해 인간과 사회에 대한 의식을 재구성하는 작업이 보다 적실성을 갖추게 된다.

지금까지, 생활 문화의 변화에 주목하여 현대 한국인과 사회의 형성 과정을 검토하되 직접적인 대상을 소설로 삼는 이유를 세 가지로 밝혔다. 여기에 더해서 소설을 분석하는 자세와 방법을 간략히나마 밝혀 두는 것이 연구 방법론을 온전히 제시한다는 맥락에서 필요하겠다.

연구의 목적이 목적이니만큼 개별 작품론에 해당하는 내용이 꼭 필요한 것은 아니지만 가능한 대로 소설에 대한 충실한 분석에 기초하여 논의를 진행했다. 작품의 전체적인 효과와 무관하게 특정 주제를 부각하거나 작가의 의도를 추정하여 강조하는 일은 글의 논리성을 훼손할 수 있어 삼갔다. 소설 작품의 분석 및 해석에 있어 주의한 점은 다음과 같다.

각각의 소설을 대상으로 논의를 진행하는 데 있어서, 작품 자체에 대한 실증적인 분석에 기초했다. 분석 대상이 되는 작품의 텍스트는 기본적으로 당대의 판본으로 삼았다.[7] 이 책의 궁극적인 목표에 비추어 중요한 것이 역사의 차원에서 작품이 갖는 의미를 규명하는 것이므로 이는 당연하고도 필수적인 일이다. 소설 검토의 구체적인 방법은, 인물 및 서사의 구성상 특징을 분석하고 서사를 추동하는 갈등 및 긴장 관계의 설정 양상을 검토한 뒤, 이상의 분석 결과를 근거로 하여 작품의 주제효과를 가능한 대로 풍부하게 해석하는 방식으로 이루어졌다. 물론 이러한 분석과 해석을 그대로 기술하지는 않았다. 현대 한국인과 사회의 탄생이라는 이 책의 제목에 맞게 작품마다 강조할 만한 사실을 중심으로 하여 그 결과가 자연스럽게 드러나도록 기술했다.

개별 작품의 특징에 대한 분석 및 해석에 더해서 통시적, 공시적인 맥락에서 작품이 갖는 의미에 대한 검토도 부가하였다. 통시적인 검토는 다시 두 가지로 행하였다. 작가의 문학세계가 변화하는 맥락과 한국 현대소설의

---

7 한글 사용의 통시적인 변화 양상을 독자들이 체감할 수 있도록 작품을 인용할 때도 원문을 최대한 존중했다. 표기 방식은 그대로 살리되 가독성을 위해 약간의 변화를 주었다. 의미의 변화가 초래되지 않는 한 띄어쓰기를 현재의 규정에 맞게 고치는 한편, 한자의 경우는 모두 '한글(한자)'의 형식으로 바꾸었다. 한문이 주가 되다시피 한 경우에는 한글 번역을 따로 살렸다.

형성과 전개 면에서 해당 작품이 갖는 의미와 특성을 고려하였고, 이를 바탕으로 하여, 문학사는 물론이요 정신사 및 일반 역사의 차원에서 갖는 특성과 의의를 부각하였다. 예를 들어, 이광수의 『무정』1917과 『흙』1933을 검토할 때 춘원 소설 세계의 전개 과정에서 각 작품이 갖는 의미와 특성은 물론이요 한국 계몽주의의 변화와 사회 역사의 흐름 속에서 이들 작품이 갖는 의의를 밝혔다. 공시적인 맥락에서는 다른 갈래 혹은 다른 작가의 동시대 작품들과 비교하여 특정 작품이 갖는 특징과 의미를 규명하였다. 염상섭의 『만세전』1924을 검토하는 데 있어 동인지 소설들 및 신경향파 소설과 비교하고, 『삼대』1931의 논의는 『고향』1934의 논의와 비교될 수 있게 하는 식이다.

다른 한편으로, 각각의 작품이 문학 장 및 공론장의 추이, 더 나아가 이들 장의 역사적인 전개에 비추어 갖는 의미도 살펴보았다. 앞의 검토가 기본적으로 작품을 중심에 놓는 것인 데 비해서, 이러한 작업은 작품이 자신의 특징을 갖게 되는 데 작용하는 형성 계기들 곧 작가와 매체, 문단 상황 등 문학장의 상태와 작품에 영향을 미치는 공론장의 상황을 고려하는 것이다. 이를 통해서 소설이 당대의 인간과 사회를 바라보는 방식을 고려하고 그 위에서 작품이 보이는 재현 양상의 의미를 따져보는 일이 가능해진다.[8]

이와 같은 방식으로 20세기 전반기 한국 현대소설들을 검토함으로써 이 책은 현대 한국인과 사회의 탄생 양상을 살필 수 있었다. '탄생'이라는 표현이 줄 수 있는 오해를 피하기 위해 좀 더 부연하자면, 그 결과는 한국인과 한국 사회의 여러 요소들이 생겨나고 부상하는 양상을 역사적으로 확인한

---

8 이 책에서도 관철된 바 저자의 소설 분석 및 해석의 구체적인 방법론에 대해서는 박상준, 「한국 근대소설 연구방법론 시고」, 『1920년대 문학과 염상섭』, 역락, 2000과 『풍요로운 문학 감상을 위한 글쓰기』, 포항공대 출판부, 2021 참조.

것이다. 당연한 것이지만 한국인이 하나의 유형으로 고정되어 있어서 어떤 시점에 불쑥 탄생하는 것일 수는 없다. 전체로서의 현대 한국인을 이루는 다양한 인간형들이 차례로 등장하고 주목되면서 '한국인'과 '한국 사회'가 계속 새롭게 구성될 뿐이다.

20세기 전반기를 통해서 보면, 영웅이나 선도자에 해당하는 이상주의적인 인물, 고유한 내면을 가진 개인 주체, 정관적인 부르주아 개인, 노동자 농민 계급이라는 집단 주체 등이 새로운 인간형의 주요 사례이다. 이렇게 새로운 주체들이 부가될 때마다 사회 구성원 간의 관계가 변하는 것 또한 당연한 일인데, 바로 이 변화가 현대 한국 사회의 다양한 모습을 이룬다. 이러한 역사적인 변화는 한국인과 한국 사회의 새로운 요소들에 대한 끊임없는 발견이라고도 말할 수 있는데, 이러한 발견이 축적되면서 탄생 과정이 지속된다고 하겠다.

다른 모든 연구와 마찬가지로 이 연구 또한 선행 연구들에 크게 기대고 있다. 논의의 구도상 국문학뿐만 아니라 사회과학계 일반의 연구 성과들에 상당히 의존할 수밖에 없었다. 작품의 텍스트 분석에 있어서는 저자의 이전 연구들을 많이 활용했으며,[9] 작품의 의미나 의의 및 작가의 행적과 위상 등에 대해서는 국문학의 선행 연구들을 참조했다. 사회과학 특히 한국사학계의 연구 성과들에는 거의 일방적으로 의존했다. 공론장의 상황이나 정치적인 사건들, 경제 상황 등에 대한 기초적인 연구 및 굵직한 해석 체계들의 경우가 특히 그렇다. 이 과정에서 부적절하거나 부족한 점이 있다면 그것은 모두 저자의 잘못이다. 독자들의 질정에 기대어 개선해 나아갈 수 있기를 희망한다.

---

9 『무정』과 『만세전』, 『삼대』, 『고향』, 『황혼』에 대한 작품 분석과 1920년대 동인지 작가들이 처한 상황에 대한 해석이 특히 그렇다. 해당 부분에 주석을 달아 참조 내역을 밝혔다.

『현대 한국인과 사회의 탄생』은 역사 기술의 일종이지만 자기 자리를 명확히 갖지 못하는 경우에 해당된다. 두 가지 문제가 있는 까닭이다. 하나는 문화사나 정신사는 물론이요 소설사로서도 본격적인 것은 못 된다는 점이다. 이는 이 책을 이끈 기획을 완수해 낼 때 조금이나마 해소될 문제이므로 심각한 것은 아니다. 이보다 중요한 다른 하나는 이 책의 바탕을 이루는 틀이 학적으로 충분하지 못하다는 데 있다. 기존의 소설사나 문학사의 체제를 따르지 않으면서도 그것을 대체할 만한 새로운 구도를 선보이지 못했다. 이렇게 된 데는 이유가 있다. 특정한 구도를 앞세워 대상을 선별하고 역사적 기술을 취하는 방식은 부정적인 의미에서의 '방법론주의'에 불과하다고 생각하기 때문이다. 그보다는 지금과 같이 부족한 정도라도 검토 대상들을 훑으면서 거기에 내재된 역사의 흐름을 읽어 내는 것이 옳다고 판단했다. 그렇지만 그 결과가 역사적인 인식론의 맥락에서 막연하다는 점, 이 책의 전체 논지가 결론적으로 새로운 역사 기술 방법론을 제시할 만한 가능성이 희박하다는 점은 분명히 아쉬운 것이다.

그럼에도 불구하고 이 책을 쓴 것은, '역사의 종언'이 학계에 만연해 가는 상황에 대해 작은 저항이라도 필요하다고 믿는 까닭이다. 문학사에 대한 회의가 국문학계에 드리워진 지는 제법 오래되었다. 이러한 상황을 타개하기 위한 노력으로 기존 문학사를 떠받치고 있던 인식론이 낡은 것이라는 비판도 제기된 바 있지만,[10] 그러한 비판이 새로운 경지를 개척한 것은 아니다. 이 책의 저자는 문학사를 구성하는 새롭고도 바람직한 지형이 형성될 필요가 있다는 문제의식에 십분 동의하지만, 그러한 동의를 현실화하는 방법이 기존의 연구 성과들과 달리 새로운 방법론을 취하는 데서 시작된다

---

10 천정환·소영현·임태훈 외 편저, 『문학사 이후의 문학사—한국 현대문학사의 해체와 재구성』, 푸른역사, 2013, 6쪽.

고는 생각지 않는다.

중요한 것은 방법론이 아니라, 역사 기술의 궁극적인 목적을 충족시키는 데 있다. 일반적으로 보아 과거가 그 자체로 의미를 갖는 것은 아니다. 벤야민이 「역사철학테제」[11]에서 말했듯이 과거란 우리가 사는 현재를 제대로 이해하는 데 참조되는 한에서 중요할 뿐이다. 이때의 과거란 미래에 대한 현재의 기획에 의해서 포착되는 것이고, 그렇게 포착된 과거는 시간적으로 지나가 버린 사태에 그치는 것이 아니라 앞으로 도래할 미래를 가늠케 하는 창이 된다. 역사의 서술이란 이렇게 의미 있는 과거를 창출하는 일이라고 저자는 믿는다. 형성기 한국 현대문학을 통해서 현대 한국인과 사회의 탄생을 살피고자 하는 것은 바로 이러한 의미에서 과거로부터 우리의 미래를 그려 보고자 하는 의도에 의한 것이다. 이러한 의도, 미래를 지향하는 현재의 관심사를 학계 및 사회와 공유하고자, 이 미성숙한 책을 세상에 내어 놓는다.

11 발터 벤야민, 이태동 역, 『문예비평과 이론』, 문예출판사, 1989.

제1장

한국 현대문학의 뿌리

1900년대 애국계몽 문학과
신채호의 『을지문덕』(1908)

일반적으로 1900년대와 1910년대의 문학은 신소설과 번안소설의 시대라고 말해진다. 그 연장선에서 이광수의 『무정』1917이 나오고 이광수 문학에 대한 반발로 동인지 문단이 전개되며 다시 그에 대한 반발로 신경향파가 등장한 까닭이다. 1950년대에 이르기까지 거의 5년 주기로 급속하게 문학의 경향이 바뀌면서 전개되어 온 한국 현대소설의 전체 양상을 고려할 때, 이러한 연쇄의 처음이 신소설과 번안소설이라는 점에서, 이 두 갈래가 1900~1910년대의 대표적인 서사문학에 해당한다고 할 만하다. 이러한 흐름의 바탕에 1910년대 사회의 변화 특히 오락 문화의 발흥이 있다는 점도 놓칠 수 없다.

그러나 위와 같은 단선적인 구도 설정은 큰 문제를 안고 있다. 그러한 구도에 그친다면, 1910년의 한일합병을 그대로 인정함으로써 민족사를 왜곡하는 데로 이어질 수밖에 없는 까닭이다. 대한제국이 1905년의 을사보호조약으로 껍데기에 불과한 보호국으로 전락했고 1910년에는 합방 조약의 형식으로 일본 제국주의의 식민지가 되면서 사라진 것은 객관적인 사실이지만, 그것이 우리 민족사의 전부가 아니라는 점 또한 엄연한 사실이다. 일제에 반대하여 합방 전후 국외로 망명한 인물들이 없지 않고, 조선에 있는 적지 않은 인사들 또한 일제의 지배에 저항하여 은밀하게 노력했으며,[1] 이러한 흐름의 연장선상에서 전 민족이 들고일어난 3·1운동이 벌어지게 된다. 이러한 사실에 더해, 1945년의 해방 이후 현재까지 이어지는 민족사를 염두에 두면, 한일합병 전후의 역사를 식민지화에 대한 저항의 역사로 쓰고 읽어야 마땅하며 36년간의 식민지배 기간의 역사 또한 독립운동의 역사로 읽어야 할 것이다.

---

1 1907년에 결성된 신민회의 활동과 1911년 9월의 '105인 사건'이 이를 증명한다.

이러한 역사적 견지에서 보면, 1900년대와 1910년대의 소설 문학도 신소설과 번안소설로만 대표된다고 볼 수 없다. 사실 자체로 보아도 1900년대에는 신소설 외에 다양한 서사문학 갈래들이 전개되었고 합방 이후에도 그 흐름이 완전히 끊기지는 않았으므로, 이러한 갈래를 되살리고 강조할 필요가 있다. 그것이 무엇인가. 바로 애국계몽 문학이다. 그 핵심은 역사전기이며, 여기에 풍자적 우화적인 소품들이 더해지고, 이들의 맹아로서 단형 서사체들 또한 포함된다. 신소설과 더불어 1900년대의 서사문학을 이루었던 이들 애국계몽 문학을, 민족문학으로서의 현대문학의 뿌리이자 초기 형태로 주목할 필요가 있다.

1900년대 문학에 대한 인식을 폭넓게 가져가야 하는 이유는 당대인들에게 있어서 이러한 다양한 유형의 작품들이 대체로 '소설'로 인식되었다는 점에서도 찾아진다. 이를 두고 장르나 양식 개념이 뚜렷하지 않았다거나 아직 형성되지 못했다고 하거나, 그런 데 관심이 없었다고 보거나 해석은 분분할 수 있지만, 『혈의 누』도 소설이고 『자유종』도 소설이며 『금수회의록』은 물론이요 『애국부인전』까지도 소설로 간주되었다는 사실을 그 자체로 인정하고 그 의미를 따져야지, 서양의 소설novel을 절대적인 기준으로 놓고 그와는 다른 경우들은 소설이 아닌데 소설이라고 오해했다는 식으로 말할 것은 아니다.[2]

이광수 이후로 문학을 서양의 'literature'로 소설을 'novel'로 환원하며 우리 문학사의 전통을 폐허처럼 인식해 왔으며, 현대문학을 서구 현대문학을 기준으로 하여 이해하려는 태도는 사실 1990년대 연구자들에게까지 이

2 이러한 사실의 확인과 그에 근거한 반성이 적지 않게 행해졌다. 권영민, 『한국 민족문학론 연구』, 민음사, 1988; 양진오 『한국 소설의 형성』, 국학자료원, 1998; 권보드래, 『한국 근대소설의 기원』, 소명출판, 2000; 김영민, 『한국의 근대신문과 근대소설-1. 대한매일신보』, 소명출판, 2006 등.

어졌는데(모더니즘의 경우는 현재까지도!), 근본적으로 볼 때 이는 서구 추수주의에 여전히 맹목인 탓이라 하지 않을 수 없다. 절대적인 기준으로 놓을 '서양의 소설'이란 것은 사실 존재하지도 않는다. 이 점을 고려하면, 1900년대의 소설 문학을 넓게 간주하여 애국계몽 문학을 적극적으로 사고하는 태도는 서구 중심주의를 반성적으로 해체하는 입장에서 긴요하며, 오늘날 전 세계의 소설들이 보이는 말 그대로의 다양함, 변화무쌍함을 그대로 받아들이는 데 있어서도 필요하다.

1900년대 애국계몽 문학의 단초에 해당하는 단형서사체부터 살펴본다. 단형서사체란 『대한매일신보大韓每日申報』나 『대한민보大韓民報』1909.6~1910.8, 『한성신보漢城新報』, 『만세보萬歲報』1906.6~1907.6 등 당대 신문에 실린, 서사적 특성을 띠는 짧은 분량의 논설이나 기사, 잡문, 소설 등을 말한다. 1906년 최초의 신소설 『혈의 누』가 나오기 전에 이들 서사물이 새로운 시대에 부응하는 새로운 문학의 시작을 알렸다.

단형서사체의 특성을 이야기하기 위해 『한성신보』와 『대한매일신보』에 대한 약간의 설명을 부가한다.

『한성신보』1895.1~1906.7는 일본 외무성의 지원을 받아 일본인이 발간한 신문으로서, (우리나라 최초의 신문인 『한성순보漢城旬報』1883.10~1884.12가 이름대로 순간旬刊이었던 것을 고려하면) 조선 땅에서 나온 최초의 일간日刊 신문이라고 할 수 있다. 『한성신보』는 일본의 한국 침략 정책을 따라 일본에 대한 조선 사람들의 태도를 우호적으로 만들려는 목적에 맞춰 제작되었다. 한두 명의 한국인 기자를 두고 흥미 위주의 작품을 싣는 것으로 시작해서 친일 계몽적인 경향을 강화해 나갔다. 1896년 5월 이후 '잡보'란에 한글 서사물을 게재하기 시작하였으며 1897년 1월에는 처음으로 '소설'란을 따로 마련하였다. 이는 조선인 독자를 확충하려는 목적에 따른 것으로서, 이러한 지면에 친일을 유도하는 글이나 오락적 기능을 띠는 것 그리고 「나파륜전拿破倫傳」, 「미국신대통령전米國新大統領傳」 등의 전기를 게재하였다. 소설의 경우는 고소설이나 야담 등 전래되어 오는 이야기가 주를 이뤘다가 순수 창작물이 증가하는 변화를 보였다.[3] 요컨대 『한성신보』는 친일 대중지의 성격을 강화하고자 단형서사체를 적극 활용한 경우라 하겠다.

『대한매일신보』1904.7~1910.8는 영국인 어니스트 베델을 편집 겸 발행인으로 내세우고 주필과 기자, 교정원 등 약 50명의 한국인이 국문, 국한문, 영문으로 펴낸 대표적인 민족지이다. 베델의 치외법권을 이용하여 일제가 세운 통감부의 정책에 대한 비판과 공격을 과감하게 전개하였으며 1908년에는 관보官報 게재를 중지함으로써 일본의 보호 정치에 정면으로 도전하였다.[4] 『대한매일신보』는 민족주의자들과 고종이 항일 민족운동의 중요 거점으로 삼은 신문으로서, 한국 민족 독립운동의 정신적인 구심점이자 국채보상운동의 총합소였고,[5] 신민회 창립1907.4 이후 그 기관지로 전환되어 신민회의 목적과 이념 및 노선을 충실히 대변하여 논설을 쓰고 편집하면서 의병 활동, 무장국권회복운동 등을 지원하는 등 과감한 언론구국운동을 전개하였다.[6] 양기탁, 박은식, 신채호 등이 배일 민족주의적인 글을 써서 조선의 국수國粹를 지키고자 하였으며 그 외 100여 편의 서사물을 실었다.[7]

---

3 김영민, 『한국의 근대신문과 근대소설－2. 한성신보』, 소명출판, 2008, 116~20쪽.

4 이광린, 「『대한매일신보』 간행에 관한 일고찰」, 서강대 인문과학연구소, 『대한매일신보연구』, 1986, 24~5쪽.

5 정진석, 『대한매일신보와 베설』, 나남, 1987, 29쪽.

6 신용하, 「『대한매일신보』 창간 당시의 민족운동과 시대적 상황」, 『구국언론 대한매일신보』, 대한매일신보사, 1998, 31쪽.

7 『대한매일신보』의 성격에 대해서는 다른 견해도 있다. 베델이 일본의 집요한 노력에 의해 금고형에 처해지면서 1908년 7월 그만둘 때까지 『대한매일신보』의 성격은 '민족지'가 아니라 당시 영국 제국이 취한 '비공식 제국주의' 체제에 따라 조선에 대한 영국의 이익을 일본과 균점하려 했던 '거류지신문'에 해당한다는 지적이 대표적이다. 영국과 일본 사이의 '협조적 제국주의' 관계를 유지하기 위해 베델이 쓴 일본 통감부 비판을, 조선인 기자들이

『대한매일신보』에 실린 단형서사체들은 신민회 회원이며 민족 운동가인 기자들의 의식을 잘 드러내 준다. 국문판 1910년 3월 8일 자 논설 「안셕을 의지ᄒᆞ여 다섯 학ᄉᆡᆼ의 ᄭᅮᆷ니약이 ᄒᆞᄂᆞᆫ 말을 듯ᄂᆞᆫ다」를 보자. 벽을 격한 이웃집에서 갑, 을, 병, 정, 무 다섯 학생이 나누는 이야기를 '긔쟈'가 듣고 옮기는 형식으로 되어 있다. 앞의 네 학생이 저마다 꿈 이야기를 하고 난 뒤 무가 나서는 장면이다.

무가 주먹으로 ᄯᅡ을 치며 크게 소ᄅᆡ를 놉혀 ᄀᆞᆯᄋᆞᄃᆡ 그ᄃᆡ 등은 진개ᄭᅮᆷㅅ속에 ᄭᅮᆷ을 ᄭᅮᄂᆞᆫ 쟈ㅣ로다 단군 황조의 젼슈ᄒᆞ신 ᄉᆞ쳔년 국가가 이ᄀᆞᆺ치 쇠퇴ᄒᆞ엿거ᄂᆞᆯ 너ᄂᆞᆫ 무ᄉᆞᆷ 겨를에 ᄉᆞᄉᆞㅅ집의 셩쇠를 ᄭᅮᆷᄭᅮ며 삼쳔리 산쳔에 사ᄂᆞᆫ 이쳔만 동포가 이ᄀᆞᆺ치 곤난ᄒᆞ게 되엿거ᄂᆞᆯ 너ᄂᆞᆫ 어ᄂᆞ 겨를에 ᄉᆞᄉᆞㅅ집안에 고락을 ᄭᅮᆷᄭᅮ며 젼국에 실업이 이ᄀᆞᆺ치 쇠잔ᄒᆞ거ᄂᆞᆯ 너ᄂᆞᆫ 어ᄂᆞ 겨를에 일시 ᄉᆞᄉᆞㅅ영업의 실패ᄒᆞᆫ 거슬 ᄭᅮᆷᄭᅮ며 즉금에 교육이 이ᄀᆞᆺ치 ᄯᅥᆯ치지 못ᄒᆞ거늘 너ᄂᆞᆫ 어ᄂᆞ 겨를에 일개 너의 아ᄃᆞᆯ의 젼졍만 ᄭᅮᆷ을 ᄭᅮᄂᆞ뇨 젼ㅅ사ᄅᆞᆷ이 닐ᄋᆞ기를 몽ᄆᆡ간에 엇더케 ᄒᆞᄂᆞᆫ 것으로도 가히 그 학문의 잘되고 못될 것을 징험ᄒᆞᆫ다 ᄒᆞ지 아니ᄒᆞ엿ᄂᆞ뇨 ᄒᆞ니 갑과 을과 병과 뎡 네 사ᄅᆞᆷ이 모다 절을 ᄒᆞ고 샤례ᄒᆞ여 ᄀᆞᆯᄋᆞᄃᆡ 과연 잘못ᄒᆞ엿노라 ᄒᆞ더라

무戊가 주먹으로 땅을 치면서 크게 소리를 높여 말하였다. "그대 등은 참으로 개꿈을 꾸는 자로다. 단군께서 물려주신 사천 년 국가가 이같이 쇠퇴하였거늘 갑甲 너는 무슨 겨를에 네 집안의 성쇠를 꿈꾸며, 삼천리 산천에 사는 이천

일본 식민지주의에 대한 비판으로 오해 혹은 원용했다는 것이다(박선영, 「한말 '민족지' 신화의 재검토-대한매일신보를 중심으로」, 한국방송학회, 『한국방송학회 세미나 및 보고서』, 2007, 4~6쪽 참조). 영-일 관계에 주목할 때 일리 있는 판단이지만, 이러한 지적이 옳다 해서 『대한매일신보』의 조선인 기자들이 쓴 글들의 항일 민족주의적인 성격이 무화되지 않는다는 점 또한 명확하다.

만 동포가 이같이 곤란하게 되었거늘 을乙 너는 어느 겨를에 네 집안의 고락을 꿈꾸며, 전국의 실업實業이 이같이 쇠잔하거늘 병丙 너는 어느 겨를에 네 영업이 일시 실패한 것을 꿈꾸며, 현재의 교육이 이같이 떨치지 못하거늘 정丁 너는 어느 겨를에 일개 너의 아들의 앞날만 꿈을 꾸는가. 옛사람이 이르기를 몽매간에 어떻게 하는가를 보아 학문이 잘될지 아닐지를 알 수 있다 하지 않았는가." 이에 갑, 을, 병, 정 네 사람이 모두 절을 하고 고마워하며 말하였다. "과연 잘못하였노라."

윗글의 '무'는 국가의 쇠퇴와 동포의 곤란, 실업의 쇠잔, 교육의 부진을 들어, 그것을 돌보지 않고 사사로운 이야기를 한 네 명을 꾸짖는다. 이 글은, 모든 이야기를 들은 기자가 "오호-라 쑴에도 집을 니져ᄇᆞ리고 나라를 ᄉᆞ랑ᄒᆞ며 ᄉᆞᄉᆞᄉᆡᆼ각을 ᄇᆞ리고 공변된 거슬 슝샹ᄒᆞ라고 권면ᄒᆞ니 오호-라 한국의 전도를 이에 가히 알지로다"라 말하는 것으로 끝난다. 이러한 기자의 말을 통해서 애국을 강조하고 그 길만이 조선의 미래를 보장한다는 주장을 드러내는 것이다.

지금까지 살핀 『한성신보』와 『대한매일신보』의 사례는 친일지와 민족지의 대표격인 두 신문 모두에 단형서사체가 실렸다는 사실을 주목하게 해준다. 따라서 단형서사체를 주제효과 면에서 동일한 갈래로 사고할 수 없다는 점이 분명해진다. 이러한 인식은, 그간의 연구사를 통해 퍼질 법한 오해 즉 1900년대의 단형서사체라 하면 모두 반외세 민족주의적인 내용을 담고 있으리라는 순진한 생각을 방비하고, 일본에 대한 당대 조선인들의 태도 및 의식이 복잡했다는 사실을 새삼 의식할 수 있게 한다.

논설로 씌었지만 소설의 한 구절을 떼어냈다고 봐도 괜찮을 만한 이야기가 있는 이러한 글이 단형서사체의 한 유형에 해당하는 서사적 논설이다.

1900년대 애국계몽운동기의 단형서사체는 이러한 논설류에 기사류, 소설류를 더해 크게 셋으로 나누어 볼 수 있다.[8] 분류가 명확하기는 어려운 것이, 논설이나 기사이면서 서사성을 띠는 '서사적 논설'과 '서사적 기사'가 있고 소설로 분류되어 있으면서 논설적 성격이 짙은 글들 즉 '논설적 서사' 또한 있으며, 그저 흥미를 제공하는 잡문 수준의 이야기도 있는 까닭이다. 여기서 중요한 점은, 적지 않은 논설이 단형 서사체로 쓰이고 단형 서사물로서의 소설적 글쓰기가 논설의 기능을 수행했다는 사실이다. 논설과 소설이 상당 부분 중첩되어 있었던 것이다. 이는 이 시기의 공론장과 문학 장이 명확히 구분하기 어려울 만큼 중첩되어 있었음을 알려 준다. 이러한 중첩 상태에서 당대의 민족 언론이 반외세 자주화와 반봉건 근대화의 의지를 전면화했다.

구국언론운동이 서사의 종류를 가리지 않음은 물론이어서 애국계몽 운동기에 등장한 서사는 단형서사체에 국한되지 않는다. 이 시기 서사의 분화 양상에 대한 포괄적인 정리는 권영민 교수가 제시한 바 있다. 그는 개화계몽 시기의 '소설'을 '다양한 서사 양식을 포괄하는 넓은 개념'으로 이해하지 않으면 안 된다면서, 분량과 서사성의 정도를 기준으로 하여, 인물과 사건과 배경이 서사적 세계를 창조하는 '장편 서사'와 이야기의 서사성은 약화된 반면 주제성이 강조된 '단편 서사'로 구분한다. 장편 서사를 다시 역사소설이나 전기를 포함하는 '경험 서사[역사 서사]'와 허구성 자체를 서사적 원리로 하는 신소설의 '허구 서사'로 나눈다. '단편 서사'로는, 우화나 풍자, 소화笑話, 수수께끼, 일화 등을 들고 있다.[9]

---

8 김영민, 「근대계몽기 단형 서사문학 자료 연구」, 김영민 · 구장률 · 이유미, 『근대계몽기 단형 서사문학 자료 전집』 상권, 소명출판, 2003, 550쪽.

9 권영민, 『한국 현대문학사 1－1896~1945』 3판, 민음사, 2020, 74~7쪽 참조. 1988년에 출간한 『한국 민족문학론 연구』(민음사)에서는 '경험적 서사양식'과 '허구적 서사양식' 개

이들 중 1900년대의 시대성, 역사성을 대표하는 것은 단연 역사전기이다. 역사전기는 이 시기의 문학을 애국계몽 문학으로 부를 수 있게 하는 중추에 해당하는데, 이들은 반외세 자주화의 정신에 입각하여 우리나라나 외국의 위인을 소개하거나 세계 여러 나라의 흥망사를 대체로 번역 혹은 번안하여 대중을 일깨우고자 했다. 역사소설로 현채가 번역한 양계초의 『월남망국사』1906, 박은식의 『서사건국지』1907, 이채우의 『애국정신』1908, 현공림의 『경국미담』1908 등이 있고, 전기물로는 신채호의 『이태리건국삼걸전』1907, 황윤덕의 『비사맥전』1907, 역자 미상의 『라란 부인전』1907, 장지연의 『애국부인전』1907, 이해조의 『화성돈전』1908, 신채호의 『을지문덕』1908 등이 있다.

역사전기의 의의는 당시의 민족사적 위기 상황을 정확히 인식하고 망국의 길을 피하고자 노력했다는 데 있다. 박은식의 「애급근세사 서埃及近世史 序」(장지연 역술, 『애급근세사』, 황성신문사)가 이를 잘 보여 준다. 그는 "大抵 國政을 改良ᄒᆞ야 新文化에 趍進코져 ᄒᆞ면 必其 自國 習俗의 適宜함을 因ᄒᆞ야 開導有漸이라야 實際 功效를 奏ᄒᆞ거늘(무릇 나라의 정치를 개량하여 새로운 문화를 추진하려 하면 반드시 자기 나라 습속에 맞도록 하여 점진적으로 이끌어야 실제적인 공과 효과를 말할 수 있거늘)"이라 하고 이집트의 왕이 서양에 유학하여 일체 사업을 서양을 모방하다가 망국의 길로 나아갔다고 지적한다2~3쪽. 이러한 진술에서, 역사서의 소개가 단순히 국민들의 견문을 넓히거나 교양을 쌓을 수 있게 하는 것이 아니라 망국과 독립의 갈림길에서 취해야 할 바를 제시하고 교육하는 데 있다는 생각이 확인된다. 이는 신소설이 보였던 맹목적인 반봉건 개화사상이나 서구 문명에 대한 동경, 심지어는 친일적인 태도와

념을 사용하고 있다.

비교할 때 극명하게 두드러지는 특성이다.

국한문과 국문 번역이 나란히 나온 『월남망국사越南亡國史』를 통해 이를 좀 더 확인해 본다. 『월남망국사』는 월남[베트남]의 망명객인 소남자巢南子가 구술한 것을 양계초梁啓超가 편찬한 형식으로 된 역사소설이다. 이를 현채玄采가 1906년에 국한문으로 번역한 뒤, 1907년에 주시경과 이상익이 각각 순한글로 번역하였다. 허두에 있는 양계초의 다음과 같은 말은 번역자들은 물론이요 당시 민족주의자 모두의 시대 인식이라 할 만하다.

> 世界에 公理가 何有ᄒᆞ리오, 오작 强權ᄲᅮᆫ이라 歷史上에 國名이 千으로 數ᄒᆞ든 者－今에ᄂᆞᆫ 所餘가 數十이오 此 數十中에도 危亡에 瀕ᄒᆞᆫ 者－十에 七八이오, ᄯᅩ 此 危亡에 瀕ᄒᆞᆫ 者ㅣ 我와 隔遠ᄒᆞᆫ 國이, 아이라, 곳 雞犬이 相聞ᄒᆞ난 隣國이러니 今에 此 數國이, ᄯᅩ 安在ᄒᆞ뇨
>
> 세계에 공리가 어찌 있으리오. 오직 강권뿐이다. 역사상에 나라 이름이 천을 헤던 것이 오늘날에는 남은 것이 수십이다. 이 수십 개 나라 중에도 망국의 위태로움에 처한 것이 십에 칠팔이다. 또, 망국에 처한 나라가 우리와 멀리 떨어진 나라가 아니라 곧 닭과 개 울음이 서로 들릴 만큼 가까운 나라이다. 오늘날 이 나라들의 존재가 또한 안전한가(그렇지 않다). 玄采 譯, 『越南亡國史』, 보성관, 1906, 1쪽

'공리'를 부정하고 '강권'을 주목하는 이러한 인식은, 비서구 세계를 식민지화하여 경제적 이익을 착취하려는 제국주의 열강들이 내세운 '만국공법'이 말짱 거짓임을 겪고 통찰한 데서 나온 것이다.[10] 제국주의의 강요로

10 만국공법이 문명한 국가들 사이에서만 통용될 뿐이어서 문명하지 못한 한국은 공법의 보호를 받을 수 없다는 현실은 이미 1880년대 중반에 개화파들에 의해서 두루 인식되고 있었다(박정심, 『한국 근대사상사』, 천년의상상, 2016, 126~7쪽 참조).

이루어진 문호 개방 자체가 불평등했다는 사실의 인식, 베트남과 같은 국가의 멸망이 남의 나라 일이 아니라 머지않아 중국이나 대한제국에도 다가올 수 있는 우리의 문제라는 위기의식이 바탕에 깔려 있다.

정도는 달라도 동일한 의식이, 주시경이 번역한 『월남망국사』박문서관, 1907에 로익형이 쓴 서序에서도 확인된다. 청과 우리나라는 관원들이 사사로운 욕심에 눈이 멀어 있고 백성은 무식하고 어리석어 국가를 생각하지 않는다 비판하고, 서양 세력에 대한 일본의 대처를 일본의 논리대로 소개한 뒤에, 다음과 같은 당부와 기대를 보이고 있다.

> 실샹으로 허물을 곳치고 실샹으로 새 일을 사랑ᄒᆞ며 실샹으로 힘써 ᄒᆡᆼᄒᆞᆯ 것이라 진심으로 ᄒᆞ고 지셩으로 ᄒᆞ면 아모리 어렵다 ᄒᆞ는 일이라도 반다시 우리의 원ᄒᆞ는 것을 일우리라
>
> 월남이 망ᄒᆞᆫ ᄉᆞ긔는 우리의게 극히 경계될 만ᄒᆞᆫ 일이라 그러나 이제 우리나라 사람들이 무론 귀쳔남녀로소 ᄒᆞ고 다 이런 일을 알아야 크게 경계되며 시셰의 크고 깁흔 ᄉᆞ실을 ᄭᆡᄃᆞ라 우리가 다 엇더케 ᄒᆞ여야 이 환란 속에셔 ᄉᆡᆼ명을 보젼ᄒᆞᆯ지 ᄉᆡᆼ각이 나리라 이럼으로 한문을 모르는 이들도 이 일을 다 보게 ᄒᆞ랴고 우리 셔관에셔 이ᄀᆞᆺ치 슌국문으로 번역ᄒᆞ여 젼파ᄒᆞ노라3쪽

당시의 환란을 극복하는 첫 단계를, 나라가 망한 외국의 경우를 국민 모두가 앎으로써 상황을 경계하게 되는 데서 찾고 있다. 한문을 모르는 절대다수의 백성을 위해 순국문으로 번역했다는 것이 이를 보여 준다. 민족사의 위기를 극복하기 위해서는 소수의 지사가 아니라 국민 모두가 나서야 한다는 것, 이를 위해서는 백성을 일깨워야 한다는 이러한 태도는 신채호에게서도 잘 보인다.

『이태리 건국 삼걸전伊太利建國三傑傳』광학서포, 1907을 역술한 신채호는 결론에서 다음처럼 말하고 있다.

> 伊太利之建國이 又豈但 三傑之功哉아 瑪志尼黨中에 無名之瑪志尼가 當不知幾百人이며 加里波的 麾下에 無名之加里波的가 當不知幾千幾百人이며 加富爾幕裡에 無名之加富爾가 當不知幾千幾百人이라 若三傑者ᄂᆞᆫ 不過 伊太利 全國民中에 其代表者三人而已니 全國이 倀倀ᄒᆞ야 不痛不癢ᄒᆞ면 雖有三傑이나 亦何能爲리오
>
> 이태리의 건국이 또 어찌 단지 세 위인만의 공이겠는가. 마치니 당 중에 당연히 무명의 마치니가 몇 백인지 모르며, 가리발디 휘하에 당연히 무명의 가리발디가 몇 천 몇 백인지 모르며, 카보우르 막사에 당연히 무명의 카보우르가 몇 천 몇 백인지 모른다. 세 위인 같은 이는 이태리 전국민 중에 대표자 삼 인에 지나지 않을 뿐이니, 전국이 갈팡질팡하며 아파하지도 가려워하지도 않는다면 비록 세 위인이 있다 해도 어찌 능히 일을 이루리오.94쪽

이 글의 서론에서 신채호는 애국자를 칭송하다시피 강조했다. 위대하고 장한 애국자가 없이는 강하고 흥성한 나라도 약하고 쇠할 수밖에 없다면서 애국자를 지극하고 성스럽다 상찬했던 것이다. 그런 뒤 이탈리아 통일의 위인 셋을 소개하여 애국적 영웅의 면모를 부각했다. 따라서 본문까지만 보면 국내외 영웅을 다룬 전기물을 여럿 쓴 단재의 생각이 영웅사관에 가까운 것은 아닌가 생각할 만하다. 이런 생각이 오해임을 위의 구절이 말해준다. 그러한 애국자들 휘하에 그들 못지않게 애국한 수많은 이탈리아 인들이 있음을 강조하는 것이다. 이러한 강조는 그 자체가 목적이 아니다. 수많은 국민이 문제를 인식하지 못한다면 국민의 대표일 뿐인 영웅이 이룰

수 있는 일은 없음을 지적하면서, 국난 극복의 실질적인 주체는 백성이요 국민이라는 주장을 내세우는 것이 목적이다.

이러한 상황을 종합하여, “이들 전기물이 보여 주고 있는 가장 중요한 특성은 개화의 물결과 함께 사회구조의 급격한 변화에 민감한 반응을 보이면서 당시인들에게 특히 중요해진 현실 영역을 목표로 하여 개화기에 요구되는 이상적인 인간형을 제시하고 있는 것이다”라고 정리할 수 있다.[11]

이하에서는 신채호의 활동을 중심으로 1900년대 애국계몽 문학의 흐름이 이후 어떻게 전개되어 나갔는지 짚어 본다.

단재丹齋 신채호申采浩는 1880년 충남 출생으로 조부가 정6품의 벼슬을 지냈으나 축재를 멀리하여 경제적으로 몰락한 상태에서 유소년기를 보냈다. 1897년 학부대신 신기선의 천안 서재에서 신구 서적들을 독파하였으며, 1898년 성균관에 입학하고 1905년 성균관 박사가 되었다. 독립협회 운동에 관여하고1898 문동학원文東學院을 설립하는1901 등 20세 약관의 나이에 애국계몽운동을 시작하였다. 1905년 『황성신문』 논설위원을 거쳐 『대한매일신보』 주필을 맡았으며, 1907년 항일 비밀결사 ‘신민회’의 조직에 참여했다. 1910년 4월 국치를 예감하고 신민회의 결의에 따라 블라디보스토크로 망명하여 1911년 이동휘, 이갑 등과 광복회를 조직했다. 이후 중국과 만주를 옮겨 다니며 여러 신문에 관여하고 독립운동가를 길러내는 교육기관들을 세우고 학생들을 가르쳤다. 1919년 상해 임시정부 수립에 참여했다가4월 미국 위임통치를 청원한 이승만에 반대하여 탈퇴하였으며7월, 그 전후로 대한독립청년당, 신대한동맹단, 대동청년당 등을 조직하거나 그에 관여했다. 1920년 만주 무장독립단체의 통합을 위해 군사통일주비위를 조직했으

11 권영민, 『한국 민족문학론 연구』, 민음사, 1988, 31쪽.

며 1921년에는 베이징에서 통일책진회를 발기했고, 1923년에는 의열단 고문격으로 「조선혁명선언」을 작성했다. 1927년 항일 민족통일전선 신간회에 발기인으로 참여했고 9월에는 무정부주의 연맹에 가입했다. 다음해인 1928년 무정부주의 동방연맹대회의 결의에 따라 위폐를 제조, 환전하려다 대만 지룽 항에서 체포되어5.8, 1930년 다롄 법정에서 10년 형을 받고 뤼순 감옥에 수감되었다. 1932년 병보석이 허가되었으나 친일 인사를 보증인으로 내세워야 하는 조건 때문에 거부하고, 1936년 2월 21일 감옥에서 사망하였다.[12]

간략히 정리한 위의 행적에서 뚜렷한 것은 신채호의 평생이 조선의 독립운동에 바쳐졌다는 사실이다. 좀 더 주의해서 보면, 외세에 의지하지 않고 일제에 무력으로 직접 맞서서 독립을 쟁취하는 방안이 옳다는 신념하에 독립운동 세력을 키우고자 끊임없이 사방팔방으로 분주히 움직였다는 점이 눈에 띈다. 제2차 세계대전의 종전과 더불어 일제로부터의 해방이 함석헌의 말처럼 '도둑처럼' 오긴 했지만, 상해 임정과 더불어 신채호가 국외에서 관여한 무장독립운동 노력이 없었다면 해방 3년 뒤 수립된 국가의 독립성과 정통성이 지금과 같지는 못했을 것이다. 이 점을 생각할 때, 망명객으로서 단재가 평생 겪은 고난이 우리 민족사에 있어 얼마나 값진 것인지 새삼 명확해진다.

독립운동가로 정처를 갖지 못하고 해외를 돌아다니면서도 신채호는 끊임없이 우리나라 역사를 탐구하였으며, 민족혼을 일깨우고 독립 정신을 고취하는 논설과 문학작품들을 썼다. 1908~9년간 『을지문덕』, 『수군 제일위인 이순신』, 『동국 거걸 최도통전』의 전기를 발표하고 「독사신론讀史新論」,

12 임중빈, 『단재 신채호 일대기』, 범우사, 1987, 연보 참조.

「천희당시화」 등을 썼으며, 뤼순 감옥 수감 기간에는 『조선일보』에 『조선사』와 『조선상고문화사』를 연재하였다. 또한 신채호는 자신의 독창성을 유감없이 드러내는 소설 「꿈하늘」1916과 「용과 용의 대격전」1928을 남겼다.

신채호의 전기는 형식 면에서 볼 때 사마천의 『사기』 이래 지속되어 온 열전列傳의 전통을 잇고 있지만, 전기를 쓰는 단재의 문제의식은 당대의 현실에 밀착되어 있다. 『을지문덕乙支文德』광학서포, 1908을 통해 이를 확인해 본다.

이 작품의 목차 '대동大東 사천재四千載 제1 대위인第一大偉人 을지문덕乙支文德 목록目錄'은 다음과 같다.

> 서론緖論 / 제1장 을지문덕乙支文德 이전以前의 한한韓漢 관계關係 / 제2장 을지문덕乙支文德 시대時代의 여수麗隨 형세形勢 / 제3장 을지문덕乙支文德 시대時代의 열국列國 상태狀態 / 제4~7장 을지문덕乙支文德의 의백毅魄, 웅략雄略, 외교外交, 무비武備 / 제8장 을지문덕乙支文德의 수완하手腕下에 적국敵國 / 제9장 수구隨寇의 성세城勢와 을지문덕乙支文德 / 제10장 용변호화龍變虎化의 을지문덕乙支文德 / 제11장 살수薩水 대풍운大風雲의 을지문덕乙支文德 / 제12장 성공成功 후後의 을지문덕乙支文德 / 제13장 구사가舊史家 관공管孔의 을지문덕乙支文德 / 제14장 을지문덕乙支文德의 인격人格 / 제15장 무시무종無始無終의 을지문덕乙支文德 / 결론結論

여기서 가장 먼저 눈에 띄는 것은, 이 시기의 전기 중 인물의 일대기를 보여 주는 『비사맥전比斯麥傳』황윤덕, 보성관, 1906이나 『신소설 애국 부인전愛國婦人傳』숭양산인, 광학서포, 1906, 『라란 부인전羅蘭夫人傳』권지단, 대한매일신보사, 1908, 『미국 대통령 싸퓌일트젼』현공렴, 탑인사, 1908 등과 달리, 신채호가 을지문덕의 일대기를 기술하지는 않는다는 사실이다.[13] 그 대신에 단재는, 을지문덕 시대의 국제적인 상황을 분석한 위에, 수나라와의 전쟁을 피하지 않고 맞닥뜨리고

자 한 을지문덕의 결정이 갖는 의미를 분석, 강조하고, 사료에 근거한 설명을 부가하면서 살수대첩을 기술한 뒤에 을지문덕에 대한 평가로 나아가고 있다. 이렇게 저자는, 여러 사료들에 근거하여 상세한 설명을 시도하고 인물이나 상황에 대한 해설을 가하며 여타 역사가의 의견을 인용하거나60쪽, 13장 통념을 제시한 뒤에 비판하는15장 등 다양한 방식을 동원하여, 을지문덕의 업적을 새롭게 제시한다. 전통적인 열전과 마찬가지로 역사서적인 성격을 짙게 띠면서 을지문덕의 위인됨을 당대 현실에 비추어 다시 평가하고 강조하는 것이다.

작가이자 역사가로서 신채호가 보인 이런 특징은, 수나라의 침략에 맞서 고구려를 지켜 낸 을지문덕을 기리면서 망국의 위협을 목전에 둔 상황에서 취해야 할 바가 무엇인지를 내세우려는 의도에 따른 것이다. 이러한 의도는 저자가 직접 문면에 등장할 만큼1, 55, 74쪽 등 강하다. 신채호가 『을지문덕』을 통해 독자에게 바라는 바는 다음 구절들에서 뚜렷이 확인된다.

> 我權이 未墜어던 劒과 血로 此를 保護홀 而已며 我權이 已墜어던 劒과 血로 此를 索還홀 而已오
>
> 우리의 주권이 아직 추락하지 않았으면 칼과 피로 이를 보호할 것이며 우리의 주권이 이미 추락했다면 칼과 피로 이를 되찾아와야 할 뿐이다.25쪽

> 土地의 大로 其國이 大홈이 아니며 兵民의 衆으로 其國이 强홈이 아니라 惟

13 신채호의 다른 역사소설 『슈군의 뎨일 거룩혼 인물 리슌신젼』(『대한매일신보』, 1906.8.11.~10.24) 또한 그러하다. 이 소설은 목차상으로 2장 '리슌신이 어려슬 때와 쇼시ㅅ젹의 일'과 3장 '리슌신의 츌신과 그 후에 곤란'을 두어 일대기의 구성처럼 보이나, 정작 이 부분의 내용은 이순신의 일화 몇 가지 외에는 당대의 상황을 기술할 뿐이다. 역시 일반적인 전기와는 차이를 보이는 것이다.

自强自大者가 有ᄒᆞ면 其國이 强大ᄒᆞᄂᆞ니 賢哉라 乙支文德主義여 乙支文德主義ᄂᆞᆫ 何主義오 曰 此卽 帝國主義니라

토지가 크다고 나라가 큰 것이 아니며 군사가 많다고 나라가 강한 것이 아니다. 오로지 스스로 강하고 큰 자가 있을 때 그 나라가 강대해지는 것이니 을지문덕주의야말로 현명한 것이다. 을지문덕주의란 어떠한 것인가. 제국주의이다.31쪽

첫째 인용은 하란荷蘭, 네덜란드의 예를 들며 하는 말인데, 어느 경우든 싸움을 피하지 않는 자세를 요청하고 있다. 평생 무장독립운동을 위해 헌신한 투사다운 발언이다. 이는 뒤의 「꿈하늘」과 「용과 용의 대격전」에서도 반복되며, 1931년 『조선일보』에 연재한 『조선상고사』 총론의 첫머리에서 "역사歷史란 무엇이뇨. 인류 사회人類社會의 「아我」와 「비아非我」의 투쟁鬪爭이 시간時間부터 발전發展하며 공간空間부터 확대擴大하는 심적 활동心的活動의 상태狀態의 기록記錄"전집 상, 31쪽이라고 집약적으로 표현된다. 역사를 '아'와 '비아'의 투쟁으로 보는 이러한 역사관은, 세상에는 '공리'가 없고 '강권'만 있다는 양계초와 마찬가지로 당대 세계정세의 실상을 그대로 인정하면서 정립한 현실의 사상이라 할 것이다.

다음 인용은 조선이 취해야 할 방향으로 '을지문덕주의'를 제창하면서 그것이 제국주의라고 규정한다. 영웅 중심의 제국주의가 우리나라가 독립을 이룰 수 있는 방책이라고 한 것이다.

이를 형식논리상으로 보면 일제를 포함한 서구 제국주의를 비판할 수 있는 이념적인 입지를 스스로 없애는 것이라고 우려할 수도 있다. 실현 가능성이 희박하다는 형세에 주목하여 실력을 먼저 키우자며 거리를 둘 수도 있다. 전자는 일리가 있는 걱정이지만, 그러한 이념적 도덕적 입지가 이민족의 지배 상황을 벗어나게 해 줄 수는 없다는 엄연한 사실을 생각해 보면,

너무 한가해서 사실상 아무런 쓸모도 없다고 하지 않을 수 없다. 이른바 실력양성론인 후자는 실제로는 투쟁을 제외한 교육에 집중하면서 고작해야 자치를 청원하는 정도에 그치고 만다. 지배자의 지배를 인정한 채 그 속에서의 선처를 구하는 것일 뿐이기에 이 또한 우리가 역사적으로 기릴 수는 없는 것이다.

이 모두가 어찌 보면 일제가 유포한 조선인의 자민족 비하주의 및 식민사관에 닿아 있는 것이기도 한데, 단재는 이러한 입장들과 단호히 선을 긋는다. 위력을 앞세워 이익을 챙기는 제국주의에 맞서 식민지가 자신의 안위와 이익을 회복하는 유일한 길은 제국의 지배에 물리적으로 맞서는 길밖에 없다는 엄연한 사실을 냉정하게 직시하는 까닭이다. 서양 제국주의에 맞서기 위해 일본이 스스로 제국이 되었듯이, 일제의 지배로부터 벗어나기 위해 조선이 해야 할 일 또한 일본과 맞설 수 있는 제국이 되려고 노력하는 것 외엔 달리 없으며 그렇게 되기 위해서는 을지문덕과 같은 영웅을 길러내야 한다고 단재는 믿는다.[14]

신채호의 이러한 뜻을 정확히 읽은 것이 작품의 앞에 달린 도산 안창호의 서敍이다.

余가 海外各國에 旅行ᄒᆞᆫ즉 其國 英雄의 劍을 揮ᄒᆞᆫ 處에 幾千百人이 謳歌ᄒᆞ며 血을 流ᄒᆞᆫ 處에 幾千万人이 蹈舞ᄒᆞ야 身이 有ᄒᆞᆫ 者ᄂᆞᆫ 其身을 英雄에게 獻ᄒᆞ며 才가 有ᄒᆞᆫ 者ᄂᆞᆫ 其才ᄅᆞᆯ 英雄에게 獻ᄒᆞ며 學問이 有ᄒᆞᆫ 者ᄂᆞᆫ 其學問을 英雄에게

14 단재의 이러한 생각은 곧 변화를 맞는다. 제국주의와 민족주의를 갈라서 생각하면서, '먼로주의'가 백기를 든 이후 소위 6대 강국이니 8대 강국이니 하는 제국주의가 민족주의가 박약한 나라를 침략하므로, 제국주의에 맞서기 위해서는 민족주의를 '팽창적 웅장적 견인적'으로 발휘해야 한다고 주장하는 것이다(「帝國主義와 民族主義」, 1909.5.28, 전집 하, 108쪽).

獻ᄒᆞ야 一國이 英雄을 따ᄒᆞ고 同進ᄒᆞᄂᆞ 故로 英雄이 輩出ᄒᆞ야 華盛頓 以後에 許多 華盛頓이 有ᄒᆞ며 拿破倫 以後에 許多 拿破倫이 有ᄒᆞᆷ이어ᄂᆞᆯ (…중략…) 著者가 此로 讀者의 樽前茶後에 談柄을 資코자 ᄒᆞᆷ이 아니라 祖國의 名譽歷史ᄅᆞᆯ 擧ᄒᆞ야 卑劣者ᄅᆞᆯ 警省ᄒᆞᆷ이며 (…중략…) 先民의 偉大事業을 賛ᄒᆞ야 國民의 英雄 崇拜心을 鼓吹ᄒᆞᆷ이며 (…중략…) 熱誠的 冒險的의 古人 往跡을 描畵ᄒᆞ야 二千年後 第二 乙支文德을 喚起ᄒᆞᆷ이니 凡我 讀者ᄂᆞ 恒常 此意로 此著를 讀ᄒᆞᆯ지어다

내가 해외 각국을 여행한즉 그 나라 영웅이 칼을 휘두른 곳에서 수많은 사람들이 노래를 부르고 피를 흘린 곳에서 수많은 사람들이 춤을 추며, 몸이 있는 자는 그 몸을 영웅에게 바치고 재주가 있는 자는 그 재주를 영웅에게 바치며 학문이 있는 자는 그 학문을 영웅에게 바쳐, 온 나라가 영웅을 부르며 함께 나아가는 까닭에 영웅들이 배출되어 워싱톤 이후에 많은 워싱톤이 생기며 나폴레옹 이후에 많은 나폴레옹이 생기는 것이거늘 (…중략…) 저자가 이 책으로 독자들의 술자리나 다과에 이야기 자루를 제공하고자 함이 아니라 조국의 명예로운 역사를 들어 비열한 자들을 깨우치고자 함이며 (…중략…) 조상의 위대한 사업을 기려 국민의 영웅 숭배심을 고취하고자 함이며 (…중략…) 열성적이고 모험적인 고인의 행적을 그림으로써 이천 년 후인 오늘 제이의 을지문덕을 불러일으키고자 함이니, 우리 독자들은 항상 이런 뜻으로 이 책을 읽어야 한다.[1~4쪽]

비열한 자들을 깨우치고 국민의 영웅 숭배심을 고취하여 국민들 속에서 수많은 영웅이 나오게 하려는 것이 『을지문덕』의 저술 취지라고 정확히 지적하면서, 도산은 이를 명심하고 책을 읽어야 한다고 독자들에게 당부하고 있다. 영웅이 있은 후에 그를 따르는 제이의 영웅들이 생길 수 있다고 본 점에서 도산이 단재와 뜻을 같이 한 것이다.

함께 실린 변영만의 서序는 "吁我國書籍界 烏有所爲書籍者哉 就十分而言五

分 朝家之頌德詩也 三分程朱之讚美歌也 二分韓蘇李杜輩之唾之餘而猶不能彷佛其萬一者也 就全體而槩言之奴隸學也(슬프다 우리나라의 서적계에 소위 서적이라는 것이 어찌 있으랴. 10분의 5가 조정의 송덕을 기리는 시이고, 10분의 3이 유교 성현을 찬미하는 노래며, 10분의 2가 한유와 소동파, 이백, 두보를 좇아 한시를 짓되 그 만분의 일도 방불케 못 하는 것이니, 전체를 들어 개략적으로 말하면 노예학이라)"1쪽라 하여 1908년의 시점에 『을지문덕』과 같은 역사전기물이 갖는 의의를 한껏 강조하고 있다. 신소설은 물론이요 개화기 교과서나 단형서사체 등을 고려하지 않고 전통적인 한적만 염두에 두고 있지만, '노예학' 여부를 따질 때 『을지문덕』과 같은 작품만이 그것을 벗어나 있다는 사실을 강조한 점은 아무런 문제도 되지 않는다 하겠다.

신채호의 역사전기물에 대한 평가는 당대에 이미 높게 마련되었다. 자산 안확은 신채호의 이름이 강호에 널리 알려져 있으며 문예가 혁혁하다 했으며,[15] 김태준은 단재의 역사소설이 그의 독창에서 나와 새로운 국면을 개척한 것이자 융성한 정치 관념과 국가 관념을 반영한 시대의 산물이라고 의의를 부여했다.[16]

지금까지 살펴본 바 단형서사체와 역사전기가 주를 이룬 1900년대의 애국계몽 문학은 현대문학으로서의 한국 민족문학의 뿌리를 이룬다. 이러한 문학적 유산은 일본 제국주의의 식민 지배 기간 그 줄기와 잎이 무성하게 자라지는 못했어도 농민문학, 노동자 문학 등으로 면면히 이어졌으며, 해방 이후 각 시기마다 운동으로서의 문학으로 크게 소생했다.

단형서사체와 역사전기로 대표되는 1900년대 애국계몽 문학이 한국 현대 민족문학의 뿌리가 될 수 있었던 데는, 이들 문학이 갖는 확장적인 성격

15 안확, 『조선문학사』, 한일서점, 1922, 124쪽.
16 김태준, 『조선소설사』(청진서관, 1933), 예문, 1989, 190쪽.

곧 문학 장에 갇히지 않고 사회 전반과 부단히 교섭하는 특성이 작용했다. 단적으로 말해서 1900년대의 애국계몽 문학이란, '반봉건 근대화'와 '반외세 자주화'를 시대적 과제로 의식하면서 새로운 문명을 받아들여 자주적인 근대국가를 수립하고자 한 민족운동의 한 요소였다.

이러한 상황을 가능케 한 것은 두 가지다. 하나는 1900년대 애국계몽 문학 운동을 이끈 인물들이 동시에 민족운동의 주역이었다는 사실이다. '국문소설 개량론'을 펼치면서 문학을 민족사회 운동의 수단으로 적극적으로 활용하고자 한 개신유학자들이야말로 당시 민족운동의 주요 인사들이었음은 따로 설명이 필요하지 않은 사실이다. 이들은 문이재도文以載道와 같은 재래 문학관의 연장선상에서 민족과 국가의 앞날을 위한 운동으로서의 문학을 지향했으며 그 결과로 산출된 것이 바로 민족주의적인 열망이 충일한 단형서사체와 역사전기물이다.

1900년대 애국계몽 문학이 당대 민족운동의 한 요소로 작용하여 한국 민족문학의 뿌리가 될 수 있게 한 또 다른 요인은, 문학계와 공론장이 분리될 수 없을 정도로 밀접한 관련을 맺었던 상황이다. 1900년대의 문학계는 1883년『한성순보』이래 등장하기 시작한 신문들과 전국 각지에서 출현한 각종 학보 및 만민공동회 등이 형성하기 시작한 근대적인 공론장과 밀접하게 연관되어 있다. 이러한 관련 또한 두 분야의 주동 인물들이 사실상 겹치는 데서 가능해졌다. 공론장을 이끈 인물들이 곧 문학계의 혁신을 꾀한 인물들이었다. 개신유학자로 이루어진 이들 문학인이 곧 민족운동가요 지식인이었던 것이다.

문학자가 민족사회의 미래를 위해 고투하는 지식인의 중요한 축이 되는 이러한 양상은 식민지 시대를 거쳐 1980년대까지 면면하게 이어진다. 이것이 1900년대로부터 1980년대에 이르기까지 근 80년간 한국 현대문학의 중심 역할을 한 문인-지식인의 전통이다. 문학이 사회와 밀접히 교섭하며 국가와 민족의 미래를 위해 분투하는 이러한 전통의 단초를 보였다는 점에 1900년대 애국계몽 문학의 역사적인 의의가 있다.

제2장

이상주의적 개척자의 등장과 매판적 정치소설

이인직의 『혈의 누』(1906)가 놓이는 자리

최초의 신소설은 1906년 7월 22일부터 10월 10일에 걸쳐 『만세보』에 연재된 국초 이인직의 『혈血의 누淚』이다.[1] 이 작품에서 가장 눈에 띄는 점은 소설의 배경이 매우 넓다는 사실이다. 주요 인물들의 활동 무대가 미국과 일본에 걸쳐 있다. 작품의 시작은 평양이지만 주인공 옥련이 성장하는 것은 일본 대판大阪, 오사카이며, 공부를 마치고 귀국하면 국가와 사회에 유익한 사람들을 길러내겠다는 결심을 하는 것은 미국 워싱턴에서이다. 1906년에 연재된 소설이 이렇게 외국으로까지 작품 배경을 넓힌 사실은 무엇을 의미할까. 이 질문의 답을 찾는 것으로 시작하자.

먼저 확인해 둘 것은 이러한 설정이 터무니없는 것은 아니라는 사실이다. 당시에 이미 적지 않은 한인들이 미국으로 이주했기 때문이다.

대한제국 시기 한인의 미주 이민은 주한미국공사인 알렌의 제안으로 진행되어, 1902년 11월 여권 업무를 관장하는 유민원綏民院이 설치되고 이민 모집 광고가 행해졌다. 이민 업무를 관장하는 동서개발회사가 알렌의 지인인 데이비드 데슐러에 의해 설립되고, 현순, 장경화, 안정수 등이 이 회사에서 근무했다. 그 결과 1902년 12월 22일 장경화, 안정수 등 기독교도 50여 명이 포함된 122명이 제물포를 떠나 1903년 1월 12일 호놀룰루에 도착, 최종적으로 86명이 하와이에 상륙하게 된다. 이것이 1차 이민단이다. 이후 1905년 8월까지 총 7천 4백여 명이 하와이로 이주하였다. 한편 멕시코로의 노동 이민도 시행되었다. 일종의 국제이민 브로커와 일본의 대륙식민회사가 결탁한 불법적인 사업으로 1904년 11월부터 멕시코 이주 '농부 모집 광고'가 게재되어, 1905년 4월 초 1,033명이 제물포를 떠나 40여 일의 항해 끝에 멕시코 유카탄반도에 도착했다. '부채 노예' 형태로 4년간의 계약 노

---

1 여기서는 융희 2년(1908년)에 나온 광학서포 재판본을 대상으로 한다. 이하 『혈의 누』로 표기한다.

동을 마친 후 이들은 1909년 쿠바로 건너가 정착했다.

이들 노동 이민자 외에도 미주로 이주하는 한인들이 있었다. 이주 노동자들의 결혼을 위해 '사진 혼인'이 생겨났는데 1910년부터 1924년 사이에 천 명 내외의 신부들이 신랑감의 사진만 보고 하와이와 미국 본토로 건너갔다. 순수 유학생도 없지 않았다. 1882년의 조미수호조약 이후 일제 식민 통치기까지 천 명 정도가 미국에 가서 공부했다.[2]

이렇게 20세기 초반에 대략 만 명 정도의 한인들이 하와이와 아메리카대륙으로 이주하였다. 이런 역사적 사실을 생각하면 『혈의 누』가 일본과 미국을 작품 세계로 삼은 것은 허황된 것이 아니라 하겠다. 물론 그렇다고 일본과 미국 사회에 대한 리얼리즘적인 재현이 이루어진 것은 아니다. 작가가 미국에 가 본 것이 아니니 그럴 수밖에 없기도 하지만, 이 시기 대부분의 신소설들이 당대의 사회 현실을 사실적으로 재현하는 데는 관심이 없었으므로 이 점을 들어 『혈의 누』를 폄하할 일은 아니다.

사정이 이러하기 때문에, 우리의 관심은, 리얼리즘적으로 재현할 능력도 의도도 없으면서 일본과 미국을 배경으로 삼은 까닭에 놓인다. 작품의 효과를 확인해 보면 몇 가지 이유를 찾을 수 있다. 크게 보아, 문명개화를 지향하면서 서구 문명을 배우려는 의지를 고취하려는 것이 하나요, 대한제국 시기 조선 사회에 대한 비판 의욕이 다른 하나다. 여기에 더해 작가의 친일적인 성향도 한몫했다고 할 수 있다. 주인공 옥련의 행적을 중심으로 『혈의 누』의 스토리를 정리한 뒤 이들을 살펴본다.

청일전쟁이 끝나며 평양에 일본군이 진군하던 날, 일곱 살 어린 나이의 옥련

---

2 고정휴, 『태평양의 발견 대한민국의 탄생』, 국학자료원, 2021, 161~7쪽.

은 부모를 잃고 헤매다 총을 맞고 이튿날 일본 적십자 간호부에 의해 구출된다 33쪽. 3주 못 되어 완치된 그녀는 집에서 (남편과 딸을 잃었다는 생각에 자살하러 나간) 모친의 유서를 보고, 다시 일본 군의軍醫를 찾아가 그의 양녀 격으로 일본 대판으로 건너간다. 군의의 죽음 이후 부인의 눈치를 보며 3년을 지내 심상소학교를 우등으로 졸업한다. 자신 때문에 개가를 못 하는 부인의 신세타령에 두 차례 자살을 시도한 끝에, 남의집살이하고자 정처 없이 집을 나선다58쪽. 기차에서 우연히 (미국 유학차 길을 나선) 구완서를 만난다. 구완서의 권유와 도움으로 함께 미국 유학 길에 올라 3주 만에 상항에 도착한다65쪽. 말이 통하지 않아 고생하던 차, 강유위의 도움으로 워싱턴에 가서 청인들과 공부하게 된다. 5년 뒤 고등소학교를 우등으로 졸업하여 신문에 기사가 실린다. 이 기사를 미국 온 지 10년 되는 김관일이 보고 딸을 찾는다. 구완서가 옥련의 학업 성취를 칭찬하며 서로 '하오'체로 대등하게 대화하자 한다. 남의 신세를 지는 처지를 근심하여 죽고 싶은 생각도 드나, 제 신세는 운수에 따르려니 하며 공부에 집중한다. 김관일이 낸 옥련의 거처를 묻는 광고를 보게 되어 찾아가 부녀가 상봉한다. 부친을 통해 모친의 생존을 확인한다. 부녀가 구완서를 찾아가, 김관일이 구완서의 도움을 치하하고 옥련과 백년가약 맺기를 청한다. 구완서와 옥련이, 몇 년 더 공부한 후 귀국하여 혼인하자며 언약을 맺고 서로의 포부를 보인다86쪽. 홀로 불행하게 지내던 옥련 모가 옥련의 편지를 받고 놀란다87~94쪽.

표시된 쪽 수에서 확인되듯, 일본에서의 이야기가 33~64쪽 총 32쪽 분량에 걸쳐 있으며 미국의 경우는 65~86쪽 22쪽에 해당한다. 일본과 미국에서의 서사가 54쪽에 걸쳐 있어 소설 전체의 반 이상이 해외를 배경으로 하고 있다. 작품의 앞부분은 대체로 조선에 있는 옥련 모의 수난을 보이는데 이는 여성의 수난이라는 고소설의 상투적인 방식을 연장한 것으로서 독자들의 흥미를 끄는 기능을 한다.[3] 이 부분이 『혈의 누』 전체의 주제효과에서 큰 비중을 차지하고 있지는 않음을 고려하면, 이 소설의 초점은 단연 일본과 미국에서 옥련이 겪는 사건에 놓여 있다 하겠다.

옥련의 서사는, 그녀가 겪는 여러 어려움에도 불구하고 고소설들에서 확인되는 수난사와는 거리가 멀다. 크게는 천리天理 작게는 윤리倫理의 흩어짐과 바로잡힘에 의해 주인공의 수난이 펼쳐지고 극복되는 고소설들과는 달리, 옥련의 수난은 청일전쟁이라는 열강의 각축에 의한 것이고 그 극복 과정은 외부의 원조를 수반하기는 하되 궁극적으로 본인의 노력과 의지, 영민함에 의한 것이다. 따라서 고난에 초점을 맞추더라도 『혈의 누』는 수난사라기보다는 고난의 극복 이야기이며, 전체로 보자면 문명개화를 위한 의지, 신문명을 습득하려는 도전의 이야기다. 그녀의 일본행은 의지가지할 데 없는 고아가 일본인에 의해 구원되는 것이지만 일본에서의 행적은 부지런히 공부하며 영민함을 뽐내는 것이다. 다시 정처없는 신세가 된 옥련이 구완서의 설득에 동조하여 미국행을 감행하는 것은, 신문명의 공부를 위해 낯선 타국을 두려워하지 않는 의지의 결과이다.

어린 소녀의 이러한 의지를 가능케 한 힘은 무엇인가. 답을 당겨 말하자면, 서구 문명을 배워야 한다는 작가의 의식이다. 애초에 옥련의 가족이 뿔뿔이 헤어지게 된 것 자체가, 김관일과 옥련 부녀를 미국으로 보내기 위한 작가의 설정에 따른 것이다. 작가의 이러한 태도는 김관일과 구완서의 유학행에서도 잘 확인된다. 김관일의 경우, 피난 중에 처자를 잃은 직후건만, 나라 사업을 하기 위해 세계를 주유하며 공부를 하겠다고 출가를 결심하는 모습을 보인다14쪽. 아내와 딸을 찾을 생각은 전혀 하지 않은 채 말이다. 구

---

3 『혈의 누』에 구사된 우연과 관련하여 이러한 흥미 요소를 검토한 것으로, 박상준, 『형성기 한국 근대소설 텍스트의 시학－우연의 문제를 중심으로』, 소명출판, 2015, 2장 3절 참조.

완서도 다르지 않다. 부모 몰래 미국 유학차 길을 나섰다는 것이다64쪽. 이렇게 현실성에 전혀 구애받지 않으면서 작가는 김관일과 구완서를 미국으로 보내 버린다.

이러한 처리는 두 가지 의미를 드러낸다. 일본과 미국에 발전된 서구 문명이 있다는 생각이 하나고, 식민지로의 전락을 앞둔 상황에서 우리가 할 일은 그 문명을 습득해야 한다는 것이 다른 하나다.

김관일의 미국행이 바로 이러한 이유로 이루어졌는데, 그의 열의가 얼마나 강한지는 가족의 생사를 아랑곳하지 않은 데서 잘 확인된다. 구완서도 그에 못지않다. 일본에서 우연히 만난 옥련에게 함께 미국으로 가자 할 때 그는, 공부하여 야만을 면해야 '일청전쟁' 같은 난리를 다시 겪지 않으리라면서, 부인교육을 통해 문명의 길을 열라고 주문한다65쪽. 이러한 요구는 옥련에게 개인적으로 호의를 베푸는 것이 아니라 민족을 생각하는 차원에서 미래를 위해 노력해 달라는 공적인 부탁에 해당한다. 구완서가 옥련에게 베푼 호의가 공적이라는 사실은, 자신이 학비를 대 줄 테니 걱정하지 말라면서 유학을 권유하고 그대로 실행하되, 미국에서 옥련이 고등소학교를 우등으로 졸업할 때까지 자기 자신에 대해서는 이름조차 밝히지 않았던 데서 잘 확인된다69~71쪽. 구완서는 이렇게 사적인 욕망과는 전혀 무관하게 민족적 대의 차원에서 옥련을 대하고 있다.

김관일과 구완서, 김옥련의 미국 유학은 이렇게, 아무리 20세기 초의 일이라 해도 도무지 그럴 법하다고 생각하기 어려운 방식으로 설정되어 있다. 개연성이 전혀 없다시피 되어 있는 것인데, 바로 그만큼 강력하게 신문명의 수용과 계몽에 대한 작가의 의지가 관철되어 있다고 하겠다.

이러한 의지에 의해 『혈의 누』의 이들 세 인물은 신문명의 습득을 위해 매진하는 인간, 신문명을 찾기 위해서는 아무것도 돌보지 않는 개척자의 면모를 띤다. 이들에게는 가족과의 화합보다 서구의 발달된 문명을 습득하는 일이 훨씬 더 시급하다. 이들을 추동하는 것이 일신의 영달이 아니라 국가 사회의 발전이라는 점도 특기할 만하다. 이렇게 사회 현실의 문제를 해결할 수 있는 능력을 갖추려고 이들은 말 그대로 이역만리 낯선 곳을 두려워하지 않고 그리로 건너가 새로운 것을 추구한다. 현실 너머를 두려워하지 않고 일신을 돌보지 않으며 매진하는 이러한 모습이야말로 이상주의적인 개척자의 그것에 다름 아니다.

우리 신소설의 서장은 이렇게 이상주의적인 개척자의 등장으로 이루어졌다. 열악한 현실 속에서 일신의 안녕을 추구하는 대신 보다 나은 세상을 건설하기 위해 자신을 개조하려는 인간, 국경에 매이지 않고 발전된 타국의 것을 열렬히 받아들이고자 하는 개방적 인간이 등장한 것이다. 물론 이러한 인간형은 당대 사회의 반영이기도 하다. 조선을 대한제국으로 바꾸는 데 한몫을 한 선구적인 민의의 담지자들과 그 지도자들의 사고와 행적의 문학적 반영이라 할 수 있는 것이다. 따라서 『혈의 누』의 유학파들은 갑오개혁 이래 급변하는 사회 상황의 반영에 해당하며, 바로 이러한 인물을 제시했다는 점에서 『혈의 누』는 일반 역사 및 정신사에서 자신의 몫을 차지한다.

그러나 이상주의적인 개척자의 형상화가 갖는 역사적인 의의는 단선적이지 않다. 우리가 사는 세상을 좀 더 낫게 만들려는 의지 자체는 숭고한 이념에 해당하지만, 그 방법에 있어서 외국의 것을 어떻게 대하며 그것과 우리 현실의 관계를 어떻게 가져가는가 하는 문제, 일의 진행에 있어 우리 민족 우리 국민의 자주성은 어떻게 살리는가 하는 실제적인 문제들이 얽히기 때문이다. 사회를 변화, 발전시키는 데 있어 목표로 내거는 청사진을 외국에서 구하는 일의 의의와 그에 따라 생기는 문제와의 관계 곧 근대의 기획이라는 보편사적인 의의와 외래 문명과 우리 현실의 적합성 문제 및 사회 개조에 있어서 국민의 자주성 문제와의 관계는 여전히 현재적 쟁점이다.

이러한 점을 두루 고려하는 자리에 설 때, 『혈의 누』가 보이는 이상주의적인 특징이 동시에 서구 중심주의, 서구 추수주의의 문제를 띤다는 사실을 간과할 수 없다. 김관일의 혼인 제안 이후 구완서가 옥련에게 하는 다음 말을 보자.

> 우리가 입으로 조선말은 ᄒᆞ더ᄅᆡ도 마음에ᄂᆞᆫ 셔양 문명한 풍속이 저젓스니 우리ᄂᆞᆫ 혼인을 ᄒᆞ여도 셔양사ᄅᆞᆷ과 갓치 부모의 명녕을 좃칠 거시 아니라 우리가 셔로 부부될 마음이 잇스면 셔로 직접 ᄒᆞ야 말ᄒᆞᄂᆞᆫ 거시 오른 일이다 그러나 우션 말부터 영어로 슈작ᄒᆞᄌᆞ 조션말로 ᄒᆞ면 입에 익은 말로 외짝히라 ᄒᆞ기 불안ᄒᆞ다84쪽

두 가지가 눈에 띈다. 옥련과 자신의 혼례 이야기에 부모는 제쳐 두고 둘이 직접 이야기하는 것이 옳다는 구완서의 주장이 하나다. 오늘날의 경우에 비춰봐도 실제적이지도 자연스럽지도 않은 말이지만 『혈의 누』에서는 절대적으로 옳은 것인 양 처리되어 있다. 서로 직접 말하는 것이 '옳다'는 말은 그러한 판단이 의지의 문제가 아니라 진리 혹은 윤리 규범의 문제로 인식되고 있음을 알게 한다. 옥련의 아버지 김관일이 구완서의 뜻을 좇아 아무런 말참견도 없이 가만히 있는 장면85쪽에서 이러한 인식이 바로 작가의 것이기도 하다는 점이 확인된다. 『혈의 누』가 보이는 이러한 처리는, 등장인물 셋에 더하여 작가까지 모두가 '서양의 문명한 풍속'은 올바른 것이며 따라서 그것을 따르는 것이 바람직하다고 굳게 믿고 있음을 알려 준다.

이러한 믿음이 얼마나 강렬한지는 우리말이 아니라 영어를 쓰자는 데서

도 확인된다. 영어로 말하자는 구완서의 제안에는 서구 문명에 대한 적극적인 수용 태도와 전통문화에 대한 거리감 두 가지가 작용하고 있다. 진리로서 따라야 할 올바른 것으로 간주되는 서양의 신문명을 제대로 수용하기 위해서는 서구 문명을 이루는 말을 존중해야 한다는 생각이 깔려 있는 것이다. 언어가 사유의 집이라는 점까지 들추지는 않는다 해도 언어가 문화의 저장고이자 핵심이라는 점은 당연한 사실이며, 그러한 문화가 문명의 근간인 것도 설명이 필요하지 않다. 따라서 신문명을 적극적으로 받아들이고자 하는 입장에서 영어를 존중하는 것은 올바르기도 하고 자연스럽기도 하다 할 만하다.

영어로 말하자는 구완서의 제안은 한 가지 의미를 더 갖는다. 바로 전통문화에 대한 거리 두기 혹은 거부이다. 혼인 문제를 이야기하면서 부모는 제쳐 두고 당사자들끼리만 직접 말하자는 처리 자체가 우리나라의 전통적인 혼례 문화를 거부하는 것임은 당연한데, 그러한 논의를 우리말이 아니라 영어로 말하자는 데서 이러한 거부가 한층 강화된다. 구완서가 영어로 말을 하자고 하는 이유는 무엇인가. "조선 말로 하면 입에 익은 말로 외짝해라 하기 불안"하기 때문이다. 이 구절은 '외짝하다'의 뜻을 알 수 없어 그 의미가 모호한데, 인용 구절을 이끄는 첫 문장과 함께 놓고 문맥상으로 짐작해 볼 수 있다. 구완서의 첫마디는 "이ᄋᆡ 옥년아 어- 실쳬하엿구. 남의 집 쳐녀더러 ᄯᅩ ᄒᆡ라 ᄒᆞ얏구나"이다. '옥련아'라고 우리말로 부르면 체면을 잃게 된다는 이 구절과 함께 생각해 보면, 영어로 말하자는 제안의 이유는, 남녀차별과 존대법이 없는 영어로 말하면 불안함 없이 자유롭게 의사를 표현할 수 있다는 뜻으로 볼 수 있다. 이렇게 각자 자기 자신의 생각을 자유롭게 말하기 위해 영어를 쓰자고 제안한 데서, 전통문화에 대한 거리 두기가 재차 확인된다.

위의 인용에서 눈에 띄는 또 다른 하나는, 혼인과 같은 중요한 문제에 대해 구완서는 물론이요 옥련 또한, 말로 꺼내 서로 논의할 만한 자기 생각이 명확하게 있다는 점이 전제된다는 사실이다. 무슨 말인가. 이러한 판단의 의미는 10년여 뒤에 나오는 이광수의 『무정』1917과 비교할 때 분명해진다. 『무정』의 주인공 이형식은 부부가 되기로 맺어진 김선형을 두고, 결혼의 전제 조건으로 생각되는 사랑이 선형에게 있는지 끊임없이 확인하고자 하며 자신의 사랑은 진짜인지까지 의심한다. 둘의 약혼식은 선형의 아버지 김 장로와 목사가 참여해서 목사의 주도로 이루어지는데, 신식으로 해야 된다는 강박에 사로잡혀 있을 뿐 어떻게 하는 것이 신식 약혼인지는 아무도 몰라 쩔쩔매는 상태로 진행된다. 이러한 『무정』의 상황에 비할 때, 『혈의 누』의 구완서는 서양식으로 약혼을 하는 데 있어 어떠한 의문도 무지도 전혀 없는 모습으로 그려져 있음이 확연하다. 구완서뿐 아니라 김관일과 옥련도, 사태의 전개를 자연스럽게 대하는 데서, 그렇게 설정되어 있음이 명확하다.

『혈의 누』의 세 인물이 보이는 이와 같은 태도는, 그들이 (심지어는 작가 이인직이) 서양의 사랑과 혼약이 어떤 것인지를 확실히 알기 때문에 취하는 행동일 리 없다. 1906년의 시점에서는 그럴 계제가 거의 없는 까닭이다.[4] 따라서 『혈의 누』의 이와 같은 처리는 이 작품이 서구 문명을 절대적 맹목적으로 추수하는 태도에서 쓰였음을 의미한다.

4 최초의 서양식 결혼식이 언제인지는 확정하기 어렵다. 1892년의 황메례, 1897년 김룻시의 사례가 각각 『별건곤』(1928.12)과 『이화 100년사 1886~1986』(1994)에 언급되어 있지만 정확하다고 보기는 어렵다. 보다 확실한 기록은 『독립신문』 1899년 7월 14일 자에 나온 문경호, 민찬호 두 사람의 서양식 합동 결혼식 기사이다. 1907년 12월 24일 자 『대한매일신보』에도 배정자의 신식 결혼식 기사가 있다(이순우, 『손탁 호텔』, 하늘재, 2012, 246~53쪽). 이를 통해, 형식을 갖춘 신식 결혼식이 신문 기사가 될 정도로 드문 것이었다는 사실을 염두에 둘 필요가 있다.

『혈의 누』가 주요 인물들의 마음이 서양 풍속에 젖을 만큼 서구 문명의 습득을 절대적인 과제로 여기는 것은, 예컨대 유길준의 『서유견문』1895과 비교할 때 보다 뚜렷해진다. 유길준은 서양과의 수교 소식이 들리는 상황에서 "그쪽 나라와 국교를 체결함에 있어서 그들을 알지 못함이 온당치 않은바, 그들의 제반 사실과 풍속을 기록하여 우리나라 사람들에게 읽도록 함으로써 약간의 도움이 없지 않을지 모르"겠다고 집필 의도를 밝히고 있다.[5] 책 전체의 내용 구성에 있어서는 서구의 문명과 우리의 것을 비교하는 것이 아니라 서구 문명을 일방적으로 소개하고 있지만, '서序'에서 밝힌 이러한 태도는 교류를 위해 상대를 알고자 하는 자세에 해당한다. 상호주체적인 관계 설정이 바탕에 깔려 있는 것이다. 이에 비할 때 『혈의 누』의 인물들이 보이는 태도는 갈데없이 서구 추수적이라 하지 않을 수 없다.

서구 문명에 대한 『혈의 누』의 이러한 태도는 물론 민족적 대의 차원에서 구성된다. 구완서와 옥련의 귀국 후 포부를 보자.

> 구씨의 목적은 공부를 심써 ᄒᆞ야 귀국ᄒᆞᆫ 뒤에 우리ᄂᆞ라를 독일국갓치 연방도을 삼으되 일본과 ᄆᆞᆫ쥬를 ᄒᆞᆫ ᄃᆡ 합ᄒᆞ야 문명한 ᄀᆞᆼ국을 맨들고ᄌᆞ ᄒᆞᄂᆞᆫ (비ᄉᆞᄆᆡᆨ) 갓한 마음이오 옥년이ᄂᆞᆫ 공부를 심써 ᄒᆞ야 귀국한 뒤에 우리나라 부인의 지식을 널리셔 남자의게 압제밧지 말고 ᄂᆞᆷᄌᆞ와 동등 권리를 찻계 ᄒᆞ며 ᄯᅩ 부인도 나라에 유익한 ᄇᆡᆨ셩이 되고 ᄉᆞ회상에 명예 잇ᄂᆞᆫ ᄉᆞᄅᆞᆷ이 되도록 교휵힐 마음이라. 85~86쪽

구완서가 미국에서 공부를 하는 목적은 우리나라를 '문명한 강국'으로

---

5 유길준, 채훈 역주, 『西遊見聞』, 명문당, 2003, 20쪽.

만드는 데 있고, 김옥련은 여성 교육을 통해 남녀평등을 이루고 여성 또한 국가와 사회에 의미 있는 존재가 되게 하려는 목적의식을 보인다. 둘 모두 국가와 민족을 위해 공부를 하는 것이어서, 둘의 혼인도 몇 년간 더 공부를 한 뒤로 미루고 있다. 개인의 행복을 돌보기 전에 공적인 문제를 앞세우는 말 그대로 선공후사의 태도를 깔끔히 보일 만큼 『혈의 누』의 인물들에게는 사욕私慾이 전혀 없다.

물론 문제는 그들이 지향하는 삶이 우리나라를 서구와 같은 모습으로 바꾸어야 한다는 절대적인 의식에 사로잡혀 있다는 사실이다. 서구의 문명에 대해서 털끝 만큼의 의심도 없는 채로 문명개화를 지향하는 이러한 태도야말로 서구 중심주의, 서구 추수주의에 빠져 있다 하지 않을 수 없다.

현재의 입장에서 좀 더 큰 문제는 구완서의 입을 통해 개진되는 생각이 친일적이라는 점이다. 대한제국과 일본, 만주를 합하는 연방으로 강국을 만들자는 그의 포부는 당시 일본 제국주의자들의 구상을 그대로 옮겨 온 것이다. 물론 이는 등장인물 구완서가 아니라 작가 이인직의 의도이다. 후에 대동아공영권 논리로 널리 알려지게 되는 제국 일본의 입장을 작가가 『혈의 누』에 밝힌 것이다.[6] 여기서 중요한 점은 작가의 이러한 인식이 『혈

---

6 『혈의 누』가 보이는 친일적인 성격은 비슷한 시기 도산 안창호가 보인 인식과 비교할 때 뚜렷해진다. 안창호는 자신을 회유하려는 이등박문과의 회담(1907.11)에서, 서양 침략 세력의 위험을 방지하고 동양평화의 영구한 기초를 이룩하기 위해 협조해 달라는 이등의 말에 다음처럼 답한 바 있다.
"명치유신에 관한 각하의 위대한 성적은 전 세계가 긍정하며, 일본이 동양 유신의 선구자의 책임을 가진 것을 우리는 인정하며, 또는 서세동점을 방지하자는 정책에도 공명하는 바이나, 각하의 대한(對韓)·대중(對中) 정책은 그 결과가 일본 유신의 것과 동일하지 못할 것을 보게 됩니다. 명치유신 이전에 일본 정치가 부패하였던 것과 일반으로 한국정치도 개선을 요구하는 시기에 임하였고, 이제 만일 한국 민족이 자유활동에 제한이 없다면 한국도 역시 유신의 길에 올라갈 수가 있지만은 금일의 한국 정치현상이 그같이 되지 못함은 과연 유감으로 생각됩니다. 나의 생각하고 믿는 바는 한·중·일 3국이 자주(自主) 발전하여 정족지세(鼎足之勢)를 이루게 된 후에야 서세종점의 위험을 방지하고 동양평화에 보장이 될 것이라 합니다."(『도산 안창호 전집』 11, 곽림대, 1968, 622쪽, 김원모, 『영마루의 구름-

의 누』에 언뜻 비친 것이 아니라, 이 소설의 가장 중요한 주제로 부각되어 있다는 사실이다. 중심 인물들의 주요 서사가 마무리되는 지점에서 밝혀지는 만큼, 구완서의 포부로 드러난 친일적인 사상은 이 소설의 주제효과 중에서 높은 자리를 차지하게 된다. 바로 이러한 특성에 주목해서 『혈의 누』를 당시 일본에 유행했던 정치소설적인 것으로 볼 수 있다.[7]

『혈의 누』가 친일적인 작품이라는 사실은 두 가지에 의해 더 뚜렷해진다. 첫째는 구완서의 포부 외에도 작품 곳곳에서 확인되는 친일적인 요소들의 존재다. 청일전쟁을 배경으로 하는 『혈의 누』는 반청친일적인 구도를 선명히 한다. 청나라 군사에게 평양성민들이 감정 사납게 된 연유로 청 군사들의 행악을 지적하는 반면10쪽 그와는 달리 일본군들은 부녀자를 겁탈하지 않음은 물론이요 가옥을 침범치도 않는다 하고 있다15쪽. 이렇게 청과 일본을 상반되게 그리는 것은, 주인공 옥련이 독한 약을 바른 청군의 총탄을 맞지 않고 다행히도 일본군의 총탄을 맞아 치료하기 쉬웠다고 하는 정도까지 이른다33쪽. 어찌 보면 사소한 이러한 처리보다 『혈의 누』의 친일적인 성격을 뚜렷이 보여 주는 작품상의 특징은 옥련 모녀의 스토리에서 찾아진다. 옥련 모가 겁탈당할 위기를 모면하는 것은 일본 헌병에 의해서이고4~8쪽, 옥련이 치료를 받고 고아 신세를 모면하며 미국 유학을 갈 만한 공부를 하게 되는 것은 모두 일본인에 의해서이다. 당시의 조선인이 느꼈던 일본과 일본인의 미덕이나 장점은 몇몇 논설은 물론이요 다른 신소설들에서도 어

춘원 이광수의 친일과 민족보존론』, 단국대 출판부, 2009, 291쪽에서 재인용)
1905년의 을사보호조약으로 일본이 조선을 보호국으로 삼은 상태에서, 일본과 조선 그리고 (중국이 아니라) 만주를 합치자는 『혈의 누』의 주장은 일본이 조선과 만주를 병탄하라는 말에 다름 아니다. 도산의 말대로, 서양 세력에 대항하기 위해 동양이 힘을 합치고자 한다면, 중국과 조선 모두 일본처럼 유신을 하여 자주적인 나라가 된 뒤 한중일 세 나라가 협력하는 것이어야 단합된 힘을 발휘할 수 있을 것이기 때문이다.

7 김윤식, 『한국근대소설사연구』, 을유문화사, 1986, 17~9쪽.

렵지 않게 확인할 수 있지만, 서사의 기본 구도 자체와 주인공의 지향 양면에서 이렇게 친일적인 성향을 강하게 드러낸 경우는 『혈의 누』가 유일하다.

이 소설의 친일적인 성격은 작가 이인직의 행적에 의해서도 간접적으로 확인된다.[8] 1862년생인 이인직은 1900년 39세의 나이에 관비유학생으로 일본에 파견되어 동경정치학교에 입학했다. 1901년에는 도신문사都新聞社에 견습생으로 들어가는데, 거기서 한국의 근대화를 위해서는 일본의 관심이 필요하다는 생각을 자아내는 「한인한화韓人閑話」를 발표했다. 1903년 일본 육군성 제1군사령부 한어통역으로 러일전쟁에 종군하며, 이 경력으로 1908년에 훈장과 훈금을 받았다. 1905년에는 동아시아 각국이 협력하기 위해서는 이들 나라에 대한 일본의 이해가 필요하다는 취지에서 만들어진 동아청년회東亞青年會에 참여하고 이듬해 위원으로 취임했다. 이렇게 일본에서 공부하고 일본 제국의 정책에 부응하는 활동을 하면서 이인직은 1906년 45세에 『국민신보』1906.1.6 창간 주필을 거쳐 6월 『만세보』6.17 창간 주필을 맡으며, 1907년에는 일한동지회日韓同志會를 설립하고, 『만세보』 종간 후에는 이완용의 후원으로 『대한신문』을 인수하여 사장으로서 언론 활동을 이어갔다. 1909년에는 공자교회孔子敎會를 설립하고, 학무국장이 되어 이완용의 비밀 명령으로 도일하여 친일 행위를 이어갔으며, 1910년 8월에는 한일합병을 위한 막바지 작업으로 고마쯔小松 綠와 밀담을 가졌다. 이러한 행적의 보상으로 그는 합방 후 1911년 일제가 성균관에 설치한 경학원의 사성으로 임명되어 말년을 보냈다.[9] 1916년55세 총독부 의원에서 사망했으며 장례는 그가 평소 신봉하던 천

---

8 이하 이인직의 행적은 다지리 히로유끼, 『이인직 연구』, 국학자료원, 2006 참조.

9 경학원 사성으로 전국을 돌면서 이인직은 조선인이 일본 정신에 따라 변화해야 한다는 일선동화를 주장하는 강연을 했다. 이것이 훗날 '황도유학'으로 발전했다. 유학의 변질은, 3·1운동을 기획한 33인 중에 유교 인사가 전무한 데서도 확인된다(이태영, 『다큐멘터리 일제시대』, 후마니스트, 2019, 82쪽).

리교 예식에 따라 치러졌다.

이렇게 이인직은 작가이기 전에 언론인이요 이완용의 비서격인 정치인으로서 한일합병에 깊숙이 관여했다. 친일파라는 규정에 갇히지 않고 폭넓게 보면, 친외세적인 개화파 지식인이요 계몽주의자라 할 수도 있다. 반외세 자주화라는 역사적 소명을 저버렸다는 중차대한 문제가 있지만, 굴지의 언론사 주필과 사장을 역임한 그의 안목은 당대로서는 최고 수준에 해당한다 할 것이다. 『혈의 누』에 구완서의 포부를 제시한 뒤에 서술자가 한 발짝 물러서서 냉정한 평가를 비치는 것은 이런 작가의 안목에 기인한다.

> 죠선사ᄅᆞᆷ이 이럿케 야만되고 이럿케 용렬한 쥬를 모로고 구씨던지 옥년이던지 조션에 도라오ᄂᆞᆫ 날은 죠션도 유지한 사ᄅᆞᆷ이 만히 잇서서 학문 잇고 지식 잇ᄂᆞᆫ 사ᄅᆞᆷ의 말을 듯고 일를 찬셩ᄒᆞ야 구씨도 목적ᄃᆡ로 되고 옥년이도 제 목적ᄃᆡ로 죠선 부인이 일제히 ᄂᆡ 교휵을 바다셔 낫낫시 ᄂᆞ와 갓한 학문 잇ᄂᆞᆫ 사ᄅᆞᆷ들이 만히 ᄉᆡᆼ기려니 ᄉᆡᆼ각하고 일변으로 깃분 마음을 이기지 못ᄒᆞᄂᆞᆫ 거슨 제 ᄂᆞ라 형편 모르고 외국에 유학한 소년 학ᄉᆡᆼ 의긔에셔 ᄂᆞ오ᄂᆞᆫ 마음이라86쪽

구완서나 옥련이 제 나라 형편을 모른다며 '소년의 의기'를 지적하는 것인데, 여기서 두 가지가 주목된다. 계몽주의적인 이상을 현실에 비추어 냉정히 평가하는 작가의 경륜을 보여 준다는 것이 하나고, 그러한 경륜이 사실상 자민족 비하에 닿아 있다는 것이 다른 하나다. 구완서나 옥련이 귀국해서 일을 하려 해도 제대로 되지 않으리라는 예상을 비치는 까닭이다. 이광수의 『무정』 말미가 발전된 미래에 대한 기대로 가득 차 있는 것에 비할 때 『혈의 누』의 이러한 점은 크게 강조할 만한 사실이다. 이러한 점에 주목하면 『혈의 누』가 계몽의 이상에 맹목적으로 치우친 것은 아니라고도 할

만하다. 맹목이 아닌 것은 다행이되, 그것이 친일적인 성향 때문임은 그보다 큰 불행이라는 점이 아쉬운 일이다.

물론 『혈의 누』는 다른 신소설들과 마찬가지로 반봉건 사상을 강조하는 면에서만큼은 계몽주의적인 성격을 띤다. 신소설들에서 반봉건적인 주제는 한껏 강조되어 있다고 할 수 있다. 근대화가 진행되는 사회의 변화상에 대한 재현은 거의 없는 반면 사회의 봉건성에 대한 비판은 작품 처처에 넘쳐 나는 양상을 보이는 까닭이다. 『혈의 누』도 마찬가지다.

이 소설에서 확인할 수 있는 한국 사회의 근대적인 변화는 사실 우편 제도 하나뿐이다. 『혈의 누』는 옥련의 편지를 갖고 온 '우편군'에 대한 묘사와89쪽 그 편지가 전해지는 데 소요된 시간을 나타내는 진술로써94쪽 근대적인 우편 제도의 놀라움을 전한다. 이 외에는 사회 문물이나 제도의 근대적인 변화를 거의 보여 주지 않고 있는데, 당시의 실제 상황을 염두에 두면 이는 놀랍다고 할 만하다. 1905년 1월 1일에 이미 경부선이 개통되었으며, 1905년 9월에는 부산과 하관下關, 시모노세키을 잇는 관부연락선이 취항했다. 소설의 주요 인물 세 명이 조선에서 일본을 거쳐 미국으로 가는데 이러한 근대적 교통망의 새로운 구축에 대해 일언반구도 언급하지 않는 것은, 이 소설의 관심사가 근대화의 양상에 있지 않다는 점을 알려 준다. 육정수의 『송뢰금』1908이나 최남선의 『경부철도가』1908, 염상섭의 『만세전』1924 등에 비할 때 이러한 점이 뚜렷해진다.

그 대신 『혈의 누』는 위태로운 정치 상황과 봉건적인 상태에 주목한다. 청일전쟁의 와중에 피난을 가고 고생을 하는 사람들을 두고 "우리나라 사ᄅᆞᆷ들이 남의 나라 싸홈에 이렇케 참혹ᄒᆞᆫ 일을 당ᄒᆞᄂᆞᆫ가"12쪽 탄식하는 김관일은 이러한 사태의 원인으로 백성들의 이기적인 태도와 미약한 국력을 문제 삼는다. "우리나라 ᄉᆞᄅᆞᆷ이 제 몸ᄆᆞᆫ 위ᄒᆞ고 제 욕심만 ᄎᆡ우려 ᄒᆞ고 남은 쥭던지 ᄉᆞ던지 나라가 망ᄒᆞ던지 흥ᄒᆞ던지 졔 벼슬ᄆᆞᆫ 잘ᄒᆞ야 제 살만 찌우면 제일로 아ᄂᆞᆫ ᄉᆞ람들이라"12쪽 하고 "남의 나라 ᄉᆞ람이 와셔 싸홈을 ᄒᆞᄂᆞ니 질알을 ᄒᆞ나니 그러ᄒᆞᆫ 셔슬에 우리ᄂᆞᆫ ᄑᆡ가ᄒᆞ고 사ᄅᆞᆷ 쥭ᄂᆞᆫ 것이 ᄃᆞ 우리 나라 강ᄒᆞ지 못ᄒᆞᆫ 탓이라"13쪽라고 진단하는 것이다. 이에 대한 김관일의 대안은, 이후에 지금과 같은 일을 다시 당하지 않게 제정신을 차리자는 것이어서 구체성을 갖추지는 못하고 있다.

국력이 쇠잔하여 외국 군대가 전쟁을 벌이는 사태에 대한 신랄한 비판은 최하층 신분인 하인 막동의 입을 빌려 개진된다. 자손을 보존하기 위해서는 애국해야 한다는 최 주사의 말에 대해 막동은 다음과 같이 대꾸한다.

> ᄂᆞ라ᄂᆞᆫ 양반님네가 다 망ᄒᆞ야 노셧지오 / 상놈들은 양반이 쥭이면 쥭엇고 ᄯᆡ리면 마젓고 / ᄌᆡ물이 잇스면 양반의게 ᄲᆡ겻고 계집이 어엿쁜면 양반의게 ᄲᆡ겻스니 소인 갓튼 상놈들은 제 ᄌᆡ물 제 계집 제 목숨 ᄒᆞᄂᆞ를 위ᄒᆞᆯ 슈가 업시 양반의게 ᄆᆡ엿스니 ᄂᆞ라 위ᄒᆞᆯ 힘이 잇슴니까 / 입 한 번을 잘못 버려도 쥭일 놈이니 살릴 놈이니 오굼을 끈어라 귀양을 보ᄂᆡ라 ᄒᆞᄂᆞᆫ 양반님 셔슬에 상놈이 무슨 사ᄅᆞᆷ갑세 갓슴닛가 란리가 ᄂᆞ도 양ᄇᆞᆫ의 탓이올시다 일쳥젼징도 민영쥰이란 양ᄇᆞᆫ이 쳥인을 불러왓답듸다 ᄂᆞ리게서 란ᄅᆡ ᄯᆡ문에 ᄯᅡ님 앗씨도 도라가시고 손녀 아기도 쥭엇스니 그 원통ᄒᆞᆫ 귀신들이 민영쥰이라난 양ᄇᆞᆫ을 잡아갈 것이올시다27쪽

이와 같은 막동의 말에서 주목할 것은 두 가지다. 첫째는 그의 말이 딸과 손녀를 잃은 상전을 위로하는 것과는 아무런 관련도 없다는 점이다. 둘째는 막동이 그렇게 말을 할 수 있는 것은 사태를 대하는 데 있어서 애초부터 양반과는 차원을 달리하기 때문이라는 사실이다. 백성의 대다수가 양반의

압제에 놓여 있었으니 나라가 망하고 서로가 고난을 당하는 책임은 오롯이 양반들에게 있다고 주장하는 것인데, 이는 모든 문제의 원인이 특권 신분인 양반에게 있다는 말과 다르지 않다.

막동의 이와 같은 진술에서 문제시되는 것은 봉건적 신분제이다. 막동은 양반이 염라대왕과 같은 권력을 행사해 온 신분제야말로 조선의 여러 문제를 낳은 근본 원인이라고 제대로 지적하고 있다. 물론 이후 서사에서 막동이 사라지는 것과 더불어 이러한 인식이 다시 드러나지는 않는다. 이는 매우 아쉬운 일이지만, 이를 두고 『혈의 누』의 한계를 말할 것은 아니다. 그와는 정반대로 이러한 구절이라도 있다는 사실이야말로 『혈의 누』의 성과라고 평가해야 한다. 신소설이 어쩌다 포착한 서사문학 고유의 지향, 후에 산문정신이나 '리얼리즘의 승리'로 표현될 서사문학 고유의 특징이 『혈의 누』에서 한순간 작동되어 시대 상황의 본질을 포착한 경우에 해당하기 때문이다.

이와 같은 의도치 않은 성과와 더불어 『혈의 누』가 집중하는 것은 반봉건적인 비판이다. 주인공의 설정과 관련되어선지 『혈의 누』에서는 여성 문제를 초점으로 하여 봉건적 상황에 대한 비판이 집중적으로 개진된다. 여성을 교육시키지 않은 조선 역사나41쪽, 개가 금지 풍속45쪽이 비판적으로 언급되며, 조혼제도는 민족의 명운과 관련되어 심도 있게 비판된다.

우리나라 사람들이 죠혼ᄒᆞᄂᆞᆫ 거시 올흔 일이 아니라 / ᄂᆞᄂᆞᆫ 언제던지 공부ᄒᆞ야 학문 지식이 넉넉한 후에 안ᄒᆡ도 학문 잇ᄂᆞᆫ 사람을 구ᄒᆞ야 장가들깃다 학문도 업고 지식도 읍고 입에셔 젓ᄂᆡ가 모랑모랑 ᄂᆞᄂᆞᆫ 거슬 장가드리면 짐승의 자웅갓치 아무것도 모르고 음양ᄇᆡ합의 락만 알 거이라 그런 고로 우리나라 사람들이 짐승갓치 제 몸이나 알고 제 게집 제 ᄉᆡᆨ기ᄂᆞ 알고 나라를 위ᄒᆞ기ᄂᆞᆫ 고사ᄒᆞ고 나라 ᄌᆡ물을 도적질ᄒᆞ여 먹으려고 눈이 벌것케 뒤집펴서 도라ᄃᆞᆫ기ᄂᆞᆫ 거서 다 어려셔 학문을 빅우지 못흔 연고라 우리가 이 갓흔 문명흔 셰상에 나셔 나라에 유익흐고 스회에 명예 잇는 큰 스업을 흐자 흐는 목젹으로 만리타국에 와셔 쇠공이를 가라 바눌 맨드는 셩역을 가지고 공부흐야 남과 갓흔 학문과 남과 갓흔 지식이 나늘이 달나가는 이뛰에 장가를 드러셔 싀계상에 졍신을 허비흐면 유지흔 듸장부가 아니라72쪽

지금까지 살펴본 대로 『혈의 누』는 서구 추수주의적이라 하지 않을 수 없는 맹목적인 개화주의, 일본 제국주의의 논리를 따르는 친일적인 사상, 국력이 약한 상황과 여성 문제에 대한 비판을 중심으로 하는 반봉건적인 계몽주의의 세 가지 주제효과를 드러내고 있다. 이들 주제효과의 위계에서 『혈의 누』의 시대적 위상이 확인된다.

『혈의 누』의 계몽주의는 말뜻 그대로의 계몽과는 거리가 있다.[10] 조선인들을 야만스럽고 용렬하다고 규정하고 구완서와 김옥련의 계몽 의지를 소년의 의기로 폄하하며 냉소하는 데서 보이듯, 계몽 대상인 조선인의 발전 가능성을 인정하지 않기 때문이다. 우리 스스로 행하는 반봉건 계몽의 가능성을 믿지 않는 이러한 태도는 자민족 비하 의식에 다름 아니다. 『혈의

10 계몽, 계몽주의에 대한 고전적인 이해는 칸트에게서 찾을 수 있다. 그는 「계몽주의란 무엇인가에 대한 답변」(1784)에서 다음처럼 말한다. "계몽주의는 인간 스스로가 부과한 미성년으로부터의 탈출이다. 이 미성년은 타자의 지도 없이는 그 자신의 오성을 사용할 수가 없다. 그 원인이 오성의 결핍에 있지 않고, 타자의 지도가 아니라 그 자신의 오성에 의존해야 할 용기와 결단력의 부족에 있다면, 그 미성년은 스스로 짊어진 것이다. 그러므로 계몽운동의 구호는 '현명해질지어다! 너 자신의 오성을 사용할 용기를 가져라!'이다"(L. 골드만, 문학과사회연구소 역, 『계몽주의의 철학』, 청하, 1983, 11쪽에서 인용). 이와 같이, 계몽이란 인간이 타고난 오성 능력을 타인의 지도 없이는 발휘할 수 없는 미성숙한 상태를 벗어나 성숙한 상태로 곧 자신의 오성 능력을 스스로 발휘할 수 있는 상태로 나아가게 하는 것이다. 이는 모든 인간이 지능을 갖추었으며 그것을 자율적으로 사용할 수 있다는 믿음을 전제로 한다. 따라서 계몽 대상이 스스로 발전할 수 있는 가능성을 인정하지 않으면서 그들을 가르치고자 하는 경우 이는 진정한 계몽이라 할 수 없다. 이 책에서는 이러한 태도를 진정한 계몽주의와 구별하여 '시혜적 계몽주의'라 부른다.

누』의 발표 시점 면에서 보면 이미 시운을 놓친 것이기는 하지만 작품의 배경인 청일전쟁 직후에는 여전히 가장 중요했던 시대사적 과제 곧 백성을 국민으로 만들고 그에 기반하여 자주독립 국가를 수립하는 일에 대해 이인직은 그 가능성 자체를 회의하고 있는 것이다. 이는 의병을 폭도로 그리고 있는 『은세계』1908에 의해서도 확증된다. 이러한 상태에서 봉건적인 현실에 대한 비판이 앞을 설 뿐이다. 이를 두고 계몽주의가 봉건성 비판으로 축소되었다 할 수도 있고, 봉건성 비판이 계몽의 탈을 쓰고 전면화되었다고 볼 수도 있다. 어떻게 말하든 『혈의 누』는, 봉건성 비판을 전면화하고 있지만 계몽주의 소설과는 거리가 있다.

작품 표면에 가득 찬 개화주의의 의미 또한 이러한 사정을 염두에 두고 살펴야 한다. 개화주의와 관련해서 주목할 점은, 근대적인 것, 서구적인 것, 일본적인 것이 무조건 배우고 익혀 당대 사회에 퍼뜨려야 하는 것으로 사실상 동일시되는데, 그 정체에 대한 고민이 없고 그러한 것이 사회에 실현되었을 때의 상황이 갖는 의미에 대한 성찰도 찾아볼 수 없다는 사실이다. 이렇게 당대 현실에서의 실현 가능성에 대한 어떠한 고민도 성찰도 없이 근대적인 것에 대한 맹목적인 지향을 앞세운다는 점에서, 문명사의 차원에서 볼 때 『혈의 누』의 기본 태도는 서구 추수주의, 서구 중심주의에 불과하다고 하지 않을 수 없다.

풍속의 차원을 넘어서 국가의 미래에 대한 문제로 넘어오면, 서구 추수주의적인 개화주의가 다다르는 곳은 바로 외세와의 병합을 통해 근대화를 이식하는 것이다. 일본, 만주와 조선을 합치는 연방국 모델이 그것인데, 작품 바깥의 현실과 작가의 행적까지 고려하면, 당시 일본 제국주의의 논리를 적극적으로 받아들여서 일본에의 병합을 지향하는 것이 된다. 이렇게 『혈의 누』에서는 개화주의가 결국 친일 사상으로 응집되면서, 한국의 미래에 대한 친일적인 구상이 작품의 중심 주제로 부상한다.

반외세 자주화와 반봉건 근대화를 동시에 견지하면서 나라의 독립을 이끌어야 한다는 시대적 과제를 고민해야 마땅한 자리에서 『혈의 누』의 이인직은, 소설의 표면에는 서구 추수주의적인 개화사상과 봉건성 비판을 내세우되, 소설의 기본 구조와 그에 따른 중심 주제효과로는 친일 사상을 부각하고 있다. 그 결과, 정치소설로서 『혈의 누』가 열어 놓은 조선의 미래는 일본과의 병합을 통해 근대화를 이식하는 식민화의 길이 된다. 결론적으로 『혈의 누』는, 청일전쟁과 러일전쟁에서 승전국 일본의 국력을 확인하고 을사보호조약이 체결된 상황을 인정하며 그 흐름에 적극 참여한 작가만이 쓸 수 있는 소설로서, 일제에 의한 조선의 식민화를 우리 내부에서 요청한 매판적 정치소설, 반민족사적인 정치소설에 해당된다.

제3장

토론체 신소설의 문제적 성격

이해조의 『자유종』(1910),
김필수의 『경세종』(1908),
안국선의 『금수회의록』(1908)

1906년 이인직의 『혈의 누』로 시작된 신소설은 이후 지속적으로 발표되면서 이광수의 『무정』1917 전까지 십여 년간의 지배적인 서사 장르가 된다.[1] 신소설의 문학사적 위상에 대해서는 아직까지 논란이 있다. 신소설을 고소설과 현대소설 사이에 있는 과도기적인 양식으로 볼 것인가가 문제다. 국문학계의 다수 의견은 과도기적인 것으로 보는데, 여기서는 판단을 달리 한다.

신소설을 과도기적인 양식으로 보는 입장은 임화에게서 처음 확인된다.[2] 임화의 주장은 현대문학 일반을 일본에서 이식된 것으로 보는 '이식문학사' 구도에서 제기된 것인데, 신소설의 위상과 관련된 논의는 작품들의 실제와 부합하지 않는다.[3] 임화 이전에 김태준은 『조선소설사』1932에서 '전대소설-장회소설-신소설'의 전개 과정을 제시하면서 신소설을 독립된 장르로 간주하였지만, 해방 이후의 학자들 대부분은 임화의 주장을 따라 왔다. 이들 또한 작품의 실제에 대한 면밀한 분석이나 신소설의 수용 상황에 대한 검토에 근거하지 않은 채, 고소설의 전통과 새로운 사상이 절충되었다는 입장을 내세워 그와 같은 주장을 재생산했다. 조동일에 의해서 신소설의 구성적 특성이 고소설의 연장에 해당된다는 사실이 명확히 밝혀졌어도[4] 사정이 바뀌지는 않았다.

이 글에서 신소설을 1910년 전후 10여 년의 지배적인 장르로 간주하는 이유는 다음과 같다.

---

1 번안소설의 유행 이전까지로 시기를 잡자면 1912, 1913년을 하한선으로 하여 5년여 기간 동안 지배적인 문학 양식이었다고 할 수 있다(권보드래, 『신소설, 언어와 정치』, 소명출판, 2014, 75쪽). 신소설의 창작은 1920년대까지 이어진다

2 임화, 「개설 신문학사」, 『조선일보』, 1939.9.2~11.25.

3 박상준, 「임화의 문학사 연구에 나타난 이론 구성과 실제 기술의 변증법」, 한국근대문학회, 『한국근대문학연구』 9, 2004, 2장 참조.

4 조동일, 『신소설의 문학사적 성격』, 서울대 출판부, 1973.

1900년대에서 1950년대에 이르는 한국 현대문학의 전개 과정을 볼 때 어떤 갈래의 작품이 10여 년을 지속했다면 과도기적인 것이라고 볼 수 없다는 점이 첫째다. 앞에서도 언급했듯이 1910년대에서 1930년대에 이르는 기간의 문학 갈래들은 대부분 5년 정도의 주기를 가질 뿐인데, 그럼에도 불구하고 이들을 과도기적인 것이라고는 하지 않는다. 낭만주의, 자연주의, 신경향파, 모더니즘이 모두 그러하다. 이들을 두고, 외국에서 형성되어 나름의 정체성을 갖춘 뒤에 유입된 것이므로 신소설과는 사정이 다르다고 할 수도 있지만, 이는 문학사를 구성하는 기본적인 방식을 무시하는 것이다.

어떤 양식이나 유형의 작품들이 특정 국가 문학사의 요소가 되는 것은 그것이 그 나라의 현실과 상호작용하면서 문학의 층위에 자리를 잡았을 때이다. 당대 일군의 작가들에 의해 어느 정도 지속적으로 창작되고 일정 독자들에게 수용되면서, 당시의 문학 제도나 관련 기관들로 구성되는 문학 장에 나름대로 변화를 주며 작용할 때 문학사의 단위가 되는 것이다. 따라서 국내에서 발생한 것인가 외국에서 들어온 것인가와 같은 기원은 상관이 없다. 하물며 외국으로부터의 영향은 전혀 문제가 안 된다.

요컨대 한국 문학사의 갈래란, 특정 양식이나 유형, 장르의 작품들이 우리나라 사람들의 문학 활동의 대상이 되면서 현실과 상호작용할 때 정립되는 것이다. 이러한 맥락에서 볼 때 신소설은 엄연한 독립 장르에 해당된다. 다른 사조나 갈래들보다 더 오랜 시간 존속하면서 당시 사람들의 폭넓은 사랑을 받고 현실과의 상호작용을 보였기 때문이다.

이에 더해서, 신소설의 서사 장르로서의 특성이 고소설이나 이후의 현대소설과도 다르다는 점을 지적할 수 있다. 신소설은 독자의 흥미를 제고하는 데 우선적인 목적을 둔 대중소설로서, 유교적 이념과 뗄 수 없는 고소설과 다르고 인간과 사회에 대한 탐구를 보이며 구성상의 완미함을 지향하는 현대소설과도 구분된다.

신소설은 (대부분 여성으로 설정되는) 주인공의 고난과 구원, 행복한 결말이라는 서사 구성에서 고소설과 닮아 있지만, 인물 구성의 범위가 대개 친족 범위에 머무르고 인물의 선악善惡이 신구新舊와 밀접하게 이어져 있으며 주인공이 영웅화되지 않는다는 점에서 영웅소설이나 판소리계소설 등의 고소설과는 다른 특징을 보인다. 현대소설과 비교해 볼 때 신소설은 서사의 단속이 심한 서사 구성을 취함으로써 상당한 차이를 보이는 데 더해 풍속 차원의 봉건성 비판이라는 주제효과 면에서도 독특한 면모를 드러낸다.[5]

을사보호조약1905과 한일합병1910이라는 외적 상황에 따라 설정된 근본적인 한계 때문이겠지만, 신소설에서 우리가 발견하는 것은, 근대국가에 대한 지향이나 국민 혹은 시민의 형성, 개인의 발견 등과는 거리가 멀다. 미신에 빠져 패가망신하거나 고리타분한 가부장제적인 인습으로 가족 구성원을 억압하는 문제 정도를 폭로하는 것이 신소설 일반이 보이는 계몽 개화 사상에 해당한다. 이때의 계몽 개화 관련 내용은 긍정적인 인물의 긍정성을 드러내는 하나의 표지로 작용할 뿐이지 전체 서사를 이끌어가는 지향이 되지도 않는다. 사정이 이러하기에, 신소설 일반을 계몽주의문학으로 보는 것 자체가 성립되기 어려우며 주제효과상의 특징으로 개화사상을 꼽는 것도 적절치 못하다.

따라서 형식상의 고소설적인 특성과 주제상의 새로운 특성이 절충된 양식이라는 규정 자체가 성립되지 않는다. 여기에 더해, 소설 서사에서 우연을 구사하는 데 있어 작품의 흥미를 높이는 데만 집중하는 식으로 고소설

5 권영민 교수는 1900년대의 서사 양식들을 영웅 전기, 풍자, 우화, 신소설의 넷으로 나눔으로써 신소설을 독립된 장르로 간주하고 있다(『한국 현대문학사』 1, 민음사, 2020, 1장 2절 참조).

이나 현대소설과는 다른 고유의 방식을 취하고 있음을 고려하면, 신소설에 대한 온당한 규정은, 1910년 전후의 흥미 위주 통속소설 정도가 적절하다.

물론 모든 신소설이 다 이렇지는 않다. 두 가지 종류의 예외가 있다. 하나는 작품 자체가 서사와는 거리를 두는 경우다. '신소설'이라 하여 '소설'을 표방하지만 사실상 희곡처럼 대화 위주로 되어 있는 작품들로, 유형적 예외에 해당한다. 이해조의 『자유종』이나 김필수의 『경세종』, 안국선의 『금수회의록』과 같은 토론체 작품들이 여기 속한다.

다른 예외는 신소설 상당수가 보이는 가정소설적인 구도, 통속 대중소설적인 주제효과와는 다른 양상을 보이는 작품들이다. 이인직의 『혈의 누』처럼 정치소설적인 경우와 이해조의 『쌍옥적』1911과 같은 장르문학적인 작품, 남성 주인공을 등장시켜 보다 생산적이고 실천적인 스토리를 보이는 경우로 나누어 볼 수 있다. 끝의 경우에 속하는 작품들로는 육정수의 『송뢰금』1908, 빙허자憑虛子의 『소금강』1910, 이해조의 『월하가인』1911, 남궁준의 『금의쟁성』1913, 이상춘의 『서해풍파』1914 등이 좋은 예가 된다.[6]

이와 같은 예외적인 신소설 작품들은, 이들이 예외가 되는 이유를 생각할 때, 신소설 전체를 하나의 갈래로 봐도 되는가 하는 의문을 낳는다. 토론체 소설들과 정치소설, 장르소설에 해당하는 예외들은 문학 유형이나 하위 장르 차원에서 상이한 것이기 때문에 이들과 일반적인 신소설을 같은 장르라고 하는 것은 이론적으로 적절치 않다. 주인공의 설정이나 주제효과 면에서 일반적인 신소설과 거리를 두는 작품들까지 하위 장르로 분리할 것은 아니지만, 작품 전체가 등장인물들의 발언으로만 되어 있는 토론체 신소설이 소설보다는 희곡에 가까움은 두말할 필요도 없는 사실이기 때문이다.

6 권보드래, 『신소설, 언어와 정치』, 소명출판, 2014, 86~89쪽.

사실 이러한 점은 당대의 작가나 출판업자들에게도 충분히 의식되었다. 본문의 제목을 달 때 '토론소설 자유종'이나 '정탐소설 쌍옥적' 등처럼 그 장르적 특성을 밝히기도 한 것이다. 물론 이들을 포함하여 작품의 표지에는 대부분 '신소설'이라는 규정을 제목 앞에 달고 있다. 이러한 규정이 생긴 이유로는 신소설을 출간하는 업자들의 (구소설과의 차별성을 강조하려는) 판매 전략이 언급되어 왔다. 이러한 작품 외적인 지적이 충분한지, 장르에 대한 감각이 당대 작가나 출판업자들에게 아예 없던 것인지 따져볼 필요가 있다. 이를 포함해서 신소설을 하나의 갈래로 볼지 세부적으로 나눌지는 연구자들이 추후 논의해 볼 문제인데, 여기에서는 신소설이라는 단일 명칭으로 우리가 부르는 1910년 전후의 작품들이 매우 다양한 면모를 보인다는 점을 강조해 두는 것으로 충분하다.

신소설의 다채로움을 보여 주면서, 시대 상황과 작품의 관계를 문제시하게 하는 작품으로 이해조의 『자유종』1910과 김필수의 『경세종』1908, 안국선의 『금수회의록』1908을 간략히 살펴본다.

이들 세 작품은 모두 토론체로 되어 있는데 약간의 차이를 보인다. 부인들이 등장하여 이야기를 나누는 『자유종』은 '토론소설'이라고 명기했지만 일반 소설의 대화 부분을 확장했다고도 볼 수 있다. 이와는 달리 『경세종』과 『금수회의록』은 동물들이 회의를 열어 인간을 공박하는 이야기를 나누는 우화에 해당하며, 이를 인간이 엿보는 설정을 취함으로써 액자식 구성을 보인다.

이러한 차이보다 더 중요한 점은 공통점이다. 이들 모두 토론체 양식을 취한다는 사실이 맨앞에 온다. 각 작품들의 특성을 검토한 뒤에 토론체 양식을 취한 소설들의 의미를 정리해 본다.

『자유종』은 융희 4년인 1910년 7월 30일에 발간되었는데 작품 속의 시간은 1908년 정월 대보름 다음날이다. 한일합병1910.8.29 직전에 2년여 전의 이야기를 하는 셈이다. 언론 출판의 자유가 이미 사라진 시점이기에,[7] '이 같은 수참하고 통곡할 시대'2쪽라는 인식을 내세우고 말미의 꿈 이야기에서는 대한제국이 자주독립하고, 개명하며, 천만년 영구히 안녕하기를 반복적으로 기원하지만34~40쪽, 외세와 관련한 직접적인 정치적 언급은 없다. 그 대신에, 일본이 30년 전에 '국가 형편'과 '민족 사세'에 대한 연설이 크게 열렸던 결과로 현재 동양의 강국이 되었다면서 자신들도 '재미있게 학리상으로 토론하여 이 날을 보내자'고 하는 데서 일본을 전범으로 삼는 모습으로 시작한다1~2쪽. 이 땅의 백성, 민중들이 자신들의 의사를 직접 토로할 수 있던 최초의 토론의 장인 만민공동회가 불과 10년 전의 일이었음에도 불구하고 그 대신 30년 전의 일본을 운위할 수밖에 없던 망국 직전의 상황이 충분히 환기된다.

『자유종』에 대한 정치 상황의 압박은 이 작품이 '토론소설'로서 보이는 특징에도 짙은 그림자를 드리운다. 『자유종』은 토론의 전개 방식을 보자면 토론소설로서 흠잡을 데 없는 면모를 보이지만 내용상으로도 그러한 것은 아니다.

토론소설로서 『자유종』이 보이는 형식적 특징을 보면, 화자가 바뀔 때 이전 화자의 미진한 점이나 잘못을 지적하며 시작하는 면모를 보이는 것이 눈에 띈다. 단선적인 주장을 펼치는 대신 인물들 서로가 의견을 달리하게 함으로써 한편으로는 문제에 대한 이해를 넓고 깊게 하고 또 한편으로는

---

7 일본에 의한 조선의 언론 탄압은 1907년 7월 24일 제정된 '광무신문지법(光武新聞紙法)'부터 시행되었다. 신문 창간에 있어 내부대신의 허가를 얻고 보증금을 마련하게 했으며, 법 위반 시 벌금형 및 체형을 내리거나 인쇄기계 압수, 발행 정지 조치가 가능했다. 1909년 2월에는 '출판법'을 제정하여, 도서 및 잡지 원고의 사전검열과 출판 후 납본 검열을 행했다. 합병 전에 이미 이중적인 검열 제도가 자행된 것이다.

한자 사용 문제나 교육계 문제 등 몇 가지 쟁점을 효과적으로 부각하고 있다. 이러한 방식으로, 표면상으로는 교설적인 성격을 낮추면서도 궁극적으로는 교설적 계몽적인 효과를 높이고 있다.

이렇게 형식적으로 보면 잘된 토론소설이지만, 내용을 보면 아쉬운 점이 크다. 가장 먼저 지적할 것은 인물의 구성이다. 『자유종』의 등장인물들은 '태평 시대에 숙부인까지 바쳤더니 지금은 가련한 민족 중의 한 몸'이 된 신설현을 포함하여 모두 '고명하신 부인들'이다. 인물 구성이 여성들만으로 이루어진 것이다. 이러한 구성 방식이 갖는 의미를 살피기 위해, 이들이 생일날에 서로 모여 갖게 된 시간을 토론으로 보내려는 취지부터 살펴본다.

> 사람이 되어 압제를 받아 자유를 잃게 되면 하늘이 주신 사람의 직분을 지키지 못함이거늘 하물며 사람 사이에 **여자 되어 남자의 압제를 받아 자유를 빼앗기면** 어찌 희한하고 극난한 동물 중 **사람의 권리를 스스로 버림**이 아니라 하리오 (…중략…) 오날 우리나라ᄂᆞᆫ 엇더ᄒᆞᆫ 비참디경이오 세월은 물갓치 흘너가고 풍조ᄂᆞᆫ 날도 닥치ᄂᆞᆫᄃᆡ 우리 비록 아홉폭 치마ᄂᆞᆫ 둘넛스나 오날만도 더 못ᄒᆞᆫ 디경을 또 당ᄒᆞ면 상젼벽히가 눈결에 될지라 **하늘을 불으면 ᄃᆡ답이 잇나 부모를 불으면 능력이 잇나 가장을 부으면 무삼 방칙이 잇나** 고ᄃᆡ광실 뉘가 들며 금의옥식 ᄂᆡ것인가 이 디경이 이마에 당도힛쇼 (…중략…) 이 시ᄃᆡ에 **두 눈과 두 귀가 남과 갓치 총명**ᄒᆞᆫ **사ᄅᆞᆷ**이 엇지 국가 의식만 츅ᄂᆡ럿가 우리 자미잇게 학리샹으로 토론ᄒᆞ야 이 날을 보ᄂᆡᆸ시다 1~2쪽. 강조는 인용자

위에서 일차적으로 확인되는 것은 여성주의적이라 할 만한 사고다. 이는 여성이 남성 못지않게 총명하다는 판단하에 남존여비의 상황을 거부하는 양성평등적인 태도와, 남성들이 아무런 방책도 없이 국망의 상황을 초래하

였다는 국가의 정세에 대한 비판적 인식 모두에서 확인된다. 이렇게 『자유종』은 여성의 주체성과 국민성에 대한 판단 면에서 여성을 남성에 전혀 뒤지지 않는 존재로 부각하고 있다. 이러한 태도와 인식하에 생일 모임에서 국가를 위해 건설적인 토론을 하자는 거창한(!) 제안이 가능해진 것이다.

남녀평등을 주장하는 인식과 여성 또한 국가를 위하는 마음으로 행동해야 한다는 주장은 매우 값진 것으로서 그 자체로 주의를 요한다. 하지만 이를 두고 여성의 입장이 부각되었다는 사실을 강조하는 것으로 끝낼 수는 없다. 두 가지 이유가 있다. 당대의 실제에 부합하지 않는다는 것이 첫째다. 1910년의 상황에서 여성의 인권과 자유를 말하는 것은 계몽주의의 이상에 불과하고 그 중에서도 끝자락에 해당하는 것일 뿐이지 어떤 의미에서도 현실의 여성 상황을 반영하는 것일 수 없다. 다른 한 가지는, 뒤에서 상세히 살피겠지만, 토론에서 다루어지는 주제가 교육과 자녀 양육, 사회 풍습 등 비정치적인 데 집중될 뿐이라는 점이다. 작품 내외의 사실이 이러한 까닭에, 위의 구절에서 확인할 수 있는 여성의 주체성과 국민성에 대한 인식을 문자 그대로 받아들이는 것은 곤란하다.

해서, 『자유종』이 형식적으로는 잘된 토론소설이지만 내용적으로까지 그렇지는 않다는 점에 주목하여 인물 구성의 의미를 보다 심층적으로 살펴볼 필요가 있다. 결론을 당겨 말하자면, 『자유종』이 등장인물을 모두 여성으로 설정한 것은, 토론의 주제가 비정치적인 데 한정될 수밖에 없는 외부적인 한계를 작품 내에서 자연스럽게 만드는 장치라고 하겠다. 당시 상황에서 반외세 자주화 맥락의 정치 담론은 거의 불가능한 것이었다. 따지고 보면 사태가 이렇게 된 데 실제적으로 책임이 있는 것은 남성이며, 그렇다고 그들이 사태의 진전을 막을 어떠한 방책을 가진 것도 아니었다. 따라서 제한된 상태로나마 할 수 있는 말 곧 비정치적인 언설로 애국계몽주의적인 작품을 쓰려고 할 때 호출될 수 있는 존재는 부인들밖에 없었다고 하겠다.

이렇게 『자유종』이 여성들만으로 인물을 구성한 것은 한편으로는 불가피하고 다른 한편으로는 자연스러운 처리라 할 만하다. 여성 등장인물의 설정이 불가피하다는 것은 국망을 초래한 남성들이 등장해서 비정치적인 문제들을 토론한다는 것이 가당치 않기 때문이다. 그것이 자연스럽다 함은 정치적인 문제에 발언권을 가져 본 적이 없는 여성들이 비정치적인 문제를 토론하는 상황이 전혀 무리스럽지 않은 까닭이다. 이러한 사정을 두루 고려하면, 『자유종』이 여성들만으로 등장인물을 구성한 것은 한일합병 직전 조선인의 상황을 상징적으로 드러내는 장치라고도 할 수 있다.

『자유종』이 토론소설로서 보이는 내용상의 아쉬움은, 앞에서도 살짝 언급했듯이, 주제 설정에서 보다 뚜렷이 확인된다. 『자유종』은 크게 보아 교육과 종교, 사회의 폐습, 자녀 양육의 네 가지 주제에 집중한다. 교육에 있어서는, 여자 교육을 배제하는 기존 유교 중심 교육의 문제를 비판하고6~8쪽, 일본처럼 자국 교과에 힘써야 한다고 주장하며10쪽, 종교 맥락에서 유교가 사회 구성원 일부에게만 적용되는 문제를 지적한 뒤15~6쪽, 문명의 습득을 배척하는 구호뿐인 척화를 문제시하면서 제사만 중시할 뿐 교육 기능은 못하는 향교와 서원을 비판한다16~8쪽.

교육과 종교 맥락에서 눈에 띄는 한 가지는, 한자 사용 문제를 쟁점으로 찬반 논란이 벌어지는 와중에 고소설 비판론이 등장한다는 사실이다. 한자를 폐지할 경우 읽을거리라고는 국문으로 된 소설이나 '괴괴망칙한 기록' 뿐인데 이들은 읽을 가치가 전혀 없다는 것이다. 여기에서 "춘향전은 음탕교과서요 심청전은 처량 교과서요 홍길동전은 허황 교과서"11쪽라는 유명한 구절이 나온다. 이 논의는, 국문 전용 여부와 상관없이, 청년의 정신을 훼손하는 국문소설을 금지하자는 주장14쪽으로 맺어진다. 고소설이 사람들에게 미치는 영향이 음탕함이나 처량함, 허황함과 같이 바람직하지 못한 것이므로 금해야 한다는 이러한 주장에서, 다음 두 가지가 주목된다. 신소설 작가들이 소설의 감화력을 크게 인지하고 있으며, 고소설을 비판 부정하는 만큼 신소설에 대한 자부심이 컸다는 점이다. 이러한 자세는 신채호가 주창한 국문소설 개혁론에 연결되는 것이다.[8]

이후 『자유종』의 토론은 사회의 폐습을 논의하는 데로 나아간다. 상업 사회와 교육계를 도마 위에 올린 뒤, 자녀 양육 문제를 거쳐22~6쪽 적서차별과 신분제에 대한 비판28~33쪽을 개진한다. 사회 각계에 대한 비판 부분은 조선 사회의 발전 가능성을 배제한 채 비판을 위한 비판을 펼친다는 인상을 강하게 준다. '상업 사회는 에누리 사회, 공장 사회는 날림 사회, 농업 사회는 야매 사회'라고 규정하면서 어느 하나 외국 문명을 당할 것이 없다 하는 단정은19쪽 실제에 부합하는 측면이 강하다 해도 자민족 비하에 해당한다고 하지 않을 수 없다. 변화 발전의 가능성을 인정하지 않고 현재의 상태를 고정적인 것으로 간주하면서 사태를 단순화하는 까닭이다. 교육계에 대한 비판도 다르지 않다. 신교육 사회는 구교육 사회보다 낫다 하지만 불심상원이라 하고, "관공립은 화육학교라 실상은 업고 문구쌘이오 각쳐 사립은 단명 학교라 긔본이 업셔 번ᄎᆞ레로 폐지ᄒᆞᆯ 섄"이라 단정한 뒤 인재의 양성이 아니라 교육계에서의 명예를 중시하는 경우가 열에 칠팔이라 하는 것이다19쪽. 교원 강사나 학생 중 공익과 나라를 위하는 자가 몇이나 되겠냐는 한탄이 여기 이어진다19~20쪽.

지금까지 살펴본 대로 『자유종』의 토론은 크게 보아 교육의 제반 문제에 대한 논의와 사회의 폐습에 대한 비판이라는 두 가지 테마로 진행된다. 여

8 권영민, 『한국 현대문학사 1−1896~1945』, 77~81쪽.

기서 문제적인 것은 토론의 주제가 심히 한정되어 있다는 사실이다. 자주 독립 국가를 수립하는 문제가 사실상 누락되어 있으며, 반봉건적 비판이 있을 뿐 근대화의 실천에 대한 열의조차 찾아보기 어려운 형편이다. 토론의 주제가 이렇게 좁혀져 있는 데 더해서, 작품 말미의 꿈 이야기에서 대한제국의 미래에 대한 바람을 열거할 뿐 전체적으로 보아 현재 상태에 대한 비관적인 비판이 주를 이루는 것 또한 문제적이다.

한일합병을 목전에 둔 시점이라는 사실을 무시해서는 안 되고 그러한 상황 속에서나마 개화 계몽을 시도하는 의의는 그것대로 인정해야 하지만, 그렇다고 해서 지금과 같은 사실 수리적인 태도 곧 식민지화로 전락해 가는 상황이 불가피하다는 인식을 조장하는 태도를 긍정적으로 평가할 수는 없다. 사정이 이러해서 『자유종』은 형식상으로는 잘된 토론소설이지만 내용상으로는 높게 평가하기 어려운 경우라 하겠다.

우화이면서 토론체 신소설에 해당하는 『경세종』과 『금수회의록』 또한 비슷한 아쉬움을 준다. 김필수의 『경세종』1908은 금수와 곤충들의 친목회 형식을 빌려 우리나라의 각종 세태를 비판하는 한편 본론 전체의 기조를 기독교적으로 설정하면서 서구 추수주의적인 면모를 짙게 띤다. 친목회의 구성과 회의 준비 과정, 폐회 후의 사진 촬영 등을 구체적으로 묘사한 점과, 양 회장의 취지 설명 및 연회석의 차서에서 기독교를 크게 강조한 점7~15쪽 등이 특징적이다. 이후 사슴, 원숭이, 까마귀 등 열네 동물이 등장하여 인간에 대한 비판을 전개하는데 그 내용이 풍속 비판에 그쳐 있는 점이 두드러진다. 방탕함, 사치, 빚 내기, 외모 숭상, 음란 풍속, 탐욕, 분노 등 인간의 일반적인 성정에 대한 비판이 주를 이루는 것이다. 물론 보다 사회성을 띠는 경우가 없지는 않다. 재판의 문제, 구휼을 외면하는 관리 비판, 중용을 잃은 간신배 비판, 국토를 차지하는 산소 문제로서, 이들 또한 1908년의 상황에 비추어 볼 때 정치색이 옅다는 점이 특징적이다. 여기에 더해서, 서양 문명의 근본이 되는 종교를 받아들이지 않아 백인종의 노예가 될 것이라는 예견이나 하나님의 사랑이 인종을 안 가린다는 주장을 통해 기독교를 권유하고, 인간의 생애 자체에 대한 회화적 비판도 제시한다.

이와 같이 『경세종』은 세상을 경계한다는 제목과는 달리 추상적이고 일반적인 윤리 비판으로 대강을 삼고 있다. 작품 전체에 걸쳐서 계속 성경의 사적을 예로 드는 데서도 확인되듯 기독교의 입장에서 풍속 비판을 행한 경우라 하겠다.

안국선의 『금수회의록』1908은 약간 다른 면모를 보이지만, 번안 작품인 까닭에 논의가 제한적일 수밖에 없다.[9] 『경세종』과 마찬가지로 내용상 주를 이루는 것이 윤리 비판이요 기독교의 영향이 뚜렷하다는 점에 더하여,[10] 이 작품 고유의 특징으로 간주되는 정치 현실의 풍자를 간략히 검토해 본다. 이러한 점은 '개회 취지'에서부터 확연하다.

---

9 안국선의 『금수회의록』은 신소설 일반의 현실 순응적이고 미온적인 개화사상의 한계를 보상하는 작품으로서 문학사적인 의의 면에서 역사전기물과 더불어 높이 평가되어 왔다. 하지만 2011년 서재길 교수에 의해서 이 작품이 일본의 사토 구라타로가 쓴 『禽獸會議人類攻擊』(1904)의 번안이라는 주장이 제기되면서 상황이 달라지게 되었다(서재길, 「〈금수회의록〉의 번안에 관한 연구」, 국어국문학회, 『국어국문학』 157, 2011). 전체로 보아 번안 작품이라는 판단에 수긍할 만한데, 서재길 교수도 밝혔듯이 "전통적인 윤리의식에 근거하여 당대인의 윤리적 타락을 비판하는 것과 당시의 정치 현실을 풍자하는 것"은 안국선의 창작의도에 따른 내용이어서(237쪽), 이러한 맥락에서의 논의는 이 책의 주제에 비춰 필요하고 적절하다 하겠다.

10 『금수회의록』은 예수의 말을 따라 회개하라는 내용으로 작품의 끝을 채움으로써 구성 면에서 기독교의 영향이 매우 큰 경우라 할 수 있다. "예수 씨의 말삼을 드르니 하ᄂᆞ님이 아직도 사ᄅᆞᆷ을 ᄉᆞ랑ᄒᆞ신다 ᄒᆞ니 사ᄅᆞᆷ들이 악ᄒᆞᆫ 일을 만히 ᄒᆞ엿슬지라도 회개ᄒᆞ면 구완 잇ᄂᆞᆫ 길이 잇다 ᄒᆞ얏스니 이 세상에 잇ᄂᆞᆫ 여러 형제ᄌᆞᄆᆡᄂᆞᆫ 깁히깁히 생각ᄒᆞ시오"(48~9쪽).
이러한 처리는 안국선의 행적과 관련되어 보인다. 그는 일본 유학을 마치고 귀국하다가 박영효와 관련된 역모 사건에 연루되어 1899년 11월경 체포되고 미결수로서 1904년까지 종로 감옥에 수감되어 있던 중 기독교로 개종하였다(최기영, 「한말 안국선의 기독교 수용」, 한국기독교역사연구소, 『한국기독교와 역사』, 1996, 32쪽).

외국 사ᄅᆞᆷ의게 아쳠ᄒᆞ야 벼살만 ᄒᆞ려ᄒᆞ고 졔 나라이 다 망ᄒᆞ던지 졔 동포가 다 죽던지 불고ᄒᆞᄂᆞᆫ 역젹놈도 잇스며 님군을 속이고 ᄇᆡᆨ셩을 ᄒᆡ롭게 ᄒᆞ야 나라 일을 결단ᄒᆡᄂᆞᆫ 소인놈도 잇스며 부모ᄂᆞᆫ 자식을 사랑치 아니ᄒᆞ고 자식은 부로를 효도로 셤기지 아니ᄒᆞ며 형졔 간에 ᄌᆡ물로 인연ᄒᆞ야 골육샹잔ᄒᆞ기로 일삼고 부부 간에 음란ᄒᆞᆫ ᄉᆡᆼ각으로 화목지 아니ᄒᆞᆫ 사ᄅᆞᆷ이 만흐니 이 갓흔 인류의게 됴흔 령혼과 뎨일 귀ᄒᆞ다 ᄒᆞᄂᆞᆫ 특권을 줄 거시 무어시오6쪽

얼핏 보면 1900년대에 흔히 확인되는 일반적인 비판이라 할 수도 있지만, 나라와 동포를 앞세우면서 외세 의존적인 태도를 비판하는 것은 당대 현실에 대한 올바른 문제의식의 발로에 해당한다. 동일한 맥락에서, 외세에 빌붙는 비자주적인 정치인과 국가와 국민[백성]을 생각하지 않는 공적公敵에 대한 비판이 작품 도처에서 확인되는데,[11] 이러한 측면은 번안의 형식을 빌려 당대 현실의 문제를 지적한 것으로서 의의를 갖는다.

제국주의에 대한 비판이 드러난 것도 특기할 만한 사실이다. "여간 좀 연구ᄒᆞ야 아ᄂᆞᆫ 거시 잇거든 그 아ᄂᆞᆫ ᄃᆡ로 셰상에 유익ᄒᆞ고 사회에 효험 잇게 아름다온 사업을 영위ᄒᆞᆯ 거시어ᄂᆞᆯ 조고맛치 남보다 몬저 알엇다고 그 지식을 이용ᄒᆞ야 남의 나라 ᄲᅢ앗기와 남의 ᄇᆡᆨ셩 학ᄃᆡᄒᆞ기와 군함 대포를 만드러셔 악ᄒᆞᆫ 일에 죵사ᄒᆞ니 그런 ᄂᆞ라 사ᄅᆞᆷ들은 당초에 사ᄅᆞᆷ 되ᄂᆞᆫ 령혼을 주지 아니ᄒᆞ얏더면 도로혀 조흘 번ᄒᆞ얏소"22~3쪽라 하고 있다. 현대의 과학이 각종 병기를 만들어 재물을 낭비하고 인간을 죽이며 나라를 만들 때에 남을 해하려는 마음뿐이라 하여 현대 문명 일반을 소박하게 비판하기도 하는데40쪽, 이러한 일반론에 비할 때 위의 비판은 그 대상을 제국주의로 명확히

11 16~7 · 25 · 29~30 · 31~2 · 36 · 38쪽 등에서 위정자 비판이 행해지고, 40쪽에서는 관직 매매 사태에 대한 비판을 개진하고 있다.

했다는 점에서 주목할 만한 것이다.

이러한 현실 정치 비판이 두드러지기는 해도 『금수회의록』의 저자와 관련해서는 아쉬운 점이 적지 않다. 이 면에서 『금수회의록』이 번안 작품이라는 사실은 큰 문제가 아니다. 보다 중요한 것은 안국선의 애국계몽운동이 이 책 출간으로 사실상 끝났다는 점이다. 역모 사건에 연루되어 수감되고1899~1904 유배 생활1904~1907을 한 후 계몽주의자로서 사회 활동을 활발히 하던 안국선은, 1907년 11월 제실재산정리국 사무관을 잠시 맡았다가 1908년 7월부터 한일합병 때까지 탁지부 서기관이 되어 이재국 감독과장과 국고과장으로 근무하였다. 식민지로 들어가는 대한제국 정부에서 일한 것인데, 이 시기에는 국권 회복에 관련된 논의를 거의 하지 않고 풍속 개량과 같이 정치와 무관한 문명개화를 언급할 뿐이며, 합병 후에는 잘 알려진 대로 청도군수로 2년 3개월간 재임하였다.[12] 친일의 길을 걸은 것이다. 『금수회의록』은 1908년 2월에 초판이 5월에 재판이 발행되었으니 그가 관리의 길을 가기 직전에 나온 것으로서, 우리나라 애국계몽운동의 한 가지 한계를 극명하게 보여 주는 예라 할 만하다.

토론 형식이 갖는 의미는 다대하다. 토론이란 옳고 그름을 따지는 소통행위라는 면에서 참가자들의 주체성을 증진시키는 것이고, 국가 사회의 문제를 대상으로 하는 경우 바람직한 정체에 대한 공론을 모아 가며 시민의 각성, 국민의 형성이라는 효과를 낳기 때문이다. 토론체 소설의 의의 또한 여기에서 생겨날 터이다.

하지만, 위에서 살핀 작품들은 형식상으로는 토론 소설로서 괜찮은 면모를 보이면서도, 주제효과상으로는 아쉬운 점이 적지 않았다. 토론체 신소설

---

12 최기영, 「한말 안국선의 기독교 수용」, 한국기독교역사연구소, 『한국기독교와 역사』, 1996, 36쪽.

들의 발표 연대를 볼 때 이들 작품이 19세기 말의 민권 운동을 환기하는 것이(어야 마땅하리)라는 판단을 지울 수 없는데, 이들 작품은 토론소설이라는 형식에 있어 과거 역사의 기억을 소환할 뿐 그 주제는 정치적인 성격을 탈각하고 풍속 차원으로 저하되어 있음을 간과할 수 없게 되어 있다.

물론 이 모든 상황의 궁극적인 원인은 러일전쟁의 승리로 을사보호조약을 체결하여 조선을 보호국화한 일제의 탄압이라는 외적 조건이다. 이 점까지 고려하여, 토론체 신소설들이 보이는 주제효과의 저하를 그들이 민권운동의 기억을 소환한다는 점을 들어 나름대로 인정해 줄 수 있을지도 모르겠다. 하지만 엄정한 시각에서 보면 그럴 수 없다. 1900년 전후 십년간의 애국계몽운동기 공론장을 형성하려 했던 노력들이 엄연하고, 사태가 여의치 않게 되었을 때 국내외에 걸쳐 일제에 맞서는 독립운동의 길에 들어선 이들이 적지 않았으며, 그러한 노력과 그 간난의 길을 선택한 이들의 덕분으로 민족국가의 맥이 이어지게 된 까닭이다.

자주독립 국가를 수립하기 위한 공론장을 활성화하려는 의지는 1896년 7월 조직된 독립협회에서 극에 달했다. 독립협회는 1898년 봄 이래 만민공동회 활동을 주도하여 정부의 친러 정책에 변화를 이끌어 내며 국민 참정의 실현에 노력했고, 10월의 관민공동회에서는 '헌의獻議 6조'를 결의하여 황제의 재가를 얻어내기까지 했다. 이는 여론을 모아 민의를 구체화하고 이를 정부에 건의하여 채택되게 하였다는 데서 공론장을 활성화하고 민주주의 정치의 실례를 보인 것이라 할 만하다. 헌의 6조의 내용 또한 이러한 점을 강화한다. ① 일본인에게 의부依附하지 말 것, ② 외국과의 이권 계약을 대신이 단독으로 하지 말 것, ③ 재정을 공정히 하고 예산을 공표할 것, ④ 중대 범인의 공판과 언론·집회의 자유를 보장할 것, ⑤ 칙임관의 임명은 중의에 따를 것, ⑥ 기타 별항의 규칙을 실천할 것, 이상인데 이 중 ③

과 ④는 민주주의의 요체에 해당하는 것으로서 상당히 진보적인 방안이라 할 수 있다.

독립협회의 지향은 『독립신문』에서 이미 확인된다. 『독립신문』 창간호 1896.4.7의 '논설'을 보면 "정부에셔 ᄒᆞ시ᄂᆞᆫ 일을 ᄇᆡᆨ셩의게 젼ᄒᆞᆯ 터이요 ᄇᆡᆨ셩의 졍셰을 졍부에 젼ᄒᆞᆯ 터이니 만일 ᄇᆡᆨ셩이 졍부 일을 자세이 알고 졍부에서 ᄇᆡᆨ셩에 일을 자세이 아시면 피ᄎᆞ에 유익ᄒᆞᆫ 일 만히 잇슬 터이요 불평ᄒᆞᆫ ᄆᆞᄋᆞᆷ과 의심ᄒᆞᄂᆞᆫ ᄉᆡᆼ각이 업서질 터이옴"이라 하여, 인민을 국민으로 간주하는 태도와 국가의 운영에 있어서 정부와 국민이 상호적이라는 의식을 드러내었다. 백성을 국민으로 만들고, 그에 필요한 지식을 함양하려는 의지는 새롭게 등장한 『소년한반도』1906.11나 『소년』1908.11 등에서도 잘 확인된다.

아쉽게도 이러한 움직임은 수구 세력과 그를 이용하여 황제권을 강화하고자 한 고종에 의해 저지당하고 독립협회의 해산1898.11과 『독립신문』의 폐간1899.12으로 이어졌다. 이후 1905년까지, 열강 사이의 세력 균형을 이용한 황제 권한의 강화가 이루어지면서 민권 운동이 급격히 축소되었다. 독립협회 계열의 개화 세력에 대한 황제의 탄압이 가해지면서 "담론과 텍스트의 활성화를 위한 공간인 공공 영역과 정치 영역은 현저하게 위축"된 것인데, 이러한 상황이 재차 변하는 것은 러일전쟁에서 승리한 일본이 을사보호조약을 통해 조선을 보호국으로 전락시킨 뒤 1910년의 합방에 이르는 기간이다. 이때에 문명개화, 부국강병을 위한 담론들이 반일과 친일에 걸쳐 재차 활성화되었다.[13]

바로 이 기간에 이인직의 『혈의 누』1906를 위시하여 다양한 형식의 새로

13 권보드래, 『신소설, 언어와 정치』, 소명출판, 2014, 73~5쪽.

운 소설들이 등장했다. 정치적으로 볼 때 이 작품들은, 『혈의 누』처럼 친일적인 면모를 보인 정치소설을 한 극으로 하고 민족사의 영웅을 그림으로써 시대가 요청하는 인물상을 제시한 신채호, 장지연, 박은식 등 개신유학자들의 역사전기를 다른 극으로 하는 스펙트럼을 보여 주었다. 지금 살핀 토론체 신소설은 그 중간에 있는 것으로서, 형식 면에서는 과거의 민권 운동을 강력히 환기하는 것이었지만 주제효과 면에서는 정치성이 탈각된 채 풍속 개화 차원에 갇힌 미흡한 수준을 보였다.

이 시기의 문학을 전체로 보면 각 유형의 작품들을 써 낸 작가들의 합병 이후 행적대로 작품의 주제상 열도가 나뉘었다고 하지 않을 수 없는 형편이다. 이를 두고 작품의 주제효과적 우열과 작가의 행적이 그대로 일치한다고 간주해도 좋을지 혹은 그만큼 일제의 조선 침탈과 지배가 강압적이고 고압적이었다고 해야 할 것인지, 문학과 역사라는 분과학문을 지양하는 차원에서의 보다 심도 있는 세심한 고찰이 필요해 보인다. 이러한 문제를 명확히 부각한다는 점에 토론체 신소설의 문제성이 있다고 하겠다.

제4장

오락 문학의 시대

조중환의 『장한몽』(1913, 1915)

1910년 8월 29일 한일합병을 통해 우리나라는 일본 제국주의의 식민지가 되었다. 500년 역사의 조선1392~1897이 대한제국 시기1897~1910를 거쳐 망하고 만 것이다. 고종1863~1907과 순종1907~1910을 끝으로 519년간의 이씨 왕조가 몰락하였다. 순종은 황제에서 '이왕李王'으로 격하되어, 창덕궁에서 소일하다 1926년 생을 마쳤다. 이로써 왕조사가 우리 역사에서 사라졌다. 제2차 세계대전의 종전에 따라 일본의 압제로부터 '해방'되고1945.8 대한민국을 수립하여 근대국가로서 '독립'하기까지1948.8, 고난에 찬 시대가 지속되었다. 무려 36년이라는 세월 동안 일본이라는 제국의 지배를 받는 식민지 상태에 놓였고, 이후 3년간은 남북이 나뉘어 미국과 소련의 군정을 겪었다.

40년 가까운 기간 이민족의 지배를 받은 것인데, 삼국시대 이래 2천 년의 민족사를 생각하면 아주 짧은 시간이라 하겠지만, 한 개인의 60 평생을 생각하면 매우 긴 시간임에 틀림없다. 생각해 보라. 1891년생이라면 말이 익숙해지기도 전인 다섯 살에 자주권을 잃은 나라에 살게 되었고 뭔가를 배우기 시작하는 불과 열 살 나이에 식민지 백성이 되고 말았다. 해방은 그의 나이 55세에 주어지는데, 55세라면 당시 기준으로는 늙은이에 해당한다.

이러한 상황이 의미하는 것은, 1890년대 이후 출생자들에게 있어 식민지라는 것은 '우리의 국가를 빼앗겼다'는 식의 인식과는 다르게 느껴졌을 수 있다는 사실이다. 대한제국 시기의 국민국가 만들기가 실패로 돌아가면서 국민의 형성 자체가 이루어지지 않았음을 고려해야 한다. '백성'이 아니라 '국민'이라는 의식, '나라님'의 것인 '나라'가 아니라 '국민'이 주인인 '국가'라는 의식은 극소수의 애국지사들에게만 가능했다.[1] 국가의 소멸을

1 '민족'의 견지에서 보면 보다 많은 사람들이 '이민족의 지배'를 의식했고, 그 결과 1919년의 3·1운동에도 그 많은 사람들이 참여할 수 있었다. 선언서는 "조선의 독립국임과 조선

통렬하게 의식한 그들의 일부는 스스로 목숨을 끊거나 해외로 망명하여 독립운동의 길을 걸었다.

그렇게 하지 않은/못한 많은 사람들은 어떻게 살았을까. 한일합병 이후 기미독립운동까지 10년 가까운 시기의 삶은 어떠한 것이었을까. 이 질문에 대한 하나의 답을 생활문화의 변화에서 엿볼 수 있다. 서구적 소비문화, 오락 문화의 도입과 번안소설의 유행이 그것인데, 이는 나름의 근거 위에 이루어졌다.

먼저 지적할 것은 제국 일본의 통치가 가져온 변화이다. 조선 말기 이래 백성들을 도탄에 빠지게 한 것은 '삼정의 문란'과 지배계층의 부패 및 그에 따른 권력의 남용이었다. 한말 외국인들의 기록에서도 흔히 지적될 만큼 이는 명백한 사실이었는데, 이 땅에 새로 들어선 일제 총독부는 이러한 횡포와 무질서를 바로잡고 절차적 합리성을 증진시켰다. 각종 규칙을 제정하고 위반 사례에 대해서는 확실한 제재를 가하면서 법치의 틀을 세운 것이다. 군사 지배적 형태의 무단통치를 펼쳤지만 '범죄즉결령'1910.12.16이나 '조선 태형령'1912.3.18과 같은 반인권적인 것들까지 포함하여 어쨌든 법령을 근거로 통치를 행하였으므로,[2] 법을 위반하지만 않는다면 살기가 한말보다 나아졌다고 느낄 수 있었다. 세도정치가 이어진 궁중에서부터 지배계층의 부패와 학정이 층층이 쌓여 있던 한말보다는 한층 합리적인 사회환경이 조성되었다고 하겠다. 도로를 정비하고 위생을 관리하는 등 일상의 공간 또한 근대화되고 있었으며 기차와 전차, 전기 요금을 인하하는 등 생활의 편의를 조장하는 노력도 없지 않았다. 을사보호조약 이후부터 전개된

인의 자주민임을 선언"하는 것으로 시작하지만, 전문에 걸쳐 '국가'가 아니라 '민족'이 강조되고 있음이 확인된다.

2 김정인, 「식민지 근대로의 편입−1910~1919, 지배와 저항의 토대 쌓기」, 김정인·이준식·이송순, 『한국근대사』 2, 푸른역사, 2015, 24쪽.

이러한 변화들이 당시 사람들에게 어떻게 받아들여졌을까 짐작하는 데 있어 주목할 만한 한 가지 사실이 바로 '경술국치'에 민심의 동요가 보이지 않았던 점이다.[3]

물론 이러한 모든 변화는 일본 제국주의가 조선을 식민지로 통치하는 데 있어 필요한 수준에서 실행된 것이다. 조선의 언론은 모두 폐지되었고 출판물은 검열을 당했으며, 국가 기반 사업에 해당하는 것들은 모두 일본 제국주의의 팽창 논리에 따라 만들어졌다. 그럼에도 불구하고 생산성이 늘고 국토가 정비되었음은 그 자체로 사실이다. 사회 제도가 근대적 제도답게 시행되어 가는 변화도 컸다. 일반인의 입장에서 보면 주어진 규칙만 지키면 살기가 좋아진 상황이기도 했던 것이다. 일상에서는, 양반보다 더 무서운 이민족 '순사'와 '헌병' 밑에서 책 잡히지 않으며 살아가야 하는 상황이 되었지만, 말 그대로 잘못을 범하지만 않으면 문제될 것이 없는 형편이라 하겠다. 혹 사소한 잘못을 할 경우 욕을 먹으며 비굴한 태도를 보이면 되고 소소한 위반은 벌금이나 체형을 당하는 즉결 처분으로 처리되었으니, 억울한 송사로 패가망신하는 일은 (체제에 저항하지 않는 한) 없는 그런 제도적, 절차적 합리성이 갖춰져 가는 사회였다 할 만하다. 한마디로 1910년대 조선 사회란 무단통치하에서 나름의 법치가 실현되고 사회적 근대화의 양상이 짙어지던 시기라고 할 수 있다.

지식인들의 행적 또한 상황의 변화에 속도를 더했다. 민족 지사들이 은신

---

3 순종이 한일합병조약에 서명한 것은 조선 왕조의 마지막 어전 회의가 열린 8월 22일이었다. 23일에 통감부는 세 명 이상이 한곳에 모이지 못하게 하는 공고를 냈다. 조약의 공표는 29일 『관보』를 통해 이루어졌다. 훗날 3·1운동을 기획하게 되는 최린은 이날 종로를 거쳐 광화문 사거리를 걸었는데 시내 풍경이 의외로 평온한 데 절망했다고 한다. 백성의 입장에서 "'삼정의 문란'으로 상징되는 조선 왕조의 말기 현상을 돌이켜보면 다른 생각도 하게 된다. 민중을 억압하고 수탈하던 왕조가 망한 것이니 어쩌면 그들에게는 썩 대수롭지 않은 일이었을 수 있다"(이태영, 앞의 책, 67~8쪽).

하며 비밀리에 활동을 준비하거나 국외로 망명할 수밖에 없던 일제 무단통치 아래에서, 신학문을 받아들인 지식인들이 할 수 있는 일은 제한되었다. 발달된 서구 문명과 문화를 소개하면서 일상생활의 개화를 촉구하거나 개인의 자각을 강조하는 수준의 계몽을 펼칠 수밖에 없었다. 국가 사회의 경륜을 공표할 수 없는 상황에서 자기 개발 관련 담론이나 교육론이 부상한 것이다. 이러한 활동을 할 수 있는 것도 소규모 잡지에 한정되었다. 합방과 더불어 일제가 우리나라의 신문들을 폐간시키고 『대한매일신보』를 매수한 뒤 『매일신보』로 바꾸어 총독부 기관지 『경성일보』의 자매지 수준으로 운영하면서 공론장을 장악한 까닭이다.

새로운 세대의 지식인인 청년 학생들의 의식은 『청춘』과 『학지광』에서 확인된다. 『소년』에 이어 최남선이 1914년 10월 창간호를 내며 새로 발행한 『청춘』은 교육의 중요성을 강조하며 서구 문명에 대한 긍정적인 시선을 보여 준다. 창간호에 실린 「아모라도 배화야」는, 누구든 배워야 하지만 우리는 더 그렇다면서 다음과 같이 쓰고 있다.

> 우리들이 쌔칩시다 배홈이 남만 못 한 것을 쌔치며 오늘에 가장 밧븐 일이 배홈임을 쌔치며 아울너 배홈에도 잘할 만함을 쌔칩시다 우리 속에 가득한 배홈을 잘할 만흔 힘을 집어냅시다 (…중략…) 우리는 여러분으로 더부러 배홈의 동무가 되려 합니다 다 가치 배홉시다 더욱 배호며 더 배홉시다

남들만큼 배우지 못했으니 배워야 한다는 주장이다. 잘 배울 수 있는 능력이 있다고 격려하며 배움이 최우선임을 강조하고 있는데 이로써 배움의 증대가 『청춘』의 목적임이 확연히 드러난다. 여기서 주목할 것은 근대국가가 됐든 문명사회가 됐든 무언가를 건설해야 한다는 주장은 아니라는 사실

이다. 식민지 상황의 힘이 느껴지는 대목이다.[4]

시대 상황의 변화, 풍속의 변화와 더불어 주목할 점은, 발달된 서구 문물이 선망의 대상으로 소개된다는 점이다. 「세계일주가世界一週歌」『청춘』, 창간호의 경우, 미국에서 일본을 거쳐 조선으로 돌아오는 여정을 노래하는데, 미국과 일본의 각 지역 유산과 풍물을 사진을 곁들여 상세히 소개하는 주석으로 지면의 대부분을 채우고 있다. 노래를 제시하고 이를 설명하기 위해 주석이 붙은 것이라기보다 풍물의 소개가 주 목적이고 이를 위해 노래가 구성된 형편이라 할 만하다. 『청춘』 창간호1914.10에서부터 4호까지는, 속표지 자리 혹은 목차 뒤에 '세계 대도회 화보世界大都會畫報'를 마련하여, 프랑스 수도 파리, 독일 수도 베를린, 오스트리아 수도 비엔나, 벨기에 수도 부르셀의 면면을 여러 사진들로 소개하였다. 서양 세계에 대한 선망을 바탕으로, 선진 제국의 수도가 보이는 위용을 알리고 있는 것이다.

동경에 있는 재일 유학생들의 모임인 조선유학생학우회에서 간행한 잡지인 『학지광』의 경우는 어떠한가. 『학지광』 2호1914.4에 실린 편집인의 「이호 지광이 출현二號 之光이 出現」에는 다음과 같은 구절이 보인다.

> 文明이 波動에 萬邦이 成號하야 人權問題의 鋒矢가 激烈함은 東西界의 政爭이오, 思湖가 一新에 氣魄이 復活ᄒᆞ야 理想的 融合의 祥氣를 頻呈함은 現今 我學界의 狀況이라, 玆에 學界의 理想을 綜合 又ᄂᆞᆫ 融和코저 ᄒᆞ야 本誌의 繼續 刊

4 다른 한편으로는 최남선의 민족 계몽 운동이 갖는 기본적인 한계도 지적할 수 있다. 일찍이 그는 『소년』(1908.11 창간)을 발행하면서 1909년 8월 도산 안창호가 창립한 청년학우회의 기관지 역할을 하게 했는데, 「青年學友會의 主旨」(『소년』, 1910.4,6)에서 "**青年學友會는 毋論 政治的으로 아모 意味 업난 것이오 社會的으로 아모 主義 잇난 것이 아니라 思想이고 感情이고 意志고 智識이고 모든 것이 다 單純한 青年學友들의 主義고 目的이고 方法이고 計劃이고 모든 것이 다 單純한 集會라** 單純한 故로 平凡하고 平凡한 故로 그 色이 薄하며 그 味가 淡하도다"(6월호, 75쪽. 강조는 원문의 방점)라고 밝힌 바 있다. 정치사회적인 목적은 지운 채 무실역행을 근간으로 실력양성론, 준비론을 강조하는 태도를 합방 이전부터 견지했다 하겠다.

行할 必要가 有함으로 (…중략…) 正義에 基礎ᄒᆞ야 公正을 標本ᄒᆞ고 學界 動靜을 隨聞輒載ᄒᆞ야 或 敬意를 表ᄒᆞ며 或 批難을 加홈은 本誌의 特色 (…중략…) 現代의 思湖를 融會ᄒᆞ야 半島의 民智를 增發케 함은 我學生界의 重責이라 玆에 本誌가 理想을 融和ᄒᆞ고 文明을 紹介함

문명의 파동에 온 세계가 호응하여 인권 문제가 칼과 화살처럼 격렬함은 동서양의 정쟁이요, 생각이 새로워지고 기백이 부활하여 이상적인 융합의 상서로운 기운을 두루 드러냄은 현재 학계의 상황이다. 이에 학계의 이상을 종합 혹은 융화하고자 본지를 계속 간행할 필요가 있으므로 (…중략…) 정의에 기초하여 공정을 표본으로 하고 학계의 동정을 듣는 대로 실으면서 경의를 표하거나 비난을 가함은 본지의 특색 (…중략…) 현대의 사상계를 자세히 이해하여 반도 백성의 지식을 증진 발휘함은 우리 학생계의 중책이라. 이에 본지가 이상理想을 어우러지게 하고 문명을 소개함.

이 글의 주지는 '학계의 이상을 종합'하여 '민지를 증발'케 하겠다는 데 놓여 있다. 실질적으로는 학계의 동정을 정의와 공정에 근거를 두어 긍정적으로든 비판적으로든 소개하겠다는 것인데 그 목적은 사람들의 계몽이다. 현대의 사조, 이상을 융화하며 문명을 소개함으로써 민지를 일깨우는 계몽이라는 중책을 수행하겠다는 것이다.

장덕수의 「학지광 제 삼호 발간에 임ᄒᆞ야學之光 第三號 發刊에 臨ᄒᆞ야」『학지광』 3호, 1914.12는 한 가지 지향을 추가하고 있다. 『학지광』 발간의 목적이 '우주를 관해'하고 '자기 통일과 자아 확립의 광명'이 되는 것 두 가지에 있음을 분명히 했는데, 이는 학계의 동정을 통해 세상 돌아가는 것을 이해하는 한편 자아의 수립과 통일에 목적을 두겠다는 것이다. 이 면에서는 사람들의 계몽보다 유학생 지식인들의 자기 계몽에 더 중점을 두었다 할 수 있다. 비정

치적인 특성이 한층 강화된 것이라 할 수 있는데, 이러한 점은 3호 말미에 있는 원고 모집 안내문 '투서 주의投書注意'에서 '진담 기타珍談其他' 항목에 "단但 시사 정담時事政談은 불수不受"라 한 데서 확연히 드러난다. 시사적이고 정치적인 글은 아예 받지 않겠다 한 것이다.

이렇게 1910년대 무단통치하 한국인의 공적 담론은 정치적인 성격을 잃어버린 채 인민 교육과 자기 계발, 서구 문명의 소개 수준으로 위축되었다. 19세기말과 1900년대의 상황과 비교할 때, 식민지의 위력이 실감되는 변화이다.

일본에 의해 강제된 이러한 탈정치화는 이 시기 대중 오락 문화의 발흥 속에서 보통 사람들에게는 의식조차 되기 어렵게 된다. 새롭게 생겨난 근대적 오락물들의 인기는 대단한 것이었다. 영화의 보급이 비약적으로 늘어난 점을 먼저 꼽을 만하다.

영화는 1901년에 궁중에 소개되었고 1902년 8월 궁내부 소관으로 세워진 협률사에서 1903년경 최초로 영화를 상영한 것으로 알려진다. 일반인들에게 영화가 공개된 것은 1902~3년경 한성전기회사American Korean Electric Company의 기계창에서다. 일요일과 비 오는 날을 제외하고 매일 밤 두 시간씩 상영했으며, 입장료는 10전당시 3센트 정도으로 한 번의 상영에 1,100장이 넘는 표가 팔릴 만큼 인기를 끌었다. 영미연초회사의 담배 빈 갑을 가져가면 무료로 영화를 관람할 수 있었으니 그보다 많은 사람들이 관람했음을 알 수 있다.

한성전기회사는 사람들을 유치하기 위해 '쾌회기快回機'[회전목마]를 설치한 '목마 운동장'도 마련하고, 그곳과 '활동사진전람소'에 쉽게 올 수 있는 전차를 광고했다. 연극장 광무대에서는 1908년 막간에 영화를 상영했으며 1910년 전후로 고등연예관, 대정관, 황금관, 우미관 등의 영화상설관이 속속 세워지고, 활동사진해설자라는 새로운 직업이 생겨났다. 영화관 외에 애스터 하우스 같은 서양식 호텔에서도 영화를 상영했다.[5] 대정관 같은 식당도 영화를 상영했는데 여러 활동사진과 더불어 일본 군인의 일대기를 상영하여 사람들의 환영을 받았다는 광고를 내기도 했다.[6]

1910년 2월 일본인 거류지 황금정[을지로]에 세워진 최초의 상설 영화 전용관 고등연예관은 근대식 2층 건물로 500명을 수용할 수 있었다. 연중무휴로 매일 밤 상영했으며 1~2주마다 작품을 바꾸었는데, 1회 상영에 15분 내외 단편 영화 13~14편을 틀어 세계 여러 나라의 자연이나 해수욕장, 스케이트장, 보통 사람들의 일상, 일본 미인의 무용, 조선 기생의 무용 등을 보여주었다. 이러한 "영화 화면에 등장하는 서구 근대 문명의 모습은 경이로움과 선망 그 자체"였다. 1919년 10월 27일에는 최초의 한국영화 〈의리적 구토〉가 단성사에서 개봉되어 보통보다 비싼 관람료에도 크게 흥행했다.[7]

이와 같은 영화의 부상은, 20세기 대중문화의 전 세계적인 발전이 식민지 조선에서도 전개되었음을 알리는 사건이다. 미국에서도 1900년대 초 값싼 영화가 널리 퍼지면서 그 전까지 엄청난 인기를 끌었던 멜로드라마를 순식간에 몰락시키고 대중문화의 중심으로 자리 잡았는데,[8] 일반인들의 문화생활을 보면 조선도 크게 다르지 않았다고 하겠다.

사람들의 나들이를 조장하는 시설들 또한 생겨났다.

1909년 11월 1일, 창경궁 전각 60여 채를 헐고 지은 동물원 '창경원'과 '제실 박물관帝室博物館'이 개장했다. 궁궐이 나들이 장소가 된 것인데, 개장

---

5 이순우, 앞의 책, 220~234쪽 참조.

6 『매일신보』 광고, 1913.1.29(이희정, 「1910년대 『매일신보』 소재 소설 연구-근대소설 형성과의 관련 양상을 중심으로」, 경북대 박사논문, 2006, 72쪽에서 재인용).

7 이태영, 앞의 책, 66·137쪽.

8 벤 싱어, 이위정 역, 『멜로드라마와 모더니티』, 문학동네, 2009, 244~6쪽.

첫해 1만 5천 명이 방문했고 해가 갈수록 그 수가 늘어났다. 벚꽃이 만개한 1917년 4월 22일에는 하루에 1만 3천 명이 관람했다니 당시 경성 인구가 26만 명이라는 사실을 생각하면 어마어마한 인파가 몰렸음을 알 수 있다.[9]

1913년에는 놀이공원 황금유원黃金遊園이 개장했다. 『매일신보』1913.6.22의 기사 '황금유원黃金遊園의 별건곤別乾坤'은 '놀기도 됴코 구경도 됴어 / 보지 못ᄒᆞ던 것이 만타고'라는 중간 제목을 달고 다음처럼 쓰고 있다.

> 경셩 남부 산림동에 잇ᄂᆞᆫ, 황곰유원南部山林洞黃金遊園에셔ᄂᆞᆫ, 대규모의 루라팍크(공원과 갓ᄒᆞᆫ 것)을, 셜비ᄒᆞ야, 일젼부터 ᄀᆡ연ᄒᆞ얏ᄂᆞᆫᄃᆡ, 입쟝료ᄂᆞᆫ 삼 젼에 지ᄂᆡ지 안이ᄒᆞᆷ으로, 입쟝ᄒᆞᄂᆞᆫ 사ᄅᆞᆷ이, 비샹히 만으며, 일반 셜비가 모다 쥬밀ᄒᆞᆫ 즁 불가ᄉᆞ의 글不可思議窟이라 ᄒᆞᄂᆞᆫ 곳이 가쟝 이샹ᄒᆞᆫ바, 물리학의 리치를, 리용ᄒᆞ야, 긔묘ᄒᆞᆫ 구경이 굴 안에 만히 잇스며, 그밧게도, 폭로 운동쟝 등의 셜비가 잇고, 그 근쳐에ᄂᆞᆫ, 죠션 연극과, 활동샤진을 흥힝ᄒᆞ야, ᄆᆡ을 사ᄅᆞᆷ이, 답지ᄒᆞᆫ다ᄂᆞᆫᄃᆡ, ᄀᆡ원 시간은, 오후 네 시부터, 열한시ᄭᆞ지오, 일요와 졔일에ᄂᆞᆫ, 오젼 십시에 ᄀᆡ쟝ᄒᆞᆫ다더라

1903년에 설립된 미국 뉴욕 코니아일랜드의 '루나파크lunar park'를 모방한 일본 도쿄의 아사쿠사[淺草] 루나파크1910~1911나 오사카의 루나파크1912~1923를 다시 모방한 놀이공원이 경성에 들어선 것이다. 황금유원의 사진은 구할 수 없으나, 위의 기사에 더해서 오사카 루나파크의 모습이 보여주는 휘황한 가상 세계를 생각하면, 당대 조선인들이 보였을 흥미는 상상하기 어렵지 않다.

---

9 이태영, 앞의 책, 62~3 · 119쪽 참조.

또 하나의 나들이 장소로 해수욕장을 꼽을 수 있다. 1913년 7월 최초의 해수욕장이 부산 송도에 개장하였다. 부산 인구가 13만인데 송도해수욕장의 이용객이 연간 20만 명이었다니 해수욕장의 인기가 어떠했을지 짐작하고도 남음이 있다. 1923년 6월에는 원산해수욕장이 7월에는 목포해수욕장이 개장하였다.[10]

1910년대에 사람들을 사로잡은 가장 큰 이벤트로는 조선물산공진회를 빼놓을 수 없다. 총독부 시정 5주년을 기념해서 1915년 9월 11부터 10월 말까지 50일간 열렸는데, 무려 116만 명이 관람했다고 한다. 경향 팔도의 사람들이 두루 구경한 셈이다. 후에 조선총독부 건물이 세워지게 되는 전시장 규모가 상당하였으며 각종 연희와 불꽃놀이로 관람객들의 흥을 돋우었다108~9쪽.

스포츠의 열기도 뜨거워서 YMCA1904년를 위시하여 각급 학교와 기업에 야구단이 생겼으며 1912년에는 일본 내지 팀과의 경기가 열리기도 했다. 자전차[자전거] 경주도 주요 관람거리였다. 1913년 4월 13일 처음 열린 '전조선 자전차 경기 대회'에서 엄복동이 우승하였는데, 이후의 평양 대회4.27와 경성 대회11.2에서도 연이어 우승함으로써 사람들의 사랑을 받는 스포츠 스타로 떠올랐다87·91쪽.

1910년대 보통 사람들의 삶이 행복했다고 말하는 것은 아니지만, 그들의 일상에 오락이 들어선 것만큼은 분명한 사실임이 확인된다. 양반 지배 세력의 자의적인 학정으로부터 자유로워진 상태에서 주어진 근대식 오락 문화는, 적어도 도시에 사는 사람들에게는 과거보다 나은 새로운 세상이 열린다고 생각할 여지를 주었을 수 있다. 1910년대 내내 국내외에 걸쳐서

10 위의 책, 92쪽. 이하 스포츠까지는 이 책의 쪽수.

독립의군부1912, 조선국권회복단1913, 송죽회1913, 신한청년당1918, 한인사회당1918 등이 조직되는 등 독립운동의 흐름이 생겨났지만, 식민지 조선의 도회에 사는 보통 사람들의 일상은 대중문화의 도도한 흐름에 노출되어 있었다.

이러한 상황을 조장하는 데 있어 신문과 문학도 큰 역할을 했다. 총독부의 실질적 관리를 받고 있던 이 시기 유일의 국문신문인 『매일신보』와, 이를 발표 매체로 하여 일본의 소설을 가져와 우리 상황에 맞게 바꾼 번안소설들이 주역이다. 1910년대 중반까지는 신소설과 번안소설의 시대라 할 만한데,[11] 이들은 대체로 독자층을 넓히려는 『매일신보』의 상업적 전략에 지배되고 있었다. 이 시기 신소설의 대표 작가인 이해조와 번안소설을 크게 유행시킨 조중환 모두 『매일신보』의 기자라는 점도 간과할 수 없다. 초창기 신문에서 연재소설의 인기가 신문의 발행 부수에 직접적인 영향을 미치는 것은 동서양을 물론하고 명확한 사실인데, 이러한 판단 위에서 『매일신보』가 작가-기자를 적극 활용했다고 할 수 있다.

번안소설의 첫 작품은 '과학소설'이라고 명기된 이해조의 『철세계鐵世界』1908이다. 포천소包天笑의 중국어 번역본 『철세계』1903를 대상으로 했는데 원작은 쥘 베른의 『인도 왕비의 5억 프랑』1879이다. 우리나라 최초의 번안소설이 최초의 장르문학이요 SF의 첫 작품이 된 것인데, 이는 위에서 살핀 상황에 비춰 이해할 만한 일이다. 극장이나 공원 등의 유흥 시설과 마찬가지로 사람들의 흥미를 끄는 일환으로 번안소설이 창작되었음을 알게 해 준다.

번안소설에는 구연학의 『설중매雪中梅』1908처럼 정치소설도 있었지만 1910

11 한기형의 조사에 의할 때, 신소설의 전성기는 1912~4년의 3년간이라 할 수 있다. 신소설은 1910년까지 19편, 이후 1919년까지 111편이 발표되었는데, 위 3년의 시기에 무려 83편이 출간되었다(한기형, 『한국 근대 소설사의 시각』, 소명출판, 1999, 224쪽).

년의 한일합병 이후에는 일본 가정소설의 번안물들이 지배적인 양상을 보인다. 이상협의 『재봉춘再逢春』1912, 박면양의 『명월정明月亭』1912, 조중환의 『불여귀不如歸』1912와 『쌍옥루雙玉淚』1913, 김우진의 『유화우榴花雨』1913, 이상협의 『정부원貞婦怨』1915 등이 그것인데, 이 면에서 가장 큰 성공을 거둔 것이 바로 조중환의 『장한몽長恨夢』이다. 번안소설이 가정소설에 국한된 것은 아니다. 이상협의 『해왕성海王星』1917 : 알렉상드르 뒤마, 『몽테크리스토 백작』이나 민태원의 『애사哀史』1918 : 빅토르 위고, 『레미제라블』, 『무쇠탈』1922 : 포르튀네 뒤 부아고베, 『철가면』처럼 여러 나라의 흥미진진한 작품들 또한 발표되고 있다.

요컨대 1910년대의 번안소설은 주로 일본의 가정소설과 전 세계의 베스트셀러를 소개하면서 독자층을 넓히고자 했다. 전자가 여성 독자를, 후자가 남성 독자를 겨냥한 것이었음은 분명해 보인다.

『매일신보』는 단순히 소설을 연재하는 데 그치지 않았다. 적극적으로 연재소설 광고를 내고 소설 연재란을 독립시켰으며, 독자들의 반응을 모아 싣기도 했다. 번안소설은 신파극과 긴밀히 관련되었는데, 신파극에 대한 기사와 소설의 공연 소식도 적극적으로 실었다. 이로써, 서로 긴밀히 영향을 주고받는 '신문, 번안소설, 신파극' 삼자와 그에 대한 사람들의 호응 간의 상호작용이 활성화되면서 1910년대의 새로운 취향이 형성, 강화되었다고 하겠다.[12]

일본의 식민지 지배가 시작된 이 시기의 문학예술 분야에 형성된 새로운 취향의 본질은 유흥과 재미, 오락이다. 식민지 상황에 반대하는 정치 담론 일체를 금지한 일제가 오락 문화의 발흥이라는 큰 흐름을 만들면서 문학

12 이는 김석봉의 관련 판단을 약간 수정한 것이다. 김석봉, 「근대 초기 문화의 생산/수용에 관한 연구－서사 장르의 교섭양상을 중심으로」, 한국현대문학회, 『한국현대문학연구』 18, 2005, 102쪽 참조.

또한 그에 맞게 조종했다 하겠다. 최남선의 『청춘』과 일본 유학생들의 『학지광』이 있었지만, 『매일신보』를 거점으로 하는 번안소설－신파극이 대세를 이룬 상황을 바꿀 수는 없었다. 해서, 풍속교화라는 소설의 사회적 기능에 대한 인식이 전부였던 1910년대 이전과 달리 1910년대로 넘어오면서부터는 문학이 '재미'를 강조했다고 일반화할 만하다.[13]

이러한 문화 풍토의 변화, 새로운 취향의 형성을 가장 잘 보여 주는 것이 바로 일재 조중환의 번안소설 『장한몽』매일신보, 1913.5.13~10.1, 속편 1915.5.25~12.26; 유일서관, 1913이다.

이 소설은 오자키 고요의 『금색야차』1893~1903를 번안한 것이다. 『장한몽』 이전에 『금색야차』가 소개되었다는 주장도 있는데,[14] 어쨌든 큰 인기를 누린 것은 『장한몽』이었다. 『장한몽』은 소설로만 인기를 끈 것이 아니다. 『매일신보』 연재와 더불어 1913년 11월 혁신단에 의해 무대에 올려졌으며, 이후 1920년대 토월회, 1930년대 동양극장의 주요 레퍼토리였다. 해방 직후의 상업극 시대에도 자주 공연되었으며, 1970년대 말부터 1980년대 초까지 극단 가교에 의해 전국에서 공연되기도 했다. 1920년에 처음 영화화되었으며, 1960년대에는 김달웅, 신상옥 감독에 의해 각각 두 번씩 영화화되었다.[15] 이렇게 오랜 세월 우리나라 사람들의 사랑을 받았기에 한 연구자는 "한국 사람 치고 『장한몽』은 몰라도 이수일과 심순애를 모르는 사람은 아마 없을 것"이라면서 이 작품이 "우리의 의식 속에 강하게 정착"했다고 보기도 했다.[16]

---

13 이희정, 「1910년대 『매일신보』 소재 소설 연구－근대소설 형성과의 관련 양상을 중심으로」, 경북대 박사논문, 2006, 70~1쪽 참조.

14 유민영은 1912년 연홍사에서 공연한 〈수전노〉를 예로 들고, 『금색야차』가 일본에서 신파극으로 공연되다가 그대로 전해진 것이라 추정한다(유민영, 「〈금색야차〉와 〈장한몽〉」, 오자키 고요, 서석연 역, 『금색야차』, 범우사, 1992, 406~7쪽).

15 위의 글, 407~8쪽.

번안소설이라는 점을 고려하여, 후에 조중환이 회고한 말을 먼저 본다.

> 『장한몽長恨夢』을 번안飜案함에 잇서 가장 중요重要한 내 의견意見은
>
> 1 사건事件에 나오는 배경背景 등等을 순 조선純朝鮮 냄새 나게 할 것
>
> 2 인물人物의 일홈도 조선 사람 일홈으로 개작改作할 것
>
> 3 푸롯을 과過히 상傷하지 안을 정도程度로 문채文彩와 회화會話를 자유自由롭게 할 것
>
> 이 세 가지엇다.[17]

조중환이 말한 세 가지 중 앞의 두 가지는 맞고 나머지 하나는 틀리다. 『금색야차』의 일본 배경이 『장한몽』에서는 서울과 평양 등으로 바뀌었고, 주인공의 이름 또한 '간이치'와 '미야'에서 '이수일'과 '심순애'로 바뀌어 있다. 배경에 '순 조선 냄새'가 나게 했는지는 세세히 따져봐야겠지만 그런 의도가 실제로 작용했음은 두 작품의 첫 부분에서부터 쉽게 확인된다.

> [금색야차] 아직 초저녁이지만 소나무 장식이 세워져 있는 대문은 한결같이 닫혀 있고, 동쪽에서 서쪽으로 쭉 뻗어 있는 큰길은 금방 쓸어낸 것처럼 아무것도 없이 쓸쓸하게 사람들의 왕래마저 끊어졌는데, 여느 때와는 달리 인력거의 바퀴가 빈번히 그리고 다급하게 삐걱거리는 것은 아마도 신년 축하 모임에서 과음한 취객들이 집으로 돌아가는 길이기 때문이리라. **멀리서 드문드문 울려오는 사자춤 북소리는 오늘로 끝나는 정초의 사흘간을 아쉬워하기나 하는 듯이 애절한 느낌을 자아냈다.** 오자키 고요, 서석연 역, 『금색야차』, 범우사, 1992, 8쪽. 강조는 인용자

16 최원식, 「長恨夢과 위안으로서의 文學」, 『民族文學의 論理』, 창작과비평사, 1982, 68쪽.
17 조중환, 「〈長恨夢〉과 〈雙玉淚〉」, 『삼천리』, 1934.9, 234쪽.

> [장한몽] 해는 이미 서으로 넘어가고 가게의 문은 모두 첩첩이 닫혔는데, 동으로부터 서으로 향하여 길게 비끼어 있는 대로는 고운 비로 쓸어버린 것같이 티끌 하나이 날리지 아니하며, 고요하고 적적하여 내왕이 끊어지고 사람의 그림자 하나도 보이지 아니하는데, 다만 간간이 인력거 지나가는 소리만 혹은 급하며 혹은 천천하여 명절 술을 과음하였는지 인력거 위에서 몸을 가누지 못하도록 취한 사람도 있는데, **동안동안이 먼 곳으로 좇아 학교 종소리가 뎅뎅 들리니 이는 음력 명일은 관계치 아니하고, 야학교까지라도 휴학을 하지 아니함이러라.** 조중환, 『장한몽』, 『한국신소설전집』 9, 을유문화사, 1968, 13쪽. 강조는 인용자

두 부분을 보면 '번안'이 어떤 것인지가 확연하다. 계절과 시간에 작품 세계의 분위기까지 흡사하게 처리되어 있다. 반면 강조 부분은 큰 차이를 보인다. '정초의 사자춤 북소리'가 일본의 풍속이기 때문에 그 소재를 쓰지 않고 '학교 종소리'로 바꾸어 당대 조선의 상황을 드러냈다고 하겠다. 주인공들이 한자리에 모이는 장면에서의 놀이가 '화투놀이'에서 '윷놀이'로 바뀐 것도 같은 맥락에 있다.

좀 더 '조선 냄새'가 나게 바꾼 경우로는, 미야와 모친이 간이치 몰래 다다쓰구를 만나러 간 것이 의사의 온천 요양 권유를 핑계로 한 데 비해, 순애와 모친이 수일 몰래 김중배를 만나러 간 것을 두고 순애의 부친이 수일에게 '병 때문에 어디 가서 물어본 눈치'라 평양에 가서 구경이나 하라 했다고 둘러대는 부분을 들 수 있다37쪽. 점을 보러 다녔다는 말이다. 이렇게 당대 조선의 상황을 고려하여 원작과 다르게 처리한 부분들은 『장한몽』이 나름대로 재현의 사실성을 고려하고 있음을 알려 준다.

번안의 방식이 대체로 지켜지는 중에 『장한몽』이 『금색야차』에는 없는 내용을 첨가하거나 변경한 경우로 두 가지를 추가할 수 있다. 하나는 개화

사상을 강조하려는 의도에 따른 것이다. 평양 대동강가에서 김중배가 순애 모녀를 '금전에 사로잡힌 한 개 동물'처럼 거리낌 없이 대하며 밝히는 다음과 같은 말 "지금은 서로 초례는 지내지 못하였습니다마는 외국서 혼인하는 것으로 보면 혼인을 이루기 전이라도 서로 정다이 지내다가 혼인날은 따로 받아서 예식만 지내는 것이올시다. 조선서는 이전부터 고루한 습관으로 혼인 전에는 서로 보지도 않고, 말도 아니하는 것을 저는 좋다고 칭찬할 수 없습니다"50쪽 같은 경우다.

또 다른 경우는, 우리나라 고소설의 연장에 해당하는 구절들을 추가하는 것이다. 대동강변에서 순애를 뿌리친 이수일이 떠난 뒤에 들리는 수심가 한 곡조를 옮겨 둔 것이나65쪽, 〈중권〉 허두에 "춘흥을 못 이기어 죽창을 반개하니 저녁 이슬 붉은 꽃 날아드는 범나비야, 네 기상 좋을세라. (…중략…) 절기도 내 몰라라, 쾌락이 장구하랴. 내일도 내 몰라라"103쪽라 하여 서사와는 직접적인 관련이 없는 노래를 삽입한 것이 좋은 예다.

재현의 사실성을 확보하거나 개화사상을 강조하거나 고소설적인 내용을 첨가하는 등의 이와 같은 변화는 이 소설이 독자에게 좀 더 친숙하게 받아들여지기를 바라면서 어느 정도나마 개화사상을 부각하려는 작가 의도에 따른 것이라 하겠다. 이 자체를 두고 보면 아쉬운 대로 문학사적인 의의를 갖게도 될 텐데, 결과적으로 『장한몽』은 그렇지 못했다.

전체로 보아 『장한몽』은 대중의 흥미를 겨냥한 유흥으로서의 문학, 통속문학에 그쳐 있다. 이렇게 된 가장 큰 이유는, 조중환의 회상 셋째와는 달리 『장한몽』의 중반 이후가 『금색야차』의 번안이 아니라 완전히 다른 작품에 해당한다고 할 만큼 큰 변화를 보였기 때문이다. 『금색야차』는 간이치가 미야의 사죄를 심정적으로 이해하게 되어도 재결합은커녕 끝내 명시적인 용서도 하지 않는 데 반해, 『장한몽』에서는 이수일과 심순애가 결혼하여 행복하게 사는 결말로 무리하게 나아가 버렸다. 김중배와 결혼한 지 사 년 동안 심순애가 이수일을 생각하여 정절을 지켰으며 끝내 남편이 몸을 탐하자 자살을 시도한다는 비사실적인 설정과, 순애가 우연히 구출되고 이를 계기로 이수일과 결합한다는 고소설·신소설적인 처리를 거리낌 없이 감행하는 것이다.

이와 같이 『장한몽』은 『금색야차』가 나름대로 갖추고 있는 현대소설적인 면모를 탈각하고 통속소설적 특징을 한껏 극대화하였다. 멜로드라마적 과장에 고소설적인 해피엔딩으로 빠져버린 것인데, "조일재가 이런 식으로 작품의 결말을 가져간 것은 권선징악적인 신소설밖에 모르는 작가의 수준에 의한 것이지만 그보다도 대중에 영합하는 통속문학의 틀을 맹목적으로 추종한 결과"라 할 만하다.[18] 이러한 차이는 『금색야차』가 인텔리 남성 지식인과 상류 가정 여성들을 주류로 하여 독자층을 넓게 가졌던 데 반해 『장한몽』의 독자는 여성이 주를 이루었다는 분석에서도 확인된다.[19] 물론 작가가 보인 이런 과감한(!) 처리는, 『매일신보』의 상업주의에 따른 것이자 당시 독자들의 수준에 부응하는 것이기도 했다.[20]

물론 대상을 넓혀 1910년대 번안소설 일반을 두고 보면 약간 다른 말을 할 수도 있다. 적어도 번안소설들이 대상으로 한 외국 작품들의 현대소설적 특성들이 훼손(?)되지 않은 만큼은, 신소설의 전근대적인 면모를 지양하는 현대소설로의 변화의 계기가 번안소설들을 통해 마련되었다고 할 수 있

---

18 유민영, 앞의 글, 404쪽.

19 전은경, 『미디어의 출현과 근대소설 독자』, 소명출판, 2017, 748~53쪽 참조.

20 작가의 이력에 주목해서 다른 의견을 낸 경우도 있다. 오자키 고요가 작품을 완결 짓지 못하고 죽었다는 사실을 염두에 두고서, 조중환의 『장한몽』이, 작품 초반 심순애[미야]가 밝히는바 무언가 마음속에 담아둔 생각을 실현하는 것으로서 김중배와의 결혼 생활 중에도 이수일에 대한 순정을 끝내 지키는 설정을 갖고 갔다고 보는 것이다. 스기모토 가요코, 「*Weaker Than a Woman*에서 『長恨夢』으로의 변이 양상」, 계명대 인문과학연구소, 『동서인문학』 49, 2015 참조.

는 까닭이다.[21]

하지만 전체적으로 보아 『장한몽』과 같은 가정소설의 번안소설들이 통속화되었음은 분명한 사실이고, 베스트셀러의 번안소설들 또한 대중들의 흥미를 우선적으로 고려하여 쓰였음은 부정할 수 없다. 번안소설의 이러한 양상은, 이 글에서 밝힌바 1910년대에 보인 대중문화의 발흥과 나란히 가는 것이다.

한일합병에 따라 정치 담론이 금지된 상황에서 오락으로서의 문화, 유흥으로서의 문학이 크게 성장한 것, 이것이 1910년대 문학의 특성이다. 이로써 소설사적으로 볼 때 "1910년을 고비로 민족문학으로서의 발전이 근본적으로 저지되면서 봉건시대의 통속소설적 유형의 새로운 부활을 보게 되고야 말았다"[22]라는 평을 재확인하게 된다.

---

21 이런 입장을 강하게 드러낸 경우로 박진영을 들 수 있다. "번안소설은 불순한 착란과 굴절이라기보다는 신소설과의 치열한 경합을 통해 획득된 돌파구였다. 이야기와 소설 사이의 이격(離隔)에서 발생하는 에너지가 결과적으로 신문 연재소설의 질적인 변환을 초래할 만한 것이었음은 분명하다. / 요컨대 1910년대 번안소설은 신소설이 봉착할 수밖에 없었던 서사적 이완과 관성의 한계로부터 과감하게 도약함으로써 근대소설사 전개의 정곡을 겨냥하는 역사적인 지표(指標)의 하나가 된다."(박진영, 「1910년대 번안소설과 '실패한 연애'의 시대－일재 조중환의 『쌍옥루』와 『장한몽』」, 상허학회, 『상허학보』 15, 2005, 275쪽)

22 최원식, 앞의 글, 80쪽.

제5장

무장독립운동의 꿈

신채호의 「꿈하늘」(1916)과
「용과 용의 대격전」(1928)

신채호의 문학적 독창성은 그의 소설 「꿈하늘夢天」1916과 「용龍과 용龍의 대격전大激戰」1928에서 잘 드러난다. 이 두 편은 당대 어느 작가의 어느 작품과도 달리 자유자재, 무장무애의 상상력을 바탕으로 하여 단재의 사상을 풀어낸 것이다.

이 두 편의 소설은 미발표 유고로서 존재조차 알려지지 않았다가 북한에서 1964년에 처음 소개되었다. 「꿈하늘」은 주룡걸의 해설과 더불어 『문학신문』 1964년 10월 20일 자에, 「용과 용의 대격전」은 김하명의 해설과 함께 『조선문학』204호 1964년 8월호에 소개되었으며, 이들을 포함한 유고선집 『룡과 룡의 대격전』이 1966년에 발간되었다. 남한에서 단재의 글들이 전집으로 처음 출판된 것은 단재신채호전집편찬위원회가 1972년에 펴낸 『단재신채호전집』 상·하형설출판사인데, 여기에는 위의 소설들이 없다. 「꿈하늘」이 전집에 수록되는 것은 1975년의 『단재신채호전집 보유補遺』에서이고, 「용과 용의 대격전」은 1977년의 『단재신채호전집 별집別集』에 처음 등장했다[1]. 여기서는 이들 『단재신채호전집』 '보유'와 '별집'에서 작품을 인용한다.[2]

1916년 3월 북경에서 썼다고 추정되는 「꿈하늘」에서 신채호는 '서'를 통해 '독자에게 할 말씀' 세 가지와 '저자의 제 말할 것' 두 가지를 밝힌다.

'독자에게 할 말씀'은, 자신이 밤낮으로 꿈 같은 지경이 많아 이미 꿈나라의 백성이 되었으며 「꿈하늘」을 지은 것도 꿈에서라는 말로 시작된다. 이

1 김주현, 『신채호 문학 연구초』, 소명출판, 2012, 700~8쪽.

2 다시 김주현 교수에 따를 때 『단재신채호전집』에 실린 「꿈하늘」의 경우 연변에서 나온 김병민의 『신채호문학유고선집』(연변대 출판사, 1994) 소재 「꿈하늘」에 비해 14,000자가량이 탈락되어 있다고 한다(『선금술의 방법론-신채호의 문학을 넘어』, 소명출판, 2020, 247~9쪽). 원래 이 작품이 유고로 발견되었는데 원전 확정이 쉽지 않다는 점과 김병민이 제시한 원고 또한 '북한에서 필사한' 유고라는 점을 고려해서, 이 책에서는 『단재신채호전집 보유』에 실린 작품을 대상으로 작품론을 전개한다.

렇게 꿈을 강조했다는 점에 주목하여 이 소설이 전래의 몽유록들에 이어져 있다고 많은 연구자들이 간주해 왔다. 일리가 없지 않으나,[3] 「꿈하늘」 본문의 전개에 입몽入夢도 각몽覺夢도 전혀 없다는 점을 존중하여 이 책에서는 초점을 달리하고자 한다.

꿈에서 「꿈하늘」을 지었다는 구절을 제대로 이해하기 위해서는 작가가 이미 꿈나라의 백성이 되었다는 말의 의미를 따져볼 필요가 있다. 이 의미를 파악할 첫째 단서는 '님나라'에서 그가 하는 일이다. 밤낮으로 꿈을 꾸면서 님나라에 들어간 작가는, 단군께 절도 하며, 번개로 칼을 치고, 평생 미워하는 놈의 목도 끊어 보며, 한 몸이 훨훨 날아 만리창공을 돌아다니며, '노랑이 · 거먹이 · 흰동이 · 붉은동이를 한 집에 모아 놓고 노래'도 하여 본다. 이러한 행동이 의미하는 바는 무엇인가. 20년 가까이 민족의 독립을 위해 살아온 단재의 행적에 비추어 볼 때, 단군 조선의 국수國粹를 지켜 무력으로 식민 지배자 일본을 무찌르고 자유로운 존재가 되어 사해동포와 더불어 평화를 누려 보고 싶다는 것이라 하겠다.

또 하나의 단서는 그러한 꿈을 밤낮없이 항상 꾸었다는 말의 의미다. '밤에는 물론이요 낮에도' 꾼다는 말이 저자의 바람이 대단하다는 점을 알려 준다는 데 대해서는 따로 설명이 필요치 않겠다. 그러면 '꿈을 꾼다'는 말은 어떠한가. 이는 단재의 다른 글들을 참고해서 해석할 필요가 있다. 신채호가 『대한매일신보』에 발표한 「이십세기 신동국지 영웅二十世紀新東國之英雄」 1909.8을 보면 '소영웅'이나 '구舊영웅'이 아니라 국가의 위령威靈을 장仗하고[호위하고] 동포의 생명을 위할 새로운 영웅을 '모앙몽상慕仰夢想'해 왔다 한다. 새로운 영웅을 그리워하고 우러르면서 몽상해 왔다, 꿈꿔 왔다는 말이니,

---

3 굳이 이 면에서 본다고 하면 호방한 상상력과 영웅의 등장 면에서 조선 중기 윤계선의 『달천몽유록』 같은 작품과의 관련을 생각해 볼 수 있겠다.

이때의 꿈은 꿈이 아니라 소망과 바람의 다른 표현일 뿐이다. 이러한 표현은 「우공이산론遇[愚]公移山論」1907, 전집, 하 51쪽 등에도 나온다. 이러한 점을 염두에 두고 「꿈하늘」의 내용을 고려하면 '서'에서 말하는 꿈도 이와 다르지 않다 하겠다.

이십세기에 걸맞은 새로운 영웅을 꿈꾸는 것이 몽유일 수 없듯이, 「꿈하늘」 '서'의 이 구절 또한 작가의 바람을 드러낸 것으로 읽는 것이 적절하다. 자신의 바람[꿈]을 독자와 공유하기 위해 이 소설을 썼다는 말로 액면 그대로 이해하면 되는 것이다. 꿈을 꾼 뒤에 깨어 독자에게 전하고자 몽유록을 쓴 것이 아니라, 자신의 꿈 곧 바람과 소망 속에 독자가 들어와 님나라를 체험해 보게 하려고 소설 「꿈하늘」을 썼다는 말로 이해하는 것이 옳다.

이러한 비판적 지적은 사소해 보일 수 있지만 그렇지 않다. 「꿈하늘」을 몽유록에 연계시키는 것은 이 소설이 갖는 당대적 의미를 축소하는 것이고, 이 소설이 소설로서 새롭게 보이는 특징과 그러한 특징을 드러낸 사실이 갖는 문학사적인 의의를 가리는 잘못이기 때문이다. 「꿈하늘」의 이 맥락에서의 의미와 의의는 이하의 논의에서 드러날 터인데, 논의를 마무리할 때 다시 정리한다.

꿈[바람] 이야기 뒤에 작가는, 글을 짓는 사람들의 '배포排鋪'와 달리 "오직 붓끝 가는 대로 맡기어 (…중략…) 마디마디 나오는 대로 지은 글이니, 독자 여러분이시여, 이 글을 볼 때, 앞뒤가 맞지 않는다 우아래의 문체가 다르다, 그런 말은 마르소서"전집, 174~5쪽라고 당부한다. 바로 이어서 셋째로, 자유롭지 못한 몸이니 붓이나 자유롭게 놀리려 했다고도 하였다.

사실 「꿈하늘」을 보면 서사의 앞뒤가 안 맞거나 문체가 달라지거나 하지는 않는다. 그럼에도 불구하고 위와 같이 말한 것은 당대의 소설들과 너무도 다른 양상을 가리키고자 해서일 듯하다.[4] 차이를 명확히 하자면, 소설

밖의 세계를 재현하는 근대 서사로서 소설이 갖는 현실성이나 개연성에 구애받지 않은 점을 들 수 있다. 요컨대 당대의 장르적 관습에 매이지 않았다는 것이다.

신채호가 멀리한 장르적 관습이란 것이 서구의 것임을 생각하면, 그의 이러한 태도가 소설 창작 능력의 정도가 아니라 소설을 대하는 태도에서 유래한 것임을 알 수 있다. 작품의 양식을 정하는 데 있어서부터 서구 추수적인 길을 버린 것이다. 이러한 태도는 '서'의 끝을 장식하는 '저자의 제 말할 것' 둘째에서도 확연하다. 이 작품으로 무슨 영향력이 있으면 하지는 않는다면서, "다만 바라는 바, 이 글 보는 이가, 우리나라도 미국 같아져라, 독일 같아져라 하는 생각이나 없으면 할 뿐입니다"175쪽라 맺고 있다.

끝으로 '저자의 제 말할 것' 첫째도 음미할 필요가 있다. 사람들이 책을 사 봤으면 하는 마음은 없다면서 신채호가 바라는 것은 다음과 같다.

> 다만 바라는 바, 이 우리 안 어느 곳에든지 한놈같이 어리석어, 두 팔로 태백산을 안으며, 한 입으로 동해 물을 말리고 기나긴 반만년 시간 안의 높은 뫼, 낮은 골, 피는 꽃, 지는 잎을 세면서, 넋이 없이 앉아 눈물 흘리는 또 한놈이 있어 이 글을 보면 할 뿐이니이다175쪽.

문면으로 볼 때 저자가 바라는 것은, 태백산을 끌어안고 동해 물을 마시

4 「꿈하늘」을 두고 일본 사소설과의 관련을 제기하는 견해도 있으나(방민호, 「신채호 소설 「꿈하늘」과 이광수 문학사상의 관련 양상」, 춘원연구학회, 『춘원연구학보』 18, 2020), 사소설이 일반적으로 개인의 내밀한 이야기를 한다는 사실을 고려할 때 설득력이 약하다. 이 작품의 '한놈'은, 저자 자신과 동일시됨에도 불구하고 저자 개인에 그치지 않고, '둣놈'에서 '잇놈'까지 모두 '일곱의 한놈'이 생긴다는 작품 내의 설정에서 보이듯이 우리 민족 일반을 의미하는 대표단수에 해당하기 때문이다. 이런 점에서 「꿈하늘」에는 개인의 내면은 물론이요 개인 자체가 없다고 할 수 있는바 이를 사소설과 관련짓는 것은 무리이다.

며 반만년을 순간처럼 넋을 잃고 보낼 '저자 자신과 마찬가지로 어리석은 이'이다. 한걸음 더 들어가 단재가 한학에 정통한 성균관 박사라는 점을 고려해서 볼 때 이는, 자신과 마찬가지로 유구한 민족사를 한눈에 보며 반성할 독자를 기대한다는 바람이자 그런 독자가 되어 달라는 요구에 해당한다고 할 수 있다.

위의 구절에서 말하는 어리석음이란 「꿈하늘」을 쓴 신채호 자신을 향하는 것으로서, 노자의 '대교약졸大巧若拙'이 말하는 대로 큰 기교, 진정으로 총명한 지혜를 가리킨다고 할 만하다. 「꿈하늘」에서 역설되는 바 세상사의 본질이 싸움이라는 일견 속되고 조악해 보이는 세계관이야말로 졸해 보이는 대교라 할 수 있는 까닭이다. '넋이 없이 앉아 눈물 흘리는'이라는 구절은 당나라 시인 두목杜牧의 「견회遣懷」[5]에 닿아 있는 듯하다. 나라를 잃고도 무기력하게 세월을 보내는 우리 민족의 상태를, 넋을 잃은 '낙탁落魄'의 상태로 환락에 빠졌다가 십 년 만에 자신을 깨닫고 탄식하는 「견회遣懷」의 화자를 암유暗喩하여 환기하는 것이다.

한 가지를 더 지적해 두자. 이렇게 우리 민족의 반만년 유구한 역사와 한일합병 이후의 세월을 되돌아보아 반성하라는 메시지를 건네면서 신채호는 호탕한 상상력을 구사하여 그것에 힘을 부여하고 있다. '두 팔로 태백산을 안고 한 입으로 동해 물을 말린다'는 표현은 시공간적 규모 면에서 유례를 찾기 어려울 만큼 장대하다. 프랑수아 라블레의 『가르강튀아와 팡타그뤼엘』1534~64 정도나 비견할 만한 이러한 대지의 상상력을 구사함으로써,

---

5 落魄江湖載酒行(낙탁강호재주행) 楚腰纖細掌中輕(초요섬세장중경) 十年一覺揚州夢(십년일각양주몽) 贏得靑樓薄倖名(영득청루박행명) : 실의 속에 강호를 술 마시고 다닐 때, 초 지방의 여인들 허리 가늘어 손바닥에 가벼웠네. 10년 만에 환락가의 꿈 한 번 깬 오늘, 청루의 탕아라는 이름만 불행히도 많이 얻었구나. 「견회(遣懷) – 회포를 풀다」, 전관수 편저, 『한시 작가 작품 사전』 상권, 국학자료원, 2007,134~5쪽.

'눈물 흘리는'이라는 구절이 줄 수 있는 유약함을 지우는 것이다.

이렇게 다소 복합적인 콘텍스트를 깔고 신채호는, 대교大巧로써 세계 현실을 파악하고 식민지 상태에 빠져 지내온 과거를 반성할 독자를 대망한다는 바람을 표명하고 있다.

우리에게 전해지는 「꿈하늘」은 비록 뒷부분이 탈락되어 있지만 현재 상태로도 나름대로 완결된 서사적 구도를 갖추고 있다. 주인공 '한놈'의 편력을 중심으로 간략히 정리해 본다.

> 한놈이 무궁화 꽃송이 위에서 고구려와 수隋의 싸움을 보고 **을지문덕**을 만나 우주의 본면목에 대한 이야기를 듣는다. 을지문덕이 사라진 뒤 자신과 같은 여섯 명의 한놈들을 불러 모아 '우리나라 사람들이 다 가는 님神과 도깨비魔의 싸움'에 참여하러 함께 길을 나선다. 도중에 동료들이 하나 둘 탈락하고 사라진 뒤 한놈 홀로 삼인검을 받아 적진에서 풍신수길을 만나나 미인으로 둔갑한 그를 처치하지 못하고 지옥에 떨어진다. 지옥사자 **강감찬**에게서 나라에 대한 죄를 지은 자들이 가는 열아홉 지옥에 대해 이야기를 듣고, '나라밖에는 딴 사랑이 없어야 애국'임을 배운다. 몸을 떨쳐 님나라[천국]에 온 한놈이, 이천만 인간이 지은 얼孽로 제 빛을 잃은 하늘을 비로 쓰는 것이 님나라의 일임을 알고 '가갸 풀이'를 지어 부르며 열심히 쓴다. **한 목소리**가 있어 한놈의 성력만으로는 공을 이루기 어려우니 도령군을 구경하라 한다. 하늘에서 내려온 **홍등**紅燈의 인도로 '도령군 놀음 곳'에 도착하니 나라 사랑의 눈물을 많이 흘린 자만 들어갈 수 있다 한다. 한놈의 평소 친구들도 문 앞에 그득하다.

위에서 확인되듯이 한놈의 여정은 '무궁화 꽃송이'에서 시작하여 '도령군 놀음 곳'에서 끝난다[그쳐 있다]. 중간에 '님과 도깨비의 싸움터'를 들르고 지옥과 천국을 경험한다. 앞에서 지적했듯이 '서'에서 작가가 붓끝 가는 대로 꿈속에서 짓듯이 쓰겠다며 양해를 구했지만 정작 이 소설은 앞뒤가 안 맞거나 문체를 뒤섞는 모습을 보이지 않는다. 매끄럽게 구성된 작품인 것이다. 지옥과 천국을 망라하는 작품 내 세계의 설정이 현실에 구애받지 않고 '큰 무궁화 몇만 길 되는 가지 위, 넓기가 큰 방만 한 꽃송이'176쪽 위에 한놈이 앉아 있는 것으로 시작하는 데서 보이듯, 상상력이 기발하고 광활하지만 구성 자체는 단순하고 완미하다. 공간을 이동해 나아가는 주인공의 편력을 축으로 스토리가 전개되는 것이다.

「꿈하늘」의 구성상의 완미함은 한놈의 공간 이동이 명확한 이유를 갖고 있으며 그때마다 적절한 안내자, 원조자가 있다는 데서도 확인된다. 한놈의 공간 변화를 이끄는 역할은 무궁화 꽃송이와 을지문덕, 강감찬, 천국의 목소리, 홍등이 차례차례로 맡는다. 말이 없는 홍등을 제외할 때, 나머지 인도자들은 단순히 길을 지시하는 것이 아니라 한놈의 의식을 고양시키는 기능도 한다. 한낱 공간의 안내자가 아니라 한놈을 각성시키는 정신의 안내자인 것이다. 이와 더불어 한놈에게 이런저런 도움도 준다.

이들 심신의 안내자이자 원조자들의 인도하에 한놈의 여정이 전개되며, 이들 안내자로부터 한놈이 배우고 체득하는 바가 곧 「꿈하늘」의 주제효과를 이룬다. 이렇게 애국 사상이 외삽적으로 제기되지 않으며 기능적인 인물의 입을 통해서 그저 주장되지도 않는다는 점은, 1910년대 서사문학의 발전 수준이나 1920년대 중반의 신경향파 소설 등에 비교해 볼 때 주목할 만한 사실이다. 이와 같이 서사의 구성과 주제의 구현이 긴밀히 결합되어 있다는 점이 「꿈하늘」의 소설적 완미함을 더해 준다. 이런 면에서 한놈의 움직임은, 교양소설이나 성장소설의 주인공이 세계를 다니며 성숙해지는 여정으로서의 편력에 상응한다고 할 만하다.

무궁화 꽃송이는, 고구려와 수隋의 싸움을 보고 한놈이 '우주가 이같이 참혹한 마당인가' 하며 눈을 감았을 때 그의 약함을 꾸짖으면서 '이것이 우주의 본면목本面目'이라 알려 준다178쪽. 이에 더해 무궁화 꽃송이는 "세상일은 슬퍼한다고 잊는 것이 아니리라"180쪽며 한놈의 평소 의식에 충격을 주면서 그가 강건한 태도를 갖게도 하고, 한놈의 양 손이 서로 싸울 때 그를 꾸짖으면서 싸우거든 남하고 싸워야지 내가 나하고 싸우는 것은 자살이라며185쪽 민족 내부의 다툼을 경계하기도 한다. 무궁화 꽃송이는 원조자로서의 면모도 보인다. '우리나라 사람이 다 가는 싸움'에 가라며, 한놈에게 날개를 달아주고 함께 갈 여섯 명의 '다른 한놈들'을 불러 모으게 해 주는 것이다189쪽.

「꿈하늘」 첫머리에 나오는바 '싸움이 우주의 본면목'이라는 생각은 이 소설을 관통하는 세계 인식이며, 앞에서도 말했듯이 신채호 역사관의 핵심에 해당한다. 역사란 '아我'와 '비아非我'의 투쟁 곧 우리나라와 적국의 싸움이라는 이런 인식은, '육계肉界나 영계靈界 모두 승리자의 판'이라는 하늘 구름의 계시183쪽와, 무궁화 꽃송이가 일곱 한놈을 지송祗送[공경하여 보냄]하는 노래190~1쪽에서 명확하며, 님의 군사와 81만 도깨비 군사의 싸움의 전개199~200쪽에서도 확인된다.

을지문덕은 처음 등장하면서 무궁화를 보고 눈물 흘리며 '희어스름한 머리白頭山의 얼이요 불그스름한 고운 아침朝鮮의 빛'인 무궁화가 '어이해 오늘날은 이다지 야위었느냐'고 장렬한 음조로 노래를 불러, 한놈이 크게 느끼어 울게 한다178~80쪽. 이어서 그는 한놈에게 단군 시대 이래의 '종교적 무사혼武士魂'의 전통을 일러 주며 자신을 '선배'라 부르게 한다181쪽. 한놈이 천당과 지옥을 의심하며 영계도 육계처럼 서로 죽이는 참상이 있느냐 묻자, 을지문덕은 그렇다면서 "영계靈界는 육계肉界의 사영射影"이라 하고182쪽, "대저 종교가의 시조인 석가나 예수가 천당이니 지옥이니 한 말은 별로이 우의寓意한 곳이 있거늘, 어리석은 사람들이 그 말을 집어 먹고 소화가 못 되어 망국멸족의 병을 앓는도다"라 가르친다. 이어서 "그대는 부디 내 말을 새겨 들을지어다"라고 당부하면서, 육계의 싸움이나 어른, 아이, 상전, 종이 그대로 영계로 이어진다고 설명한다. 을지문덕의 당부는 "이제 망한 나라의 종자로서 혹 부처에게 빌며 상제께 기도하며 죽은 뒤에 천당을 구하려 하니, 어찌 눈을 감고 해를 보려 함과 다르리오"라 맺어진다183쪽.

을지문덕과 한놈의 관계는 말 그대로의 대선배와 그를 흠모하는 후배의 관계이자 스승과 제자의 관계이다. 이러한 관계를 공고히 해 주는 요인이 두 가지가 있다.

작품이 시작되는 시점의 한놈의 기존 상태가 하나다. 한놈은 이 누리에 '정과 한의 뭉텅이'를 갖고 내려왔으며183쪽, '하도 의지할 곳이 없어' "기나긴 오천 년 시간 속으로 오락가락하여 꿈에라도 우리 조상의 큰 사람을 만나고자 그리던 마음"184쪽으로 충만해 있다. 이런 판에 을지문덕을 만나 경황이 없는 지경까지 되니 그를 우러르는 정도가 어떠한지 알 수 있다. 한놈의 특성 자체도 여기에 보탤 필요가 있다. 한놈이 '정과 한의 뭉텅이'를 갖고 태어났다는 언급은, 한놈이 한 명의 개인이 아니라 정한情恨을 특징으로 하는 우리 민족의 전형임을 함축한다. 그런 그가 을지문덕을 앙망하고 우러른다 함으로써 단재는, 우리 민족 모두가 을지문덕과 같은 영웅을 대망해야 한다는, 시대 상황에 대한 통찰에 근거한 바람을 드러내고 있다.

을지문덕과 한놈의 관계를 특별하게 하는 다른 한 요소는 작품의 경계를 넘어 작가에게까지 이어지는 것이다. 한놈이 『동사강목東史綱目』에 의거하여 『을지문덕』을 지어 세상에 발표한 일이 있다고 언명하고 있는데183쪽, 이로써 한놈이 곧 저자 신채호 자신임을 밝힌다. 이는 자신이 『을지문덕』이라는 전기를 쓸 만큼 을지문덕을 민족사의 영웅으로 각별히 존경하고 있음을 부각하는 것에 다름 아니다.

작가와 주인공 나아가 우리 민족 모두에게 대선배이자 흠모의 대상으로 존재하는 을지문덕이 이르는 바는 그대로 「꿈하늘」의 주요 주제효과를 이룬다. 조선의 현 상황에 대한 비분강개와 우리 민족 고유의 무사 혼에 대한 강조, 천당의 보상을 꿈꾸면서 현실의 고난에 순응하는 태도에 대한 경계 등이 그렇다. 이들은, 약육강식의 현실이 사실상 전부이며 따라서 현실에서의 투쟁이 필요하다는 점을 강조하는 데로 모아진다. 이러한 주제효과는 앞에서 살핀 『을지문덕』에서 이어지는 것이다. 작품의 형식은 크게 달라졌지만 일본 제국주의에 맞서는 작가의식에는 변함이 없다.

강감찬도 다르지 않다. 풍신수길의 변신에 미혹당해 그를 처치하지 못한 한놈이 떨어져 갇힌 지옥의 사자使者로 등장하는 강감찬은, 자신이 지옥에 온 연유를 묻는 한놈에게 한놈 스스로 지옥을 지은 것임을 알려 준다. 사람들이 죄를 짓지 않으면 지옥이란 존재하지 않으므로 지옥은 사람들 스스로가 지은 것이라는 논리인데, 이는 식민지하의 지옥 같은 삶 또한 식민지 백성 스스로가 초래한 것이며 바로 그렇기 때문에 스스로가 떨칠 수 있다는 점을 암시한다(뒤의 진술은 한놈의 이후 행동으로 입증된다).

이어지는 한놈의 질문에 답하는 것으로 강감찬은 국적國敵을 두는 일곱 지옥과 망국노를 가두는 열두 지옥을 차례 차례 설명해 준다207~10쪽. 이상 열아홉 지옥은 모두 나라에 대해 죄를 지은 자가 가는 곳이다. 이들 지옥에 떨어진 죄수들의 죄는, 국가를 팔아먹는 매국 행위에서부터 식민지 상황을 식민지로 의식하지 않는 행동들을 하는 것에 이르기까지 그 폭이 넓다. 이른바 을사오적의 역사적인 과오에서부터 일반인들의 저항하지 않는 일상까지 아우르는 것이다. 물론 공통점은 하나다. 나라에 대한 모든 죄들은, 우리를 식민지로 지배하는 적에 대한 투쟁을 무화시키거나 약화시키는 행위라는 점에서 동일하다. 독립운동 방안들 중의 외교론과 실력양성론 또한 이런 맥락에서 비판되고 있다.

강감찬은 나라에 죄를 지은 지옥의 죄수들에게 매우 무서운 존재지만 한놈을 대하는 그의 태도는 어디까지나 가르침을 주는 선조先祖요 스승이다. 무궁화 꽃송이나 을지문덕과 다를 바가 없다. 강감찬의 가르침은, 두 사랑을 가지면 모두 이루지 못한다면서 나라밖에 다른 사랑이 없어야 애국자라는 '절개節介'의 강조와211~2쪽, 지옥에서 나가게 해 달라는 한놈에게 누가 못 나가게 하며 누가 너를 묶더냐 대답하여 한놈이 크게 깨닫고 우뚝 서게 하는 데까지 이어진다212쪽. 이 부분이 식민지 조선인이 스스로 우뚝 서야 식민 상황을 타개할 수 있다는 의미의 알레고리적인 표현임은 따로 설명이 필요치 않다.

님나라天國에서의 한놈의 행적 또한 님나라의 '누군가'217쪽와 한쪽 하늘 속에서의 소리221쪽, '홍등紅燈'223쪽의 설명과 안내, 지도에 따라 이루어진다. (현존하는) 작품 말미에서 한놈이 다다른 '도령군 놀음 곳'의 장수 또한 출입 자격으로 '오직 나라 사랑이며, 동포 사랑이며, 대적大敵에 대한 의분義憤의 눈물'을 거론하면서 애국의 중요성을 일깨우는 역할을 겸하고 있다.

한 가지 추가하자면 한놈의 각성이 「꿈하늘」의 허두에서부터 마련되어 있다는 점이다. 한놈에게 하늘 한복판을 가르며 한 천관天官이 내려와 "인간人間에게는 싸움뿐이니라. 싸움에 이기면 살고 지면 죽나니, 신神의 생명이 이러하다"176쪽 하고 사라진 뒤, 신체가 장건하고 성품이 늠름한 고구려 군사와 수백만의 수隋 나라 군사의 싸움이 벌어지는 것으로 이야기가 시작된다.

지금까지 살펴본 대로 「꿈하늘」은, 평소 '조상의 큰 사람'을 그리워하던 한놈에게 우리나라의 국수國粹를 지키고 떨친 영웅들과, '백두산의 얼이요 조선의 빛'179쪽으로서 민족혼에 해당하는 무궁화 꽃송이, 그리고 천국의 존재들이 안내자이자 스승이 되어 깨우침을 주는 구성을 보인다.[6] 그들에 의해 한놈이 깨우치고 행동하게 되는 핵심은, 일제에 맞설 무사혼을 불태우고 키우는 것 곧 일본 제국주의에 무력으로 맞서 독립을 추구하며 그에 저해되는 일체를 없애는 길이다. 이것이 「꿈하늘」의 서사 구성에 의해 강력하게 뒷받침되는 기본 주제효과에 해당한다.

여기에 더해 「꿈하늘」은 몇 가지 주제효과를 더 보인다.

먼저 주목할 것은 일곱 한놈들의 행적에서 드러나는 주제효과다. '님神'과 '도깨비魔'의 싸움에 참여하기 위해 길을 나선 일곱 명의 한놈 일행은, 그 길의 고통과 부귀영화, (시샘에 의한) 내부 싸움, 현실 도피로 인해서 결국 한놈과 둣놈의 둘로 줄어든다191~200쪽. 끝내는 둣놈이 적진으로 향하고 한놈이 다시 혼자가 되는 이 이야기의 의미는, 자연스럽게, 일제에 대한 무장독립투쟁의 길에서 낙오하게 되는 사례들을 유형화하여 제시하며 경계하는 것이다(이를 뒤집으면, 독립운동의 어려움과 그런 어려움에도 불구하고 꿋꿋이 길을 가는 독립투사들의 위대함까지도 함축하는 것이라 하겠다). 일곱 한놈의 여정이 '우리나라 사람이 다 가는 싸움'을 향한 것이라는 점을 고려하면, 이 싸움에서 발을 빼는 매국노 배신자들을 비판하는 것이기도 하다.

---

6 강감찬이 국가에 대한 죄를 지은 자가 떨어지는 지옥들을 열거하며 설명하는 부분은 단테의 『신곡』을 읽은 사람이라면 누구나 금방 지옥편을 떠올리게 한다. 이를 확장하여 작품의 구도로 넓혀서 보면 「꿈하늘」과 『신곡』의 유사성이 좀 더 확연해진다. 작가 자신인 한놈이 평소 숭앙하던 을지문덕과 강감찬, 그리고 사랑하는 국가를 상징하는 무궁화 꽃송이에 인도되어 지옥과 님나라를 섭렵하는 「꿈하늘」의 구도는, 단테 스스로 작품 속에 등장하여 자신이 존경하는 시인 베르길리우스와 이상적인 여성 베아트리체의 인도로 지옥과 연옥, 천국을 편력하는 『신곡』의 그것에 거의 그대로 겹쳐진다(물론 내용상의 거리는 멀고, 한놈과 단테의 작품 내에서의 행동과 판단 또한 큰 차이를 보인다). 「꿈하늘」이 쓰이기 전에 이미 국내에 『신곡』이 소개되어 있었다는 사실(김주현, 『신채호 문학 연구초』, 424쪽)을 고려하면, 신채호가 「꿈하늘」을 쓰기 전에 『신곡』을 읽었으리라고 추정하는 것이 자연스러워지며 그런 만큼 두 작품 간의 유사성을 주장하는 것에도 무리가 없어진다. 이러한 유사성 또한 「꿈하늘」의 구성이 탄탄하다는 판단에 힘을 실어 준다.

또한, 한놈의 설정 자체에 의해서도 「꿈하늘」의 주제효과가 한 겹 더해진다. 앞에서도 말했듯이 한놈은 작가 자신이자 동시에 우리 민족의 전형에 해당한다.[7] 작가와 동일시되는 주인공인 한놈이 특정 이름을 갖지 않고 그저 '한놈'으로 명명된다는 사실과, 그와 함께 싸움터로 나가게 되는 친구들 또한 모두 '한놈 같은 한놈'으로서 '낯도 같고 꼴도 같고 목적도 같'은데 그저 서로 분간할 수 있도록 '둣놈', '닷놈', '잇놈' 등으로 불릴 뿐이라는 설정은191쪽, 「꿈하늘」이 보이는 한놈의 여정과 깨우침, 행동 등이 우리 민족 구성원 모두의 일이라는 의미를 이 소설에 더해 준다. 이로써 한민족 모두가 한놈과 같은 존재로서 식민 지배를 받는 민족 구성원임을 자각해야 한다는 주제효과가 생겨난다. 이에 더해서, 당시의 상황에서는 개인이 아니라 민족이라는 집단이 중요하다는 의미 또한 확인할 수 있다. '민족 주체'의 제시는 신채호 문학의 한 특징이면서, 후에 카프KAPF에 의해 '계급 주체'가 나오기 이전의 집단 주체라는 점에서도 사상사적, 문학사적인 의의를 갖는다.

신채호의 또 다른 소설 「용과 용의 대격전」1928은 우화적인 소설이다. 전체 열 개 절로 구성되어 있으며 주요 등장인물은 상제上帝와 천사天使, 미리,

7 이를 부정적으로 보자면 개성을 지닌 근대적 개인에 못 미친다고 할 수도 있겠지만, 이는 신소설이 여전히 발표되고 대중들은 고소설을 탐닉하던 당대의 문학 상황과 수준을 몰각한 채 현재의 기준을 앞세운 비난에 불과하다. 한놈의 형상화에 대한 이러한 비난을 포함하여 「꿈하늘」을 악의적으로 해석하는 대표적인 예로 최정운의 『한국인의 탄생』(미지북스, 2013)을 들 수 있다. 이 책은 이광수의 『무정』과 「꿈하늘」을 함께 다루는 4장에서 「꿈하늘」이 저항 민족주의를 대변한다고 제대로 분류하며 시작하지만, 꿈나라가 군국주의 세계이자 콜로세움과 같은 잔인함의 극장이며 무궁화 꽃송이는 피를 즐기고 을지문덕과 강감찬은 요령 없고 잘못된 말을 한다는 등 「꿈하늘」에 대한 폄훼로 시종일관한다. 이 소설이 식민 상황을 투쟁으로써 극복해야 한다는 단재 사상의 알레고리적 표현임을 의도적으로 무시하면서, 작품의 의도를 읽을 노력은 하지 않은 채, 작품의 실제를 왜곡해 가면서까지 부정적인 평가를 앞세우는 것이다. 비전문가의 무지가 빚은 오만이 아니라면 저자의 문제적인 역사관이 빚어낸 왜곡에 해당한다 할 것이다.

드래곤, 도사道士 정도로 한정된다. 스토리 또한 간단하다. 민중의 미신으로 만들어진 상제와 그 휘하 귀신들, 지상의 지배계급이 민중의 피를 빨아먹어 왔으나, 드래곤의 선도로 민중들이 생각을 바꾸고 혁명을 일으켜 지배계급을 몰아내고 전 지구에 걸치는 지국地國을 세우자, 천국 또한 망하여 상제는 쥐가 되어 쥐구멍에 숨고 미리는 일개 토우 상土偶像이 되어 버린다는 이야기이다.

이러한 스토리의 알레고리적인 의미는 따로 설명이 필요 없을 만큼 자명하다. 지배계급의 억압과 착취를 받아 온 민중들이 각성하고 일치단결하여 대항하면 민중들의 세계를 이룰 수 있다고 주장하면서, 기존의 정치, 법률이나 윤리 도덕, 종교 등이 모두 지배계급이 민중을 착취하기 위해 사용해온 억압 장치라는 사실을 폭로하는 것이다.

「용과 용의 대격전」이 보이는 소설 미학적 특징은 매우 단순하고, 어찌 보면 전근대적이라 할 수도 있을 정도다.

천국이니 천궁에 (옥황)상제, 천사를 등장시키고 미리와 드래곤을 내세움으로써, 현실성과는 전혀 무관하되 고소설도 아니고 판타지도 아닌 정체불명의 작품이 되었다고 볼 만하다. 하지만 이는 알레고리적인 주제효과를 드러내는 장치일 뿐이라, 서구의 현대소설 그것도 재현을 기본 원리로 창작된 소설을 절대적인 기준으로 삼지 않는 한 그 자체로 폄하할 일은 전혀 아니다. 오히려 이 면에서는 상제나 천사의 전통적인 이미지를 완전히 전복시키는 상상력이 주는 즐거움과, 기독이나 미리, 드래곤의 설정이 동서양의 역사에 비춘 현실적인 것285~6쪽이라는 점이 주는 새로운 인식을 높게 평가할 만하다.

「용과 용의 대격전」의 특징으로 가장 뚜렷한 것은 이분법이 선명하다는 점이다. 작품 내 세계가 천국과 지상으로 나뉘어 있으며, 지상에는 다시 부귀자富貴者와 빈민이 뚜렷이 갈라져 있다. 상제의 총애를 받는 미리와 민중의 지도자인 드래곤이 대립하는 것도 이분법을 강화한다. 이 소설이 쓰인 1928년이면 신경향파를 대표하는 작가 최서해가 1925년에서 1927년에 걸쳐 30편이 훌쩍 넘는 현실 폭로적인 작품들을 쏟아낸 뒤이고, 이기영의 「농부 정도룡」1925과 조명희의 「낙동강」1927, 한설야의 「홍수」1928 등 카프 KAPF 소설들이 계급투쟁을 도식적으로 설정하는 양상을 벗어나는 면모를 보이는 시점이며, 현진건의 「고향」1926, 염상섭의 『사랑과 죄』1927와 『이심』1928 등에서 확인되듯 민족주의 진영의 작가들 또한 식민지하에서의 삶에 대한 폭이 넓고 깊이를 갖춘 통찰을 담아내던 때이다. 이런 상황에 부귀자와 빈민의 이분법적 대립 구성을 보였으니, 고소설이나 철 지난 신경향파 수준이라며 시대착오 혹은 문학적 발전의 지체 사례로 폄하할 생각이 들 만도 하다.

사태의 단순화를 지양하기 위해 논의의 맥락을 잡는 방식에 따라 그러한 비판적 평가도 필요하지만, 그에 앞서 필요한 것은, 『을지문덕』이나 「꿈하늘」, 「용과 용의 대격전」과 같은 소설들의 주제효과를 짚어 보는 데 있어 그 배경이 되는 바 단재 신채호의 사상이 갖는 시대적, 역사적인 의미를 파악하여 평가하는 일이다. 진위나 정의가 다수결의 문제일 수는 없으므로, 「용과 용의 대격전」을 볼 때도 이 작품이 현재와 같은 모습을 취하게 된 작가의 의도와 그에 따른 작품 효과를 충실히 재구하는 것이 필요하지 그에 앞서서 식민지하의 소설들 일반의 경향이 무슨 절대적인 기준인 양 그것을 척도로 재단해서는 안 된다.

이런 점을 고려하고 볼 때 「용과 용의 대격전」이 보이는 이분법적 구도의 의미를 온당하게 파악할 수 있다. 부귀자와 빈민, 천국와 지국, 민중을 착취하는 일체의 세력과 그에 맞서 혁명을 일으키는 민중, 민중을 마취시키는 모든 것과 민중의 각성을 촉구하는 행위와 같은 일련의 이분법적 대립은, 앞에서도 언급한 바 단재가 세계를 인식하는 방식에 따른 것이며 그의 입지에서 당대의 현실을 반영한 것이다.

신채호는 일제에 의해 국권을 잃고 식민지로 전락한 나라의 해외 독립운동가이자 지식인으로서, 독립의 길을 일제에 무력으로 맞서는 데서 찾는다. 이러한 입장은, 추상적인 이론 차원에서 선택된 것이 아니라 당시의 세계 정세를 보고 다져진 것이다. 식민 지배국에 무력으로 맞서는 일 외에는 독립을 이룰 방안이 있을 수 없다는 인식을 현실의 투쟁 경험으로부터 확인한 결과라 할 수 있다.

> 신성한 문라주의門羅主義[먼로주의]가 백기를 일수壹竪[완전히 세움]한 후로, 동서 육주六洲에 소위 6대 강국이니 8대 강국이니 하는 열강이 모두 만강혈성滿腔血誠으로 차此 제국주의를 숭배하며, 모두 분투 쟁선爭先하여 차 제국주의에게 굴복하여 세계 무대가 일 제국주의적 활극장을 성成하였도다. 연즉然則 차 제국주의로 저항하는 방법은 하何인가. 왈 민족주의를 분휘奮揮함이 시是이니라.[8]
>
> 오늘 구주歐洲전쟁을 우리 동방 사람으로 하여금 평판을 내리라 하면, 갑도 야심을 가지고 을도 야심을 가져서 된 전쟁인데, 협상파는 정의의 신을 불러 자기를 구하라 하며, 연합파는 인도人道의 붓을 들어 적국을 나무라니, 시비시비여, 시비是非가 어디 있는가. 오직 이해의 별명別名뿐이로다.[9]

위 인용들에서 확인되듯 신채호는 제1차 세계대전 전후의 상황을 제국주의의 각축으로 올바르게 파악하고 있다. 이러한 세계정세 판단 위에서, '협

---

8 신채호, 「帝國主義와 民族主義」(1909.5.28), 『단재신채호전집』 하(이하 『전집』 하), 108쪽.
9 신채호, 「利害」, 『전집』 하, 146쪽.

상파'나 '연합파'가 정의를 내세우고 시비를 따지는 것은 이해관계에 의해서만 움직이는 제국주의 열강들에게는 전혀 먹히지 않는 헛수고라고 그는 본다. 따라서 남는 것은, 민족주의를 분발하여 떨치는 것이자 제국주의에 저항하는 무력 투쟁의 길에 나서는 것뿐이다. 이렇게, 조선의 독립 또한 무장독립운동에 의해서만 가능하리라고 그는 믿는다. 이런 신념에서 단재는 1923년 1월 의열단의 고문 자격으로 「조선혁명선언」을 쓰기도 했다. "「외교」「준비」 등의 미몽迷夢을 버리고 민중직접혁명의 수완手腕을 취함을 선언" 한 것이다.[10]

우승열패, 약육강식의 국제사회에서 생존의 단위로 '국가'에 주목하면서 무장독립운동의 길을 강조하는 신채호는 당대의 문인, 지식인 들에게 자신의 이러한 생각을 직접 건네기도 했다. "인류는 이해利害 문제뿐"이라며 "필패 필망必亡할지라도 아니할 수 없는 일이 있는 줄" 알라 하는 것이다.[11] 이런 행위는 "금今에 국수위國雖危나 인심人心만 유有하면 위가안危可安이요 금일에 국수망國雖亡이나 인심만 유하면 망가흥亡可興이라"[12] 즉 국민의 뜻을 유지하는 일이 망국에 시대에 가장 긴요하다는 믿음에 따른 것이다.

「꿈하늘」이나 「용과 용의 대격전」 같은 소설을 쓰는 취지도 이에 다르지 않을 것이며, 이러한 역사적, 정치적 목적이 중차대한 까닭에 서양 현대소설식의 형식이니 구성법 등은 고려 대상이 되지도 않았을 터이다. 따라서 단재 소설의 미적 질을 서구 문예학의 기준으로 폄하하는 일이란, 그의 역사적 문제의식을 전혀 인정하지 않는 몰역사적인 태도와 분리될 수 없다. 물론 의도가 결과를 보장하지는 않으므로, 「용과 용의 대격전」의 실제를

---

10 신채호, 「朝鮮革命宣言」(1923.1), 『전집』 하, 40쪽.
11 신채호, 「浪客의 新年漫筆」(1925.1.2), 『전집』 하, 25·27쪽.
12 신채호, 「日本의 三大忠奴」(1908.4.2), 『전집』 하, 57쪽.

보고 단재의 의도가 이 작품에서 충분히 발현되었는지를 검토해야 한다. 결과가 그의 의도를 잘 살렸다면, 예술지상주의적, 순문학적인 태도와 분리될 수 없는 형식주의 미학을 앞세워 이 소설의 문학성을 폄하하는 논의는 설 자리를 잃게 될 것이다.

「용과 용의 대격전」이 그리는 민중의 현실은 말 그대로 지옥이다. 천국과 부귀자는 물론이요 정치가, 군인, 경찰[순사] 모두 한편이 되어 지배계급을 이루고 민중을 착취, 억압하는 까닭이다. 소설의 허두에서 보이듯, 황제며 대원수, 재산가, 대지주, 순사 등의 '모든 초란이'들이 빈민들을 모조리 잡아먹는다. 피를 짜 먹고, 살을 뜯어 먹고, 나중에는 뼈까지 바싹바싹 깨물어 먹는다. 지배계급에게 먹히지 않으려면 탄알받이가 되거나 감옥행을 택해야 한다276쪽.

이러한 상황에서 민중의 반항은 불가피하기도 한데, 이러한 면이 천국의 상제 마음을 편치 않게 한다. 인민을 영원히 마취시켜 잡아먹히는 줄도 모르고 잡아먹히게 하기 위해서, '공자놈'의 명분설名分說로 속이고 '석가놈'과 '예수놈'을 시켜 남에게 고통을 받더라도 반항 없이 간과看過하면 죽어서 연화대蓮花臺로 천국天國으로 가리라고 속여 2천 년 동안 약효를 보았으나 이제는 약발이 떨어졌다고 판단되는 까닭이다. 잔악한 정치 법률, 흉참凶慘한 윤리 도덕, 전율할 무기로 인민을 탄압하고 있으나 여전히 반역을 도모하는 터라 새로운 방책이 필요한 상황이다. 인간 사회의 제도와 윤리 규범, 무력이 모두 인민의 반항을 억누르는 도구며, 세계종교인 유교, 불교, 기독교의 가르침이 모두 고통받는 현실을 감내하게 만드는 마취제였는데, 그것만으로는 이제 효과가 약해진 문제가 천국을 고민하게 만들고 있다.

이때 동양의 총독을 맡고 있는 미리가 나선다. 미리와 상제의 대화를 통해 새로운 해결책 곧 학자와 문학인들을 통해 지배계급을 옹호하게 하는 방안이 유망하다는 점이 드러난다.

> "그러면 오늘은 과학科學·문학文學 등이 크게 위력威力을 가진 때니, 다수多數한 과학자科學者·문학자文學者들을 꾀어다가 부자富者·귀자貴者—지배계급支配階級—의 주구走狗를 만들어 학설學說로써 지배계급支配階級의 권리權利를 옹호擁護하며, 시詩와 소설小說로써 지배계급支配階級의 장엄莊嚴을 구가謳歌하면 될까 합니다."
>
> "오! 이것은 내가 방금 실시實施하여 비상非常한 효력效力을 보는 것이다. 그러나 학자學者놈들이 간혹 나의 명령命令을 어기고 민중民衆 속으로 뛰어들어가 반역反逆을 꾀하는 놈이 있구나."278쪽

이상을 통해서 단재는, 사회의 상황이 지배와 피지배 계급으로 나뉘어 있으며, 사회의 제도와 문화 일체가 기본적으로 지배계급을 위한 것이라는 인식을 피력한다. 이 위에서 학문[과학]과 예술[문학]의 사회적 효용성을 주목하면서 그것 또한 지배계급을 위해 활용되는 현실을 지적하고 있다.

그렇다고 저자의 판단이 비관적인 것은 아니다. 학자들 중에 민중을 편드는 자가 있으며 그로 인해 반역 시도가 계속되고 있다는 지적에서 보이듯, 민중 혁명의 가능성을 믿는 까닭이다. 이러한 지적은 물론 식민지 현실의 학자 및 문인들이 민중을 지도해야 한다고 암시, 권고하는 것이기도 하며, '인민의 선천적 반역성'을 전제하는 것이다.

물론 사태가 만만하지는 않은데, 이를 「용과 용의 대격전」은 냉정하게 객관적으로 보여 준다. 미리가 상제에게 아뢰는 바를 통해, 식민지 민중의 부정적인 특성과 일제하 우리 민족의 상태에 대한 비판적 인식을 보자. 좀 길지만 그대로 인용한다.

식민지의 민중은 그 고통의 정도가 다른 민중보다 만 배나 되지만 매양 그 허망한 요행심을 가져 굶어 죽는 놈이 요행의 포식을 바라며, 얼어 죽는 놈이 요행의 난의暖衣를 바라며, 교수대에 목을 디민 놈이 요행의 생을 바랍니다. 그래서 반항할 경우에도 반항을 잘 못합니다. 그런즉 식민지의 민중처럼 속이기 쉬운 민중이 없습니다. 철도·광산·어장·삼림·양전良田·옥답·상업·공업…… 모든 권리와 이익을 다 빼앗으며 세납稅納과 도조賭租를 자꾸 더 받아 몸서리나는 착취를 행하면서도 겉으로 "너희들의 생존안녕을 보장하여 주노라"고 떠들면 속습니다. 혁편革鞭·철추鐵椎·죽침竹針질·단근질·전기 뜸질·심지어 구두口頭에 올리기도 참혹한 (…중략…) 같은 형벌을 행하면서도 군대를 출동하여 부녀를 찢어 죽인다, 소아小兒를 산 채로 묻는다, 전촌全村을 도륙屠戮한다, 곡률穀栗가리에 방화한다…… 하는 전율한 수단을 행하면서도 한두 신문사의 설립이나 허가하고 "문화정치의 혜택을 받으라"고 소리하면 속습니다. 학교를 제한하여 그 지식을 없도록 하면서도, 국어와 국문을 금지하여 그 애국심을 못 나도록 하면서도, 피국彼國의 인민을 이식하여 그 본토의 민중을 살 곳이 없도록 하면서도, 악형과 학살을 행하여 그 종족을 멸망토록 하면서도, 부어터질 동종동문同種同文의 정의情誼를 말하면 속습니다. '건국'·'혁명'·'독립'·'자유' 등은 그 명사까지도 잊어버리라고 일체 구두口頭 필두筆頭에 오르지도 못하게 하지만, 옴 올라 갈 자치 참정권 등을 주마 하면 속습니다. 보십시오. 저 망국제亡國祭를 지낸 연애 문단에 여학생의 단 입술을 빠는 청년들이 제 세상을 자랑하지 안 합니까. 고국을 빼앗기고 구축驅逐을 당하여 천애 외국에서 더부살이하는 남자들이 누울 곳만 있으면 제이 고국의 안락을 노래하지 안 합니까! 공산당의 대조류에 독립군이 떠나갑니다. 걸乞아지 정부의 연극에 대통령의 자루도 찢어집니다. 속이기 쉬운 것은 식민지의 민중이니, 상제시여 마음 놓으십시오. 세계 민중들이 다 자각한다 하여도 식민지 민중만은 아직 멀었습니다. 우리가 식

민지 민중만 잡아먹더라도 몇 십 년 동안은 아무 걱정 없을 것이올시다. 289~90쪽

이 구절을 통해 작가는 일제가 동종동문을 말하며 문화정치를 시행하는 현실의 문제적인 상황 곧 식민지 조선에 대한 전방위적인 착취와 억압을 구체적으로 지적하고 있다. 이에 더해서, 상황이 그럼에도 불구하고 일제에 속아 부응하려는 지도자들과 요행심만 바라는 민중을 비판한다. 일제의 문화정치가 실상은 착취를 지속하면서 민중을 속이는 것일 뿐임을 명확히 하면서 사태를 제대로 보라고 촉구하는 것이다. 이러한 현실 인식 위에서 우리 민족에게 요청되는 방안은 자유와 독립, 건국, 혁명밖에 없게 된다. 따라서 자치나 참정권을 바라는 세력에 대한 비판, 나라를 생각하지 않고 연애 등에 빠진 문단에 대한 비판이 나오는 것은 필연적이고 자연스럽다. 이 외에도 단재는 해외 망명객의 행태나, 공산당에 의한 독립군의 분열, 임정의 권력 다툼 등에 대해서도 비판을 아끼지 않는다. 우리보다 월등히 강한 적국에 무력으로 맞서기 위해서는 부단한 노력과 일치단결이 절실하다고 보기 때문이다.

물론 여기서 주되게 표현되는 것은 비판 자체가 아니다. 비판의 형식 속에서 일제 식민 정책의 각종 만행을 폭로하고, 그러한 만행에 대처하기 위해 우리가 바로잡아야 할 바를 명시하는 것이 주지라 하겠다.

「용과 용의 대격전」의 상황이 급전하는 것은 '상제의 외아들님 야소기독耶蘇基督의 참사' 사건이 벌어지면서다. 하수자들은 민중이지만 수범首犯은 드래곤으로 밝혀지는데, 드래곤은 아직 출처가 불명不明한 괴물로서 '상제 및 기독의 죄악을 열거한 구십조의 격문을 돌리고' 마침 하늘에서 내려온 기독을 민중을 이끌고 참살한다 282쪽. 사태는 여기서 그치지 않는다. "민중들이 야소耶蘇, 예수를 죽인 뒤 미구未久에 공자·석가·마호메트… 등 종교·도덕가 등을 때려죽이고, 정치·법률·학교·교과서 등 모든 지배계급의 권리

옹호한 서적을 불지르고, 교당·정부·관청·공해公廨·은행·회사… 등 건물을 파괴하고, 과거의 사회제도를 일절 부인하고, 지상의 만물을 만중萬衆의 공유임을 선언"286쪽하였기 때문이다. 민중혁명이 일어난 것이다.

혁명의 결과는 민중의 승리이다. 지배계급이 반민叛民을 정복하려고 군인을 소집하나 원래 민중 속에서 온 군인인 까닭에 다 민중의 편으로 돌아가 버렸으며 다수의 상금을 걸고 모집해도 응모자가 없어서 대포들을 전혀 못 쓰고, 자기들이 싸우기로 결의는 하였으나 워낙 소수고 모든 소유를 가진 자로서 전사하기가 원통하여 모두 철옹성으로 도망했다가 민중에 포위되어 굶어 죽는다. 이렇게 지배계급을 멸망시킨 뒤 민중들이 전 지구를 총칭하여 지국地國이라 칭하고 천국과의 교통 단절을 선언한다287쪽.

톨스토이 만년의 우화적인 소설들처럼 소박하게 되어 있는 이러한 처리는, 민중이 단결하면 지배계급을 없앨 수 있다는 믿음에 기반하고 있다. 소박한 데 그치지 않고 지나치게 낙관적이며 현실성이 없는 처리이지만, 현실에서의 혁명 전략으로서의 실효와 가치를 따지거나 리얼리즘의 규율을 들이댈 일은 아니다. 혁명 선언서도 아니고 리얼리즘 소설도 아니기 때문이다. 「용과 용의 대격전」은 있을 법한 현실을 '재현'하는 것이 아니라 작가의 사상을 거리낌 없이 '표현'하는 소설이며, 이를 위해 자유자재로 상상력을 펼치고 있는 까닭이다.

지국의 '교통 단절 선언'은 천국에 치명적이다. 민중을 착취하지 못하면 천국의 존립 자체가 불가능하기 때문이다. 대책 논란 끝에 천국은, 민중에게 사자를 보내어 천국 귀중鬼衆의 수만큼 바가지를 달라고 청원하여 그것으로 구걸하기로 가결한다288쪽. "상제와 상제 이하 내지 인세人世의 지배계급의 세력은 모두 민중의 시인是認으로 존재한 것인즉 민중이 만일 철저히 부인만 하면 모든 세력이 추풍의 낙엽이 되리라"289쪽라는 드래곤의 말을 민중들이 믿고 미신에서 깨어난 탓에, 민중의 믿음으로 세력을 삼았던 천국이 취할 수 있는 방책이 없어진 까닭이다. 지국과의 교섭을 위해 드래곤과 일태쌍생一胎雙生인 미리를 지국으로 보내는데, 지상에 온 미리는 사태를 깨닫고 토우土偶로 돌아간다. 기실 미리 자신이나 천관, 상제가 "모두 상고上古 민중의 일시 미신의 조작"이었는데 이제 미신이 깨어지니 상제도 천국도 모두 깨어졌음을 인정한 것이다297쪽. 이 와중에 상제의 실수로 불이 나서 천국 전체가 불에 타 버리고, 상제는 맹풍에 휩싸여 쥐구멍으로 떨어져 버린다293, 298쪽. 이렇게 천국이 종말을 고하며 작품이 끝난다.

이 소설이 전하고자 하는 주제효과는 명확하다. 현재 사회의 제도와 무력, 문화 일체가 지배계급이 민중을 억압하고 착취하기 위해 만들어 온 것이며 이를 민중들이 깨닫고 부정하게 될 때 세상을 바꾸는 혁명이 가능해지므로, 이에 민중들이 각성해야 한다는 것이다.

「용과 용의 대격전」의 작품 내 세계와 스토리의 설정은 모두 알레고리적이다. "최근 세계대전에 다수多數한 민중을 죽이어 낸 각국 제왕, 원수元首, 총사령관 들이 모두 상제의 이름으로" 했다는 데서 확인되듯297쪽, 이 소설의 상제는 지배계급의 민중에 대한 지배 및 착취라는 현실을 호도하는 상징에 해당한다. 상제 휘하의 등장인물들 모두 그러하다.

이들에 맞서는 드래곤도 마찬가지다. 드래곤의 정체와 관련해서는 두 가지 맥락의 설명이 『지민신문地民新聞』을 통해 주어진다. 역사적인 설명이 하나다. 드래곤은 희랍, 라마 등지에 체재하여 서양의 용이 되었으며, 늘 반역자, 혁명가들과 교유交遊하여 혁명, 파괴 등 악희惡戲를 즐겨 종교나 도덕의 굴레를 받지 않으므로 서양사에서 항상 반당叛黨과 난적亂賊을 드래곤이라 별명別名으로 불렀다고 한다285~6쪽. 다른 하나는 상징적인 설명이다. 천국이 전멸되기 전에는 드래곤의 정체가 오직 0으로 표현되는데, 이때의 0은 숫자의 0과 달리 모든 수가 다 되고, 총이나 칼, 불, 벼락, 기타 모든 '테러'가 될 수 있다고 하였다285쪽.

드래곤에 대한 이러한 설명이 의미하는 바는 명확하다. 혁명을 예비하는 무정부주의적인 행동 곧 테러를 인정하고 권장하는 것이다. 이렇게 단재는 반당을 조직하여 다양한 방식의 테러를 가하는 일을, 약소 식민지가 강대한 제국주의의 지배에 저항하는 실제적인 방책으로 제시한다. 상해 임정의 주석 김구가 오늘날 우리 역사의 '의사'요 '열사'로 기려지는 테러리스트들을 배출해 왔던 역사적 사실을 생각해 보면 「용과 용의 대격전」이 보이는 이러한 주제효과가 생경하거나 생뚱맞을 수는 없다. 당대 상황에서 현실적으로 가능한 무장독립운동의 한 양태로 테러를 제기했다고 볼 만하다.

지금까지 살펴본 대로 「용과 용의 대격전」은, 다양한 테러를 활용한 공격과 민중혁명을 통해 지배계급을 없애야 한다는 민중직접혁명 사상을 소설화한 작품이다. 민중직접혁명 사상은 제국주의 열강이 지배하는 세계정세에서 식민지가 독립을 바랄 수 있는 유일한 길은 무장독립운동 외에 있을 수 없다는 신채호의 현실적인 판단을 기초로 한다.[13] 물론 이 모든 일이 민중의 각성을 전제로 해야 하는데, 이 소설에서 상황을 뒤바꾸는 것도 바로 민중들이 미신에서 깨어나는 각성이다. 이렇게 '각성-투쟁-혁명'의 연쇄를 천국의 멸망이라는 면에서 형상화한 것이 「용과 용의 대격전」의 대강이자 기본 주제효과이다. 그 과정에서 식민지 민중의 병폐와 그들에게 가해지는 억압과 착취를 비판, 폭로하는 부차적인 주제효과들도 드러내고 있다.

이 소설에서도 비판하고 있는 당대의 문단 상황과 그 속에서 산출된 작품

---

13 이러한 판단은 "육주대국(六洲大局)에 용전(龍戰)이 정함(正酣)[전적으로 왕성]"하다는 인식(「國民 · 大韓 兩魔頭上 各一棒」(1909.5.23), 『전집』 하, 107쪽)이나 다수의 민중이 소수에게 피를 빨리는 상황에 대한 진단(「宣言文」, 『전집』 하, 48~9쪽) 등으로 제시된 바 있다.

들에 비할 때 「용과 용의 대격전」의 이런 주제효과는 매우 현실적, 정치적이면서 급진적이다. 이러한 주제효과를 통해서 '민족의 독립이라는 지상 과제를 위한 운동으로서의 문학의 한 전형을 이룬 것' 이것이 「용과 용의 대격전」의 역사적 의의라 하겠다. 이러한 주제효과를 표현하는 데 있어서 서구의 근대 문예학으로는 설명하기 곤란한 자유자재의 상상력을 발휘한 것은 이 소설의 중요한 문예학적 특징으로서, 소설사적, 문화사적인 의의를 이룬다.[14]

『을지문덕』과 「꿈하늘」을 논하면서도 강조했고 「용과 용의 대격전」을 검토하면서는 사전 논의로 지면을 할애하기까지 했는데, 신채호의 이들 소설의 의미를 제대로 규명하기 위해서는, 한국 현대소설을 이해하는 기준으로 서구의 소설을 가져오는 서구 중심주의적이고 서구 추수주의적인 태도를 버려야 한다. 식민지와 해방기 그리고 이후의 정치적 상황 속에서 신채호의 소설과 같은 갈래가 지속되지 못한 까닭에 이러한 작품들을 그 자체 현대문학의 한 유형으로 존중하면서 평가할 수 있는 맥락을 확보하기는 어렵지만, 사정이 이렇다 해서 서구의 기준을 가져와 프로크루스테스의 침대처럼 두고 이들을 폄하적으로 재단할 수는 없다. 이러한 까닭 때문에도 불가불 작가의 역사관과 당대 세계 정세에 대한 판단을 작품 이해의 배경으로 활용할 수밖에 없었는데, 이 면에서 보자면 단재의 소설은 단순히 한국 현대문학사가 아니라 현대사 차원에서 주목할 만한 성과에 해당한다 하겠다.

해외에 망명한 분주하고 가난한 독립투사이면서도 부단히 작품을 쓴 단

---

14 이러한 특징은 근래 들어 천명관의 『고래』(문학동네, 2004)나 홍준성의 『열등의 계보』(은행나무, 2015) 정도로 희미하게 이어진다고 할 수 있는데, 이러한 한국문학 특유의 상상력이 하나의 계보를 형성한다면 그 자체로 문학사적 사건이 될 만하다. 식민지 시대에 이러한 계보가 형성될 수 없었음은 상황상 납득이 가나 그만큼 안타까움이 커지는 것 또한 어쩔 수 없다.

재 신채호의 문학 활동 의도를 부연하는 것으로 그의 작품들에 대한 논의를 맺는다.

당대의 문학적 관습을 아랑곳하지 않으며 자유자재의 상상력을 펼친 신채호의 문학 창작은 무장독립운동이라는 국권 회복의 노력과 더불어 민중을 계몽하고자 하는 그의 의지가 매우 강렬하고 지속적이었음을 보여 준다. 지금까지 강조했듯이 독립운동의 성패가 민중의 각성에 달려 있으므로 그럴 수밖에 없다고 볼 수도 있지만, 그의 이런 행동에 서적과 소설의 위력에 대한 인식이 깔려 있음은 강조할 필요가 있다.

신채호에게 있어 책은 한 나라의 인심과 풍속에서 문화와 무력을 산출하며 역대 성현과 영웅들을 모방하여 전하는 것이다. 책의 이러한 기능은 매우 소중하여 "서적이 무無하면 기其 국國도 무無할지로다"[15]라는 언명에까지 이른다. 더불어 단재는 대중 일반에 대한 소설의 감화력을 십분 의식하고 있다.[16] 이렇게 막대한 기능을 가진 소설을 신채호가 애국 운동에 쓰려고 했음은 그의 이력을 볼 때 당연한 일이라 할 만하다.

소설을 운동으로서의 문학으로 활용하려는 그의 태도의 바탕에는 정육情育론이 있다. "애愛는 정情이요, 애국은 국가에 대한 애정이니, 애국 군자가 만일 애국의 도를 전국에 홍포弘布하려 할진대, 불가불 정육에 주의할지니라. (…중략…) 정육은 (…중략…) 오직 그 양심의 천연天然부터 계도하며 순성順成할 뿐이니라".[17] 단재가 정육을 주장하는 목적이 애국에 있음은 자명하다. 이렇게 정육을 애국에 막바로 연결시키는 논의는 예컨대 정육을 개인 차원에서 사고하는 춘원의 정육론[18]과 대단한 차이를 보이는 것이다. 당

15 신채호, 「舊書刊行論」(1908.12), 『전집』 하, 99쪽.
16 신채호, 「近今 國文小說 著者의 注意」(1908.7.8), 『전집』 하, 17~8쪽.
17 신채호, 「新敎育(情育)과 愛國」, 『전집』 하, 133쪽.
18 이광수, 「今日 我韓青年과 情育」, 『대한흥학보』, 1910.2.

대 문화에서 단재가 차지하고 있는 독창적인 위상이 새삼 확인되는 국면이다. 이렇게 소설이 민중들에게 미치는 영향력이 막강함을 알고 민중 모두가 애국운동에 나서야 한다는 절박한 판단을 갖고 있었기에 단재는, 사회의 모든 운동을 소멸시키는 당대 문예운동의 폐해를 비판하고 '혁명의 선구'가 되는 문예에 대한 바람을 피력하기도 했다.[19]

책과 소설의 효용과 가치를 크게 인식한 위에서 단재는 "사실이 희망에서 기起한다"[20]라는 생각에 기반하여 「꿈하늘」과 「용과 용의 대격전」 같은 소설을 통해 인민들 스스로 지배 관계를 깨닫고 독립의 희망을 갖게 하고자 하였다. 1900년대 역사전기물을 이루는 『을지문덕』, 『이순신전』, 『최도통전』을 쓰면서 역사적인 위인을 등장시키고 조선사는 물론이요 인류사를 작품 내용으로 삼은 것은, "역사가 유有하면 기국其國이 필흥必興"하며 "국민이 부지不知하면 무無와 일반이요, 역사가 기무旣無하면 망국에 필지必至"[21]한다는 생각에 근거한 것이다.

이렇게 단재 신채호는 일본 제국주의의 식민지로 전락한 국가를 되살리기 위해서 무장독립운동에 헌신하는 한편으로 서적과 소설의 힘으로 국민을 계몽, 각성시키는 데도 전력을 다했다. 문학이 역사적 사회적 정치적 운동의 주요한 요소가 되는 한국 현대문학의 전통 달리 말해서 운동으로서의 문학이 주를 이루는 전통이 단재 신채호로부터 생겼다고 해도 전혀 과언이 아닌 행적과 업적을 보인 것이다. 이러한 점에서 그의 소설 「꿈하늘」과 「용과 용의 대격전」이 갖는 의의가 마련됨은 물론이다. 그것은 단지 소설사나 문학사 차원에 그치지 않고, 정신사와 일반 역사의 차원에까지 드리운다.

---

19 신채호, 「浪客의 新年漫筆」(1925.1.1), 『전집』 하, 32~4쪽.
20 신채호, 「大韓의 希望」(1908.4), 『전집』 하, 64쪽.
21 신채호, 「歷史와 愛國心의 關係」(1908.6), 『전집』 하, 72쪽.

제6장

알 수 없는 근대를 향한 개인의 각성

이광수의 『무정』(1917)

1910년대의 문학은 한일합병에 따라 우리나라가 일본 제국주의의 식민지가 되었다는 역사적 사건의 완전한 통제 아래 놓였다. 신채호처럼 해외로 망명하여 「꿈하늘」1916과 같은 작품을 쓴 경우가 있지만, 조선총독부가 지배하는 한반도 내에서는 일제에 대한 저항과 비판은 물론이요 한민족의 오랜 역사와 주체성을 환기하는 주제도 드러낼 수 없었다. 1900년대 애국계몽 문학을 이루었던 역사전기물이 주도한 바 민족주의적이고 반외세적인 흐름이 강제적으로 금지되면서, 풍속 개량에 방점을 찍는 신소설과 창가 및 흥미 위주의 번안문학 일색이 되는 방식으로 국내 문학 장의 양상에 변화가 생겼다. 이러한 변화의 바탕에는 애국계몽운동 담론의 장으로 기능했던 민족주의적인 매체들이 폐지되고 총독부의 준기관지에 해당하는 『매일신보』만이 존재하게 된 공론장의 폭력적인 재구성이 놓여 있었다.

이러한 변화에도 불구하고, 계몽주의적인 열정의 지배권은 지속되었다. 문학의 가치는 여전히 사람들을 계몽하는 데서 찾아졌으며 문학 갈래들의 위계 또한 계몽주의적인 경향을 정점에 두고 짜였다. 물론 계몽의 성격은 크게 변화했다. 일본 제국주의의 통제에 따라 한민족의 주체성을 강조하는 반외세 자주화 맥락의 정치적인 담론이 일절 금지되고, 풍속 개량과 개인의 수신 차원에서 반봉건 근대화를 지향하는 문명개화 수준의 계몽이 전일화되는 양상이 초래되었다. 1900년대의 애국계몽 문학과 비교해서 1910년대의 이러한 문학을 '순치된 계몽주의'라고 할 만하다. 이러한 변화는 있지만, 문학을 계몽의 수단으로 바라보는 인식이 여전히 지배적이었다.

1910년대의 문학을 공시태로 보면 순치된 계몽주의와 유흥으로서의 문학이 맞물려 있는 양상이 확인된다. 유흥으로서의 문학은 다시 세 갈래로 구성된다. 봉건적인 구시대 가정 내의 여인의 수난사를 고소설적인 구성으로 보여 주는 이 시기의 통속화된 신소설이 하나고, 『장한몽』으로 대표되는 바 일본 가정소설 중심의 번안소설이 다른 하나요, 유럽의 세계적인 베스트셀러 번안소설이 또 다른 하나다. 이 중 일본 가정소설의 번안소설이 새로운 시대의 대중 독서물로서 신파극과 어울려 큰 인기를 끌었음은 이미 살펴본 대로다. 이러한 현상의 바탕에 식민 지배 세력의 정치 담론 금지와 각종 유흥 시설의 수립을 근간으로 하는 소비문화 활성화가 놓여 있는 것도 이미 확인하였다.

사태가 이렇게 끝났다면 1910년대 문학의 의미는 따로 강조할 것이 없는 형편이었을 것이다. 역사적으로 볼 때 민족사적인 의미를 부여할 수 없고 문명사나 정신사 맥락에서도 진보적인 성과라고 할 것이 없으며, 문학사적으로 볼 때도 의미 있는 발전을 이뤘다고 볼 수 없는 까닭이다.

사정을 바꾼 것은 1917년에 『매일신보』1917.1.1~6.14에 연재된 이광수의 장편소설 『무정無情』이다. 『무정』이 연재되면서 당대의 독자들에게 선풍적인 인기를 끌었으며 여러 면에서 이 소설이 갖는 의미가 대단히 중요하다는 점에서, 문학사에서 1910년대는 신소설과 번안소설의 시대이자 동시에 『무정』의 시대가 되었다. 여기에 그치지 않는다. 그 자체로 의미를 가질 수는 없는 달력상의 연대가 아니라 문학사적인 맥락에서 보면, 이 시기의 문학 자체가 『무정』 이전과 이후로 나뉠 수 있다 해도 과언이 아니다.

물론 『무정』이 나올 무렵의 문학계 자체가 의미 있는 변화를 보이기 시작했던 사실을 간과할 수 없다. 1910년대 후반기에는 최남선의 『청춘』1914.10~1918.9, 통권 15호이 서구의 근대를 소개하는 방식을 주로 하여 개화계몽의 산실 역할을 하고 있었으며, 1917년 7월부터는 '현상문예'를 시작하여 육당 최남선과 춘원 이광수 두 사람이 이끌던 이른바 2인 문단 시대를 마감할 수 있는 신진 문인들을 발굴하였다. 여기에 더해 재일 유학생 잡지 『학지광』1914.4~1930.4, 통권 29호과 『여자계』1917.12~1920.6, 통권 5호가 지속되면서 시와 더불어 간간이 근대적인 단편소설들을 선보였으며, 비록 일본인이 만든 잡지지만 『반도시론』1913.4~1919.3에도 조선인의 소설이 실렸다.[1] 이렇게 보면, 1910년대 문학의 새로운 변화는 현상윤이나 김명순, 이상춘 등에 의해서 신소설과는 다른 현대소설적인 면모가 등장했다는 것인데, 이러한 변화의 선봉에 선 것이 바로 춘원의 문학이요 구체적으로는 『무정』이라 하겠다.

이상의 논의를 정리하면 다음과 같다. 한일합병으로 시작된 1910년대 한반도의 공론장에서는 정치성을 탈각당한 채 반봉건적半封建的인 유습을 제거하고 서구 근대를 배우려는 문명개화 수준의 계몽이 지배적인 양상을 보였으며, 문학계의 경우는 통속화한 신소설과 번안소설이 유흥으로서의 문학을 확산시켰으나 1910년대 후반으로 들어오면서는 그와는 다른 현대소설적인 경우들이 등장하였다. 소설에서의 이러한 변화의 선구적인 정점에 춘원 이광수의 『무정』이 놓여 있다.

『무정』의 소설사적인 위상을 본격적인 현대 장편소설의 효시 작품으로 부각하게 만드는 새로움은 크게 세 가지이다.[2]

첫째는 전례를 찾기 어려울 만큼의 방대한 분량을 갖추었음에도 불구하고 비교적 안정적인 구성을 성취했다는 점이다. 소설의 분량이 그 자체로 의미를 가진다고 하기는 어렵지만, 『무정』이 보이는 200자 원고지 1,800여 매의 분량은 특기할 만하다. 『무정』 이전의 신소설이나 역사전기의 대

---

1 여기에 더해, 한국 근대문학계에 일대 지각변동을 일으킨 최초의 동인지, 김동인의 『창조』(1919.2~1921.5, 통권 9호)도 언급해 둘 만하다. 『창조』는 3호까지가 1919년에 나왔지만, 이후 등장하는 『폐허』나 『백조』 등과 더불어 1920년대 초기의 동인지 문학 시대를 연 것으로 간주하여 1920년대 문학으로 분류하여 검토한다.

2 이하 작품의 특성 분석은 박상준, 『형성기 한국 근대소설 텍스트의 시학－우연의 문제를 중심으로』, 3장 1절을 바탕으로 하여 이 책에 맞게 정리한 것이다. 작품의 인용은 『바로잡은 〈무정〉』(김철 교주, 문학동네, 2003)에서 취한다

부분이 비록 단행본으로 출간되었어도 사실상 중장편 분량에 불과했음을 고려하면 『무정』의 방대함이 한층 뚜렷해진다. 이를 당대의 감각에서 실감한 이는 김동인이다. 기회 있을 때마다 이광수의 문학 세계를 계몽주의적, 도구적인 것이라고 비판한 김동인이 『무정』에 대해서 두 군데에 걸쳐 상찬한 유일한 사실이 바로 『무정』의 분량이 매우 대단하다는 점이었다.[3] 한글로 그렇게 길게 쓰였다는 사실이 김동인에게는 눈에 띄는 점이었고 그만큼 중요했던 것이다. 여타 신소설이나 역사전기 들과 비교할 수 없을 정도로 『무정』의 분량이 대단하면서도 그 서사 구성에 별 무리가 없다는 이러한 특성이 『무정』의 소설사적인 의의 한 가지를 이룬다.

『무정』의 새로움 둘째는 등장인물들의 형상화에 있어서 새로운 경지를 개척했다는 점이다. 주인공 이형식은 소설사적 맥락에서 볼 때 존재 자체로서 빛나는 인물형이다. 서술자의 명언대로 '과도기 청년 지식인'의 한 전형이라 할 만한데, 특히 주목되는 것은 복합적인 면모이다. 이형식의 성격은 계몽가적인 이상과 개인주의 차원의 사욕私慾, 도덕주의자로서의 면모와 공상가적인 허영이 독특하게 뒤섞인 데다가 낭만주의적인 열정과 이지적인 사유능력까지 더해지되 사실상 어느 한 가지도 완숙해져 있지는 못한 채로 불분명하게 뒤섞인 상태이다. 이러한 면모가 과도기적인 인물이라는 판단의 근거가 되면서 시대성까지 띠게 된다. 이렇게 한 인물의 개성적 형상화로 근대전환기의 정신사적 양상을 담아낼 수 있었다는 데 『무정』의 주요 특징 한 가지가 있다.

다른 인물들의 형상화 또한 『무정』의 소설사적 위상을 높인다는 점에서 특기할 만하다.

---

3 김동인, 「춘원연구」, 『삼천리』, 1935.1, 150쪽과 1935.2, 214쪽.

이형식과 대비되는 성격의 인물로 신우선을 생생하게 그려내어 효과적으로 배치한 점을 무엇보다 먼저 지적할 수 있다. 신우선은 삼랑진에서의 반성(?)이 다소 엉뚱하다 할 만큼 활발히 사회생활을 하는 호남자로 잘 그려진다. 이 인물 설정의 공은, 그가 주인공 이형식의 행동은 물론이요 주요 인물들 사이의 운명의 전개에서 의미 있는 역할을 할 수 있도록 성격화되어 있다는 사실에 있다.

박영채와 김선형의 형상화도 『무정』의 가치를 높이는 데 기여한다. 박 진사와 김 장로의 대비를 잇는 이 두 여인의 대비적인 형상화는, 작품의 주제를 구현하는 데 있어 매우 효과적이며 강력한 인물 구성 방식이라고 할 수 있다(이러한 구성의 의의는 후술한다). 여기서 강조할 것은, 그러한 대비적인 구성임에도 불구하고 이 두 인물의 형상화가 어떠한 스테레오타입도 추종하지 않고 있다는 사실이다.

박영채는 기생이 되어 무려 7년간 정절을 지키되 선배로서 월화가 있어 나름대로 개연성을 갖추고,[4] 김병욱의 끈기 있고 조리 있는 설득에 의해 생각을 바꾸게 되어 그 과정 또한 무리스럽지 않으며, 형식과의 해후 전후하여 보이는 심리 변화에서 확인되듯이 어떠한 유형에 속하지 않는 개성적인 면모를 잘 갖추고 있다.

김선형 또한 마찬가지이다. 그녀가 빤한 신여성이 아니며 이형식의 사욕의 대상으로서 기능적으로만 설정된 인물 또한 아니라는 점이 제대로 주목될 필요가 있다. 이러한 면모는 이형식이 자신을 사랑하느냐고 물은 데 대해 불쾌해 하고 그가 잘못했다고 판단을 내리거나, 열차 안에서 그가 제 손

---

4 사실 『혈의 누』(1906)의 김옥련과 구완서가 함께 유학하면서도 내외한다는 것이나 『장한몽』(1913, 1915)의 심순애가 김중배와 결혼하고서도 순결을 지킨다는 설정에 비하면, 『무정』의 이러한 처리는 20세기 초의 소설 문법상 그리 튀는 것이 아니기도 하다.

등에 입을 댄 행위에 대해서 기생에게 하던 버릇을 보였다고 분개하는 등에서 잘 드러난다. 이와 같이 김선형은 당대의 최신 여학생이면서 동시에 양반집 딸로서의 자부심, 기독교 신자로서의 윤리의식, 일반적인 규중처녀로서의 도덕성 등이 혼효된 인물이다. 이러한 복합적이고도 사실적인 측면을 주목해서 볼 때 김선형 또한, 이형식에 못지않게, 과도기 조선사회의 전형적인 신청년, 신여성의 면모를 보여 준다고 할 수 있다.

이상의 주요 등장인물 외에 『무정』은 김 장로라든가 목사, 형식의 하숙집 주인 노파, 영채의 기생 어멈, 월화나 계향 등의 기생, 윤순애 등 보조적인 인물들 또한 생동감 있게 형상화하고 있다. 이상 예거한 인물들 중 어느 누구도 서술자에 의해 이러저러한 성격의 소유자라고 규정되는 것이 아니라 그들의 구체적인 행동을 통해 성격 형상화가 이루어져 있는 점은 『무정』 이전의 소설들에 비할 때 특기할 만한 사항이라고 하지 않을 수 없다.

이에 더하여 『무정』은 전체적인 인물군의 구성 또한 훌륭하다는 점에서 돋보인다. 개별 인물들 하나하나의 형상화가 뛰어난 것뿐 아니라 전체적인 주제효과의 구현 면에서 이들 인물들이 이루는 기능상의 조화 또한 현대소설 초창기라는 소설사적인 맥락에서 보면 매우 뛰어나게 구축되었다는 점을 간과할 수 없다. 현실 사회의 구체적인 맥락에 기초한 이들 인물들이 저마다 내세우는바, 한편으로는 부정적인 인물들의 속성으로서 혹은 인물들의 부정적인 측면으로서의 허세[김 장로]나 탐욕[기생 어멈], 유탕적인 기질[신우선]이나 다른 한편으로는 긍정적이거나 순박한 인물들의 폭이 좁은 의협심[이희경, 김종렬]이나 한계를 모르는 순진함[계향] 등은 중심인물들의 그러한 변주와 어울려서 인물들이 이루는 세계의 현실성을 잘 드러내 준다. 이러한 점은 1920년대 후반 사회의 전체적인 양상을 다양한 인물군을 통해 형상화한 염상섭의 『삼대』1931에 비추어보아도 그리 떨어지지 않는 수준이라 할 만하다.

『무정』의 소설사적인 위상을 기념비적인 것으로 만드는 마지막이자 실로 중요한 새로움은 서술자의 면모에서 찾아진다. '냉정한 서술자'가 그것이다. 중심인물들 상호간의 관계가 고조되는 시점에서도 서술자가 차분하고도 냉정하게 객관 묘사를 놓치지 않음은 일찍이 지적된 바 있거니와,[5] 이보다 더 중요하게는, 이형식과 박영채, 김선형, 신우선 등 중심인물들의 행위와 지향에 맹목적으로 동조하지 않는 서술 태도를 들 수 있다. 김 장로와 목사가 서로 주도권을 쥐려 하면서 진행하는 이형식과 김선형의 약혼식을 두고 '장난 모양'의 '위험'한 처사라 규정하는 것이나496쪽, 유학길에 오른 4인이 삼랑진에서 자선 음악회를 거행한 후 여관방에 돌아와 각자 앞으로 공부할 것을 이야기하는 장면 뒤에, 말하는 이 또한 자기가 공부하겠다는 것이 무엇인지 알지 못함을 거리를 두고 비판적으로 지적하는 장면712~3쪽 등이 대표적이다.

냉정한 서술 태도는 단지 기법상의 특징이 아니라 『무정』이 발표되던 시대의 상황을 날카롭게 포착한 결과라는 점에서 주목할 만하다. 약혼식 장면이 대표적이다. 인물들이 약혼과 같이 중요하고 의미 있는 일들은 개화, 근대화의 방식으로 수행해야 한다고 믿고 그렇게 하고자 하지만, 실상 그 실질적인 내용은 모르기 때문에 구체적인 순간에는 어떻게 처신해야 할지 가늠하지 못하거나 자신도 모르는 말을 하게 되는 것을 『무정』은 날카롭게 포착한다. 형식적인 절차로 실정화된 약혼식이 없는 상태에서 약혼 당사자의 의견을 존중하는 예식을 거행해야 하는 상황이나, 사람들을 구제해야 한다는 당위적 요청을 수행하기 위해 그들을 가르쳐야 하고 그러기 위해

5 김우종, 『韓國現代小說史』, 성문각, 1982, 90~1쪽.

배워야 함은 자명하지만 실제로 배워야 할 것이 무엇인지는 알 수 없는 상태에서 생물학이나 수학을 배우겠다고 말하는 순간 등과 같이, 의식의 공허를 피할 수 없는 상황을 묘파하고 있는 것이다. 이 장면들은, 시대의 변화 맥락에서 필연적이고 바로 그러한 까닭에 긍정적이라 해야 할 인물들의 지향이 '서구적인 것'으로 설정되기는 하지만 그렇게 설정된 것이 사실상 아무런 실체도 갖지 못하는 시대적 상황을, 냉정한 안목으로 정확히 통찰한 결과라 할 수 있다.

이렇게, 서구화로서의 근대화에 직면한 사회에서 항용 있을 수밖에 없는 바, 지향성은 있되 그것을 실현할 수 있게 할 실정적인 방식은 부재하여 그 수행자들을 '비주체적인 주체'로 만드는 상황을 여실하게 그려낸 점이야말로 『무정』이 보이는 '냉정한 서술자'의 진면목에 해당한다.[6]

다소 위악적으로 보이기도 하는 서술자의 이러한 태도는 기본적으로 등장인물들에 대한 서술자의 우월적 지위에서 유래한다. 『무정』의 서술자는 이형식을 포함하여 모든 등장인물들보다 상위에 위치하고 있다. 작품 내의 사건들에 대해 인간사에서의 위상과 의미를 부여해 주는 톨스토이와 같이 『무정』의 서술자는 인물들을 내려다보며 해석하고 평가한다. 이형식의 세 차례에 걸친 해방과 각성에 대한 해설28, 65, 115절, 특히 그의 사랑에 대한 해석이 대표적이다618, 657~8쪽 참조. 박영채의 인간관과 세상에 대한 인식을 해설하는 것이나30절, 김선형과 윤순애는 물론이요 이형식을 포함하여 이들 세 사람이 인생의 불세례를 받지 못했다면서 언제 "「사람」이 될는고"라 지적하는 것183~5쪽, 이형식과 박영채의 해후 이후 그 둘의 관계를 의심하며 괴로워하는 김선형이 비로소 인생을 배운다고 논평하는 것116~7절 등이 모

6 박상준, 「비주체적인 주체의 실체 없는 지향성 – 이광수, 『무정』」, 『소설의 숲에서 문학을 생각하다』, 소명출판, 2003, 90~3쪽 참조.

두 서술자의 우월적 지위를 알려 준다.

서술자가 보이는 이러한 냉정함과 우월적인 태도는 『무정』의 계몽주의에 대해 재고할 필요성을 제기한다는 점에서 주목할 만하다. 민족운동가요 계몽주의자로서 춘원이 각종 논설과 수필, 평문 등 다양한 글쓰기 양식을 통해 파괴해야 할 구습과 새롭게 세워야 할 신사상을 역설해 왔음은 주지의 사실인데, 이러한 문필활동의 저자로서 그가 보였던 열정적인 태도는 『무정』에서 찾을 수 없다. 이러한 자리에서 계몽주의 소설이란 무엇인가 하는 질문이 제기된다. 물론 마지막 126절의 말미를 보면 작가-서술자의 육성이 열혈적인 계몽주의자의 그것으로 울려 퍼지고 있음이 분명하긴 하지만, 작품 전체로 볼 때 서술자의 태도가 객관적이고 냉정하며 인물들에 동화되지 않는다는 점은 훨씬 더 분명하고 한층 더 중요한 사실이기 때문이다.

이 지점에서 우리가 확인해 두어야 할 사실은 다음과 같다. 『무정』의 계몽주의가 1900년대의 역사전기, 신소설들과는 달리 주인공-서술자의 일치 상태에서 무언가를 교설적으로 제시하는 것은 아니라는 점이다. 작품의 연재가 끝난 지 오래되지 않은 시점에 춘원 스스로가 소설의 '교훈적인 구투'를 문제라 지적하면서 그 예외 작품 중의 하나로 자신의 『무정』을 들었던 사실[7]을 이러한 맥락에서 이해할 수 있다. 그렇다면 『무정』의 계몽주의란 어떠한 것인가. 이 소설의 서사 구성을 꼼꼼히 분석하면서 그 답을 구해 본다.

『무정』의 서사 구성상 가장 눈에 띄는 특징은 작품의 분량이 상당하지만 작품 속에서 전개되는 실제 시간 즉 사건시는 놀랄 만큼 짧다는 점이다. 『무정』에서 중요한 사건들이 전개되는 것은, 처음의 5일과 유학길에 올라

---

7 이광수, 「懸賞小說考選餘言」, 『청춘』 12, 1918.3, 99쪽.

삼랑진에까지 이르는 1박 2일 여정의 이틀, 합하여 일주일 정도에 불과하다. 전체 스토리 시간은 서술시점인 1917년을 기준으로 15,6년 전에서 4년 후에 이르러 약 20년 가까이 되지만, 불과 일주일 정도밖에 되지 않는 스토리상의 특정 국면에 서술시가 집중적으로 할애되어 방대한 분량의 서사를 펼치고 있다. 이렇게 사건시에 비해 서술시가 확장되어 있다는 특징과 더불어 『무정』은, 그럼에도 불구하고 사건 전개가 대단히 신속하게 이루어진다는 특징을 보인다. 중심인물들의 운명이 결정되는 중요한 많은 사건들이 짧은 시간 내에 숨 가쁘게 진행되는 것이다. 이를 정리해 보면 다음과 같다. 이어질 논의의 편의를 위하여 중심인물들의 각성 및 자각 등을 강조한다.

◎1일차 : 이형식이 길에서 신우선을 만남. 형식과 선형 만남. 같은 날 영채가 형식을 찾아옴. 두 사람의 과거 인연 소개. 월화 이야기. 영채의 자살 결심.

◎2일차 : 형식이 학교에서 배 학감과 충돌, 월향[영채] 이야기를 듣고 돈 궁리. 선형 교습 후 속사람 해방[**1차 각성**]. 황혼 무렵 우연히 만난 학생의 인도로 월향의 집 방문 후 청량리를 가려다 신우선을 만나 함께 청량사를 찾아가 영채가 겁탈당하(게 되려)는 현장에서, 배와 김을 치고 훈계 후 영채 배웅. 우는 영채를 보고 사과하는 노파. 귀가한 형식이 영채의 처녀 여부를 궁리 끝에 부정.

◎3일차 : 영채, 노파에게 마음을 바꿨다며 성묘를 핑계로 평양행. 우선이 형식을 끌고 월향을 찾아가 평양행 소식을 들음. 눈에 석탄가루가 들어가 울던 영채, 병욱을 만나 생각을 바꾸고[**영채 1차 각성**] 황주로 감. 형식, 노파와 밤에 평양행.

◎ 4일차 : 형식과 노파, 경찰서를 들러 기생집으로 감. 형식이 계향과 함께 박 진사 무덤을 본 후 서울행 기차에서 상념[**2차 각성**]. 영채, 살아 있음을 우스워하며 전도前途 걱정.

◎ 5일차 : 형식, 학교 사직 의사. 노파와의 대화 후 반성. 마침 찾아온 신우선에게 돈을 빌려 영채를 찾겠다며 다시 나서려 할 때, 목사가 와서 김 장로의 약혼 의사 전달. 김 장로 집에서 저녁식사 후 약혼식 거행. 즐거워하며 귀가한 형식, 우선에게 사실을 알림.

◎ 그 이후의 며칠[한 달 이내] : 황주의 영채가 병욱과 친해지고 병국에게 마음이 흔들림[**영채 2차 각성**]. 서울의 형식이 꿈같이 기쁘게 지내다가, 기생 소문을 들은 장로 부부의 태도 변화에 괴로워도 하고, 우연히 병국의 소식을 들은 후 선형에게 자신을 사랑하느냐고 질문함.

◎ 유학길 출발일 : 영채와 병욱이 남대문역에 이르자, 우연히도 같은 날 형식과 선형, 우선이 탑승. 세 처녀의 만남 이후, 형식이 영채와의 관계를 선형에게 말함. 괴로워하는 선형. 형식을 무정타 하며 죽고자 하는 영채. 영채와 해후한 형식이 사죄의 말을 건넨 후 돌아 나오며 약혼을 파하겠다고 하자 우선이 나무라듯 만류. 두 여인에 대한 사랑을 의심스러워하며 자신이 어린애임을 자각하고 반성하며 그러므로 배워야 한다 생각하고 잠이 드는 형식[**3차 각성**]. 형식을 미워하다 잠이 드는 선형[**인생을 배움**].

◎ 다음 날 : 삼랑진에 이르러 수해로 정차. 형식과 세 여인이 함께 여관에 듦. 불쌍한 임산부와 그 시모를 구원하며 친숙해지는 영채와 선형. 병욱의 주도로 자선음악회를 성공적으로 개최. 여관방에 돌아온 형식이, 저들을 구제하기 위하여 가르쳐야 하고 그러기 위해 배우러 가는 것임을 역설[**영채와 선형 '산 교훈' 획득**]. 네 사람 모두 한 몸 한마음을 느낄 때, 신우선이 와서 음악회 소식에 감동했다며 자신을 반성하고 새 삶을 약속[**신우선의**

반성]. 선형이 형식과 영채의 말을 믿게 되고, 모두 울.

◎ 4년 후 : 형식과 선형, 병욱, 영채 모두 해외에서 열심히 공부하며 성과를 냄. 나머지 인물들의 동정을 알린 후, 조선 전체가 장족의 진보를 이루었다며 지나간 세상을 조상하는 서술자.

위에서 확인되듯이, 스토리상의 처음 5일 동안은 하루하루가 모두 상상하기 어려울 만큼 많은 일들로 그야말로 숨 가쁘게 채워지고 있다. 물론 이러한 신속함은 사건시 차원에서 확인되는 것이고, 서술시 면에서 보자면 각각의 스토리-선의 전사前史나 곁가지들까지 상세히 서술하는 것을 확인할 수 있다. 요컨대 이형식, 박영채, 그리고 양인이 이루는 세 가닥의 스토리-선들이 삼중三重 서사처럼 병렬적으로 구성된 위에, 이형식과 박영채 각각의 경우 그들이 중심이 되는 주-스토리-선에 기타 인물들이 명멸하는 부-스토리-선들이 연관되어 있으며, 이 모든 스토리-선들이 각각 충분한 서술시를 부여받고 있다. 이렇게 복잡다단한 사건들을 (서술시를 제한 없이 투자하여) 집중적으로 (사건시 차원에서는) 매우 신속하게 전개시키는 것이 『무정』의 서사 구성이 보이는 주된 특징이다. 사건시는 신속한 반면 서술시는 느린 이러한 서사 구성 방식을 이중 시간 구조라 해도 좋을 것이다.

『무정』은 이렇게 인물들의 운명을 좌우할 사건들을 짧은 사건시 내에 압축적으로 구성해 넣는 데 더하여, 인물들의 대화나 회상, 서술자의 설명을 통해 과거까지도 현재에 포함시킨다. 이렇게 포괄되는 과거는 단순히 개개 인물의 내력을 알려주는 데 그치지 않고 시대적 배경 및 역사적 의미의 제시 기능까지 수행하며, 인물관계의 향후 전개에까지 의미망을 드리운다. 그 구체적인 양상은, 5일차에 이르기까지 이형식과 박영채의 과거사가 소개되는 한편 서술시점 이전의 15, 6년간의 사건이 단편적으로 때로는 반복되면서 제시되는 것이다. 이를 시간 순서대로 정리하면 다음과 같다.

> **1871년 신미년에 박 진사의 일족이 멸했으며**[56쪽], **15,6년 전에 박 진사가 상해에서 신서적을 구입하여**[391쪽] **신문명 운동을 시작했다**[56~7쪽]. 이형식은 부모상 직후 11세 때 처음으로 평양을 갔다가[347쪽] 13세 **때에는 박 진사 집에 유숙하게 되어** 당시 8세의 영채를 만나게 된다[65쪽]. 형식과 영채는 박 진사의 뜻을 짐작하여 서로 부부가 되려니 하였지만[74~6쪽], 8년 전 가을 **홍 모의 사건으로**[59~60쪽] **박 진사가 수감**되면서 형식[17세]과 영채[12세]는 이별하게 되었다[314쪽]. 그 후 형식이 감옥으로 두어 번 편지를 했으나[61쪽] 연락이 끊기고, 영채는 외가에 갔다가[77쪽] 뛰쳐나와 부친을 면회한 뒤[101쪽] 김운용에 이끌려 기생이 되고 말았다[113쪽]. 기생이 된 지 2, 3개월 후에 부친을 찾았더니 **이 소식을 안 박 진사가 절식 자살을 하였다**[113~4쪽]. 한편 형식은 17~21세 중에 동경유학을 한 후 4년 전인 1913년 21세에 경성학교 교사가 되었으며[409쪽] 작년 여름에는 안주 박 진사의 집을 찾아가 보기도 했다[61쪽]. 영채는 평양에서 기생노릇을 할 때 **패성학교장 함상모**를 경애하던 월화의 감화를 받았으며[204~27쪽], 형식을 찾으러 두어 달 전에 서울로 왔다[158, 203쪽]. 그 영채[계월향]를 신우선이 마음에 두었으며[242쪽] 영채는 우선을 통해 형식의 소식을 탐문했다가[245~7쪽] 마침내 오늘 하숙으로 찾아온 것이다[54쪽].

『무정』의 서술시점 이전의 서사는 위와 같다. 각 사건들이 제시되는 면수의 혼란스러운 양상을 통해 알 수 있듯, 이상의 스토리는 나름의 스토리-선을 부여받지 못한 채 파편적으로 분산되어 있다. 이러한 점은 일차적으로 『무정』이 '박영채 전'이나 '이형식 전'과 같은 고소설적인 구성을 취하지 않고 있음을 보여 준다. 또한 이는 『무정』의 서술 초점이 과거에 있지 않음을 의미하는 것이기도 하다. 서술시점 이전 15, 6년간의 사건이 이와 같이 분산되어 제시되는 것이야말로 앞서 지적한바 일주일 정도의 짧은 시간에 현재의 중요 사건을 집약적으로 구축하고자 하는 서술전략의 결과라 할 것이다. 그에 따라, 박 진사의 행적을 포함한 영채의 과거는 그녀의 현재 상황의 비극성을 강화하는 방식으로 기능하고, 형식과 영채의 어릴 적 관계는 그들의 해후가 갖는 극적 성격을 부각하는 효과를 수행한다.

여기서 『무정』의 이러한 특징이 갖는 또 다른 의미를 위 인용문의 강조 부분에 주목하여 생각해 볼 필요가 있다. 강조 부분의 박 진사가 보인 행적은 애국계몽운동기 개신유학자들의 삶을 환기하며, 맨끝의 '패성학교장 함상모'는 춘원의 행적이나 『무정』의 여러 판본들에서 '패성학교'를 '대성학교'로 표기한 사실을 통해 추론되듯이 도산 안창호를 가리킨다. 박 진사는 국가의 독립을 위해 후학을 기르다 모든 것을 잃었고, 함상모는 자신을 돌보지 않고 학생을 기르고 인민을 각성시키고자 노력한다.

애국계몽운동에 헌신한 이들의 삶이 나름의 스토리-선을 형성할 만큼 사건의 줄기로 그려지지 않고 이렇게 과거사로 설정되어 띄엄띄엄 언급될 뿐이라는 사실을 통해서, 1916년에 쓰인 신채호의 「꿈하늘」이나 1900년대의 애국계몽 문학과 비교할 때 『무정』의 역사의식이 크게 후퇴했음을 알 수 있다. 물론 1910년대의 통속적인 신소설이나 번안소설 들에 비할 때 이렇게라도 역사적인 의미를 부여했다는 의미가 적지 않고, 무엇보다도 식민지 무단통치기에 발표되었다는 점 또한 고려해야 마땅하지만, 역사전기물들이 왕성하게 나오던 때로부터 불과 십 년 후의 시점에 이러한 후퇴가 벌어졌음은 여러 모로 안타까운 일이다.

지금까지 살핀 대로 사건 전개가 신속하다는 점에 더해 『무정』은 서사 구성상 다음 두 가지 특징을 더 가진다. 하나는 서사의 전개가 주요 인물들의 각성이나 해방, 교훈 체득 등으로 이루어진다는 사실이고, 다른 하나는 중심인물들의 운명이 결정되는 사건이 작품 초반부에 집중적으로 벌어진다는 점이다.

사건의 전개가 중심 인물의 각성, 그들의 변화 발전으로 이루어진다는 점은 앞에서 언급한 바 비교설적인 특징과 더불어 『무정』식 계몽주의의 특징을 강화한다. 작가-서술자의 메가폰 역할을 할 완전한 인물이나 문제적 개인이 존재하는 대신 이 소설의 중심인물들은 모두 정신적으로 아직 부족한 상태에 처해 있어서, 청자-독자를 상대로 교설을 늘어놓을 여지 자체가 없다. 7일간 벌어지는 『무정』의 현재적 사건에서 첫째 날을 빼면 인물들의 각성이 계속 확인된다. 첫째 날에 인물들이 등장하고 중심인물들 사이의 관계가 형성되고 있으므로 이 시점에 특이한 각성이 있을 리 없다는 점을 고려하면, 작품 전편에 걸쳐서 인물들의 변화 발전이 지속적으로 제시된다고 할 수 있다. 앞의 서사정리에 따로 표시해 두었듯이 실제로 그러하다.

주인공 이형식은 경성학교 교사이고 약혼자가 되는 김선형의 가정교사이며, 삼랑진에서의 회동에서 보이듯 세 처녀들은 물론이요 신우선에게까지 훈계 비슷한 말을 할 수 있는 인물이지만, 작가의 계몽주의적 이상을 대변할 만한 완성된 인물은 아니다. 선형과 영채 사이에서 내내 흔들리며 무언가 결정을 하고 행동에 옮겨야 할 때마다 신우선의 조언이나 도움, 핀잔을 받는 데서 보이듯 여러 모로 어설퍼서, 어떠한 의미에서도 완성된 계몽주의자라고 할 수는 없다. 이러한 사실은 그가 계속해서 각성 과정을 보이는 데서도 확인된다.

이형식의 각성은 세 차례 주어진다. 첫 번째는 둘째 날 김선형, 윤순애에게 두 번째로 영어를 가르치고 나서 '속사람'이 해방되는 것이고, 두 번째 각성은 영채를 찾으러 평양으로 갔다가 서울로 돌아오는 기차 안에서의 상념을 통해서 이루어지며, 끝으로 세 번째 각성은 부산행 기차 안에서 영채를 만나고 제자리로 돌아온 뒤의 혼란스러운 상태에서의 반성을 거치며 성취된다. 이형식이 보이는 이러한 해방과 각성, 반성은 『무정』의 주제효과나 계몽주의와 관련된 특성에 직접 닿아 있는 것이어서 조금 주의 깊게 살펴볼 필요가 있다. 먼저 이들 세 차례의 각성을 간략히 정리해 둔다.

첫 번째 각성[**속사람 해방**](2일차, 26~8절) : '지금껏 감고 오던 눈 하나를 새로 떠서' 김 장로 집의 예수 그림과 영어 교수教授 중의 선형과 순애, 그리고 귀가길 교동 거리의 모든 것에서, '새로운 뜻' 달리 말하자면 '우주와 인생의 알 수 없는 무슨 힘의 표현'을 보게 됨188쪽.

두 번째 각성[**자기 존재의 유일무이함, 개성적 특성 자각**](4일차, 65~6절) : 자기 자신이 지금까지는 목숨 없는 흙덩이였으며, 자기 감성 자기 의지에 따라 움직이고 만물을 느껴 보지는 못했다는 생각에397~8쪽, 지금까지 자신이 '자신을 죽이고 자신을 버리는' 잘못을 범했다 반성하고399쪽, 자기(존재)의 유일무이함, 개성적 특성을 자각함. "자기는 다른 아무러한 사람과도 꼭 같지 아니한 지와 의지와 위치와 사명과 색채가 있음을" 깨닫고 '더할 수 없는 기쁨'을 느낌399쪽.

세 번째 각성[**자신이 어린아이 상태였음을 반성**](출발일, 114~5절) : 진정한 사랑이란 한 사람을 향하는 것이어야 하리라는 생각에 김선형과 박영채를 두고 고민해 온 자신의 사랑을 의심스러워 하며 반성적으로 성찰하기 시작654~6쪽. 자신이 한갓 어린애였다는 사실을 철저히 자각, 인정하고, 그러므로 배우러 간다는 생각에 이르러 슬픔을 잊고 잠을 청하게 됨659~61쪽.

이상과 같은 세 차례의 각성은 각각 속사람의 해방, 존재의 개성적 본성 자각, 미성숙함의 자각 등으로 그 내포를 달리하여 규정될 수 있다. 그러나 이러한 규정에 주목할 때 야기될 수 있는 문제 곧 그러한 규정의 핵심 개념을 관련된 최신의 서구 이론들을 끌어와 확대해석하여 논의의 지평을 한껏 확장함으로써 사실상 『무정』의 스토리나 작품 내 세계에 존재하는 서술자의 논평에서 기대할 수 없음은 물론이요 당시 26세의 작가 춘원이 1910년대 식민지 상황에서 상상할 수도 포지할 수도 없는 의미 영역에로 나아가는 평론적인 일탈을 막기 위해서는, 이들 각성의 차이가 아니라 그보다 더 중요한 공통점에 주목해야 한다. 이 공통점은 서사의 맥락에서 주어지는데, 이형식의 각성들 모두가 사랑의 문제에 관련되어 있다는 사실이 그것이다.

이형식의 첫 번째 각성은 선형과 순애의 영어 교수를 전후해서 이루어지는데, 각성이 각성으로서 의식되는 것 곧 서술자의 설명대로188~9쪽 그의 속 사람이 해방되는 것은 교수가 끝나고 김 장로의 집을 나오면서이다. 이 시점에서 그는 "들어갈 때와는 무엇이 좀 달라졌음을"186쪽 깨닫는다. 천지에 뭐라 이름 붙일 수 없는 '알 수 없는 아름다움과 기쁨'이 숨은 듯하다고 생각하며 가슴속에 '희미한 새 희망과 새 기쁨'이 일어남을 깨닫는데, 이것은 "아까 선형과 순애를 대하였을 때에 그네의 살내와 옷고름과 말소리를 듣고 생기던 기쁨과 근사"한 것이다이상 187쪽. 이성을 가까이해 본 적이 없는 이형식에게 이러한 깨달음은 그가 지금껏 보지 못하던 '인생의 일 방면'으로서 친밀성의 새 영역에 해당하는 로맨스에 닿아 있다고 할 수 있을 것이다.

두 번째 각성 또한 그가 계향과 더불어 평양의 이곳저곳을 돌아다니고 귀성하는 길에 이루어졌음을 고려할 필요가 있다. 평양행의 원래 목적은 영채를 찾는 것이었지만 이형식이 보이는 행태가 그와 무관함은 확연하게 드러난다. 이형식은 살풍경한 박 진사의 무덤에 있는 것보다 계향의 손을 잡고 재미있는 이야기를 하면서 걷는 것이 좋아서, 북망산에 가자는 그녀의 말을 무시한 채 평소답지 않게 대담하게 그녀의 손을 잡고 기생집으로 돌아온다. 귀경길에 오르는 심정은 어떠한가. "다만 계향을 떠나는 것이 서운할 뿐"이고 '꿈이 깬 듯하다'며 여러 번 웃은 뒤394쪽, '신경이 흥분된 채로 무한한 기쁨'을 느끼고 있다395쪽. 그러면서 지금까지의 자신을 '목숨 없는 흙덩이'397쪽로 간주하는 데 이르는 것이다. 이상의 정리에서 드러나듯이, 자기 존재의 개성적 특성에 대한 이형식의 이러한 자각이 계향과의 경험, 일반화하자면 이성과의 접촉에 따른 감흥과 무연할 수는 없다고 하겠다.

이형식의 세 번째 각성은 전면적인 것이고 그동안 사회의 지도자요 계몽가, 교사로서 자신이 살아온 행적이며 자의식까지도 깊이 반성하는 철저함을 보이는 것인데, 이상을 확인하는 데 그친 채로 그 계기이자 동시에 핵심이 무엇인지를 간과해서는 안 된다. 스토리 맥락을 보면, 죽었다고 생각했던 박영채를 만나 사죄하고 어떤 상황에서든 자신을 위해 처신해 온 영채에 대한 자신의 무정함을 깊이 깨닫고 후회한 직후 시점의 상념이라는 사실에 주목해야 한다. 앞의 두 차례 각성과 마찬가지로 이성의 문제에 연관되어 있는 것이다. 여기에 그치지 않고 이번에는 사랑 자체가 깊이 있게 성찰됨으로써, 그의 각성과 사랑의 문제의 관련성이 한층 강화된다. 그 내용은 다음과 같다.

먼저 이형식은 선형과 영채 양인에게 끌리는 자신의 사랑이 '전인격적 사랑'일 수 있을까 하는 의심을 한다656쪽. 의심에 이어지는 상념은 "사랑에 대한 태도로 족히 인생에 대한 태도를 결정할 수 있다"658쪽라는 맥락에서, 자신의 사랑이 유치한 것이었음을 깨닫는 데로 이어진다. 그의 상념은 여기에 그치지 않는다. 자신의 사랑에 대한 반성에 이어서 '일생 경력을 다 들여서 해오던 사업' 또한 헛된 것이었고 지금껏 생각하고 주장해 오던 바 또한 모두 '어린애의 어린 수작'이었음을 깨닫고 "나는 과연 자각한 사람인가"라는 근본적인 질문에까지 이르는 것이다658~9쪽.

이와 같이, 이형식의 세 차례에 걸친 각성은 모두 이성과의 관계에 의해 촉발되고 그것에 대한 자각과 상념 혹은 그 연장으로 이루어진다. 이성과의 대면에서 사랑을 느끼고 그에 관여되면서 그의 속사람이 해방되고[첫 번째 각성], 이성과의 접촉에 이은 우주와의 교감 속에서 자기 존재의 개성적 본성을 자각하게 되며[두 번째 각성], 자신의 사랑을 반성한 위에서 지금까지의 자신이 미성숙한 상태로 공허한 관념 속에서 허우적거리고 있었을 뿐임을 통절히 자각하는 것이다[세 번째 각성].

이형식의 이러한 세 차례 각성이 『무정』에서 갖는 의미는 다음 세 가지로 정리된다.

첫째는 그의 각성이 작품의 주제효과에 미치는 영향이 대단하며 이것만으로도 『무정』의 소설사적 위상이 높아진다는 점이다. 주지하는 대로 사랑과 개성이란 초창기 한국 현대소설이 집중적으로 조명하던 근대성의 주요 특성이다. 이를 『무정』은 '주어진 것'으로서 실정화하지 않고 이형식의 각성 과정을 통해 '탐구되는 것'으로 형상화하고 있으며, 그 깊이에 있어서 1920년대 초기의 낭만주의적 연애 서사들이 보인 애정과 사랑에 대한 인식 수준을 능가하고 있다. 따라서 이러한 각성의 형상화야말로 내용 및 주제효과 면에서 『무정』의 근대성을 강화해 줌과 동시에 이 작품의 우월한 위상을 확보해 준다고 할 수 있다. 한편 이형식이 2차 각성에서 느끼는 세계와의 조화는 1920년대 초기 소설들의 환멸과 상반되는 것으로서, 『무정』이 소설사에서 차지하는 이상주의적, 계몽주의적인 위상을 뚜렷이 해 준다.

둘째 의미는 그의 각성이 다루어지는 방식에서 찾아진다. 이형식이 보이는 세 차례의 각성을 보면 그 내용이나 결과만 강조되는 것이 아니라 그 과정이 세세히 묘사되고 있음이 확인된다. 이에 더하여 각성의 내용을 인물의 생각이나 서술자의 해설을 통해서 직접적으로 그리고 명확하게 제시하는 것이 아님을 함께 고려하면, 각성의 과정 자체도 의미의 구현에 기여하고 있음을 알 수 있다. 요컨대, 세 차례 각성이 모두 사랑의 문제와 관련되어 있음을 지적하였거니와, 바로 이러한 사건 상황이 갖는 의미가 각성의 내용에 부가된다는 것이다. 사랑에 대한 인식과 통찰의 면에 한정해서 보자면, 사랑이라는 것이 실정화되어 관념적으로 주어지는 방식으로 이해될 수 있는 것이 아니라 굴곡진 경험을 통한 체득 과정을 통해서야 그 정체를 깨달을 수 있는 것이라는 점을, 반복되는 각성의 서사가 드러내 준다고 할 수 있다.

셋째는 이형식의 각성이 전후 서사의 전개에 있어서 개연성, 인과성을 확보해 주는 역할을 수행한다는 점이다. 이형식의 각성은 비단 이형식 중심의 스토리-선의 변화가 아니라 작품 전체의 스토리 전개에 있어 중요한 역할을 함으로써 『무정』의 서사가 현실성을 띨 수 있게 기능한다. 2차 각성이란 사실 영채를 죽은 것으로 치부하여 과거와 결별함으로써 김선형과 박영채 사이에서 갈피를 잡을 수 없었던 자신의 상태를 정리하는 것으로서, 학교를 사직하고 약혼을 받아들이는 이후 서사의 급속한 전개를 가능케 해 준다. 3차 각성이 삼랑진에서의 일장연설(!)을 가능케 하는 주요한 계기로 작동하고 있음은 물론이다.

이상 살펴본 바와 같이 서술자-작가의 언설디에게시스(diegesis)이 아니라 인물과 거리를 둔 탐색의 방식으로 묘사미메시스(mimesis)되고 있는 이형식의 각성의 서사는, 내용 면에서 『무정』의 현대소설적 주제효과를 마련해 주며 형식 면에서는 서사의 객관성을 강화함으로써, 결론적으로 이 작품을 일의적인 교설 투의 어설픈 계몽주의와 유를 달리하게 해 주고 있다.

다른 중심인물들의 각성 또한 동일한 방식으로 비슷한 기능을 수행한다. 자살 시도를 접게 되는 박영채의 1차 각성이 박영채 스토리-선의 발전적인 전개를 가능케 하는 장치임은 자명한 것이며, 김병국을 계기로 하여 외로움을 느끼고 이성을 그리워하는 2차 각성은 기생이 아닌 자유인으로서의 자기 자신의 감정을 인정하는 것이어서 일본 유학이라는 이후 서사의 자연스러움을 증대시켜 준다. 이에 더하여, 이형식의 말을 통해 '산 교훈'을 얻는 3차 각성은 유학의 의미를 밝혀 사명감을 강화해 주는 기능을 한다. 내용 면에서 보더라도, 김병욱에 의해 가능해지는 영채의 1차 각성이 사랑의 문제를 중심으로 하여 개진되는 구도덕에 대한 통렬한 비판과 근대적인 개인 주체 사상의 빼어난 형상화라는 점을 고려하면, 박영채의 각성 또한 『무정』의 주제효과 구현에 기여한다는 사실도 따로 설명이 필요하지 않을 만큼 명확하다.

김선형의 경우도 마찬가지이다. 형식과 영채의 관계를 알게 된 뒤 그들의 해후 과정 동안 혼자서 괴로워하며 형식을 미워하는 선형의 심리는, 누군가를 처음으로 미워해 보고 인생의 쓴맛을 느꼈다는 점에서만 각성 효과를 갖는 것이 아니다. 이 자체로도 그녀의 인격의 발전에서 의미를 갖지만, 그 과정에서 그녀가 자신의 존재가 무시당하지 않게 노력한다는 점 또한 주체 형성의 과정으로 해석할 만하다. 영채와 더불어 형식을 말을 들으면서 '산 교훈'을 얻는 2차 각성 또한 그녀의 주체성을 강화해 주는 것임은 물론이다.

이상 검토한 대로 이형식과 박영채, 김선형 각각의 각성이란, 자기 자신의 감정, 존재를 인정하는 데 그 핵심이 있다.[8] 또한 이형식과 박영채의 경

8 위의 3인이 보이는 8회의 각성 중, 삼랑진에서 이형식의 연설을 들으며 영채와 선형이 '산 교훈'을 얻는 것만이 예외적이다. 이 경우는 계몽주의적인 주제효과의 직접적인 토로의 장에서 그 내용을 한껏 강화하기 위하여 작가가 등장인물들을 감동시킨 것이다. 작품의 주제효과들 중 계몽주의적인 요소를 강화하려고 인위적으로 구사된 것일 뿐이다. 그런 만큼 인

우는, 각자가 중심이 되는 스토리-선들이 『무정』 전체를 병렬적으로 구성하고 있음으로 해서, 전체 서사의 발전적 전개에서 중요한 역할을 한다. 이렇게 중심인물들의 각성이 각각의 스토리-선에서 그리고 종합적으로는 작품 전체 서사에서 의미 있는 진전의 결절점 역할을 수행함으로써, 『무정』은 중심인물들의 각성을 통한 성장을 형상화함으로써 계몽의 효과를 수행하는 특유의 방식, 이전의 소설들에서는 확인할 수 없었던 유형의 계몽주의를 선보인다.[9]

『무정』의 서사 구성에서 확인되는 또 다른 특징은, 중심인물들의 운명이 결정되는 사건이 초반부에 집중적으로 벌어진다는 점이다. 서사 전개상 위기나 절정 국면에서 인물들의 운명이 결정되는 것이 소설문학의 대체적인 경우라 할 때 『무정』은 작품의 초반부에 이형식과 박영채, 김선형의 운명이 결정되는 독특한 양상을 보인다. 이는 인물들 간의 관계에 의해서가 아니라, 앞서 살펴보았듯이, 개개 인물들의 각성을 통해서 주제효과가 구현되는 특징과 긴밀하게 맞물려 있다. 인물들의 관계가 조기에 결정됨으로써 개별 스토리-선들의 변전을 통해 중심인물들의 각성을 보이는 방식으로 주제효과들이 발해지는 것이다.

먼저, 인물들의 운명적 관계가 조기에 결정된다는 점을 스토리 시간에 따라 서술시 중심으로 살펴본다.

물 각각의 행적과 그들 사이의 운명적 관계의 진전을 통해 구현되는 주제효과에 비하자면 부차적이라 할 수 있다. 이러한 판단은 세 처녀의 감동 이후 신우선이 자신의 지난 행적을 반성하고 새 삶을 약속하는 각성(?)을 보이는 데서도 근거를 얻는다. 호활한 성격의 한량 기질은 고려하지 않더라도 신문기자로서 당대 최고의 지식인인 그가 자선음악회 소식에 감동하여 친구인 이형식은 물론이요 세 처녀를 앞에 두고서 자신의 삶을 반성한다는 것은 아무래도 자연스럽지 않은데, 이 또한 계몽주의적인 주제를 강조하려는 작가의 의도에 따른 것임은 자명하다 하겠다.

9 따지고 보면, 이러한 방식은 괴테의 『빌헬름 마이스터의 수업시대』(1796)나 플로베르의 『감정교육』(1869) 등에서 선취된 계몽의 주된 한 가지 갈래에 해당한다고 할 수 있다.

『무정』의 첫날 곧 1일 차는 1~17절과 30~35절, 총 23개 절로 이루어져 전체 서술시의 18% 정도를 차지한다. 처음 세 개 절의 이형식의 스토리에 이어, 형식과 영채의 스토리-선이 4~15절 12개 절에 걸쳐 전개되고, 다시 16~17 두 개 절에 걸쳐 형식의 스토리가 이어진다. 영채의 후속 스토리가 30~5절 여섯 개 절에 걸쳐 뒤에 나옴으로써 플롯상 시간의 역전을 가져오며 서술시점 기준 첫 날의 사건이 모두 드러난다. 이렇게 이형식과 박영채, 그리고 양자의 스토리-선이 각각 5개, 6개, 그리고 12개로 구성되면서 『무정』의 첫날은 박영채의 인생 굴곡을 보여주면서 이형식, 박영채의 운명적 관계를 설정하고 그럼으로써 김선형이 개재되는 삼각관계를 형성한다.

이렇게 설정된 중심인물들의 관계가 실질적으로 결정 나는 것이 바로 다음날인 2일차에서이다. 이른바 '박영채 겁탈 사건'이 벌어짐으로써 이형식과 박영채의 관계가 사실상 맺어질 수 없는 것으로 파탄이 나는 것이다. 이러한 파탄이 결정적인 것이 되는 데는, 1일차와 유사한 서술 비중을 갖는 이 날의 스토리-선들이 철저히 이형식을 중심으로 되어 있는 점이 의미 있게 작용한다. 이형식의 입장에서 박영채의 문제가 고민되고 그가 나서서 박영채 겁탈 사건 관련 서사가 전개되는 것인데, 이럼으로써 박영채로서는 이형식 앞에 다시 설 수 없게 되고 형식으로서도 영채의 순결을 부정할 수밖에 없게 되는 상황이 전개되어, 7년 만에 해후한 두 사람이 단 하루 만에 결별하게 되는 것이다.

이렇게 이형식과 박영채의 운명이 스토리 시간상으로는 물론이요 서술시상으로도 일찍이 결정되는 것은 다분히 의도적인 것이라 할 수 있다. 이 날 보이는 이형식의 주도적인 면모 모두가 사실은 교사들의 대화에서 듣게 된 월향이라는 기생이 영채이리라는 자기만의 '추정'161~5쪽 위에서 전개됨으로써 서사의 현실성 자체가 심히 취약한 까닭이다. 여기에 더하여, 겁탈 사건 이전에 이형식의 속사람 해방이라는 1차 각성이 제시되고 있음도 주의할 만하다. 이러한 각성이 작품의 주제효과를 드러내는 데 중추적으로 기여하고 있음을 상기하면, 이형식의 각성이 겁탈 사건 이전에 시작되는 설정은, 『무정』의 전체적인 주제효과를 드러내는 데 있어서 겁탈 사건이 의도적으로 구사되었다고 혹은 필연적으로 요청되었다고 추론할 수 있게 한다.

이상을 통해서, 이형식과 박영채의 관계 자체는 내용 면에서 작품의 중심이 아니며, 이 둘의 관계가 결연 가능성이 상실된 채로 고정된 이상 이형식과 김선형의 관계도 변화의 여지가 없어지는 탓에 모든 중심인물들 상호간의 운명적 변전 따위는 있을 수 없게 되었음을 알 수 있다. 전체 서사의 36% 정도에 해당되는 1~2일 차에 이미, 인물관계의 변화 가능성은 차단된 채로 작품의 양상이 고정되는 것이다.[10]

이러한 상태에서 『무정』의 서사를 추동하는 힘은 앞서 검토했듯이 중심인물들 각각의 각성이다. 이미 1차 각성을 보인 이형식은 물론이요 박영채와 김선형 또한 여러 차례의 각성을 차례차례 보여주면서 삼랑진의 모임에 이르기까지 주요 스토리-선들이 분산되어 전개된다. 3일 차에는 김병욱의 조언에 의해 이루어지는 영채의 각성, 봉건사상 탈피가, 4일 차에는 형식의 2차 각성이 이루어지고, 5일 차에는 이형식과 김선형의 약혼이 이루어진다. 뒤에 이어지는 유학길 출발일 전까지의 서사와 마찬가지로 3일 차 이후의 서사는 중심인물들의 상호관계상의 엇갈림이 없는 채 일사천리로 이루어지며, 인물들 각각에게서 점증적으로 반복되는 각성에 따라 계몽 의지를

10 따라서 『무정』을 두고 삼각관계를 보이는 연애소설이라 하거나 전반부의 영채 관련 스토리를 두고 '박영채전'에 해당한다고 보는 것은 모두 작품의 전체를 제대로 보지 못한 단견이라 하겠다.

표출하는 기능을 행사한다. 삼랑진에서의 회합은 이런 맥락에서 계몽 의지 표출의 정점에 해당하며, 이 회합이 인물관계에서 갖는 의미란 둘째 날에 결정된 관계를 확증하는 것에 다름 아니다.

요컨대 『무정』은 인물들의 관계를 상대적으로 빨리 확정해 둔 위에서 중심인물들의 의미 있는 각성들을 반복적, 점층적으로 제시하는 서사 구성을 통해, 자기 존재의 개성적 본성과 내면의 감정에 대한 인정이라는 중심 주제효과를 드러낸다고 정리할 수 있다. 이에 비하면 삼랑진에서 형상화되고 작품 말미에서 토로되는 민중 계몽이라는 주제효과는 부차적인 것이다.

지금까지 작품 자체에 대한 검토를 통해서 『무정』의 주제효과를 정리해 보았다. 여기에 더하여, 당대의 시대 상황과 관련해서 이 소설이 갖는 의미를 생각해 볼 필요가 있다.

『무정』은 이형식과 박영채, 김선형 세 인물의 관계가 한 남자에 두 여자라는 흔한 삼각관계식 연애 서사로 전개되지 않는 데서 문학사를 넘는 정신사적인 의의를 갖는다. 이들 3인의 스토리-선이 전형적인 삼각관계 연애로 진행되었다면 『무정』은 당대의 통속적인 번안소설 수준을 넘어설 수 없었을 터인데, 앞에서 살펴본 대로 『무정』은 삼각관계로 발전할 여지를 일찍 차단하고 인물들 각각의 자각으로 소설을 이끌고 있다.

여기까지 오면, 연애 이야기로 전개하지 않을 것이면서 주요 등장인물들의 관계를 삼각관계처럼 보이게 취한 까닭을 묻지 않을 수 없게 된다. 이 문제에 답하기 위해서는, 이형식의 성격화를 다시 생각해 보고 김선형과 박영채라는 인물의 설정이 갖는 의미를 좀 더 넓게 궁리해 볼 필요가 있다.

앞에서 살폈듯이 『무정』의 주인공 이형식은 햄릿형 인간이라 할 수 있을 만큼 우유부단하다. 김선형과 박영채 사이에서 왔다 갔다 하는 면모를 보이는 까닭이다. 하지만 여기서 주의할 것은 두 여인 사이에서 형식이 갈피를 잡지 못하는 것이 단순히 연애와 결혼의 대상으로 선형과 영채 중 누구를 고를 것인가 하는 대상 선택 차원의 문제 때문은 아니라는 사실이다. 이형식이 쉽게 결정을 내리지 못하게 하는 것은 그들 각각과 결연을 맺는 것이 갖는 의미를 그가 십분 의식하고 있기 때문이다.

이형식과 김선형의 관계를 먼저 보자. 이형식이 그녀를 결혼 대상으로 삼는 것은 신식 자유연애를 맛보고 행복한 결혼 생활이 약속되는 미래를 취하는 사적인 맥락에 그치지 않는다. 이형식을 사윗감으로 점찍은 김 장로의 명망과 재력 및 딸 부부에게 미국 유학을 시켜주겠다는 그의 포부를 생각하면, 이형식이 김선형과 결연을 맺는 일은 자신이 교사로서 꿈꾸고 나름대로 실천해 왔던 계몽을 민족이라는 보다 큰 차원에서 펼칠 수 있는 매우 중요한 기회에 해당한다. 이야말로 경성학교 교사로서 이형식이 실천해 온 계몽가로서의 근검한 삶이 시대의 신 기운을 입는 것이어서, 합리적인 맥락으로 생각하면 이 결혼을 마다할 이유가 전혀 없게 된다.

그럼에도 불구하고 이형식의 계몽가로서의 꿈은 장애를 맞이한다. 작품의 주제에 직결되는 이형식의 계몽 의지를 순조롭게 펼칠 수 없게 하는 것은 무엇인가. 박영채의 등장이다. 박영채가 등장했다고 해서 삼각관계의 연애가 문제되는 것이 아님은 이미 살펴보았는데, 그럼에도 불구하고 그녀의 등장이 이형식이 꿈꾸어 온 민족 계몽가로서의 미래 계획을 막고 있으니 이제는, 영채란 누구인가를 물어야 한다. 물론 박영채는 평양에서 이름을 날리다 근래 경성에 진출한 기생이지만 이러한 신분상의 특징은 이 맥락에서 중요하지 않다. 이형식과 박영채의 관계가 기생집 유흥에 닿아 있는 것은 전혀 아니기 때문이다. 해서 이형식에게 박영채란 누구인가를 물어야 한다. 박영채란 고아인 이형식이 어릴 때 그를 거두어 주고 교육시켜 준 박 진사의 딸이자, 그 둘도 주변 사람들도 모두 나중에 둘이 부부가 되려니 했던 잠재적 배필이다. 이형식에게 박영채란 아비와도 같은 은사의 딸이자 그에 그치지 않고 지어미며 누이동생에 해당하는 것이다. 요컨대 형식에게 영채는 혈육과도 같고 아내와도 같은 존재로서, 그녀를 돌보지 않는 것은 인륜을 어기는 것이 되는 형국이다.

이렇게 김선형과 박영채가 이형식에게 갖는 의미를 고려하면, 이형식이 두 사람 사이에서 우유부단한 태도를 취하는 것이 십분 이해된다. 김선형과 결혼해서 미국 유학을 가고 민족 계몽가로서의 자질을 기를 것인가 아니면 경성학교 교사라는 사회적 지위마저 포기하고 박영채를 거두어 인간으로서의 도리를 다할 것인가 하는 이형식의 고민은 현실적, 합리적인 이상과 인간으로서 마땅히 지켜야 할 인륜이 양자택일을 요구하는 상황에 해당한다. 이러한 양자택일이 요구되는 상황 자체가 식민지 근대화의 곤경을 말해주는 것이기도 한데, 그런 만큼 이와 같은 상황에서 우유부단한 태도를 취하지 않는다면 오히려 그것이 문제라 할 것이다.

여기서 한걸음 더 나아가면 『무정』의 역사적인 의의가 보이게 된다. 『무정』의 주인공을 고민케 하는 것은 무엇인가. '서구적 합리성을 따르는 계몽의 길'과 '인륜의 가치를 존중하는 지켜 마땅한 전통의 길' 이 두 가지의 충돌이다. 사회의 합리와와 바람직한 전통의 계승이 병립하기 어려운 상황은, 일제의 식민 통치하에서 서구적 근대화를 굴절된 방식으로 밟아 나아갔던 1910년대 한국 사회의 중차대한 문제라 할 수 있다. 이렇게 1910년대 조선의 시대적인 상황의 핵심에 닿아 있는 문제를 포착한 것이 바로 『무정』의 정신사적인 의의를 이룬다. 『무정』이 기존의 신소설 및 번안소설 들과 결정적으로 갈라지는 것은 바로 이러한 문제를 포착한 데 따르는 역사적 의의 덕분이다.[11]

『무정』이 보이는 문화 변동의 반영 측면 또한 강조해 둘 만하다. 이 면에서 『무정』이 갖는 고유의 몫은, 앞에서 살폈듯이, 개화의 편에 선 인물들의 상황을 냉정하게 간파했다는 점에 있다. 행위의 지향은 서구적인 것이되 행위의 지침은 부재한 상황이어서, 문명개화 계몽의 실천이란 것이 그 내용상 막연할 수밖에 없다는 점을 극명히 보여 준 것이다. 이러한 면모는 서구화로서의 문명개화를 열망하되 그러한 열망이 닿게 될 것이 무엇인지는 알 수 없는 상태, 정치적 독립에 대한 꿈을 드러낼 수 없는 식민지하의 제삼세계가 맞닥뜨릴 법한 일반적인 상황을 훌륭하게 포착한 것이라 할 만하다.

물론 『무정』이 보인 대중적 인기가 이상의 정신사적인 의의, 문화사적인 성취 때문이라고 보기는 어려울 것이다. 당대 독자들의 호응을 이끈 데는, 표면적으로 설정된 연애 구도와 참사랑에 대한 인물들의 고민과 각성이 가장 주된 요인으로 작용했을 것이고, 박영채의 행적이 보이는 전통서사적인 특성 또한 적지 않게 작용했을 터이다. 하지만 소설의 감화력이라는 것이 독자들의 무의식에까지 미친다는 점을 고려하면, 『무정』이 설정하고 있는 이러한 문제적인 구도의 의미가 독자들에게 간과되었다고 볼 일은 아니다. 더 중요한 점은 『무정』이 보이는 연애 구도나 여성의 수난이라는 전통서사적인 특성 모두가 실제적이라는 사실이다. 이는 1920년대 초기의 소설들에서 신학문을 배운 남편을 둔 구식 아내의 좌절이 그려지고, 신여성에 끌리는 마음에 조혼한 구식 아내와 불화를 겪는 이야기가 카프 농촌소설의 최고봉이라 할 이기영의 『고향』1934에서까지 중요하게 그려진다는 점에서도 확인된다. 따라서 대중적 인기를 끌어올린 『무정』의 이러한 요소들은

---

11 서구적 계몽과 전통적 인륜의 충돌은 너무도 큰 문제이기 때문에 개인의 선택으로 해소하기 어려운데, 이 난문제를 푸는 춘원의 방식은 '박영채 겁탈 사건'을 통해 영채가 자살을 결심하게 함으로써 삼자 관계를 해소한 뒤에 김병욱에 의해 박영채를 각성시키는 것이었다. 계몽의 길로 세 사람을 몰아넣을 수 있는 사실상 유일한 경로를 취했다고 볼 만한데, 이 또한 춘원의 빼어난 소설가적 수완을 입증한다.

이 작품의 역사적인 의의를 자연스럽게 전파하는 당의糖衣에 해당하며 그러한 당의를 잘 갖춘 작가의 역량이 뛰어남을 새삼 확인시켜 주는 요소라 할 것이다.

이렇게 『무정』은 서구화로서의 근대화의 길이 막연하다는 것을 보여 줌으로써 계몽의 비실정성을 드러내는 한편 인물들의 자아 각성이라는 차원의 계몽적인 주제효과를 반복적 점층적으로 제시하고 있다. 이러한 각성들을 통해 개성을 갖춘 개인들의 탄생을 처음 형상화했다는 점도 이 소설의 의의에 해당한다. 이와 동시에 『무정』은 전통과 근대화의 길항 관계를 보임으로써 1910년대가 갖는 시대적인 특성을 포착하고, 맹목적인 서구 지향이 아니라 인류 차원의 전통을 함부로 버리지 않는 근대화의 길이 필요함을 작품의 구도를 통해 제시하고 있다. 이러한 특성을 갖추었다는 점에서 『무정』은 1910년대를 통틀어 가장 빼어난 문학적 성취라 할 만하다.

다만, 1900년대의 애국계몽 문학에 비해 국권의 회복이라는 민족사의 절대 과제를 말하지 못하고 있다는 점을 지적할 수는 있겠다. 물론 그러한 지적은 『무정』이 조선총독부의 무단통치가 행해지는 식민지 조선 내부에서 발표된 작품이라는 상황의 제약을 고려하고, 그렇게 제약된 상황에서 성취해 낸 이 소설의 의의들을 십분 인정하는 것과 병행되어야 할 것이다. 한반도 내부의 민족 생활사 일체를 부정하려는 것이 아닌 한, 투쟁적 독립운동이라는 단일 기준에 의한 비판으로 『무정』이 소설사 및 정신사, 문화사 측면에서 이룬 성취들을 모두 없앨 수 없음은 따로 설명이 필요치 않다 하겠다.

제7장

자율적 문학의 형성, 개인 내면의 등장

동인지 문학의 등장과
「불놀이」(1919), 「약한 자의 슬픔」(1919)

1919년 2월 1일 『창조創造』가 발간되었다. 본문 81쪽의 얇은 책자다. 분량은 적지만 이 책의 의미는 그렇지 않다. 『창조』가 갖는 의미를 여기에 실린 글들을 정리하며 설명해 본다.

표지는 '創造'라는 제호가 파란색으로 크게 인쇄되어 있고 바로 아랫줄에 같은 색으로 '二月號', 다음에 '創刊'이라 하고 파란색 가로 물결 줄을 넣은 뒤 '內容'이라 하여 세로로 목차를 제시하고 있다. 목차를 보면, 시 한 편, 희곡 한 편에, 소설 세 편의 창작과, 번역 글 「일본근대시초日本近代詩抄」로 단출하게 되어 있다. '내용' 아래에는 다시 파란색 가로 물결 줄을 넣고 그 밑에 작은 활자로 '一九一九 · 東京 · 創造社'라 했고, 이 전체를 가로 세로 네 개의 블록 문양으로 둘렀다. 그림이 없이 표지를 만든 것인데, 이 방식은 4호까지 이어진다.

표지 뒷면에는 『학우』지 광고가 있고, 곧바로 주요한의 시 「불노리」이하 「불놀이」가 나온다1~2쪽. 흔히 우리나라 최초의 자유시라고 하는 그 시다. 「불놀이」 외에 「새벽 꿈」, 「하아얀 안개」, 「선물」의 세 편이 더 실렸다. 네 편을 실으면서 목차에는 '불노리'라고만 표기해서 이 한 편만 있는 듯한 인상을 주었다. 그만큼 「불놀이」를 내세운 것일 텐데, 충분히 그럴 만한 가치가 있다. 「불놀이」에 대해서는 후술한다.

다음에는 극웅極熊[최승만]의 4막 희곡 「황혼」이 게재되어 있다4~19쪽. 신학문을 배운 주인공이 새로 생긴 연인과 결혼하기 위해 부모와 의를 끊으면서까지 조혼한 아내를 버린 뒤에 신경쇠약에 걸려 앓다가 자살한다는 내용이다. 조혼한 처와 이혼하고 신식 연애 상대와 결혼하는 풍조를 언급하고 그런 사태가 유학생의 사회적 명망을 흐리게 한다는 점에 대한 지적을 잊지 않지만4쪽, 기본 정조는 조혼 비판과12쪽 '진정한 결혼 진정한 생활'13쪽에 대한 강렬한 지향이다. 이러한 태도는 당대에 대한 인식에 근거한다. 1910년대 말을 향하는 당시가, 무언가를 건설할 때가 아니라 기존의 것을 파괴하여 새 생활을 시작할 때라고 본 것이다9쪽. 전체 정조가 희망적이지는 않다. 효도라는 전통 질서까지 거부하며 자신의 삶을 살고자 하는 주인공을 내세우되 비극으로 끝을 맺음으로써, 시대 전환기를 사는 청년의 고뇌에 초점을 맞추었다 하겠다. 『창조』 끝의 '남은 말'에서 최승만은, 지난 연말1918년 학우회 망년회에서 상연한 것인데 분망한 중에 '생각나는 대로 쓴 것'을 완전히 수정하지 못한 채 실었다며 독자의 양해를 구하고 있다81쪽.

「황혼」이 끝나는 면에 '신간 소개'라 해서 『학지광』 1919년 1월호의 광고가 작게 들어가 있다19쪽. 이후에 나오는 『창조』들과는 달리 창간호에는 광고가 적다. 82쪽에 『농계農界』와 『여자계女子界』, 뒤표지 안쪽 면인 83쪽에 『기독청년』 광고가 있다. 책 광고만 네 개 있는 셈이다.

20쪽 이후 소설들이 게재된다. 백악白岳[김환]의 소설 「신비神祕의 막幕」 20~37쪽이 먼저 나온다. 굳이 우리 시대의 관점으로 보지 않아도 이 소설은 미흡한 점이 많은 태작이다. 주인공 이세민의 내력에 대한 기술적인 설명과 몇몇 에피소드의 과장, 주인공이 미술을 지향하는 뜻과 설명이 단순화된 상태로 부자간의 극한적 대립이 설정된 점, 동경행을 가능케 하는 지나친 우연, 동경으로 유학을 간 세민이 펼치는 미술과 자유 등에 설명이나 주장이 단순한 내용으로 크게 과장된 점, 세민과 희경의 사랑이 너무도 비현실적인 것 등이 현대소설로는 결함이라 할 만하다. 춘원의 『무정』이 앞서 있었으니 이러한 결함은 무시할 수 있는 것이 아니다. 현대소설로서는 수준 이하지만 「신비의 막」이 나름대로 의미를 갖는 것은 문화 변동을 반영했다는 점에서다. 미술에 대한 열렬한 지향을 보인 점과 구원으로서의 사랑을 제시한 것이 이런 맥락에서 주목된다.

다음으로 장춘長春[전영택]의 「혜선惠善의 사死」 38~52쪽가 이어진다. 「혜선의 사」는 앞에 있는 최승만의 희곡 「황혼」과 짝을 이루는 작품이라 할 만하다. 유학생 남편에게 버림받는 아내가 주인공이니 더욱 그렇다. 남편에게 버려지되 주인공 임혜선은 S여학교 학생이며 18세에 결혼했으니 조혼도 아닌 경우다. 그렇지만 사정이 다르지는 않다.

혜선은 계집애로 태어난 것이 평생의 원怨이 될 만한 상황에서 자랐고, 휘문의숙 우등생이던 신원근과 결혼하나 부부간에 말도 별로 못 해 보고 밤낮 안방에서 종노릇하듯 지냈다. 결혼 3년 만에 친정엘 갔다가 공부하겠느냐는 부친의 말에, 21세에 S여학교에 들어와 중간에 병으로 쉬기도 하며 기예과를 졸업하고 고등보통과에 다니는 중이다. 남편은 동경에 가서 돌아오지 않는 상태이며, 방학인데도 시집에도 친정에도 안 가고 기숙사에 남아 있다. 무지몽매(?)한 구식 여성은 아니지만, 남편이 이미 유학을 가서 다른 여자와 사랑에 빠져 있으니, '유학생의 이혼'이라는 시류적인 문제의 피해자이다. 이 사실을 그녀는 단 이틀에 걸쳐 알게 된다. 방학을 맞아 귀국하여 들른 안정자의 말에서 불길한 느낌을 받고, 다음날 찾아온 사촌오빠에게서 이혼해 주는 게 어떻겠냐는 말을 들으며, 그가 떠난 뒤 받은 안정자의 편지를 통해서, 남편이 친정에 이혼 청구를 한 뒤 여자고등사범학교에서 공부한 여성과 결혼을 하여 여행을 떠났으며 9월에 동부인하여 귀국하리라는 것을 알게 된다. 졸도했다가 동료의 간호를 받던 혜선은, 남몰래 학교를 나와 한강으로 가서 투신자살하고 만다.

「혜선의 사」는 늦게나마 여학교를 다니는 여성을 피해자로 해서 일본 유학을 간 남자가 조강지처를 버리는 풍조를 작품화했다. 생짜배기 구식 여성의 시점으로는 이러한 풍속을 그릴 수 없는 점이 고려됐을 것이다. 여학생인 혜선은 이혼하고자 하는 남성의 입장도 딱하다는 사정을 유학생인 정자로부터 듣게 된다. "남자들이 이혼을 한다고 세상에서 몹시 욕들을 하지만은 욕하는 사람은 제가 당해 보지를 못했으니까 그래"28쪽라는 말이다. 또한 혜선은 사촌오빠한테서, 방학에 시집에도 안 가니 정식으로 이혼을 하라는 권유를 받는다. "너는 아주 자유의 몸이 되고 마음대로 할 수가 있지 않니? 그러면 그 사람도 마음대로 할 수가 있고"라며 서로 자유롭게 되라는 것이다.

물론 「혜선의 사」의 초점은 이와 같은 자유연애론자들의 주장에 동조하는 것이 아니다. 자살을 택하는 혜선의 행위를 통해서, 여학교에 다닌다 해도 일방적으로 당하는 입장의 여성이 자유연애와 이혼이라는 문제에 대해 전향적인 태도를 가질 수는 없다는 점을 보여 준다. 사촌오빠와의 대화에서 '이혼해도 이다음에 해요'라 한 뒤 '별수 없어요, 죽을랍니다'라 하고47쪽 그 말대로 실행하는 혜선을 통해서, 「혜선의 사」는 자유연애가 비극을 초래할 수밖에 없는 당대의 상황을 조명한다. 소설의 끝을 "헛되다! 헛되다! 헛되다!"52쪽라는 말로 장식한 데서 보이듯, 전영택은 이러한 상황에 대해 사회역사적인 평가를 내리는 대신 그저 인생의 무상함을 앞세워 버렸다. 물론 이러한 문제를 작품에 끌고 왔다는 사실 자체로, 유학생 가족의 파탄 문제를 부각한 것은 사실이다.

「혜선의 사」는 부차적으로 현대 문명의 양상도 작품에 제시한다. 안정자의 경우를 통해서, 제국 연극장에서 『햄릿』을 보고, 음악학교 음악회에서 러시아 음악을 듣고, 활동사진과 소설을 재미있게 보며, 이야기를 할 때 영어와 일어를 절반이나 섞어 말하는 유학생의 생활과 행태를 알려 주거나37쪽, 병원의 수술 장면이나43쪽 종로의 야시와29쪽 풍경50쪽을 제시하는 것이 좋은 예다. 동경 유학생의 생활이야 보통 사람들의 일상과 거리가 있기는 해도 그들의 삶에 영향을 주는 측면이 없지 않으리라는 판단과, 서양 의술의 시행이나 전차 소리가 항상 들리고 전차 안에서 익명의 시선에 휩싸이는51쪽 등의 모습이 그려진 것을 통해서, 현대 문명이 1910년대 한국인의 삶에 깊숙이 들어와 있음을 알 수 있다.

전영택의 「혜선의 사」가 끝나는 52쪽에 아르치바세프의 소설 『사닌』과 고리키의 『독자讀者』에서 뽑아낸 인용구가 다음처럼 아무런 표제 없이 실려 있다.

> △ "사람이 말이오, 짐승처럼 살던 시대時代는 야만野蠻고 영악獰惡하고 또 빈약貧弱햇지오. 하고, 육체肉體가 정신情神한테 발로 채와서 뒤로 쏫겨난 시대時代, 즉卽 우리 시대時代는 거저 약弱하기만 하고 무의미無意味합니다. 마는 사람은 소용所用업시 사라오지는 아녓서요. 즉卽 생활生活의 새로운 조건條件을 창조創造햇습니다. 그 속에는 수욕獸慾이나 금욕禁慾이나 둘 다 존재存在할 여지餘地가 없다는 그런 조건條件을 말이오……." (싸아닌) – 아르치빠아셰ㅍ
>
> △ "우리들은 다시 한 번 삶을 꾸여야 할 필요必要가 잇는 줄 암니다. 우리의 상상想像과 환영幻影의 아름다운 창조創造가 필요必要해요. 우리가 지어낸 인생人生은 색채色彩가 가난하고, 어렴풋해서 갑갑시러운 인생人生이니까니오……" (독자讀者) – 꼴 – 키이[1]

『창조』 창간 작업에 참여한 누군가가 작품을 읽으면서 뽑아 두었을 구절을 이렇게 실은 것일텐데, 동인지다운 특징을 잘 보여 주는 사례라 할 만하다. 총 9호가 발간된 『창조』에서 작품의 구절을 뽑아 둔 또 다른 경우는 두 번밖에 없다. 하나는 『창조』 3호1919.3에 프랑스 상징주의 시인 폴 포트Paul Fort의 시 「배」를 번역한 것이고36쪽, 다른 하나는 『창조』 5호1920.3에 『사닌』을 다시

---

1 이 글은 서지를 확인하기 어렵다. 조사가 필요한 항목이다.

가져와 첫머리를 인용한 것이다53쪽. 아르치바세프의 『사닌』을 두 번 인용한 것은 특기할 만하다. 동인지 문단의 이상주의적이고 환멸의 낭만주의적인 정조와 더불어 고려해 볼 필요가 있겠다.

소설의 마지막 작품이 바로 김동인의 「약한 자者의 슬픔」이다53~75쪽. 창간호와 2호에 나뉘어 실렸다. 이 소설에 대한 분석 내용은 이 장의 뒤로 돌린다.

『창조』 창간호의 끝 글은 「일본근대시초」번역이다. '벌쏫'[주요한]이 '서설序說'과 '로만틔시즘 시대時代'76쪽를 간략히 쓴 뒤에, 시마자키 도손과 츠치이 반스이 등의 시들이 게재되는데76~80쪽 마지막 한 편은 「약한 자의 슬픔」이 끝나는 면75쪽에 실려 있다. 총 9편이 번역, 소개되고 있다.

본문 마지막 81쪽에는 '남은 말'이라 하여 동인 3인의 글이 있고, 그 끝에는 '편집인' 명의로, 이미 광고된 것과 제목이 다르게 된 경우가 있으며 「시인 쇠테[괴테]」는 지면 관계상 차호로 넘겼음을 밝히고 독자 투고 관련 방침을 알리고 있다. 82쪽 하단에는 『창조』에 관한 안내와 서지 정보가 있다. '매달 한 번' 발행한다 하면서 한 달 30전, 석 달 85전, 여섯 달 1원 75전, 한 해 3원 30전의 책값과 주문 방식이 안내되고, 광고 관련해서는 본사로 직접 물어봐 달라 하였다.

서지 정보를 보면, 1월 28일에 인쇄, 납본되고 2월 1일에 발행되었으며 편집 겸 발행인은 주요한, 인쇄인은 촌강평길村岡平吉, 인쇄소는 복음福音인쇄합자회사, 발행소는 창조사로 진체振替 구좌가 '동경44747'로 되어 있다. 김동인의 후일 회고에 의하면,[2] "편집 명의는 주요한 군에게 씌우기로 하였다"356쪽 한다. 편집 겸 발행인의 위상이 『창조』를 책임지는 자리는 아니었

2 김동인, 「조선문학의 여명－『창조』 회고, 창간에서 폐간까지」, 『조광』, 1938.6(『김동인 문학 전집』 11, 대중서관, 1983).

던 것이다. 문예지 발간 제안은 요한이 했지만 출자는 전적으로 동인이 맡았던 점을 고려하면355쪽 자연스러운 처리라 하겠다. 복음인쇄소는 한글 성경을 찍던 일본 출판사로서, 활자가 충분치 못하고 일본인 문선공이 한글을 알지 못해서 『창조』 동인들이 땀을 뺐다고 한다357쪽. 판매소는 경성의 동양서원과 평양의 기독서원 및 광명서관이다. 서울[경성]보다 평양에 중점을 둔 셈인데, 김동인과 주요한, 전영택 모두 평양 출신임을 고려하면 자연스럽다 하겠다. 뒷표지 안쪽에는 『기독청년』의 광고가 있고, 뒷표지에는 겹줄로 된 박스 안에 『태서문예신보』 광고를 넣으면서, 박스 상단에 이 책의 영문 표기 'TSANG-ZOTHE CREATION'를 밝히고, 박스 좌편에는 발행일과 책의 호 수, 정가를 세로로 표기했다.

앞의 회고 글에서 김동인은, 1918년 크리스마스 저녁에 주요한이 트럼프를 들고 자신의 하숙으로 찾아와 밤새 놀았는데, 다음날 아침 요한이 문예 잡지를 하나 발간해 보자고 제안하여, 자신이 비용을 대기로 하고 함께 동인을 물색했다고 하였다. '동경 유학생 가운데서 문학에 소양이 있고 잡지 동인이 되어 줄 만한 사람'으로 그들이 정한 사람이 바로 전영택과 최승만이었다. 둘을 찾아가 함께 하기로 했고, 전영택의 소개로 김환을 끌어들여 총 5인의 동인이 이루어졌다. 수일 후, 다섯 명이 모여 잡지 이름을 '창조'로 정한 뒤 서로의 역할을 정하고, 춘원을 포함해서 동인 수를 늘리자 하고 창간호를 2월에 내기로 하였다.

김동인의 회상을 따를 때 『창조』 창간 작업은 매우 신속하게 이루어진 셈인데, 그럴 수 있었던 것은 각 동인의 습작들이 있었기 때문이다. 작품들의 집필 일자가 밝혀진 경우를 보면, 「불놀이」가 1919.1.3, 「신비의 막」이 1918.12.18, 「혜선의 사」가 '1919.1.9 습작 필畢'로 되어 있다. 이들 모두 1918년 크리스마스 이전에 집필되기 시작했다고 볼 수 있다. 주요한의 다른 시들은 시풍을 보더라도 『창조』 창간 논의 이전에 쓰인 것이라 할 만하고, 「황혼」은 유학생 망년회에서 상연된 것이니 의문의 여지가 없다. 동인과 요한이 평소 만나면 문학에 대한 이야기를 자주 나누었고 동인이 수차례 일본 문단에 투고한 경험도 있었으니 그들에게 작품이 있었으리라 추정하는 것도 자연스럽다. 여기에 더해 창간호 발행1919.2.1과 동시에 2호1919.3.20 원고를 인쇄소에 넘겼으며 그렇게 2호에 실린 글들 일부의 집필일자가 창간호 발행 이전이라는 점을 고려하면, 창간호와 2호까지는 동인들이 이전에 써 둔 글이 자양분이 되었다 할 수 있다. 요컨대 『창조』 동인들이 문학청년이었기에 처음 두 호를 신속하게 발간할 수 있었던 것이다.

『창조』 창간호에 대해 이렇게 상세히 살핀 이유는, 『창조』의 발간이 한국현대문학사에서 중요한 의미를 갖는 까닭이다. 이른바 '동인지 문학' 시대를 열었다는 의의가 그것이다.

『창조』 이후 『폐허』1920.7, 『장미촌』1921.5, 『백조』1922.1, 『금성』1923.11, 『폐허이후』1924.2, 『영대』1924.8 등의 동인지들이 발간되었다. 이들이 동인지로 불리는 것은, 서로 뜻이 맞는 문인들이 모여 동인을 결성하고 자신들의 작품을 모아 출간하는 것이어서, 대체로 문학 작품만으로 채워지며 문학적인 색채 또한 대동소이한 경향을 보이기 때문이다.[3] 이에 더해서 동인지는 문인들이 삼사오오 모여 시작한 것이기에 대체로 자본 등의 문제로 오래 지속되지 못했다는 특징도 가진다. 이러한 점에서 동인지는, 『개벽』1920.6 창간과 같은 종합지와는 비교할 필요도 없을 만큼 크게 다르고, 추천제를 통해서 수많은 문인을 배출한 『조선문단』1924.10 창간과 같은 문학 전문잡지와도 성격이 다르다.

---

3 『창조』의 후신인 『영대』는 평안도 출신 문인들이 모였다는 점 외엔 문학 경향상 통일이 없어 조금 다른 경우에 해당한다.

동인지의 기본적인 특징은 위에 말한 세 가지의 현상적인 특징과는 별도로 고려되어야 한다. 『창조』 이래 지금까지 문학 동인지가 없는 시대는 없지만, 1919년에서 1924년에 이르는 이 시기에 동인지들이 집중적으로 등장하여 사실상 그 시기의 대표적인 문학 장을 이루었다는 사실은 특별한 의미를 가진다. 달리 말하자면 '동인지 문학' 시대 고유의 특징이 있는 것이다.

우리나라 1920년대 초반의 문학계를 대표하는 동인지 문학의 의미는 두 가지 맥락에서 생각해 볼 수 있다. 하나는 식민지 한국의 특성을 주목해서 보는 것이고 다른 하나는 보다 일반적인 경우로 확장해서 보는 것이다. 두 맥락이 분리되는 것은 당연히 아니지만, 이 두 가닥을 함께 생각할 때 동인지 문학 시대의 특징을 좀 더 잘 이해할 수 있다.

지금까지의 연구들 대부분은 전자에 주목해 왔다. 3·1운동 이후의 상황에 낙담할 수밖에 없었던 문인들이 찾은 현실 도피적인 문학 세계가 동인지 문학의 기본 특징을 이룬다고 본 것이다. '3·1운동의 실패에 따른 좌절과 정신적 정체'로 인해 현실보다는 과거, 삶보다는 죽음에 더 많은 관심을 기울이는 경향이 생겼다는 식이다.[4]

식민지 한국의 특수성, 보다 구체적으로는 3·1운동이라는 전 민족적인 독립운동 이후의 상황과 관련해서 문학의 특성을 해석하려는 시도는 언제든 없이 할 수 없고 나름의 의미가 있는 작업이지만, 토대-상부구조론 식이거나 사회 상황 결정론 식으로 단순화할 수는 없다. 여러 가지 문제가 충분히 검토되지 않고 남아 있는 까닭이다. 이른바 '만세 후'의 상황을 어떻게 해석할 것인지부터가 문제다. 무단통치가 문화정치로 전환된 것이 식민

---

4 감태준, 「근대시 전개의 세 흐름」, 김윤식·김우종 외, 『한국현대문학사』, 현대문학, 2005, 145~6쪽.

지 조선에 살고 있는 사람들의 삶에 끼친 영향을 평가하는 일도 문제적이다. 식민지 근대화론 같은 큰 문제도 계속 논란이 되는 상황을 생각하면, 당대의 일상을 어떻게 볼 것인가 하는 문제는 아직 제대로 논의된 적도 없다 하겠다. 대상을 문인들로 좁힐 때, 자신들이 처한 상황을 그들이 어떻게 의식하고 있었는지 또한 충분히 규명되지 못한 문제이다.

사정이 이렇기 때문에 여기서는, 3·1 이후의 상황론을 앞세우기보다 동인지 문인들의 지향에 초점을 맞추고자 한다. 이러한 접근의 필요성은 동인지를 발간하는 문인들의 지향이 매우 뚜렷하고 그러한 지향을 대체로 작품에 구현했다는 사실에서도 찾아진다.

『창조』부터 살펴보자. 창간호 끝에 있는 '남은 말'의 첫 부분, 편집자인 주요한이 『창조』 창간의 취지를 밝혀 쓴 글이다.

> 우리의 속에서 일어나는 막을 수 없는 요구要求로 인因하여 이 잡지雜誌가 생겨났습니다. 각各가지 곡해曲解와 오해誤解는 처음부터 올 줄 믿고 있습니다. 그러나 우리는 다만 참으로 우리 뜻을 알아 주시는 적은 부분部分의 손을 잡고 나아가려 합니다. 우리의 가는 길이 곧을 동안은 우리는 아무런 암초暗礁도 두려워하지 않습니다. 우리는 모든 핍박逼迫과 모욕侮辱의 길로라도 더욱 용감勇敢하게 나아가겠습니다. 우리의 길을 막을 자者가 누구입니까! 우리는 우리가 참되다고 생각하는 바를, 우리가 옳다고 믿는 종소리를, 여러분이 안 들으시려고 꽉, 두 손으로 막으신 그 귀밑에다가 더 한층 높은 곡조로 울리게 하겠습니다. 그때에야말로! 마침내 여러분께서도 우리의 말에 귀를 기울이시게 되리이다.81쪽

이 구절에서 두드러지는 것은 『창조』의 앞길에 갖은 곡해와 오해가 있으

리라고 상정한 점이다. 이는 기존의 문학 경향 일체와 맞서겠다는 『창조』 동인의 지향이 있기 때문이다. 한편으로는 암초와 핍박, 모욕을 예상하고 다른 한편으로는 자신들의 문학을 독자들에게 강하게 제시하겠다 한 데서, 『창조』를 통해 선보이고자 하는 자신들의 문학적 선택을 예각화하겠다는 의지 또한 확인된다. 이들의 문학적 선택은 다음에서 확인된다.

> 여러분은 우리에게서 무엇을 얻으시려 하십니까. 한낱 재미있는 이야기거리입니까? 저 통속소설通俗小說의 평범平凡한 도덕道德입니까? 또 혹或은 '바람에 움직이는 갈대'입니까?
>
> 여러분 중中에 어떤 분이 생각하시는 것같이, 우리는 결決코 도덕道德을 파괴破壞하고 멸시하는 것은 아니올시다, 마는, 우리는 귀貴한 예술藝術의 장기를 가지고 저 언제든 얼굴을 찌푸리고 계신 도학선생道學先生의 대언자代言者가 될 수는 없습니다. 그러나 또 우리의 노력努力을 할 일 없는 자者의 소일消日거리라고 보시는 데도 불복不服이라 합니다. 우리는 다만 충실忠實히 우리의 생각하고, 고심苦心하고 번민煩悶한 기록記錄을 여러분께 보이는 뿐이올시다. (…중략…) 우리는 서로 함께 열리지 않는 영혼靈魂의 문을 두드립시다.같은 곳

『창조』 동인이 거부하는 대상이 선명하게 제시되어 있다. 통속문학, 도학선생의 대언자로서의 교설적인 계몽문학, 소일거리라 할 유희적 문학의 셋이 그것이다. 이 세 가지와 거리를 두는 문학이란 무엇인가. '영혼의 문'을 두드려 인간의 정신생활을 탐구하는 문학, 인생을 탐구하는 문학이라 할 만하다. 이러한 문학을 지향하기에 요한은 『창조』 동인에게서 재미나 도덕, 철학을 기대하지 말라고 당부한다.

『창조』의 지향은 잡지 발간의 비용을 책임지고 있던 김동인의 소설관과

도 떼어놓고 생각할 수 없다. 소설에 대한 김동인의 생각을 다음 구절에서 엿볼 수 있다.

> 그들은, 소설 가운데서 소설의 생명, 소설의 예술적 가치, 소설의 내용의 미美, 소설의 조화된 정도, 작자의 사상, 작자의 정신, 작자의 요구, 작자의 독창, 작중인물의 각 개성의 발휘에 대한 묘사, 심리와 동작과 언어에 대한 묘사, 작중인물의 사회에 대한 분투와 활동 등을 구하지 아니하고 한 흥미를 구하오.[5]

일반인들이 소설에서 구하지 않는다고 열거된 것들이야말로 소설다운 소설의 요건으로 김동인이 생각하는 특징이다. 여기서 주목할 것은, 그의 사고가 작품의 미적인 특징과 작가와 작품의 관계만을 고려한다는 사실이다. 작자의 사상이나 정신이 언급되고 있지만, 이것이 사회 현실과 작품의 매개 역할을 하는 작가를 지칭하는 것은 아니다. 다른 요소들이 사회나 역사, 계몽주의적 주제 등과 무관한 까닭에, 이 또한 예술가로서의 작가의 주관에 향해 있다고 봐야 한다. 이러한 판단은 소설에 대한 그의 정의에서도 확연하다. 곧 김동인이 생각하는 참된 소설이란, "사람이, 자기 그림자에게 생명을 부어 넣어서 활동케 하는 세계—다시 말하자면, 사람 자기가 지어놓은, 사랑의 세계, 그것"이다.[6]

김동인의 이러한 소설관은 당대 한국 문학계에서 있어 본 적이 없는 새로운 것을 지향한다. 1910년대까지의 운동으로서의 문학이나 유흥으로서의 문학 곧 애국계몽운동의 일환으로 기능한 역사전기나 계몽주의문학 그리고 대중문화의 일원으로 부상한 후기 신소설이나 번안·번역 문학 모두와

---

5 김동인, 「소설에 대한 조선사람의 사상을…」, 『학지광』, 1919.8, 45쪽.
6 김동인, 「자기의 창조한 세계」, 『창조』 7호, 1920.7, 49쪽.

도 다른 새로운 문학을 추구하는 것이다. 『창조』의 창간이 그러한 추구의 실천이었음은 그의 회고에서도 명확하다.

> 우리들의 혈기로 찬 젊은 마음이 목적하는 바는 아직 유사 이래 조선문朝鮮文에 의한 문예운동이 없는 이 땅에 조선문 문예운동을 일으키어 조선문학이라는 탑塔을 건설하자는 것이었다.[7]

그때까지 조선에 없던 새로운 문학, 진정한 문학을 추구하겠다는 이러한 의지는 동인지들 일반에서 두루 확인된다. 1900년대와 1910년대에 문학이 없지 않았으며 『무정』과도 같은 획기적인 소설이 이미 나와 있었음에도 불구하고, 동인을 결성하고 동인지를 발간한 1920년대 초기의 문인들은 당대 조선에 문학다운 문학이 없다는 인식을 공유하고 그들 스스로 새로운 문학을 수립하겠다는 문학적 야망을 뚜렷이 했다.

다른 동인지들에서 이를 확인해 본다.

1920년 7월에 나온 『폐허』 창간호는 끝부분에 '상여想餘'란을 두어 동인들의 생각을 밝히고 있다. 맨 앞에 나오는 것이 편집을 맡은 김억의 글인데, 희망적이며 미래 지향적인 분위기를 짙게 띤다.

> 새 시대時代가 왔다. 새 사람의 부르짖음이 일어난다. 들어라, 여기에 한 부르짖음과, 저기에 한 부르짖음이 일어나지 않았는가. 나중에 우리의 부르짖음이 우러났다. 새 사상思想과 새 감정感情에 살려고 하는 우리의 적은 부르짖음이나마, 쓸쓸한 오랜 암흑暗黑의 긴 밤의 빛이 여명黎明의 첫 별 아래에 꺼지려

7 김동인, 「조선문학의 여명 ―『창조』 회고, 창간에서 폐간까지」, 356쪽.

할 때, 오려는 따스한 일광日光을 웃음으로 맞으며 그 첫 소리를 냉랭冷冷한 빈 들 위에 놓았다. (…중략…) 다만, 어떠한 부르짖음이나, 그 목숨이 오래고, 먼 길의 튼튼한, 힘을 빌며, 다 같이 손 잡고, 새 광경光景을 새 눈으로 보자 하는 것이다. 그리하여 우리의 거칠은 '폐허廢墟'에 새싹을 심어, 써, 새 꽃을 피우게 하고 한결같이 방향芳香을 맘껏 맡아 보자 하는 것이다. 우리들은 결단決斷코 황혼黃昏 하늘 아래의 넘어가려 하는 별만을 바라보며, 가이 없는 추억追憶의 심정心情을 가지고 무덤의 위에 서서 돌아오지 못할 옛날을 보려고 하여 애달파 할 것이 아니고, 먼 지평地平 위에 보이는 새 기록記錄을 지을 앞의 일을 생각하여야 한다. 122~3쪽

김억은 모든 상황이 새롭게 되었다는 인식을 거침없이 토로하며 미래의 포부를 밝힌다. 새로운 시대를 맞은 새 사람의 새 사상과 새 감정으로, 따스한 일광과 새로운 광경에 주목하여, 새싹을 심고 새 꽃을 피워 아름다운 향기를 마음껏 맡아 보자는 것, 과거를 두고 애달파 하는 대신에 미래의 지평에 새로운 문학을 수립하자는 것이 그의 주장이다. 이러한 맥락에서 '쓸쓸한 오랜 암흑'이나 '냉랭한 빈 들판', '우리의 거칠은 폐허'는 새로움을 강조하는 정신에 아무런 장애가 되지 못하고 있다. 이렇게 표현된 과거의 예술적 불모 상황이란 이들 동인의 문학적 정열을 크게 피워 내는 쏘시개로 쓰일 뿐이라 할 만하다.

김억과 더불어 『폐허』 창간호 편집을 맡은 황석우 또한 큰 포부를 밝히고 있다. 자신들의 동인지가 '박명의 미인'보다는 '장명長命의 추녀醜女'가 되어 오래 계속되기를 바란다 하고, '세계 인류의 앞'에 '질소質素한 의지, 인간다운 거짓 없는, 우리의 얼굴과 같은 강한 감정'을 보이겠다고 한다. 황석우 또한 세계를 '그야말로 한 큰 폐허'라 지칭하지만, 그에 맞서 동인지 『폐

허』가 세우게 될 미래를 제시하며 자신들의 강렬한 의지를 과시한다. "한 장명長命의 강한 의지, 거짓 없는 순백醇白한 참 감정을 가진 인간으로서, 우리의 팔로, 다리로 우리의 영원히 살 세계를 세우려 한다. 우리는 온갖 허위, 연약, 부자연과 혈전血戰하여 나갈 뿐이다."124쪽

'상여想餘'의 나머지 글들도 동일한 의식을 보인다. 당대의 상황을 '폐허'나 '빈 터', '황량 낙막落寞한 조선의 예원藝苑'이라 지칭하되, '폐허가 변하여 화원이 되'기를126쪽 바라고 있다. 자신들의 동인지 『폐허』가 '민족적으로 성장'하여 '장래에는 세계적으로 활약'하기를 기원하고128쪽, '세계적 화원을 구성하는 일부분'127쪽이 되어 '세계 화원의 내용, 외관을 더 풍부하게 하는 것'이 되기를 바라는 것이다127쪽. 요컨대 『폐허』야말로 '조선의 예원藝苑을 개척하기 위하여 산출'되었다 하여127쪽, 새로운 문학을 펼친다는 포부와 자부심을 한껏 드러내고 있다.

『백조』 창간호1922.1를 만든 동인들의 소감을 담은 '육호잡기六號雜記'도 다르지 않다. 월탄 박종화가 쓴 첫 글 또한, 현재를 개척해야 할 상황으로 인식하며 이를 위해 『백조』를 내었다고 주장한다. 먼저, 우리에게는 남에게 있는 빛과 자랑이 없으며, 과거의 빛은 낡아 퇴색된 지 오래고 옛날의 영화에 대한 꿈 이야기는 몽롱히 회색 하늘에 스러져 가는 별빛과도 같다고 하였다. 이러한 상황을 개선하여 우리의 문화생활에 보람이 있기를 바라는 바, 예술 동산에 맑음의 빛을 보고 꽃다운 화원에 정성된 원정園丁이 되는 길로 『백조』를 출간한다고 주장했다141쪽. 뒤에 이어지는 회월의 글에서는, '미래의 많은 소망과 현재의 많은 노력을 가지고 우리의 구차한 문단을 새로 풍부하게 세우려고 나온 『백조』'라는 명확한 표현이 등장한다142쪽. 『백조』 또한 당대의 문학계가 보잘것없다는 인식 위에 이를 풍요롭게 바꾸려는 열의를 표명하고 있는 것이다.

시 중심지 『금성』1923.11을 주재한 양주동의 아래와 같은 말도 동일한 맥락에 있다.

> 우리의 예원藝苑은 거의 폐허廢墟가 되다시피 하지 않았습니까. 퇴폐로 황량한 우리의 예원, 거기다가 산일잡박散逸雜駁한 이 꼬라지에 있는 우리의 예원, 이를 다시 개척하고 향상시켜 번영케 하며, 통일적으로 정수精粹를 모아 새로운 예원을 만들자면, 오직 한 가지 길밖에 없겠습니다. 그것은 이러한 사명을 받은, 이러한 책임을 자각한 우리의 젊은이들의 새로운 노력이 아니고 무엇이리까.[8]

'문예를 위하여 태어난 몸'이라는 동인들의 '새로운 노력'이 바로 동인지 『금성』을 발간한 것임은 따로 설명이 필요 없다. 이들이 목표로 하는 것은 구체적으로 '시가의 새로운 길'이다79쪽.

지금까지 살펴보았듯이, 『창조』 이래 1924년경까지 새롭게 발간된 동인지들은 기존 문학에 대한 전면적인 부정과 새로운 문학의 창출이라는 자부심 넘치는 포부를 공히 표명하고 있다. 1900년대에서 1910년대에 이르는 기존의 문학 일체를 인정하지 않는 듯이 예술계, 문학계가 폐허와 마찬가지 상태라고 진단하는 이와 같은 전통 부정 정신은, 자신들이야말로 진정한 문학예술을 수립할 개척자라는 자부심과 동전의 양면을 이룬다.

지식 청년을 열광케 한 춘원의 『무정』이 있었고, 대중들의 사랑을 한몸에 받은 조중환의 『장한몽』과 신파극 〈이수일과 심순애〉가 있었으며, 신채호와 같은 애국계몽운동가들의 단형 서사체와 역사전기물 들이 있었는데도 불구하고, 동인지를 내세운 이들 문학청년들이 조선의 예원을 폐허와 같다

8 「육호잡기(六號雜記)」, 『금성』 창간호, 78쪽.

고 진단한 이유는 무엇일까. 답은 명료하다. 기존의 계몽주의적인 문학, 유희적인 문학의 가치를 인정하지 않는 까닭이다.

그러한 운동으로서의 문학이나 유흥으로서의 문학과는 다른 새롭고도 진정한 문학을 그들이 추구한 까닭이다. 그것은 무엇인가. 사회 운동이나 대중 유흥이라는 작품 외적인 목적을 갖지 않고 자체로 존재 의미를 갖는 문학이다. 자기 목적적으로 스스로 존재 의미를 갖는 문학이란 미의 구현을 주된 특징으로 하는 '작품으로서의 문학'이라 할 텐데, 동인지 문학청년들이 꿈꾼 것이 바로 이러한 문학이었다.

이렇게 사회 역사나 대중을 염두에 두지 않고 작품으로서의 문학을 지향했다는 데서, 동인지 문학은 문학예술의 자율성을 추구했다고 할 수 있다. 이것이 동인지 문학이 갖는 문학사적, 문화사적인 의의이다. 문학예술의 자율성을 추구하는 동인지 문학의 지향을 상징적으로 잘 보여 준 것이 시전문 동인지 『장미촌』 창간호1921.5 표지를 장식하고 있는 '선언'이다. 전문은 다음과 같다.

> 우리들은 인간으로의 참된 고뇌의 촌에 들어왔다 우리들의 밟아 나가는 길은 고독의 끝없이 묘막渺漠한 큰 설원雪原일다, 우리는 이곳을 개척하여 우리의 영靈의 영원한 평화와 안식을 얻을 촌村, 장미의 훈향 높은 신神과 인간과의 경하로운 화혼花婚의 향연의 열리는 촌을 세우려 한다, 우리는 이곳을 다못 우리들의 젊은 영靈의 열탕같이 뜨거운 괴로운 땀과 또는 철화鐵火 같은 고도의 정淨한 정열로써 개척하여 나갈 뿐이다 장미, 장미, 우리들의 손에 의하여 싹 나고, 길리우고, 또한 꽃 피려는 장미

지금까지 살펴보았듯이 동인지 문학 시대를 연 문인들은 기존의 문학 일

체를 부정하여 당대의 상황을 문학예술의 불모지라고 단정한 뒤, 자신들이야말로 새롭고도 진정한 문학을 개척하는 선구자라고 자처하였다. 이러한 점을 고려하면, 동인지 문학이 3·1운동이 별다른 성과 없이 끝난 상황 곧 운동의 실패에 따른 좌절감에 닿아 있다고 단선적으로 규정하는 것은 실제를 왜곡하는 일이라 하지 않을 수 없다. 동인지를 만든 문학청년들의 문학예술적인 포부가 이처럼 미래지향적이고 희망에 차 있다는 사실을 사실 그대로 주목할 필요가 있다. 그것이 비록 문학계 내부에서의 일이고, 일찍이 단재가 비판적으로 지적했듯이 그러한 문학계로의 집중이 사회 역사적인 면에서는 문제적인 현상이지만, 그렇다고 해서 문학계 차원에서 이들의 운동이 가지는 의미와 의의를 부정할 수는 없다.

동인지 문학 운동은 사회 운동을 지향하거나 유흥에 치중했던 1900~1910년대의 문학에 맞서 자율적인 문학을 지향함으로써, 사회 역사적 근대성에 맞서는 미학적 근대성의 수립에 한발 다가갔다는 의의를 지닌다. 이와 더불어 동인지들로 이루어진 문학 장을 뚜렷이 함으로써 문단을 형성했다는 점에서, 문학사 및 문화사 차원의 의의 또한 갖는다.

자율적인 문학을 지향하면서 본격적으로 문단을 형성한 동인지 문학의 의의는 당대의 출판문화 상황을 고려할 때 좀 더 뚜렷해진다. 이 면에서는, 독자들의 호응을 기대하기 어려운 상황에서 자신들이 생각하는 진정한 문학을 실천하기 위해 스스로 발표 매체를 만들었다는 사실이 강조될 필요가 있다.

당시 독자 대중들의 문학적 취향은 어떠했는가. 이와 관련해서, 1919년에서 1922년 사이에 출판된 고소설만 해도 이십여 종이나 된다는 점이 눈에 띈다.[9] 일반 대중들의 문학 감상은 여전히 『춘향전』, 『유충렬전』과 같은 고소설에 머물러 있던 것이다. 신소설과 번안소설이 계속하여 대중들의 사랑을 받은 것도 엄연한 사실이다. 상황이 이러하니, 새로운 문학을 수립하려는 문학청년들이 상업적 측면과 식민지 정책 차원에서 대중들의 취향을 중시하는 『매일신보』를 발표 매체로 생각하기는 쉽지 않았을 것이다.

그렇다고 새로운 문학에 대한 발표 매체가 절대적으로 부족해서 동인지를 만들 수밖에 없었던 것도 아니다. 『무정』이 『매일신보』에 연재된 상황과 관련해서 발표 매체의 부족이 이야기되기도 했지만[10] 그것은 1910년대 중반의 일시적인 상황이었고, 3·1운동 이후의 상황은 매체의 부족과는 거리가 멀었다고 할 수 있다. 발행부수 2만을 상회하는 『매일신보』의 문이 여전히 열려 있고,[11] 『조선일보』1920.3와 『동아일보』1920.4에 더해,[12] 후에 좌파 문학의 주요 발표 매체가 되는 종합지 『개벽』1920.6이 창간되었으니, 동인지의 발행이 불가피할 만큼 문학의 발표 매체가 없었다고는 볼 수 없다. 식민지 시기 내내 발표 매체가 충분했던 때는 없었다 하겠지만, 매체의 부족

---

9 권순긍, 「1910년대 고소설의 부흥과 그 통속적 경향」, 『민족사의 전개와 그 문화－벽사 이우성 교수 정년퇴직 기념논총 하』, 창작과비평사, 1989, 747~8쪽.

10 하타노 세츠코, 최주한 역, 『이광수, 일본을 만나다』, 푸른역사, 2016, 138~9쪽.

11 『매일신보』는 1911년 '독자구락부'를 시작으로 다양한 난을 통해 독자와의 소통을 시작하였으며, 1912년 독자투고란을 고정적으로 마련하고 소설 현상 모집을 시작하였다. 1914년과 1916년에는 '신년 문예 모집'을 실시하였으며, 1919년에는 '소품 문예 현상 모집'을 시행하면서 7개월간 월 1회씩 '매신문단'을 연재하였다. 1910년대 내내 신진작가들의 등단 통로로 기능한 것이다(이희정, 「1920년대 『매일신보』의 독자문단 형성과정과 제도화 양상」, 한국현대문학회, 『한국현대문학연구』 33, 2011, 98~9쪽). 물론 『매일신보』에 문예물을 실은 독자가 작가로서 활동할 수 있었던 것은 아니다. 문단이 형성되어 있는 것도 아니었고, 이 신문의 독자 정책이 기본적으로 대중화 전략에 의해 수행되었기 때문이다. 신진작가의 등단 통로 기능은 주요섭, 노자영 등이 등장한 1920년의 '소품 문예 현상 모집'에서부터라고 할 수 있다(김석봉, 「『매일신보』의 '신년 현상 문예 모집' 양상 연구」, 한국현대문학회, 『한국현대문학연구』 48, 2016, 269쪽).

12 이들 신문은 문학 발표 매체로서의 성격을 확충하기 위해 문예 공모전을 시행했다. 1925년에 『동아일보』가 1927년에는 『조선일보』가 신춘문예를 시작했다(이진, 「최초 신춘문예에서 동요만 1등을 선정한 이유는?」, 『동아일보』, 2021.6.4). 사실 신문이나 잡지와 같은 매체들의 독자 투고는 이미 1900년대부터 활성화되었으며, 『대한민보』의 '풍림', 『대한매일신보』의 '편편기담'처럼 독자들의 문학작품 투고를 따로 받는 기획들도 지속되었다(전은경, 앞의 책 참조).

때문에 동인지가 생겨난 것은 아니라는 말이다.

이렇게 당시 상황을 고려해 봐도 동인지의 등장과 그에 따른 새로운 문단의 형성은, 사회운동과 유흥에 목적을 두던 기존의 문학 일체를 부정하면서 새로운 자율적 문학을 지향한 문학청년들의 의지에 따른 것이라 하겠다. 자신들이 상정한 문학예술의 '폐허'에서 자신들의 문학 활동을 자유롭게 펼치고자 스스로 발표 매체를 만들어 자기들만의 예원藝苑을, '장미촌'을 꾸린 것이다.

낭만주의적 순문예 운동이라는 이러한 새로운 문학의 추구가 애국계몽운동기 이후 등장한 것은, 서구 세력과의 조우에 의해 근대화를 추진하는 많은 나라들에 공통된 현상이라 할 만하다. 3·1운동 이후 운동의 실패에 따른 비관적 인식에 따라서 동인지 문학이 생겨났다고만 볼 것은 아니라는 말이다.[13] 시야를 넓히면, 계몽주의문학, 운동으로서의 문학에 대한 반발로 사회 현실이나 역사가 아니라 문학 자체에 주목하는 경향 곧 순문예 운동이 대두하는 사례를 두루 찾아볼 수 있다.

먼저 일본의 경우를 보면, 계몽 사조와 번역 문학, 정치소설이 유행한 메이지 유신 직후의 근대문학 초창기1868~1885와 자연주의 문학이 발흥하는 시기1906~1926 사이에, 모리 오가이, 시마자키 도손, 기타무라 도코쿠 등의 낭만주의 문학이 지배적이었다.[14] 운동으로서의 문학에 대한 반발로 낭만

13 이러한 맥락에서 한 쪽 극으로 치우친 경우로 김철의 주장을 들 수 있다. "이 시기 문학의 절망과 비관은 정치적, 사회적 좌절감의 표현이 아니라 인습과 전통의 강력한 속박에 대한 몸부림, 그리고 문화적 불모성(不毛性)에 대한 신흥 지식인의 좌절감이었다. 이것을 삼일운동이라는 특정한 역사적 사건과 일대일로 연결시켜 해석하는 것은 문학과 사회와의 관계를 지나치게 평면적(平面的), 도식적(圖式的)으로 이해하는 것이며, 이 시기 문학의 본질적 성격을 파악하는 데에 아무런 도움을 주지 못한다. (…중략…) 이들이 표현한 절망과 비관이 삼일운동의 실패로 인한 민족적 울분을 바탕으로 한 것이라는 논리는 전혀 사실과 어긋나는 것이며 삼일운동(보다 분명히는 삼일운동으로 인한 문화정치가) 이들에게 준 영향이란 오히려 그와는 반대되는 것으로 봐야 할 것이다."(「1920년대 신경향파 소설 연구」, 연세대 박사논문, 1984, 53~66쪽)

주의적인 순문학이 등장한 것이다.

중국의 경우는 어떠한가. 1921년 여름 곽말약, 욱달부 등 젊은 일본 유학생들에 의해 낭만주의적인 경향의 창조사創造社가 조직되어 1924년까지 『창조사 총서』, 『창조계간』, 『창조주보』, 『창조일』 등의 기관지를 발행하면서, 진독수의 『신청년』1915.9 창간이 주창한 문학혁명이나 5.4운동 이후 주작인, 모순 등이 만들어 '인생을 위한 예술'이라는 구호 아래 문학혁명을 계승한 '문학연구회'1921의 계몽주의적인 문학운동에 반기를 들고 있다.[15] 이후 혁명문학으로 방향을 틀지만, 1920년대 전반기의 창조사는 조선의 창조파와 마찬가지로 반계몽주의적인 경향을 띤 새로운 문학 운동의 최전선이었다.

베트남의 경우도 우리나라와 유사하다. 베트남어를 로마나이즈화한 '꾸옥 응으國語' 문학의 발전상에서, 애국·혁명을 주제로 한 사서史書와는 달리, "사회의 내적인 개혁을 꾀하려는 온건파 문인들이 문학 잡지를 중심으로 문학 활동과 문화적 투쟁을 전개하여 베트남에서도 비로소 동인지 중심의 문학활동이 시작"된 것이다.[16]

터키에서는 1896년 '에데비아트 제디데[새문학]'라는 단체의 결성 후 문학의 서구화가 시작되었는데, 1세대가 근대화 운동의 기초를 세운 위에 2세대가 새로운 문학 형식을 급속히 발전시켰다. 서구의 모험 소설이나 감상적이고 낭만적인 사랑을 소재로 한 소설을 통해 독자를 계몽하는 흐름 뒤에, 에데비아트 제디데의 16인 동인지 『세르베티 퓨눈[예술의 부인富人]』을 통해 데카당적인 문학, '개인의 감정과 환상, 특히 사랑의 감상'을 소재로 하는 작품 경향을 보인 새로운 문학 운동이 전개된 것이다.[17] 아랍 특히 이집

---

14 이일숙·임태균, 『포인트 일본문학사』, 제이앤씨, 2009, 148~9쪽.

15 김학주, 『중국문학사』, 신아사, 1989, 499~502쪽.

16 전혜경, 「베트남의 근·현대문학」, 김영애 외, 『아시아 아프리카 문학』, 한국외대 출판부, 2003, 333~4쪽.

트의 경우도 다르지 않다. 순수 계몽 소설과 통속소설의 유행 속에서, 『자이납』1913을 효시로 하여 낭만주의적인 순소설이 등장하여 1930년대에 크게 번성하였다.[18]

이렇게 서구의 영향으로 근대화를 이루는 나라들에서는 대체로, 근대화 초기에는 애국계몽 운동이 지배적인 양상을 보이지만 그 시기를 지나면서는 사회운동의 도구로서의 문학을 배척하고 문학 자체의 특성을 살리려는 순문학 운동의 흐름이 생겨났다. 이러한 새로운 시도들은, 문학계와 공론장에서 주도권을 잡든 못 잡든 간에 문학의 자율성에 대한 의식을 적어도 문인들 사이에 확산시켰으며, 이는 해당 국가의 문학사 및 문화사에서 그 자체로 의미를 가진다. 이러한 변화는 또한 당대 서구 문예의 변화와도 직간접적으로 관련된다고 할 수 있다. 운동으로서의 문학과 대중적 통속문학에 대한 거부는, 서구에서의 19세기 리얼리즘 이후 전개된 세기말, 전위주의 등에 의한 문예사조상의 변화 즉 모더니즘 문학의 발흥에 닿아 있고, 의식적이든 아니든 문학의 자율성에 대한 자각과 맞물리는 것이다.

지금까지 우리는 동인지가 등장하게 된 사정과 새롭게 형성된 동인지 문학 시대가 갖는 의미를 다각도로 살펴보았다. 동인지들의 등장과 관련해서는, 기존의 설명처럼 '3·1운동의 실패(?)'에 따른 좌절과 관련된다고 간주하기보다는, 운동으로서의 문학과 유흥으로서의 문학이 전부였던 기존의 문학을 전면적으로 부정하고 새로운 문학을 수립하려는 문학청년들의 의지에 따른 것이라고 보아야 함을 확인했다. 동인지들이 지향하고 실천한 문학이란 미적 자율성에 닿아 있는 작품으로서의 문학이었으며, 이로써 사회 역사적 근대성에 맞서는 미학적 근대성을 선취했다는 의의도 갖는다고

17 이난아, 「터키 현대소설」, 위의 책, 273~283쪽.
18 송경숙, 「아랍 현대문학」, 위의 책, 184~8쪽.

하였다. 더불어, 이러한 동인지 문학 시대의 형성이 식민지 조선의 특수한 사례가 아니라, 서구 세력에 의해 근대화를 수행하게 된 여러 나라들에서 두루 확인되는 일반적인 흐름이라는 점도 알 수 있었다. 이로써 사회의 근대화에 따른 문학의 근대화의 한 양상으로 동인지 문단의 형성을 볼 수 있게 된다.

이하에서는 동인지 문학의 새로움을 두 편의 작품을 통해 확인해 본다. 『창조』 창간호에 실린 대표적인 작품, 주요한의 「불놀이」와 김동인의 「약한 자의 슬픔」이 대상이다.

'불노리'라고 표기된 시가 당대 독자들에게 주었을 충격은 매우 대단했을 것이다. 지금 우리가 상상하는 것 이상일 터인데, 『창조』의 표지를 넘겨 1쪽을 봤을 때 보이는 지면의 특성 자체가 충격이었으리라 짐작된다. 1910년대까지는 시라 하면 대체로 시행이 짧고 규칙적으로 연을 나누는 것이 일반적이어서 멀리서 힐끗 봐도 시로구나 할 법했다. 그런데 『창조』 1호의 첫 면은, 소설이 게재되었다고 해도 전혀 이상하지 않을 만큼 '산문' 세 문단이 보일 뿐이다. 이렇게 시작된다. 1, 2연이다.

> 아아 날이 저문다. 서편西便 하늘에, 외로운 강江물 위에, 스러져 가는 분홍빛 놀…… 아아 해가 저물면 해가 저물면, 날마다 살구나무 그늘에 혼자 우는 밤이 또 오건마는, 오늘은 사월四月이라 파일날 큰길을 물밀어 가는 사람 소리는 듯기만 하여도 흥성스러운 것을 왜 나만 혼자 가슴에 눈물을 참을 수 없는고?
>
> 아아 춤을 춘다, 춤을 춘다, 시뻘건 불덩이가, 춤을 춘다. 잠잠한 성문城門 위에서 내려다보니, 물 냄새 모랫냄새, 밤을 깨물고 하늘을 깨무는 횃불이 그래도 무엇이 부족不足하여 제 몸까지 물고 뜯을 때, 혼자서 어두운 가슴 품은 젊은

> 사람은 과거過去의 퍼런 꿈을 찬 강江물 위에 내어던지나, 무정無情한 물결이 그 그림자를 멈출 리가 있으랴? ― 아아 꺾어서 시들지 않는 꽃도 없건마는, 가신 님 생각에 살아도 죽은 이 마음이야, 에라 모르겠다, 저 불길로 이 가슴 태워버릴까, 이 설움 살라버릴까 어제도 아픈 발 끌면서 무덤에 가 보았더니 겨울에는 말랐던 꽃이 어느덧 피었더라마는 사랑의 봄은 또 다시 안 돌아오는가, 차라리 속 시원히 오늘 밤 이 물속에…… 그러면 행여나 불쌍히 여겨 줄 이나 있을까…… 할 적에 퉁, 탕, 불티를 날리면서 튀어나는 매화포, 펄떡 정신情神을 차리니 우구구 떠드는 구경꾼의 소리가 저를 비웃는 듯, 꾸짖는 듯. 아아 좀 더 강렬强烈한 열정熱情에 살고 싶다, 저기 저 횃불처럼 엉기는 연기煙氣, 숨막히는 불꽃의 고통苦痛 속에서라도 더욱 뜨거운 삶을 살고 싶다고 뜻밖에 가슴 두근거리는 것은 나의 마음…….

바로 위와 같이 되어 있으니 「불놀이」를 흘낏 보고서 시라고 생각할 수는 없었으리라 짐작된다. 하지만 위의 시를 두어 번 읽어 보기만 해도, 형태상으로는 산문처럼 보여도 내재적인 운율이 확연히 느껴지는 산문시라는 점이 확인된다. 이렇게 긴 분량의 시를 자연스럽게 낭송해 낼 수 있는 매끄러운 호흡을 보여 주었다는 점만으로도 「불놀이」는 당대의 기준에서 볼 때 매우 빼어난 시라 할 수 있다(이광수의 『무정』을 두고 김동인이 '대단한 분량' 자체에 주목하여 고평했다는 사실을 떠올리자).

「불놀이」의 특성과 수월성은 의미 구성 면에서도 주목할 만하다. 3년을 벼르기만 하다가 1918년 5월에 열린 평양의 사월 파일 불놀이 장면을 배경으로 하는 이 시는, 사랑을 잃은 서정적 화자의 단순하지 않은 심사의 변화를 유려하게 노래하고 있다. 화자의 심사가 평면적이지도 고정적이지도 않다는 점은 「불놀이」의 시학적 특장을 갖추어 주는 것이어서 좀 더 설명이 필요하다.

1, 2연은 전체로 보아 서정적 화자와 바깥 세계가 대비를 이루고 있다. 아직 불놀이가 시작되기 전인 1연에서는 '날마다 혼자 우는 밤'을 보내어 온 화자의 심정과 불놀이를 구경하러 몰려드는 사람들의 흥성스러움이 대조된다. 그런데, 사람 소리에 '왜 나만 혼자 가슴에 눈물을 참을 수 없는고?'라 하여 이러한 대조가 일도양단식의 절대적인 것은 아니게 처리되어 있음이 주목된다. 사정이 이러하기 때문에 2연 말미에서 확인되는 화자의 심정 변화가 자연스럽게 다가온다. 그 전까지의 2연은 불놀이가 시작된 뒤의 광경과 서정적 화자의 심사 사이의 대비를 다채롭게 변주하고 있다. 화자의 심사로만 보면 극단으로까지 치닫고 있어 다소 단순한 점층이라 할 수도 있으나 '퉁, 탕, 불티를 날리면서 튀어나는 매화포'가 사태를 일변하게 한다. 평양 불놀이의 정점이라 할 불꽃놀이의 장관에 '펄떡 정신을 차리'고 나자, 서정적 화자는, 사람들의 소리가 자신을 비웃고 꾸짖는 듯하다고 느낄 만큼 자신을 대상화하게 된다. 이렇게 자신과 거리를 두자 화자는 자신의 마음이 '좀 더 강렬한 열정에 살고 싶'어 하는 것을 '뜻밖에' 발견한다.

이렇게 불놀이 현장과 화자를 대비하여 서정적 화자의 심정의 변화를 가능케 함으로써 「불놀이」는, 시의 정서를 거리를 두고 형상화하는 현대시다운 면모를 갖추게 된다. 3연 이하에서는 이러한 시적 거리가 좀 더 멀게 확고하게 확보되면서 또다시 변주되는 양상을 보인다.

3연에서 서정적 화자는 이미 불놀이 인파의 일원이 되어 있다. 달리 말하면 불놀이의 일부가 된 것인데, 그럼으로써 '겁 많은 물고기'와 '졸음 오는 「니즘」'을 상대화할 수 있게까지 된다. 이후 화자는 불구경이 지겹고 '끝없는 술'이 싫은 상태로까지 나아가, 배 밑창에 누워 '까닭 모르는 눈물'로 눈을 데운다. 「불놀이」가 빼어난 작품인 것은 이 이후에 두드러지게 드러난다.

이 시점에 등장한 서정적 화자의 눈물을 계속 밀고 가는 대신에(그랬다면 감상적인 정서 과잉으로 가거나, 이전까지의 정조와 어울리지 않는 무리한 의미 부여를 피할 수 없어 구성상 파탄을 초래했을 가능성이 높다) 시인은, 정서의 주체를 '나'인 서정적 화자 개인으로부터 '남자들'로 전환하여 다음처럼 3연을 맺고 있다.

> 간단 업슨 쟝고 소리에 겨운 남자男子들은 때때로 불니는 욕심慾心에 못 견디어 번득이는 눈으로 뱃가에 쒸여나가면, 뒤에 남은 죽어가는 촉불은 우그러진 치마깃 우에 조을 째, 쯧잇는 드시 씨걱거리는 배젓개 소리는 더욱 가슴을 누른다…….

이렇게 시의 초점을 서정적 화자 개인의 심사에서 남자들로 확장함으로써 '뒤에 남은' 이하 부분은 (남자들이 뱃전으로 뛰어나간 뒤 배 밑창에 홀로 남은 서정적 화자의 시선에 비친 장면이고 정서일 수도 있지만, 4, 5연과 이어서 생각하면 이렇게만 보는 것은 자연스럽지 않다) 4연과 더불어, 불놀이를 전체적으로 조망하는 가상의 시점에서 형상화된다. 이러한 시점의 전환, 확장을 발판으로 하여, 마지막 5연이 다음처럼 전개되면서도 아무런 부자연스러운 맛이 없게 되었다.

> 저어라, 배를, 멀리서 잠자는 능라도綾羅島까지, 물살 빠른 대동강大同江을 저어 오르라. 거긔 너의 애인愛人이 맨발로 서서 기다리는 언덕으로 곳추 너의 뱃머리를 돌니라.

'너의 애인'과 '너의 뱃머리'로 두 차례나 불쑥 튀어나온 '너'에 주목할 필요가 있다. 불놀이 상황과 대비되는 서정적 화자 '나'의 심정으로 3연까지 전개되어 오던 시가 5연에 이르러 이렇게 '너'를 자연스럽게 지칭할 수 있게 된 것은, 3연 끝부분에서 이루어진 시점의 확장적 전환 덕분이다. 이러한 전환을 발판으로 해서 4연을 통해 "아아 강물이 웃는다, 웃는다, 괴怪상한 우슴이다, (…중략…) 바람이 불 적마다 슬프게 슬프게 씨걱거리는 배가 오른다……"라며 파일날 두만강의 뱃놀이 배들을 거리를 두고 조망해 줄 수 있었으며, 이러한 거리감 위에 5연에 이르러서는 '너'를 지칭하게까지 된 것이다. '너'는 누구인가. 5연의 서정적 화자에 의해 대상화된 1~4연의 화자 자신이다. 서정적 화자의 이러한 분리는, 자아 분열이 아니라, 불놀이의 경험을 통해 화자가 변한 결과로서 과거의 상태를 넘어서려는 서정적 화자 자신의 대상화 능력 곧 반성 능력을 보여 준다. 이러한 과정을 통해, '나'에서 '남자들'을 거쳐 '너'로 화자의 자기 인식이 변화됨에 따라 시적 거리가 뚜렷해짐은 물론이다. 이러한 거리감의 증대는 5연의 이어지는 부분에서 더욱 강화된다.

> 물결 ᄭᅳ에서 니러나는 추운 바람도 무어시리오, 괴이怪異한 우슴소리도 무어시리오, **사랑 일흔 청년靑年의 어두운 가슴속도 너의게야 무어시리오**, 기름자 업시는 '발금'도 이슬 수 업는 거슬—. 오오 다만 네 확실確實한 오늘을 노치지 말라. 오오 사로라, 사로라! 오늘밤! 너의 발간 횃불을, 발간 입셜을, 눈동자를, 쏘한 너의 발간 눈물을……. 강조는 인용자

현재의 논의 맥락에서 눈에 띄는 것은 강조 부분의 '사랑 잃은 청년'이다. 이 '청년'은 누구인가. 바로 1~3연의 정서를 이끌어 온 서정적 화자 자신이다. '너'로 대상화되기도 전의 서정적 화자이니, 시의 흐름 속에서 보자면 과거의 자신이라고 하겠다. 강조 부분은 이러한 '청년'이 '너'에게 아무

것도 아니라고 함으로써, 바로 앞에서 서정적 화자가 자신을 대상화한 2인칭 '너'로부터 3인칭 '청년'을 재차 분화시키고 있다. 서정적 화자의 3중 분리라고 할 만한 이러한 처리를 '너'에 초점을 두고 달리 말하자면, '사랑을 잃은 청년'이라는 슬픈 측면을 뺀 새로운 존재로 '너'를 다시 규정하는 것이라고도 할 수 있겠다.

이렇게 '너'를 '청년'과 분리하는 것은 바로 이어지는 구절 "그림자 없이는 「밝음」도 있을 수 없는 것을—"이라는 통찰과 자연스레 이어지면서, 자체의 의미도 명확히 하는 한편, 「불놀이」 말미의 주장을 자연스럽게 이끌게 된다. 서정적 화자의 3중 분리가 확인되는 강조 부분이 '그림자-밝음'에 대한 통찰과 이어지면서 자신의 의미를 명확히 한다는 것은 무슨 말인가. '날마다 살구나무 그늘에 혼자 우는 밤'을 보내던 과거의 슬픈 청년이 그림자로 인식되면서, 그러한 그림자와 더불어 존재하는 밝음으로 '너'를 다시 규정할 수 있게 되었음을 뜻한다. 강조 부분과 다음 구절이 함께 작용한 이러한 전환 위에서, 「불놀이」의 주제가 자연스럽게 개진된다. '확실한 오늘'을 놓치지 않고 그에 충실을 기하는 삶, 횃불과 입술, 눈동자에 더해 눈물까지 사르는 삶을 살라는 주장이자 희망이 고조된 감정으로 펼쳐지는 것이다.

지금까지 우리는 「불놀이」의 특성을 두 가지로 살펴보았다. 전면적인 산문시라는 당시로서는 매우 낯선 형식을 선보이되 매끄러운 호흡을 갖추었다는 것이 하나다. 다른 하나는 서정적 화자의 3중화라 할 만한 시상 전개 방식으로 복잡하게 변하는 화자의 심사를 전개하면서 시의 주제를 자연스럽게 이끌어내었다는 점이다. 이상을 근거로 「불놀이」에 대한 평가를 내릴 수 있다. 당시로서는 상상하기 어려웠을 전면적인 산문시라는 파격적인 형식을 선보이면서 의미 구성 또한 무리하지 않게 이루어 낸 현대시의 수작秀作이 그것이다.

「불놀이」의 새로움과 빼어남은 당시의 시들과 비교할 때 좀 더 확실해진다.

전통 시가를 벗어나 새로운 시를 쓰려는 시도는 주지하는 대로 최남선에 의해 시작되었다. '신체시'가 그것이다(전근대의 시가와 신체시 사이에는 교량 역할을 한 창가唱歌의 가사가 있다). 그의 「해海에게서 소년少年에게」『소년』 1, 1908.11가 최초의 신체시로 간주되며, 그보다 뒤에 발표된 「구작 삼편舊作三篇」『소년』 6, 1909.4이 쓰이기는 정미년1907년이라 하여 더 앞선 작품으로 간주되기도 한다. 신체시는 형식 면에서 한 연의 형태는 자유시처럼 보이나 연들 사이에 정형성이 확고하고 내용 면에서 문명개화 및 계몽주의적인 주제가 앞을 서는 까닭에, 온전한 현대시가 아니라 전통시와 현대시 사이의 과도기 시로 간주된다.

주요한 이전에 현대 자유시의 면모를 보인 작품을 쓴 시인으로는 류암流暗 김여제와 김억을 들 수 있다.

류암의 「산녀山女」와 「한끗」, 「잘 때」『학지광』 5, 1915.5 세 편은 형식상 완연한 자유시형을 보인다. 하지만 전체로 보면 부족한 점이 있다. 「산녀」의 경우 시상의 압축감을 찾기 어렵고 전반적으로 수필적인 서술투여서 시로서는 다소 미흡한 감이 있으며, 「한끗」의 경우 시상이 모호한 채로 오로지 구절의 반복에 의지하는 운율감에 기댄 경우라 할 만하다. 「잘 때」는 시상의 설정이나 주제가 무리스럽지 않은 소품으로서 잘된 작품이다. 이렇게 김여제의 이들 시는 현대시로서는 다소 아쉬운 면을 벗어 버리지 못하고 있는데, 이러한 판단을 강화하는 또 한 가지 요소는 세 편 모두 '우리'의 정서를 표현함으로써 개성적인 서정적 화자를 구현해 내지는 못하고 있다는 점이다.

김억의 「봄은 간다」『태서문예신보』, 1918.11는 사라지는 봄의 애상이라는 전통적인 주제를 2행 대구 형식으로 일곱 연에 걸쳐 시화하고 있다. 가벼운 소품으로 잘 짜였으나 각 연의 대구가 일률적이고, 연 사이에 정형성은 없으나 연을 이루는 행들 사이에는 음절 수를 맞추는 정형성이 뚜렷하여 형식상 자유롭다고 보기 어려운 면이 있다. 시의 정조 면에서도 조선 시대 시조와 다를 바가 없으며, "꽃은 떨어진다 / 님은 탄식한다"로 되어 있는 마지막 7연에서 뚜렷하듯 이 또한 서정적 화자의 개성이 표현된 것은 아니다.

이러한 상황에서 주요한은 '에튜우드' 다섯 편『학우』1, 1919.1에 이어 「불놀이」를 발표하고 있다. 발표 시기가 한 달 차이밖에 나지 않으니 선후를 따지는 것 자체가 의미를 갖지 않는다. '에튜우드' 중 「불놀이」와 방불한 것은 「눈」으로서 이 또한 전면적인 산문시다. 「불놀이」에 비할 때 이 시는 주제의 응집도와 내적인 운율감 양면에서 조금 못 미친다 하겠다. 물론 「불놀이」의 특성과 의의를 제대로 확인하기 위해서는, '에튜우드'와의 비교가 아니라 시사詩史에서의 위상을 검토해야 한다.

위에서 간단히 언급한 신체시와 김여제, 김억의 자유시와 비교해 볼 때, 즉 한국 현대시의 형성 과정 면에서 볼 때, 「불놀이」는 신체시 이래의 신시 운동에 있어 독보적인 위상을 차지하는 작품이라 할 수 있다. 작품의 새로움과 완성도 면에서는 위에서 밝혔듯이 형태상 완연한 산문시이면서 시상이 밀도 있게 응축된 상태로 자연스럽게 전개되는 점이 돋보인다. 우리나라 신시 역사상 유례가 없는 자유자재의 형식을 취하면서도 매끄럽게 완결된 시상을 통해 한 편의 시로서 자율성을 확보한 현대 서정시가 된 것이다. 여기에 더해서 이전의 시들과는 달리 「불놀이」에 와서야 비로소 서정적 화자 '개인'의 정서가 시화되었다는 점도 크게 강조해 둘 만하다. 시에서의 개성의 등장이 주요한에 와서 이루어졌으며 그 정점에 「불놀이」가 있는 셈이다. 지금까지 따로 설명하지는 않았지만, 개인의 정서가 온전하게 작품화된 최초의 현대시가 바로 「불놀이」라는 사실은 재차 강조할 만하다.

이러한 성취는 어떻게 가능해졌을까. 주요한의 시적 재능에 더해서 상황 요인 또한 고려해야 한다. 이 점에서, 「불놀이」의 창작 배경으로 시인이 밝힌 바 "불란서 및 일본 현대 작가의 영향을 바다 외래뎍 긔분이 만핫고 (…중략…) 그 형식도 역시 아조 격을 깨트린 자유시의 형식이엿습니다. 자유시라는 형식으로 말하면 당시 주로 불란서 상징파의 주장으로 고래로 나려오든 각법과 '라임'을 폐하고 작자의 자연스러운 리듬에 마초아 쓰기 시작한 것임니다"[19]라는 말을 주목해 볼 필요가 있다. 동경 유학을 통해 접하게 된 새로운 시를 우리말로 써 보고자 했다는 고백이다.

여기서 주목할 것은 두 가지다. 하나는 주요한이 '서양의 현대시'를 접하고 있었다는 것인데, 이는 (비록 시간적 지체가 없지는 않지만 일본 유학이 이를 크게 줄여 준 것을 고려하면) 세계사적 동시성의 체험에 해당하는 것이라는 점에서 중요하다. 다른 하나는 그러한 서양 문화 경험을 우리의 것으로 실천하고자 했다는 사실이다. 김억이 번역시집 『오뇌의 무도』1921로 나아간 것과 비교할 때, 주요한의 '현대시' 창작 노력이 갖는 의미가 한층 두드러진다.

이렇게 서양 현대시의 한국화를 위해 노력하는 시인 주요한이, 형태상 완전히 자유로운 현대시 곧 매끄러운 산문시이자 동시에 개성적인 서정적 화자를 우리의 시사詩史에 처음 등장시킨 작품으로 완성한 것이 바로 「불놀이」이다. 이런 점에서 「불놀이」는 단지 시문학사에서만이 아니라 문화사의 층위에서도 중요한 의의를 갖는다. 개성이 등장한 최초의 시, 바로 이러한 점에서 「불놀이」는 소설에서의 『무정』과 「약한 자의 슬픔」, 『만세전』에 걸맞은 위상을 확보한다.

『창조』 창간호의 맨 앞에 실린 주요한의 「불놀이」와 대등한 문학적, 문화적인 의미를 갖는 작품이 바로 창작물 중 가장 뒤에 실린 김동인의 소설

19 주요한, 「노래를 지으시려는 이에게」, 『조선문단』 창간호, 1924.10, 49쪽.

「약한 자者의 슬픔」이다.

「약한 자의 슬픔」은 총 12절로 이루어진 중편소설로서 『창조』 창간호와 2호에 분재되었다. 스토리는 간단하다.

주인공은 K 남작 집의 가정교사로 있는 여학생 강 엘니자벳트이다. 통학길에 만나는 남학생 이환과의 사랑을 꿈꾸던 중, 어느 날 밤에 그녀의 방을 찾아온 남작과 관계를 갖게 된다. 남작과의 관계가 지속되던 중, 이환 또한 자신을 생각하고 있었다는 사실과 자신이 임신했음을 알게 된다. 이환과 남작을 저울질도 해 보고, 남작과의 육체적 관계로 이환과의 신성한 '동애童愛'가 파멸되었다는 생각에 괴로워도 한다. 급기야 남작에게 낙태할 수 있게 해 달라고 요청하고 병원을 찾았는데, 알고보니 남작은 의사가 낙태제 대신 건강제를 처방하도록 한다. 약을 먹으며 하기 시험도 안 치르고 있다가, 남작 부인을 통해서 집을 나가 달라는 남작의 말을 듣고, 성 밖의 오촌모 집으로 옮긴다. 남작으로 인해 모든 바람과 앞길을 잃었다는 생각에, 정조 유린과 서생아庶生兒 승인, 위자료 등으로 남작을 재판에 건다. 재판에서 겨우 자신의 청구를 설명하지만, 남작 변호사의 변론에 낙망하고, 청구를 기각한다는 판사의 말에 정신이 아득해진다. 기절한 채 집에 돌아온 엘니자벳트는, 혼미한 상태로 앓으면서 자신의 삶을 '표본 생활 이십 년'으로 정리한다. 급기야 유산을 한 뒤 자신이 약한 자임을 자각하고, 약함을 없애고 강한 자가 되기 위해서는 참사랑을 알아야 한다고 깨닫는다.

신학문을 배우는 여학생으로서 자유연애를 꿈꾸던 중, 가정교사 주인인 남작과 관계를 맺고 버려져 파탄을 맞이하되, 끝내 스스로를 다잡는 주인공의 이야기다. 이렇게 스토리가 간단한 만큼 인물 구성도 단출하다. 강 엘니자벳트와 남작 부부, 그녀의 학교 친구 혜숙과 S, 오촌 모, 남작의 변호사가 작품 속에서 최소 한 차례 등장하여 언행을 보이는 인물의 전부이다. 여기에 강 엘니자벳트가 가르치는 남작의 아이들과, 등굣길에 만나던 이환, 인력거꾼, 판사가 인물 설정상 추가될 뿐이다.

이렇게 단출한 인물 구성에 간단한 스토리임에도 불구하고 「약한 자의 슬픔」은 분량이 상당한 중편소설이다. 이렇게 될 수 있었던 점이 주목되는데, 바로 이러한 사실과 관련된 특징에 이 소설의 의의가 있다. 결론을 당겨 말하자면, 그것은 바로 본격적인 심리소설의 제시이다. 「약한 자의 슬픔」의 서술을 보면 작품의 거의 전부가 주인공 강 엘니자벳트의 심리묘사로 되어 있음을 알 수 있다. 그녀가 행하는 여러 혼란스러운 생각에 대한 치밀한 묘사가 소설 전체에 걸쳐 반복되고, 자신의 소소한 행동에 대한 그녀의 의식에 대한 기술이 섬세하게 행해진다. 이러한 심리묘사로 개인의 내면을 설득력 있게 포착한 것, 달리 말하자면 그러한 내면을 지닌 존재로서의 개인을 형상화한 것, 이것이 바로 「약한 자의 슬픔」이 갖는 소설사, 문화사 차원의 의의에 해당한다.

서사의 주요 뼈대라고 할 엘니자벳트와 남작의 스토리-선을 봐도 남작의 언행은 거의 없으며, 낙태제 대신 건강제를 처방하게 한 그의 의도조차도 전혀 언급되지 않는다. 혜숙과 S, 강 엘니자벳트가 만나서 대화하는 장면은 1절에 한 차례 등장할 뿐이고 4절과 5절의 첫 부분에 보이는 엘니자벳트와 혜숙의 대화 또한 간략히 처리되어, 여기서의 혜숙은 엘니자벳트의 상념을 이끌어내는 계기로 활용된 셈이라 할 만하다. 엘니자벳트가 오촌 모의 집에 오는 것은 7절이나 오촌 모와의 대화는 간략하고, 10~12절에서야 둘의 대화가 서술의 비중을 차지하나 여기서도 서술의 초점은 강 엘니자벳트의 심리에 맞춰져 있다.

이렇게 「약한 자의 슬픔」은 주인공 강 엘니자벳트의 심리를 묘파하는 것으로 시종일관하고 있다. 이러한 판단의 적실성은, 서사의 주요 결절점이라 할 중요 사건들이 일찍 벌어지는 데서도 확인된다. 서술의 비중을 확인하기 좋도록 『김동인 전집』1권, 조선일보사, 1987의 쪽수를 함께 표기하며 정리한다. 전체가 11쪽에서 62쪽에 걸쳐 있는 이 소설에서, 강 엘니자벳트와 남작과의 관계는 2절에서 시작되며17쪽, 짧은 3절을 지나 4절에 오면 벌써 임신 문제가 불거진다22쪽. 병원에 가는 것30~2쪽은 5절이요, 남작의 집을 나와 오촌 모에게로 오는 것37쪽은 7절이며, 재판이 벌어지는 것은 9절이다46~8쪽. 이 작품에서 외적인 사태가 전개되는 부분은 사실상 병원과 재판 장면에 국한되는데, (여기에서 강 엘니자벳트가 보이는 심리에 대한 묘사를 생각하지 않는다 해도,) 이 장면들이 소설 전체에서 차지하는 서술시 비중은 대단히 미미하다52쪽 중 6쪽. 이렇게 「약한 자의 슬픔」은 주인공 강 엘니자벳트의 심리와 생각에 대한 묘사에 서술시의 대부분을 할애한 본격적인 심리소설이다.

「약한 자의 슬픔」이 심리소설의 본격적인 면모를 보인다는 판단이 단순히 서술 분량에만 근거하는 것은 아니다. 작품 전체에 걸쳐 서술의 초점이 강 엘니자벳트의 심리에 놓여 있다는 점을 먼저 강조해 둘 만하다. 작품의 시작 부분부터가 그렇다.

> 가정교사家庭敎師 강姜 **엘니자벳트**는 **가르침**을 끝낸 다음에 자기自己 방으로 돌아왔다. 돌아오기는 하였지만 이제껏 쾌활快活한 아해兒孩들과 마주 유쾌히 지낸 그는 껌껌하고 갑갑한 자기自己 방에 돌아와서는 무한無限한 적막寂寞을 깨달았다.1호, 53쪽. 강조는 원문의 방점

여기서 먼저 확인되는 점은 인물의 행위첫 문장에 비해 심리의 묘사둘째 문장가 확장되어 있다는 사실이다. '쾌활한' 아이들과 '유쾌히' 지내다가 '갑갑한' 방에서 '무한한 적막'을 깨닫는다는 데서 보이듯, 둘째 문장의 서술의

초점이 단연 인물의 심리에 맞추어져 있음도 주목할 만하다. 이에 그치지 않는다. 「약한 자의 슬픔」의 부가적인 형식상의 특징도 확인해 둘 겸, 바로 이어지는 구절까지 인용해 보자.

> '오늘은 왜 이리 갑갑한고? 마음이 왜 이리 두근거리는고? 마치 이 세상世上에 나 혼자 남아 있는 것 같군. 어찌할꼬―어디 갈까. 말까. ―아. 혜숙이한테나 가 보자. 이즈음 며칠 가 보지도 못하였는데' 그의 머리에 이 생각이 나자, 그는 갓다나(가뜩이나–인용자) 갑갑하던 것이 더 심甚하여지고 아무래도 혜숙이한테 가 보아야 될 것같이 생각된다.
>
> "아무래도 가 보아야겠다" 그는 중얼거리고 외출의外出衣를 갈아입었다. '갈까? 그만둘까?' 그는 생각이 정定키 전에 문門밖에 나섰다. 여학생女學生 간間에 유행流行하는 보법步法으로 팔과 궁둥이를 전후좌우前後左右로 저으면서 **엘니자벳트**는 길로 나섰다.
>
> 그는 **파라쏠**을 받은 후後에 손수건을 코에 대어서 쏘는 듯한 **코ㄹ타ㄹ** 냄새를 막으면서 N통通, K정町 등等을 지나서 혜숙의 집에 이르렀다. 같은 곳

이 구절에서 눈에 띄는 것은, 인물의 생각과 감정이 상승작용을 하며, 이렇게 강화된 심정이 행동을 촉발하는 심리-행동 양상이다. 엘니자벳트의 갑갑하고 적막한 심정이 친구 혜숙을 찾아가 보자는 생각을 낳고 이 생각이 다시 갑갑한 심정을 강화하는 식으로 '감정과 생각의 순환적 상승작용'이 벌어지며, 이에 따라 옷을 갈아입고 문을 나서는 행위가 이루어지는 것이다. 이에 더해서, 일단 행동이 시작돼도 재차 생각이 드는 처리'갈까? 그만둘까?' 또한 주목할 만하다. 이 구절이 보여 주는 것은 다음과 같다. 감정과 생각의 결합에 따라 행동이 개시된 뒤에도 행동이 자율화되지는 않는다는 것,

생각이 여전히 행동을 조절하고자 하며, 그러한 생각에 저항이라도 하듯 생각이 정해지기 전에 행동이 진전되기도 한다는 것이다. 이렇게 위의 인용 부분은 심리와 행동의 일방향적이지는 않은 상호관계를 포착하고 있다.

지금의 논의 맥락에서는 부차적이지만 위 구절은 근대화의 양상에 대한 관찰을 보인다는 점에서도 주목된다. 엘니자벳트의 행색과 보법에 대한 묘사는 근대화에 따른 새로운 풍속을 보이는 것이며, 콜타르 냄새는 사회의 근대화 양상을 알려 주는 것이다. 당대 사회의 근대화 양상에 대한 이와 같은 묘사는 작품 전체에 걸쳐 산견되는데 이는 서울에 대한 엘니자벳트의 동경2호, 19~20쪽과 더불어 근대화의 문학적 형상화 면에서 주목할 만하다.

논점을 다시 돌려서 「약한 자의 슬픔」이 보이는 심리소설로서의 특징을 이 소설 특유의 심리묘사 방법을 통해 좀 더 확인해 본다. 다섯 가지로 나누어 살펴볼 수 있는데, 심리묘사 방법이 다섯 유형으로 분류될 만큼 김동인이 새로운 소설로서 심리소설을 구현하고자 노력했음을 강조해 둔다.

무엇보다 먼저 세세한 심리묘사를 꼽을 수 있다. 강 엘니자벳트가 혜숙의 집에서 S와 셋이 있게 되었을 때 나누는 대화 장면이나 병원에서 진찰을 받은 뒤 대기실로 나와 남작을 기다리는 자리에서의 상념 등이 대표적이다. 앞의 대화 부분은1호, 54~6쪽 여학생들 사이의 대화 장면을 통해서 엘니자벳트의 심리를 한편으로는 직접적으로 다른 한편으로는 그녀의 눈에 비친 동무들의 표정을 통해 묘사함으로써, 그녀의 자유연애에 대한 바람과 평소의 자존심 강한 성격 양자를 잘 드러내 준다. 뒤의 병원에서의 상념 부분은1호, 70~2쪽 타인의 눈을 피해서 옷에 난 구멍과 손금을 바라보며 행하는 그녀의 복잡한 생각과 심리를, 한편으로는 환영과 추억의 변주로 다른 한편으로는 과거와 현재, 자신과 친구의 비교를 통해 중층적으로 묘사한다. 그러한 묘사 후 정리되는 그녀의 심리는 다음과 같은데, 인물의 심리를 일의적으로 규정할 수 없다는 점을 이처럼 잘 묘사한 경우는 「약한 자의 슬픔」 이전에는 찾기 어렵다.

> 그의 심리心理는 복잡複雜하였다—텡텡 비었다. 그는, 슬퍼하여야 할지 기뻐하여야 할지 알지 못하였다.—그 가운데는, 울고 싶은 생각도 있고, 웃고 싶은 생각도 있고 뛰놀고 싶은 생각도 있고 죽고 싶은 생각도 있었다.—이 복잡複雜한 심리心理는 엘니자벳트로서 아무 편으로도 치우치지 않게—마음이 텡텡 빈 것같이 되게 하였다.1호, 72쪽

「약한 자의 슬픔」이 특징적인 면모를 갖춘 심리소설이라는 점은, '언설과 심리의 이중 서술' 및 '생각과 심리, 생각과 감정의 이원화'에서 잘 찾아진다. 먼저, 언설과 심리의 이중 서술이란 다음과 같은 처리를 말한다.

> "부인夫人이 아르시면?"
>
> '앗차!' 그는, 속으로 고함高喊을 쳤다. '부인夫人이 모르면 어찌한단 말인가?…… 모르면?…… 이것이 허락許諾의 의미意味가 아닐까? 그러면 너는 그것을 싫어하느냐? 물론勿論 싫어하지. 무엇? 싫어해? 네 마음속에, 허락許諾하려는 생각이 조금도 없냐 아……. 허락許諾하면 어쨌냐? 그래도……' 일순간一瞬間에 그의 머리에 이와 같은 생각이 전광電光과 같이 지나갔다.
>
> "조용히! 아까, 두 시時에야 돌아오겠다고 하였으니까 모르겠지오" 남작男爵은 말했다.
>
> 이제야 엘니자벳트는 아까 남작男爵이 광고廣告하듯이 지껄이던 소리를 해석解釋하였다. 그러고, 두 번째 거절을 하여 보았다—"부인夫人이 계시면서도?……"

'앗차!' 그는 또 속으로 고함을 안 칠 수가 없었다. '부인夫人이 없으면 어찌 한단 말인가?…… 이것은 허락許諾의 의미가 아닐까?…….'

남작男爵은 대답 없이 **엘니자벳트**를 뚫어지게 들여다보고 있었다.

"왜 그리 보세요?" 그는 남작男爵의 시선視線을 피避하면서, 별別한 웃음—애걸哀乞하는 웃음—거러지의 웃음을 웃으면서 돌아누웠다.

'앗차!' 그는 세 번째 고함을 속으로 발하였다. '이것은 매춘부賣春婦의 웃음, 매춘부賣春婦의 행동行動이 아닐까?…….' 1호, 58쪽. 밑줄은 인용자

이러한 서술 방법의 특징을 명료하게 의식하기 위해서는 가능한 다른 방식의 서술을 생각해 보는 것이 좋다. 다른 방식이라기보다 사실 일반적인 서술 방식을 생각해 봐도 충분하다. 길게 서술된 위 장면에서 엘니자벳트와 남작이 실제로 한 말은 밑줄 부분의 단 네 문장에 불과하다는 점을 생각하면, 엘니자벳트가 뱉은 세 마디 거절의 말마다 그녀의 심리를 '그녀의 생각대로' 이렇게 길게 묘사하는 것 자체가 대단히 특징적임을 알 수 있다. 본문에 있는 대로 '일순간에 전광처럼' 지나가는 생각을 이렇게 길게 묘파한 것인데, 일반적인 경우라면 서술자의 말로 그녀의 심리를 간명히 정리해서 기술하기 십상일 터이다. 그것이 서술의 경제성을 확보하면서 이 국면의 사태를 간명히 하고, 둘 사이의 스토리-선의 좀 더 중요한 서술로 넘어가기 좋기 때문이다. 하지만 「약한 자의 슬픔」에서 김동인은 그렇게 하지 않는다. 두 남녀의 육체적 관계에 대한 묘사는 전혀 없다. 남작이 불을 끄고 엘니자벳트는 '정신이 아득하여지고 말았다'라는 기술이 전부일 뿐, 서술의 초점은 단연 엘니자벳트의 심리를 상세히 중층적으로 묘사하는 데 놓인 것이다. 「약한 자의 슬픔」이 심리소설이라는 판단은 이와 같은 경우들에 근거한다.

언설과 심리의 이중 서술 방식으로 심리묘사를 중시한 경우는 이 외에도, 엘니자벳트가 남작에게 어렵사리 잉태 사실을 알리고 병원에서 태아를 떼어달라고 청하는 장면이나1호, 64~5쪽, 그녀가 오촌 모의 집에 당도하여 둘이 말을 나누는 장면2호, 4쪽, 재판에서 자기의 청구를 '질서 없이 설명'하는 장면2호, 9쪽 등에서 나타난다.

「약한 자의 슬픔」이 심리소설로서 보이는 셋째 특징은 '생각과 심리, 생각과 감정의 이원화' 양상이다. 인물의 심리나 감정이 움직이는 것과 생각이 따로 노는 양상의 묘사는, R학당 하학 장면에서 엘니자벳트가 혜숙과 몇 마디 말을 나누는 장면1호, 67~8쪽이나 병원에서 받은 약을 처음 먹을 때 그녀가 자신의 미래에 대한 희망으로 공상을 펼친 뒤 부끄러움과 증오, 놀람, 절망 등을 느끼는 데서1호, 72~3쪽 확인된다. 앞서 나가는 감정을 생각이 반성하거나 공상으로 질주하는 생각에 대해 반성적인 감정을 느끼는, 이러한 분열상을 주목했다는 점 또한 「약한 자의 슬픔」이 심리소설로서 거둔 성취에 해당한다.

지금 지적한 특징은 이 작품 논의의 앞부분에서 검토한 바 '상승작용을 하는 심리-행동 양상'과 사실상 동일한 상태를 대상으로 하되, 그 귀결이 달라지는 경우 곧 생각과 심리, 감정이 서로 분리되는 경우를 포착한 것이라고 할 수 있다. 사실 따지고 보면 둘째 특징으로 지적한 언설과 심리의 이중 서술 또한 동일한 맥락에서 논의할 만한 대상이라 하겠다. 세 경우 모두 심리와 행동·언설·생각의 관계에 주목했다는 점에서는 동일한데, 그 귀추가 달라지는 양상을 세세하게 묘사하면서 구분된 것이기 때문이다. 이렇게 유사한 대상에 대해 상반되어 보일 정도로 다기한 방식의 묘사와 서술을 행한 것, 이 또한 의미심장하다. 작가가 인간의 심리에 대해 일면적인 규정을 앞세우지 않고, 심리의 복잡한 양상을 사실적으로 묘사하려는 태도를 취한 결과이기 때문이다.

「약한 자의 슬픔」이 심리묘사가 전면화된 빼어난 심리소설의 면모를 갖추는 것은, 위의 세 가지 경우와 달리, 별다른 설명 없이 심리의 변주나 행위의 외양만 묘사하여 심리를 추론하게 하거나, 의식의 흐름을 그대로 기술하는 방식 또한 풍성하고도 적확하게 구사하는 점에서이다.

심리 상태에 대한 설명 없이 심리 추론을 유도하는 경우로는, 남작과 첫밤을 보낸 다음 날 새벽 엘니자벳트가 보이는 심리 유희1호, 59쪽, 예배당을 나설 때 혜숙이 던진 '이즈음 학교에 왜 다른 길로 다니니?'라는 질문의 의미를 자기 방에 온 후에도 깨닫지 못하는 장면을 심리 차원의 기술만으로 제시하는 것1호, 61쪽, 남작의 말을 전하는 부인에게 당장 떠나겠다는 말을 반복하는 엘니자벳트의 행동만을 묘사하면서 심정을 추론하게 하는 부분1호, 74~5쪽 등을 들 수 있다. 이런 부분들은, 인물의 행동 자체가 주는 비일상성을 부각하고 그것을 객관적으로 묘사하는 데 멈춰 있다. 인물의 행동에 대한 편집자적 논평이나 서술자의 설명은 전혀 없지만, 행동이 낯선 만큼 그 의미와 그러한 행동을 하는 인물의 심리를 독자들이 추론하지 않을 수 없는 효과를 낳고 있다. 심리소설로서 세련된 기법을 구사하고 있다 할 만하다.

끝으로, 생각의 흐름을 그대로 묘사하는 방식 또한 중요하게 강조될 만하다. 잉태 사실을 알고 난 직후의 엘니자벳트가 남작과 이환 두 사람을 비교하는 장면이나1호, 62~3쪽, 이환과의 관계를 추론하는 아래의 인용 구절, 재판정에서 기절하고 오촌 모의 집에 돌아온 이튿날 아침의 심리와 환상이 기술되는 부분2호, 11쪽, 아이를 유산하는 전후의 '표본 생활 이십 년'과 '약한 자기'를 중심으로 하는 생각의 흐름2호, 16~8쪽 등이 이러한 예가 된다.

그는, 아까 혜숙의 말의 의미意味와 **나온 곳**을, 이제야 겨우 온전히 깨달았다.

'내가 다른 길로 다니는 것을, 혜숙이가 어찌 알까. 어찌 알까? 혜숙이는 이것을 알 수가 없다. 이환利煥! 그가 알고 이것을 S에게 말하였다. S는 이것을 혜숙에게 말하였다. 혜숙은 이것을 내게 물었다. 그렇다! 이렇게밖에는 해석할 수가 없다. 무론無論 그렇지! 그러면, 그도 내게 주의注意를 한 거지? 이 말을 S에게까지 한 것을 보면, 그도—내게…… 그도—내게…… 그도……. 남작男爵. 남작男爵은 내 말을 듣고 도망하였지—아니 도망시켰지—아니 도망했지. 남작男爵은……. 남작男爵의……. 이환 씨利煥氏. 전前에 본 S의 웃음. 응. 그 전前날 그는 S에게 고백告白하였다. 그것을 고것이—고것들이. 고—고—고것들이……. 어찌 되나. 모두 어찌 되나? 나와 남작男爵. 나와 이환 씨利煥氏. 이환 씨利煥氏와 S. S와 남작男爵. S. 혜숙이. 남작男爵과 이환 씨利煥氏. 모두 어찌 되나?' 1호, 66쪽

위의 인용 부분은 어떤 작품과 비교해도 손색이 없는 '의식의 흐름'을 보여 준다고 할 만하다. 이환도 자신에게 관심이 있었다는 사실을 늦게서야 깨닫게 된 순간, 남작과 관계를 지속하여 임신을 하게 된 자신의 현재 상황을 무의식적으로 떠올리면서 생각이 정리되지 못한 채 혼란스럽게 지속되는 것을 그대로 기술하고 있는 것이다. 이렇게 의식의 흐름 기법이라 할 만한 양상을 무리하지 않게 잘 구현해 냈다는 점은, 1930년대 한국 모더니즘 소설을 선취한 작품이라는 의의를 「약한 자의 슬픔」에 부여하는 것이어서 한껏 강조해도 지나치지 않다.[20]

지금까지 살펴보았듯이 김동인의 소설 「약한 자의 슬픔」은 서술의 초점을 인물의 심리에 두고 인물의 심리와 행동·언설·생각이 맺는 다양한 관련 양상을 사실적으로 묘파하고 있으며, 더 나아가서 심리에 대한 추론이

20 한국 모더니즘 소설의 기본 특성은 '심리소설'이라는 점에 있다. 박상준, 『1930년대 한국 모더니즘과 이상, 최재서』 참조.

나 생각의 흐름 또한 유려하게 구사하고 있다. 이로써 「약한 자의 슬픔」은 한국 소설사상 최초의 심리소설이자, 그에 그치지 않고, 본격적이며 뛰어난 심리소설의 좋은 사례라는 위상을 차지한다.

「약한 자의 슬픔」의 이러한 면모는 사회와 인간의 현대화에 대한 문학의 해석을 살피는 이 책의 맥락에서 중요한 의미를 지닌다. 여기서 이 소설이 보인 심리-행동 해석이 적실한가는 별다른 의미가 없다. 르네 지라르의 '욕망의 삼각형' 이론[21]과 마찬가지로 인간의 행동에 대한 문학적 해석의 하나일 따름이기 때문에, 그러한 해석을 심리학적으로 지지할 수 있는가를 구태여 물을 필요는 없는 것이다. 중요한 것은, 김동인이 강 엘니자벳트라는 인물 형상화를 통해서 '심리적 인간'을 구현했으며 인간의 심리-행동 메커니즘에 대한 다양한 사실적 검토를 작품에 전면화했다는 사실이다. 좀 더 좁혀서 말하자면, 간단한 스토리를 상당 분량의 중편으로 쓰면서 서술의 대부분을 인물의 심리묘사에 할애한 사실 자체가 중요하다.

「약한 자의 슬픔」을 빼어난 심리소설이며 1930년대 한국 모더니즘 소설의 선취로 간주하는 이러한 판단은 소설사적인 지평에서 근거를 얻는다. 「약한 자의 슬픔」 이전의 소설들에서 주요 등장인물들을 움직인 것은 무엇인가. 애국이나 문명개화 같은 커다란 대의나 이념, 혹은 돈과 출세 같은 사적인 욕망이다. 역사전기는 물론이요 문명개화를 주장하는 신소설이나 『무정』의 경우 중심 인물들의 의식과 행위는 국가와 사회의 미래와 관련된 이념에 정향되어 있다. 통속화한 후기 신소설이나 번안소설의 경우는 돈에 대한 욕망, 사회적 지위 상승에 대한 집착 등 사욕에 따라 움직이는 인물을 제시했다.

---

21 르네 지라르, 김윤식 역, 『소설의 이론』, 삼영사, 1991.

이들 1900~1910년대의 소설에 비할 때 「약한 자의 슬픔」이 보이는 새로움이 두드러진다. 19세 처녀가 공상적 연애와 정조 유린 사이에서 갈등하다 꿈을 잃고 좌절한 끝에 자신의 지난 삶을 성찰하고 '강한 자'가 되려는 의지를 다지는 이 소설에는, 국가 사회도 민족도 없음은 물론이요 돈이나 사회적 지위에 대한 욕망조차도 개재되지 않는다. 작품 내 세계의 차원에서 벌어지는 일을 보면 남작을 상대로 위자료 소송 재판을 거는 사회적인 이슈가 있지만 이 소설에서 그러한 점이 부각되지 않음을 생각하면, 개인의 소소한 감정과 심리에 전적으로 초점을 맞추었다는 점에서 매우 새로운 소설이라고 하지 않을 수 없다.

「약한 자의 슬픔」은 한국 현대소설 중 최초로 개인의 심리 탐구를 전면화한 작품 곧 최초의 심리소설이자, 심리소설적 특징을 핵으로 하는 1930년대 모더니즘 소설의 선구적인 작품에 해당한다. 이러한 소설사적인 의의에 더해 이 소설은 문화사적으로도 중요한 자리를 차지한다. 인간의 심리가 복잡미묘하며 그러한 심리에 의해 행동이 크게 영향받는다는 심리주의적인 인간 해석을 처음으로 부각하여 개인의 내면을 그려낸 첫 작품인 까닭이다. 「약한 자의 슬픔」을 통해 비로소 '내면을 가진 개인'이 문학 장, 문화의 지평에 뚜렷이 등장했다는 점은 십분 강조할 만한 사건이다.

이러한 역사적 의의를 생각하면, 이 소설과 관련해서 문예학적으로 제기할 수 있는 여러 문제점들은 실상 큰 문제가 아님을 알 수 있다. 예를 들어, 자신의 삶을 '표본 생활'로 규정하고 '강한 자'가 되려는 의지를 다지는 결말의 처리가 얼마나 설득력을 갖는지를 문제시할 수 있고, 강 엘니자벳트의 인물 형상화가 당대 여성들 좁혀서는 신여성들에 비춰 볼 때 어느 정도 전형적일지도 따져 볼 수 있지만, 이러한 점에서 부족한 점이 있다 해도 지금까지 밝힌 소설사적, 문화사적인 의의가 손상되지는 않는다(위와 같은 문제 제기 자체가 재현적인 작품을 전제로 한다는 점을 따로 지적하지는 않더라도 말이다).

물론 한 가지 질문은 생략할 수 없다. 「약한 자의 슬픔」의 심리소설적인 성취가 어떻게 가능했을까 하는 점이다. 이에 대해서는 『창조』 창간호 '남은 말'에 있는 김동인의 다음 진술이 참조가 된다.

> 제 **약한 자의 슬픔**이 중매자中媒者가 되어 독자讀者인 여러분과 작자作者인 '저'를 '예술藝術'의 선線으로 맞맺었습니다. 저는 이 연분에 대對하여 예禮를 하옵니다. (…중략…)
>
> **강姜 엘니자벳트** 자기自己로서 살지를 못하고 **누리**에 비친 자기自己 그림자로서 살고, 강하여 보이고도 약한 **강姜 엘니자벳트**. 그의 슬픔. 그것이…….
>
> 여러분은 이 **약한 자의 슬픔**이 아직까지 세계상世界上에 있은 모든 투 **이야기**(작품作品) — **리얼리즘, 로맨티시즘, 심볼리즘**들의 **이야기** — 와는 묘사법描寫法과 작법作法에 다른 점點이 있는 것을 알 리이다. 여러분이 이 점點을 바로만 발견發見하여 주시면 작자作者는 만족滿足의 웃음을 웃겠습니다. 1호, 81쪽

여기서 핵심은 당연히 「약한 자의 슬픔」이 묘사법과 작법에 있어서 완전히 새로운 경향의 소설이라는 김동인의 자부심이다. 이 점을 제대로 발견해 주면 작자로서 만족하겠다 하고, 이 작품으로 독자와 '예술의 선'을 맺게 되었다 한 점에서 확인되는 예술가 작가로서의 자기의식과 연관 지어 이 점을 생각하면, 김동인이 이 작품을 쓸 때의 자세가 확연해진다. 1900년대 이래의 우리나라 소설계에 유례가 없는 예술적인 작품을 쓰겠다는 의지가 그것이다. 리얼리즘이나 낭만주의, 상징주의를 묘사법, 작법과 같은 문예학적 차원에서 의식적으로 배척하고 그와는 다른 새로운 작품, 예술적인 소설을 선보이겠다는 의지로 「약한 자의 슬픔」을 썼다는 것이다.

이러한 의지가 견지되고 그에 따라 「약한 자의 슬픔」을 썼으며 그 연장선에서 심리주의적 인간의 과도한 양상을 그렸다고 할 만한 「마음이 옅은 자여」『창조』 3~6호를 발표할 수 있었던 데 대해서는, 세계 소설사 차원에서의 환경적 영향을 주목할 수밖에 없다. 일본 유학을 통해 접할 수 있었던 당대 서양 문학의 최신 흐름에 김동인이 나름대로 주의를 기울여서 이와 같은 심리소설을 쓸 수 있었다고 추정할 수밖에 없다는 말이다. 비교문학적인 맥락의 직접적인 영향 관계를 생각해 보자는 말이 아니다. 문학 방면에서의 개척자가 되겠다는 생각을 품고 있던 동인이 일본에 있으면서 세계 문학의 동향에 관심을 기울였음은 직간접적으로 확인되는데, 그의 이러한 행적과 더불어, 1920년대가 서구 모더니즘이 정점을 향해 가는 시대이며 전위주의를 이루는 당시 모더니즘 문예 운동의 기본 특징이 기존의 예술 경향과는 다른 새로운 작품에 대한 강렬한 추구를 특징으로 한다는 점을 고려해 볼 필요가 있다는 말이다. 모더니즘 예술 운동이 보이는 이러한 특징이야말로 춘원 문학을 상대화하며 예술로서의 문학을 새로이 수립하려 한 동인에게 매력적으로 받아들여졌을 터인데, 이러한 모색에서 그가 성취해 낸 것이 바로 재현적이지도 상징적이지도 않은 소설 곧 심리소설이라 할 것이다.

이러한 추정을 좀 더 강화해 주는 것은, 현재 우리가 모더니즘이라 통칭하는 당대 서구의 문예운동에 대해 이 시기 문인들이 어느 정도 의식하고 있었다는 사실이다. 주요한이 「불놀이」를 쓸 때 서구 상징주의를 의식했다는 점은 앞에서 본 바 있다.[22] 같은 맥락에서, 극웅 최승만이 자연주의 이후

---

22 이와 관련해서, 황석우가 『폐허』 창간호에 일본 시단의 2대 경향 중 하나로 상징주의 운동을 소개하고 있는 점도 주목할 만하다(「日本詩壇의 二大傾向」, 『폐허』, 1920.7). 이는 상징주의가 당대 일본에서 서구의 선진 문예로 받아들여지고 있었다는 방증이 된다.

의 문예로, 신로맨티시즘, 인상주의, 상징주의, 신비주의, 신이상주의, 인도주의 등을 언급한 것이나,[23] 김유방이 「현대예술現代藝術의 대안對岸에서 – 회화에 표현表現된 '포스트 임프렛쇼니즘'과 '큐비즘'」[24]을 통해 후기인상파, 입체파에 더하여 점채파點彩派, 외광파外光派, 미래파, 음향파, 구도파構圖派, 이사동묘파異事同描派 등을 언급하고 있음을 주목할 수 있다. 『금성』 창간호1923.11의 '육호잡기' 중에는 자신의 작품이 '얼마쯤 「다다」적 색채'를 띠고 있다는 언급이 있으며80쪽, 『폐허이후』 창간호1924.1는 「해외 문예 소식海外文藝消息」란을 통해 예이츠의 노벨문학상 수상 소식을 전하면서 노벨상에 대한 설명과 더불어 1901년부터의 수상자를 소개하기도 했다128~9쪽. 요컨대 당대 서구의 문예 동향에 대한 동인지 문인들의 관심이 무시할 만한 정도는 아니었다는 말이다.

이와 같은 상황에서 주요한은 최초의 산문시형 자유시인 「불놀이」를 쓸 수 있었다. 동일한 상황에서 김동인은 「약한 자의 슬픔」과 이를 잇는 「마음이 옅은 자여」를 통해 심리소설을 개척함으로써 『창조』의 소설을 이어가는 쌍두마차라 할 전영택으로부터 "우리 창조創造 소설단小說壇에 이채異彩를 발發하는, 우리의 자랑인 동인 군東仁君"[25]이라는 찬사를 듣게까지 된 것이다.

요컨대 김동인과 주요한은 1920년 전후의 문학계에 전례가 없는 새로운 문학을 수립하려는 야심을 갖고 각각 문학사에 남을 기념비적인 작품을 창작했다. 단순히 형식상으로 새로운 데 그치는 것이 아니라, '내면을 가진 개인'을 문학 장과 문화의 지평에 생생하게 등장시켰다는 점이 주목할 만한 의의를 이룬다. 이런 면에서 이들의 작품은, 1900년대의 민족주의적인

---

23 최승만, 「文藝에 對한 雜感」, 『창조』 4, 1920.2, 50쪽.
24 『창조』 8호, 1921.1.
25 전영택, 「남은 말」, 『창조』 6호, 1920.5, 75쪽.

애국계몽 문학에 비할 때 민족사적인 의의는 보잘것없다 하겠지만, 범위를 좁혀 문학사 및 문화사에 주목하면 각각 지워지지 않는 의미를 획득하고 있다 하겠다.

제8장

식민지적 비참함과 낭만주의

1920년대 초기 문인의 상황

앞에서 우리는 동인지를 내세우며 등장한 문학청년들이 새로운 문학예술을 개척하겠다는 의지와 포부를 앞세웠고 어느 정도는 그에 걸맞은 창작 성과를 내었음을 확인했다. 이들은 1900년대 이래의 운동으로서의 문학과 유흥으로서의 문학 양자를 배척하고 1920년 전후의 사회 현실에 대한 재현과는 거리를 둔 채, 작품으로서의 문학 곧 순문학을 지향하였다. 『창조』의 김동인은 이러한 흐름을 "권선징악에서 조선 사회문제 제시로—다시 일전하여 조선 사회 교화로—이러한 도정을 밟은 조선 소설은 마침내 인생 문제 제시라는 소설의 본무대에 올라섰다"라고 회상한 바 있다.[1] 다른 동인지들도 다르지 않다. 사회의 문제를 폭로하거나 인민을 사회적으로 교화, 계몽하려는 대신에 '폐허'의 '예원'을 '장미촌'으로 가꾸고자 했다는 데서 동인지 문학들은 사회로부터 유리된 문학 장에 스스로를 가두었다고 할 만하다.

동인지 문학의 발생은 이렇게 문학 장의 맥락에 긴밀히 관련되어 있지만, 이후 전개된 동인지 문학의 양상까지도 모두가 내내 그런 것은 아니다. 문학 장을 넘어 실제 현실과의 교섭이 없을 수 없고, 불가피한 교섭만큼 현실의 영향을 받은 까닭이다.

좀 더 좁혀 문예학적으로 보더라도 현실의 영향력을 마냥 도외시할 수는 없다. 소설이란 기본적으로 재현 예술인 까닭에 작품의 시공간 배경을 설정하는 데 있어서 작품 밖의 현실이 관여되지 않을 수 없는 까닭이다. 뒤에서 살펴보는 대로 동인지 문학 시기의 소설들은 현실성을 약화하는 다양한 방법을 구사하여 자신들의 문학 세계를 구사했지만, 1923, 4년경에 이르면 현실의 위력을 담아내는 데로 방향을 틀게 된다. 문학청년들의 현실 인

---

1 김동인, 「한국근대소설고」, 『김동인 문학 전집』 12, 대중서관, 1983, 466쪽.

식이 증대됨에 따라 소설이라는 장르의 힘이 발현된 것이다.

위와 같은 변화가 있기 전에도 현실은 근본적인 영향을 미쳤다. 문학 동인들이 발 딛고 활동하는 공간의 현실성 특히 식민지성이 그들의 동인 활동을 위시하여 작품의 경향에 기본적인 제한을 가한 것이다. 단적으로 식민 당국에 의한 검열이 대표적이다. 동인지에 대해 검열이 행해졌으며 문학 동인들이 검열을 의식했다는 사실은 동인지 자체에서도 확인된다.

『백조』 창간호1922.1의 '육호잡기' 마지막 글에서 인생의 진상에 대한 상징으로 관능에 직감되는 자연 그대로를 쓴 빙허 현진건의 소설 「전면纏綿」을 싣고자 했으나 못 싣게 된 '부자유'를 홍사용이 언급한 바 있고142쪽, 『금성』 창간호1923.11도 발행인을 외국인으로 하지 않으면 원고의 사전 검열을 받아야 하는 상황을 지적하면서 '자유 없는 비애'를 언급하고 있다79쪽. 원고 검열로 인해 복자伏字 처리가 된 경우가 『창조』에서 보이기도 하며, 김동인이 『창조』 발간 후 귀국하여 옥살이를 한 것은 출판법 위반 때문이었다.

동인지 문학에 대한 현실의 압박과 그에 대한 동인들의 태도는 그러나 일방향적이지도 일의적이지도 않았다. 3·1운동의 여파와 관련해서 『창조』 3호가 보인 동향이 이를 잘 보여 준다. 『창조』 3호1919.12는 1, 2호와 달리 늦게 나왔다. 애초 월간을 예고한 동인지가, 2호 이후 무려 11개월 가까이 지나서 발행된 것인데, 이에는 명확한 사연이 있다. 1919년 3월 1일 시작된 독립 만세 운동이 그것이다. 이와 관련하여 김동인과 전영택이 수개월씩 옥살이를 했고 이광수와 주요한은 망명하듯이 상해로 넘어갔으니 『창조』를 제대로 발간할 수 없었다. 이러한 사정은 3호의 '나믄말'에도 밝혀져 있다. 3·1운동의 영향은 이에 그치지 않았다. 아래 인용문에서 보이듯이 『창조』의 순문예 동인지적인 성격에 변화를 꾀하려고까지 하게 한 것이다.

> 본지本誌는 언제던지 물론 문예文藝를 주안主眼으로 삼지만은 우리 현사회現社會의 요구要求에 응應키 위爲하야 이번 삼 호三號부터는 사상思想 방면方面(논論, 평評, 등等)의 글도 약간若干 기재記載하려고 합니다.77쪽

'문예를 주안'으로 삼는 동인지가 사상 방면의 글을 싣겠다는 것은 순문예 동인지로서의 성격을 고집하지 않겠다는 선언에 해당한다.

그러나 실제로 사상 방면의 논평이 실리지는 않았다. 문예비평으로서의 논평이 실렸을 뿐이다. 따라서 순전한 '창작' 동인지의 성격이 다소 약화되는 방향으로 변했을 뿐이라 하겠다. 이 점이 중요하다. 본인들도 직접 참여하여 옥고를 치르거나 조선을 떠날 수밖에 없는 직접적인 영향을 받은 3·1운동이라는 전 민족적인 독립운동에도 불구하고, 문학 동인지로서의 성격은 계속 유지했던 것이다.

물론 그렇다고 해서 위와 같은 방침 변경 의사의 의미가 없는 것은 아니다. 3·1운동의 여파가 계속되는 와중에 그 역사적인 의미를 창조 동인들이 십분 의식하고 있다는 사실을 확인시켜 주는 까닭이다. 이러한 점은 4호의 '남은 말'에서 춘원이 이번에도 글을 올리지 못했으나 "그가 우리의 큰 일을 위하여 고심 노력하심을 생각하면 우리는 기뻐하여야 될 줄 압니다"62쪽라 한 데서도 확인된다.

3·1 이후의 문화정치하에서 식민지 현실의 위력을 십분 의식하되(이는 어쩔 수 없는 만큼 당연한 일이다) 동인지를 거점으로 한 문학 활동에서는 현실을 외면하고 자신들이 생각하는 순문학에 매진했던 것, 이것이 동인지 문학 시대를 이끈 문학청년들의 태도라 하겠다. 이러한 태도의 결과로 「약한 자의 슬픔」 같은 심리소설과 「불놀이」 같은 빼어난 산문시가 등장했음은 이미 살펴보았거니와, 동인지 문학 기간 동인지 특유의 소설 세계와 시문

학이 전개되었다. 그 경향을 범박하게 말하자면, 이 시기의 소설은 현실성의 외면을 특징으로 하며 시는 사실상 감상주의에 해당하는 양상을 보였다고 할 수 있다.

이렇게 동인지 문학 시대의 문인들이 작품의 창작에 있어서 자신들의 시야를 문학 장으로 한정했지만 현실의 위력이 배제된 것은 아님을 명심할 필요가 있다. 동인지 문학의 특성을 낳은 힘은 두 가지로 정리된다. 문학청년들의 문학 이데올로기와, 동인지 문단에 기본적인 제한을 가하는 식민지 현실이 그것이다. 1919년 이후의 식민지 현실이 어떠하며, 동인지 문학을 수립한 청년 문인들의 의식 세계는 어떠한지를 하나씩 살펴볼 필요가 여기 있다.

동인지 문학 시기 이후의 현실이란 토지조사사업1910~1918과 기미독립운동1919의 여파로 특징지어지는데, 이 두 사건의 기본적인 의미는 계급 역관계에 근본적인 변화를 낳았다는 데 있다. 이 사건들로 인해서 식민지 한국 사회의 계층 구성 관계가 변화되었으며, 그에 따라 계층, 계급 의식이 심화되면서 1920년대 이래로 무산계급 운동이 활성화된다. 이러한 변화는 사회 문화 전반에 걸치면서 사람들의 의식 구조까지 변화시켰다. 현실에서는 촌락 공동체가 계급 갈등의 장이 되면서 실질적으로 해체되고, 그 결과로 문화와 의식 면에서 상상의 공동체인 민족이 약화되고 계급 주체가 등장하게 된다. 이러한 변화는 1920년대 초부터 시작되어 중일전쟁1937 이후 일본 군국주의 파시즘이 강화되는 1930년대 후반까지 지속되며, 소설 문학에 반영되기는 1920년대 중기부터다.

동인지 문학 시기로 돌아와 새로운 문학 운동을 수립한 작가들에 초점을 맞추어 보자.[2] 토지조사사업의 완수와 기미독립운동의 실패는, 이들 문학청년과 그들이 속한 중산층 이상의 계층에게 있어 이중의 의미를 지닌다고 보인다. 부르주아적 토지 소유권의 확립 과정으로 수행된 토지조사사업이 유산 계층의 계급적 전망을 열어 준 반면에, 기미독립운동의 실제 경과는 그들이 지녀왔던 바 민족을 대표하는 상징적 존재로서의 위상을 실추시킨 까닭이다. 이러한 맥락에서 동인지의 문학청년들은 궁극적으로는 이 두 사건에 의해 사회적으로 부유浮游하는 계층으로 몰렸다고 할 만하다.

1910년에서 1918년에 걸쳐 일본 제국주의에 의한 한국 식민지화의 기초적인 사업으로 수행된 토지조사사업은 두 가지 면에서 주목을 요한다. 첫째는 계급 관계의 변화 측면이다. 일본 제국주의의 요구에 합치되는 서민 지주층의 육성을 목적으로 한 이 사업의 결과로, 농민의 계층 구성이 지주와 소작농의 증가 및 자작농, 자소작농의 감소 경향을 보였으며 고율의 소작료로 인해서 빈농층의 생활이 열악해졌다.[3] 이는 1920년대 조선에서의 계급 관계의 첨예화 및 계급의식의 고조로 현상한다. 기미독립운동의 과정에 있어서 지역적으로 두드러지게 편재된 농촌의 운동 발생 지역이 중세重稅 지역과 일치하고 있음은[4] 바로 이러한 계급 역학의 변화를 예견, 확인시켜 준다. 1920~30년대 전체에 걸쳐서 한국 사회의 가장 핵심적인 문제가 '지주-소작농' 사이의 지소갈등이 될 수밖에 없었던 근본 원인이 토지조사사업의 결과로 마련된 것이다. 이렇게 계급 관계 면에서 토지조사사업은 조선 사회의 계급 갈등을 첨예화한 중요한 사건이라고 할 수 있다.

---

2 이하 토지조사사업과 기미독립운동의 영향 및 그 이후의 조선 사회에서 활동한 동인지 문학인들의 상황에 대한 내용은, 박상준, 『한국 근대문학의 형성과 신경향파』(소명출판, 2000)의 1부와 2부 2장 1의 1)의 내용을 이 책에 맞게 수정, 보완한 것이다.

3 신용하, 「일제하 '조선토지조사사업'의 구조와 토지 소유권 조사」, 『조선 토지조사사업 연구』, 지식산업사, 1982; 宮嶋博史, 「토지조사사업의 역사적 전제 조건의 형성」과 「조선 토지조사사업 연구 서설」, 梶村秀樹 외, 『한국 근대 경제사 연구』, 사계절, 1983; 이준식, 「지배하는 제국, 저항하는 민족-1920~1937, 식민지 지배의 안정과 위기」, 김정인·이준식·이송순, 앞의 책.

4 宮嶋博史, 「조선 토지조사사업 연구 서설」, 梶村秀樹 외, 『한국 근대 경제사 연구』, 사계절, 1983, 311쪽.

다른 한편으로 토지조사사업은 "점차적으로 진행되어 오던 토지 사유화 과정을 확인하고 근대법적 토지 소유 제도를 확립하는 부르주아적 토지 소유권의 확립 과정"[5]으로서 자본주의 전일화 과정의 일환이라는 성격을 지닌다. 곧 토지조사사업으로 인해 유산 계층의 계급적 전망이 열렸다고 할 수 있다. 물론 이러한 전망은 제한적인 것이었다. 식민지 치하에서의 유산 계층의 계급적 활로란 친일 내지 부일로 귀결될 수밖에 없어서 그 전개에 있어 사회적으로 일정한 제동이 걸릴 수밖에 없었던 까닭이다.

이러한 예견되는 딜레마를 앞두고 그것을 확인하는 셈인 양 그들이 나선 것이 바로 기미독립운동이었다고 할 수 있다. 이러한 상황을 임화는 식민지 치하 한국에서의 '자본주의적 발전의 특이한 부자연성'으로 파악하고, "옹색한 자기 발전의 활로를 타자에게 예속되어 구할 것인가 혹은 모든 역사적 숙제를 해결할 행동선상에 진출할 것이냐"의 딜레마로 표현한 바 있다. 그러한 행동, 광범위하게 축적된 사회적 민족적인 하부 압력에 밀려 그들이 나서게 된 것이 바로 기미독립운동이라는 것이다.[6]

기미독립운동의 진행은 각 계급의 각성을 가져오면서, 경제적 상층부와 당대의 작가들이 속해 있던 계층의 분리를 낳았다. 기미독립운동의 주도층은 근대적 지식인이며 상공업에 종사하던 양반, 중산층 출신의 계층에서 최하층 일반 민중으로 변화되어 갔는데,[7] 운동 주도층의 이러한 변화는 1920년대 초기 작가들의 상황과 관련해서 중요한 의미를 갖는다. 이들 문학청년들이 속한 계급의 역사적 주도권이 무력화되고 이와는 반대로 "인민의 민족적 의식과 계급적 각성이 현저히 높아졌으며 정치 사회 생활의 모

---

5 서울사회과학연구소 경제분과, 『한국에서의 자본주의 발전』, 새길, 1991, 40쪽.

6 임화, 「朝鮮新文學史論序說」, 『조선중앙일보』, 1935.10.17.

7 류청하, 「3·1운동의 역사적 성격」, 안병직 외, 『한국 근대 민족운동사』, 돌베개, 1980, 4절 참조.

든 부문에서 대중의 적극성"이 고양되어,[8] 대부분 일본 유학 출신의 관념적 지식인인 이들에게 있어서 세계가 자신의 이상을 실현할 수 없게 하는 제한된 공간으로 인식되게 된 것이다.

이러한 자리에서 이 시기의 작가들은, 주어진 길을 거부한 문제적 개인의 면모를 띤 채 당대 현실에 대한 낭만적 반발의 양상을 보였다. 1920년대 초기 소설 문학의 가장 진지한 작가라고 할 수 있는 염상섭의 다음과 같은 술회가 저간의 사정을 잘 드러내 준다.

> 그때에 나는 동아일보東亞日報가 창간創刊되어서 비로소 귀국歸國하여 육 개월간六個月間 기자記者 생활生活을 하다가 단조單調한 그 생활生活에도 불만不滿이 있지만 예나 제나 가는 곳마다 있는 소위所謂 사회인社會人의 암투暗鬪를 보고 분개憤慨하고 사회社會가 나를 요구要求도 않겠지만 나도 발을 끊는다고 직업職業까지 내어던진 터이라, 일종一種의 반동적反動的 감정感情이 침민沈敏한 동시同時에 벌써부터 생활生活에 피로疲勞를 느낀 나는 침울沈鬱한 기분氣分에 잠기어 어리둥절한 가운데서 지내왔다.[9]

사회에 대한 이러한 '일종의 반동적 감정'은, 토지조사사업과 기미독립운동 이후의 역사적 상황에 직면한 중산층 유학생 출신 작가들의 심리를 일정 정도 대변한다 할 만하다. 세상이 자기들의 뜻대로 돌아가지 않는다는 것을 부득이 인정하게 되었을 때 지식 계층이 가질 법한 자기 본위의 현실 부정에 해당하는 것이다.

이에 더해 염상섭은 『폐허』를 내게 된 '만세운동 직후의 현실감'을 다음

8 사회과학원 역사연구소 편, 『조선 근대 혁명 운동사』, 한마당, 1988, 168쪽.
9 염상섭, 「處女作 回顧談을 다시 쓸 때까지」, 『조선문단』, 1925.3.

과 같이 토로한 바 있다. 시간이 많이 흐른 뒤의 회상이지만 3·1 이후의 상황에 대한 인식은 상섭이 『폐허』 창간호 '상여'에서 언급했던 내용과 차이가 없다. 따라서 이는 3·1운동 직후 동아일보 사회부 기자로 활동했던 상섭이 취재를 통해 직접 파악하고 문제적이라 생각했던 현실 의식이라 할 만하다.

> 3·1운동의 의의는 논외로 하고, 당장 잃은 것은 많고 얻은 것은 없다는 허탈감, 공허감이 또한 이러한 기분을 자아냈던 것이다. 기껏 얻은 것은 신총독新總督의 '문화정치'라는 것의 정도로 몇 개 안 되는 신문, 잡지의 허가는 해놓고 갖은 수단으로 못살게만 구는 꼴로 족히 짐작할 수 있었고, 민족운동도 길이 막혔고, 상권을 내어주거나 민족경제의 육성의 길을 터 줄 리 없으니, '만세' 후에 우후죽순같이 거리거리에 나붙던 주식회사 간판도 삽시간에 추풍낙엽같이 떨어져가는 등등 울분하고 신산한 환경 속에 앉아서는, 폐허라는 기분이면서도 의지로서는 여기에서부터 새 출발을 한다는 희망만은 가졌던 것이었다.[10]

앞의 인용문이 청년기의 반동적 감정을 강조한 것과 달리 64세의 염상섭이 회상하는 이 구절은 사회적인 맥락을 부각하는 특징을 보인다. 민족운동도 경제 활동도 다 막힌 사회 상황 속에서 오직 문학 장만이 '새 출발'의 장으로 열려 있었다는 것이다. 동인지들이 보였던 바 새로운 문학 창조의 포부가 제출된 당시의 사회 상황을 밝히는 것은, 당시 자신들의 행위에 대한 변호로 폄하될 것이 아니라, 그러한 상황이 끼친 영향과 결과를 염두에 두고 동인지 문학을 바라볼 수 있게 한다는 점에서 적절하다 하겠다. 이 면

10 염상섭, 「폐허」, 『사상계』, 1960.1, 248쪽.

에서 먼저 주목되는 것은, 사회 상황의 영향이 직접 드러나는 국면이란 동인지에 발표된 작품들보다 그것을 쓴 이들 문학청년의 사회에 대한 태도라는 사실이다. 그것은 무엇인가. 다름아닌 환멸이다. 이는 일찍이 1930년대 초반의 김태준에게서부터 확연히 의식되었다.

> 당시의 사회적 공기는 그처럼 긴장하였으므로 모든 기대가 틀려질 적에 그 각성하고 흥분되었던 민중의 생활 운동이 발연히 도처에 일어나는 일면에 벌써 지식 계급의 가슴에는 무엇인가 내리누르는 것 같은 커다란 환멸을 아니 볼 수 없었다. 그리하여 무엇무엇에 희망을 붙여 의기가 충천하던 그들에게 환멸이 닥쳐올 때 그들의 어떤 부분은 회의와 '데카단'으로 달아나게 되어 이에 이상주의, 허무주의, 민주주의, 감상, 회의, 퇴폐의 혼합한 특수 공기를 이루어[11]

토지조사사업의 완수에 따른 민중과 지식 계급의 분리를 생각지 않는다는 점에서 김태준의 진단에 전적으로 동의할 수는 없지만, 기미독립운동 이후 문학청년들이 현실에 환멸을 느끼고 예술을 거점으로 데카당적 탈주를 벌였다는 판단에 대해서는 이론의 여지가 없다 하겠다.

김태준의 당대적 감각을 염두에 두고 이러한 사태를 정확히 이해하려면, 1920년대 동인지 문학을 이룬 문학청년들 특유의 정신 상태라 할 환멸과 데카당적인 문학주의를 낳은 요인으로, 토지조사사업과 기미독립운동 외에 한 가지를 더 고려해야 한다. 이상 두 가지 역사적 사건이 기본 조건이었음은 분명하지만, 그것만을 따지자 하면 이들 문학청년들이 보인 문학 장에서의 개척 정신과 포부가 설명되지 않기 때문이다. 폐허와도 같은 조선

---

11 김태준, 『조선소설사』(청진서관, 1933), 예문, 1989, 203쪽.

에 새롭고도 진정한 문학을 수립하겠다는 그들의 열의를 이해하기 위해서는, 그들이 일본 유학을 통해서 습득한 것이 무엇인지를 따질 필요가 있다.

이러한 맥락에서 식민 지배국인 명치, 대정기 일본에 있어서 문인의 위상을 지적한 다음 대목이 깊이 음미할 만하다.

> 명치 이래의 작가들 대부분은, 일반의 현실 사회가 진실을 생각하거나 진실을 말하는 것을 용납하지 않는 것 같은 비합리적인 조건 속에서 삶을 이루어 왔기 때문에 그러한 사회에서 도망쳐 온 도망자로서 살았다. (…중략…) 일본의 현대소설을 확립한 것으로 보이는 자연주의 이후의 작가들은 그 대부분이 국내에 있어서의 도망자Exile이다. 학교도 직장도 집안일도 버리고 몸을 없애고자 하는 보헤미안 풍의 삶을 살았던 것이다. 그런데 그들은 사회에의 비판을 문학 속에서 하지 않았다는 점이 유럽 문사들과 다르다. 사회인으로서의 문사란, 일본에서는 예외적이다. 도망쳐 들어간 곳은 문단이라는 특수한, 세상을 등진 듯한 기풍이 있는 작은 사회였다. 이러한 의미의 문단이란 것이 확립된 것은 명치 40년1907 무렵이었다.[12]

명치유신 이래 일본이 보인 근대화는 시민사회의 결핍 내지 미발달 상태에서 '신정적 천황제'로 치닫는 특유의 사례를 보였다.[13] 사회의 합리화나 개인 주체의 탄생과는 거리가 있는 독특한 근대화 과정을 밟은 것인데, 바로 이러한 상황으로부터 한발 물러서서 스스로 사회의 아웃사이더가 된 자들이 바로 일본의 문학자들이었다. '비사회적 존재로서의 문사'라는, 세상

12 이등정, 『문학입문』, 광문사, 1954, 95~6쪽(김윤식, 『염상섭 연구』, 서울대 출판부, 1987, 336쪽에서 재인용).

13 송호근, 『국민의 탄생－식민지 공론장의 구조 변동』, 민음사, 2020, 1장 참조.

의 흐름과는 거리를 둔 문학 장에서 활동하는 보헤미안 풍의 문학인들이 그들이다.

동인지 문인들이 일본 유학을 통해 접한 일본의 문인들이 바로 그러한 '사회로부터의 도망자'였다. 일본 문인의 이러한 위상과 특성은 유학생 문학청년들에게 매력적으로 비쳤을 터이다. 식민지 조선에서 정치성을 탈각당한 문학 활동이 데카당적이고 보헤미안적인 데로 정향되는 것은 그 자체로 자연스럽다. 이에 더해서 그들에게는 그러지 않기 어려운 조건도 주어졌다. 토지조사사업과 기미독립운동을 겪으면서 민중들과 유리된 까닭에 그러한 상황을 자각하고 존재 전이를 꾀하지 않는 한 민족사의 흐름에서도 비껴나게 된 부르주아 청년인 그들에게는 '사회로부터의 도망자' 자리가 기본항으로 주어졌던 것이다. 이러한 추정의 적절성은, 이들 동인지 문인을 포함한 당시 지식 청년 일반이 생활에 있어서 기존 질서를 무시하는 데카당적인 삶을 의도적으로 추구했다는 사실에서도 확인된다.[14]

사회로부터의 도망자라는 의식에 더해서 그들은, 피식민지 지식인으로서 '일제로부터의 도망자'라는 또 하나의 자의식을 갖지 않을 수 없었다. 그들이 추구하는 문학의 성격과는 상관없이 출판법에 의한 검열제도라는 족쇄가 그러한 자의식을 강제했다 하겠다. 이상 두 개의 자의식이 서로 떨어질 수 없음은 당연한데, 식민지 상황을 염두에 두면 '일제로부터의 도망자'라는 두 번째의 자의식이 앞의 것을 일층 강화시켰으리라고 추정할 만하다. 정치성이 배제된 문학적 일탈조차 자유롭게 감행할 수 없는 현실이 그들을 예술의 상아탑으로 즉 일제와 그들이 지배하는 사회의 너머로 밀어 넣었으리라는 것이다. 이러한 현실 도피는 문학예술의 가치를 한껏 높이는

---

14 권보드래, 『3월 1일의 밤－폭력의 세기에 꾸는 평화의 꿈』, 돌베개, 2019, 504~8쪽.

예술지상주의적, 데카당적인 사고와 상승작용을 하는데, 바로 그러한 사고의 자양분이 일본 문단에서는 더욱 강화되고 있었다.

> 명치를 지나 대정의 교양주의에 오면, 문사들의 빛은 더욱 휘황해진다. 문학이라는 내면적인 세계가 현실의 정치나 경제나 사업보다 훨씬 이념적이고 값지다는 사상이야말로 교양주의의 핵을 이루었던 것이다. 문학예술이 그런 자리에 낄 수가 있었다. 종주국이자 문명국 일본의 형편이 그러하다면 고아나 다름없는 식민지 청년들이 문학에 몸을 맡기고자 한 것은 퍽 자연스러운 일이라 할 수 있다. 창조파, 폐허파, 그리고 백조파들에 의해 형성된 식민지 조선의 '문단'이란, 그 성격상에 있어 일본의 그것과 나란히 가는 것이다. 뿐만 아니라 그것에 비하여 오히려 일층 깊고 철저한 것이기도 하다.[15]

마지막 문장의 원인은 위에서도 언급했듯이 식민지적 규정성에서 찾아진다. 자유가 억압된 식민지 상황에서 '문학이라는 내면적인 세계'가 가일층 그 빛을 발했으리라 짐작된다. 그러한 상황에서 자존감을 확보하려는 심리적 메커니즘을 고려하면, 사회적 기준에서는 도망자이되 개인의 의식에서는 기성의 질서를 전면적으로 거부하는 선각자의 면모를 보인 것까지도 자연스럽게 이해할 수 있다. 기존의 문학계를 '폐허'로 진단하고 자신들의 손으로 '장미촌'을 개척하겠다는 새로운 문학에 대한 포부를 당당하게 외치는 만큼 그리고 그러한 외침으로 현실을 외면하는 만큼, 현실 속의 자기 계급의 위상과 식민지하의 지식인으로서의 자신의 위상을 돌아보지 않을 수 있었을 것이다.

15 김윤식, 『염상섭 연구』, 336~7쪽.

동인지 문단을 이룬 문학청년들이 보인 새로운 문학에 대한 포부와 자부심은 이렇게 사회적 존재의 측면에서 보았을 때 심리적으로 뒤틀린 것이다. 이러한 사정은 주관성이 개재된 문인들의 회고 등에서보다, 그들의 반대편에 서 있는 일제 식민지 당국의 관찰을 통해서 확인해 볼 때 더욱 잘 드러난다.

> 歸還者의 言動은 如何한가 하면, 所謂 新知識에 觸하야 歸한 彼等의 多數는 地方有力者의 子弟인 關係上, 概히 地方青年間에 重鎭을 成하야 地方에 在한 先覺者로서 自任하야, 青年團體의 牛耳를 執하고 他青年의 指導的 態度에 出하는 바, 時或 定理定論을 得意로 하야 **眞面目으로 職業에 從事하는 者를 蔑視함과 如한 者도 有하나**, 近來는 概히 思想言動이 共히 穩健着實에 向하는 듯하다. **內地에서 勉學한 者는 上述과 如히 理想만 高하야 如何間 驕傲不眞面의 譏는 不免하나**
>
> 일본에서 들어온 자들의 언동은 어떠한가 하면, 소위 신지식을 접하고 돌아온 그들의 다수는 지방 유력자의 자제인 까닭에 대체로 지방 청년계의 중진이 되어 선각자로 자임하면서 청년단체의 우이牛耳를 잡고 다른 청년을 지도하는 태도를 보이는바, 때때로 진리나 이론을 뽐내면서 **본성 그대로 직업에 종사하는 사람들을 멸시하는 자도 있으나**, 근래는 대체로 사상과 언동이 모두 온건하고 착실해지는 듯하다. **내지內地에서 공부한 자는 위에 말한 것처럼 이상만 높아서 교만하고 오만하여 본성을 해친다는 나무람을 면하지는 못하나**[16]

1920년대 초기 유학생 문학청년들의 심리와 태도란 어떠했는가. 일본

16 朝鮮總督府學務課, 「內地勉學朝鮮學生의 歸還後의 狀況」, 『朝鮮』 79호, 1924.4, 65쪽. 강조는 인용자.

유학을 통해 나름의 이상을 갖고 돌아와서는, 직업에 종사하는 자를 멸시하고 교만과 오만을 보이는 것 곧 사회의 아웃사이더를 자처하는 모습이 선명하다. 비사회적 존재 혹은 사회로부터의 도망자라 할 이러한 모습이 문인 예술가의 한 전형임은 예컨대 토마스 만의 예술가 소설들을 통해서도 확인할 수 있다. 이러한 맥락에 더하여 대정 교양주의의 자장 속에서 문학예술이 정치나 경제나 사업보다 우위에 있는 것으로 여겨졌다는 앞의 지적을 함께 고려하면, 유학생 출신 문학청년들의 행태를 보다 잘 이해할 수 있다.

그들이 취한 것은 바로 현대사회 속 문제적 개인으로서의 예술가의 자리였다. 달리 말하자면 현대 자본주의 사회에서 예술가들이 처하게 된 보편적인 상황[17]을 직접 체화하고 있었다고 할 수 있다. 기미독립운동으로 인해 부르주아 계층의 환상이 깨지면서 더 이상 현실적으로 가능하지도 않게 된 바 계몽주의자이자 민족운동의 선도자라는 자리를 이들 문학청년이 스스로 폐기했을 때, 그들이 취할 수 있는 면모는 사실 현실을 외면하는 낭만주의적인 예술가 외에는 달리 있기 어렵기도 하다.[18]

이상의 논의를 정리하면 다음과 같다. 동인지 문학 시대를 연 문인들은 토지조사사업과 기미독립운동으로 위태롭게 변화된 계급적 위상 속에서 대정기 일본 문단의 풍조를 좇아 낭만주의적, 예술지상주의적인 순문학을 수립하고자 했다. 문화정치라는 보다 촘촘해진 억압 사회로부터 벗어나는 방편으로 그들은 스스로를 사회로부터의 도망자 자리에 위치지었으며, 심적으로는 새롭고도 진정한 예술의 개척자로 자부하면서 문학예술의 영역

17 아놀드 하우저, 염무웅·반성완 역, 『文學과 藝術의 社會史－近世篇 下』, 창작과비평사, 1981, 62~7쪽.
18 루카치, 반성완·임홍배 역, 『독일문학사』, 심설당, 1987, 152~5쪽.

에 있어서만큼은 커다란 사명감과 자부심을 가진 선각자로 자처했다. 일본 문학의 풍조를 받아들이면서 조선의 문학계를 폐허로 인식하는 우를 범한 것조차 그 폐허를 장미촌으로 만들겠다는 포부를 강화할 뿐이었다. 이렇게 정치 사회 역사의 지평으로부터 눈을 돌려 문학 장에 주목하면서 자신들이야말로 '진정한' 문학을 건설하고 있다는 사명감과 자부심을 뽐낸 것이야말로 신진 작가들을 고유하게 특징짓는 새로운 의식이었다.

이들이 써 낸 작품들 역시 낯선 것이었다. 1920년대 초기 소설들의 새로움은 작품 내 세계에서 극명히 확인된다. 첫째 작품 세계의 구축에 있어서 현실의 외면 및 부정 혹은 축소, 둘째 '예술' 혹은 '참사랑', '참 개인' 등에 대한 열망을 보여 주는 인물 구도, 끝으로 낭만주의적인 동경의 화려한 좌절로 이루어지는 서사 구성, 이상 세 가지가 주목된다. 첫째 항목은 소설사의 전개에 있어서 이 시기 작품들이 공통적으로 보여 주는 고유한 특질이자, 작가 의식에 결부된 것이다. 둘째 항목이 주제적인 측면에서의 특징이라면, 셋째는 그러한 주제의 구현이 실제적으로 난망한 당대 현실과 관련해서 필연적으로 귀결된 서사 구성상의 특징이라고 할 수 있다.

이러한 세 가지 특징들은, 당대의 현실과 작가 의식, 작품 세계의 삼자가 복합적으로 관련된 결과이다. 앞에서 말한 작가들의 상황 및 그 의식에 뿌리를 둔 낭만주의적인 동경이 형상화의 초점이 되어 있어서, 그만큼 현실의 힘이 외면 혹은 축소되어 버렸다. 물론 현실의 규정력이 완전히 소멸될 수는 없는데 그럴 경우 소설일 수 없기 때문이다. 축소된 채로 현실의 힘이 규정력을 발휘한 결과가, 서사 구성에 있어서 주인공의 낭만주의적인 동경이 좌절되는 종결 형식이다. 요컨대, 대정기 일본 문단을 엿본 유학으로부터 돌아와 조선 현실과는 거리가 있는 이상을 표지하고 있던 작가 의식과 토지조사사업과 기미독립운동 이후 시작된 문화정치하의 폐색된 식민지 현실이 맞닥뜨리되, 의식이 현실보다 우세한 형태로 심각한 부조화 상태에 놓임으로써 현실을 외면하는 낭만주의적인 작품 세계가 설정되었던 것이다.

이렇게 형성된 동인지 소설들이 보이는 현실성의 약화 양상은 다음 둘로 나뉜다. 애초부터 현실 형상화와는 거리를 띄운 경우와, '낭만적인 동경이라는 주제의 설정상 현실이 제대로 형상화될 수 없는 사정' 자체를 형상화의 대상으로 삼는 경우가 그것이다. 나도향의 작품들이 '현실의 외면'으로 요약할 수 있는 전자의 대표적인 예가 되며, '현실의 축소'라 할 후자의 중요한 예가 염상섭의 이른바 초기 3부작이다. 작가를 대상으로 좀 더 넓혀서 보면, 김동인을 전자에 현진건과 전영택을 후자에 추가할 수 있다. 1920년대 초기 동인지 문학을 장식한 이들 작가의 대표적인 작품들이 그대로 현실성 약화의 네 가지 유형을 대표한다.

현실의 외면을 통해 현실성이 약화되는 첫째 경우를 우선 개괄해 본다. 1920년대 초기의 작가라고 할 수 있는 나도향의 경우는 철저하게 낭만적인 세계, 심정적 세계에 매달리는 특징을 보인다. 「젊은이의 시절」『백조』, 1922.1, 「별을 안거든 우지나 말걸」『백조』, 1922.5 등에서 보이는 중요 인물들의 지향이나 서사 구성에서 이러한 점이 쉽게 감지된다. 현실 형상화를 애초에 배제한 경우이다.

큰 틀에서는 동류지만 도향과는 약간 다르게 김동인은, 형성 계기상 작가의 항목에서 원리적으로 현실성을 배제해 낸다. 창작 방법론으로서의 '인형 조종술'을 바탕에 깔고 액자구성이라는 미적 장치까지 구사함으로써 '이야기의 세계'를 선보인 「배따라기」『창조』, 1921.5가, 현실성 배제의 두 번째 경우에 대한 직접적인 예이다.

이들과는 조금 다른 자리에 현진건과 염상섭이 있다. 이들은 실제 현실이나 풍속을 상세하게 그리지는 않는다 해도, 작품 내 세계가 어쨌든 현실적으로 설정되어 있다는 점에서 전자와 구별된다. 현실이 마냥 배제되지는 않고 축소된 채로나마 등장하는 것이다. 그 결과로, 작품 내 세계 속에서 전체로서 형상화되지는 못한 현실이, 작품의 서사 구도에 한계를 지우는 방식으로 미약하나마 그 힘을 행사한다.

주제상 사회적 차원을 겨냥하고 있는 현진건의 「술 권하는 사회」『개벽』, 1921.11가 이러한 사정을 가장 잘 보여준다. 현진건의 작품들은 대체로 인물 구성이 가족 혹은 좀 더 넓어야 인척 관계 내로 국한되어 있고 공간 배경은 가정을 넘지 않는데, 예술에의 동경을 내세운 「빈처」『개벽』, 1921.1가 직접적인 경우이다.

염상섭의 「표본실의 청개구리」『폐허』, 1920.7와 「암야闇夜」『개벽』, 1922.1는 폐색된 현실과 그 속에서 실현될 수 없는 이상의 조우에 따른 환멸 자체를 정면으로 포착함으로써 현실성을 담아낸다. 현실의 구체적인 모습이나 인물에 대한 현실 상황의 직접적인 강제 등이 형상화되지는 않아도, 낭만적 동경을 포지한 인물들을 환멸로 이끄는 현실의 힘 즉 현실성은 쉽게 확인된다. 이런 점에서 1920년대 초기의 창작 상황 자체를 형상화한 것이 염상섭의 작품이라고 할 수 있다.

1920년대 초기 소설들에서 확인되는 현실성의 약화는 '진정한 예술, 참 사랑, 참 개인' 등에 대한 열렬한 동경 및 지향이라는 서사 구성의 결과이자 동시에 그 배경이다. 물론 대부분의 작품에서 이러한 동경과 지향은 성취되지 않으며 끝내 인물들을 불행한 상태로 몰아간다. 현실은 여전히 전시대적이며 뛰어넘을 수 없을 만큼 완강한 까닭이다. 주인공들은 행동을 통해서 반半봉건적이고 부자유한 현실을 극복, 초월하고자 하며 이러한 노력이 작가에 의해 '현실의 외면 및 축소'로 십분 지원받고 있기는 하지만,

소설이라는 장르의 요건상 어찌할 수 없는 현실의 규정력 속에서 소망은 소망으로 끝나 버린다. 끝내 성취되지 않는 것이다. 그 양상은 주인공의 은둔, 칩거, 죽음 등의 종결 형식이며, 그 결과는 이들 종결 형식에서 확인되는 낭만적인 특성이다.

이러한 좌절의 서사는 설득력을 갖는다. 동경의 대상 자체가 당시의 반半봉건적인 현실에 비춰볼 때 애초부터 실현 가능성이 희박한 것이었기 때문이다. 사태를 정확히 진술하자면, 기실 동경의 대상 자체가 추상적인 것이었다고 할 수 있다. 그러한 동경의 대상을 받아들일 만한 물적 토대는 물론이요 문화적 콘텍스트context조차 부재한 현실에서 그것들이 관념으로서만 유입되어 동경할 만한 것인 양 간주되었던 것이다. 따라서 이러한 추상적 성격은 진정한 문학을 수립한다는 자부심에 사로잡힌 작가들의 주관적인 기획에 오롯이 뿌리를 둔다. 동인지 문학청년들이 실현 가능성은 고려하지 않은 채로 '예술'이나 '개인(성)'에 대한 지향만을 앞세웠던 것이다.

이러한 동경, 지향의 대상을 두고 '추상적 근대성'이라 개념화해 볼 수 있겠다. '진정한 예술, 참사랑, 참 개인' 등으로 표명된 이러한 추상적 근대성에 대한 지향과 그 좌절이 1920년대 초기 동인지 소설들의 주제와 서사 구조를 이룬다.

여기서 주의해야 할 것은, 이러한 동경, 지향과 그 좌절이라는 서사의 구성 양상을 비현실적인 것의 증발이나 헛된 것의 종식처럼 단순하게 보아서는 안 된다는 점이다. 일반적인 견지에서 보더라도 낭만적 동경이 '좌절'되는 설정은 당대의 반봉건적 현실을 외면하지 않은 최소한의 산문정신이 발현된 것이다. 만약 '좌절'이 배제되거나 나아가 동경 및 지향이 실현된다면, 작품 외적인 준거에 비추어 현실성을 가질 수 없게 된다. 그 경우라면 행복한 결말로 나아가는 고소설이나 한낱 로망스에 그쳐, 결국 현대소설일 수 없게 될 터이다. 즉 '동경의 좌절'이야말로 이들 작품을 현대소설의 한계 내에 세워 주는 현실성의 계기라 할 것이다. 이렇게, 추상적 근대성에 대한 동경의 좌절이라는 서사 구성의 의미는 일의적인 것이 아니다.

물론 1920년대 초기 소설의 대부분 특히 나도향의 작품에서 형상화의 초점은 '좌절'이 아니라 '동경 자체'에 놓여 있다. 이러한 사실은, 염상섭의 경우를 예외로 할 때, 추상적 근대성에 대한 동경이나 지향에 대한 서술시가, 좌절 및 그에 따른 심정에 대한 것보다 월등히 크다는 데서 확인된다. 따라서 실상 이들 작품은, 서사의 종결과는 달리 낭만주의적인 지향 자체를 고취하는 작품의도를 보여준다고 해야 할 것이다. 따라서 앞서 지적한 '좌절'이라는 종결 처리는 대체로 이들 작품을 현대소설의 경계 내에 위치지우는 최소한의 역할만을 한다고 하겠다. 현실성과 반비례 관계에 놓이는 낭만주의적 동경의 구체적인 양상이나 그 열도에 있어서 다소간의 차이는 있지만, 작품의도상에 있어서 이러한 효과는 명백하다.

사정이 이러해서 1920년대 초기 동인지 문학의 주요 특징은 추상적 근대성에 대한 낭만주의적 동경으로 요약할 수 있다. '참사랑' 혹은 '참 개인', '참 예술' 등에 대한 동경은 전 시대의 작품 경향과 비교해 볼 때 매우 낯선 것이다. 소재 혹은 제재가 새로움을 낳기도 하지만, 더 중요한 원인은 그러한 대상을 향하는 동경과 지향의 성격에 있다. 1900년대와 1910년대의 문학과 비교해 볼 때, 추상적 근대성에 대한 낭만적인 동경은 무엇보다도 전체를 상정하지 않는다는 데서 차이를 보인다. 『무정』의 경우 박영채조차도 음악을 배워 민족을 위하겠다는 자세를 보였지만 나도향의 「젊은이의 시절」의 주인공 철하에게는 그런 목적이 없다. 예술가가 되는 것 자체가 그대로 그의 목적이 된다.

이러한 설정을 보이는 동경의 메카니즘에서 민족 계몽이나 사회의 개화

[근대화] 등속은 설 자리가 없다. 대상이 되는 사랑이나 예술, 개인성의 특성 자체가 그러하기 때문이기도 하지만, 궁극적으로는 동경의 주체인 인물들이 애초부터 현실의 관습이나 효용성 등을 고려하지 않는 까닭이다. 이 소설들에서는 주인공이 자신의 동경을 실현하는 것 다시 말하자면 자기 자신의 욕망을 충족시키려는 것만이 사건을 추동시키는 힘이 되고 있다. 요컨대 낭만적 동경의 자리 및 그 추동력이 철저히 '개인적인 욕망'에 놓여 있는 것이다.

여기서 중요한 점은, 동인지 소설의 서사를 추동하는 개인적인 욕망이 이전의 소설들이 보였던 사욕과는 판이하게 다르다는 사실이다. 전통적인 사적 욕망이란 돈과 재산을 늘리거나 지위를 높이거나 빼어난 배우자를 얻어 타인의 부러움을 사는 등 사회관계 속에서 기능했다. 타인과의 관계를 전제하는 이러한 사욕은 어느 시대 어느 인간에게서나 볼 수 있는 보편성을 띤다. 이와 비교할 때 동인지 소설의 주인공이 보이는 개인적인 욕망은 출세나 치부 등과는 무관하다는 점에서 새롭고 고유한 것이다. 사회관계를 의식하지도 않고 사회 일반의 지향에 아랑곳하지도 않는 그러한 개인적 욕망, '개성을 지닌 개인의 개인으로서의 욕망'이라고 할 만한 욕망을 드러냈다는 점에서 동인지 소설은 1900년대의 애국계몽 문학이나 신소설은 물론이요 『무정』을 위시한 1910년대의 계몽주의문학 등과 자신을 구분한다.

이렇게 새로운 욕망을 드러냈다는 점에 1920년대 초기 동인지 문학의 문학적, 정신사적인 의의가 마련된다. 좀 더 상세히 살펴보자. 이들 작품의 주인공들은, 욕망을 지닌 까닭에 결핍된 존재여서 그것을 메우기 위해 '참사랑'과 '참 예술'을 열렬히 동경하고, '강한 나' 혹은 '참개인'을 지향하는 방식으로 자신의 정체성을 수립코자 한다. 무엇보다도 '개인'으로서 존재하고자 하는 것이다. 이때의 사랑이나 예술, 개인성에 대한 동경은, 구시대의 잔재가 미만한 사회로부터 벗어나 새로운 삶을 열어가는 방식 곧 근대적인 삶의 방식의 원동력으로서, 새로운 존재 곧 근대적 개인 주체의 형성을 지향한다.

이러한 점을 바탕으로 할 때, 1920년대 초기 소설에 드러난 추상적 근대성에 대한 낭만주의적 동경은, 그 심층적인 의미에 있어서 근대적인 개인상을 구축하고자 한 시도로 해석될 수 있다. 소극적으로 보자면 근대적 개인의 한 유형을 보이는 것이지만, 적극적으로 본다면 한국 현대문학사상 처음으로 개인을 형상화한 방식이라고 할 수 있다. 이러한 의의는 단순히 문학사에 그치는 것이 아니라 문화사 및 정신사에 놓이는 것이다. 이를 고려하면, 그렇게 형상화된 개인이 실제 행위의 주체이지 못하다는 점에서 불구성을 문제 삼는다거나 이 시기의 작품들을 일괄해서 데카당적이라고 폄하하는 등의 지적은 다소 부적절하고 근시안적인 판단이라 하겠다.

한걸음 더 나아갈 필요가 있다. 작품이 의미하는 것이 말한 것에 한정되지는 않는다는 사실을 고려하여, 현실과 관련한 해석을 좀 더 밀고 나아갈 필요가 있는 것이다. 여기서 좌절이 다시 고려된다.

'낭만주의적 동경의 좌절'이라는 서사 구성은, 일반적인 맥락 즉 당대의 구체적인 사회 현실과 당대인들의 사회관 혹은 이데올로기를 말하지 않는 방식으로 보여 준다. 좌절로 요약되는 이들 서사의 종결 형식은 그 자체로 보자면 현실에 대한 패배 및 거부를 의미하지만 인물들의 동경과 지향의 맥락에서 보면 현실을 초월코자 하는 소망 혹은 의지의 연장이며, 바로 이 맥락에서 역으로, 그러한 동경이 실현되지 못하고 동경으로 끝날 수밖에 없는 척박한 현실에 대한 항의이자 고발이기도 하다. 현실을 초월코자 하는 모든 낭만적 정신은 그 자체로 현실에 대한 강력한 불만의 메시지를 은밀하게 담고 있다. 낭만적 정신의 현실 외면 혹은 왜곡 나아가 전면적인 부정 속에는, 이미 자신의 거울상으로 현실의 이미지가 투영되어 있는 것이다. 1920년대 초기 동인지 소설들의 낭만주의적인 현실 부정 역시 이러한 맥락에서 동시에 현실 폭로이기도 하다.

이렇게 작품 표면에서 은폐되는 방식으로 결국 폭로되는 현실이란 '폐색閉塞된 현실'로 규정될 수 있다. 이때의 현실은 예술(지향)을 전혀 이해하지 못하는 세속적, 물질적인 것이며(나도향의 소설들, 현진건의 「빈처」 등), 약한 자가 참된 개인이 되려는 것을 방해하는 봉건적이고 음험한 것이자(김동인, 「약한 자의 슬픔」) 동시에, 물욕을 통해서 순정을 파멸시키는 자본주의적인 것(나도향, 『환희』, 『동아일보』, 1922.11.21~23.3.21)이기도 하다. 이상과 같이 여러 가지 측면에서 인물들의 지향을 억압한다는 점에서 1920년대 동인지 소설이 폭로하는 현실은 폐색된 현실이다.

이러한 현실의 폐색성은 곧 의식의 불행으로 이어진다. 의식이 불행한 것은 좁은 현실 속에서 자신의 공간을 찾을 수 없는 까닭이다. 추상적 근대성에 대한 열망을 가진 주인공들이 나아갈 곳은 밝은 세계에서는 없다. 따라서 열정적인 동경과 실현의 욕망에도 불구하고 인물들이 다다르는 곳은 '북국의 한촌'(염상섭, 「표본실의 청개구리」)이거나 '감옥'(전영택, 「운명」, 『창조』, 1919.12) 혹은 정처 없는 유랑(전영택, 「천치? 천재?」, 『창조』, 1919.3)이며, 더 나아가서는 전근대적인 이야기의 세계(김동인, 「배따라기」) 혹은 죽음(전영택, 「혜선의 사」, 나도향, 『환희』)일 뿐이다. 이렇게, 폐색된 현실 속에서 자신의 뜻을 펼치고자 하나 그러지 못하고 끝내 좌절하게 된다는 의미에서 주인공들의 의식은 불행하다. 여기서 불행의 내포는 그들이 식민지하의 비참한 상태에 빠져 있다는 것이다.

이때 비참한 것은 사실 현실이 아니라, 폐색된 현실과 맞닥뜨린 까닭에 자신을 맘껏 펼칠 수 없는 의식 자체이다. 이 점은 십분 강조할 필요가 있다. '비참한 의식'이 아니라 '비참한 현실'이 형상화의 주요 대상이 될 때 신경향파를 핵으로 하는 1920년대 중기의 자연주의 소설계가 펼쳐지는 까닭이다. 본격적인 수탈 구조가 완비된 식민지 치하의 현실을 두고서, 그 현실의 비참함을 그대로 인식하는 현실적인 태도가 자연주의를 이루는 반면, 그러한 현실 속에서 의식이 자기 자신을 돌아보며 스스로의 비참함을 불행으로 노래한 경우가 바로 1920년대 초기 동인지 소설이다. 이들 작품이 근본적으로 낭만주의적인 속성을 갖는다는 것은 이러한 의미에서이기도 하다.

1920년대 중기에 이르는 이상의 사정을 염두에 두면, '식민지적 비참함'이라는 개념을 구성함으로써 1920년대 초기 동인지 문학의 핵심을 이해할 수 있다. 넓은 의미에서 '식민지적 비참함'이란 개념은, 본격적인 카프 경향문학이 등장하기 이전까지의 1920년대 소설의 주요한 특징을 가리킨다. 도달해야 할 혹은 주어져 있어야 할 이상으로서 작가들의 현실상은 매우 근대적이며 높은 반면, 실제 현실은 극히 폐색되고 물질적으로나 의식상으로 후진적이며 이념적으로 잘못되어 있어서 인간들을 질식시키거나 물질적 한계 속에서 인간의 삶을 위협하거나 의식상으로 부박하게 만드는 것이 바로 식민지적 비참함의 내포이다. 여기서 핵심적인 특징은 현실과 의식의 괴리이다. 폐색된 현실을 인정하지 않는 의식이, 적극적으로 현실을 변혁하고자 하지도 않는 까닭에 현실로부터 눈을 돌려 자신의 비참함을 느끼기만 하는 것이다.

'식민지적 비참함'은 의식이나 현실 어느 한 가지에 의해서 산출되는 것이 아니다. 둘 모두를 동시 원인으로 갖는 것인데, 식민 지배국인 아서구로서의 일본이 배태시킨 높은 이상 및 관념과 식민지하의 반봉건적인 조선의 현실 두 가지의 상위에 따른 것이다. 근대라는 관념 혹은 관념상의 근대적인 것과 식민지 수탈 정책에 의해 관리되는 반봉건적인 현실의 상위 상태에서, 의식과 현실을 양 축으로 하여 시선이 어디에 두어지는가에 따라 1920년대 소설사의 굴곡이 드러난다. 의식의 비참함을 중점적으로 드러낸 것이 초기의 낭만주의적인 동인지 문학이라면, 궁핍으로 대표되는 현실의 비참함을 집중적으로 폭로하는 것이 이후 전개되는 자연주의 소설계이다.[19]

동인지 소설과 자연주의 소설 양자를 비교하는 자리에 서게 되면, 지금까지의 논의가 보인 전자에 대한 평가가 과한 것이라는 인상을 받을 수도 있다. 1920년대 초기 동인지 문학이 보인 낭만주의적인 현실 부정을 폐색된 현실에 대한 폭로로 해석하고 이러한 문학 상황 전체를 통해 식민지적 비참함을 읽어 내는 방식이, 식민지 현실에 맞설 생각은 없는 채 그로부터 거리를 두고 문학예술의 성채 속에서 선구자가 되고자 했던 부르주아 문학청년들의 속좁은 기획을 고평한 것이라고 비판할 수 있는 것이다.

이런 맥락에서 생각하면, 1920년대 초 동인지 소설이 보인 바 현실의 외면 및 축소 양상은 식민지하의 현실을 재현 대상에서 배제하는 방식으로 사실상 인정한 경우라 할 수 있다. 정치적으로 폐색된 식민지 현실에 대한 환멸을 바탕으로 하여 예술이라는 상아탑을 지향함으로써 속악한 현실과 거리를 둔 것 자체가, 실제적으로 보면 현실을 외면하는 방식으로 식민지하의 사회 상황을 그대로 인정한 셈이 되는 것이다. 동인지 문학청년들의 한계를 지적하는 일은 이와 같이 간단하다.

그러나 이와 같은 비판에 그친다면, 동인지 문학이 우리의 역사에서 가지는 중층적인 의미 효과들 모두가 간과되고 만다. 문학작품을 통해 인간과

19 이러한 전환을 예비적으로 보여 주는 1920년대의 문제적인 작품이 바로 다음에서 다룰 염상섭의 『만세전』이다.

사회에 대한 역사적인 고찰을 행하는 자리에서는 그럴 수 없다. 빤히 보이는 한계에 연구자도 함께 빠져 있다면 그것은 의미 있는 인문학적 연구일 수 없다. 한계를 인식하되 그러한 한계를 보인 지향과 실천 및 그 결과의 의미를 보다 중층적으로 파악할 때 역사적 검토의 의의가 살게 된다. 1920년대 초기 동인지 문학의 경우도 마찬가지다. 식민지 현실을 외면한 문제는 자명한 것이므로 그대로 정리하되 그에 그치지 않고 그러한 세계가 형성된 것 자체가 갖는 의미를 구명해야 하는 것이다. 그 결과가 바로 '식민지적 비참함'이다.

식민지적 비참함을 개념화하는 데 이른 이 작업의 의의는, 이러한 식의 비참한 정신이 단지 1920년대 초기 동인지 문학에 한정되는 것은 아니라는 점에서 한층 크다. 우리의 정신사 및 문화사가 보이는 비참한 정신은, 식민지 시기에 그치지 않는 보다 지속적인 하나의 태도로 드러난다. 현실에 근거를 두지 않는 추상적이고 이상주의적인 외래 지향성 일반이 이러한 비참한 정신의 계보를 이룬다고 하겠는데, 1920년대 초기 동인지 문학은 이 계보의 문학예술 분야 버전을 전개한 것에 해당한다. 자율적인 예술의 지향이라는 보편적인 분위기를 스스로 띠며 탈현실적인 운동을 펼쳤다는 점에서, 유학 등을 통해 자양분을 얻은 곧 외래의 자극에 의해 생겨난, 제3세계의 자생적인 문화 지향으로서의 서구화 의지라 할 수도 있으나, 서구적인 것에 대해 맹목적이고 추상적인 만큼 비참한 정신의 구도를 벗어날 수는 없다. 이런 면에서 이 시기 동인지 문학은 이후 전개되는 사회 각 분야의 유사한 경향에 일종의 선구적인 사례이자 맹목적인 근대 지향, 실질적인 서구 지향성, 서구 추수주의의 근원에 해당한다.

물론 이와 같은 비판적 평가를 이어가더라도 1920년대 초의 동인지 문학에서 우리가 찾은 역사적인 의미가 지워지는 것은 아니다. 문학의 자율성에 대한 인식, 개인의 부각, 폐색된 현실의 폭로 등은, 이들 문학청년들의 자각 여부를 떠나, 현실 외면의 작품 세계를 보인 동인지 문학이 획득한 의미 있는 성취에 해당한다.

제9장

정관적 부르주아 주체의 등장과 식민지 현실의 인식

염상섭의 『만세전』(1924)

염상섭의 『만세전』은 1920년대 초기의 상황을 전면적으로 문제시한 작품이다. 대정기 일본 문단에서 문학청년들이 습득한 참 인생이나 참사랑, 개인 등의 추상적 근대성에 대한 열망과 토지조사사업과 기미독립운동의 영향으로 재편되고 있던 식민지 현실, 앞에서 '식민지적 비참함'이라 명명한 대로 서로 결합될 수 없는 이 둘의 관계에서 열망이 식어 버리고 난 뒤의 상태를 이 소설이 보여 준다. 당대의 정신사적인 상황을 포착했다는 점에서 『만세전』은 1910년대 우리나라의 상황에 대한 시대사적인 파악을 보인 『무정』과 동궤에 속한다고 할 수 있다.

이 소설은 '묘지墓地'라는 제명으로 『신생활』1922.7~9에 연재 도중 3회가 삭제되고 잡지의 폐간과 함께 중단되었다가, 『시대일보』1924.4.6~6.4를 통해 '만세전萬歲前'으로 개제되어 전체가 연재된 뒤, 같은 해 고려공사에서 단행본으로 출간되었다. 해방 후인 1948년에 의미 있는 개작을 거쳐 수선사에서 다시 출간된 바 있다. 근대화 시기 한국인의 의식 변화를 탐색하는 이 책에서는 당연히 1924년의 단행본 『만세전』을 대상으로 한다.

『만세전』은 분열된 작품이다. 주인공 이인화를 통해 보이는 개성적인 근대인의 정관靜觀적인 면모와 그의 인식에 의해 폭로되는 식민지 현실의 비참함 양자가 두드러지게 드러나 있다. 이러한 까닭에 이 둘 중 어디에 방점을 찍을 것인가를 두고 수많은 선행 연구들이 서로 대립하는 양상을 보이기까지 해 왔다.[1] 결론을 당겨 말하자면, 이 두 가지가 함께 제시된 것이 『만세전』이며 바로 그러한 점으로 해서 시대적인 의의를 갖는다고 하겠다.

『만세전』의 주인공 이인화는 동경 유학생이다. 조선에는 조혼한 아내가

---

* 이 장의 논의는 박상준, 『형성기 한국 근대소설 텍스트의 시학—우연의 문제를 중심으로』의 3장 2절 2항을 이 책의 논지에 맞게 수정, 보완한 것이다.

1 이에 대한 상세한 검토로, 박상준, 「『만세전』 연구를 통해 본, 한국 근대문학 연구의 문제와 과제」, 한국문학연구학회, 『현대문학의 연구』 28, 2006 참조.

있는데 해산 후더침으로 병세가 악화되어 언제 죽을지 모르는 상태에 있다. '연종시험'을 치르는 중에 귀국을 종용하는 급전과 돈이 온다2쪽. 아내가 죽게 되었다고 생각하면서 이인화는 이발소, 서점 등을 거쳐5~10쪽, 정자가 있는 카페에 들렀다가7~21쪽, 발이 가는 대로 거리를 배회하고는21~7쪽, X와 정자의 배웅을 받으며 밤 열한 시 차로 동경을 출발한다30쪽.

이와 같은 주인공의 행동은 보통 사람으로선 이해하기 어려운 것이다. 아내가 위독하다 해서 귀국하기 위해 시험까지 그만두었으면서도 몸단장에 쇼핑을 하고 카페에 들러 여급들과 수작을 하며 술을 마시고 있다. 윤리적으로 공감하기 어려운 만큼, 생활인의 감각을 벗어나 있는 데카당적인 문학청년의 행태라 할 만하다. 이는 '문학가 양반네들'17쪽로 함께 묶이는 카페 여급 정자에게 목도리를 선물하고 사랑이란 '저 혼자의 일'이라는 사랑론과19쪽 "그릇된 도덕적 관념으로부터 해방되는 거기에 진정한 생활이 있는 것"이라는 인생론20쪽을 펴는 데서도 확인된다.

여기에 더해, 이인화의 반윤리적인 행동은 좀 더 심층적인 원인을 갖는 것으로 보인다. 카페를 나와 길을 걸을 때 '터무니없는 울분'과 '공허와 고독'을 느끼면서22쪽 다음처럼 생각하는 것이다.

> 이러하게 겁겁증症이 나서, 몸부림을 하는 일종一種의 발작적發作的 상태狀態는, 자기自己의 내면內面에 깁게 파고 드러안즌 '결박結縛된 자기自己'를 해방解放하랴는 욕구慾求가, 맹렬猛烈하면 맹렬猛烈할사록, 그 발작發作의 정도程度가 한층 더하얏다. 말하자면, 유형무형有形無形한 모든 기반羈絆 모든 모순矛盾 모든 계루繫累에서, 자기自己를 구원救援하야 내이지 안으면, 질식窒息하겟다는 자각自覺이 분명分明하면서도, 그것을 실행實行할 수는 업는 자기自己의 약점弱點에 대對한 분만憤懣과 연민憐憫과 변명辨明이엇다.23쪽

여기에서 확인되는 것은 자신이 결박되었다는 주인공의 의식이 매우 강렬하지만 그 원인은 명확하지 않다는 점이다. 이인화가 구속감을 느끼는 것은 '유형무형의 모든 굴레와 모순, 얽매임'이라고 대단히 추상적으로 기술된다. 뒤에서 확인되는 것처럼 그는 국가의 식민 상태나 사회 상황과 같은 정치적, 시대적인 문제에 관심을 두고 있지 않다71쪽. 유학생으로서 일본에서 생활할 때는 자신이 '망국 민족의 일 분자'라는 것조차 별로 의식하지 않고 지내 왔다52~3쪽. 그럼에도 불구하고 이인화는 결박되었다는 의식이 날카롭고 그만큼 해방 욕구 또한 맹렬하며, 그와 동시에 자기 구원을 실행할 수는 없다고 느낀다.

사정을 종합하면, 정치적인 문제처럼 특정한 것이 아니라, 자신이 처한 현실의 일반적인 상황, 문화의 전반적인 양상에 대해 이인화의 의식이 대립적으로 거리를 둔다고 하겠다. 일종의 발작적 상태로까지 비화되는 그의 갑갑증이라는 것은, 자신이 이상적이라고 생각하는 자유로운 삶을 살고자 하는 욕망은 비대해져 있는 반면 그가 처한 현실은 그것을 용납하지 않는 상황에 기인하는 것이라고 할 만하다. 그가 정자를 두고 펼친 사랑과 인생에 대한 장광설이 그의 이상을 증명하며, 조혼한 아내의 존재와 후에 드러나는 바 집안의 반봉건성 그리고 조선 사회의 암울한 상태 등이 그의 이상이 실현될 수 없으리라는 절망을 낳는다. 이렇게 이상과 더불어 자기 구원을 실행할 수 없다는 절망적 인식을 함께 갖는 까닭에, '질식하겠다는 자각'과 갑갑증이 지속되는 것이다. 이럴 때 데카당적인 행동이란 갑갑증을 완화하는 응급처치에 해당한다.

『만세전』의 이인화가 보이는 이러한 상태는 역사적이다. 시대의 변화를 드러내고 있다는 말이다. 동인지 소설의 주인공들과 달리 이인화는 추상적 근대성이 '추상적'이라는 사실을 알고 있다. 참된 예술이나 사랑, 개성에의 동경에 오롯이 몸을 맡길 수는 없다는 것을 그는 안다. 그러한 동경이 실현될 수 없다는 점을 알기 때문이다. 따라서 이인화는, 주체적인 삶을 사는 강한 자「약한 자의 슬픔」나 예술가「빈처」, 「젊은이의 시절」, 「운명」가 되는 것을 지상의 목표로 삼거나 자유연애에 목숨을 거는『환희』, 『재생』 인물들과 다를 뿐 아니라, 문명개화라는 이상만을 좇아 아무런 좌고우면 없이 행동하는 『혈의 누』의 김옥련과 구완서와도 다르고, 자신의 사랑이 참된 사랑인지 계속 자문하며 각성해 나아가는 『무정』의 이형식과도 다르다. 이인화는 개성이나 사랑, 예술에 대한 동경으로부터 거리를 둔 것에 더하여 사회의 문명개화와 인민의 계몽에 대한 의지도 갖지 않은 상태에 있다.

이렇게 추상적 근대성에 대한 동경과 계몽주의 양자로부터 떨어진 무위의 상태에 있는 인물을 그림으로써 『만세전』은 당대 지식 청년의 역사적인 초상을 포착해 내었다.

이러한 상태에서 이인화는 둘째 날에도 신호에 내려 카페 하녀와 수작하고 별다른 이유 없이 을라를 찾아가 여정을 지연시킨다. 이렇게 '지체되는 여로' 과정에서 『만세전』은 이인화라는 인물의 데카당적인 특성을 제시하는데, 그의 그런 행위와 중간중간의 상념을 통해 추상적 근대성에 대한 열망의 잔재, 아직도 막강한 그 위력이 발산된다. 추상적 근대성에 대한 열망이 여전히 막강함은 작품의 끝에 이르기까지 이인화가 생활의 맥락과는 거리를 두는 데서 확인된다.

이와 더불어 『만세전』은 조선의 식민지 현실 또한 드러낸다. 이는 이인화가 일본을 떠나기 위해 관부연락선을 탈 때부터 뚜렷해진다. 하관[시모노세키]에서 그는 간단한 심문 후 배에 올라 곧장 목욕탕으로 가는데 거기서 일본인들의 조선인 노동자 모집 이야기를 듣고 충격을 받는다50~62쪽. 곧 배에서 내려져 수색을 당하고62~71쪽 다시 갑판으로 올라와서는 분한 생각에 눈물을 흘리며 이런저런 상념에 빠진다71~5쪽.

일본 제국의 식민지인이라는 엄연한 현실의 위력이 짙은 그림자를 드리우는 셋째 날의 장면이다. 이로써 현실 인식에 해당하는 주제효과가 직접적으로 드러난다. 여기서 미리 강조해 둘 점은, 현실 인식의 내용이 객관성과 현실성을 획득한다는 점이다. 이는 그러한 주제가 작가-서술자에 의해 직접 주장되는 대신 이인화의 경험과 인식을 거리를 두고 묘사하는 보여주기 기법을 통해 제시되었기 때문이다. 이러한 객관적인 현실 형상화 방식은 한국 현대소설의 전개에 있어 『만세전』이 처음 성취한 것이어서 십분 강조할 만하다.

하관에서 '임바네쓰'에게 심문을 당하는 장면은 '그 머릿살 아픈 의례히 하는 승강이'48쪽로 간주되어 점묘하듯 간단히 기술된다. 그 뒤 배의 목욕탕에서 일본인들이 나누는 이야기를 들으며 이인화는 자기반성에 이르게 된다. 처음에는 평소의 생각을 확인해 보는 정도다. '요보'가 '대만의 생번生蕃'보다 낫다면 나을까 할 만한 수준이라는 말에 입술을 악물고는52쪽 일본인의 소소한 언사와 행동으로 인해 민족적 적개심이나 반항심이 생겨난다는 생각을 하는 것이다53쪽. 그러다가, 일본인 노동자 모집원의 말을 통해 "가련한 조선 노동자들이 속아서, 지상의 지옥 가튼 일본 각지의 공장으로 몸이 팔리어 가는"57쪽 '금시초문의 그 무서운 이야기'60쪽를 듣고 깜짝 놀란 이인화는 다음과 같은 자기반성을 보여준다.

이인화의 반성은 그 개인의 반성에 그치지 않고 1920년대 초기 문학계를 연 젊은 청년들 모두에 해당하는 의미를 갖는다는 점에서 좀 길지만 인용해 둔다.

> 스물두셋쯤 된 책상 도련님冊床島令任인 그때의ㅅ 나로서는, 이러한 이야기를

듯고 놀라지 안을 수 업섯다. 인생人生이 엇더하니 인간성人間性이 엇더하니 사회社會가 엇더하니 하여야, 다만 심심파적으로 하는 탁상卓上의 공론空論에 불과不過할 것은 물론勿論이다. 아버지나, 그러치 안으면 코ㅅ백이도 보지 못한 조상祖上의 덕택德澤으로, 공부 자工夫字나 어더 하얏거나, 소설小說 권卷이나 들처보앗다고, 인생人生이니 자연自然이니 시詩니 소설小說이니 한다야 결국結局은 배가 불너서, 포만飽滿의 비애悲哀를 호소呼訴함일 다름이요, 실 인생實人生 실사회實社會의 이면裏面의 이면裏面 진상眞相의 진상眞相과는 아모 관계係關도 연락連絡도 업슬 것이다. 그러고 보면 내가 지금只今 하는 것, 일로부터 하랴는 일이 결국結局 무엇인가 하는 의문疑問과 불안不安을 늑기지 안을 수가 업섯다.60쪽

여기서 이인화는 '인생이니 자연이니 시니 소설이니' 해 온 것이 '실 인생 실사회의 진상'과는 아무 관계도 없는 허깨비 놀음 곧 실현 가능성이 없는 추상적인 동경에 불과하다는 인식을 보인다. 이러한 인식은 자신이 해온 일에 대한 회의와 미래에 대한 불안을 야기한다. 반성이 좀 더 구체적인 채로 앞을 서서 전원생활을 예찬하는 산문시를 쓰던 지난봄의 '공상과 천려淺慮'61쪽를 부끄러워하며, 민중의 삶을 생각하는 데로 이어진다.

그러나저러나, 일 년一年 열두 달, 우마牛馬 이상以上의 죽을 고역苦役을 다-하고도, 시레기죽에 얼골이 붓는 것도 시詩일가? 그들이 삼복三伏의 쯰는 해빗에, 손등을 듸우면서 홈이 자루를 놀릴 쌔, 그들은 행복幸福을 늑기는가?…… 그들은 흙의 노예奴隸다. 자기 자신自己自身의 생명生命의 노예奴隸다. 그리고, 그들에게 잇는 것은, 다만 쌈과 피쌘이다. 그리고 주림쌘이다. 그들이 어머니 배ㅅ속에서 쒸어나오기 전前에, 벌서 확정確定된 유일唯一한 사실事實은, 그들의 모공毛孔이 맥히고 혈청血淸이 말으기까지, 흙에, 그 쌈과 피를 쏫으라는 것이다. 그리

하야 열 방울의 땀과 백百 방울의 피는 한 알一粒의 **나락**을 기른다. 그러나 그 한 **알의 나락**은 누구의 입으로 드러가는가? 그에게 지불支拂되는 보수報酬는 무엇인가. — 주림만이 무엇보다도 확실確實한 그의 바들 품삭이다……

나는, 몸을 다— 훔치고 옷 입는 터전으로 나왓다. 61~2쪽. 원문의 방점을 강조 표시함

여기서 우리가 주의해야 할 것은 두 측면이다. 식민지 현실의 실제적인 맥락이 부각된다는 사실 자체가 하나이고, 이렇게 부각된 현실 인식이 행동으로 이어지지 않고 인식으로 그치고 만다는 것이 다른 하나이다.

첫째 측면 곧 객관적인 현실 인식은, 1920년대 초기 동인지 문학의 낭만적인 경향에 비춰볼 때 대단히 새로운 것이어서 주목을 요한다. 현실을 직접 재현, 반영하는 대신 현실에 대한 주인공의 사고를 통해 현실의 맥락을 제시할 뿐이어서 리얼리즘적인 성취와 비교할 만한 것은 아니지만, 그럼에도 불구하고 『만세전』이 보이는 현실 인식은 대단히 중요한 특징이고 한국 현대소설의 전개 및 발전 과정에서 이 소설이 보인 의미 있는 성과에 해당한다.

1920년대 전반기 소설계는 1923~4년경을 분절점으로 해서 전면적인 현실 외면, 부정의 양상을 벗어나 현실의 수용이라는 새로운 면모를 보이기 시작한다. '현실 외면에서 현실 수용으로의 변화'로 요약할 수 있는 이러한 변화는, 기존의 작품상에 있어서 특징적인 것에 대한 비판과 새로운 것에 대한 추구라는 두 가지 계기 사이의 변주 면에서 크게 두 가지 방식으로 수행된다. 1920년대 초기 소설들이 담고 있었던바 비판 대상으로서의 '기존의 것'이란 무엇인가. '참 인생, 참사랑[자유연애], 강한 개인(성)' 등으로 설정된 추상적 근대성의 지표들이 그것이다. 추구 대상으로서의 '새로운 것'이란 무엇인가. 식민지 치하의 궁핍한 현실, 바로 그 참상의 포착, 인식,

폭로이다. 추상적 근대성에 대한 비판과 식민지 현실의 폭로라는 이상의 두 가지 계기는 작가들에 따라 그 비중을 달리한다.

김동인, 현진건, 나도향 등처럼 간단명료한 풍자에 의해서 앞의 가치들을 축출하는 것 즉 첫째 계기를 전폭적으로 작품화하는 것이 하나이다. 반면 염상섭은 다른 양상을 보이는데, 두 계기가 팽팽한 긴장 관계를 이루다가 나름대로 하나의 종합태를 보이게 된다. 『만세전』과 「해바라기」1923, 『너희들은 무엇을 얻었느냐』1924의 세 작품이 좋은 예가 된다. 이들은 '추상적인 근대적 가치와 현실 사이의 긴장과 갈등'을 보인다는 점에서 동일한 의미망으로 묶인다. 추상적 근대성과 현실 인식 사이의 긴장 및 갈등을 그리는 방식에 있어서 『만세전』은 다른 두 작품과도 또 다른 면모를 보인다. 양자의 갈등이라는 것이 전자를 조상弔喪하는 방식으로 결론을 보는 경우가 「해바라기」이고 전면적으로 전개되는 자유연애와 '돈'으로 요약되는 생활의 물질적 측면 사이의 복잡다단한 길항작용을 통해서 후자의 영향력을 십분 형상화한 것이 『너희들은 무엇을 얻었느냐』라면, 『만세전』의 경우는 사정이 다르다.

바로 위에서 보았듯이, 『만세전』에서는 서사의 형식으로 형상화된 것은 아니라 해도 현실성의 인식이 상당한 깊이를 띠고 개진됨과 동시에 앞서 살핀 사랑론, 인생론처럼 추상적 근대성에 대한 낭만적 지향이 여전히 힘을 발휘하고 있다. 작품 내 세계와 서술의 차원을 함께 고려해 보면, 여로의 설정에 의해서 현실의 포착 및 그로부터 촉발되는 현실 인식의 작품화가 가능해지는 한편, 바로 그 여정의 지체를 통해서 추상적 근대성의 열도가 여전히 빛을 발하고 있다 하겠다.

앞의 인용에서 우리가 주의해야 할 둘째 측면으로서, 그 귀결 양상의 인식적 특징은 뒤에 이어지는 1920년대 중기의 신경향파 소설들과 비교해 볼 때 뚜렷이 드러난다. 신경향파 소설 좀 더 명확히는 사회주의적 자연주의 소설[2]이 대체로 취하는 급격한 행동화의 양상[살인, 방화 등]을 옆에 놓고 보면 아무런 행동도 없이 현실의 인식으로 귀결되고 마는 『만세전』의 양상이 명료하게 변별된다. 현실에 대한 인식이나 자신에 대한 반성이 결코 행동으로 이어지지는 않는 것이다. '당대 문학청년에 대한 비판적 인식'은 이미 있는 것이고, 자신에게 있는 문청적 소질을 부끄러워도 하지만, 이러한 인식 및 수치감이 '자기가 하(려)는 일' 자체를 뒤흔들어서 새로운 무엇을 추구하게끔 힘을 발휘하지는 않는다.

성급한 가치 평가를 삼가고 사실만을 볼 때, 이른바 '박영희적 경향'뿐 아니라 '최서해적 경향'으로 묶이는 신경향파 소설들 더 나아가서는 나도향이나 김동인, 현진건의 1920년대 중반 작품들에서까지 보편적으로 확인되는바 '급작스러운 파국'이 염상섭의 작품 세계에서는 존재하지 않는다. 그 대신 『만세전』에서는 냉철하게 인식된 현실의 맥락과 그에 동화되지 않는 상태에서 그것을 변화시키려 들지도 않는 지식인의 관찰자적인 태도가 긴장 관계를 이루며 반복적으로 변주되고 있을 뿐이다. 현실을 인식하되 그러한 인식 주체가 직접 행동으로 나아가지는 않는 이러한 양상은 염상섭 소설의 고유한 특징으로서, 『사랑과 죄』1927, 『삼대』1931로 이어지면서 한국 근대 리얼리즘 소설의 한 갈래를 형성하게 된다.

작품 자체의 맥락을 좀 더 따라가 보면, 위의 인용에서 드러난바 현실의 인식 및 자신에 대한 반성 역시 어떠한 매듭도 짓지 않은 채 중단되는 것이 확인된다. 바로 뒤를 이어 이인화가 수색을 당하게 됨으로써 사실 1920년대 중기 소설의 맥락에서 보자면 행동의 개연성이 더 짙어진 셈이지만, 『만세전』은 예의 고유한 방식을 취한다. 수색 후 급히 뛰어오른 배의 어스름한

---

2 박상준, 「조선자연주의 소설 시론」, 『한국학보』 74, 일지사, 1994, 3절 참조.

갑판 위에서 이인화의 상념이 전개될 뿐이고, 그러한 상념을 이끌어 내는 것은 또한 심정적인 낭만적 도피이다.

> 나는 선실船室로 드러갈 생각도 업시 으스름한 갑판甲板 우에, 찬바람을 쐬어 가며 웅숭그리고 섯섯다. 격심激甚한 노역勞役과 치위에 피곤疲困하야 깁흔 잠에 드러가는 항구港口는, 소리 업시 암흑暗黑 속에 누엇슬 뿐이요, 전 시全市의 안식安息을 직히는 야광주夜光珠는, 벌서부터 졸린 듯이 점점漸漸 불빗이 적어가고 수효數爻가 주러가면서 깜작깜작 졸고 잇다. **나는 인간계人間界를 떠나서 방랑放浪의 몸이 된 자者와 갓치, 그 불빗의 낫낫이 엇더한 평화平和롭은 가정家庭의 대문大門을 직히고 잇스려니 하는 생각을 할 제, 선득선득한 별[星]보다도 점점漸漸 멀리 흐려 가는 불빗이 땃듯이 보이엇다.** 나의 머리속은 단지 혼돈混沌하얏슬 뿐이오, 눈은 확근확근할 뿐이다.
>
> 외투外套 폭케트에다가 두 손을 찌르고, 어느 때까지 우둑헌이 섯는 나의 눈에는, 어느덧 뜨근뜨근한 눈물이 비저나와서, 상기上氣가 된 좌우左右 뺨으로 흘너나렷다. 찬바람에 산득산득 슴여드려 가는 것을, 나는 씨스랴고도 아니하고 여전如前히 섯섯다.72쪽. 강조는 인용자

이 구절의 정조는 확연히 낭만적이다. 물론 1920년대 초기 소설들이 보였던 낭만적 분위기와는 이미 구별된다. 전시기의 낭만적 색채라는 것이 비록 파국을 향한다 하더라도 대단히 열정적이요 동경과 추구로 가득 찬 것이었다면, 『만세전』에서 산견되는 이와 같은 낭만적 정조는 그러한 열정이 식은 후의 차분한 것이다. 낭만적 영혼을 그대로 두지 않는 현실 더 정확히는 그러한 현실에 대한 냉철한 인식이 버티고 있는 까닭이다. 사정이 이러하기에, 짐 수색을 통해 식민지 백성임을 새삼 자각한 데서 연유한 이인

화의 눈물이 나도향 초기 소설의 눈물과 다른 것은 명백하다고 하겠다. 물론 그렇다고 해서 이런 구절을 예로 들면서, 식민지성에 대한 치열한 자각과 민족적 울분 등이 『만세전』에 표출되어 있다고 하면 그것도 일면적임을 면치 못한다.

이러한 사정을 제대로 밝히기 위해서는 그가 행하는 사유의 내용 및 구조를 좀 더 면밀하게 검토할 필요가 있다. 먼저 계속 이어지는 부분을 보자. 상술한바 심정적인 낭만적 도피에 의해 이끌어지는 사색은 인간관계 일반에 대한 추상론의 성격이 짙다. '우열이 매겨진 개인들 간의 관계에서는 지위나 처지가 중요한 역할을 하며, 집단적 배경이 있을 경우에는 우열감이 순전한 적대심으로 변하여 마음속 깊이 각인되고 경우에 따라서는 노골적으로 폭발되기도 한다'는 것이다73~4쪽 참조. 이와 같은 사색은 일반적이고 추상적인 만큼 인물의 행동으로 이어지지 않는다. 최소한 행동에의 결의에로 이어질 기미조차도 없다. 이렇게 『만세전』에는 행동으로 이어지지 않는 현실 인식만 있을 뿐이다.

지금까지 살핀 바 『만세전』의 특징은 이후의 서사에서도 그대로 확인된다. 이인화가 보이는 현실 인식 부분에는 밑줄을 치고, 그가 여전히 포지하고 있는 추상적 근대성에 대한 동경이 드러나는 부분은 강조로 표시했다.

> ◎ 넷째 날 : 이튿날 아침 부산에 도착하여80쪽 다시 파출소로 불려 갔다가81~3쪽, 거리로 나선다83쪽. 거리를 걸으며 '조선의 상징'인 부산에 대해, 유랑민으로 떠돌게 되는 조선 민족에 대해 상념을 하다83~90쪽, 일본 **국숫집의 계집을 보고 호기심에 들어가 여자들과 수작**을 하고는91~100쪽, 급히 정거장으로 와서 기차에 뛰어오른다. 김천金泉에 도착하여101쪽 형과 함께 이야기하며 **형이나 부친의 세계와 자기의 세계가 완전히 두절되었음을 새삼**

확인하고102~7쪽 집으로 가서는, 형이 새로 들인 작은 형수 및 집안의 산소 문제에 대해 논쟁에 가까운 대화를 하고109~22쪽, 다시 기차에 오른다. 어떤 신사를 보고 무심코 김 의관을 떠올리고125쪽 그가 순검에게 잡혀가던 일들에 대해 생각한다128~31쪽. 마주 앉게 된 갓 장수와 이런저런 얘기 끝에 공동묘지 문제가 나와 한참 푸념을 토한다132~41쪽.

◎ 다섯째 날 : 자정 지나 대전역에 도착해서143쪽, 차를 내려와 걷다가 한데서 떨고 있는 조선인 승객들과 포박된 죄수들을 보고144~5쪽, '구더기가 욱을욱을하는 共同墓地다!' 하는 현실 진단을 내린다146~7쪽. 아침에 서울에 도착한다148쪽. 집에 들어와서 병인을 보고 부친께 인사하고 했더니, 교번소交番所에서 나온 청년이 미행을 하겠다며 들렀다 간다158쪽.

◎ 서울에서의 약 9일 : 집에서 그럭저럭 세월을 보낸 뒤, 일주일이나 지나 정자에게 엽서를 부친다161쪽. 엽서를 부친 뒤 병화에게 들러 을라의 이야기를 하다가163~5쪽, 밤늦게 집에 돌아와서 큰집 형과 술을 하며 여러 이야기를 듣는다168~73쪽. 이튿날 병화 집 형수와 을라가 찾아온다174쪽.

◎ 이후의 6일(혹은 13일) : 그 다음날, 새 의원의 약을 쓴 지 이틀 만에 병인이 죽는다174~7쪽. 고집을 피워 3일장으로 끝내고178쪽, 장사 지낸 이틀 뒤 남은 자식의 문제를 김천 형과 약조해 두고서는 자유로운 느낌을 갖는다179쪽. 상중에 정자로부터 받았던 편지를 아궁이에 버리고, 형에게 떠날 뜻을 말하며 돈 삼백 원을 받아 낸다183~4쪽. 찾아온 병화와 을라에 관한 어색한 대화를 하는 끝에, '求心的구심적 生活생활을 始作시작하여야 하겠지요'라는 결의를 내비친다184~9쪽. '生活생활을 光明광명과 正道정도로 引渡인도'하자는 내용으로 정자에게 편지189~94쪽를 쓴다. 형님 등의 배웅을 받으며 기차에 몸을 싣는다194~5쪽.

위의 정리에서 가장 눈에 띄는 것은, 현실 인식이 드러나는 밑줄 부분과 데카당적인 면모를 띠는 이상주의자로서의 면모가 확인되는 강조 부분이 뒤섞여 있다는 사실이다. 이를 통해 다음이 확인된다.

무엇보다 먼저 지적할 것은 이런저런 경험이나 상념 등으로 현실에 대한 인식이 깊고 넓어져도 이인화의 행동이 변하지는 않는다는 사실이다. 작품의 말미에서 이인화가 자신이 받게 될 유산의 일부를 떼어 어린 아들을 형에게 떠맡기고 병화와 정자에게 여전히 추상적인 '결의'를 밝히고 '편지'를 쓰는 것을 보면, 일본으로 돌아간 주인공이 무언가 다른 인물이 되리라는 기대를 하기는 어렵다.

이러한 점은 구체적인 사례들에서도 확인되는데 밑줄과 강조가 함께 적용된 부분들에서 특히 확연하다. 이인화가 식민지 현실을 맞닥뜨리면서 나름대로 통찰을 얻고 격앙된 감정을 드러내기는 해도 존재의 변이로 이어질 만한 행동의 계기를 얻거나 하지는 않는다. 현실에 대한 그의 인식이나 비판 자체가 추상적 근대성에 대한 동경을 기준이자 자양분으로 하여 이루어지기 때문이다.

현실 인식만 따로 제시되는 경우는 어떠한가. 앞의 경우들을 포함하여 여기에서도 이인화가 보이는 인식의 내용이 추상적이라는 점을 강조할 만하다. 『만세전』의 리얼리즘적인 성과에 있어 중요한 예로 꼽혀 온 부산 거리에서의 사색이 좋은 예다. 부산 거리를 보며 이인화가 식민지 궁핍화, 유민화 현상을 통찰하고는 있지만, 그의 인식은 식민 지배-피지배의 세력 관계나 역학의 차원이 아니라 현상적인 근대화, 일본화 속에서 사람들이 갖게 되는 심리나 행동의 맥락에 한정되어 있다. 이럼으로써 식민지 궁핍화, 유민화에 대한 통찰 자체도, 자신은 관여되지 않은 남의 일처럼 거리를 두고 이루어진다. 그렇기에 이런 중차대한(!) 상념 끝의 이인화가 맥없이 일본 국숫집으로 들어가 여급들과 수작을 할 수도 있게 되는 것이다.

'공동묘지'라는 현실 진단 또한 비슷해서, 식민성에 대한 인식과 결부되지 않는다. 그것은 '어떠한 책 속에서 본 것을 실연하여 보여 주는 것 같은 생각'145쪽과 유학길에 나서던 7년 전의 '객줏집 계집'에 대한 추억에 이어져 있고, 모두 죽고 다시 태어나는 생명체의 순환을 생각하면서 "에ㅅ 되어저라! 움도 싹도 업서젓 버려라! 망亡할 대로 망亡해 버려라! 사태가 나든지 망亡해 버리든지 양단간兩端間에 씃장이 나고 보면 그 중中에서 혹或은 조금이라도 나흔 놈이 생길지도 모를 것이다……"147쪽라고 사유를 중단시키는 말 그대로 추상적이며 무책임한 생각으로 이어질 뿐이다. '진화론적進化論的 모든 조건條件'146쪽에 의해서 사태가 그 자체대로 흘러갈 것이며 그러다 보면 혹은 좀 나아질 수도 있으리라는 막연한 의식과, 자신의 실천이나 행동과는 무관하게 사태를 바라보는 방관자적인 태도 맥락에서, 전혀 바람직하지 않은 현실을 두고 '공동묘지'라는 진단을 내린 것이다.

이러한 점을 고려하면 이인화의 공동묘지 진단은 식민지 현실의 문제에 대한 것이라기보다는 그 현실과 아무런 끈도 갖지 않고 있음에도 불구하고 그것을 보게 된 자신의 상황에 대한 진단에 가깝다고 할 만하다. 사정이 이러하기에, 이인화 자신이 스스로를 두고 '무이상無理想한 감상적感傷的 유탕적遊蕩的 기분氣分이 농후濃厚'104쪽하다고 진단한다 해도 그는 여전히 추상적 근대성에 대한 열망이라는 이상을 포지한 지식 청년이요 문학청년이라 할 만하다.

갓 장수에게 퍼붓다시피 하는 묘지 문제에 대한 주장 또한 추상적 근대성에 젖은 자유로운 의식이 현실을 냉소하는 데 가까울 뿐 실제 사회의 문제에 대한 진지한 성찰과는 거리가 멀다. "문학文學이니, 뭐니 하고, 공연空然히…… 그까짓 건 하구 난대야 지금至今 세상世上에 어따가 써먹는단 말이냐?"104쪽라는 김천 형의 말에 서로의 세계가 두절되었다는 생각으로 입을 다무는 것이나, 작은 형수를 두고 사람 하나를 구했다는 말에 더 이상 참지 못하고 '진정한 사랑' 운운하며 형과 각을 세우는 것 또한 이인화의 현실 인식이나 일상의 문제를 대하는 태도의 특징을 드러낸다. 언제나 추상적이요, 방관자적이라는 말이다.

지금껏 살펴보았듯이 이인화의 현실 인식은 추상적 근대성에 대한 지향이나 그로부터 생겨난 데카당적인 행동과 짝을 이루다시피 맞물려 있으며, 그 실제적인 양상은 추상적 근대성에 대한 열망을 기준으로 현실을 재단하는 것이다. 그 결과로 그의 인식은, 조선의 식민지성이나 정치경제적인 문제 상황을 그 자체로 포착하지 않으며, 거기서 생기는 문제의식으로 자신의 삶에 의미 있는 변화를 이끌어 내는 것과도 거리를 두게 된다. 이는 이인화가 추상적 근대성에 대한 동경에 여전히 젖어 있어서 반봉건적인 식민지 현실과 분리되어 있는 까닭이다.

이러한 까닭에 이인화는, 개인적으로 볼 때, 현실을 인식하는 이지와 데카당적인 행동으로 표출되는 감정의 분열상을 보인다. 이인화가 보이는 이러한 이지와 감정의 분열은 궁극적으로 그의 부르주아 계급성과 궁핍한 식민지 현실 사이의 괴리에 기인한다.

『만세전』의 이인화는 현실과 관련해서 인식의 주체로서만 존재한다. 그는 현실 사태를 개인의 바람과 무관한 것으로 간주하는 듯이 대하면서 그 양상과 추이를 인식하고 따질 뿐이다. 현실의 진행 과정 자체에 개입하려 하는 대신에 이후의 가능한 결과들을 계산하는 데 그쳐 있는 이러한 태도, 현실의 메커니즘을 자신은 관찰자, 국외자인 양 거리를 두고 인식할 뿐인 이러한 태도를 '정관적靜觀的 태도'라 할 수 있다.

이러한 정관적 태도가 자본주의 사회에 처한 부르주아의 일반적인 특징에 해당한다는 점[3]에서 『만세전』의 문화사적인 의의가 찾아진다. 일제의 식민 지배로 왜곡되었으나마 그 본질은 다를 바 없는, 자본주의의 시대 즉 근대 시민사회에 처해 있는 정관적인 부르주아 개인의 면모를 형상화한 것이, 한국 현대소설사를 넘어 문화사에서 『만세전』이 이룩한 업적이다. 달리 말하자면, 식민지 궁핍화 현실에 대한 인식이 이 시기에 조선에 살고 있던 지식인들에 의해(서는) 정관적으로 이루어질 수밖에 없을 뿐임을 제시한 데 이 소설의 의의가 있다. 이 장의 허두에 말한 바 『만세전』이 1920년대 초기의 정신사적인 상황을 포착했다는 것은, 이와 같이 (독립운동이 다각도로 모색, 전개되었던 해외가 아니라) 총독부가 지배하는 조선에서 살았던 지식인들의 의식을 적확하게 그렸다는 말이다.

『만세전』의 의의로 한 가지를 더 꼽을 수 있다. 현실에 대해 정관적 태도를 취하는 이인화가 공사 양면에서 고립된 존재라는 점이 주목을 요한다. 그는 공동묘지의 구더기와도 같은 식민 조선의 민중들과는 물론이요, 집안이 여관만도 못하다고 느낄 만큼, 부친이나 형님을 포함하는 가족들과 유리되어 있다. 철저한 아웃사이더인 것이다. 『혈의 누』의 김옥련이나 『무정』의 이형식도 동류 집단을 갖지 못한 소수자였으나 그들은 애국 계몽의 선각자요 전위였기에 민족의 끈끈한 일원이었다. 그들과는 달리 이인화는 애국 독립과도 계몽과도 거리를 두는 까닭에 공동체의 순전한 국외자, 방관자에 해당한다.

이러한 인물, 추상적 근대성에 경도된 의식을 갖고서 현실과 불화를 빚는 이인화가 정관적 태도로 획득하는 인식은 따라서 타인에게 공명을 얻지 못한다. 그가 김천 형과 나누는 대화는 말 그대로 '대화적'이다. 서로 다른 입

---

3 루카치, 박정호·조만영 역, 『역사와 계급의식』, 거름, 1986, 168~73쪽 참조.

장을 갖고서 상대를 굴복시키고자 하는 담론 투쟁의 양상을 띠는 것이다. 정도의 차이는 있지만 이인화가 상대하는 인물들과의 대화 일반이 이러한 모습을 보인다. 이렇게 『만세전』은 한국 현대소설사상 처음으로 다성적多聲的인 면모를 띤다. 아우얼바하 식으로 말하자면 스타일의 혼합 양상을 보이는 것이다.[4]

『만세전』이 보이는 다성성과 스타일의 혼합 양상은, 이 소설에 와서야 비로소 사회의 다층성과 복잡함이 그 자체로 포착되었음을 알려 준다. 독립이나 계몽과 같은 숭고한 이념에 의해 민족 구성원 내부의 다양성과 차이가 무시되던 관념적 단계로부터 떨어져 나와 현실의 실상에 좀 더 가까이 다가간 것이라는 점에서, 이는 비단 문예사조에 국한되지 않는 정신사적 차원에서의 현실적 태도, 리얼리즘의 발전에 해당한다 하겠다. 바로 이러한 점에서 『만세전』은 식민지 현실의 문제를 구체적으로 작품화하는 이후 소설들에 길을 닦아준 역할도 했다고 할 만하다.

---

4 에리히 아우얼바하, 유종호 역, 『미메시스』 고대·중세편, 민음사, 1997 참조.

제10장

하층민의 등장, 집단적 계급 주체의 형성

신경향파와 카프(1925~1935) 문학

문예 동인지 시대가 마감되면서 나온 문학 전문 잡지 『조선문단』 8호 1925.5에 실린 소설의 한 구절을 보자.

> 셕가래가 보이는 천정에는 깜앗케 그으른 **거미줄**이 얼키설키 서리고 넌들넌들 달렷다. 써러지고 오리이고, 손가락 자리, 빈대 피에 장식된 벽에는 누데기가 힘업시 축 걸렷다. 앵앵 하는 파리 쎄는 그 누데기에 몰켜 들어서 무엇을 부즈런히 쌀고 잇다. 문으로 들어서서 바로 보이는 벽에는 노끈으로 얽어 달아매노흔 **시렁**이 있다. 시렁 우에는 금 난 사긔 사발과 이 싸진 질 대접 몇 개가 노엿다. 거긔도 파리 쎄가 웅성거린다. 부억에는 마른 쇠똥, 집 부스럭이, 흙구뎅이에서 주어온 듯한 나무갑이가 지거분하다.
>
> 쑥경 업는 솟헤는 국인지 죽인지 글어서 누릿한 우에 파리 쎄가 엇지 욱실거리는지 물 담어 노흔 파리통 갓다.
>
> 몬지가 풀석풀석 이는 구들, 거적자리 우에 박돌이는 고요히 누엇다.25쪽.

최서해의 소설 「박돌朴乭의 죽엄」이하, 「박돌의 죽음」의 한 구절이다. 아비 없이 어미와 둘이 사는 열두 살 박돌이가 '뒷집에서 버린 고등어 대가리'를 먹은 뒤 탈이 나 자리에 누워 앓는 장면이다. 이후 박돌은 숨을 거둔다. 창졸간에 아들을 잃은 그 어미는 피를 토하고 정신이 나가서, 자기 아들을 끌고 가는 헛것을 좇아 김병원 진찰소의 방 미닫이를 차고 들어가서는 김 초시의 멱살을 잡고 늘어져 방안을 난장판으로 만든다. 지난밤에 찾아와 아들을 진료해 달라 간청하고 그게 안 되면 약이라도 써 달라 했건만 냉정하게 거절당했던 김 초시에게 무의식적으로 복수를 하는 셈이다. 박돌의 어미가 미친 것을 알고 사람들이 범접하지 못하는 사이, 그녀는 그가 자기 아들을 죽게 했으니 자신은 그의 고기를 씹겠다면서 김 초시의 낯을 물어뜯는다. 밖에서 이를 보는 사람 중에 누군가가 "그까짓 놈(김 초시), 죽어도 싸지! 못할 짓도 하더니……"30쪽라고 혼잣말처럼 뇌이는 것으로 작품이 끝난다.

놀라운 이야기며 끔찍한 이야기다. 이와 같이 가난하거나 억압받는 인물들을 주인공으로 하여 부자나 억압자 들에 핍박당하는 삶을 묘사하고 그로 인해 생긴 원한 끝에 살인이나 방화 같은 폭력으로 저항하는 이야기를 보이는 소설들을 '신경향파'라고 한다. 1920년대 중반에 새롭게 등장한 소설 경향이다. 신경향파 소설이 보인 새로움은 크게 세 가지로 말할 수 있다.

첫째는 계층 계급 관계에서 억압받는 사람들 곧 하층민을 주인공으로 설정한다는 점이다. 위에 보인 「박돌의 죽음」의 주인공은 박돌 어멈이다. 남편 없이 아들 하나를 어렵게 키워 온 그녀는 돼지 새끼 한 마리 외엔 재산이 없는 가난한 여인이다. 버려진 고등어 대가리를 삶아 아들을 주거나 뜸조차 뜰 줄 모르는 데서 보이듯 지식은 물론 생활의 지혜도 부족하다. 마을의 의원인 김 초시에게 간청할 때 머리를 푹 숙이고 울음에 젖는 것이나 뒷집의 젊은 주인을 대할 때 '매를 든 노한 상전 앞에 선 어린 종'처럼 구는 데서 보이듯, 그녀는 무력하고 무지한 하층민의 굴종이 몸에 배어 있다.

이러한 인물이 소설의 주인공으로 설정되었다는 사실 자체가 역사적인 의미를 갖는다. 근대 이전의 고소설은 물론이요 1900년대에서 1920년대 초에 이르기까지 어떤 소설에서도 이처럼 힘없는 하층민이 주인공이었던 경우는 없었다. 전통적으로 고소설의 주인공은 재자가인才子佳人이라는 말에 어울리는 빼어난 인물이었고, 1900년대 이래 역사전기는 영웅을, 신소설을 포함하는 계몽주의 소설은 민족 계몽이나 개화의 꿈을 품은 이상주의적인 지식인을 내세웠다. 1910년대의 통속 번안물들 또한 유한 계층 인물들을 등장시켰으며, 1920년대 초의 동인지 소설은 새로운 문물을 습득한 지식인 청년을 주인공으로 삼았다. 이러한 점을 염두에 둘 때, 무지하고 힘없는 하층민이 소설의 주인공으로 등장한다는 점에서 신경향파 소설은 이름 그대로 '신경향' 곧 새로운 경향을 선보인 것이다.

신경향파 소설이 보인 새로움의 둘째는 궁핍한 현실의 폭로에 주안점을 두고 있다는 것이다. 가난한 인물들이 처한 삶의 양상을 객관적으로 묘사하여 그들이 얼마나 가난한지를 보여 주는 데 집중하는 점이 특징적이다. 이러한 특징은 가난을 드러내는 작품들 일반에 비추어 볼 때 좀 더 뚜렷해진다. 스탕달의 『적과 흑』1830은 목수의 아들이 주인공이지만 그의 가난이 아니라 상류사회에 진입하려는 야망의 파노라마를 보일 뿐이다. 고골의 「외투」1843나 도스토예프스키의 『가난한 사람들』1846과 『죄와 벌』1866의 경우는 가난한 생활이 직접 묘사되기는 해도 가난한 자가 하급 관리나 학생처럼 지식이 있는 인물이어서 가난한 계층의 삶과는 거리를 보인다.

이와는 달리 신경향파 소설이 보이는 가난은 사회경제적 계급, 계층 구조상 하층민의 가난이다. 이런 점에서 신경향파의 가난은 파리 외곽 서민들의 삶을 보여 준 졸라의 『목로주점』1877과 같은 종류라 할 텐데, 위의 인용에서도 보이듯이, 그 정도가 훨씬 심각하고 처절한 점이 특기할 만하다. 박돌 모자가 사는 집을 묘사한 이 장면의 실질적인 주인공은 파리 떼라고 할 만하다. 방의 천장에 있는 거미줄에도, 빈대 피로 얼룩진 벽에 걸린 누더기에도, 시렁 위의 그릇과 부엌의 솥에도 온통 파리 떼가 득실거린다. 먼지가 풀썩이는 구들 거적 위에 놓인 박돌은 고요히 누워 있는 반면 파리 떼는 왕성하게 움직이고 있다. 이렇게 가난한 삶, 대대로 가난한 삶을 살아온 이들의 헤어날 가망이 안 보이는 구조적 가난을 그 자체로 형상화한 것, 이것이 신경향파 소설의 특징이요 새로움이라 하겠다.

끝으로 계층, 계급 간 갈등과 투쟁을 서사 구성의 기본이요 이야기 전개의 원동력으로 삼고 있다는 사실이다. 「박돌의 죽음」에서도 스토리의 종결은 아들의 죽음으로 실성한 박돌 어멈이 김 초시에게 폭력을 행사하는 극단적인 사건으로 이루어져 있다. 이는 개인적인 복수지만, 돈이 없다는 이유로 진료는커녕 약 한 첩 지어 주지 않는 김 초시의 평소 행위에 대한 약자들의 원한을 대변하는 것이기도 하다. 일반화해서 볼 때, 신경향파 소설들은 사회경제적 계층 간의 위화감이 큰 상황에서 평소 억눌려 지내던 하층민이 극한 상황에 몰려 유산 계층에게 복수를 행하는 양상을 보인다. 최서해의 대표작으로 꼽히는 「기아와 살육」1925과 「홍염」1927이 이렇고, 초기 경향문학을 이끈 두 주역인 김기진의 「붉은 쥐」1924나 박영희의 「전투」1925와 「사냥개」1925 또한 다르지 않다.

신경향파 소설이 보이는 이상 세 가지 특징은 이전의 소설들에서는 볼 수 없었던 매우 낯선 것이다. 이러한 낯섦과 새로움은 작품의 취재 방식이나 서사 구성상의 기법 등과 같은 소설 문학 내부에서의 변화에 그치지 않는다. 하층민을 주인공으로 내세워 그들의 궁핍을 핍진하게 드러내고, 그들과 유산 계급 사이의 갈등을 주요 사건으로 설정하여 하층민의 복수로 결말을 맺었다는 점에서, 신경향파의 새로움은 사회 상황을 인식하고 역사를 이해하는 데 있어서의 근본적인 변화를 알려 준다. 그간 의식하지 않던 하층민들에게 처음으로 시선을 돌린 것이자 사회 상황의 주요 주체로 그들을 내세운 것이기 때문이다.

그동안의 연구에서는 신경향파 소설을 그에 이어지는 카프 소설과 대조하여, 작품을 종결짓는 살인, 방화가 개인적인 차원에 그쳤을 뿐 노동자 농민의 계급의식을 담아내는 것은 못 된다는 한계를 줄곧 강조해 왔다. 하지만 시선을 길고 넓게 해서 보면 카프 소설과의 그러한 차이보다 더 강조해야 할 점이 무엇인지 분명해진다. 두 가지가 특기할 만하다. 가난한 이들의 존재를 사회의 계급, 계층 간 갈등 상황에서 부각하여 사회와 역사를 보는 새로운 시각을 제시했다는 것이 하나다. 더 나아가서는 그렇게 열린 사회 역사적인 지평에 하층민들을 주인공으로 등장시켰다는 사실이다. 바로 이러한 특징들로 해서 신경향파는 소설사뿐 아니라 문화사와 일반사 차원에서도 새로운 시기를 연 획기적인 운동에 해당한다.

당연한 일이지만 당시 사회 구성원의 대다수는 기층 민중이며 그들의 궁핍으로 인해 벌어지는 그들과 유산 계층 간의 갈등은 일상적인 것이었다. 「박돌의 죽음」이 발표된 무렵의 신문 사회면을 봐도 그러한 사정이 확인된다. 『매일신보』 1925년 5월 1일 자 사회면에는 다음과 같은 기사들이 보인다. 4월 25일 목포에서 벌어진 '연초상煙草商 주인主人을 난자亂刺 도주逃走'한 사건, 경기도 부천에서 벌어진 세숫대야 열다섯 개 절도 사건, 부산에서의 위조지폐 사건 등, 사회경제적인 범죄들이 보도되고 있다. 정치 사회적이지 않은 개인적인 범죄들이 기사화되는 비율이 얼마나 낮았을지를 생각하면 소위 생계형 범죄가 비일비재했으리라 추정하는 것은 전혀 무리스럽지 않다. 이러한 상황이 1920년대 중반 이전에도 다르지 않았으리라 생각하는 것도 매우 자연스럽다.

이렇게 사회 구성원의 절대다수가 가난한 사람들이었음에도 불구하고 신경향파 이전의 문학은 그 갈래가 무엇이든 간에 모두 그들을 풍경 이상으로 보지 않았다. 이러한 점을 고려하면, 한국 현대소설의 전개 과정 내내 무시되었던 하층민과 그들의 상황을 전면적으로 소설화했다는 사실만으로도 신경향파의 역사적 의의가 크다는 점에 이의를 달기 어렵게 된다.

이와 같이 역사적인 맥락을 고려하면 신경향파 소설을 굳이 사회주의적 자연주의로 한정하는 대신에 하층민의 삶을 조명한 새로운 작품들 일반으로 확장해도 좋을 것이다. 넓게 보아 '조선 자연주의'와 동류로 봐도 좋다는 것이다.[1] 여기에는 이른바 '살인 · 방화 소설'로서 급격하고도 파괴적인 결말 처리를 보이는 소설 외에, 궁핍한 현실을 전면적으로 작품화한 경우들이 모두 망라된다. 이렇게 볼 때 식민지 조선의 기층 민중들이 겪는 궁핍한 삶이나 사회적 약자의 어려움을 다루는 소설들이 작가의 이념적 성향과는 무관하게 널리 발표된 사실을 소설사 및 문화사의 긴 안목에 걸맞게 주목해 볼 수 있다.

1924~5년간 당대 주요 작가들의 경우만 추려도 다음과 같다. 김동인의 「감자」1925와 전영택의 「화수분」1925, 현진건의 「운수 좋은 날」1924과 「불」1925, 나도향의 「전차 차장의 일기 몇 절」1924, 주요섭의 「인력거군」1925, 최서해의 「토혈」1924과 「탈출기」1925, 「기아」1925, 이기영의 「가난한 사람들」1925, 조명희의 「땅 속으로」1925, 송영의 「늘어가는 무리」1925, 김영팔의 「해고 사령장」1924, 최승일의 「걸인 덴둥이」1926, 이종명의 「주림에 헤매이는 사람들」1925 등이 대표적인 예가 된다.

주지하듯이 김동인과 전영택, 현진건, 나도향, 주요섭 등은 이념적으로 좌파가 아니며 신경향파의 대표 작가인 최서해 또한 카프의 맹원으로 지속적으로 활동하지는 않았다. 그럼에도 불구하고 위의 간단한 목록에서처럼 작가들 일반이 하층민의 삶을 전면적으로 포착하는 작품을 썼다. 이러한 사실은 가난한 사람들에 주목하는 소설의 경향이 좌우 이데올로기와는 무관하게 당대 문단에 널리 퍼졌음을 알려 준다. 이와 같은 현상 '하층민의 등장'이라고 할 이러한 변화는 따라서 이념만의 문제라고는 하기 어렵다. 그와 더불어, 소설이 현실을 반영하는 장르적 성격을 강화한 결과라고도

1 이러한 지적은 필자의 이전 주장을 지양하는 것이다. 신경향파가 조선 자연주의 내에서의 사회주의적 자연주의에 해당한다는 판단은 유지하지만 그것은 소설미학 차원의 미시적인 판단일 뿐, 지금처럼 문화사적인 층위에서 보자면 큰 의미를 띠지 않는다고 본다. 이렇게 논의의 지평을 확장하면 조선 자연주의 내에서의 이념적 차이보다는 이 시기 소설이 전후 시기와 보이는 차이가 훨씬 크고 중요하다고 보는 것이다.

할 만하다.

신경향파 소설의 등장과 소설계의 하층민 반영이라는 이러한 역사적인 변화의 원인은 무엇인가. 문학계로 좁혀서 보자면 작가 의식의 변화와 그에 맞물려 있는 문단의 변화를 들 수 있고, 궁극적으로는 3·1운동 이후 사회 현실의 변화를 강조해야 할 것이며, 그 중간에서 공론장의 변화에 주목할 만하다. 이들 각각을 1920년대에서 1930년대에 이르기까지 간략히 정리해 본다.

신경향파 소설은 앞에서 살핀 바 '추상적 근대성에 대한 비판과 식민지 현실의 폭로'를 특징으로 하는 1923~4년의 소설계의 변화에 이어진 것이며, 1925년부터 10년간 문단의 헤게모니를 장악하는 카프 문학으로 이어진다. 작가 의식의 변화 면에서 보자면 앞의 소설계의 변화를 이룬 것이 신경향파 문학 운동의 맹아라 할 만하다. 기존의 순문학 동인지와는 달리 새로운 문학 동인을 지향하는 인물들의 등장과 그에 따른 기존 문학청년 일부의 변화로 신경향파가 형성된 것이다.

『창조』, 『폐허』, 『백조』와 같은 순문학 동인과는 다른 새로운 문학 동인의 결성은 1922년경부터 확인된다. 대표적인 것이 바로 '염군사焰群社'와 '파스큐라'이다.

염군사는 배재고보 출신의 청년들을 중심으로 문학적 열정과 사회주의적인 의식을 함께 가진 회원들이 모인 문학 동인이다. 회원으로는 노동사勞動社 발기인인 송영, 김홍파, 이적효와 토요회土曜會 발기인인 이호에 최창익, 김동환, 김두수, 정흑도, 최화수 등이 있었고, "무산계급 해방문화의 연구 및 운동을 목적으로 함"이라는 강령하에 1922~3년에 걸쳐 동인지 『염군』 창간호와 후속 호를 준비했으나 모두 발매금지되었다.[2] 염군사 회원들은 사회운동에 중점을 두고 문학에 관심을 가진 경우였으며 일제 총독부의 검열 때문에 문단의 표면에 드러나지 못했다. 송영의 표현대로 '사회운동을 문학으로 하겠다는 정치 청년'인 이들은 대체로 당시 발흥한 사회주의 운동의 주요 갈래였던 북풍회와 관련을 맺고 있었다.[3] 순문학적인 동인지 문단을 이루었던 문학청년들과는 사회적 계층과 이념, 활동 경력이 달랐던 것이다.[4] 염군사는 파스큐라와 함께 1925년 카프를 결성한다.

파스큐라PASKYULA는 박영희, 김기진, 안석영, 김형원, 이익상, 김복진, 연학년 등이 모인 집단으로서 문학의 길을 걸으며 사회운동에 관심을 가진 경우이다. 이 모임의 최초 주동자는 팔봉 김기진이다. 일본 유학을 통해서 그는, 제정 러시아의 진보적 인텔리의 대변자격인 투르게네프와 자본가들의 허위와 불합리에 저항하는 클라르테 운동을 전개한 앙리 바르뷔스, 그리고 『씨 뿌리는 사람種蒔く人』1921.2으로 시작된 일본 프로문학의 영향을 받았다. 이렇게 형성한 계급문학 사상을 『백조』 동인 박영희와 박종화에게 전파하고, 자신도 3호 동인이 되어서는 정작 『백조』를 붕괴시켰다. 팔봉은 평론을 중심으로 하는 다양한 글쓰기를 통해 기존의 문학과 예술 일체를 거부하고 새로운 문학예술 곧 프롤레타리아 계급의 해방운동에 복무하는 계급문학을 건설하는 데 앞장섰다.[5]

회월 박영희는 팔봉의 영향을 받아 낭만적 감상주의에 머물던 자신의 시 세계를 버리고 계급문학 운동에 들어섰다. 그 또한 다양한 글쓰기를 전개했는데 날카로운 문단 정치적 감각을 바탕으로 신경향파 문학을 예견, 주창한 평론들이 주목된다. 회월은 자신이 학예면을 담당하던 『개벽』을 새로운 문

---

2 최덕교, 『한국 잡지 백년』 2, 현암사, 2004, 346~7쪽.

3 북풍회는 일본에 있는 사회주의 운동가들이 모여 1923년 1월 동경에서 결성한 북성회의 국내 본부로서, 1925년 조선공산당 결성을 위해 화요회와 결합한다.

4 권영민, 『한국 계급문학 운동 연구』, 서울대 출판문화원, 2014, 41~68쪽.

5 김윤식, 『한국근대문예비평사연구』, 일지사, 1976, 16~31쪽.

학 운동의 거점으로 만들고 '계급문학시비론'『개벽』, 1925.2을 기획하는 등으로 프로문학을 이슈화하여 문단의 분열을 가시화했으며, 카프 초기의 리더가 되어 좌파 문학이 문학계의 헤게모니를 장악하는 데 크게 기여했다.[6]

이들 염군사와 파스큐라가 결합하여 1925년 8월 조선프롤레타리아예술가동맹 곧 카프를 세운다.[7] 카프의 초기 구성원은 박영희, 김기진, 이호, 김복진, 김영팔, 이익상, 박용대, 송영, 최승일, 이적효, 김온, 이상화, 안석영, 심대섭, 조명희, 이기영, 박팔양 등이다. 1927년 9월 '목적의식'을 뚜렷이 하는 제1차 방향전환을 통해 비예술인을 받아들여 조직을 확장하였는데, 이때 '제3전선'을 들고나온 조중곤, 김두용, 한식, 홍효민, 이북만 등의 급진적인 동경 유학생들이 합류한다. '볼세비키화'를 기치로 내건 1931년 전후의 제2차 방향전환은 김기진이 제기한 대중화론에 대한 논쟁을 계기로 불거졌으며, 그 결과 동경에서 돌아온 안막, 김남천, 임화, 권환 등의 소장 극좌파가 '전위의 눈'과 '당의 문학'을 내세우면서 조직의 실권을 장악하게 된다. 이후 카프는 1931년 2~8월과 1934년 2~12월의 두 차례에 걸쳐 각각 70여 명, 80여 명의 맹원이 검거되는 수난을 겪으며 1935년 5월 21일 해산된다.

카프의 1, 2차 방향전환은 외부의 변화와 밀접히 관련되었다. 국내로 보면 좌우 민족운동의 결합체로서 '민족 유일당 민족협동전선'을 기치로 내건 신간회의 결성1927.2 및 해산1931.5에 보조를 맞춘 것이다. 1차 방향전환은 일본 프로예맹 곧 나프NAPF가 1927년에 복본주의를 따르며 급진화된 변화의 영향도 받았으며,[8] 국내외 사회주의 운동 세력 일반의 방향전환론과 맞물려 있

---

6 박상준, 『한국 근대문학의 형성과 신경향파』, 211~222쪽 참조.

7 '카프(KAPF)'는 조선프롤레타리아예술가동맹의 에스페란토어 명칭인 'Korea Artista Proletaria Federatio'를 줄인 것이다.

8 김윤식, 앞의 책, 31~38쪽.

다 할 만하다.[9] 카프의 검거 사건과 해산의 배경에 1925~1929년간 다섯 차례에 걸친 조선공산당 검거 사건과 만주사변1931.9 및 만주국 수립1932.3, 일본의 국제연맹 탈퇴1933.3 등으로 가시화된 일본 군국주의의 강화라는 상황 변화가 자리하고 있음도 빼놓을 수 없다.

카프는 『개벽』1920.7~1926.8, 통권 72호. 이후 1934년과 1946년 두 차례 속간, 전체 통권 85호과 『조선지광』1922.11~1932.1 · 2, 통권 100호 같은 기존의 매체를 활용하는 한편 1926년 2월 『문예운동』통권 3호을 준기관지로 발간하면서 문단 및 공론장에 자신의 지위를 명확히 하고, 1927년 11월에 '조선프롤레타리아예술동맹 기관지' 『예술운동』을 간행했다. 그 외 『개척』1926.11 창간, 통권 4호, 『제삼전선』1927.5, 『시대공론』1931.9 창간, 통권 2호, 『집단』1932.1 창간, 통권 3호, 『신계단』1932.10 창간, 통권 10호, 『대중』1933.4 창간 등의 사회주의 계열 잡지들에 맹원들이 글을 실었다. 카프는 문학에 한정되지 않은 예술동맹으로서 문예 강연 외에 각종 공연과 상영 등을 펼치며 무산계급을 위한 운동으로서의 문학을 전개했다.

신경향파에서 카프로 이어지는 좌파 문학의 등장은 우리나라 사회 상황의 변화를 문학이 받아들인 결과이다. 일본 문단의 동향과 무관한 것은 아니지만 그쪽의 좌파 문학을 그대로 이식한 것이 아니라, 우리의 문학이 식민지하 조선의 현실을 직시한 결과로 발전하게 된 새로운 양상에 해당한다. 이 점은 십분 강조할 만한 사실이다. 이 면에서 1920년대 중기 이후의 좌파 문학은, 일군의 문학청년들이 사회로부터 눈을 돌린 채 예술이라는 상아탑을 수립하고자 했던 1920년대 초기의 동인지 문학은 물론이요, 현실을 주목하는 대신 바람직한 현실상을 꿈꾸었던 1900년대 이래의 이상주의

9 동경에서 나온 사회주의 이론 중심의 잡지 『이론투쟁』 2호(1927.4)에는 방향전환 관련 논문과 편집후기에서의 언급이 확인된다. 최덕교, 앞의 책, 351쪽.

적이고 계몽주의적인 문학 일체와도 구분된다. 현실을 대하는 자세에 있어서, 애국계몽이나 문명개화, 참 예술 같은 이념을 앞세우지 않고, 현실 상황의 우위를 인정한 첫 사례가 바로 좌파 문학인 것이다.

의식보다 현실을 중시하는 좌파 문학이 등장하는 데 바탕이 된 사회 상황의 변화를 농업과 공업 양 방면에 걸쳐 간략히 살펴본다.

일본 제국주의에 의한 식민지 농업 정책은 조선을 내지[일본]의 쌀 생산 기지로 만드는 데 목적을 두었으며 그 결과 농민의 대대적인 몰락을 가져왔다. 남부 지방 농가 수입에서 쌀농사 수입이 차지하는 비중이 1910년대 37.5%에서 1930년대 중반 70.3%로 증대될 만큼 이 기간 '쌀농사 위주의 단작 농업'이 정착되어, 쌀값 폭락 시 농민들이 몰락하는 구조가 마련되었다. 또한 식민 지배를 용이하게 할 목적으로 지주제를 확대 강화한 결과 농민의 절대다수가 궁핍화되었다. 자소작 및 소작농 비율이 1920~30년대 내내 70~80퍼센트를 차지했으며 이로 인해 지주와 빈농 사이에 계급적 모순이 구체화되었다.[10]

한편 식민지 공업화가 전개되면서 노동자 계급이 형성되었다. 우리나라의 임금 노동자는 한말의 신분 해체와 직업 분화에 따라 자생적으로 발생하였으며 크게 세 유형으로 나뉜다. 도시의 공장工匠 공업이 시장 생산을 목적으로 발달함에 따라 도망 노비를 중심으로 생성된 '천민 노동자'와, 개항 후 일제의 상공업 및 고리대 자본의 침입으로 농민 분해가 급격해지면서 생긴 이촌離村 농민을 중심으로 한 '농민 노동자', 그리고 일제의 '이민 노동자'가 그것이다. 한일합병 당시의 한인 노동자는 8만여 명으로 추산된다.[11] 노동

10 이준식, 앞의 글, 132~40쪽.
11 김영모, 「日帝下의 社會階層의 形成과 變動에 관한 硏究」, 조기준·이윤근·유봉철·김영모, 『日帝下의 民族生活史』, 현음사, 1982, 550~1쪽.

자 수는 식민지 시대 내내 크게 증가한다. 3·1운동 이후 회사령이 폐지되면서, 1920년대의 경우 '전통적 부문과 근대적 부문이 결합한 중소 공업'이 활성화되고 가내 공업이 상당수 존재하는 양상을 띠게 되었다. 공업화의 대표적인 사례는 김성수가 영등포에 세운 경성방직1919.10과 일본의 재벌 노구치 그룹이 흥남에 설립한 동양 제일의 비료 회사인 질소비료공장1927.5이다. 공업화의 결과로 전체 노동자 중 공장 노동자의 비율이 1920년대 5~8%에서 1930년대 전반기 40~50%로 크게 증대되었는데, 열악한 노동 조건에 더해 민족적 차별, 성별 차별이 극심하였다.[12]

이러한 상황에서 1920년대 초부터 노동자들의 파업이 일어나기 시작하였다. 사태를 축소했음이 분명한 조선총독부의 기록을 따르더라도, 부산 부두노동자 총파업과 경성 인력거부人力車夫 파업, 경성 고무 여직공 파업, 평양 양말 직공 파업 등 280차례의 파업이 1920~4년 사이에 벌어졌다.[13]

이러한 쟁의가 가능했던 바탕에는 전국 차원에서 만들어진 노동운동 조직들이 있었다. '조선 노동 사회의 개조'를 목표로 저축 근검, 품성 향상, 환난 구제 등을 내걸며 문화 사업에 주력했던 '조선노동공제회'가 박중화, 박이규 등에 의해 창립되어1920.4 전국의 노동자 조직을 망라하면서 1만 5천의 회원을 규합하는 데까지 이르렀다. 노동자들의 계급적 특성에 주목하는 단체도 등장하였다. 1922년 1월 '무산자동지회'를 조직한 윤덕병, 백광흠 등이 1922년 10월 노동공제회에서 떨어져 나와 13개 단체 2만여 명의 노동자들로 '조선노동연맹회'를 발족시켰는데, 이 단체는 사회주의적 계급혁명 이론을 표명하기 시작하고 전국의 파업을 직간접으로 지도하는 등 보

12 이준식, 앞의 글, 141~52쪽.

13 김윤환, 「日帝下 韓國勞動運動의 展開過程」, 최영희·김성식·김윤환·정요섭, 『日帝下의 民族運動史』, 현음사, 1982, 300~314쪽.

다 급진적인 양상을 보였다. 이후 노동운동을 무산계급 해방운동으로 명확히 규정하는 사회주의적인 조직도 형성되었다. 1924년 4월 18일 참가 단체 181개 출석 대표 295명이 모여 창립된 '조선노농총동맹'이 그것이다. 총동맹은 "노농계급勞農階級을 해방하고 완전한 신사회新社會를 실현할 것을 목적"으로 하여 "최후의 승리를 얻을 때까지 철저적徹底的으로 자본계급과 투쟁"하겠다는 강령을 채택하였다. 이후 총동맹은 가입 단체 260여 개, 회원 총수 5만 3천여 명으로 확대되어 50여 건의 노동쟁의, 소작쟁의를 해결하고 노동자 농민을 훈련시키는 활동을 펼쳤으며, 1927년 9월 '조선농민총동맹'과 '조선노동총동맹'으로 발전적으로 분화되었다.[14]

노동자 농민 계급을 위한 이러한 단체의 조직과 활동은 이들의 계급의식을 각성시키는 데 크게 기여하였다. 이러한 상황은 문학계에도 반향을 일으켜서 1920년대 중반 이후 10년간 카프가 문단의 중심 세력으로 활동하는 배경이 되었다.

사회의 일반적인 상황도 간략히 짚어 둘 필요가 있다. 3·1운동 이후의 식민지 조선은 이전의 무단통치가 문화정치로 변화되었다고 널리 알려져 있다. 새로 부임한 사이토 마코토齊藤實 총독이 일본의 대정 민주주의를 적용하여 '문화가 발달하고 국민의 노동력이나 재력이 충실해지는 데 상응해 정치적, 사회적으로 조선인을 내지인과 동일하게 대우하려는 궁극적 목적은 달성'하고자 한다며 문화정치를 표방한 것이다.[15] 이에 따라 『조선일보』와 『동아일보』, 『개벽』 등이 창간되어 언론의 숨통이 약간 트이고 민족자본의 응집도 어느 정도 이루어졌지만, 실상 이러한 모든 조치는 일제가 식민지 통치를 효율적으로 수행하기 위한 것이었다. 3·1운동과 같은 불시

14 위의 글, 315~328쪽.
15 이준식, 앞의 글, 115~6쪽.

의 사건을 사전에 막기 위해, 조선의 민족사회운동을 제도 차원에서 관리하고자 한 것이다.

문화정치하에서 식민통치는 실제로 강화되었다. 헌병 경찰 제도는 폐지되었지만 헌병은 유지되었고 보통 경찰은 1918년 5,400여 명에서 1920년 18,400여 명으로 크게 증가하였다. 1925년에는 '국체의 변혁이나 사유재산을 부정하는 일체의 행위를 금지'하는 치안유지법을 공표하고 사상 사건을 전담하는 고등경찰 제도를 운영함으로써, 민족 해방 및 계급 해방 운동을 철저히 탄압했다. 1928년에는 처벌 수위를 사형까지 높였으며, 1928년에서 1938년 사이에 2만 8천여 명이 치안유지법 위반으로 경찰에 검거될 만큼 수많은 사상범을 양산했다.[16]

지금까지 살펴본 3·1운동 전후 사회 상황의 변화가 의미하는 것은 두 가지다. 식민지 현실에 대한 의식이 모든 사람들에게 강제되었다는 사실이 하나요, 사회의 하층민들이 무산계급으로서의 정체성을 확보해 갔다는 점이 다른 하나다.

식민지 조선의 모든 사람들이 식민지인이라는 사실을 체감하게 된 것은 일상의 생활을 통해서이다. 토지조사사업이 진행되는 동안 촌락 공동체의 농민들은 그러한 조사 사업이 무엇을 의미하는지 알 수 없기도 했을 테지만, 사업이 완수된 뒤 그 결과로 농지의 점유권을 잃게 되고 소작료를 바쳐야 하는 대상으로 동양척식주식회사의 일본인 관리를 대하게 되었을 때면, 주권이 일본에 넘어갔고 그에 따라 자신들이 누리던 보잘것없는 이권 또한 사라지게 되었음을 실감했을 것이다. 경제적인 상황 변화만큼 사람들에게 사태를 명확히 각인시키는 기제는 따로 없다. 농사일을 접고 공사장이나

16 위의 글, 115~121쪽.

공장에 가게 되었을 때 직면하는 노동 현장에서의 민족 차별과 박대 또한 심한 것이어서, 누구라도 나라를 잃었다는 사실을 의식하지 않을 수 없었을 것이다. 일상생활에서도 사정이 다르지 않았다. 헌병이 주재하고 공동체의 규율을 관리하는 무단통치기의 상황은 물론이요 문화정치로 바뀌었어도 수가 대폭 늘어난 경찰이 생활 현장의 모든 것을 통제하는 상황, 칼을 차고 다니는 일본 경찰 즉 순사 앞에서는 재래의 신분 질서가 맥을 쓰지 못하는 상황이야말로 세상이 변했다는 것을 모든 사람들이 절감하게 했을 것이다.

이렇게, 생존을 위해 필수적인 노동의 조건이 확연히 나빠지고 생활 구석구석에 미치는 일본 제국주의 식민자의 간섭과 차별이 명확한 상황이니, 조선 인민 모두가 자신이 식민지인이라는 사실을 잊을 수가 없는 형국이었다. 이러한 사정을 무시하면 3·1운동이 일부 지식인이나 민족 지사가 아니라 전 조선인에게 호응을 얻어 전국으로 번져나간 사실을 이해할 수 없게 된다. 거꾸로 말하자면, 3·1운동의 전국적인 진행 양상이 보여 주듯이 1920년 전후의 상황이란 나라를 잃었다는 사실을 모든 국민이 절감하게 된 시기라 하겠다. 한반도에 사는 사람들 모두가 식민지 현실을 자각하게 되었다는 것이다.

일제 총독부가 행한 경제적, 정치적 강제에 의해 형성된 식민지인이라는 자각은 하층민들에게 있어서 계급의식으로 전화되었다. 3·1운동 이후의 문화정치가 새롭게 준 것이 있다 해도 그것은 하층민들과 사실상 별다른 관련이 없었다. 합방 이후 지속, 강화된 하층민의 삶의 불안정성은 3·1운동에 의해서도 문화정치에 의해서도 해소되지 않고 반대로 계속 강화될 뿐이었다. 사정이 이러했기에 하층민들이 경제 문제를 해결하기 위한 행동에 나서고 각종 조직에 참여하면서 무산계급을 형성하게 된 것은 필연적이라 하겠다. 수많은 소작쟁의를 통해 강화된 농민 조직과 증대되는 파업과 더불어 형성된 노동자 단체들이 무산계급의 형성과 확산, 공고화를 이룬 핵심이다. 이렇게 형성된 무산계급과 그들의 운동은, 개항 이래 속출했던 각종 학회나 민회 등과 달리, 생활 조건에 의해 강제된 것이기에 훨씬 강고하여 일제 말기까지 수그러들지 않았다.

1920년대 전반기에 이루어진 무산계급의 형성과 그에 따르는 무산계급 의식의 강화가 갖는 문화사 및 정신사상의 특징은 '집단 주체'의 등장에서 찾아진다.

농민들의 소작쟁의나 노동자들의 파업, 빈민들의 집단행동 등은 개개인의 경험 차원에 그치는 것이 아니다. 각종 노농 운동 단체들이 형성되고 전국적 조직으로 규합된 데서 보이듯이, 무산계급의 사회운동은 식민지 자본주의하에서 새롭게 제도화된 착취 곧 기형적이나마 근대적으로 정비된 착취에 맞서 제도적으로 조직되었다(제도적으로 조직되었다 함은 일제가 만든 제도에 의해 인정받았다는 뜻이 아니라 제도 차원에서 움직였다는 말이다). 이러한 운동은, 봉건적 착취에 신음하며 지배 계층에게 호소하다가 끝내는 집단적으로 민란을 일으키되 무력으로 진압되면서 뿔뿔이 흩어져 없어지던 조선 시대 백성의 저항과는 차원이 달랐다. 1920년대 하층민들의 저항은 사회의 가장 큰 계급이 된 무산계급의 집단적 행동으로 제도화된 것이다. 따라서 구성원들은 그때그때 바뀌어도 무산계급과 무산계급 의식은 그 자체로 지속되고 강화되었다.

이렇게 구성원 개개인의 변화와 무관하게 사회의 실체로서 기능하는 존재가 바로 집단 주체인데, 무산계급에 의해서 집단 주체가 처음 생겨났다는 사실이 바로 한국사에서 1920년대가 갖는 주요 특징이 된다. 무산계급 집단 주체의 형성에 새로운 사조로서 사회주의를 받아들인 지식 청년들의 활동이 적지 않은 영향을 끼친 것은 사실이지만, 그들의 민중 계몽이 사태를 모두 설명해 줄 수는 없다. 농민과 노동자들이 처해 있던 경제적, 정치적 억압 상황이야말로 이들 무산계급이 보인 소작쟁의, 파업 등과 같은 투쟁 행위의 원동력이고 그러한 투쟁의 방향을 이끄는 조건이었기 때문이다. 이러한 투쟁을 통해 형성된 농민과 노동자의 계급의식과 그로 인해 존재하게 된 무산계급 집단 주체의 등장이야말로 역사적으로 새로운 것이고 이것이 1920년대 이후의 시대적 특징을 이룬다.

현실의 변화에 따른 무산계급 집단 주체의 등장은 필연적인 역사적 과정이라 할 수 있지만, 그 속도와 방향이 결정되는 데는 물론 새로운 지식 청년들의 영향이 적지 않았다. 3·1운동을 겪으며 신흥 지식 청년들은 피식민 현실에 대한 의식을 명확히 함과 더불어 새로운 사회운동 방향을 모색하였다. 사회주의 운동 노선이 그것이다. 3·1운동 전후의 시기는 윌슨이 제창한 민족자결주의1918.1의 시대일 뿐만 아니라 세계사적인 혁명의 시대였으며 러시아혁명1917.10의 여파가 전 세계에 미쳤던 시대였다.[17] 이런 상황에서 식민지 조선의 지식 청년들이 일제로부터의 독립과 무산계급의 해방을 위해 사회주의 혁명에 관심을 갖는 것은 자연스러운 일이었다. 기존의 사회 조직에 더하여 비밀리에 확산된 독서 모임이나 구락부, 비밀 결사 등이 그 토양이 되었다.

물론 3·1운동 이후 지식인들의 행로는 다양했다. 크게 보아, 일본 제국주의가 지배하는 현실의 위력을 인정하면서 실력양성론, 자치론으로 나아가거나, 체제 자체에 대한 저항의 길에 들어서는 것의 둘로 나뉘었다. 후자에 있어서는 만주나 상해, 미주 등지로 나가 각종 독립운동에 헌신하는 길

17 권보드래, 『3월 1일의 밤-폭력의 세기에 꾸는 평화의 꿈』, 20~1쪽 및 2부 4장 참조.

과 조선에 남아 운동을 꾀하는 것이 있었고, 조선에서의 운동은 다시 민족주의적인 계열과 사회주의적인 계열로 나뉘었다. 이 두 갈래가 민중에 대한 각급 계몽에서 뒤섞인 가운데, 좌파 운동의 경우 하층민들의 의식을 무산계급 집단 주체로서 각성시키고 프롤레타리아 계급 해방운동을 조직하는 방향으로 나아갔다.

무산계급 해방운동을 중심으로 일제하의 한국 사회운동사를 개관하면 다음과 같다.

[제1기] 1919년 3·1운동 이후 1922년까지. 한국 사회운동의 여명기. 전국 각지에서 사상 단체, 노동 단체, 청년 단체, 여성 단체, 형평 단체들이 급속도로 자라난 시기. 주로 민족 개량주의자들에 의해 영도됨. 문화 운동, 민립 대학 설립 운동, 물산 장려 운동. '조선노동공제회'와 '조선노동대회', '조선청년회연합회'1920. '동우회 선언'1922, '무산자동지회' 결성1922 등 사회주의 사상 단체 태동.

[제2기] 1923년에서 1924년. '조선노농총동맹'과 '조선청년총동맹'의 결성1924.4. 민족 개량주의자와 사회주의자 사이의 분열, 사회주의 내부 분파 간의 대립이 노골화. '북성회'의 '건설사建設社' 활동 및 '북풍회'의 '연문사硏文社' 조직. '화요회' 결성1924.11.

[제3기] 1925년 조선공산당의 결성에서 1926년 6·10만세 사건을 거쳐 민주주의 진영과 사회주의 진영의 일시적 통일전선을 구축하는 신간회가 성립되는 1927년까지. 한국 사회운동의 시련기. 화요회와 북풍회의 파쟁 속에서 조선공산당1925.4.15 및 고려공산청년회4.18 결성. 조선공산당 1차 검거 사건1925.11.22. 조선공산당 2차 당 결성1925.12.15.

[제4기] 1927년부터 1929년의 원산 총파업, 광주학생운동에 이르는 시기.

일시적이나마 신간회의 지도 아래 합법적 사회운동이 일어난 시기.

[제5기] 1930년부터 1937년 중일전쟁까지의 시기. 합법적 표현 단체를 잃은 후의 한국 사회운동이 점차 비합법적 투쟁으로 전환하던 시기. 민족 개량주의자들의 사회 개량 운동이 사실상 없어지고 그 일부가 친일적인 내선일체 운동으로 탈락.

[제6기] 1937년 중일전쟁 이후 1945년 해방까지. 합법적인 표현 단체를 가지는 사회운동은 사실상 친일적인 황민화 운동을 제외하고는 존재할 수 없었던 시기. 노동자, 농민 들의 반일 운동이 미약하나마 지속.[18]

이러한 사회운동의 전개 과정에 문학예술인들 또한 관련되었다. 카프로 모인 좌파 문학예술인들이 그들이다. 예술운동을 전체 사회운동을 이루는 하나의 톱니바퀴로 간주하면서 카프 맹원들은 프롤레타리아의 해방운동에 복무하고자 했다. 카프의 조직적 지침에 따른 좌파 문학 또한 그러했다.

1920년대 중반 이후 문학의 양상과 그 의미를 이해하기 위해서는 3·1 운동 이후 공론장의 변화도 살펴둘 필요가 있다. 앞에서 지적했듯이 문화정치 자체는 효율적인 식민 통치를 목적으로 시행된 것이지만, 그에 따라 어느 정도 공론장이 활성화된 것 또한 사실이다. 기본적으로 신문지법에 의한 검열하의 일이지만, 대정 민주주의와 연계되어 1920년대 중반에 이르면 외래 사상의 유입이 한층 넓고 깊어지는 양상이 펼쳐진다.

공론장의 변화에 있어 특기할 것은 『조선일보』와 『동아일보』의 창간에 따라 민족 언론 시대가 개막되었다는 사실이다. 이로써 총독부 기관지 『경성일보』와 그 자매지에 해당하는 『매일신보』의 식민 지배 언론에 민족 언

---

18 강동진, 「일제하의 한국 社會運動史 연구」, 안병직·박성수 외, 『한국 근대 민족운동사』, 돌베개, 1980, 484쪽 이하 참조.

론이 대항하는 구도가 구현되었다. 여기에 더해, 사회주의 사상의 유입으로 『조선일보』와 『동아일보』가 각각 사회주의, 민족주의 계열을 대표하는 역할을 분담하게 된 것도 주목할 만하다.

1920년대 공론장은 잡지의 시대가 활성화되었다는 특징도 보인다. '부녀잡지' 『신여자新女子』1920.3~6, 통권 4호를 필두로 하여 1920년 6월 25일 천도교단의 개벽사에서 『개벽開闢』을 창간하면서 잡지의 시대가 열렸다. 이후 『신천지』1921.7~1922.12, 통권 7호, 『신생활』1922.3~1922.9, 통권 9호, 『동명』1922.9.3~1923.6, 통권 40호, 1924.3.31 『시대일보』로 이어짐, 『조선지광』1922.11~1932.1·2, 통권 100호 등의 잡지가 발행되어 공론장을 활성화했다. 이돈화가 편집인을 맡은 『개벽』은 『보중친목회회보普中親睦會會報』1910.6 창간, 통권 2호와 『천도교회월보天道敎會月報』1910.8~1937.5를 이은 천도교계의 잡지로서, 대중 계몽을 위한 종합지의 성격을 띠었으며 1923년부터는 문학작품도 게재하여 문학 장의 주요 매체로도 기능했다.

앞서 언급한 사회운동의 이념적 분화는 잡지계에서도 드러났다. 최남선이 만들고 진학문이 편집 겸 발행인을 맡은 『동명東明』은 편집위원으로 염상섭, 권상로, 현진건 등이 활동했던 데서 보이듯 민족주의 진영의 매체 역할을 했고, 『조선지광朝鮮之光』은 '본사의 주의주장'에서 민족의 생존과 발전, 민중의 권리와 행복에 기여하는 현실적이고 실제적인 목적을 제시하며 사회주의 운동의 매체로 기능했다.

이와 같이 3·1운동 이후 1920년대 중반에 이르는 기간, 민족주의와 사회주의를 대변하는 일간지가 창간되고 대중 교양을 목적으로 하는 시사 종합지가 간행되었으며 좌우 이념을 대변하는 잡지들이 출간되어, 공론장을 형성하는 저널리즘과 매체들이 구비되었다. 이러한 공론장을 바탕으로 하여, 국외의 민족해방운동을 한반도 내에서 갈음하는 사회주의 이념에 기반한 사회운동들이 속출하며 집단 주체로서의 계급에 대한 인식이 확충되는 한편 그에 대항하여 민족주의 운동이 실체화되었다.

문화정치하에서 공론장이 활성화된 것은 분명 3·1운동이 낳은 성과라 하겠지만 실제로 온전한 성과는 아니었다. 1920년대의 공론장 형성 자체가 식민 지배 세력의 계산에 따른 것이었기 때문이다. 이러한 사실은, 사회운동과 공론장 모두에서 불거진 좌우의 분열을 지양하기 위해 전개된 신간회 운동이 일제에 의해 와해된 데서 확인된다. 일제가 사회주의 사상을 어느 정도 용인한 것 자체가 식민지 조선의 여론을 이데올로기상으로 분열시켜서 3·1운동과 같은 거족적인 독립운동을 막기 위한 것이었다. 무단통치를 지속할 수 없는 상태에서 공론장을 열어 주되 이데올로기상으로 분열시켜 민족주의 사상을 근본적으로 말살하고자 했던 것이다.[19]

지금까지 살펴본 상황 속에서 카프는 무산계급 해방운동에 복무하는 프로문학을 전개하기 시작했다. 1925년에 수립된 카프가 신경향파의 연장 상태를 끊고 좌파 문학 운동으로서의 성격을 공고히 한 것은 1927년의 제1차 방향전환 곧 '목적의식론'을 통해서이다. 목적의식론은 일본 프로문학가 청야계길青野季吉의 「자연생장과 목적의식自然生長と目的意識」『문예전선』, 1926.9에서 비롯된 것으로서, 진정한 프롤레타리아 예술이 되기 위해서는 계급투쟁이라는 목적을 자각해야 한다는 주장을 펼쳤다.[20] 하층민의 궁핍상을 그리면서 그들의 울분을 개인적 복수 차원에서 토로하는 데 그치는 것이 아니라, 하층민의 무산계급적 본질을 포착하여 그들의 상황을 유산계급과의 계급 대립 맥락에서 그리면서 계급투쟁을 고취하는 데로 나아가야 한다는 것이 목적의식론의 요체이다.

식민지 조선에서는 박영희가 「투쟁기闘爭期에 있는 문예비평가文藝批評家의

19 이원혁, 「신간회의 조직과 투쟁」, 『사상계』 85, 1960.8, 279쪽.
20 김윤식, 『한국근대문예비평사연구』, 64쪽.

태도態度」『조선지광』, 1927.1, 「신경향파 문학新傾向派文學과 무산파無産派의 문학文學」『조선지광』, 1927.2, 「문학비평의 형식파形式派와 맑스주의」『조선문단』, 1927.3, 「무산 예술운동無産藝術運動의 집단적集團的 의의意義」『조선지광』, 1927.3 등을 거쳐 「문예운동文藝運動의 방향전환方向轉換」을 주창함으로써 시작되었다. 회월의 주장은 카프 결성 직후 진행된 두 차례의 논쟁 속에서 나온 것이다. 팔봉 김기진과 자신이 벌인 내용형식 논쟁이 하나고, 예술의 자립성을 인정하는 무정부주의자들을 카프에서 축출하게 되는 아나키즘 논쟁이 다른 하나다.

카프 최초의 논쟁인 내용형식 논쟁과 좌파 운동의 특징을 이루는 이론적 분파 투쟁의 첫걸음에 해당하는 아나키즘 논쟁, 그리고 카프의 진로를 명확히 하고자 한 목적의식론 세 가지가 지향하는 바는 동일했다. 문학예술의 특수성과 자율성 모두를 부르주아 미학의 잘못된 관념이라고 배척하고, 예술운동을 무산계급 해방운동의 한 요소로 간주하여 작가에게 '혁명 전선의 전사'가 되기를 요구하는 것이다. 이는 문학예술과 정치를 갈라서 보지 않는 일원론의 입장으로서, 문학작품의 형식을 갖추어야 한다는 요구 자체를 부르주아적인 것이라며 배척했다. 그 결과로 김기진이 한발 물러서는 모양을 취했고, 예술의 자율성을 인정하는 아나키스트들은 카프와 결별하게 되었다.

목적의식론을 내세운 방향전환을 통해서 카프는 이전의 상황을 자연발생기, 신경향파 시기라고 비판적으로 규정하면서, 문학주의를 청산하고 정치투쟁을 앞세웠다. 이러한 점은 사전 검열이 없는 동경에서 제작해 조선으로 반입한 기관지 『예술운동藝術運動』1927.11의 창간사에 해당하는 「무산계급無産階級 예술운동藝術運動에 대對한 논강論綱본부 초안本部草案」에서 "작품作品 지상至上인 행동의 계급적階級的 자기 소외自己疏外로부터 무산계급無産階級 예술藝術의 구출救出을 기期한다. 이러한 의미意味에서 조선朝鮮프로레타리아예술동맹藝術

同盟의 예술운동藝術運動은 정치 투쟁政治鬪爭을 위爲한 투쟁 예술鬪爭藝術의 무기武器로서 실행實行된다"[21]라고 천명한 데서 잘 확인된다.

1925년에서 1935년까지 10년간 이어진 카프의 활동은 문학작품보다 비평이 우세한 양상을 띠었다. 두 차례의 방향전환론을 통해서 작가들이 맹원으로서 갖춰야 할 자세를 강제하고, 내용형식논쟁과 아나키즘 논쟁, 대중화론, 농민문학론 등의 비평과 유물변증법적 창작 방법론, 사회주의 리얼리즘론 등의 창작 방법론으로 작가들이 따라야 할 작품 창작 방법을 제시했다. 후에 임화가 비평의 사회 정치적, 사상적 고도를 회복하자는 맥락에서 비평과 작품의 분리가 경향문학론의 결정적 약점이었다고 인정했던[22] 이러한 상황은, 작품의 실제를 그대로 인정하지 않고 항상 무언가가 결여된 것으로 간주하게 하는 이념을 앞세운 특징을 보였다. 그 결과 어느 정도는 창작의 위축을 가져왔다.[23]

이러한 점은 조명희의 「낙동강」『조선지광』, 1927.7[24]을 둘러싸고 김기진과 조중곤이 보인 평가의 차이에서 잘 드러난다.

「낙동강」은 사회주의 운동가 박성운의 행적을 통해 조선의 사회운동을 개관하며 그 미래를 낙관적으로 기약하는 작품이다. 주인공의 행적을 중심으로 스토리를 요약하면 다음과 같다.

> 박성운은 낙동강 어부의 손자요 가난한 농부의 아들로서 도립 간이농업학교를 다니던 중 독립운동[3 · 1운동]이 터지자 열렬한 투사로 활동하다 일 년 반

21 조남현, 앞의 책, 465쪽에서 재인용.

22 임화, 「批評의 高度」(1938), 『文學의 論理』(1940), 서음출판사, 1989, 413쪽.

23 김윤식, 『한국근대문예비평사연구』, 92쪽.

24 「낙동강」의 검토는 『조선지광』 연재본을 기본으로 하되, 1930년대에 작가 스스로 수많은 복자를 복원했다는 『포석 조명희 선집』(황동민 편, 소련과학원 동방도서출판사, 1959)의 텍스트를 크게 참조했다.

동안 감옥살이를 했다. 부친과 서북간도로 이주하였다가 혼자가 되어, 남북 만주, 노령, 북경, 상해 등지로 돌아다니며 5년간 독립운동에 노력하고, 사회주의자가 되어 귀국하였다. 서울에서 사회운동 단체들의 파벌 싸움을 말리다 그만두고 경상도로 내려와, 남조선 일대를 망라하는 사회운동 단체를 만들어 고향인 낙동강 하류 연안 지방의 일을 맡았다. 고향에서 야학을 실시하고 소작조합을 만들었으나 동척과 관영의 횡포와 압박에 금지되어 버렸다. 그러던 중, 십 년 전에 국유지로 편입된 낙동강 기슭 갈밭의 갈을 촌민들이 베다 벌어진 사건의 선동자 혐의를 받아 수감되고 지독한 고문 끝에 병이 위중해져서 보석으로 출감했다. 며칠 뒤 그가 죽고 각 단체의 연합장이 거행된다. 첫눈이 내리던 어느 날, 형평사원의 딸로서 보통학교 교사를 그만두고 박성운을 따르던 로사가 그가 밟던 길을 자신도 밟아 보고자 고향을 떠난다.

위의 정리에서 보듯 「낙동강」에는 한 개인의 파란만장한 일생과 더불어 3·1운동 이후의 사회운동사가 담겨 있다. 대하소설로 써도 좋을 이러한 스토리를 단편소설 형식에 담기 위해 「낙동강」은 박성운의 행적을 간략히 소개한다. 그나마 첫 절은 낙동강 주변 사람들과 한반도의 삶을 역사유물론의 입장에서 개괄하는 작가의 말로 되어 있고, 처음 두 절에는 낙동강 관련 노랫말이 길게 삽입되어 있어서, 위의 스토리는 작품 내에서 사건으로 재현되지 않고 이야기tale가 구술되듯이 말해질 뿐이다.

그렇다고 해서 사회운동에 헌신하는 삶을 기리는 이 작품의 주제효과가 교설적, 선동적이지는 않다. 서술자가 나서서 인물의 이력에 의미를 부여하거나 하지는 않는 데 더해, 예술적 향취를 짙게 띠는 작품의 분위기가 마련되어 있는 까닭이다. 단편소설에서는 보기 어려운 서사적 유장함이 「낙동강」 특유의 분위기를 이루면서 이 소설의 문학성을 강화한다. 도도하게 흐르는 강물이 주는 바와 같은 숭고한 유장함이 이 소설에서, 죽음에 이르는 한 개인의 인생을 개괄하는 이야기 형식과, 그의 행적을 이을 로사의 탈향이 주는 미래지향적인 특성, 서정적 분위기를 돋우는 노랫말 세 요소에 의해 형성되고 있다.

주제효과 면에서 주목할 점은, 3·1운동 이래 해외 독립운동에 투신한 박성운의 행적을 통해서 민족주의적인 운동의 역사를 부각한다는 사실이다. 박성운이 사회주의자가 되었다 해도 이것이 과거 민족운동을 부정하는 것은 아니다. 그의 과거 행적을 로사가 좇는다는 작품 말미의 설정이 이를 보여 준다. 이렇게 「낙동강」은 민족주의와 사회주의 운동의 결합 및 민족해방운동의 사회주의로의 전화라는 인식을 보인다.[25] 이러한 인식은 미래에 대한 낙관적인 전망을 전제로 삼고 있다. 조선 사회운동의 역사적 발전이 '반도를 배회하는 한 괴물 곧 사회주의'의 단계에 이르렀는바 '오천 년을 두고 흘러가는 날씨가 먹장구름에 싸여 폭풍우를 부를 것이며 그 비 뒤에는 맑은 날이 오리라'고 첫 절을 맺어 둔 것이다.

「낙동강」이 발표되자마자 김기진은 「시감時感 이 편二篇」『조선지광』, 1927.8을 통해 이 작품을 크게 상찬했다. 먼저 그는 무산계급 문학 운동 제2기의 '질적 전환'을 '종래의 빈궁 소설의 문학에서 새로운 목적의식으로의 발전'이라고 규정한다. 이를 위해서 '엄밀한 고찰로써 얻은 바 현단계에 처한 조선 무산계급 운동과 완전히 통일을 작성하는 문예운동의 지도적 이론의 확립'이 필요하다고 주장하였다8쪽. 그 뒤에 조명희의 「낙동강」이 '현재 조선-1920년 이후 조선 대중의 거짓 없는 인생 기록'9쪽이자 '현재 생장하는 일 계급의 인생을 기록코자 한 것'으로서 "다시 읽어도 눈물겨운

---

25 앞에서 말한 대로 이 바탕에는 신간회의 결성이 있다. 신간회의 좌우합작 통일전선 정책의 문학적 반영은 송영의 「노인부」(『조선지광』, 1931.1·2)에까지 이어진다.

일 편의 시"라고 칭찬을 아끼지 않는다10쪽. 그가 「낙동강」의 조명희를 '제2기에 선편을 던진 우리들의 작가'11쪽라고 추켜세우는 근거는 두 가지다. '참패되는 인생의 전 자태를 그리되 열망에 빛나는 인생의 여명'을 드러냈다는 것이 하나고, '다수 독자의 감정을 올바른 방향으로 조직'했다는 것이 다른 하나다10쪽. 이런 이유로 그는 「낙동강」이야말로 '획시대적 작품'이라고 주장했다11쪽.

조중곤은 「〈낙동강〉과 제2기 작품」『조선지광』, 1927.10을 통해 김기진을 비판하고 조명희에게는 '참 의미에 있어서의 제2기적 작품을 내어놓기를'13쪽 바란다고 하였다. 조중곤은 김기진이 평가 근거로 삼은 항목들을 포함하여 그가 「낙동강」의 위상을 한껏 높여 표현한 구절들 모두가 제2기 작품의 기준이 될 수는 없다고 주장하면서, 김기진의 평자적 태도가 올바름을 잃었다고 비판한다. 조중곤에 따를 때 '제2기적 근본 의식'은 '방향전환에 입각한 맑스주의적 목적의식'이다. 이 맥락에서 그는 '제2기 작품이 가져야 할 문예이론'으로 "1. 현단계의 정확한 인식, 2. 맑스주의적 목적의식, 3. 작품행동, 4. ×××× 정치투쟁-인용자적 사실을 내용으로 할 것, 5. 표현"의 다섯 가지를 제시한다11쪽. 이후 각 항목별로 「낙동강」을 살필 때 '작품 행동' 외에는 제2기 작품에 부합하지 못한다면서 「낙동강」이 '자연생장기의 작품'으로서 성공적일 뿐이라고 평가하였다13쪽.

조명희의 「낙동강」은 1920년대 중반의 소설계에서 볼 때 주제 면에서나 형식 면에서나 수작에 해당한다. 조선 현실에 대한 역사적인 안목이 서사적 유장함을 띠며 빛나고 있는 까닭이다. 이러한 판단이 김기진의 평가와 유사하고 그런 만큼 카프 비평이 지향했던 이념성과는 거리가 있다고 할 수도 있겠지만, 바로 이러한 차이가, 조중곤이 보여 준 비평의 교조적인 특성을 말해 준다고도 할 수 있다. 좌파 문학 이론을 준용하는 맥락에서도

「낙동강」을 고평하는 것이 가능하다는 점을 추가로 고려하면,[26] 조중곤의 비평이 「낙동강」을 살려서 읽는 것이 아니라 자신의 이념적인 주장을 앞세워서 작품을 폄하하고 이를 작가에게 강제하는 데 가깝다는 점을 인정하는 것이 어렵지 않게 된다.

「낙동강」을 둘러싼 김기진과 조중곤의 논쟁이 보여 주듯이, 카프의 비평은 대체로 작품의 문제를 지적하고 작가를 채근하는 이른바 '지도비평'의 면모를 보여 왔다. 작품의 실제를 정확히 읽고 그 특징을 밝히면서 의의와 한계를 지적하는 대신, 작품과 분리된 이론의 차원에서 작품의 현재 상태를 잘못된 것 부족한 것으로 규정하는 방식을 지속했다. 목적의식과 볼셰비키주의를 주창한 두 차례의 방향전환론이 대표적인 예인데, 비단 이 경우에만 그치지 않았다. 카프 활동의 중심이자 전위가 창작이 아니라 비평이었고 카프 비평의 목적은 마르크스주의 비평의 실천이었으며 전체를 뭉뚱그려 볼 때 카프의 목적이 맹원 전제가 철두철미한 마르크스주의자가 되는 것이었기에, 창작의 방향과 작가의 태도에 대한 카프(비평)의 요구는 항상적인 것이었다.

이러한 점은 카프 서기장이었던 1933년의 임화가 프로문학 운동 초기를 회상하며 쓴 「『예술운동』 전후－문단의 그 시절을 회상한다」『조선일보』, 1933.10.5~8의 다음 구절에서도 잘 확인된다.

유명한 박영희의 「사냥개」, (김기진의－인용자) 「붉은 쥐」라든가 서해의

26 김윤식의 경우 박성운의 매개적 역할에 의해 새로 태어난 로사의 존재에 주목하여 「낙동강」을 한껏 높이 평가한 바 있다. '형평사 운동을 계급 사상과 결부'시킴으로써 "신분계층이라는 조건과 지식인이라는 조건이 결합된 상태에서 가장 확실한 실천적 힘이 발생할 수 있음"을 암시했다는 점을 들어, 「낙동강」이 이기영의 『고향』보다도 훌륭하다는 다소 놀라운 평가를 내리고 있다(김윤식, 「문제적 인물의 설정과 그 매개적 의미」, 김윤식·정호웅 편, 『한국 리얼리즘소설 연구』, 문학과비평사, 1987, 24~5쪽).

「(기아와-인용자) 살륙」, 「탈출기」, 김영팔의 희곡 「불」 등등은 의연히 아나키한 소부르주아적 급진주의 사상과 자오自吾주의의 강한 여훈이 높았고 파인, 팔양(김여수), 조명희(포석) 등의 제 시諸詩는 회고적 냄새가 넓은 낭만주의의 작품들이었다.

박영희, 김팔봉 등의 비평적 활동이 상당히 명확히 맑스주의 관점 위에 서 있었음에도 불구하고 이들 작가 시인들의 예술은 아직도 맑스주의의 뚜렷한 정신에 의하여 관철되어 있지 못하였고 다만 민중의 가난한 층, 근로자나 농민의 비참한 생활을 정직하게 예술 가운데에 반영하려고 하였음에 지나지 않았었다.[10.6]

두 가지가 주목된다. 비평에 비해 작품이 문제적이라는 판단이 하나요, 그러한 판단의 기준이 마르크스주의라는 것이 다른 하나다. 작가가 마르크스주의를 올바로 체득하지 못하는 이상 하층민이나 노농계급의 생활을 정직하게 반영한다 해도 올바르지 못하다고 임화는 주장하고 있다. 이어지는 구절에서 그는 위의 작가들이 명확한 사회주의자가 아니었을 뿐만 아니라 그들이 자연주의, 낭만주의 등 과거의 문학적 인습에 사로잡혀 있었다고 지적한다. 혁명적 정신을 표현하는 데 있어 자연주의나 낭만주의적인 방식도 활용될 수 있다고 보지 않는 점에서 그는 교조주의적이며(루카치와의 논쟁에서 그야말로 형식주의자라며 브레히트가 지적한 '비둘기' 이야기나, 등소평의 '흑묘백묘론'만 떠올려 봐도 이는 분명하다), 현실의 정직한 반영보다도 마르크스주의 이념의 구현을 중시한다는 점에서 비현실적이라고 할 수 있다(신채호의 표현대로 하면 '조선의 마르크스'가 아니라 '마르크스의 조선'을 앞세운 비주체적인 태도에 해당한다).

동일한 맥락에서 윤기정은 최서해의 「탈출기」1925와 「홍염」1927, 송영의

「용광로」1926와 「군중정류」1927, 박영희의 「지옥순례」1926, 조명희의 「저기압」1926 등 당대 소설계의 기준에서 볼 때 의미 있는 작품들을 두고 이들이 여전히 자연발생기에 머물렀다고 비판했다. 그러면서 예술품다움을 고려하는 '무산자 문예無產者文藝'가 아니라 '전선 운동全線運動에 일익적一翼的 임무任務'를 다하는 '무산자無產者 문예운동文藝運動'을 주장하고, 이를 위해서는 작가들이 프롤레타리아 이데올로기를 파악한 '진정眞正한 프로 작가作家'가 되어야 한다고 요구하고 있다.[27]

카프 내에서 비평이 소설을 지도하고 작가의 태도를 문제 삼는 일은 카프가 해산될 때까지 지속되었다. 소설은 장르의 속성상 현실을 재현하게 마련이고 그런 만큼 현실의 실제로부터 벗어나기 어려우며 계급투쟁적 전망을 담는 것 또한 리얼리즘의 진실성을 해치지 않는 선에서 할 수밖에 없는 어려움이 있는데, 이러한 점이 사회운동을 앞세운 카프 비평가들에게는 그다지 의식되지 않았다고 하겠다. 현실은 물론이요 문학계 자체가 변화되지 않은 상태에서 카프(비평)의 이러한 지침을 수행하고자 노력했던 작가들의 고충이 짐작되는 상황이다. 이런 상황을 카프 최고의 소설가인 이기영은 후에 다음과 같이 고백한 바 있다.

> 정직히 고백하면 창작 방법에 잇서 목적의식을 운운할 때부터 나의 창작 실천은 그것을 소화하지 못하엿다고 말하고 십다. 물론 그것은 나의 태만이 그때 그때의 전환 단계에 잇서 그의 슬로강을 구체적으로 파악하지 못하고 그의 창작 이론을 잘 소화하지 못한 때문이라 하겟지만은 여하간 나의 작품에 그것을 구상화하지 못한 것만은 사실이다. 물론 만흔 동지들은 그때마다 우수한 이론

27 윤기정, 「無產 文藝家의 創作的 態度」, 『조선일보』, 1927.10.14.

> 을 소개 해설하고 비판함에 따러서 나 자신도 맛장구를 처 왔지만 다시 창작의 붓을 들고 생각해 볼 때는 도모지 어떠케 써야만 할는지? 버젓한 슬로강을 노코도, 마치 일모도궁日暮途窮한 여객旅客과 가티 향방을 모르고 잇섯다.[28]

이렇게 비평과 창작의 괴리가 있었음에도 불구하고 카프는 한국 현대소설사의 흐름에서 의미 있는 발전을 이룩한다.

이기영의 「농부 정도룡」1925과 「서화」1933는 농촌 현실을 생동감 있게 묘사하면서 유산자에게 맥없이 굽신거리지 않는 주체적이고 당당한 농민을 등장시켜 농민 계급의 힘에 대한 신뢰를 보였다. 그는 또한 「홍수」『조선일보』, 1930.8.21~9.3에서 농민들의 의식화와 운동을 조직하는 매개적 인물 박건성이 체포되고 난 뒤에도 나머지 농민들이 단결하여 투쟁을 해 나가는 모습을 통해 농민이 계급적 집단 주체가 되는 모습을 표현하기도 했다. 서사의 뼈대만 본다면 카프의 창작 지침에 따라 농민을 긍정적으로 미화했다고 볼 수도 있지만 작품의 배경이 되는 농촌 현실을 핍진하게 묘사함으로써 그러한 평가를 물리치고 있다.

한편 한설야는 「홍수」『동아일보』, 1928.1.2~6에서 일본의 산업화 정책으로 인한 농촌 자본의 변화와 농민들의 고난을, 「과도기」『조선지광』, 1929.4를 통해서는 일제가 주도하는 공업화에 의해 삶과 노동의 터전을 잃은 사람들이 고향을 떠나거나 노동자가 되는 현실을 포착했다. 그의 소설들은 식민지 자본주의화에 따라 민중들의 삶이 위기에 몰리는 역사적인 변화를 문제적으로 형상화한 의의를 갖는다.

이기영과 한설야는 각각 농촌과 노동 현장에 주목하는 상보적인 길을 걸

---

28 이기영, 「사회적 경험과 수완」, 『조선일보』, 1934.1.25.

으면서 계급투쟁을 도식적으로 설정하는 양상을 벗어나는 면모를 보였다. 1930년대 중반에 이르면 이들에 의해서 카프 소설이 한국 현대소설의 중요한 한 축을 이루게까지 된다. 총체적 리얼리즘 소설의 핵심을 이루는 이 축은 이기영의 『고향』과 한설야의 『황혼』, 강경애의 『인간문제』 등으로 구성된다.

이기영은 『고향』『조선일보』, 1933.11.15~1934.9.21에서 현실의 여러 문제를 구체적으로 고뇌하는 남녀 주인공과 생동감 있는 청년 농민들 및 농촌의 세력자인 마름을 사실적으로 형상화하면서 소작쟁의를 해결해 나아가는 양상을 실제적으로 그려 냈다. 한설야의 『황혼』『조선일보』, 1936.2.5~10.28은 학교를 졸업하고 사무원으로 일하던 여성 주인공이 노동자가 되는 존재 전이를 설득력 있게 보여 주면서 자본가 계급의 몰락과 노동계급의 승리를 효과적으로 전망해 내는 모습을 보였다. 강경애의 『인간문제』『동아일보』, 1934.8.1~12.22에서는 소작농의 자식들이 도시 노동자가 되어 투쟁하는 모습이 현실적으로 그려졌으며 지식인이 아닌 노동자야말로 인간 문제를 풀 수 있다는 깨달음이 자연스럽게 제시되었음을 확인할 수 있다(이들 장편에 대해서는 뒤에서 상론한다).

1920년대 말에서 1930년대 중반에 이르는 이기영, 한설야, 강경애의 농민소설과 노동소설은 국민의 절대다수를 차지하는 노농 계급 곧 민중이 역사의 주역이라는 새로운 인식의 표현이라는 점에서 문학사 및 문화사는 물론이요 역사 일반에서 큰 의의를 갖는다. 이러한 의의를 생각하면, 노동자와 농민의 우상화에 가깝다고 할 수 있는 영웅적인 인물의 제시나 공산주의적 인간형에 가까운 순결한 형상화는 문제라 쳐도 리얼리즘 소설에서의 현실성 차원에 걸리는 작은 문제일 뿐이다.

물론 카프 소설에 문제가 없는 것은 아니다. 볼세비키화를 내건 카프의 2

차 방향전환은 당파성의 추종과 전위의 역할, 노동계급의 선도성을 강조했는데, 그 결과 현실에 비추어 개연성이 의심되는 도식적인 작품들도 출현한 것이다.

윤기정의 「양회굴뚝」『조선지광』, 1930.6 같은 소설이 대표적인 예다. 불황을 이유로 노동시간을 두 시간 늘리고 일급은 사분의 일을 줄인다는 회사의 방침에 맞서 동아제사공장 여공들이 파업을 벌여 5일 만에 성공으로 이끈다는 이야기다. 특별한 주인공을 내세우는 대신 기숙사에 있는 삼백 명 여공과 공장 밖의 백팔십 명 여공들이 일치 단결하는 모습을 그림으로써 노동계급의 단일 대오를 과시하고 있다. 그렇게 짧은 기간에 파업이 성공한다는 점이나 오백여 노동자가 일체가 되어 행동한다는 설정이 당대 현실에 비추어 리얼리즘적이라고 말하기는 어려워 보인다. 이에 더하여, 노동자 농민의 계급의식에 투철한 전위가 등장하여 투쟁을 효과적으로 전개하는 다소 도식적이고 현실성이 의문시되는 작품들 또한 발표되었다. 김남천의 「공장신문」『조선일보』, 1931.7.5~15과 「공우회」『조선지광』, 1932.1·2, 권환의 「목화와 콩」『조선일보』, 1931.7.16~24 등이 이에 해당되는 예이다.

물론 볼세비키화를 토대로 하면서도 의미 있는 작품 성과들이 나왔다. 송영의 「교대시간」『조선지광』, 1930.3~6은 일본 광산에서 일하는 조선인 광부와 일본인 광부 사이에 벌어진 패싸움을 계급적 일체감으로 넘어서는 설정을 통해서, 민족문제보다 부르주아에 대항하는 계급투쟁이 우선이라는 주제효과를 보이고 있다. 프롤레타리아 국제주의에 충실한 작품으로서 현실보다는 독트린을 따른 셈이지만, 일본을 배경으로 하면서 이러한 문제가 불거질 소지를 줄였다. 송영의 「노인부」『조선지광』, 1931.1·2는 예술동맹에서 아지프로 활동을 한 뒤 농민조합의 한 분자로서 실제 운동에 몸을 바치다가 체포되어 사망한 박보영을, 왕년의 독립운동가로서 화장장 인부로 일하는 그 부친이 화장한다는 기구한 설정을 통해, 독립운동과 무산계급 해방운동의 연속성을 구축하는 한편 예술 운동가가 사회운동에 헌신하는 존재의 변이를 제시한다. 변혁운동의 미래를 보인 작품이라 할 만하다.

1920년대 중반의 신경향파 시기로부터 1935년 카프의 해산 직후까지 15년 가까이 전개된 좌파 문학은 우리나라 역사에서 큰 의미를 갖는다.

문학계로 좁혀서 볼 때 좌파 문학은, 사회 현실로부터 벗어나 상아탑으로 도피하던 문학을 비판하고 사회 현실의 문제에 적극 관여함으로써 1980년대까지 면면히 이어지는 운동으로서의 문학의 전통을 확고하게 마련했다는 의미를 갖는다. 보다 넓게 보면 1900년대 이래의 문학이 보였던 이상주의적인 이념 편향을 극복하고 현실 상황에 주목함으로써 문학 형상화의 방법에 일대 혁신을 이룬 역사적인 의의 또한 획득한다. 한국 근대문학의 형성 과정이라는 맥락에서 공시적으로 보면 1920년대 문학의 다양성을 강화했다는 의의도 부여할 만하다.

문화사 및 사상사 차원에서는 자본주의 현실을 비판적으로 인식하고 그 극복 방안을 모색하는 마르크스주의를 공론장 차원에 널리 확산시켰다는 의미를 먼저 꼽지 않을 수 없다. 이는 정치 이데올로기 차원으로 좁혀서 볼 것이 아니다. 현실 사회의 문제를 문제로 의식하고 그러한 문제가 해결되는 이상 사회를 꿈꾸는 것은 어느 사회 어느 시대에서나 사회의 발전을 위해 없어서는 안 될 자세라는 일반론 차원에서 생각해 볼 일이다. 이렇게 볼 때 마르크스주의를 지향하는 좌파 문학의 식민지 현실 비판과 변혁 의지의 표명, 나아가 변혁론의 제시는, 사회주의의 실현 가능성이나 현실적인 성공 여부라는 사후적인 판단에 의해서가 아니라, 일본 제국주의의 지배하에 식민지 자본주의가 발전해 가던 당대 사회에 대한 우리 민족 적어도 무산계급에 해당하는 민중의 문제 제기를 대변했다는 점에서 십분 긍정해야 마땅하다.

이와 더불어서 사회의 하층민으로 간주되어 어떤 맥락에서도 주목받지 못했던 농민과 노동자, 도시 빈민 등을 사회 변화의 한 주체인 무산계급으로 각성시키고 그들의 계급의식을 강화하는 데 힘쓴 점 또한 좌파 문학이 갖는 문화사, 사상사 차원의 의의라고 하겠다. 신경향파를 통해서야 사회 구성원의 절대다수를 차지하는 무산 대중이 처음으로 문학작품의 주인공으로 등장할 수 있었으며, 카프의 프로 문학에 이르러서야 비로소 무산계급이 사회 역사 발전의 중요한 주체로 설정될 수 있었다. 현재 우리가 유지하고 더욱 발전시키고자 하는 민주주의 체제의 기본인 주권재민이라는 견지에서 볼 때, 좌파 문학에 의한 무산계급 주체화의 설정 및 확산은 매우 의미 있는 역사적 사건이라 하지 않을 수 없다.

같은 맥락에서 두 가지를 추가할 수 있다. 이 시기의 좌파 문학은 식민지 조선의 실제 상황에서 진전되는 하층민의 무산계급화를 반영하여 문학 장 및 공론장에 확산시키는 데 그치지 않고, 그들의 계급의식을 예각화하고 운동의 향방을 제시하는 전위의 기능까지도 일정 부분 수행하였다. 이는 앞에서도 누차 지적했듯이 카프가 당대 조선의 사회주의 운동 및 사회운동과 긴밀한 관련을 갖고 활동한 데서 가능했다. 이 면에서 좌파 문학이 남긴 유산은 1980~90년대 한국 사회운동에 실질적인 영향을 끼친 성과로서도 주목을 요한다.

노농 계급 운동에서의 이러한 선도적인 역할과 더불어 좌파 문학은 노동자 농민이 집단적 계급 주체, 집단 주체라는 점을 명확히 한 의의도 갖는다. 농민과 노동자의 고통받는 삶이란 한두 명의 노력이나 일부의 개량에 의해서 개선될 수 있지도 않고, 계몽의 기치 아래 모인 소수 비판적 부르주아의 지원에 의해서 나아질 수 있지도 않다는 점을 보이면서, 좌파 문학은 농민 집단, 노동자 집단이야말로 문제 해결의 주체임을 명확히 했다. 노동자 농민 해방운동의 주체가 개인이 아니라 무산계급이라는 집단 주체임을 천명한 것이다. 『만세전』이 보인 정관적 부르주아 개인 주체나 『무정』을 거쳐 『흙』에 이르는 계몽주의 소설들이 제시한 이상주의적인 개인 주체들과 비교할 때, 카프가 내세운 무산계급 집단 주체가 역사적으로 얼마나 새로우며 어느 만큼 실제적인지가 명확해진다. 저급한 군중crowd에서 대중mass을 거쳐 창발적인 다중multitude에 이르기까지 사회의 궁극적이고 실제적인 주체가 개인이 아니라 집단이라는 자리에 설 때, 좌파 문학이 이룬 농민 노동자의 집단 주체화가 갖는 문화사 및 사상사적인 의의가 한층 선명해진다.

제11장

부르주아 지식인의 자리

염상섭의 1920년대 장편소설들과 『삼대』(1931)

카프를 중심으로 문학 장과 공론장을 장악해 가는 좌파 문학의 맞은편에서 1920년대 한국 현대소설의 커다란 줄기 하나를 일궈 낸 작가가 바로 횡보 염상섭이다. 그에 의해 소설사의 줄기 하나가 구축되었다는 것은 두 가지 측면에서 확인된다.

『만세전』1924 이후로 당대 사회의 세태를 종합적으로 파악하는 장편소설들을 지속적으로 출간했다는 사실이 먼저 온다. 1920년대 초의 동인지 문학은 물론이요 중반 이후의 신경향파와 카프 문학 또한 단편소설 위주로 전개되던 때에 (역사소설을 쓰는 춘원을 제쳐 두면) 유독 염상섭만이 장편소설의 호흡을 유지하면서 당대 사회의 여러 모습을 폭넓게 작품화했다. 동인지 소설에 이어지는 비좌파 작가들의 소설이 단편 형식에 집중된 것은, 문학작품으로서의 형식적 완성에 주목한 결과거나 사회를 바라보는 시야의 협소함에 따른 것이라 할 수 있다. 같은 시기 좌파 문학 작가들이 단편을 벗어나지 못한 것은 그들이 지향한 사회주의 이데올로기와 작품에 재현하게 되는 현실 사이의 상위를 극복하지 못한 탓이자 이데올로기를 앞세운 조급함의 결과이다. 이 둘과 달리 염상섭은 대중소설에 빠지지 않으면서도 장편 형식을 지속적으로 유지할 수 있었는데, 이 사실만으로도 자신의 입지를 도드라지게 했다 할 수 있다.

다른 한편으로 횡보가 장편을 지속적으로 출간할 수 있었던 근본 원인으로 그의 소설 세계가 보인 특징을 주목할 수 있다. 『삼대』1931로 이어지는 1920년대 염상섭의 장편소설들은 특정한 이데올로기에 의지하지 않고 삶의 일상성을 다면적으로 형상화한다. 이것을 가능케 하는 그의 시선은 대단히 폭이 넓다. 사회의 계층상으로 볼 때 경제적 상층과 식민 지배자로부터 하층민까지 아우르며, 이데올로기상으로 볼 때 봉건적 반근대주의자와 친일파, 보수주의자로부터 사회주의를 실천하는 급진적 혁명론자까지 포괄한다.

삶의 질과 결이 다른 다양한 인물군을 끌어안을 수 있는 횡보의 작가적 역량은 두 가지에 의해 마련된다. 하나는 사회계층의 상하와 이데올로기의 좌우에 해당하는 인물들 모두와 관계를 맺을 수 있는 자리에 있고 그럴 수 있는 성격을 지닌 '중간자'적인 주인공을 내세운 것이다.[1] 다른 하나는 인간들이 엮어 내는 변화무쌍한 사태의 추동력을 '돈'과 '성욕'으로 작가 나름대로 확실히 파지하고 있는 까닭이다. 염상섭에게 있어 돈과 성욕은 유산계급이나 무산계급 모두에게 적용되는 '최고 최후의 생활 목표'로 간주된다.[2]

이와 같이 염상섭은 돈과 성욕에 의해 움직이는 일상의 인물들을 그림으로써, 달리 말하자면 계층이나 이데올로기와 무관하게 대부분의 사람들이 일상 차원에서 휘둘리게 마련인 돈과 성욕에 주목함으로써, 당대 사회의 구석구석을 망라하며 삶의 만화경을 장편의 형식에 담아낼 수 있었다. 물론 이렇게 말한다고 해서 횡보의 소설이 렌즈에 들어오는 모든 것을 그대로 찍어내는 잡동사니라는 것은 전혀 아니다. 중간자의 중간적 성격이 확연해질 만큼 그는 당대 사회의 계층과 이데올로기의 분화를 면밀히 파악한다. 이러한 안목은 앞에서 살폈듯이 『만세전』이 제시한 '정관적 부르주아 개인 주체'에서 이미 확인된 것이고 소설가이자 동시에 언론인인 횡보의 이력에서도 충분히 짐작되고도 남는다.

---

1 중간자적인 소설 주인공의 대표적인 예는, 도스토예프스키와 톨스토이의 비판적 리얼리즘 소설에 등장하는 문제적인 귀족 청년 곧 귀족임에도 불구하고 자유주의 사상을 받아들여 상류층 인사보다 청년 학생이나 하층민과 편히 어울리는 인물이다. 염상섭의 소설 중에서는 『삼대』의 조덕기가 전형적이다.

2 "有産無産의 差異는 現世的 榮譽와 感覺的 佚樂을 貪求하느냐 — 口腹을 爲하야 全生涯를 賃金奴隷에 犧牲하느냐는 區別이 잇슬 싸름이오 그 本質에 잇서서는 物質的 動物的 生慾의 充足을 最高最後의 生活目標로 하고 짤하서 排他的 自己本位의 生活을 營爲한다고 볼 수 잇다"(염상섭, 「소설과 민중」, 『동아일보』, 1928.5.27).

여기서 한 가지 덧붙일 것은, 사회상을 면밀히 파악하는 염상섭의 의식과 시선이 특정 이데올로기에 귀속되지 않는다는 점이다. 횡보는 사회주의자가 아님은 물론이요 민족주의자도 아니다. 굳이 말하자면 그는 자유주의적 개인주의자로서, 사태로부터 한 발 떨어진 자리에서 비판적 인식을 행한다. 『만세전』의 이인화처럼 염상섭 자신이 정관적 인식 주체인 것이다. 민족운동이나 계급 운동의 맥락에서 볼 때 이러한 인물은 바람직하지 않지만, 사회를 충실히 재구성하는 소설 문학의 자리에서 보면 매우 소중한 존재라고 하겠다. 특정 이데올로기에 몸을 담글 때 피하기 어려운 일정한 맹목 상태[3]를 벗어날 수 있고 그만큼 사태의 전체상을 보다 객관적, 중립적으로 그려낼 수 있는 까닭이다.

1920년대 초기의 삼부작「표본실의 청개구리」, 「암야」, 「제야」 이후 염상섭의 소설 세계는 다음의 중장편 작품들을 뼈대로 한다.

『묘지』(『신생활』, 1922.7~9, 연재 중단)

「해바라기」(『동아일보』, 1923.7.18~8.26)

『너희들은 무엇을 얻었느냐』(『동아일보』, 1923.8.27~1924.2.5)

『만세전』(『시대일보』, 1924.4.6~6.4)

『진주는 주었으나』(『동아일보』, 1925.10.17~1926.1.17)

『사랑과 죄』(『동아일보』, 1927.8.5~1928.5.4)

『이심』(『매일신보』, 1928.10.22~1929.4.24)

『광분』(『조선일보』, 1929.10.3~1930.8.2)

---

3 특정 이데올로기는 그 이데올로기가 생각할 수 있는 것은 보게 해 주는 반면에 그렇지 않은 것은 억압하는 봉쇄적인 기능을 한다. 이데올로기의 이러한 특징을 제임슨은 '이데올로기의 봉쇄 전략(strategies of containment)'이라 한다(F. Jameson, *The Political Unconscious –Narrative as a Socially Symbolic Act*, Metheun, 1981, pp.52~3).

『삼대』(『조선일보』, 1931.1.1~9.17)

『무화과』(『매일신보』, 1931.11.13~1932.11.12)

『백구』(『조선중앙일보』, 1932.10.31~1933.6.13)

『묘지』·『만세전』을 빼고 볼 때 이들 소설은 다음처럼 묶어 볼 수 있다. 「해바라기」와 『너희들은 무엇을 얻었느냐』, 『진주는 주었으나』의 세 편은 1920년대 전반기 연애 풍속 삼부작에 해당한다. 『사랑과 죄』와 『삼대』, 『무화과』의 세 편은 당대 사회의 전체상을 보인 전체적 리얼리즘 삼부작이라 할 수 있다. 『이심』과 『광분』은 세태 풍속을 묘사한 다소 통속적인 작품이고 『백구』는 염상섭의 리얼리스트로서의 안목이 더 이상 지속되기 어려움을 보인 통속소설에 해당한다.

이렇게 큰 틀에서 분류하기만 해도 명확해지는 점은 염상섭의 장편소설들이 단순히 풍속 묘사를 보인 그저 그런 작품이거나 더 나아가 통속소설적이기까지도 하다는 사실이다.[4] 김종균의 『염상섭 연구廉想涉硏究』고려대출판부, 1974를 위시하여 1980년대 이후 김윤식, 유병석, 정호웅, 이보영, 김경수 등에 의해 염상섭의 장편소설들에 대한 연구가 활성화되면서 그의 작품 세계를 높이 평가하는 기류가 형성되었지만, 같은 시기 카프 작가의 작품과 대중소설들을 옆에 놓고 횡보의 장편들을 보면 대중소설적인 통속성이 짙다는 사실이 자명해진다. 이러한 점은 염상섭 장편소설이 즐겨 취하는 인물 구성에서부터 잘 확인된다.

---

4 염상섭 소설의 통속성 및 대중소설적 성격에 대한 논의는 최혜실의 「염상섭 장편소설에 나타난 통속성 연구」(국어국문학회, 『국어국문학』 108, 1992)로부터 촉발되어, 김경수의 『염상섭 장편소설 연구』(일조각, 1999), 차원현의 『한국 근대소설의 이념과 논리』(소명출판, 2007), 김학균의 「염상섭 소설의 추리소설적 성격 연구」(서울대 박사논문, 2008) 등으로 이어져 왔다. 전체적으로 볼 때, 최혜실의 비판적 규정을 반박하면서 염상섭 소설이 보이는 통속적인 특성의 긍정적인 측면을 부각하는 양상을 띠어 왔다.

염상섭은 장편소설의 주요 인물을 대체로 경제적 상층, 상류층 중심으로 구성한다.[5] 그들은 대부분 유한 지식 계층이며 그렇지 않다 해도 돈 많은 인물에 기생할 수 있는 지위를 갖고 있다. 1920년대 조선의 계층 구성을 볼 때 인구의 80%에 해당하는 절대다수가 농민이며 그 상당수는 소작농이고, 도시 거주자의 대부분이 빈민이라는 사실을 생각하면 염상섭의 관심이 그러한 계층에 두어지지 않았음이 금방 확인된다. 이는 카프 소설과의 비교를 통해서도 쉽게 판명해진다. 여기에 더해 횡보의 장편소설은 흔히 긍정적 인물과 부정적 인물의 이분법을 취한다. 돈과 성욕에 맹목인 인물들이 일을 꾸며서 선한 인물이 곤란을 겪는 이야기가 반복적으로 구사되는데, 이러한 구도야말로 가정소설적인 후기 신소설 이래 통속소설이 견지해 온 기본적인 서술 전략의 연장에 해당한다고 하겠다. 이러한 이분법은 대체로 주요 인물들 사이의 애정 문제와 얽혀서 흔히 여러 겹의 삼각관계를 낳으면서 혼사장애적인 서사를 보이는데, 그만큼 독자의 흥미를 배가시킴은 물론이다.

이상에 더해서, 상당수 작품에 등장하는 (사회)주의자의 형상화 방식도 언급해 둘 필요가 있다. 횡보의 장편소설에서 주의자는 『사랑과 죄』 이후 등장하는데 대부분의 작품에서 이들은 (주요 인물의 경우) 룸펜인텔리겐치아거나 (부차적 인물의 경우) 정체를 알 수 없는 음모자처럼 묘사된다. 비밀결사의 조직원처럼 그려지는 후자가, 연애나 치정, 욕망에 추동되는 소설의 주서사에 외부로부터의 획을 긋는 사건을 담당하는 역할을 한다는 사실 또한 주의자 형상화의 통속적 성격을 강화한다. 카프의 프로 소설을 염두에 둘 때 검열 때문이라고 치부할 수 없는 이러한 방식은 염상섭 소설에 추리소

5 상당수 연구가 이를 '중산층'이라 명명하는데, 당대의 기준에서 보면 적절치 않다. 이 시기에 중산층이 존재했다고 볼 수 있는지 자체가 문제적이라는 점은 차치하고서라도 그렇다.

설적인 특징을 부가한다. 횡보 장편의 추리소설적 성격은 주의자의 형상화 방식보다도 서사 구성 면에서 더 잘 확인된다.[6] 인물의 정체를 알아 가는 스토리-선이나 살인 혹은 각종 범죄의 발발과 해명의 서사가 상당수 소설의 서사 전개에서 중요한 역할을 하며 대중소설적 특징을 강화한다.

이렇게 통속소설적인 특징이 적지 않지만 1920년대 염상섭의 장편소설들이 통속적인 대중소설로 마냥 폄하될 수는 없다. 뒤에 검토하겠지만 당대의 통속소설들과 비교해도 동류라 할 수 없다는 점이 명확하기 때문이다. 이에 더하여 그가 표방하는 작가적 태도가 민중 계몽에 놓여 있다는 점도 지적해 둔다.

> 호풍 호우식呼風呼雨式의 황당무계荒唐無稽한 공상空想으로 소설小說이 되는 것 아니라 어대까지든지 진실眞實한 태도態度로 인생人生의 정체正體를 포착 간파捕捉看破하고 해부 정사解剖精寫하여야 할 것이오 소설小說인 다음에는 흥미興味와 유쾌愉快의 정情을 십분十分 ◯득◯得케 할지로되 또한 교양教養과 윤리적倫理的 정신情神에 등한等閑치 아니하야 민중民衆으로 하야금 일층一層 놉흔 인격人格을 도야陶冶케 하고 인류人類의 이상理想에 향向하야 일층一層 크고 넓고 광명光明에 비초인 세계世界로 끄러올려야 할 것을 가르침이라 할 것이다.[7]

여기서 주목할 점은 횡보가 소설 독자로서의 민중을 강하게 의식한다는 사실이다. 이는 그가 '소설이란 특수한 교양이나 감상력을 요구하지 않는

---

6 이 맥락에서 염상섭의 장편들을 범죄소설, 스릴러, 미스테리로 해석하고 있는 김학균의 「염상섭 소설의 추리소설적 성격 연구」(앞의 글)를 참조할 수 있다. 참고로, 김학균은 횡보의 '예술소설' 개념을 긍정적으로 받아들여 통속소설과 본격소설의 중간으로 간주하고 이 맥락에서 그의 소설들을 분석한다. 횡보의 소설들 상당수가 통속적인 장치들을 구사하되 이념을 포지하거나 현실을 반영하는 까닭에 단순한 통속 작품은 아니라는 것이다.

7 염상섭, 「소설과 민중」, 『동아일보』, 1928.6.3.

민중의 예술'5.31이라는 판단을 전제로 깔고 있기에 당연하다고 볼 수도 있다. 소설의 독자는 민중이라는 이러한 생각에서 그는 소설가가 재미와 교훈이라는 두 마리 토끼를 다 잡아야 한다고 주장한다. 한편으로는 독자에게 '흥미와 유쾌의 정'을 제공해야 하되 다른 한편으로는 그들에게 '인격 도야'와 '인류 이상에로의 고양'이라는 교양과 윤리적 효과를 가르쳐야 한다는 것이다. 이러한 주장은 소설가로서 염상섭이 작품과 독자에 대해 어떤 생각을 품고 있는지를 잘 보여 준다는 점에서 주목을 요한다. 횡보의 이러한 소설관 및 민중 독자관을 염두에 둘 때, 1920~30년대 그의 장편소설들이 띠고 있는 통속적인 특성의 존재와 기능을 좀 더 관대하게 이해해 줄 수 있다.

염상섭의 의도는 통속적인 요소를 가미하여 독자들의 주의를 유지한 채 사람들의 삶과 실사회를 탐구함으로써 교양과 윤리적 효과를 발휘하겠다는 것이지만, 이러한 의도가 어느 정도 적절히 구현된 것은 전체적 리얼리즘 삼부작『사랑과 죄』, 『삼대』, 『무화과』 정도에 그친다.

「해바라기」와 『너희들은 무엇을 얻었느냐』 두 편은 민중들의 삶과는 무관한 유한한 신지식인들의 생활에 주목한 것이고, 『진주는 주었으나』는 사회 지도층이라 할 기성세대가 돈을 좇기만 하는 비윤리적인 행태를 순수한 청년에 대비하여 비판하는 수준에 그쳤다. 『이심』과 『광분』은 불륜과 치정, 악연에 의한 온갖 타락상을 보이는 데 그친 태작(혹은 대중소설)으로서 염상섭 스스로 표방한 소설의 역할을 거의 하지 못하는 경우라 하겠다. 『백구』는 주의자들을 사실상 범죄자 이상으로 그리지 못함으로써 미래 지향적 윤리와 거리가 벌어진 경우라 할 만하다.[8]

---

8 염상섭 소설이 주의자를 설정하고 주인공을 그들에 대한 동정자로 그림으로써 통속의 위험을 벗어나게 되었다는 분석으로 김윤식의 『염상섭 연구』(서울대 출판부, 1987), 598~604

이들 작품들 모두가 돈과 성욕, 사랑을 통로로 하여 당대 유한 지식 계층의 인정세태를 세밀하게 묘파한 작품이라는 것이 인정되고 이런 작업이 자본주의 사회의 일반적인 특성을 일정 정도 반영해 낸 것이기도 하다는 점 또한 그 나름대로 평가되어야 하지만, 식민지 치하의 민족사적 전망이나 미래 기획이라는 면에서는 별다른 의의를 찾기 어려운 작업이라는 사실 또한 명확하다.

이러한 역사적인 의미 차원에서도 자신의 위상을 어느 정도 확보하는 작품이 바로 『사랑과 죄』와 『삼대』, 『무화과』 삼부작이다. 이 소설들은 당대 사회의 전체상을 성공적으로 재현하면서 사회 상황의 의미를 생각하게 하고, 미래 세대에 대한 전망을 더불어 제시함으로써 역사적인 안목을 어느 정도 갖추는 성과를 보인다. 이 삼부작의 정점은 『삼대』이다. 『삼대』에 비할 때 『사랑과 죄』는 귀족 리해춘과 간호부 지순영의 사랑이 서사의 중심을 이루며 이를 방해하는 연애, 치정 관계들이 주요 스토리-선을 구축함으로써 사회 상황과 역사적 문제의식이 다소 뒤로 물러나 있고, 『무화과』는 리원영이 사업에 나서고 끝내 파산하는 과정에 사회적으로 의미 있는 목적의식은 부재한 채 김홍근의 악행이 과도하게 부각되어 있어서 김동국, 조정애 등 주의자의 행위가 작품의 전체 주제효과와 유기적으로 밀접하게 결부되었다고 보기 어려운 편이다. 『삼대』에 비할 때 이 두 작품 모두 풍속의 재현이라는 성격이 상대적으로 강하다고 하겠다. 물론 『사랑과 죄』 또한 사회의 전체상을 재현하면서 미래지향적인 구도를 취하며, 『무화과』는 『삼대』에 이어 주인공을 동정자sympathizer적인 부르주아로 설정하고 그의 몰락을 그림으로써 역사의 방향성에 대한 문제의식을 잃지 않고 있다. 이러한 점이 이 세 편을

쪽 참조.

삼부작으로 볼 수 있게 해 주는 것이다.

『삼대』 삼부작은 지식 청년과 상층 계층이 식민지에서 살아가는 까닭에 벗어날 수 없는 문제들을 주요 사건으로 형상화했다는 점에서 한국 리얼리즘 소설사는 물론 문화사, 정신사 차원에서 자신의 입지를 갖는다. 역사적인 위상을 차지한다 했지만 모든 차원에서 다 긍정적이라는 것은 아니다. 한국 현대소설의 형성 과정에서는 전체적 리얼리즘 소설의 전형을 이루었다는 다대한 공적을 인정할 수 있지만, 역사의 차원에서 보면 식민지 현실에 대한 문제의식 면에서 빛과 그림자가 함께 확인되는 까닭이다.

이를 먼저 『사랑과 죄』의 '남산골 카페 논쟁'을 통해 살펴본다. 술 취한 리해춘이 앞장을 서 김호연, 마리아, 기생 일행이 들어간 남산골의 어느 카페에, 『오로-라』라는 공산주의 색채의 잡지를 경영하는 적토와 조선에 들어와 있는 거장 아나키스트인 야마노, 니힐리스트라 할 류진이 들어와, 리해춘과 적토 사이에 논쟁이 붙는다. 뒤에 들어온 세 사람을 두고 해춘이 다음처럼 냉소한 것이 발단이다.

> "콤뮤-니스트(공산주의자)와 아나-키스트(무정부주의자)가 악수를 한다는 것은 좀 이상한 걸!…… 게다가 류 군으로 말하면 나 보기에는 일종의 니힐리스트(허무주의자)이고 보니 그러면 삼각동맹인가?"[9]

이에 대해 서술자는 다음과 같은 설명을 덧붙인다.

> 사실상 이 때쯤은 공산주의와 무정부주의 사이에 확연한 분계선分界線이 잇

9 염상섭, 『염상섭 전집 2-사랑과 죄』, 민음사, 1987, 208~9쪽.

지 못하얏다. 차라리 분계선이 업다느니보다도 무정부주의라는 것이 널리 알리어지지도 안핫섯다. 그섇만 아니라 사회운동자의 대부분은 그러한 구별은 장래에는 잇슬 일이나 위선은 '반항'이라는 일념에서 지긔상통하는 것만에 만족하야 청탁을 가리지 안는 형편이엇다. 더욱히 조선 사람의 처디로서는 자본주의-뎨국주의에 대하야 반긔를 드는 일본 청년이고 보면 공산주의자는 물론 이거니와 허무주의자거나 무정부주의자이거나 일톄로 환영하얏고 또 그들 중에서도 먼저 눈뜬 자는 조선을 활동무대로 하야 차츰차츰 건너오게 되엇든 쌔이다.209~210쪽

『사랑과 죄』의 시간 배경이 1924년 여름부터 가을까지이니 이러한 설명은 당시 좌파 사회운동의 상황에 부합하는 것이다. 자본주의-제국주의에 대한 반항이라면 이데올로기적 정체가 무엇이든 상관없이 서로 환영하고 뜻이 통했다는 이러한 지적은 그 자체로 역사적인 의미를 지닌다. 횡보가 『사랑과 죄』를 연재하는 시점에서 보면 불과 4년 정도 이전의 일이니 무슨 역사적인 맥락이 개재되는가 할 수도 있지만 그렇지 않다.

민족사회 운동이 일본 제국주의에 대한 독립 투쟁이라는 하나의 목표하에 아직 분기되기 이전 시기를 작품에 설정하고 서술자의 언어로 이렇게 명확히 지적하는 것은, 소설 집필 당시의 역사적 상황에 대한 작가의 발언으로 해석할 여지가 있다. 이는 해춘이 재차 그 문제를 지적하자 그러는 너의 정체는 무엇이냐는 적토의 질문이 들어오고, 그에 대해 리해춘이 "민족주의와 사회주의의 중간을 타고 나가는 것이 오늘날의 조선 청년으로는 올흔 길로 들어서는 줄 안다"210쪽라고 대답하는 데서 확인된다. 리해춘의 입을 빌려 염상섭이 말하는 '민족주의와 사회주의의 중간을 타고 나가는 길'이란 무엇인가. 당시 활동하던 민족유일당 신간회의 노선에 대한 횡보 자

신의 해석이요 긍정에 다름 아닌 것이다.

『사랑과 죄』에 드러난 이러한 입장은 그러나 투철하지도 명철하지도 않다. 1924년도라는 가까운 과거의 좌파 사회운동에 대한 해석에 있어 확인되는 불명확성과 민족주의에 대한 입장의 모호함이 그 증거다. 앞의 불명확성은, 좌파 운동의 이상한 삼각동맹에 대한 리해춘의 지적과 반제국주의 독립운동의 기치하에서는 그런 것이 문제되지 않았다는 서술자-작가의 해석 사이에 벌어진 논리적 틈이 그냥 방치되는 데서 확인된다. 이데올로기상으로 지향하는 바가 다르니 서로 분기되어야 한다든가 반제국주의 운동이라는 점에서 공통되니 차이에 매이지 말고 계속 힘을 합쳐야 하고 나아가서는 독립운동이라는 지상목표하에 융합되어야 한다든지 하는 작품[작가] 차원의 주장이 있어야 할 법한데 그렇지 않은 것이다.

민족주의에 대한 입장이 모호하다는 점은, 리해춘이 주장한 바 민족주의와 사회주의의 중간이라는 제3의 길이 무엇인지, 그런 길에서 민족주의란 어떤 것인지에 대한 생각이 뚜렷하지 않음을 뜻한다. 리해춘과 적토의 계속되는 논쟁을 서술자가 다음처럼 요약, 전달하는 장면을 보자.

> 두 사람의 론난은 민족주의와 사회주의에 관한 것이엇다. 적토 군은 해춘이더러 자작이라는 도금鍍金을 벗겨 버리고 제 바탕의 납덩이鉛가 되어서 무산전선無産戰線으로 나오되 민족주의라는 녹초가 된 비단 두루막이도 버서저치고 나와야 한다고 권고를 하얏다(납덩이라는 말은 뎍진에 쏘는 탄환의 슷헤 물린 것인가?).
>
> 여기에 대하야 해춘이는 '납덩이가 되는 것은 필요한 일이다 — 도금 장식은 갈보의 (머리의) 뒤꼬지에나 필요할 것이다! 그러나 민족주의란 것은 낡은 비단 두루막이가 아니라 입지 안흘 수 업는 수목 두루막이 가튼 것이라'고 주장

하얏다.

'물산장려의 수목 두루막이요?' 하고 적토 군은 코웃음을 쳣다. 적토 군의 의견으로 하면 물산장려가 몃 사람의 중산 계급인을 모하서 한 사람의 대자본가를 만드러 내이자고 한 선언에 지나지 안흔 것과 가치 민족운동이라는 것도 자본주의나 뎨국주의를 전뎨로 하지 안코는 발출할 수 업는 것이라 한다.

그러나 '쓰아—'의 신민이든 '슬라브' 민족이 '쏘비엣트' 통치하에서는 '슬라브' 민족이 아니라고 누가 주장하드냐? 민족주의가 제국주의와 자본주의의 태반胎盤에서만 숨을 부러 넛는 것이라고 주장하는 리론뎍 근거가 어대 잇느냐?고 공박을 하얏다……

두 사람은 상당히 취한 모양이나 말의 조리는 일치 안핫다.211쪽

리해춘과 적토 두 사람이 벌이는 논쟁의 초점은 민족주의 운동을 어떻게 볼 것인가 하는 데 있다. 공산주의자 적토는 민족주의란 자본주의나 제국주의를 전제로 하여 발출하는 것이며 따라서 무산계급 운동에 나서기 위해서는 벗어버려야 할 '녹초가 된 비단 두루마기'라고 주장한다. 이에 대해 리해춘은 제정 러시아 시기 짜르의 신민이거나 혁명 이후 소련의 인민이거나 슬라브 민족은 동일한 슬라브 민족이라면서, 민족주의란 어떤 체제에서도 이어지는 것이므로 '입지 않을 수 없는 수목 두루마기'에 해당한다고 맞선다. 서술자는 두 사람이 '말의 조리'를 잃지 않았다고 했지만, 유감스럽게도 독자로서는 이 국면에서 이야기되는 민족주의의 정체가 무엇인지를 알기 어렵다. 일반적으로 비유의 구사가 만족스럽지 못한 경우는 논리가 막힌 자리에서 사유를 지속시키는 방편으로 비유가 쓰일 때인데 『사랑과 죄』 또한 이 경우에 해당한다. 엄밀히 말하면 두 인물이 말하는 '두루마기'가 동일한 지시체를 갖는지도 의심스럽다.

무산계급 해방운동에 있어서 민족주의란 타기해야 할 것이라는 적토식의 주장은, 일본이나 서양을 막론하고 제국주의란 자기들 민족주의를 이념으로 하여 수립된 민족국가nation state를 대외적으로 확장한 것이라는 역사적 사실에서 설득력을 갖는다. 제국주의와 민족주의가 다른 것일 수 없다는 이러한 인식을 갖춘 자리에서는, 조선 민족주의를 붙들고 있자는 것은 잘되어야 조선 제국주의를 세우자는 것이므로 제국주의 열강들에 의해 세계의 질서가 짜인 국제 정세에 비추어 현실적으로 실현 가능성이 희박한 일이라 고려의 여지가 없는 것이 된다. 이에 더해서, 물산장려운동조차도 조선 민족 내에서 대자본가를 키워 내자는 것에 불과할 뿐이라는 생각을 갖고 있는 적토의 입장에서 보면, 민족주의 운동이란 민중들의 해방과는 무관한 것이라는 이유에서도 용납할 수 없는 것이다.

이에 맞서 민족주의란 벗어 버릴 수 없는 것이라 하는 리해춘의 주장은 민족을 역사와 사회정치 상황과는 무관한 것으로 추상화한다. 어떤 민족이 살고 있는 정치체제가 제정이든 사회주의든 그러한 체제를 지탱하는 사람들이 바뀌는 것은 아니므로 민족은 민족 그대로 있지 않느냐는 것이다. 이러한 주장의 문제는 그렇게 바뀌지 않는 존재로서의 민족이라는 것의 본질이 무엇인지 알 수 없다는 데 있다. 리해춘의 말은 '민족'을 '국민'으로 바꾸어도 성립되며 그 외 '인종'이나 '사람들'이라고 해도 문제될 것이 없다. 민족이라는 개념의 사회역사적 정의가 되어 있지 않은 까닭이다. 요컨대 리해춘이 말하는 민족이란 사회정치적 실체를 갖지 못하는 소박한 관념이며 최대한 긍정적으로 보아 줄 때도 조선을 하나의 공동체로 사고하게 해 주는 이데올로기에 불과하다고 하겠다.[10]

10 작품 바깥으로 시선을 돌리면 리해춘이 말하는 민족이 1920년대 중반의 국민문학운동과 그들이 지향한 '조선주의'와 무관하지 않음을 알 수 있다. 여기서 한걸음 더 나아가면 '조선

『사랑과 죄』에서 보이는 민족주의 인식이 막연하다 해서 이를 폄하하기만 할 것은 아니다. 이런 수준에서나마 사회주의와 민족주의의 문제를 제기한 것 자체가 의미를 가지며, 이러한 문제 제기 자체가 실은 일제에 대한 저항이라는 공통분모를 갖는다는 점이 한층 중요하다. 리해춘과 적토의 논쟁을 보더라도, 민족주의를 벗을지 입을지 상반되는 주장을 하는 듯해도 실은 그렇지 않다는 사실이 주목된다. 사회(주의적인) 운동에서 민족주의를 어떻게 대할 것인가라는 문제에서 차이를 보일 뿐이지 사회운동 자체는 두 사람 모두 긍정하는 까닭이다. 귀족인 리해춘은 "나도 현대 청년이요! 나도 조선 청년이요! 나도 피가 잇소!"210쪽라고 할 정도로 자신 또한 적토나 야마노 못지않게 현실을 비판적으로 본다고 생각하고 있다.

결론적으로, 자본주의와 제국주의에 대한 반항이라는 대의가 선명하고, 작품 외적으로는 신간회 운동이 있어서 민족주의의 정체에 대한 탐구가 작가에게 긴요하게 다가오지 않았으리라는 점, 이상 두 가지를 고려하면 『사랑과 죄』의 민족주의 관련 인식은 한계를 지닌 상태로나마 의의를 갖는다 하겠다.

이후의 염상섭은 어떠한가. 아쉽게도 그의 사회 인식은 이념의 면에서 날카로움을 잃어 간다. 이는 『광분』1930이 광주학생운동을 다루는 방식에서 뚜렷이 드러난다. 긴 분량이지만 학생 시위의 원인과 경과를 정리하여 밝히는 부분 전체를 그대로 인용한다.

적인 것'을 고유하게 특징짓고자 했던 그들의 노력이 일제 말기에 이르러서는 일선 동화론으로 이론적으로 별 어려움 없이 전락했던 사실을 지적하지 않을 수 없는데, 이렇게 될 수 있었던 근본 원인 하나는 바로 조선주의가 갖고 있는 비역사적, 비사회정치적 특성이다. 이러한 사정을 최남선의 경우를 통해 논의한 연구로 구인모의 「최남선과 국민문학론의 위상」(한국근대문학회, 『한국근대문학연구』 6, 2005.10)과 이태훈의 「1920년대 최남선의 조선학 연구와 실천적 한계」(한국사학회, 『사학연구』 131, 2018) 참조.

몇천 년 옛 도읍이 하룻밤에 불바다를 이루어 재가 되는 일이 있다. 그러나 그것은 반드시 어떠한 큰 의사意思가 움직임으로써도 아니며 불 홍수가 치밀어 옴으로써도 아니다. 다만 어린아이의 조그만 손끝이 일순간 아무 의미 없이 꼼지락함으로써 능히 오랜 역사의 탑을 무찌를 수가 있는 것이다. 성냥개비에 붙은 한 방울 불똥이 찬란한 옛 도읍도 능히 하루아침에 폐허로 만들 수가 있다는 말이다…….

유월 중순경이었다. 박람회를 앞에 두고 전 조선의 경계가 차츰차츰 엄중하여가는 판에 어느 날 저녁때 이 반도半島의 남편 한 귀퉁이에서 조그만 불똥이 반짝하고 튀었었다. 성욕의 불길을 깊이 감춘 조그만 청춘의 혀끝이 옴지락할 때 뉘라 능히 이 강산에 폭풍우가 올 것을 짐작하였으랴!

남조선의 조그만 도읍, 사람이 복작대는 정거장이었다. 날마다 날마다 같은 시간에 같은 차를 타고 다니는 아리따운 여학생의 양자는 물 건너에서 온 소년에게도 아름답게 보였던 것이다. 아름다움과 아름다움에 대한 욕심에는 국경이 없고 민족적 감정을 초월하였던 것이었다. 그러나 주책없이 시룽대는 방종한 말 한마디가 귓가에 지나칠 때 거기에는 다시 거둘 수 없는 감정의 모닥불이 쏟아지는 것이었다. 장강대하로 국경을 막고 고산준령으로 민족적 성벽을 세우는 것이다. 그리하고 이 불똥은 사방으로 흩어졌다. 이 물결은 전도에 범람하였다. 이 성벽은 간 곳마다 쌓였다.

불을 잡으려고 소방대는 출동하였다. 물을 막으려고 방축을 쌓기에 애를 썼다. 성을 무느려고 곡괭이질을 하였다. 신문기자의 붓끝에는 검열을 하였다. 혓바닥은 가차압을 당하여 두 입술에 붉은 쪽지를 붙였다. 그러나 바람결에 날리는 불똥은 끌 수가 없었다. 늠름히 스미는 불줄기는 막아낼 장비가 없었다.

칠월에 들어서는 전 조선 학생계에 대동란이 일어났다. 여전히 신문에는 한 줄도 보도할 자유가 없었다. 박람회, 선전, 잠입, 불온, 정보…… 이러한 다각형

의 프리즘은 오직 혼란과 난무亂舞의 그림자를 비쳐내었다.[11]

사태를 비유로 설명하는 것이야 크게 문제될 것이 없으나, 비유가 실제를 놓치는 데 대해서는 비판이 없을 수 없다. 위의 구절은 광주학생운동을 비역사화하는 문제를 보인다. 일제에 의한 조선의 식민 통치에 따른 민족적 울분의 표출이자 3·1운동 이후 처음으로 전 조선에 걸친 학생들의 독립운동이라는 당대 조선 사회 현실의 실제를 탈각하는 것이다.

일본 남학생이 조선 여학생을 희롱하는 말을 '성욕의 불길을 깊이 감춘 조그만 청춘의 혀끝이 옴지락'한 것으로 해석한 것은, 식민지 상황 자체와 그 속에서의 남녀 차별 등의 현실 문제를 전혀 의식하지 않고 어느 시대에나 있을 법한 일로 비역사화하는 것이다. 한껏 양보해서 사태의 도화선이 된 '조그만 불똥 하나'를 그렇게 해석한 것은 인정한다 해도, 그 불똥에 의해 전 조선 학생계에 '대동란'이 일어나게 된 연유와 상황을 묻지도 탐구하지도 않은 채 비유를 지속하면서 '혼란과 난무'만을 지적하는 것은, 민중의 계몽을 염두에 두는 작가로서는 태만한 일이라 하지 않을 수 없다.

문제는 광주학생운동에 대한 이러한 비역사화가 단순히 작가적 태만의 결과가 아니라는 데 있다. 이 사태를 바라보는 염상섭이 정관적 관조자의 자리 구경꾼의 자리에 있으며, 그럼으로써 결과적으로는 식민 지배자의 입지를 부지불식간에 취하게 되었다는 점이 부정할 수 없는 문제이다. 광주에서 시작된 학생독립운동이 확산되어 서울에서 시위가 일어난 장면을 기술하는 부분을 따라가면서 이를 확인해 본다. 논의의 정확성을 강화하기 위해 『조선일보』 연재 일자를 병기한다.

---

11 염상섭, 『광분』, 프레스21, 1996, 204~5쪽.

구월 일일, 가장 긴장한 이 날은 닥쳐왔다. (…중략…) 오전 열한 시! 개학식이 막 파하고 날 대쯤 되어서다. 전 시全市의 이십여 학교에서는 미리 맞추어놓았던 것처럼 무슨 소리인지 알 수 없는 '으앗' 소리가 벌집을 쑤시듯이 일어났다. 전 시는 별안간 물 끓듯 끓어났다…….210쪽; 1930.1.21

서울의 학생들이 학생독립운동에 뛰어든 것은 1929년 12월부터다. 5일에 경성제이고보를 위시하여 동맹휴교가 잇달았고 9일부터는 가두시위가 시작되어 13일까지 1만 2천여 명의 학생이 시위에 참가하여 1,400여 명이 체포되었다.[12] 여기에 『광분』은 소설적 변형을 가하여 일시를 박람회 개장식과 개학식이 같이 열리는 날로 설정하고 그에 따라 자연스럽게 모이게 된 학생들이 동시 시위를 벌인 것으로 그리고 있다. 이로써 광주학생운동의 조직화와 전국적 확산에 신간회를 위시한 각종 사회단체와 학생 조직들이 관여한 사실[13]을 배제한다. 작품이 연재되는 1930년 1월 하순 현재 학생 시위가 진행 중이었다는 사실을 첨가하면 이러한 배제가 갖는 문제가 좀 더 심각한 것이지만, 당시로서는 사태의 진상을 깊이 알기 어려울 수 있었으리라고 이해해 줄 수도 있다. 하지만 다음과 같은 사태 진단에 대해서도 관대하게 이해하는 것은 곤란해진다.

민중은 각개로 방임할 때에 대개는 둔감이다. 그러나 집단적 행동으로 한걸음 떼놓으면 이처럼 민감한 것이었다. 그 전신이 달팽이의 촉각으로 돌변한다. 그리하여 다만 직각적直覺的으로만 어떠한 한 각도로 후벼 파고 들어가는 것이

12 두산백과사전 '광주학생운동' 항목.

13 김성식, 「日帝下 韓國學生運動」, 최영희 외, 『日帝下의 民族運動史』, 현음사, 1982, 199~221쪽 참조.

다. 그들은 혹시 의식이 몽롱할지도 모른다. 정확한 이지적 판단을 내릴 여가가 없을지도 모른다. 그러나 마치 경주하는 사람이 신호를 할 일 초 전에 마음먹었던 목표로 향하여 전후불계하고 돌진하듯이 떼놓은 발은 갈 데까지 가지 않으면 머물 줄을 모르는 자기 자신도 모를 괴상한 힘이 솟는 것이다. 그러면서도 경마가 결승점에 저절로 달려오듯이 길이 빗나가는 일 없이 오고야 마는 것이다.

그러나 **이것을 한층 높이 앉아서 내려다보는 사람, 이것을 제어하려는 사람**은 여간한 총명이 아니고는 민중의 촉각이 무엇 때문에 움직였는지 그 진상을 용이히 알지는 못하는 것이다. (…중략…) 그들은 다만 거죽만 핥고 앉아서 가장 현명한 체한다. (…중략…)

'으아' 소리가 봉홧불같이 일어났다. 설사 그것이 무의미한 것이라 하자. 또 그것이 남이 하니까 하는 것이라고 하자. 그들이 남은 하는데 가만 있으면 면목이 없다고 하여 덩달아 한 것이라고 하자. 그러나 활동사진 광고의 음악대가 지나갈 제 길바닥에 놀던 어린애가 발장단 손장단을 맞추며 춤을 덩실덩실 추는 것은 남이 하니까 덩달하 하는 것이요, 남이 하는데 가만 있어서는 면목없다 하여 춤을 추는 것일까? 아니다! 아니다! 그 기운에 움직임이다. 명민한 감각이 그 기운에 쏠려 들어가는 것이다. 사람은 분위기를 거절할 수는 없는 것이다. 그 기운과 그 분위기 밖에서 사람은 한 때도 살 수 없으며 숨 한 숨도 쉴 수 없는 것이다.

그러면 **그 진상을 알려는 사람, 그 정곡을 얻으려는 사람**이면 무엇보다도 먼저 그 기운과 그 분위기부터를 해부하여야 할 것이다. 그리고 그 '으아' 소리를 듣지 않으려면 그 기운을 일변시키고 분위기를 고쳐야 할 것이다. 그밖에는 무슨 힘으로도 하는 수 없는 것이다. 211쪽; 1930.1.22. 강조는 인용자

위 인용문의 첫 문단은 일종의 민중론이요 군중론에 해당한다. 사람들이 떼를 지어 모이게 되면 선동자의 말에 맹목적으로 이끌리면서 전체와 하나가 되어 행동함으로써 합리적인 개인 주체의 면모를 잃는다는 르 봉[14] 이래의 지적에 닿아 있다.[15] 이러한 일반론 뒤에 염상섭은 '민중의 촉각이 움직이게 된 원인' 곧 사태의 진상을 알아채는 방도를 제시한다. 그것은 무엇인가. '기운'을 파악하고 바꾸는 것이다. 군중을 이루는 사람들이 함께 행동에 나서는 것을 두고 염상섭은, 남이 하니까 덩달아 하는 것만도 아니고 가만히 있어서는 면목이 없으니까 하는 것만도 아니라, 군중 전체의 기운과 분위기를 거절할 수 없어서 그 속에 몸을 담그는 것이라고 주장한다. 이 위에서, 사태의 진상을 알려고 한다면 '그 기운과 분위기'를 해부해야 하고, '으아' 소리를 듣지 않으려면 그 기운과 분위기를 바꾸어야 한다고 한다.

이와 같이 『광분』의 작가는 광주학생운동을 작품에 담으면서 그러한 사태의 해결책으로 당대 조선 사회의 '기운과 분위기를 바꿔야 한다'는 주장을 내세운다. 여기서 우리의 문제가 생긴다. 횡보의 이러한 주장은 무엇인가. 일제 식민지 통치하에 있는 우리 민족의 입장에서 볼 때 이러한 주장은 무엇을 지향하는 것인가. 유감스럽게도 이 맥락에서 어떤 긍정적인 답을 찾기는 쉽지 않다. 작가의 주장은, 1930년 전후 조선의 식민 지배자인 일제에 대한 요청이든가, 식민-피식민 지배 관계를 떠난 자리에서 벌집을 쑤신 듯이 혹은 물이 끓듯이 한 방향으로 민중이 움직이는 사태를 예방하자는 일반적인 방책 정도로밖에는 읽히지 않는 까닭이다. 민중들의 시위가 향하고 있는 반식민적, 민족주의적인 지향을 검열 때문에 직접 언급할 수는 없었으리

14 귀스타브 르 봉, 민문홍 역, 『군중심리학』, 책세상, 2014.
15 광주학생운동을 군중심리학의 맥락에서 묘사한다는 데 대해서는 시비를 걸지 않는다. 러시아혁명이든 광주학생운동이든 시위의 현장은 현상적으로 대개 그러한 면모를 보인다고 간주될 수도 있는 까닭이다.

라고 출판 상황을 고려해도 사정이 달라지지는 않는다.[16]

명확한 판단을 위해서는 서술자-작가의 위치를 확인하는 것이 필요하다. 사태를 대하는 서술자-작가가 민중들을 상대화하는 자리에 서 있다는 점만큼은 명확하다. 논리가 전개되는 맥락과 두 군데의 강조 부분을 고려할 때, 일종의 군중론, 군중심리학을 개진하면서 염상섭이 이러한 학생들과 민중들로부터 자신을 분리시키고 있음이 확인된다. 그 결과는, 민중들을 시위에 나서게 한 자이면서 그들을 무자비하게 진압하고 검거하는 자인 식민 지배자와 같은 자리에서 사태를 보는 것이다. 해서 인용문 마지막의 판단은, 일찍이 무단통치를 문화정치로 바꾼 것처럼, 지배 과정에서의 문제를 없애는 방안을 고안하는 데 그치게 되었다. 요청이든 청원이든 제안이든 무엇이든 간에 그것은, 사태를 진행시키는 민중 편이 아니라 그것을 무마, 정리해야 하는 식민 지배 권력의 편에서 해결책을 궁리한 데 그쳐 있는 것이다.

이러한 지적이 과도한 것일 수는 있는데 그러한 점을 참작한다 해도, 『광분』의 서술자-작가가 1929~1930년의 학생독립운동을 거리를 두고 바라본다는 점만큼은 부정할 수 없다. 『만세전』의 주인공이 정관적 인식 주체의 면모를 보인 것처럼, 『광분』의 서술자-작가 또한 작품 연재 기간의 현재 사건을 거리를 두고 관찰하는 자리에 서 있다. 같은 조선 민족의 일원으로서 사태를 진술하는 것이 아니라, 제삼자의 자리에서 더욱 나쁘게는 식민 지배자의 입장에서 사태를 조망하듯이 기술하는 것이다. 서술자-작가의 위치가 이러하기 때문에, 『광분』에 그려진 학생독립운동의 전개 양상은 '혼란, 아수라'215쪽로 인식되고 시위 현장은 "수라장이다. 아무도 두서를

16 검열의 문제를 부각할 수 없는 것은, 횡보의 소설과는 달리 카프 소설 일반이 내용을 알기 어려울 만큼 수많은 복자로 출간되면서도 할 말은 했다는 사실에서 근거를 얻는다.

차릴 수가 없다"216쪽라고 진술된다. 서술자-작가가 식민지 조선 현실의 사회정치적 상황을 고려하지 않고 학생 시위 사태의 현상과 표면만을 묘사하듯 하기에 스스로도 '진상'을 밝힐 수 없는 상태로 전락했다 하겠다.

이상의 진술이 민족주의적인 항거라는 광주학생운동 사태의 진상을 작가 염상섭이 몰랐다고 말하는 것은 아니다. 당대 최고의 소설가이자 조선일보 학예부장을 맡고 있는 언론인인 염상섭의 지위를 생각하면 이는 당연하다. 그런데 이와 같이 사태를 몰랐을 수 없었을 횡보가 광주학생운동을 비역사적인 혼란상의 일반적인 사례인 듯이 『광분』에 담았으므로 문제라 하지 않을 수 없다. 이러한 점은 서사의 전개에서도 확인된다. 『광분』의 서사는 학생 시위를 묘사한 후 그와 관련되어 적성단이 해체되는 데로 향하고, 보다 주요한 서사 줄기는 그 와중에 주정방이 수감되자 홀로 남은 경옥이 동경으로 떠나는 것으로 이루어진다. 사정이 이러하니 서사에서의 경중과 작품의 의도를 따지자면, 주정방과 경옥, 숙정, 원량 등의 관계 변화를 보이는 데 있어 주정방을 배면으로 빼는 장치로 광주학생운동이 활용된 셈이라 하겠다.

지금까지 살펴본 대로 『사랑과 죄』와 『광분』 등에서 염상섭은 당대의 사회운동, 독립운동에 대한 인식이 명확하지 못하거나 입장이 모호한 경우를 보였다. 이 사실만 두고 보면 부정적인 평가를 받아 마땅하다고 생각될 수 있지만 여러 사정을 살펴보면 그렇지 않다.

두 가지의 비교가 필요하다. 『사랑과 죄』 이전의 연애 풍속 삼부작과의 비교와 동시대 다른 작가들의 작품과의 비교가 그것이다. 이렇게 보면, 염상섭의 작가의식이 풍속 소설을 쓰는 데서 나아가 당대의 사회정치적 사건들을 주목하는 데까지 발전하고 있으며, 이런 모습은 비좌파 작가들 중에서 발군의 것이라는 점이 확인된다. 카프 작가들의 경우 민족주의의 문제를 무시하다시피 한다는 점 또한 횡보의 시도가 갖는 의의를 살려 준다. 이에 더해서, 여기서 살핀 장면들이 해당 소설의 스토리 면에서 볼 때 애초에 작품에 넣지 않아도 별문제가 되지 않는다는 점도 고려할 필요가 있다. 그럼에도 불구하고 굳이 넣었다는 사실이 작가적 관심사의 확장, 발전이라는 판단을 뒷받침해 준다. 5년도 채 안 되는 가까운 과거나 연재 당시의 역사적인 사건을 작품에 끌어들였다는 것 또한, 당대에 대한 이해가 가장 어려운 것이라는 점을 고려했을 때 작가의식의 치열함을 보여 주는 사실로 볼 수도 있다.

『사랑과 죄』와 『광분』이 보인 바 민족주의 운동에 대한 인식이 미흡하고 독립운동에 대한 태도가 모호한 양상이 갖는 또 다른 의미를 지적해 둔다. 1920년대 후반 조선 내의 민족주의 운동의 수준이라는 지평에서 그의 작업이 갖는 의미가 그것이다. 이렇게 넓혀서 보면, 횡보의 작업은 문인 지식인들의 민족주의에 대한 이해가 일천하다는 사실의 좋은 예시로 읽힌다. 신간회가 활동하고 있는 상황이 민족사회 운동의 길에 대한 고민을 덜어 준 측면이 있기도 했겠고, 한편으로는 일제의 검열이 다른 한편으로는 언론인-문인으로 살아가는 사회적 지위가 해외에서와는 달리 실력양성론 수준에서 독립운동을 생각하게 하는 측면도 작용했겠지만, 이유야 무엇이든 이 시기 문인, 지식인의 민족주의, 민족주의 운동에 대한 이해가 깊지 못했다는 점을 염상섭의 사례가 확인시켜 준다.

이 모두를 정리하여, 언론인이자 작가인 염상섭이 소설을 통해 독자를 계몽하려고 단순한 풍속 소설의 자리를 벗어나 조선의 여러 사회운동들을 작품화하기 시작했으나 민족주의 운동에 대한 인식이나 독립운동을 그리는 방식에 있어 만족스러운 수준에 도달하지는 못했다고 하겠다. 이러한 사정을 낳은 근본적인 원인은 (좌파 문인들과는 달리) 횡보가 서 있던 자리에서 찾아진다. 그것은 정관적인 부르주아 지식인 개인의 자리다.

사태를 거리를 두고 바라보는 정관적인 자리에서 최대의 성과를 보인 것이 바로 『삼대』이다. 연재가 전개되는 양상을 정리하면서 『삼대』의 내용과 특징을 소개한다.[17]

『삼대』는 처음 일곱 절을 통해 주요 인물들을 차례로 제시한다. 일본 유학생인 조덕기와 죽마고우인 김병화가 등장하고, 부친과 의절하고 사회주의자가 된 병화의 내력, 병화가 하숙하고 있는 필순 집안의 이력과 궁핍한 상황, 홍경애 모녀와 조상훈의 관계 및 조상훈과 홍경애가 딸을 낳게 된 연유, 조 의관의 돈만 바라고 있는 조씨 집안 사람들의 면면 등이 제시된다.

이후 세 절은 조씨 집안의 갈등 관계를 세 측면에서 보여 준다. 8절 '제1 충돌'에서는 대동보소 이후의 중종 산소 논란을 통해, 조 의관이나 조창훈 등 반봉건적인 의식을 가진 인물들과 그에 맞서는 조상훈의 대립이 드러난다. 다음날 조 의관이 낙상하는 일로부터 촉발되는 9절 '제2 충돌'은 조 의관의 후실 첩인 수원집과 며느리인 덕기 모친의 대립 관계를 제시하고 있으며, 그 다음날 벌어지는 10절 '제3 충돌'은 새로운 세대인 조덕기와 그 부친 조상훈의 갈등을 보여준다. 단 3일 동안 조씨 집안에서 벌어지는 이러한 세 차례의 충돌은 처세를 달리하는 세대 간의 갈등이자 동시에 돈을 둘러싼 제 세력의 대립으로서, 『삼대』가 보여주는 사건 전개의 두 가지 축을 나타낸다(다른 한 가지는 좌파 이데올로기의 문제이다).

이후 인물들의 관계가 좀 더 발전되면서 본격적인 사건을 예비하는데, 11~13절에 걸쳐 조상훈과 홍경애, 김병화의 삼각관계가 형성된다. 병화를 따라 상훈이 바커스에 들른 이후 벌어지는 3인의 소동과 교번소에까지 끌

---

17 이하 『삼대』 관련 논의는 박상준, 『형성기 한국 근대소설 텍스트의 시학－우연의 문제를 중심으로』의 4장 1절을 이 책에 맞게 수정한 것이다.

려가는 봉욕 및 그 이후 전개되는 상훈과 경애의 신경전을 통해서, 이들 세 인물의 성격 및 이중적인 생활을 하는 조상훈의 타락한 행태가 극명하게 드러난다. 14절에서는 필순에 대한 덕기와 병화의 생각이 제시되는 한편, 필순 부친의 주의자 운동 내력이 드러나고, 15절에서는 병화가 경애와 상훈의 관계를 명확히 알게 된다.

16절 '밀담'에 이르면 경애의 중개로 병화와 피혁이 만나게 되어, 『삼대』의 중심 주제 중 하나를 이루는 사회주의 운동이 단초를 보이기 시작한다. 17절 '편지'는 병화에게 보낸 덕기의 편지를 필순이 보는 방식으로, 병화의 다소 편협한 주의주의적인 태도에 대한 덕기의 비판을 제시하고, 필순을 공부시키고자 하는 덕기의 의도와 그에 대한 필순의 생각을 보여준다. 이 절은, 사회주의 운동에 대한 조덕기의 동정자적인 태도의 실제를 구체적으로 알려준다.

18~20절에서는, 한편으로는 매당과 김의경이 등장하고 수원집이나 최참봉 등이 매당과 한패라는 점이 밝혀지며, 다른 한편으로는 미래를 잃고 몰락하는 상층 계급의 사람들과 원삼이와 같은 하층민이 대조되고 있다. 전자는 조씨 집안의 재산을 둘러싼 갈등의 기반이 좀 더 확대되는 것이며, 후자는 피혁의 본명이 확인되는 사실을 포괄하여 사회주의 운동의 지향을 선명히 드러낸 경우에 해당한다.

21절 '활동'은 피혁을 피신시키고 2천 원을 숨기는 비밀 운동과 더불어서 병화와 경애의 애욕이 증대되는 것을 섬세하게 포착한다. 22절 '답장'에서는 병화가 필순에게 모스크바 유학을 권한 뒤 덕기의 제안을 알려주고, 덕기에게 부치는 답신을 통해서 자신이 시대의 동화자라고 주장한다. 이 두 절은 『삼대』의 사회주의적인 내용 요소를 잘 드러내준다.

23~25절은 조 의관의 사망을 전후하여 이 집안의 암투를 집약적으로 보

여준다. 조 의관의 명에도 불구하고 덕기에게 전보를 치지 않은 조창훈 일파의 행동은 돈에 대한 그들의 집착을 짐작하게 한다. 조부에게서 금고 열쇠를 받은 덕기가 직접 전보 사건을 확인하고 창훈을 경계하는 점이나 죽기 직전 유서를 작성하여 덕기를 중심으로 재산을 분배해 놓는 조 의관의 일처리 내용 등은, 가문의 재산을 지키려는 상층 부르주아지의 면모를 잘 보여준다. 이 연장선상에서, 비소 중독이라는 조 의관의 사인을 둘러싼 해부 사단은 재산을 둘러싼 부르주아 집안 내의 다툼이 얼마나 치열하고 비인간적인 것인지를 압축적으로 제시한다.

26절 '새 출발'에서 29절 '취조'에 이르는 네 개 절에서는 사회주의자들의 이야기가 중심을 차지한다. 반찬가게 '산해진'을 차려 자신을 위장하고 생활에 열심인 것처럼 보이는 병화의 모습이 제시된 뒤, 병화와 필순 부친, 경애가 장훈이 패에게 봉욕을 당하는 사건과 그 내막이 밝혀지고, 사건 관련자들의 취조와 필순 부친의 입원과 관련한 덕기의 활약과 그에 대한 필순의 태도 변주가 제시된다. 사회주의 운동의 내밀한 면모와 산해진이 갖는 상징적인 의미가 형상화되는 한편, 덕기와 필순의 내면의 관계가 무르익기 시작하는 부분이다.

30~32절에서는 경애 모친의 세속적인 변화와, 조상훈이 김의경을 첩으로 들인 일이 제시되고, 덕기 모친과 아내의 비난 속에 덕기와 필순의 미묘한 관계가 전개된 끝에 덕기가 병화에게 필순과의 결혼 말을 꺼내며 자신의 위선을 자각하는 모습이 그려진다. 조 의관의 죽음과 관련하여 덕기가 의사에게 돈을 주었다는 소문이 전해지면서 절정이 예고된다.

이하는 복잡다단하게 전개되어 온 사건들이 한꺼번에 응축되어 터지고 해결되는 과정에 해당한다. 33절 '용의자의 쪠'에서는 조 의관의 비소 중독 사망 사건과 산해진의 김병화, 홍경애 문제로 덕기 등 관련자 전원이 경찰에 소환된다. 덕기가 취조 받는 와중에 조상훈이 가짜 형사를 데리고 와서 금고를 열고 문서류를 빼내 가는 사건이 34절 '젊은이 망녕'에서 그려진다. 35절 '피 무든 입술'은 잡혀와 조사를 받던 장훈이의 자결 사건을 간명하게 다루고 있다. 사회주의자의 꿋꿋한 최후를 장렬하게 그린 것이어서 사회주의에 대한 『삼대』의 긍정적인 태도가 확인된다. 여기에서 피혁의 존재와 피스톨, 폭발탄 등이 경찰에 포착되었음이 드러난다. 작품을 끝맺는 36절 '석방'은 김의경과 돌아다니다 잡혀온 조상훈이 덕기 앞에서 심문을 받는 과정을 매우 상세하게 그린다. 순사부장이 상훈을 훈계하듯 비판하는 내용을 통해 부정적인 인물의 부정성이 도드라진다. 덕기가 병으로 석방되고 필순의 부친이 사망한다. 부친 및 서조모 사건은 검사국으로 이관되리라 추정되는 반면, 김병화 사건은 지연될 것으로 예측되며 작품이 종결된다.

이상의 정리에서도 보이듯이 『삼대』는 대단히 긴 분량의 소설이지만, 공간이 서울로 한정되어 있고 시간은 두어 달밖에 되지 않으며 '돈'이 모든 사건의 구심적 역할을 함으로써 매우 압축적으로 구성되어 있다. 이 소설에서 사건을 추동하는 돈은 두 종류이다. 하나는 피혁이 병화에게 맡긴 운동자금으로서 병화와 경애의 스토리-선, 산해진 서사, 장훈이 일파의 등장 등이 이에 집중되어 있다. 다른 하나는 조 의관이 남긴 유산으로 조씨 집안의 모든 사람과 최 참봉, 매당 등이 관여되는 사건들이 이를 둘러싸고 벌어진다. 이렇게 두 종류의 돈이 복잡다단한 사건을 일으키고 있지만, 사법 당국의 입장에서 보면 동일한 돈으로 간주되어 모든 인물과 더불어 사건들 또한 단일한 초점으로 응축된다. 복잡한 사건들이 돈 문제를 중심으로 결합되어 자연스럽게 해소되는 이와 같은 구성적 완결성이야말로 염상섭의 작가적 역량을 증명하는 것이다.

내용 면에서 『삼대』는 두 측면을 가진다. 하나는 통속적이기까지 한 연애

소설, 풍속소설의 면모이다. 홍경애와 김병화, 조상훈의 삼각관계와 조덕기와 필순의 연애가 비중 있게 처리되고 있는 데 더하여, 조상훈과 홍경애의 과거 연애, 조상훈과 김의경의 부도적적인 관계 등이 가미되어 독자의 흥미를 끈다. 다른 하나는 주제효과와 직접 관련되는 것으로서 조씨 집안의 재산 관련 사단과 김병화 등의 사회주의자 사건을 통해 당대 사회를 진단하고 미래에 대한 전망을 제시하는 것이다. 『삼대』는 조씨 집안 세 세대 및 그 주변 인물들의 지향과 욕망의 변주를 통해, 봉건적 유습에 머물러 있는 구세대의 종말과 개화기 세대의 현실적 패배를 명확히 하고 조선의 미래란 사회주의의 자장과 관련하여 필순과 같은 새 세대를 키우는 일임을 강하게 암시한다.

이와 관련해서 강조할 것은, 김병화나 피혁, 장훈이 등과 같은 사회주의자의 형상화가 전체적으로 보아 긍정적으로 되어 있다는 사실이다. 당대의 계급 상황이나 미래 전망 면에서 김병화는 사회주의자로서 자신의 신념을 명확하게 제시하고 있으며, 경찰서에서 자결하는 장훈이의 경우는 변혁운동에 헌신하는 주의자로서의 면모가 군더더기 없이 장렬하게 형상화되었다. 여기에 더하여, 덕기가 하숙에 두고 나온 책들 중에 마르크스와 레닌에 관한 저서가 유난히 많아 금천 형사로부터 동정자Sympathizer로 규정되는 점 등에서 명확히 확인되듯이, 조덕기의 변화도 비슷한 방향으로 설정되어 있는 점이 강조될 필요가 있다. 김병화가 주도하고 홍경애가 결국은 동지애적으로 가세하여 운영하는 산해진의 의미가 조씨 집안과의 대조 맥락에서 긍정적인 인간관계의 표상으로 제시되는바 이때의 긍정성이 사회주의 지향성과 무관한 것이 아니라는 점도 무시될 수 없다.

앞서 살핀 『사랑과 죄』나 『광분』의 사회운동 인식과 비교해 볼 때 『삼대』는 사회주의자들을 긍정적으로 설정함으로써 민족주의와의 관계 문제를 지웠다고 하겠다. 이는 민족사회 운동의 실제를 반영한 것이기도 하고 운동의 바람직한 방향에 대한 횡보의 판단을 표현한 것이기도 하다. 신간회의 해소1931.5 이후까지 연재되고 있었던 점이나 비슷한 시기에 이광수가 공산주의자를 풍자하는 「혁명가의 아내」『동아일보』, 1930.1.1~2.4를 썼다는 사실을 고려하면 후자에 방점이 찍힐 만하다.

앞에서도 지적했듯이 『무화과』 이후의 통속화 경향과 『삼대』가 구분되는 점이 바로 사회주의자의 긍정적인 형상화와 주인공의 동정자적 면모인데, 이를 통해 당대 조선 현실의 미래에 대한 진지한 문제제기가 유지될 수 있었다. 식민지 조선의 미래에 대한 작가의 탐색과 바람은, 현실을 제대로 반영한 것이라 할 주의자들의 검거가 아니라, 병화와 경애가 꾸렸던 산해진의 공동체적인 성격과 필순의 미래에 대한 덕기와 병화 양인의 염려를 통해 드러난다. 이러한 사정은 『삼대』의 모든 사건에 조덕기가 깊이 관련되는 양상으로 인해 서술자-작가의 태도에서 방관자적인 면모가 희박해졌다는 사실에 의해서도 뒷받침된다.

소설사적인 차원에서 『삼대』는 한국 리얼리즘 소설의 최고봉 중 하나에 해당하는데, 이는 다양한 인물군들을 통해서 1920년대 후반 식민지 조선 사회의 제 모습을 충실히 형상화함으로써 가능해졌다. 통시적으로는 개화기 세대에서 작품 내 세계의 현재에 이르고, 공시적으로는 식민지 수도 경성의 다양한 삶의 공간을 아우르며, 이념적으로는 전근대적 보수주의로부터 사회주의에까지 이르러, 역사와 사회, 이념의 세 차원에서 다양한 편폭을 갖추며 당대 사회의 제 상을 작품 안에 아우르고 있는 것이다.

바로 이러한 양상, 당대 현실을 전체적으로 형상화하고자 하는 의도와 그 성취의 결과로 『삼대』가 사회의 제 면모를 다각도로 형상화하고 있는 점을 가리켜 전체적 리얼리즘이라 할 수 있다. 더 나아가 『삼대』는 주의자들에 대한 형상화에서 보이듯 작가의 세계관에 구애받지 않고 현실의 본질을 적확하게 포착하기도 한다는 점에서 '리얼리즘의 승리'에 해당한다고 할 것이다.

문예학적인 면에서 『삼대』의 특장을 부가하자면 먼저 탁월한 심리묘사를 들지 않을 수 없다. 『삼대』는 주요 등장인물들의 자의식과 심리 상태를 날카롭게 해부하는 한편 상호관계에 있는 인물들의 상대에 대한 의식을 집요하게 묘파한다. 그 결과 이 소설의 인물들은 누구 하나 단선적이지 않다. 정도의 차이는 있어도 이들은 대체로 섬세하거나 노회하고, 배려심이 많거나 의심투성이며, 의뭉스럽거나 표리부동한 면모를 띠면서 실사회의 생활인들을 사실적으로 재현한다. 『삼대』는 객관 현실의 묘사에서도 탁월한 양상을 보인다. 공간적 배경이 바뀔 때 새로운 장소에 대한 작가의 시선이 객관적이고도 날카롭다. 빈부의 공간이나 유흥 장소 등을 아울러 묘사하는 폭넓은 시야 속에서 『삼대』는 일상성의 감각과 이념적, 도덕적 지향성을 겸비하여 공간의 현실적인 본질과 더불어 문화적, 현상적인 특성을 함께 포착하는 면모를 보인다.

소설사를 벗어나 문화사나 정신사 면에서 볼 때 『삼대』는 계층과 이념 면에서 역사적 방향성을 명확히 제시했다는 의의를 갖는다. 앞에서도 지적했듯이 봉건적인 구세대는 물론이요 개화기의 계몽주의자 세대 또한 사회역사적 역할을 더 이상 할 수 없게 되었다는 인식이 명확하다. 이러한 점은 조의관과 주변 친족들 그리고 조상훈의 부정적인 면모에 의해서만 드러나는 것이 아니라, 조덕기를 통해서도 잘 드러난다. 『삼대』가 보여 주는 주제효과 중의 하나가 암울한 현실 속에서 어떻게 살아나가야 할 것인가 하는 문제의 조명인데 작품 전체에 걸쳐서 이 문제와 씨름하는 인물이 바로 조덕기이다(홍경애 또한 김병화와 어우러지면서 이러한 문제를 안게 된다).

부유한 집안의 상속자로서 동정자의 삶을 살면서 제 주관을 살리고자 하는 조덕기의 고민은, 한 개인이 자신의 인생을 개척해 나아가는 데 있어서 어떤 주어진 틀에 의지하지 않고 주체적으로 새로운 길을 뚫고자 하는 근대인의 숙명에 닿아 있다. 단순한 금고지기로 생을 마감하지는 않고자 하는 조덕기의 이상은, 한편으로는 동정자로서 병화를 거드는 행위로 다른 한편으로는 불우한 환경 속에 있는 필순을 돕고자 하는 것으로 표현된다. 전자는 사법 당국의 취조로 귀결되는 데서 보이듯 시대적인 한계에 곧바로 닿아 있는 것이며, 후자는 홍경애를 망쳐 놓은 아버지 상훈의 경우를 떠올리지 않을 수 없는 데서 알 수 있듯 윤리적 문제와 밀접히 얽힌 미묘한 경우에 해당된다.

필순과 조덕기의 관계 및 그녀에 대한 조덕기의 태도가 보이는 미묘함은, 필순을 돕고자 하는 시도가 맞닥뜨리게 되는 문제 상황에서 유래한다. 이러한 상황의 본질이란 바로 '순수한 이상을 세속적인 욕망으로부터 지켜내는 일'의 어려움에 놓여 있다. 이상과 욕망이 별개의 것으로 분리될 수 있는 것은 아니지만 이상이 욕망에 짓밟히는 경우에 진정한 진보가 불가능함은 부정할 수 없는 사실이다. 따라서 삶의 방식을 고민하면서 필순을 돕고자 하는 덕기의 지향과 그에 따르는 자기 검열은, 이상을 발현시키는 진정한 진보의 도정을 모색하는 보편적인 문제의 지위에 오른다. 이렇게 보편적인 의미망까지 확보함으로써 『삼대』는 문화사 차원에서 제 위상을 확보한다.

물론 이러한 역사적 진단과 부르주아 개인 차원의 진정한 삶의 모색은 모두 식민지 치하라는 현실의 제약에 매우 취약한 것이어서 횡보의 소설 세계를 보더라도 『삼대』에 국한되어 있다. 이러한 점을 고려하면 『삼대』가 보인 주제효과들 중 보다 의미 있는 것은 '돈'을 추구하는 사람들의 욕망을 적나라하게 드러내고 그 부정적인 결과를 폭로한 것이라고도 할 만하다. 이것이야말로 제국과 식민지를 막론하고 자본주의 사회 일반의 특성에 해당하는 것이기 때문이다.

이상을 종합하여, 사회주의나 민족주의 어느 하나에 자신을 던지지 않고/못하고 사태를 정관할 뿐인 자유주의적인 부르주아 지식인 개인의 자리에 머문 염상섭의 성과와 한계를 『삼대』 연작이 함께 보여 준다고 하겠다.[18]

18 횡보의 이러한 자리는 이후 생활인의 자리로 대체된다. 늦은 결혼(1929년, 33세) 후 조선일보를 사직(1931.6)한 뒤에는 『매일신보』에 『무화과』와 『모란꽃 필 때』를 썼으며 급기야 1935년에는 매일신보사에 적을 두어 정치부장을 역임하기까지 한다. 일 년 반 뒤 진학문의 권유로 만주로 넘어가 『만선일보』 편집국장 일에 매달리면서는 해방이 될 때까지 소설 창작을 접었다(김윤식, 『염상섭 연구』, 612~22쪽). 『만선일보』로 옮기는 조건이 창작을 포기하는 것이었다는데, 그렇지 않았다면 친일문학을 쓰는 데로 나아갔을 수도 있다. 생활인의 자리였다 할 『만선일보』 활동이 친일의 위험을 막았다고 할 수 있으니 횡보 개인으로서는 다행이지만, 부르주아 지식인 작가의 민족주의적인 저항의 면모를 볼 수 없게 되었다는 점은 문화사 차원에서 아쉬운 일이다.

제12장

민족개조론과 조선주의 그리고 1930년대 계몽주의

이광수의 1920년대 역사소설과 『흙』(1933)

이광수의 『흙』『동아일보』, 1932.4.12~1933.7.10은 이중으로 문제적이다. 춘원의 소설 세계에서 볼 때 『무정』 이후의 문제작이며, 1920년대 이래 조선 내에서의 합법적 민족주의 운동의 한계를 적나라하게 노정했다는 점에서도 문제적이다.

1919년 1월 「조선청년독립단선언서」 일명 '2·8독립선언서'를 기초하고 상해로 망명하여 『독립신문』의 사장 겸 편집국장을 맡는 등 임시정부에서 일을 하던 이광수가 '귀순자' 신분으로 조선에 돌아온 것은 1921년 4월 2일이었다. 이후 그는 「중추계급과 사회」『개벽』, 1921.7, 「팔자설을 기초로 한 조선인의 인생관」『개벽』, 1921.8, 「소년에게」『개벽』, 1921.11~1922.3 등의 글과 「악부」『백조』, 1922.1, 「금강산 유기」『신생활』, 1922.3 같은 시와 기행문을 썼다.

귀국 전후로 '변절 귀순자'라는 비난을 받았던 춘원이 조선의 공론장을 떠들썩하게 한 것은 「민족개조론」『개벽』, 1922.5을 발표하면서다. 민족 개조 운동의 의의와 국내외 역사를 밝히면서 시작하여 개조의 내용과 방법으로 끝을 맺은 이 글은 실상 흥사단과 그 국내 조직인 동우회의 사상을 소개한 것인데, 식민지 사회 시스템의 정당성에 대한 질문이 전무한 채로 직분, 안분론의 맥락에 그쳐 있으며, 비정치적인 교육 운동을 주창하면서 조선의 '타락한 민족성'과 '부패한 성격'을 처처에서 강조함으로써 커다란 물의를 일으켰다. 3·1운동의 여진이 완전히 끝나지 않았고 상해 임시정부를 포함하여 국외의 여러 독립운동이 활발히 진행되는 와중에, 독립을 목적으로 하는 정치 운동을 배제한다고 표 나게 주장했으니 당대의 청년들이 분개하는 것은 당연했다. 하지만 각종 비판과 위협에도 불구하고 춘원은 물러서지 않았다. 자신이 보인 길만이 조선 민족이 망하지 않고 번영할 수 있는 유일한 현실적 방안이라 믿고, 글 허두의 '변언辯言'에서 밝혔듯이 민족 개조를 '일생의 목적'으로 삼았기 때문이다.

춘원의 「민족개조론」은, 이미 상해 임정이나 중국과 하와이, 미주의 독립운동 세력들 사이에서 노정된 바 투쟁론과 준비론의 분열에서 준비론에 속하며 구체적으로는 도산 안창호의 사상을 대변하는 것으로서 '합법적 민족운동의 하나의 가능한 최대치의 세계관'[1]에 해당한다. 따라서 일조일석에 쓰인 것 또한 아니다. 이미 춘원은 독립신문 창간사에서 밝힌 '5대 사명' 중 다섯째로 "개조 혹은 부활한 민족으로써 부활한 신국민을 만들려고 노력함"을 제시했으며『독립』, 1919.8.21, 이후 18회에 걸쳐 연재한 「선전 개조宣傳 改造」『독립』 1~23호, 1919.8.21~1919.10.28와 1919년 11월 24일의 상해임시정부 개천절 경축식의 연설에서도 민족 개조를 역설했다.[2] 조선에 돌아온 뒤에도 「민족개조론」 이전에 「소년에게」를 발표하여 동일한 내용을 평이하게 제시한 바 있다.

조선의 민족성을 개조하여 일제 식민지 치하에서 민족의 생존을 보존하자는 그의 생각이 어떤 의미를 가지며 현실에서의 귀결은 어떠하게 되는가, 이를 극명하게 보여 준 것이 바로 「민족개조론」 10년 뒤에 연재를 시작한 『흙』이다. 1920년 5월 춘원이 상해에서 흥사단에 입단한 이래 견지해 온 민족운동의 귀추를 보여 준다는 점에서 이 소설은 가히 문제적이지 않을 수 없다.

다른 한편 『흙』은 춘원의 소설 세계는 물론이요 발전을 지속하고 있는 한국 현대소설의 맥락에서도 문제적이다. 작품 밖 세계의 재현에서 현실성을 강화해 가면서 현대소설의 형성 과정이 완수되어 가는 소설사의 흐름에 역행하는 까닭이다. 염상섭의 『삼대』1931가 이미 우뚝 섰고 이기영의 『고향』1934이 뒤를 잇는 상황에서, 춘원의 『흙』1933은 작가의 의도를 앞세워 재현의 현실성을 아랑곳하지 않는 면모를 보였다. 이는 소설을 대하는 그

1 김윤식, 『이광수와 그의 시대』, 한길사, 1986, 738쪽.
2 김원모, 『영마루의 구름—춘원 이광수의 친일과 민족보존론』, 단국대 출판부, 2009, 394~9쪽.

의 태도를 보여 주는 한편 자기식의 민족운동에 대한 열의가 얼마나 강한지를 입증하는 것이다.

상해에서 돌아온 지 얼마 안 되어 이광수는 「가실」1923을 위시하여 『선도자』1923, 『허생전』1923, 『재생』1924을 썼다. 이후 『일설 춘향전』1925과 『마의태자』1926, 『단종애사』1929, 『이순신』1932의 역사소설을 연재하는 한편, '군상 3부작'으로 일컬어지는 「혁명가의 아내」1930와 『사랑의 다각형』1930, 『삼봉이네 집』1931을 발표했다.

『흙』으로 이어지는 이들 소설에서 현대소설적 특성과의 거리나 작가의 민족주의적인 목적의식 면에서 『흙』과 유사한 것은 단연 『선도자』『동아일보』, 1923.3.27~7.17이다. '장백산인長白山人'이라는 필명으로 연재하는 첫 회에서 춘원은, 애국지사인 주인공 리항목이 상항桑港, 샌프란시스코에서 동포의 총에 맞아 죽었다고 애통해 하면서 이 글을 읽는 사람들이 울지 않을 수 없도록 그의 일생을 그려 보겠다 한다. '오직 조선 백성을 잘살게 하고 썩어진 정부를 개혁하고 백성에게 지식과 도덕, 재산을 주고 조선 백성이 세계 문명에 큰 공헌을 하는 백성이 되게 하려는 노력만으로 평생을 살다 간' 선도자를 그리겠다는 것이다. 이것은 계몽인가. 계몽이 아닐 수는 없겠지만, 민족의 선도자를 향한 작가의 애도가 아래 인용에 보이듯이 조선인 일반에 대한 염오와 짝을 이루고 있는 점을 고려하면, 밝은 미래를 기약하는 진정한 계몽일 수 있는지 의심스럽기까지 한 것도 감출 수 없다.

> 조선ㅅ사람들은 이삼십 년을 나려 두고 그를 욕설하엿고 모함하엿고 마츰내 륙혈포를 노하 죽이기까지 하엿고나! 아아! 어리석은 조선ㅅ백성이어! 참된 지도자를 모르고 은혜를 배반하는 조선ㅅ백성이어! (…중략…) 이 어리석은 형뎨야 네가 엇더한 악마의 ᄭᅬ임으로 너 외 네 자손과 네 동포의 구주를 죽엿느냐 3.27

『선도자』의 주인공 리항목은 일찍이 '민당民黨'을 세운다면서 평양 감사를 추대하는 데 분개하여 옳은 말을 했다가 옥에 갇히고, 거기서 서양 선교사의 도움으로 기독교를 접하여 오직 '나라와 의義'만 구할 것을 결심한다. 방대형과 서양 목사의 힘으로 석방된 뒤 그는 독립협회 일을 하다가, 보부상에 의해 독립관이 점거되고 독립협회가 해산되었을 때 서 박사를 따라 미국 유학을 떠난다. 이상이 상편이나. 중편의 첫 회는 다음처럼 시작된다.

> 나는 지금까지에 리 선생의 어린 쌔ㅅ일을 니야기하엿다 그쌔에 엇더한 일이 잇섯나 그쌔에 우리 선인들이 엇더한 생각을 가지고 잇섯나 거긔서 우리 리 선생은 엇더한 감화를 바닷나 이것을 대강 말하노라고 하엿다 (…중략…) 그러나 처음에도 말한 바어니와 나는 자미잇는 소설을 짓노라고 이 글을 쓰는 것이 아니오 상항에서 불행히 진실로 불행히 돌아가신 우리 민족의 선도자 리항목 선생을 조상하는 뜻으로 그의 갸륵한 인격의 한씃만이라도 사랑하는 동포에게 전할 양으로 오직 내 정성것 이 글을 쓰는 것이다[5.4]

중편의 내용은 미국 생활은 모두 생략한 채 귀국 이후 리항목이 전개한 구국 교육 운동으로 채워진다. 리항목은 "일변 학교를 세우고 외국에 류학생을 파견하야 다수의 인재를 배양하고 일변 공업을 크게 니르켜 국민의 부력을 충실케 하고 일변 전국에 흐터저 잇는 지사를 차자 긋고 큰 단톄를 만들어 큰 교육과 큰 산업과 큰 정치의 운동을 할 힘을 길우는 것"[5.8]을 해야 할 일로 삼고, 생명을 걸고 뜻을 같이 할 8인을 모아 '백령회白領會'를 조직하고 백산학교를 세우는 등 민족운동을 펼친다. '백령회'는 춘원류의 조선주의를 표방한 것이자 그가 생각한 민족운동의 특성을 잘 드러내 주는 것으로서 주목을 요한다.

> 백령이란 흰 동정이란 뜻이다 우리는 흰 동정을 다는 백성이니 흰 동정이 모혀 크게 흰 동정의 힘과 빗을 발하자는 뜻이다 백두산 머리를 영원히 덥흔 흰눈 조선 사람의 목에 영원히 둘린 흰 동정 이것이 '영원히 순결하여라!' '영원히 의로워라!' '영원히 하나이어라!' 하는 우리 민족의 리상을 상징한 것이다 그럼으로 백령회의 회원이 되는 사람은 맘이 순결한 사람이라야 한다 의를 사모하기를 주린 자의 먹고 마실 것을 사모하듯 하는 자라야 한다 날로 새롭고 시시각각으로 새롭기를 바라는 자라야 한다 순결함과 의로옴과 새로움에서 일심하는 자라야 한다[5.16]

여기서 먼저 강조할 것은, 망국의 위기를 맞아 맺은 결사가 지향하는 것이 구국이라는 명확한 목표를 갖는 대신 매우 추상적으로 제시되어 있다는 사실이다. 마음이 순결하고 의를 사모하며 항상 새로워야 한다는 것은 유교의 덕목이 세속화된 생활철학을 벗어나지 않는다. 어떻게 보더라도 이는 국가의 존망이 걸린 상황에서 '큰 교육, 큰 산업'과 더불어 '큰 정치'의 운동을 지향하는 단체의 행동 강령이라고 보기 어렵다. 망국을 앞둔 정세를 의식하여 조직을 결성하는 동기와 그에 따라 결성된 조직의 행동 강령 사이에 큰 괴리가 있는 셈이다. 이러한 괴리는 이미 식민지가 된 시점에서 과거를 소설화하는 집필 상황에 따른 것이기도 하지만, 그보다는, 춘원의 운동 노선이 갖는 특성의 결과라고 보인다.

이 면에서 춘원의 지향이 '국가'가 아니라 '민족' 차원에 놓여 있으며 민족에 대한 이해가 매우 추상적이라는 사실이 무엇보다 먼저 지적되어야 한다. 그에게 있어 우리 민족이란 '흰 동정을 다는 백성' 이상으로 구체화되지 않는다. 민족의 현실적 상태에 대한 고찰도 없고 식민지화(및 일제 식민지 치하)의 위기 상황 속에서 민족주의가 갖는 운동 노선상의 유효성이나 한계

등을 탐색하려는 생각 자체가 부재하다. 따라서 백령회로 표출되는 춘원의 민족, 민족운동이란 사실 우리 고유의 것을 강조하자는 심정적 조선주의에 불과하여 현실적인 맥락에서 큰 의의를 갖기 어려워 보인다. 흰 동정을 상징으로 하는 백령회의 행동 강령이란 것이 순결함과 의로움, 새로움을 갖추는 개인 차원의 수양에 사실상 머무는 것 또한 이러한 판단을 강화한다.

추상적인 민족주의 지향이라 할 만한 이러한 특징은 『흙』에까지 이어지는 것이어서, 춘원의 사상이 아직 무르익기 이전이라고 이해해 줄 성질의 것이 아니다. 조선적인 것을 추상적으로 제시하고 개인의 수양을 강조하는 이러한 면모는 역사소설들에서도 확인된다. 춘원의 1920년대 역사소설은 다시 「가실」1923과 『허생전』1924, 『일설 춘향전』1925의 초기 역사소설 삼부작과 『마의태자』1926, 『단종애사』1929로 나뉠 수 있다.[3]

춘원 역사소설의 초기 삼부작은 명확히 「민족개조론」의 연장에 있다. 이들 작품은 기존의 텍스트를 원용하여 독자들에게 친근하게 다가가고 계몽 의지를 효과적으로 구현하기 위해 인물의 긍정성을 강조하는 특징을 보인다.

「가실」은 『삼국유사』의 '설씨녀 설화'를 소설화한 것인데 주인공을 가실로 바꾸면서, 성실하고 신의가 있으며 논농사 기술을 갖춤으로써 그가 고구려에서도 따뜻한 대접을 받는다고 그린다8권 116~7쪽. 가실이야말로 「민족개조론」에서 춘원이 바란 긍정적인 인물상에 해당하는 것이다. 『허생전』 또한 다르지 않다. 허생의 종복인 돌이가 말하는 '새나라의 지침'이란 첫째 놀고먹지 말고, 둘째 속이지 않고, 셋째 남을 부리지 말고, 넷째 다투지 않는 것이며, 그렇게만 하면 잘살게 된다고 주장된다1권 402쪽. 아무리 이상국

3 이하 춘원의 역사소설에 대한 논의는 박상준, 「역사 속의 비극적 개인과 계몽 의식－춘원 이광수의 1920년대 역사소설 논고」(우리말글학회, 『우리말글』 28, 2003)를 이 책에 맞게 활용한 것이다. 본문에서의 인용은 모두 『이광수 전집』(우신사, 1979)에서 취한다.

건설의 맥락이라 해도 너무 막연한데, 이는 근본 윤리 외에는 나라를 다스릴 다른 방책을 마련하지 않는 데서도 확인된다401쪽. 이 또한 '잘사는' 것을 목적으로 하여 사회 구성원 각자가 수신과 직분에 충실하면 된다고 한 「민족개조론」의 연장에 해당한다. 『일설 춘향전』의 경우 『열녀춘향수절가』나 『옥중화』계 춘향전들과 달리, 이몽룡 부친을 통해 목민관의 도리를 밝히고 『옥중화』와 달리 어사의 변 사또 징치 내용을 복원하는 등 계몽적인 내용을 삽입하고 있다. 이런 면에서 이 또한 민족성을 개조하려는 춘원의 기획하에 놓인 작품이라 할 만하다.

뒤에 이어지는 『마의태자』와 『단종애사』는 실제 역사를 제재로 했다는 점에서 위의 삼부작과 구별된다. 역사상의 실존 인물을 그리게 되면서 계몽 의지에 따라 마음대로 인물의 긍정성을 내보일 수는 없게 되었다는 점 또한 의미 있는 차이에 해당한다. 이 두 편은 제목과는 달리 한 명의 주인공이 아니라 해당 시기를 수놓은 여러 인물들의 이야기를 복합적으로 담고 있는데, 앞의 특징들과 관련된 이러한 특징 또한 초기 삼부작과는 다르다.

『마의태자』는 궁예, 신라 조정, 마의태자가 이끄는 세 가지 스토리-선을 주요 줄기로 한 위에 부차적인 에피소드들을 풍부하게 마련한다. 궁예의 활약과 건국, 왕건의 등장, 고려와 후백제의 쟁패 등이 그려지는 한편 신라 조정의 한심한 작태에 대한 폭로가 두드러진다(마의태자 김충은 하편 둘째 장에서 처음 소개되고 마지막 장에 와서야 주인공으로 그려질 뿐이다). 여기서 주목할 점은, 인물들 사이의 쇄말사가 매우 상세히 그려지는 반면 국가의 건국과 개혁이나 전쟁 상황, 외교관계 등의 역사적, 정치적 사건의 기술은 대단히 취약하다는 사실이다. 춘원이 격동의 역사가 아니라 그 속에서 살다 간 개인들의 인생 및 운명적인 관련에 주목한 까닭이다.

『단종애사』 또한 역사 자체보다는 인물들의 운명과 행적에 초점을 맞춘 작품으로, 여러 인물들이 이끄는 개별 서사체들의 복합적인 연쇄 양상을 띤다. 이 소설에서 눈길을 끄는 것은 인물들에 대한 서술자-작가의 태도가 춘원 소설 일반과 달리 또렷하지 않다는 점이다. 단종이 서술자의 공감을 받으며 주인공으로 나서는 것도 아니며, 수양대군에 대한 형상화는 김동인이 실패라고 비판했을 만큼 복합적인 양상을 띤다. 단종에 대한 동정은 있되 그것이 수양 일파에 대한 비판으로 이어지지 않으며, 비록 인물 구도가 능동적인 악인과 피동적인 선인으로 설정되긴 했어도 왕위 찬탈 세력에 속한 인물들을 도덕적으로 단죄하고 들어가지도 않는다. 이러한 상태에서 춘원은 사료를 직접 제시하고 설명하기도 하면서 우리 민족의 역사를 알리겠다는 계몽주의적인 의도를 드러낸다.

이와 같이 『마의태자』와 『단종애사』는 역사가 아니라 역사 속의 비극적인 인물들을 그리는 데 치중한 소설이다. 일찍이 김동인이 이를 두고 사담史談에도 못 미치는 사화史話라고 비판한 바도 있지만,[4] 소극적인 인물을 통하여 비극성을 구현함으로써 시대의 비극성을 환기했다고 볼 수 있다. 우리 민족이 처한 현실을 대중들에게 효과적으로 환기했다는 점에서 그 의의를 사 줄 수 있다 하겠다.

춘원의 역사소설들에 대한 학계의 평가는 대체로 비판적인데, 이러한 논의들은 역사관을 문제시하는 공통점을 보인다. 식민주의 사관의 정체성론, 관념사관, 보수적 민족주의 이념의 제시를 위해 사실의 왜곡도 서슴지 않았다는 비난성 주장에서부터,[5] 왕권의 부패상을 과장함으로써 우리 민족의 자주적인 역량의 결여를 자인하는 문제를 낳았는바 이는 일제 식민사관과 상통하는 것이라는 폄하,[6] 미숙한 역사의식과 현실에 대한 안이한 태도에

---

4 김동인, 「춘원연구」(1938), 『김동인문학전집』 12권, 대중서관, 1983, 387쪽.
5 강영주, 『한국 역사소설의 재인식』, 창작과비평사, 1991, 62~3쪽.

대한 지적,[7] 평민들의 사회상이나 민족의 참된 총체를 파악할 수 없었다는 무능함의 비판[8] 등이 이에 해당한다.

이와는 달리 긍정적인 평가들도 있는데, 이들은 대체로 작품이 발표된 시점의 상황과 춘원의 의도, 독자들의 호응 등을 고려한다. 시대 상황과 춘원의 이력에 대한 상세한 검토 위에서 작품들에 투사된 작가의 의도와 그것이 받아들여지는 양상에 주목한 논의에서부터,[9] 춘원이 보인 민족주의자로서의 의식 및 의도를 주목하여 이들 소설이 '역사적 지식의 광역적 살포에 의한 민족정신의 고취'라는 효과를 보였다는 평가,[10] 역사의식의 한계와 작품상의 결점에도 불구하고 식민지 상황의 구체성과 대중 독자 지향성 등을 고려하여 당대적인 의미를 인정한 경우[11] 등이 대표적이다.

이러한 평가의 상위를 정리하는 일은 이 자리의 몫이 아니다. 우리의 관심은 춘원 역사소설이 보이는 지향이 「민족개조론」에서 『흙』에 이르는 춘원의 글쓰기, 민족주의 운동의 실천으로서 그가 행한 실천적 글쓰기의 연속선상에 위치한다는 사실에 놓인다. 이 면에서 주목되는 것은, 역사소설 초기 삼부작에서 긍정적 인물을 통해 민족 개조 맥락의 계몽 의지를 드러냈던 춘원이 뒤의 작품들에서는 격동의 역사 속에서 패퇴하는 개인이 겪는 비극성을 강조하는 데로 변화한 사실이다. 춘원의 1920년대 역사소설들이 보이는 이러한 변화는 『흙』의 한계에 닿아 있는 것이라는 점에서 주목할 만하다.

---

6 최일수, 「역사소설과 식민사관－춘원과 동인을 중심으로」, 『한국문학』, 1978.4.

7 백낙청, 「역사소설과 역사의식」, 임형택·최원식 편, 『한국근대문학사론』, 한길사, 1982; 윤병노, 『한국 근현대 문학사』, 명문당, 1991, 160쪽.

8 김치홍, 「춘원의 〈단종애사〉 연구」, 명지대국문과, 『명지어문학』 10, 1978, 195쪽.

9 김윤식, 『이광수와 그의 시대』.

10 조희정, 「춘원 이광수의 역사소설 소고」, 숭전대국어국문학회, 『숭실어문』 3, 1986.6.

11 송백헌, 『한국 근대 역사소설 연구』, 삼지원, 1985.

이광수의 『흙』이 보이는 문제적인 면모는 먼저 한국 현대소설의 발전 면에서 두드러진다. 결론을 당겨 말하자면, 작품 내 세계의 현실성을 존중하지 않기 때문이다. 이러한 점은 작품의 후반부로 넘어가면서 확연해진다. 스토리를 대략 정리하고 이를 확인해 본다.

『흙』의 주인공 허숭은 보성전문학교 법과생으로 윤 참판 집 줄행랑에서 기식하며 보통학교 아이를 가르치는 고학생이다. 그의 아버지 허겸은 민족운동가로서 십여 년 옥살이를 했으며 출옥 후 장사를 한다며 그나마 남은 재산도 날렸다. 일찍이 장질부사로 온 가족이 죽어 숭은 고아가 되었다. 방학을 맞아 이태 만에 자신의 고향 살여울에 내려온 숭은 일주일간의 야학을 열고 협동조합 이야기도 꺼냈다. 떠나는 길에 그가 아끼던 유순이 나와 기다렸다가는 언제 오냐며 자신의 가슴에 이마를 기대자 내년 여름에 오겠다며 그녀의 머리를 쓸어 준다. 서울로 돌아온 숭은 아들을 병으로 잃은 윤 참판의 신임을 얻어 가장 비밀한 장부까지도 맡아 보는 비서 역할을 하게 된다. 다음 해에 졸업시험을 치른 뒤에는 윤 참판으로부터 사위가 되어 달라는 청을 받고, 고등문관 시험에 합격한 뒤 윤 참판의 딸 정선과 약혼하고 결혼을 준비한다.

결혼식 전날 살여울의 유순이 보낸 편지가 도착하여 정선이 난리를 치고 숭은 마음이 혼란해진다. 유순이 자신을 지아비가 될 사람으로 생각할 수 있다는 사실을 허숭 스스로 알고 있는 터에 편지 사단이 터지자 유순이 있는 살여울로 가 버릴까 하는 생각까지도 하는 것이다. 하지만 그것이 끝이다. 허숭과 유순의 관계는 『무정』이 보인 이형식과 박영채의 관계와는 다르다. 유순과는 달리 숭은 그녀와의 관계가 약혼한 것이 아님은 물론이요 어떠한 윤리적 의무 관계를 맺은 것도 아니라 보고 있는 것이다. 한편 현실의 맥락에서 윤 참판의 사위가 되는 일이 갖는 효과를 십분 의식하고 있으며, 결혼 상대로 윤정선이 좋지 않은 것도 아니다. 따라서 그는 『무정』의 이형식과는 달리 현실적인 선택을 밀고 나간다.

허숭의 현실적인 행보는 변호사의 길을 선택하는 것에서도 확인된다. 윤정선과의 결혼 및 변호사 개업을 앞둔 시점에서, 한민교 선생의 집을 드나드는 청년들에게 농촌계몽을 하겠다고 평소 말해 왔던 것이 마음에 걸리지만, 한민교 선생의 다음과 같은 말을 통해 자신의 선택을 합리화할 수 있게 된다.

> 농촌 사업만이 사업의 전체는 아니니까, 변호사 생활을 하는 것도 민족 봉사가 되지요. 돈 벌기 위한 변호사가 되지 말고 백성의 원통한 것을 풀어 주는 변호사가 된다면 그것도 민족 봉사지요. 또 변호사란 사람을 많이 접촉하는 직업이니까 좋은 사람을 많이 고를 기회도 있겠지요. 링컨도 변호사 아니오? (…중략…) 무엇이든 개인주의로, 이기주의로만 마시오. 허군 한 몸의 이해와 고락을 표준하는 생각을 말고 조선 사람 전체를 위하여 일하겠다는 일만 하시오. 그 생각으로만 가시면 서울에 있거나 시골에 있거나, 또 무슨 일을 하거나 허물이 없을 것이오.『동아일보』, 1932.6.4; 『이광수 전집』, 3권 47쪽

이상이 허숭을 중심으로 한 1편의 주요 내용이다. 그 외 인물들이 펼치는 부차적인 내용 중 비중이 높고 의미 있는 것은 김갑진, 한민교, 이건영－심순례의 스토리-선이다. 김갑진은 어릴 때부터 교만한 수재로 이름이 높았던 몰락 귀족의 자제로서 윤 참판의 집에 드나들며 사위가 되기를 꿈꾸고 기회가 닿을 때마다 숭을 업신여기는 인물이다. 고등문관 시험에 떨어지고 허숭이 윤정선과 약혼하자 크게 낙담하여 자포자기 상태에 빠져 든다. 한민교는 조선 청년의 교육으로 일생의 사업을 삼는 이로서 일찍이 동경 유

학 후 조선에 와서는 "그러한 조선 사람이 밟는 경로를 밟어 감옥에도 들어가고 만주에도 가고, 교사도 되고, 예수교인도 되엇"1932.4.23; 26쪽으며 최근 십 년간은 자격증 없는 교사 노릇을 하고 있다. 그의 익선동 초가집은 그의 말을 들으려는 청년들로 북적인다. 10년간의 미국 유학을 마치고 귀국한 이건영 박사 또한 한민교의 집을 들렀는데, 거기서 만난 심순례와 결혼할 생각으로 지내다가, 윤 참판의 재종형인 윤한은의 손녀와 결혼할 목적으로 그녀를 버린다. 이와 같이 『흙』은 한민교의 이야기를 통해 민족주의적 계몽주의자의 한 전형을 제시하는 한편, 김갑진과 이건영 등을 통해 부화한 신흥 지식인들의 허황한 심리와 타락상을 고발한다. 이들과 허숭이 대조되면서 숭의 인격과 포부의 가치가 강조됨은 물론이다.

1편을 끝내면서 춘원은 『흙』을 쓰는 동기와 포부를 밝힌다. '단군 유적을 찾는 길'을 떠나게 되어 약 3주간 소설 연재를 중지하게 되었다 하고는, 연재 45회에서 다음처럼 말하는 것이다. 두 부분으로 나누어 살펴본다.

> 나는 오늘날 조선 사람이—특히 젊은 조선 사람이—그중에도 남녀 학생에게 고하고 싶은 것이 잇다. 그 중에는 민족의 현상과 장래에 대한 리론도 잇고, 또 내가 우리의 현재와 장래에 대하야 느끼는 슯븜과 반가움과, 깃븜과 희망도 잇고, 또 여러분의 속속맘과 의논해 보고 싶은 사정도 잇다. 나는 이 모든 것을 서투른 소설의 형식을 빌어 여러분의 앞에 내어놓는 것이다.
>
> 이 소설 흙이 재미가 없을는지도 모른다. 예술적으로 보아서 가치가 부족할는지도 모른다. 어떠한 분의 비위에는 거슬리는 점도 잇슬 것이다. 그러나 또한 여러분 중에 내 감정에 공명하시는 이도 없지는 아니할 것이다. (나는 사실상 『흙』을 쓰기 시작한 이래로 이십二十여 장의 편지를 받앗다. 그것은 나에게 깊은 감격을 주는 편지들이엇다. 다 모르는 분들의 편지여니와 그러할스록 나

에게는 더욱 깊은 감격을 주었고 또 힘을 주었다.) 어찌하든지 『흙』은 나라는 한 조선 사람이, 그가 심히 사랑한 같은 조선 사람에게 보내는 사정 편지다.

비록 여러 가지 부족한 점은 있을 법해도 진정으로, 진정으로 쓴 편지다— 이것, 하나만은 독자 여러분께 고백하는 바다.1932.6.22

독자에게 전하는 작가의 육성이 느껴지는 이 대목에서 눈에 띄는 것은 두 가지다. 민족의 현재와 미래에 대한 자신의 생각을 소설 형식을 빌려 드러내고자 한다는 취지가 첫째다. 1편의 내용을 염두에 두고 보면, 허겸의 행적이 과거라면 한민교의 활동이 현재이고 허숭이 해 나갈 일이 미래에 해당될 터이다. 이런 까닭에 슬픔과 반가움, 기쁨과 희망을 열거했지만 희망에 방점이 찍힐 것은 정한 이치다. 허숭의 현재 모습과 포부를 두루 생각하면 미래에 대한 희망을 표명하는 『흙』이 「민족개조론」의 연장선에 있다는 점이 분명해진다. 허숭이 꿈꾸는 바가 농촌 사업이요 전 국민의 절대다수를 차지하는 농민의 계몽이라는 사실과, 그의 현재 활동이 김갑진을 경성하고자 하고 이건영의 행태와는 상반된 모범을 보이는 것이라는 점 등이 이러한 판단을 뒷받침한다.

위에서 확인되는 둘째 특징은, 소설을 쓰는 데 있어서 예술적인 면이나 대중적인 면을 고려하지 않겠다는 의지의 표명이다. 예술적 가치가 부족하거나 재미가 없을지라도 개의치 않겠다는 것인데, 그럴 때 남는 것이 계몽적, 교설적 주제 의식이라는 점을 고려하면 『흙』을 쓰는 이광수의 의욕이 어떠한가가 짐작된다. 춘원 자신이 『동아일보』의 편집국장이기도 하므로 더욱 신문사 운영의 문제를 생각하지 않을 수 없는 입장임에도 불구하고 유흥으로서의 문학도 작품으로서의 문학도 아닌 운동으로서의 문학을 행하겠다는 의지를 앞세운 것이다. 2편 이하를 볼 때 재미의 요소가 배제되기는커녕 한층 강화된 것이 확인되기는 하지만 그렇다 해도 이러한 의지를 표명했다는 사실 자체가 의미를 갖는 것 또한 변치 않는다. 춘원이 이럴 수 있었던 데는 『동아일보』가 민족지로서의 성격을 한껏 강화하면서 브나로드 운동을 선도했던 상황이 배경으로 작용했을 텐데, 어쨌든 '서투른 소설의 형식' 운운이 전혀 겸사가 아닐 만큼 춘원은 『흙』의 소설미학적 측면을 도외시하다시피 하면서 계몽, 개조 의지를 한껏 앞세우고 있다.

이렇게 강렬한 춘원의 의지가 『흙』에 어떻게 작용하게 될지를, 위에 이어지는 다음 구절이 보여 준다.

> 우에도 말한 바와 같이 허숭, 윤정선, 리건영, 한민교, 김갑진, 심순례, 유순, 정서분 이러한 인물들은 내가 보기에 조선의 현대를 그리는 데 필요한 타잎의 인물로 본 것이다. 나는 이 모든 인물로 하여곰, 비록 처음에는 서로 미워하는 적도 되고 또는 인생관과 민족관의 인식 부족으로 생활에 많은 흠이 잇다 하더라도, 그것은 다 목자 잃은 양, 지남철 없는 배와 같은 오늘날의 조선 청년계의 혼돈하야 갈피를 잡을 수 없는 시대의 탓이오, 그들 다 서로 사랑하고, 서로 한 목표, 한 이상, 한 주의를 위하야 한 팔이 되고 한 다리가 되어 마츰내는 한 유기적 큰 조직체의 힘잇는 조성분자가 될 사람들이오 또 되지 아니하면 아니될 사람들이 되게 하고 싶다.
>
> 독자 여러분은 작자의 이 부족하나마 참된 동긔만은 동정의 양해를 주시고 이 한 사람의 편지(흙이라는 소설)의 하회를 기다려 주시기를 바란다.
>
> 육六월 이십일二十一일 동아일보 편즙국에서 작자1932.6.22[12]

12 전집은 이날의 연재를 누락하고 있다.

이 구절은 두 가지 내용 요소를 보인다. 조선의 현대를 그리는 일과 작가 자신의 바람이 그것인데, 후자에 방점이 찍혀 있다는 점이 주목된다. 춘원 자신이 파악한 조선의 현대, 조선 청년계의 현재는 서로들 미워하고 각자의 생활에 많은 흠이 있는 것이다. 만일 춘원이 자신이 바라본 이러한 조선의 현실과 청년계의 상황을, 염상섭의 이 시기 소설들처럼 사실 그대로 충실히 재현했다면 리얼리즘의 문턱을 넘어서게 될 터인데, 춘원은 그렇게 하지 않는다. 소설가로서의 바람보다 계몽주의자로서의 바람이 훨씬 더 큰 까닭이다.

조선의 현대, 청년계의 현재를 바라보는 춘원에게는 민족 계몽가로서의 판단이 전제되어 있다. 그것은 무엇인가. 청년들이 보이는 이러한 문제 상황은 바로 그들이 '목자 잃은 양'이요 '지남철 없는 배'와 같기 때문이라고 보는 것이다. 요컨대 그들을 올바른 길로 이끌어 줄 지도자를 만나지 못했기 때문이라는 것이다. 이러한 인식은 자신이 조선 청년계의 목자요 나침반이라는 의식으로 이어진다. 이는 뒤에 이어지는 의욕으로 증명된다. 서로 미워하고 각자 흠결을 지닌 청년들 모두가 '유기적인 큰 조직체의 힘 있는 조성 분자'가 되게 하겠다는 의지가 그것이다. 춘원이 말하는 '유기적인 큰 조직체'가 「민족개조론」에서 희망한 개조된 민족임은 두말할 이유가 없다. '모두가 서로 사랑하고 서로 한 가지 목표와 이상, 주의를 추구하는 모습'을 거쳐 그 조직체가 이룩된다는 진술과 『흙』의 이후 전개가 이를 증명하는 까닭이다.

이러한 동기를 강조하며 끝을 맺음으로써 춘원은 운동으로서의 문학으로 『흙』을 쓰겠다고 천명한 셈이다. 청년 개조와 민족 개조라는 목적의식을 앞세우면서, 대중적 흥미는 물론이요 현대소설의 기율이라 할 개연성 곧 광의의 현실성 또한 돌보지 않겠다고 선언한 것이다.

이는 이중으로 문제적이다. 먼저, 한국 현대소설의 형성 과정상 반동적인 시도라는 점을 간과할 수 없다. 카프 중심의 좌파 문학은 물론이요 1920년대 장편소설의 맥을 형성하고 있는 염상섭의 작품들이 공통적으로 성취한 업적이 사회 현실의 실제 문제를 작품화한 것이고 그럼으로써 현대소설의 기본이라 할 넓은 의미에서의 현실성을 획득한 것이라 할 때, '동기'를 앞세워 이를 무시하고자 하는 것은 문제적이지 않을 수 없다. 이러한 판단은 문예학의 차원에서 미시적으로 따지는 것이 아니다. 현실의 재현 맥락, 현실성의 획득을 도외시하면 십중팔구 현실을 왜곡하는 데로 나아가게 되는 까닭에, 문학사는 물론이요 역사 일반에 해당하는 문제이다.

현실의 왜곡, 이것이 또 하나의 문제다. 춘원이 밝힌 민족 개조, 민족 계몽이라는 문제의식에 비추어 볼 때 이러한 문제들은 사소한 것이라고 치지도외할 수 있을까. 그렇지 않다. 『흙』의 이후 전개에서 확인되듯이 허숭을 미워하던 인물들까지도 개과천선하여 민족의 힘 있는 조성 분자가 되는 작품의 결말은 너무도 억지스러워 독자의 신뢰를 얻기 어렵고, 그러한 만큼 춘원이 의도한 계몽이라는 주제효과 또한 무력화되기 때문이다. 작품의 종결 처리가 억지스럽다는 지적 또한 인물들의 변화에 리얼리티가 부족하다는 문예학적인 비판에 그치는 것이 아니다. 당대 현실을 바라보는 자타 공인 민족 계몽가인 춘원의 안목이 문제시되는 까닭이다. 청년계가 단합되어 있지 못하다 할 때 그러한 사태의 원인이 사적으로 서로 미워해서가 아니요, 정치경제적으로 지위가 다르고 그에 따라 생각이 다르며 민족(독립)을 위한다 해도 기대는 이념과 이데올로기, 조직이 상이한 까닭임은 당대의 중학생만 되어도 익히 아는 것인데, 이러한 사정을 무화하고 개인간의 감정 차원으로 사태를 부당하게 축소, 왜곡한 것이 문제이다.

요컨대 『흙』을 쓰는 춘원은 조선의 현실을 제대로 파악하지 못한/않은 채 주관적인 희망을 앞세우고 있다. 이러한 현실 진단의 오류, 사태의 왜곡이 너무 중차대하기 때문에, 사자와 양이 함께 노닐듯 모두가 협력하는 이상적인 미래에 대한 그의 바람 또한 현실적으로는 별다른 의미도 가치도 갖기 어렵다고 하겠다. 따지고 보면 이는 사실 「민족개조론」의 문제이다. 정치를 배제한 채로 개인 수양 차원의 노력을 통해 민족을 개조하겠다는 발상 자체가 애초에 일제의 식민지배 상황에서는 비현실적이었던 것이다. 「민족개조론」을 주장하던 춘원에게 일제의 감시와 탄압을 피하려는 위장 의식이라도 있었다면 『흙』 1편을 마친 시점에서 이와 같은 주장을 하고 소설의 이후 전개를 지금처럼 하지는 않았을 터이다.

현실의 흐름을 주목하지 않고 자신만의 계몽 의식에 갇힌 춘원의 창작의 결과는 『흙』의 이후 전개에서 확연하다. 먼저 지적할 것은, 재미를 돌보지 않겠다는 선언과는 달리 대거 동원된 통속소설적 요소다. 불의의 씨를 잉태하는 데까지 이르는 김갑진과 윤정선의 타락상에 대한 기술이 맨 앞에 온다. 스탠포드와 프린스턴, 예일 대학을 두루 거쳐 윤리학과 교육학, 신학을 전공했다는 이건영의 파락호 같은 방종한 연애 행각의 묘사도 그에 못지않다. 이들과는 결이 다르지만 여학생이었다가 기생이 되고 마침내 허숭을 사모하여 그를 도와 농촌계몽가가 되는 백산월[선희]의 현실에서는 있을 법하지 않은 기묘한 변모 또한 소설의 흥미를 높이는 요소라 하지 않을 수 없다.

이런 식으로 독자의 흥미를 잡아 둔 채로 춘원은, 계몽적 주제의 구현이라는 자신의 동기를 실천하기 위해서 과감한 처리를 마다하지 않는다. 그 첫째는 윤정선의 한쪽 다리를 잘라내는 것이다. 동기도 취약하고 현실성도 약한 채로 정선이 자살을 시도하게 하고, 서사의 현실성을 해치는 우연을 거리낌 없이 구사하여 그녀를 불구자로 재생시키는데, 이로써 그녀는 허숭과 함께 살여울에 머물며 농사도 배우고 부녀들을 가르치게도 된다. 대갓집 신여성 출신 바람둥이를 농촌계몽에 참여시키기 위한 희생 치고는 과한 편이라 하지 않을 수 없다.

다음으로 김갑진을 들 수 있다. 애초부터 민중은 안중에도 없고 조선의 현실 자체를 폄하하기만 하며 자만심이 하늘을 찌르던 그는, 고등문관 시험에 떨어지고 허숭에게 윤 참판의 사위 자리를 빼앗긴(?) 뒤부터는 방탕한 생활에 뛰어든다. 정선과의 불륜이 그 중심인데 이를 허숭에게 들킨 뒤 작품 표면에서 사라졌던 갑진은, 작품의 말미에 갑자기 튀어나와서는, 그동안 궁벽한 농촌인 검불랑에서 농민들과 어울려 농사를 지었다고 밝힌다. 너무 뜬금없어서 개연성을 따질 여지조차 없다.

여성들의 꽁무니만 좇아다니다 악명이 자자해져 그마저도 할 수 없게 된 이건영만이 개과천선이라는 도식을 벗어나 있다. 그는 자신이 버린 심순례가 유학을 다녀와 개최한 독주회에서 그녀의 부친에게 수없이 얻어맞는 것으로 역할을 마친다. 사실 이건영이라는 인물의 기능이란 청년 지식인들의 방탕함과 정략결혼으로 부를 얻으려는 요행심을 보이면서 허숭의 선택을 부각하는 것이었으니, 그가 개과천선하지 않는다 해서 춘원의 의도가 실패한 것은 전혀 아니다(그럼에도 불구하고 춘원은 연재를 끝낸 뒤에 이건영 또한 개과천선할 것을 믿는다고 밝혀 둔다. 도저한 낙관이라 할 만하다).

이와 같이 춘원은 등장인물들을 유기적 조직체의 조성 분자가 되게 하고 싶다는 자신의 의도를 그대로 『흙』에 관철시키기 위해 인물들의 변전을 마음대로 그리고 있다.

이러한 사정이 가장 두드러지는 것은 사실 허숭의 경우이다. 윤 참판의 사위이자 전도유망한 변호사로서 한민교의 조언대로 일신의 영달이 아니라 민족을 위하는 지식인으로서의 길이 열려 있는 중에, 그 모든 것을 내버리고 혼자 시골로 가서 농촌 사업에 뛰어든다는 것은 작품 내 세계 차원에서든 작품 밖의 현실 맥락에서든 거의 이해하기 어렵다. 물론 춘원은 나름대로 그 이유를 제시한다. 허숭과 윤정선 사이에 인생관의 차이가 크다는 것이다. 그 차이를 강조하기 위해서 윤정선을 돈과 성욕만을 좇는 인물로 규정하기까지 한다. 이것으로 충분할까. 그렇지 않다. 아내가 향락적일 수 있고 변호사로서 돈 되는 사건을 맡지 않는다고 패악을 부릴 수도 있겠지만, 설령 그렇다 해서 남편이 별다른 말도 없이 짐을 싸서 가출을 한다는 것은 별로 설득력이 없다. 그 가출이 농촌 사업으로 이어지는 것 또한 마찬가지이다.

따라서 허숭의 행적은 동키호테적인 것이 아니라면 대단히 고상한 이상주의의 발로로 간주되어야만 하는 것이 된다. 당연히 춘원은 후자를 택한다. 『흙』의 이후 서사 전체에 걸쳐 허숭을 이상주의적인 인간으로 부단히 미화하는 것이다. 윤정선이 마침내 스스로 농사일을 할 수 있게 된 것을 남편 앞에서 자랑스러워 하고 옥에 있는 그를 존경해 마지않게까지 되는 것을 위시하여, 산월이 그를 사모하여 살여울로 따라가고, 김갑진이 그와 비교하여 자신의 한계를 어쩔 수 없이 인정하며, 현 의사가 그를 깊이 존경하는 마음을 토로한다. 여기에 더해서 맹한갑도 유정근도 허숭에게 자신의 과오를 뉘우치기까지 한다. 이렇게 주요 등장인물들 모두 허숭의 이상적인 면모를 한껏 강화하는 식으로 행동하게 되는데, 이 모든 상황이야말로 계몽을 앞세운 작가의 의도를 고려하지 않고는 이해할 수 없는 것이다.

『흙』의 주인공 허숭은 이렇게 작가의 강력한 의지에 의해 작품 전편에 걸쳐서 이상화되는데, 인물 변화의 무리한 정도를 따질 때 그에 못지않은 경우가 바로 유정근의 변신이다. 『흙』에서 가장 이해하기 어려운 인물은 단연 유정근이다. 유정근은 유산장의 아들이고, 유산장은 주인공 허숭이 서울을 버리고 돌아간 고향 살여울의 부자다. 유정근은 동경 유학을 마치고 고향에 돌아오는 것으로 『흙』에 등장하는데 그 첫 장면은 다음과 같다.

> 그 자동차에서는 아주 씨크하게 양장으로 차린 청년 하나가 회색 소프트 모자를 영국식으로 앞을 숙여 쓰고 팔에는 푸른빛 나는 스프링을 들고 물소 뿔로 손잡이를 한 단장을 들고 대모테 안경을 썼다. 그리고 입에는 궐연을 피어 물었다.
>
> 운전수가 트렁크와 손가방을 나려놓고 마즈막으로 기타인 듯한 것을 나려놓고는 자동차 문을 닫고 차세를 받으랴고 청년의 앞에 서서 기다린다.
>
> "도오시단다이 잇다이? 뎀뽀오모 웃데 아루노니(어찌 된 심이야 대관절. 전보도 놓앗는데)."
>
> 하고 청년은 매우 불쾌한 듯이 동네를 바라보며 일본말로 중얼댄다. 탁음과 액센트가 그리 잘하는 일본말은 아니다. 1933.5.6; 236쪽

멋지게 차려입은 유정근이 불쾌해 하는 것은 동네 사람들이 환영 마중을 나오지 않았기 때문이다. 그래서 더욱 그랬는지 그는 자동차 운전수와 차비 시비를 벌인다. 약정했던 금액을 안 줄 듯이 하다가 급기야 운전수가 주재소로 가자며 그의 팔을 끄는 상황까지 벌어지고, 마지못해 내어던진 돈을 챙긴 운전수가 차를 움직이면서 그에게 욕설을 퍼붓게까지 된다. 신사로서 크게 망신을 당한 셈인데, 그동안 동네 아이들이 몰려들어 구경한다. 이러한 상황 모두가 그에게는 낯설고 불쾌하다. 3년 전에 평양에서 공부하다 방학을 맞아 돌아올 때만 해도 전보 한 장에 온 동네가 끓어 나왔는데 이제는 한 사람도 나오지 않고 구경꾼처럼 모여든 아이들밖에 없는 '창상지변滄桑之變' 탓이다.

유정근은 소설 속 세계의 인물들에게서뿐만 아니라 소설을 쓰는 작가-서술자에게서도 냉대를 받는다. 인용문 끝 문장이 보여주듯이 유정근을 그리는 서술자의 태도는 다소 비판적이다. 여기에 더해서 작가는, 구경하는 아이들 중 반가운 빛을 보이는 이는 드물었다 하고는 그 연유를 다음처럼 밝히기까지 한다.

> 아이들 중에는 정근이라는 청년을 보고 반가운 빛을 보이는 이는 드물엇다. 그들은 부모가 유산장을 원망하는 소리를 넘어 많이 들은 까닭이엇다. 또 그들은 산장네 정근이가 일본 가서 공부한다 하고 돈만 없이 한다고 산장이 화를 내인다는 말을 들엇다. 산장네가 작년부터는 협동조합 때문에 장리도 잘 아니 되고 빗을 줄 곧도 줄어서 논을 두 자리나 팔아서 정근의 학비를 주엇다는 소리를 부모들이 고소한 듯이 말하는 말을 들은 것도 기억한다. 그래서 그들은,
> "잘도 차렷네. 하이라카다"
> 이러한 흥미밖에는 정근에게 대해서 가지지 아니하엿다. 1933.5.7; 237쪽

이제 사정이 밝혀졌다. 허숭이 세운 협동조합 때문에 장리도 잘 안 되고 빚을 줄 곳도 줄자 유산장이 논을 두 자리나 팔아 동경에 유학 중인 정근의 끝자락 학비를 대기도 했으며, 그만큼 마을 주민들의 유산장네에 대한 태도도 더 이상 굽신거리지 않는 것으로 변화했던 것이다. 정근이가 전보를 보냈지만 그것으로 유산장네에서 농민들을 불러 모으려 하지도 않았다. 그럴 수 없었던 것이다.

사정이 이러했으니 유정근이 허숭을 미워하는 것은 당연지사인데, 그는 단순히 미워하는 것이 아니라 극악한 행동을 취한다. 그는 유치원을 세워 아이를 돌보는 선희가 본래 산월이라는 기생이었음을 떠벌리고, 허숭의 아

내 정선이 서방질을 하다 다리가 부러졌으며, 숭과 선희가 서로 좋아한다는 등 폭로와 모함의 말을 계속 퍼뜨려서 결국 살여울 사람들이 허숭을 멀리하게 만든다. 그 결과 허숭이 공을 들인 농촌 개량 사업 또한 제대로 돌아가지 않게 된다. 이에 그치지 않고 유정근은, 유순의 아내 맹한갑을 '허숭 배척의 두목'으로 손에 넣고 유순이 허숭과 부정을 저질렀다고 모함하는 말을 하여, 한갑이 유순을 때려 죽음에 이르게까지 만든다. 이러한 비극을 초래해 놓고도 그는, "자네는 비극을 만들어 놓고 구경을 하고 섰나? 사람을 죽여 놓고 구경을 하고 섰나?"1933.5.28; 253쪽 하는 허숭에게 "비극을 만들기는 뉘가 만들고 사람을 죽이기는 뉘가 죽엿는데 대관절 이 평화롭든 살여울의 평화를 교란해 놓기는 뉘가 하엿는데?"1933.5.30; 253쪽라며 도리어 숭을 탓한다. 적반하장이 따로 없다.

유정근의 책략에 결국 허숭은 살여울을 떠날 결심을 하게 된다. 협동조합도, 야학도, 유치원도 수포가 되고 만 상황에서 그는 살여울의 농민들을 탓하기도 한다. "살여울 사람들은 아직도 배가 불러. 배가 불르니까 아직 덜 깨달앗단 말요. (…중략…) 이 살여울은 넘어도 경치가 좋고 토지가 비옥하고 배들이 불러. 좀 더 부자들헌테 빨려서 배가 고파야 정신들을 채릴 모양이오"5.31; 255쪽라 말하는 것이다. 그렇다고 그가 서울로 돌아갈 생각을 하는 것은 아니다. 살여울보다 더 궁벽한 농촌인 검불랑으로 가서 다시 농촌 계몽운동을 펴자고 아내 정선을 설득하려 한다.

그러나 허숭은 살여울의 향후 사업을 작은갑이에게 부탁하는 중에 순사에게 체포된다. 포승에 묶여 주재소로 가는 길에 허숭이 유정근과 마주치는데 정근은 유쾌한 듯이 웃으며 잘 가라는 듯 숭에게 손을 들기까지 한다. 허숭이 벌여 놓은 사업들은 당국의 금지로 모두 와해되고, 이후 삼 년간 유정근은 식산조합을 통해 농민들을 패가망신시키며 자기 재산을 서너 배

불리고 여학생 첩을 들였으며 면장을 거쳐 도회의원이 되려는 준비를 착실히 한다. 식민지 체제의 법에 따라 치부와 출세의 길을 걷는 것이다.

이러했던 유정근이 허숭의 사업을 이어받는다. 그 중간에 만기출옥한 작은갑이의 협박이 그려지지만 그것으로 개연성이 마련되지는 않는다. 작은갑이의 협박이 정근의 악행을 멈추는 계기는 될 수 있어도, 그가 지금까지의 행동을 완전히 바꾸어 농촌 봉사에 헌신하기로 결심하고 한민교 선생을 따른다는 설정에까지 설득력을 부여하는 것은 못 된다. 이는 『무정』의 신우선이 작품 말미에서 자신의 행적을 반성하는 것과는 비교할 수 없을 정도로 현실성이 부족한 처리다. 작품을 종결 짓기 위해 서둘러 유정근을 등장시켜 허숭의 실패와 투옥을 그리고, 그럼에도 불구하고 살여울 농촌계몽운동은 지속시키고자 그를 백팔십도 변모시킨 것이라 하지 않을 수 없다. 유정근이 『흙』에 등장하는 것은 작품 연재가 80% 이상 지난 때인데, 이 또한 그가 기능적으로 마련된 인물이라는 의심을 강화한다.

지금까지 살펴본 대로, 개과천선이라는 말이 전혀 과하지 않을 만큼 윤정선, 김갑진, 유정근을 전격적으로 변모시킨 것은, 작가의 계몽의지가 앞서서 작품의 현실성 따위는 안중에도 없는 형국임을 입증해 준다. 이 사태가 심각한 것은, 이러한 처리를 감행해 놓은 작가가 7월 11일 자로 작품의 연재를 끝낸 이틀 뒤 '흙을 끝내며'에서 다음과 같이 말하고 있기 때문이다.

> 흙은 끝나는 줄 모르게 끝이 낫습니다. 나도 흙이 얼마 더 잇을 줄 알앗으나 더 쓰랴고 생각해 보니 벌서 쓸 것은 다 써 버렷습니다. 사진사는 '잇는 것'밖에 더 박을 수가 없습니다.
>
> '없는 것'을 박는 것은 요술입니다.
>
> 나는 몇 해를 지난 뒤에 흙의 후편을 쓸 날이 올 것을 믿습니다. 살여울 동네

> 가 어떠케 훌륭한 동네가 되는가를 지키고 잇다가 그것을 여러분께 보고하려 합니다. 나는 살여울이 참으로 재물과 문화를 넉넉히 가진 동네가 되기를 바랍니다. 동시에 김갑진이가 새로운 생활을 하고 잇는 검불랑이 살여울과 같이 잘 되고 왼 조선에 수없는 살여울과 검불랑이 일어나기를 바라고 믿습니다.
>
> 나는 리건영 박사도 그 좋은 재주와 공부를 가지고 심기일전하야 조선에서 큰 일ㅅ군이 되어지이다 하고 빌고 잇습니다. 사람이 뉘 허물이 없으랴 고치면 좋은 일입니다. 우리 조선 사람이 전부 허물이 잇지 아니합니까. 전부 허물이 잇기 때문에 지금은 잘못살지 아니합니까. 그러나 우리 조선 사람들이 허물을 고치는 날 우리는 반드시 잘살 것입니다. 이것이 우리 히망이 아닙니까. 1933.7.13; 286쪽

자신이 '사진'을 찍은 것이 아니라 '요술'을 부렸다는 사실을 춘원은 자각하지 못하고 있다. 당대 조선의 현실, 조선 청년계의 실상을 그린 것이 아니라 자신이 바라는 민족 개조의 길, 개조된 민족 구성원의 삶을 억지로 작품에 제시했다는 엄연한 사실을 그는 부정한다. 그만큼 농촌계몽이요 민족 개조라는 자신의 주제의식을 드러내는 일이 급했던 것이다.

물론 이것으로 충분하지 않다. 춘원이 바란 농촌계몽과 민족 개조의 실상을 다시 확인해 두어야 한다.

온 조선에 일어나기를 그가 바라는 살여울과 검불랑의 미래는 '재물과 문화를 넉넉히 가진 동네'이다. 개조된 민족의 상황은 어떤 것인가. 조선 사람 모두가 저마다 갖고 있는 허물을 고쳐 잘사는 것, 이것이다. 춘원의 바람이 일제치하에서 일상의 삶을 잘살게 하는 데 맞춰져 있음이 새삼 확인된다. 이것이야말로 정치성을 배제한다고 천명하면서 생활의 질을 높이는 방법을 제시했던 「민족개조론」의 연장이 아닐 수 없다.

개개인이 허물을 고치는 수양을 하고 그런 개인들이 모여 잘사는 공동체

를 꾸리는 일이야 어떤 의미에서도 비난받을 일이 아니다. 유토피아 사상 차원에서 좋게 봐 줄 수도 있다. 하지만 그것이 제국주의의 식민 지배를 받는 민족에게 던지는 방책일 때는 심각한 문제가 된다. 무엇보다도, 그러한 꿈이나마 용납되지 않는 현실을 호도하는 것일 뿐이기 때문이다.

「민족개조론」으로 요약되는 춘원의 길이 실제로 맞닥뜨리게 되는 현실적 한계는 1937년 6월의 동우회 사건으로 명백히 드러나게 되는데, 이것이 『흙』에 이미 드러나 있다. 일견 아이러니해 보일 수도 있는 이러한 양상은, 작품 바깥의 세계를 재현하게 마련인 장편소설이라는 장르가 갖는 기본적인 특징에 따른 것이다. 부정적인 인물들을 자기 마음대로 개과천선시킨 춘원일지라도 작품 내 세계로 재현되는 작품 바깥의 실제 현실 자체까지 주관적으로 바꿀 수는 없다. 사정이 이렇기 때문에 허숭의 투옥은 필연적이라 할 만하다. 일제 식민지 치하에서 살여울이 잘사는 동네가 되어 길이 존속할 수는 없는 까닭이다. 비록 춘원은 '흙을 끝내며'에서 그것이 가능할 것처럼 스스로까지 속이고 있지만 말이다.

허숭은 선희, 한갑 등과 함께 주재소에 붙들린다. 혐의는 조선 독립을 위해서 활동을 했다는 것이고 이 모두는 정근의 고발에 의한 것이다. 주재소에서 숭은 소장의 심문을 받는다.

> "애써 고학을 해서 변호사까지 되어 가지고 무슨 까닭에 이 시골구석에 와서 묻혔느냐 말이야?"
>
> "살여울은 내 고향이니까 고향을 위해서 좀 도움이 될까 하고 와 잇소."
>
> 하고 숭은 흥미 없는 대답을 하엿다.
>
> "어떠케 돕는단 말인가."
>
> "글 모르는 사람 글도 가르쳐 주고 조합을 만들어서 생산, 판매, 소비도 합리

화를 시키고, 위생 사상도 보급을 시키고 생활개선도 하고 그래서 조곰이라도 지금보다 좀 낫게 살도록 해 보자는 것이오."

"무슨 다른 목적이 잇는 것 아닌가. 지금 그런 일은 당국에서 다 하고 잇는 일인데 네가 그 일을 한다는 것은 당국이 하는 일에 대해서 불만을 가지고 당국을 반항하자는 것이 아닌가."

숭은 대답이 없었다.

"필시 그런 게지? 총독정치에 대해서 불만을 가지고 거기 반항하자는 게지? 내가 들으니까 네가 사람들을 모아 놓고, 조선 사람들은 어리석어서 모든 이권을 다 남에게 빼앗기고 물건도 남의 물건만 사 쓰고, 그래서 점점 조선 사람이 가난하게 되니 조선 사람들이 자각을 해서 조선 사람끼리 모든 것을 다 해 가도록 해야 된다, 그러기 위해서 조합도 만들고 유치원도 설시하고 야학도 열고 단결도 해야 된다고 그랫다지?"

하고 소장은 엄연한 태도로 숭을 노려보앗다.

"내가 사람들을 모아 놓고 그런 말을 한 일은 없소."

하고 숭은 부인하였다.

"그러면 그런 생각은 가젓나?"

"그런 생각은 가젓소. 그러나 그런 생각을 가지고 그런 말을 햇기로 그것이 죄를 구성하리라고도 믿지 않소."

하고 숭도 법정 어조로 답변을 하엿다.

"요오시 와깟다 (오냐, 알았다)!" (…중략…)

"필경은 총독정치에 반항한다는 것을 의미하는 것이 아니냐?"

하고 소장은 소리를 질렀다.

"그것은 잘못 생각하신 것이오. 농민들이 야학을 세우고 조합을 만들고 하는 것은 순전히 문화적, 경제적 활동이지, 거기 아모 정치적 의도가 포함된 것은 아니라고 믿소. 또 촌 농민들에게 무슨 정치적 의도가 잇을 바가 아니오. 문화적으로 경제적으로 더 잘살아 보겟다고 하는 인민의 노력을 죄로 여긴다면 그야말로 인민으로 하여곰 반항할 길밖에 없게 하는 것이오."

"건방진 소리 마라. 할 말이 잇거든 본서나 검사국에 가서 해!"1933.6.7; 260~1쪽

심문임에도 불구하고 위의 내용은 주재소장과 허숭의 토론처럼 보인다. 여기에 더해서, 소장이 언성을 높이며 건방진 소리를 말라는 것으로 끝을 맺음으로써 논리적으로 허숭이 이긴 것처럼도 보일 수 있게 했다. 허숭이 작가 자신의 분신에 해당한다는 사실을 짐작하게 하는 처리 방식이다.

그럼에도 불구하고 우리는 위의 장면에서 춘원 식의 농촌계몽 운동이 실패할 수밖에 없는 식민지 현실의 위력을 찾아볼 수 있다. 허숭이 살여울에 내려와 차근차근 이뤄 낸 바, 야학으로 문맹을 타파하고, 조합을 세워 생산과 판매, 소비를 합리화하며, 위생 사상을 보급하고 생활을 개선함으로써 좀 더 나은 삶을 살게 한 운동 일체가 주재소장이 보기에는 '당국에서 다 하고 있는 일'이라는 점이 문제다. 당국이 하고 있는 일을 일개인이 나서서 한다는 것은 당국이 하는 일에 대해서 불만을 가지고 당국에 반항하자는 것으로 간주될 수밖에 없다. 이러한 소장의 추궁에 대해 허숭은 대답이 없다. 대답할 수 없기 때문이다. 본인의 의도와는 무관하게 그렇게 간주될 수밖에 없다는 것을 허숭 또한 짐작하지 못할 리 없는 까닭이다.

이어지는 심문에서 허숭은 자신의 입장을 강변해 보지만 전혀 통하지 않는다. 야학을 세우고 조합을 만들고 하는 것이 아무런 정치적 의도도 없는 순전한 문화적, 경제적 활동이라고 주장해 보지만, 입을 다물라는 위협을 받을 뿐이다. 위협에 더해 소장은 허숭이 '본래 건방진 놈'이라며 '계집을 둘씩 셋씩 끌고 다니며 농민을 위해 일을 한다는 것이 아니꼬우니, 네 일이

나 하라'고 윤리적으로까지 질책한다. 이것은 정근의 모략에 의한 오해지만 그렇다고 허숭이 죄가 없는 것은 아니다. 허숭에게 정치적 의도가 없다 해도 그가 행한 일의 정치적 효과는 엄연히 있는 까닭에 그는 죄인이다. 식민지 치하이기 때문이다. 총독 정치에 대해 불만을 갖고 거기 반항한 것이라는 소장의 주장은 없는 죄를 씌우는 것이 아니다. 조선총독부가 모든 일을 관장하는 식민지 전체주의 사회이기 때문이다.

문화적으로 경제적으로 더 잘살아 보겠다고 하는 조선 인민의 노력조차 죄가 되는 식민지의 위력이, 이와 같이 위의 인용에서 확인된다. 이것은 징후적으로 읽은 것도 아니다. 『흙』이라는 작품 자체에 갇히지 않고 그 바깥의 식민지 현실을 잠시 생각해 본 독법의 결과일 뿐이다. 앞에서 지적한 대로 춘원의 의도와 장편소설 장르의 특성을 고려해서 다시 말해 본다. 작가 스스로가 정치적인 맥락을 배제하려고 온갖 애를 썼음에도 불구하고, 장편소설이 장편소설로서 당대의 현실을 약간이나마 재현하지 않을 수 없는 이러한 순간에 현실의 위력이 작품으로 틈입해 들어왔으며, 우린 다만 그것을 읽어 낸 것이다.

최종적으로 허숭은 조선독립을 목적으로 농민을 선동하고 협동조합과 야학회를 조직하였다 하여 치안유지법 위반으로 징역 5년, 백선희는 공범으로 징역 3년을 언도받고 복역하게 된다. 허숭의 사업을 유정근이 이어받고, 경성의 한민교가 전체 일을 지도하기 위해 살여울에 내려가는 것으로 『흙』은 종결된다. 그러한 유정근과 한민교는 치안유지법 위반으로 영어의 신세가 된 허숭의 길을 밟지 않을 수 있을까. 그럴 수 없을 것이다. 김갑진은 검불랑에서의 사업을 성공시킬 수 있을까. 이 또한 불가할 것이다. 이 모두 식민지 체제이기 때문이다.

『흙』에서 허숭을 통해 보인 농촌 사업의 현실적인 귀결은 치안유지법 위반이라는 그물을 벗어나기 어렵다. 자신의 의도를 그렇게 앞세워 인물들을 인형 놀리듯 했던 춘원조차도 자기 뜻대로 왜곡할 수 없었던 이러한 식민지 현실의 위력이 『흙』에 그려졌다는 사실, 바로 이 점이 『흙』이 우리의 문학사와 문화사, 역사에서 가질 수 있는 의미의 핵을 이룬다. 일찍이 「민족개조론」에서 주창한 잘살기 운동의 현실적 실패를 그려냈다는 점 이것이, 작가 춘원의 의도와는 달리 『흙』이 갖는 의미의 최대치를 이룬다.

이상이 『흙』이 장편소설로서 그나마 유지한 현실 재현의 성과라면, 그 맞은편에는 (앞서 지적한 바 인물 형상화에 있어서의 현실성 탈각에 더하여) 추상적 조선주의의 면모들이 있다. 춘원은 『흙』의 도처에서 몇 가지 맥락으로 조선적인 것을 부각한다. 먼저 조선식 성격론 혹은 품성론에 해당하는 경우를 본다.

> 순례의 아버지는 한 선생에게 말을 붙엿다. 그는 얼굴이 둥구레하고 눈이 크고 턱이 둥글고 아레와 우에 조선식 수염이 나고 골격이 크고 뚱뚱하다고 할 만한 조선사람 타입의 사사엿다.
>
> 한 선생도 순례 아버지의 꾸밈없는, 순조선식인 성격에 많이 호감을 가젓다.
>
> 조선식 겸손, 조선식 위엄 조선식 대범, 조선식 자존심, 조선식 점잖음 (태연하기 산 같은 것)—이런 것은 근래에 밖앗 바람 쏘인 젊은 사람에게서는 찾아보기 어려운 것이라고 한 선생은 생각하엿다. 그리고 오늘날 청년남녀들의 일본도금, 서양 도금의 경망하고 조급하고, 감정의 움지김이 양철남비식이오, 저만 알고, 잔소리 많고, 위신 없는 양을 불쾌하게 생각하엿다. 1932.5.4; 32쪽

이 구절에서 먼저 눈에 띄는 것은 조선적인 것을 외모와 성격에서 찾는다는 점이다. 외모를 따지는 것의 의미를 확대해석할 일은 아니지만, 성격과

관련하여 조선적인 것을 지적하는 부분은 따져볼 여지가 있다. 위의 인용문에 뚜렷하듯이 서술자의 판단은 조선적인 성격과 그렇지 않은 것의 이분법 위에서 조선적인 성격을 긍정적으로 간주한다. 이분법의 구사가 사태를 단순화한다는 점은 차치하더라도 '조선식'이라고 열거된 성격이 매우 추상적이라는 점은 문제적이다. 겸손함과 위엄, 대범, 자존심, 점잖음이야 그대로 좋은 덕목이라 할 수 있을 텐데 그 각각마다 '조선식'으로 한정한 것은 추가적인 설명이 없는 한 모호함을 벗기 어렵다. '태연하기 산 같은 것' 정도의 설명이라도 항목마다 있어야 할 터인데 그렇지 않다. 대신에 '일본 도금', '서양 도금'의 특성으로 경망함과 조급함, 이기주의 등을 듦으로써 대비적으로 추정하게 할 뿐이다(경망함이나 조급함 등이 겸손함이나 대범함과 대를 이룰 수는 없다는 점은 따지지 않는다).

경망함과 조급함이 일본이나 서양의 특성이라는 규정에 대한 동의 여하를 떠나서 그들 나라의 이기주의를 부정적으로만 보는 것은 현실 사회의 근대화에 대한 춘원의 생각이 어떤 것인지 궁금하게 한다. 반봉건적인 농촌을 개량하는 것 자체가 현실적으로 서구적 근대화의 길을 밟는 것이 된다는 점만 생각해도, (아)서구를 흉내내는 일을 위와 같이 폄하하는 것은 문제적이다. 취지를 살려서 읽자면 일본이나 서양의 풍속 중 부정적인 것을 따르는 젊은 세대의 성향을 경계하고 조선 고유의 덕성을 강조하려는 것이라 하겠지만, 그러한 의도가 실제 현실에서는 어떠한 의미를 띠게 될지를 생각하면 마냥 옹호해 주기는 어렵다. 무엇보다도 이는 일본이나 서양이 국력을 키워 세계를 식민지화한 현실에서 그러한 힘의 원천을 제대로 보지 않고 그냥 폄하해 버리는 태도, 곧 엄연한 현실의 외면에 불과하기 때문이다. 이야말로 노신의 소설 「아Q정전」에서 아Q가 보인 '정신 승리법'의 춘원식 버전이라 할 만하다.

춘원의 '조선식'을 옹호하기 어렵게 하는 또 다른 위험은 이러한 인식 구조가 나아갈 길이 근대화와는 반대되기 십상이라는 데 있다. '조선주의 곧 옛 조선의 것을 기리는 것'이라는 등식으로 나아간다면 이는 역사의 흐름을 거스르는 것이어서 좋게 평가할 수 없다. 기껏해야 낭만주의적 반근대화로서 문화적 의미를 갖겠지만, 그렇다 해도 이는 역사의 반동이며 그런 만큼 실제 사회 면에서는 별다른 의미를 갖지 못한다. 민족을 개조하겠다는 자신의 민족주의 운동론을 농민 계몽과 농촌 개량을 통해 펼쳐 보이는 자리에서 반동적인 회고주의, 상고주의로 나아간다면 그 귀결은 동키호테식 희극에 가깝게 될 터인데, 유감스럽게도 『흙』의 춘원은 바로 이 길로 나아간다.

조선식 품격 혹은 성격론에 해당하는 나머지 경우들은 모두 재래의 조선적 여성상을 기리는 양상을 보인다. 유순을 희롱하는 농업 기수를 때린 한갑이가 순사에게 붙잡혀 간 데 대해 한숨과 눈물을 보일 뿐인 모친을 두고 서술자는 "한갑 어머니는 속으로 무한한 슲븜과 불안을 가지면서도 도회ㅅ여자 모양으로 그것을 말이나 몸ㅅ즛으로 발표하지는 아니하였다. 그는 조선의 어머니의 자제력이 있었다"1932.7.31; 72쪽라고 표현하기도 하고, 그럼에도 불구하고 코를 골며 자는 그녀를 두고서는 "일생에 너무도 슲븜을 많이 경험하여서 감수성이 무듸인가. 인생 만사를 다 팔짜로 여겨서 운명에 마껴 버리고 맒인가. 그보다도 깃븜이나 슲븜을 남에게 보이지 아니하랴는 조선 사람의 성격인가"1932.8.9; 80쪽 하고 허숭의 속생각을 피력한다.

자제력이야 긍정적 덕목이라 하겠지만, 기쁨이나 슬픔을 남에게 보이지 않는 것이 그 자체로 미덕이라 할 것은 아니다. 그런 태도가 무딘 감수성이나 팔자론과 병립하는 것일 때는 사실상 부정적으로 보지 않을 수 없다. 덕성으로 보기 어려운 조선적인 것을 강조하는 이런 경향은 유순과 관련되어 극대화된다.

『흙』의 주인공 허숭에게 유순의 존재는, 비록 『무정』의 이형식에게 박영채가 갖는 의미에 비할 것은 아니지만, 내로라할 부잣집의 사위요 모두가 탐내는 신여성의 남편이 될 현실의 기회를 선뜻 잡지 못하게 만드는 존재다. 허숭이 없는 듯이 하기 어려운 의리의 끈을 잡아당기기 때문이다. 이 의리는 허숭에게 유순이 어떤 의미를 갖기 때문이 아니라 그녀에게 자신이 갖는 의미를 허숭 자신이 알고 있기에 성립된다. 그런 만큼 『무정』으로부터 멀리 떨어져 나온 것이기는 하되, 그러한 의리에 대한 강조는 오히려 『흙』이 더하다. 유순이 박영채처럼 연인의 눈을 떠나 자살을 기도하는 대신 자신의 심정을 편지로 당당히 밝히는 까닭이다. 유순의 심정은 서술자에 의해 일찍이 다음처럼 설명된 바 있다.

> 적어도 유순은—꾸밈도 없고 옛날 조선식 녀성의 맘을 가진 유순은, 허숭의 가슴에 제 이마를 대엇다는 것이,
>
> '나는 이 몸을 당신께 바칩니다. 일생에, 죽기까지 나도 당신의 사람입니다.
>
> 나는 이것으로써 맹세를 삼습니다.
>
> 내 맹세는 변함이 없습니다.'
>
> 하는 것을 표한 것이엇고, 이러한 조선식 신의 관념을 가진 유순으로는 반드시 자긔는 허숭의 처가 된 것으로 생각하고 잇을 것이다.1932.5.10; 34쪽

여기서 서술자가 말하는 '조선식 신의 관념'의 정체는 무엇인가. 그 앞에 있는 '옛날 조선식 여성의 맘'이라는 구절에서 충분히 짐작되듯이 그것은 유교가 여성에게 부과한 정절과 다른 것이 아니다. 이는 허숭의 결혼식 직전 유순이 그에게 보낸 편지에서 확실해진다. 자신이 허숭의 아내가 되리

라 믿고 있던 유순은 시집가라고 조르는 아버지에게 자신이 이미 허숭에게 허락했다는 말까지 했다면서, '한번 맘으로 허락하엿던 남편을 버리고 다른 남자에게로 시집을 간 사람은 없는' 동네의 관습, '구습'이라고 말하는 이도 있는 그것을 '어리석은 제 맘'은 따를 수밖에 없었다고 밝히는 것이다 1932.6.21; 59쪽.

유순의 경우를 통해 『흙』이 '덕성으로 보기 어려운 조선적인 것'을 강조한다는 판단을 확고부동한 것으로 만들어 주는 구절을 추가해 둔다. 술에 취한 한갑에게 폭행을 당한 유순이 '한갑의 술 취한 꼴, 말하는 모양'에 반감을 느끼면서 그에게 시집을 온 것이 오직 숭을 위한 것이었다고 생각하는 장면을 설명하면서 서술자는 다음처럼 쓴다. "그의 속에 흐르는 조선의 피는 한 여자의 두 사랑을 굳세게 부인하엿다."1933.5.23; 247쪽 이렇게 규정된 유순의 태도는 어떻게 보아도 근대적인 것이 아니다. 바람을 피우지 않고 사랑의 상대에게 충실을 기한다는 낭만적 사랑, 현대사회의 기틀을 놓은 일부일처제의 이념적 버팀목이 된 그러한 사랑관[13]을 말하는 것일 수 없다. 한갑과의 결혼 또한 허숭의 말을 따른 것이며 그런 만큼 허숭을 위한 것이라는 생각에 이어진 '두 사랑의 부인'은, 유교가 여성에게 족쇄로 씌운 '열녀불경이부烈女不更二夫'라는 계율, 여성의 개가를 금지하고 수절을 강제하는 구시대의 관념에 다름 아니다.

사회의 발전을 막고 개인의 자유를 억압하는 유교를 통박하면서 개화 계몽을 부르짖는 지식 청년의 선봉이었던 이광수가 1930년대 들어 유교의 정절 관념을 조선적인 것으로 미화하는 이 장면은 여러 모로 씁쓸하다. 1920년대 중반에 시작된 국민문학 운동과 그 핵심에 해당하는 조선주의가

13 재크린 살스비, 박찬길 역, 『낭만적 사랑과 사회』, 민음사, 1985.

퇴영하여 역사의 반동으로 변화하는 것이 확인되기 때문이다. 이런 구시대적인 조선적인 것의 강조가 『흙』을 통해 춘원이 그리고자 한 계몽과는 병존할 수 없다는 점이 너무 뚜렷하여, 작가의 의식 상태를 의심해야 할 지경에 몰리기 때문이기도 하다.

유순을 통해서, 말 그대로 과거의 조선적인 것을 강조하는 구절은 이외에도 찾아볼 수 있다. 허숭의 마음이 변하여 다른 여자에게 장가든 것을 본 유순이 '하늘, 땅, 해, 달, 목숨'을 한꺼번에 잃었다면서 "그가 조선의 딸의 맘을 고대로 지니지 아니하였다 하면"1932.7.16; 61쪽 서울로 달려 올라가 한바탕 야료라도 했을 것이라 하거나, 결혼 뒤 살여울에 내려온 허숭을 우물가에서 우연히 만나 놀란 유순이 몸을 돌려 돌아보지도 않고 걷는 장면에 이어 "남의 남편인 남자를 대해서는 이리하는 것이 조선의 딸의 예법인 까닭"이라고 설명하는 장면1932.7.24; 68쪽 등이 이에 해당한다. 여기서 언급된 '조선의 딸의 맘'이나 '조선의 딸의 예법'이 유교의 덕목을 가리킨다는 점은 부연 설명이 필요없다.

조선적인 것에 대한 이런 식의 강조는 기물이나 농민들의 정서에까지 미친다. 한갑 어머니가 허숭에게 차려 주는 밥상의 밑이 닳아 기운 유기그릇을 두고 "옛날 조선 유긔는 요새ㅅ것보다 쇠도 좋고 살도 잇고 모양도 점잖아서 요새ㅅ것 모양으로 적고 되바라지지를 아니하엿엇다. 숭은 이 비록 다 닳아진 것이나마 그 후덕스럽고 여유 잇는 바탕과 모양을 가진 긔명과 한갑이 어머니와를 비겨 보고 옛날 조선 사람과 오늘날 조선 사람과의 정신과 긔상과를 비교해 보는 것같이 생각하엿다"1932.7.31; 73쪽라 하고 있다. 조선 유기가 좋다는 것은 객관적 사실일 수 있지만, 가난한 농가의 밑을 기운 유기 그릇을 두고서 상찬하는 것은 조선적인 것 자체를 구시대적인 것으로 등치시키는 감이 없지 않다.

『흙』이 강조하는 조선적인 것이 사실상 반半봉건적인 것이어서 작품의 주제효과와 상치되어 보이는 점은 다음 구절에서도 뚜렷하다. 가난한 삶을 벗어나지 못하는 농민들이, 자기의 처지를 스스로 설명할 힘도 장래를 계획할 힘도 없이 근심 많은 일생을 보내기에 정력을 다 소모해 버린다면서 서술자는 "마치 늙은 부모가 오직 젊은 자녀들을 믿는 모양으로 그는 어디서 누가 잘살게 해 주려니 하고 희미하게 믿고 잇다. 그에게는 원망이 없다. 그것은 조선 맘이다"1932.7.22; 67쪽라고 맺는다. 미래를 기약할 수 없는 가난한 삶에도 아무런 원망 없이 그저 누군가 잘살게 해 주겠거니 믿는 것이 '조선 마음'이라니, 이야말로 아시아적 정체성론이나 식민사관에 닿기 딱 좋은 인식소라 하지 않을 수 없다.

『흙』에서 확인되는 조선주의 관련 언급 중 유일하게 긍정적인 경우는, 심순례의 독주회에서 주최자인 조선음악회를 대표하여 순례를 소개하는 이전梨專의 A 교수가 행한 다음과 같은 소개말이다.

> 이상에 말슴한 모든 아름다운 것보다 가장 아름다운 것을 심순례 씨가 가젓습니다. 그것은 조선적인 것에 대한 사랑입니다. 그의 성격이 조선 사람의—조선 여성의 가장 아름다운 것을 구비하섯거니와 이것은 심순례 씨의 예술에서 가장 분명히 볼 수가 잇습니다. 오늘 저녁에 연주할 곡조 중에 〈아아 그 나라〉라는 것과 〈사랑하는 이의 슬픔〉은 심순례 씨 자신의 작곡이라 말할 것도 없지마는 서양 사람이 지은 곡조를 치드라도 그의 손에서는 조선의 소리가 울어나옵니다. 한 말슴으로 하면 심순례 씨는 서양 악기인 피아노의 건반에서 순전한 조선의 소리를 내는 예술가입니다. 심순례 씨야말로 진실로 조선의 딸이오 조선의 예술가라고 할 것입니다.1933.7.8; 283쪽

심순례가 가졌다는 '조선 여성의 가장 아름다운 것'이 앞서 살핀 바 유순의 품성과 동궤의 것이리라는 의심을 지울 수는 없지만, 서양 악기인 피아노를 통해 순전한 조선의 소리를 내는 것은 현재의 맥락에서 보더라도 바람직한 조선주의, 한국주의라 할 수 있다. 조선의 개별성을 보편성 차원에서 드러내는 것 곧 특수성 차원을 구현하는 것으로서 이야말로 예술의 원리에 해당한다 할 수 있는 까닭이다.[14]

지금까지 살펴본 대로 『흙』의 조선주의는 문제적이다. 농촌계몽이라는 작품 전체의 주제효과를 염두에 둘 때 조선적인 것과 관련하여 작가의 지향을 명확히 정리하는 것부터가 쉽지 않다. 조선인의 품성이나 성격을 말하는 경우에서도 긍부정조차 판단하기 어렵게 되어 있다. 심순례 부친의 품성을 말할 때는 긍정적이라 할 수 있지만, 유순과 한갑의 모친을 대상으로 할 때는 사실상 봉건 사회의 남존여비 사상이 여성에게 씌운 굴레의 성격화에 그칠 뿐이다. 이렇게 유교가 여성에게 강제한 구속적 성격을 조선적인 것으로 상찬하고 있는 까닭에, 농촌계몽이라는 『흙』의 기본적인 주제효과와도 상치된다 하지 않을 수 없다. 이러한 점은 현실에 대한 농민의 태도 면에서도 확인된다. 가난한 상황을 누군가가 구제해 주려니 하는 희미한 믿음을 바탕으로 아무런 원망도 갖지 않는 것이 조선의 마음이라 하고 있는데, 그러한 태도가 있다 하면 그것은 계몽을 통해 타기해야 할 것이지 조선주의로 부각할 일이 아니다.

사태가 이렇게 된 근본적인 이유는 두 가지다. 1920년대의 국민문학 운동과 조선주의라는 것이 가졌던 피상성이 하나요, 민족운동가로서 계몽주

---

14 루카치, 여균동 역, 『미와 변증법 – 미학의 범주로서의 특수성』, 이론과실천, 1987, 5장; 호르크하이머 · 아도르노, 김유동 · 주경식 · 이상훈 역, 『계몽의 변증법』, 문예출판사, 1995, 45쪽 참조.

의 소설을 쓰는 춘원의 작가적 태도가 갖는 문제가 다른 하나다. 둘이라 했지만 사실상 이들은 동전의 양면처럼 깊이 관련된다.

앞 장에서도 지적했듯이 1920년대의 조선주의란 비역사적이고 비사회정치적인 문화주의의 자장 안에서 전개되었으며 이론적 엄밀함을 갖추지 못했는데 『흙』 또한 그 연장선상에서 회고적으로 '봉건적인 조선식'을 강조하는 수준에 머물렀던 것이라 하겠다. 유순의 경우에서 극명히 드러나는 것처럼 『흙』이 강조하는 조선적인 것이란 사실상 유교적이고 봉건적인 굴레에 불과하다. 그럼에도 불구하고 조선적인 것은 작품 내 세계에서 긍정적인 인물들의 특성으로 간주된다는 점을 고려할 때 긍정적인 가치 평가를 받고 있는 것이 분명하다. 역사적으로 보아 부정적일 수밖에 없는 것이 작품에서 긍정적으로 그려지는 이러한 상위가 『흙』이 보이는 조선주의에 대한 평가를 다소 어렵게 하는 것인데, 이렇게 된 데는 계몽소설로서 『흙』이 갖는 문제적인 특징이 긴밀하게 작용한다.

『무정』 또한 그러했지만 『흙』의 경우도 농촌 사업에 있어서 농민의 주체성을 인정하지 않는 특징을 보인다. 농촌의 개량과 농민의 계몽이란 선구적인 계몽가가 나서서 몽매한 농민들을 일깨우며 이루어지는 것이라는 구도가 춘원의 계몽주의문학에는 확고부동한 구도로 자리 잡고 있다. 이 구도는 문제적이다. 계몽 대상의 주체성을 인정하지 않는 까닭이다. 춘원에게 있어서 계몽가의 역할은 계몽 대상인 농민을 자각케 하여 그들 스스로 삶의 개선에 나서게 하는 것이 아니라 처음부터 끝까지 그들을 지도하는 것으로 상정된다. 이러한 생각에 따라 창작되는 그의 농촌계몽 소설은, 카프 작가들이 쓰는 농민문학이 문제적 개인에 해당하는 주의자들의 계몽에 의해 농민이 주체로 성장하고 이를 바탕으로 하여 자신들의 사회 문제를 스스로 해결하고자 나서는 모습을 보이는 것과는 큰 차이가 있다. 허숭과 같은 지식인의 헌신에 의해서만 계몽이 가능하다고 보아 계몽의 대상인 농민의 주체성을 인정하지 않는 이러한 계몽주의를 '시혜적 계몽주의'라 할 수 있다.

춘원의 시혜적 계몽주의는 「민족개조론」을 위시하여 지속된 그의 민족주의와 나란히 간다. 민족운동가로서 그가 보는 조선 민족 또한 개조해야 할 구습에 빠져 있는 지도의 대상이지 스스로의 운명을 헤쳐나갈 수 있는 역량을 가진 존재가 아닌 것이다. 이렇게 개조되어야 하고 계몽되어야 할 조선 농민을 두고 그나마 긍정적인 것으로 기릴 만한 것이 춘원의 눈에는 『흙』의 조선적인 것으로 포착되었다.

시혜적 계몽주의의 눈으로 농촌과 농민을 바라볼 때 그들에게서 찾을 수 있는 긍정적인 요소란 좀체로 있을 수 없다. 이러한 상황에서 춘원이 포착한 것이 바로 『흙』의 도처에 개진된 조선적인 것이다. 이는 개조해야 할 대상이 갖고 있는 특성들 중에서 계몽과 근대화 속에서도 지속시켜야 할 심정적인 것 정도로 그가 파악한 것이라 하겠다. 그 결과가 특히 여성의 품성 면에서는 사실상 봉건적인 것이라는 점이 문제적인데, 이는 추상적 조선주의의 연장선상에 있는 춘원의 의식 수준과 상태를 가리킴과 동시에 성차별에 대한 그의 무감각을 의미한다.

조선적인 것에 대한 태도와 긴밀히 관련되어 있는 시혜적 계몽주의와 민족을 개조 대상으로만 보는 민족주의의 문제는, 살여울 농민에 대해 허숭이 갖는 의식에서도 이미 발견된 것이다. 살여울의 사업이 유정근의 농간으로 실패에 봉착하게 되었을 때 허숭이 보인 속내는 살여울의 농민들을 탓하는 것이었다. 아직도 배가 부른 상태인지라 자신을 배신했다는 식으로 판단하는 것이다. 이는 시혜적 계몽을 펼치는 지식인이 자신의 은혜를 받아들이지 않는 농민을 원망하는 것으로서, 그의 계몽이 진정으로 그들을 위한 것이라기보다는 그들을 위한다는 자신의 욕망의 대상일 뿐이었음을 확인시켜 준다. 이러한 허숭의 태도는, 일찍이 『선도자』에서 서술자-작가가 우리 백성을 원망하다시피 꾸짖던 것과 동일한 맥락에 있다.

현재의 민족을 개조 대상으로만 바라보는 민족주의란, 사실 민족 자체를 위한 것이라기보다는 현재의 민족을 개조해야 할 결여의 존재로 보는 자신의 안목을 확인하고 그 안목과 짝을 이루는 바 자신이 생각하는 이상적인 민족으로 바꾸려는 포부일 뿐이라 할 수 있다. 이러한 태도가 연장된 결과가 바로 한 연구자의 표현대로 '민족 없는 민족주의'이다.[15] 동우회 사건 이후 의식적으로 친일의 길을 걸었으면서도 자신의 친일 행각이 민족을 위한 것이었다고 해방 이후에 강변할 수 있었던 것도,[16] 그의 민족주의가 실재하는 조선 민족을 직시하는 대신 자신이 꿈꾸는 관념으로서의 민족을 앞세웠던 것이었기 때문이라 하겠다.

지금까지 살펴본 대로 춘원 이광수의 『흙』은 문제적이다. 한국 현대소설의 형성 과정을 역행할 정도로 작가의 계몽주의적인 의도를 앞세워 현실성을 무시한 것이 소설사 차원에서의 문제다. 이는 그대로 현실 왜곡으로 이어지면서 사상사 및 역사적 차원에서 문제적인 것이 된다. 자타 공인 민족운동가로서 민족운동의 일환으로 농촌계몽 소설을 쓴다고 썼지만[17] 『흙』은 시혜적 계몽주의의 한계에 갇혀 있다. 농민의 주체성을 인정하지 않는 이러한 태도는 「민족개조론」 이래 지속되어 온 그의 민족주의 운동의 한계와 맞물려 있는 것이다. 민족의 주체성을 인정하지 않고 그저 개조의 대상으

---

15 서영채, 「민족 없는 민족주의 – 이광수와 유머로서의 대동아공영권」, 『아첨의 영웅주의』, 소명출판, 2011.

16 이광수, 『나의 고백』(춘추사, 1948), 『이광수 전집』 7, 우신사, 1979.

17 춘원은 민족운동가로서, 소설가라고 자처하거나 지칭되는 것은 자존심 상하는 일이라 여겼으며, 소설 쓰기란 '조선인에게 읽혀지어 이익을 주려 하는 것'에 목표를 둔 행위로 간주했다(「余의 作家的 態度」, 『동광』, 1931.4).

로 본 것과 나란히 가는 것이다. 이러한 상황에서 그나마 긍정적이라고 그가 농민들에게서 찾은 것이 바로 사실상 봉건적 굴레의 잔영에 불과하다는 점에서 시대착오적인 조선적인 것임도 이미 확인했다.

『흙』은 이러한 한계들을 갖고 있지만 그럼에도 불구하고 역사적인 의미를 갖는다. 농촌 개량과 농민 계몽에 헌신하는 이야기를 선보임으로써 『동아일보』가 주축이 되어 민족주의 진영에서 대대적으로 추진한 브나로드 운동을 확산시킨 공적을 무시할 수 없다. 「민족개조론」의 연장에서, 식민지 체제하에서의 합법적인 생활 개량 운동을 전개하는 데 일익을 담당한 점도 나름의 의미를 인정하는 데 인색할 필요가 없는 『흙』의 역사적 의의라 할 수 있다. 앞에서도 강조했듯이, 조선인들에 의한 자체적인 사업이라는 사실만으로도 허숭이 행한 것과 같은 농촌계몽 사업이 치안유지법 위반이 되는 현실을 폭로했다는 점은 특별한 주목을 요하는 성과에 해당한다. 이러한 성과가 이광수의 의도와는 달리 장편소설의 장르적 성격에 의한 것이라는 점에서 이는 소설사적 사건이기도 하다.

제13장

운명을 개척하는 민중

좌파 문학의 정점, 이기영의 『고향』(1934)과
한설야의 『황혼』(1936)

1930년대 전반기는 이광수의 『흙』이 보인 브나로드 운동의 시기임과 동시에 농민운동, 노동운동의 고조기였다. 민족주의적 지식인 및 학생 들의 농민 계몽이 지속되는 한편, 농촌과 노동 현장에서는 민중들 자신의 투쟁이 한층 거세졌다. 주로 고율의 소작료를 내려 달라고 소작인들이 지주와 마름에 맞선 소작쟁의와 임금 인하 반대나 노동 조건 개선을 걸고 노동자들이 감행한 동맹파업이 그것이다.

식민지 치하 조선의 활로를 무산계급의 해방에서 찾은 카프KAPF 문학이 이러한 투쟁에 주목한 것은 당연했다. 일찍이 농촌의 궁핍한 현실을 폭로한 신경향파 이래 카프의 소설가들은 농촌의 계급 갈등을 포착하고 농민의 노동자화 및 유이민화 등 계급 상황의 변화를 추적했다. 그 연장선상에서 소작쟁의 문제를 본격적으로 다루는 작품들도 등장했는데, 이기영의 『고향』『조선일보』, 1933.11.15~1934.9.21[1]이 대표적이다. 다음 구절을 보자.

> 희준이는 한거름 여러 사람 겻호로 다거서면서
>
> "여러분!"
>
> 하고 입을 여럿다.
>
> "우리가…… 한 달 동안이나 다툰 문제는 오늘로 아마 확실하게 결말이 난 모양입니다! 이러케 된 것은 전혀 원터 마을 소작인 일동이 끗까지…… 버티어 온 결과라고 저는 굿게 자신합니다. 이 점을, 지금 이 자리에서 여러분에게 감사합니다." (…중략…)
>
> "지금 우리가 안승학이라는 철면피와 가튼 마름에게사[서]는 완전한 결말

---

1 『고향』은 총 37절 251회로 연재되었다. 이하 인용에서는 『조선일보』의 절과 횟수만 밝힌다. 참고로 밝히자면, 단행본들은 33절 '재봉춘'을 '재봉춘'과 '경호'의 둘로 나누어 전체 38개 절로 처리하고 있다.

을 지을 수도 잇슬지 모르지요 그러나 그 결말이라는 것은 한때입니다. 금년에 해결되엇다가 명년에 또 이런 일이 생기지 말란 법이 잇습니까? 지금 여러분이 승리한 것으로 생각하시는 모양이지만, 결코 그러케 생각하지 마십시오……"

(…중략…)

"이번에 우리가 명심해야 할 것은, 이번 싸움을 정정당당한 수단에 의해서, 우리의 튼튼한 실력으로 하지 못하고, 한 개의 위협 재료를 가지고 굴복바덧다는 부끄러운 사실을 이저버려서는 안 될 것입니다."『조선일보』, 1934.9.19

원터의 소작농들이 한 달을 투쟁하여 마름으로부터 승리를 쟁취한 직후 이들을 이끌었던 김희준이 사람들에게 행하는 연설 부분이다. 농민들의 승리를 그렸다는 점이 무엇보다 특기할 만한데, 그 승리가 소작농들의 튼튼한 실력에 의해서가 아니라 '위협 재료'에 의한 것이라는 점이 주목된다. 위협 재료를 활용했다는 것은 마름 안승학의 집안일을 세상에 폭로하겠다고 위협하여 소작쟁의를 승리로 이끈 것을 말한다. 『고향』이 이렇게 비경제적인 방식까지 동원해서 소작쟁의를 농민의 승리로 형상화한 것은, 1930년대 초 농촌이 처한 현실의 엄혹함과 그럼에도 불구하고 그에 맞서려는 작가의 의식 이 두 가지가 부딪친 결과이다. 각각을 먼저 살펴보고 작품에 대해 상론한다.

이 장의 허두에 밝혔듯이 1930년대 전반기는 농민과 노동자 계급의 투쟁이 고조된 시기였다. 이에는 사회주의적 지식인의 지도와 협력의 역할이 적지 않았으나 직접적인 원인은 상황의 강제였다. 대내외 상황의 변화에 따라 생존권을 위협받으면서 강화된 무산자 계급의식이 소작쟁의나 동맹파업과 같은 투쟁으로 분출되었던 것이다.

당시의 경제 상황을 뒤흔든 직접적인 원인은 멀리서 왔다. 1929년 미국에서 시작된 세계 대공황이 그것이다. 이 여파로 일본의 경제도 심각한 상황에 처했다.[2] 1929년과 비교해서 1931년의 도매물가는 30.5%, 중공업 생산은 31.4%, 쌀값은 36.5%, 공업 평균 임금은 9.5%, 명목 국민소득은 24.4% 저하되었다. 심각한 디플레이션 상황이 벌어진 것이다. 이러한 경제 위기를 직접적으로 겪는 사람들이 바로 1920년대 말까지 호주戶主 기준 전 국민의 80%를 넘는 농민들이다. 앞에서도 지적했듯이 식민지 치하 농민은 일제에 의한 조선의 쌀 생산 기지화 정책에 따라 구조적으로 몰락했다. 1930년대 농가 수입에서 쌀농사가 차지하는 비중이 70%를 상회할 만큼 농업 생산이 기형화되면서 쌀값이 떨어질 때마다 농민들이 몰락하게 되어, 1920~30년대 내내 농민의 70~80%가 자소작 및 소작농의 지위에 갇히게 된 것이다.[3]

이를 좀 더 자세히 살펴보면 다음과 같다. 1919년에서 1942년에 이르기까지 자소작 및 소작농의 비율은 76.9%에서 77.7%로 농가의 절대다수를 차지하며 약간 증가하는 추세를 보이는데, 순수 소작농의 경우만 따로 보면, 1919년 37.6%에서 1929년 45.6%, 1939년 52.4%, 1942년 53.8%로 크게 증가한 것을 알 수 있다. 농가 호수가 1919년 266만에서 1942년 305만으로 증가한 것까지 고려하면 소작농이 얼마나 크게 증가했는지가 보다 뚜렷해진다.[4]

농민의 과반이 땅 한 뼘 소유하지 못한 채 남의 땅을 경작하는 소작농으로 전락하는 현상은 농토의 소유가 소수 지주에게 집중되는 지주농지화地主

2 김윤환, 앞의 글, 415쪽.
3 이준식, 앞의 글, 132~140쪽.
4 김영모, 「日帝下의 社會階層의 形成과 變動에 관한 硏究」, 조기준·이윤근·유봉철·김영모, 『日帝下의 民族生活史』, 현음사, 1982, 601쪽의 표 4-16(조선은행조사부, 조선경제연감) 참조.

農地化와 맞물려 있다. 1940년 말을 보면 전 농경지의 57.8%를 소수 지주가 소유하고 그것을 전 농가의 53.1%가 되는 소작인이 경작했다. 여기에서도 식민 지배 상황이 심각한데, 전체 토지 소유자 중에 일본인의 비중은 겨우 2.8%지만 그들이 차지한 농토는 거의 절반에 해당한다. 그 속을 들여다 보면 이러한 문제는 더욱 심각해진다. '만석군'이라 일컫는 200정보町步 내외 소유자는 전체 300인 중에서 일본인이 184인으로 무려 61.3%를 차지하는 것이다. 식민지 시대의 농민들 일반이 갈수록 궁핍해지는 반면 대지주들은 그 수가 늘었다. 100정보 이상의 토지 소유자는 1921년 943명에서 1942년 1,131명으로 증대되었다.[5]

농민의 경제적 어려움은 대단히 심각한 것이었다. 농촌 주민의 43%에 달하는 백이십만 가구가 춘궁민春窮民으로서 초근목피로 연명을 하고 심지어는 흙을 먹는 지경에 처했다. 조선총독부의 조사에 따라도, 수지를 맞추지 못하는 농가가 무려 46.6%에 달하고 있다. 농민 경영의 영세성은 경작 면적에서부터 객관적으로 확인된다. 60% 이상의 농민이 1정보 3천 평 이하의 땅을 경작하는데, 1~0.3정보의 경작 농가가 전체의 34.8%이고 0.3정보 이하의 농가가 25.8%나 되는 것이다. 이들 1정보 이하의 농가 대부분은 소작농인데 그 비중이 무려 67%에 달한다. 농민의 궁핍이 가속화된 데는 일제의 세금 정책도 한몫을 했다. 1911년과 1929년을 비교하면 국세가 3.7배 늘고 지방세는 무려 46.0배가 폭증했던 것이다.[6]

농민의 어려움은 경제적인 데 그치지 않았다. 대토지 소유자의 대부분이 도시나 군청 소재지에 거주하는 부재지주여서 마름[舍音]과 타작관을 두어 소작지를 관리했는데, 지주의 권력을 위임받은 마름의 권세가 대단하여 경

---

5 위의 글, 602~4쪽 참조.
6 위의 글, 634~9쪽 참조.

제외적인 강제까지 행사했기 때문이다. 마름의 권한이 소작권 변경과 소작료 결정까지 포괄했으므로, 소작농들이 마름의 가정사에까지 동원되는 것이 자연스러울 정도로 마름에 복종하지 않을 수 없었다. 이러한 경제외적 역학 관계가 얼마나 깊고 넓게 농민들에게 각인되었는지는 김유정의 「동백꽃」1936이 잘 보여 준다. 주인공 농촌 소년이 사사건건 자신을 괴롭히는 점순이를 어쩌지 못하는 이유는 그녀가 마름의 딸이기 때문이다. 여자애가 자신을 좋아하기 때문에 보이는 행동을 이해하지 못하는 순박한 시골 소년조차도 마름이 얼마나 무서운 존재인지는 잘 알고 있는 사실이 확인된다.

농민의 궁핍은 항상적인 것이었는데 여기에 더해 1930년대 이후로는 농민 계급의 몰락이 급속화된다. 전 국민의 직업 구성에서 농민이 차지하는 비중이 1910년 84.06%, 1917년 84.46%에서 1929년 79.25%로 비슷하게 유지되다가 1942년에는 66.64%로 급격히 감소하였다. 이는 같은 시기 광공업 분야가 1917년 2.13%, 1929년 2.34%에서 1942년 7.39%로 크게 증가하고, 불안한 노동에 종사하거나 공업 노동자로 전락되어 가는 '기타 유업자有業者'가 1917년 2.91%에서 1929년 5.22%, 1942년 10.72%로 크게 증가한 것과 맞물린다.[7] 이러한 지표는, 일본이 경제 대공황을 극복하는 제국주의 전략으로 만주를 침략하면서 조선에 식민지 공업화를 추진한 1930년대 후반에 들어서 농민 계급이 대거 몰락하여 노동자가 되었음을 알려 준다.

1924~25년간 농촌을 떠난 사람들의 전업 현황을 보면, 노동자나 기타 고용인이 되는 경우가 46.3%로 가장 많고, 일본으로 도항하는 경우가 16.8%, 상업으로 전업하는 자가 15.8%, 공업 및 잡업으로 전업하는 경우

7 위의 글, 571~4쪽 참조.

가 11.3%에 해당한다. 만주나 시베리아로 간 자도 2.7%에 달한다. 상공업으로 전업하는 경우의 대부분은 소상인이나 행상, 수공업자와 같이 영세한 자영업자에 불과하며, 일본 도항자는 노동자로, 만주나 시베리아로 간 자는 소작농으로 전락된 경우에 해당한다. 전체적으로 보아 농민의 몰락 현상은 공업 노동자화 또는 부랑 노동자화뿐만 아니라 소작농 및 머슴으로 전락되고 광산 및 해외 노동자로 유랑하게 되었다고 하겠다. 1910년에서 1942년까지 32년 동안 연 평균 약 25만의 농가가 이농하여 20만 호가 순소작농으로 전락하고 나머지는 자소작농 또는 농촌을 떠나 위와 같이 전업한 것이다.[8]

농민들이 이러한 상황에 순응하다가 끝내 붕괴되고 만 것은 아니었다. 소작료율 인하를 주요 목적으로 내건 소작쟁의가 1920년대부터 시작되어 1939년 12월 '소작료통제령'이 제정되어 봉쇄될 때까지 지속적으로 전개되었다. 소작쟁의의 발생 건수가 이를 잘 보여 준다. 1920년 15건, 1925년 204건, 928년 1,590건인 소작쟁의는 1930년대 들어 적색농민조합과 결합되면서 발생 횟수가 폭발적으로 증가했으며 투쟁의 목적도 소작료 감면에 국한되지 않고 수리조합 반대, 조세공과금 거부, 일제 타도 등으로 확산되었다. 1930년 726건이었던 것이 1935년에는 25,834건, 1936년에는 29,975건으로 급증하였다.[9]

이러한 농촌 현실을 적절히 반영하면서 농민 계급의 미래를 밝게 전망한 것이 이기영의 『고향』이다. 앞에서도 간략히 기술한 바 있지만 이러한 진술에는 설명이 필요하다. 식민지 치하 농촌의 현실이 대다수 농민에게 대단히 열악한 것이었음을 확인한 자리에서 볼 때, 그러한 현실을 반영하되

8 위의 글, 574~5쪽.
9 이상 『한국민족문화대백과사전』, '소작쟁의' 항목.

농민 계급의 미래를 밝게 보았다는 것은 언뜻 이해하기 어려운 까닭이다.

여기에는 작가의 태도가 관련된다. 카프의 대표적인 소설가로서 이기영이 주목한 것은 농촌의 궁핍상 자체가 아니라 그것에 저항하는 농민의 힘이었다. 소작쟁의가 빈번하게 발생하는 상황을 두고, 농민에게 가해지는 식민지 자본주의화의 압력이 아니라 그것에 대한 농민 계급의 저항에 주목한 것이다. 이러한 태도는 이기영이 카프 작가로서, 농민, 노동자와 같은 무산계급이 역사의 주인이 될 것이라는 사적유물론을 견지해 온 데 말미암는다.

이와 더불어 사회주의 리얼리즘의 영향도 고려할 수 있다. 사회주의 리얼리즘이란 소련에서 1932년부터 논의되기 시작하여 1934년 8월 작가동맹 규약으로 확립된 새로운 창작 방법론이다. 기존의 라쁘RAPF가 행한 바 변증법적 유물론을 사실상 고정된 것으로 사고하고 작품에 기계적으로 적용할 것을 강요했던 오류를 비판하면서, 올바른 리얼리즘의 핵심으로 사회적인 것과 개인적인 것의 통일, '전형적인 것과 개성적인 것의 종합으로서의 전형성'을 내세웠다. 이는 5개년 계획이 성공적으로 끝나 상승기에 있던 소련의 사회주의 경제 체제를 바탕으로, 작가들이 발전하는 현실을 정관하여 참다운 현실 형상화를 이루도록 하려는 것이었다.[10] 이러한 논의가 일본을 거쳐 조선에 들어오면서 카프 또한 기존의 유물변증법적 창작 방법론을 반성하며 새로운 리얼리즘의 수용 문제를 고민했다. 카프의 와해1935년로 이론적인 면에서 의미 있는 진전을 보이지는 못했지만, 식민지 조선에서 사회주의 리얼리즘을 성공적으로 구현한 주요 성과로 이기영의 『고향』을 들 수 있다.

이 점에서 『고향』이 이룬 성과는, 농민들의 삶의 실상을 생동감 있게 묘

---

10 김윤식, 『한국근대문예비평사 연구』, 85~9쪽; 누시노브, 「세계관과 창작방법에 대한 문제의 검토」, 루나찰스끼 외, 김휴 편, 『사회주의 리얼리즘』, 일월서각, 1987 참조.

사하면서 농촌의 미래 세대를 밝게 전망한 것이다. 뒤에서 상세히 살피겠지만 이 소설에는 농촌에서 성장하는 청춘 남녀의 사랑 이야기에서부터 부녀들의 악다구니에 이르기까지 농민들의 다양한 면모가 사실적으로 그려져 있다. 이렇게 농민들의 다양한 모습을 생생하게 형상화하면서 '건강한 농촌 청년'이라는 새로운 존재를 발견함으로써 『고향』은 소설사 및 문화사 차원에서 새로운 면모를 구현했다. 이것이 『고향』이 갖는 의의이다. 이는 작가가 가졌던 사상에 의해 새롭게 마련된 시선, 식민지 치하의 농촌이라는 궁핍하고 억압적인 공간에서도 청년 농민들을 통해 미래 전망을 포착할 수 있었던 시선에 의해 획득된 것이다.

신경향파 소설의 등장을 살피면서 이미 지적했듯이 하층민의 등장으로 문학이 형상화하는 인물이 확장되는 것이야말로 현대소설의 주요한 성취 중 하나라 할 수 있다. 이 면에서 볼 때 『고향』이 농민들의 삶의 다양한 모습을 생동감 있게 그려낸 것은 그러한 성취의 한 정점에 해당한다. 신경향파 소설에 처음 등장한 가난한 농민이, 경제적으로 궁핍하고 사회정치적으로 압제적인 상황에 집단 주체로서 맞서 스스로 사태를 전환시키는 능동적인 농민 계급으로 발전되었음을 보여 주었다는 점에서 『고향』은 문화사적으로 중요한 자리를 차지하는 것이다. 비단 농민만이 아니다. 원터에서 두레를 조직하고 소작쟁의의 성공을 위해 분투하는 주인공 김희준의 형상화에 있어 도식성을 벗어났다는 점도 리얼리즘 소설의 발전 면에서 특기할 만하다. 여기에 그치지 않는다. 『고향』은 당대 조선의 제 계층을 두루 포괄하여 사실적으로 형상화했다는 점에서 가장 뛰어난 성취를 보인 작품이다.

이러한 점을 작품의 특성 면에서 하나씩 살펴본다.[11]

---

11 이하 『고향』에 대한 분석은 박상준, 『형성기 한국 근대소설 텍스트의 시학 – 우연의 문제를 중심으로』, 4장 3절의 내용을 이 책에 맞게 수정한 것이다.

『고향』의 배경은 공간적으로 C군 원터 읍내와 농촌, 상리 등이고 시간적으로는 1930년대 초라고 할 어느 해 여름부터 그 다다음해 추수 이후까지 만 2년여의 기간이다. 배경 면에서 가장 중요한 점은 『고향』을 두고 단순히 농촌소설이라 규정하는 것이 부적절할 만큼 작품 내 세계가 복합공간적인 면모를 보인다는 사실이다. 원터란 부재지주가 마름을 두고 농업을 경영하는 전형적인 농촌이자 동시에 여직공이 400여 명이 되는 거대한 제사공장이 들어서 있는 공업지이다. C군을 두고 말하자면, 십 년 전후하여 제방공사와 철도 부설, 제사공장 건설이 행해진 근대화의 공간으로서 급속한 변화를 겪고 있는 곳이다. 물론 새로운 공간이 모든 것을 대체한 것은 아니다. 원터의 주민들은 예나 다름없이 소작농이어서 땅을 일구는 것으로 생명줄을 유지하고 춘궁기면 어김없이 기아에 허덕인다. 이와 같이 『고향』의 배경은 근대적 산업시설 및 날로 도시화되는 읍내와 더불어 자본가적 수탈에 허덕이는 반봉건적인 농민의 삶의 터전이 함께 공존하는 복합적인 면모를 보이고 있다. 이는 앞에서 검토한 대로 전 국민의 80%가 농민인 상태로 식민지 공업화를 겪고 있던 조선의 축도라고 할 만하다.

인물들의 행위가 벌어지는 배경의 맥락에서 서사의 전개 양상을 볼 때 이 또한 복합적인 면모를 보인다는 점을 강조해 둘 필요가 있다. 기본은 물론 농촌이다. 농토를 기반으로 해서 농민들의 노동과 두레, 소작쟁의라는 주된 스토리-선이 전개되는 것이다. 그렇지만 이것이 단선적이지는 않다. 중심인물군에 속하는 인순과 옥희[갑숙], 경호에 더하여 방개 등이 제사공장에서 일하는 까닭이다. 그들의 행동이 원터의 소작쟁의와 긴밀하게 연관됨으로써 생산과 노동 공간으로서의 농토와 제사공장이 상호 관련된다. 단순히 농촌이 아니라 농공 복합체가 주된 사건의 배경이 되는 셈이다. 여기에 더해서 김희준이나 경호와 갑숙, 안승학과 순경, 안승학과 권상철, 권상철과 경호의 스토리-선들이 농촌에 한정되지 않는다는 점도 빼놓을 수 없다. 이와 같이 『고향』은 작품 내 세계의 구체적인 공간 양상은 물론이요 주요 등장인물들이 벌이는 스토리-선의 전개 장소 또한 농토에 한정되지 않는 복합적인 면모를 보이고 있다.

이상에 가장 중요한 한 가지를 더해야 하는데, 총체적인 현실상을 구현했다는 점이 그것이다. 이 소설 서사의 바탕에는 원터가 담지하는 농촌 경제의 일반적인 메커니즘과 제사공장의 상황이 대변하는 자본주의 노동 경제의 실상이 깔려 있고, 이 위에서 김희준을 중심으로 한 사회 변혁 운동 곧 소작쟁의가 전개된다. 이러한 구도는 생산력과 생산관계로 구성되는 경제적인 것의 계급적 양상으로 사회의 기본모순을 파악하고 무산계급과 유산계급 사이의 투쟁을 그러한 모순의 지양으로 해석하는 것으로서, 마르크스주의 변혁 이론의 맥락에서 전체 사회를 총체totality로 파악한 결과이다. 『고향』이 총체적 리얼리즘의 대표작이라 함은 이러한 사정을 가리킨다. 이에 더해서 『고향』은, 농사가 대풍인 경우에조차 농민들의 삶이 피폐함을 벗어날 수 없는 경제 원리에 대한 깊이 있는 분석과28절 6~7, 10~11회, 한때 사람들의 존경을 받던 사상가니 운동가니 하는 사람들이 일신의 안위와 치부, 도락 등에 빠져 지내는 소시민으로 전락할 수밖에 없는 현실2절 7~8회까지도 적확하게 그려내고 있다.

『고향』이 사회주의 리얼리즘을 우리 현실에 적용한 성공작이자 총체적 리얼리즘을 성취한 수작이라는 진단이 가질 수 있는 오해를 불식할 필요가 있다. 외래 문예이론 그것도 좌파 문학론을 기계적으로 적용했으리라는 예단이 그것인데, 사정은 정반대에 가깝다. 『고향』은 앞에서도 강조했듯이 1930년대 식민지 조선의 축도라 할 만큼 여러 면에서 사실적이고 복합적인 면모를 띠는 까닭이다. 이러한 판단의 구체적인 근거로 인물 및 서사 구성상의 특징을 차례로 분석해 본다.

『고향』이 보이는 인물 구성상의 특징은 크게 세 가지로 정리할 수 있다.

첫째는 80여 명에 이르는 전체 인물군이 노동을 통해 현실에 뿌리를 박고 있다는 사실이다. 일본 유학생인 김희준은 물론이요 구장, 조 첨지까지 포함하여 김원칠과 인동, 김 선달, 곽 첨지, 막동, 업동, 쇠득, 백룡, 상출, 학삼 등 원터의 주민들 모두가 논과 밭에 노동력을 투입하는 농업노동자이다. 한편 인순과 옥희[갑숙], 방개, 경순은 제사공장에서 일하는 노동자이다. 안승학은 마름으로서의 역할을 하는 한편 가게 운영에서는 물론이요 고리대를 놓고 기회가 닿는 대로 돈을 벌고자 하는 데서 자본가의 면모를 보인다. 읍내에서 가게를 운영하는 한편 고리대를 놓는 권상철은 상인자본가이며, 경호는 제사공장의 사무원이다. 그 외 제사공장을 운영하는 사장, 감독, 직공장 등이 자본가 계급의 일원으로 기능하고, 민 판서는 지주이다. 기타 장수철이나 박훈은 언론사에서 일하고, 김도원은 양조소를 운영하고 있다.

이렇게 주요 등장인물들 모두가 노동하는 인물인 것이 『고향』이 보이는 기본적인 특징이다. 농업과 공업은 물론이요 상업에 서비스업, 고리대금업까지 망라하여 당시의 생활세계를 적절히 재현하면서, 1930년대 식민지 조선의 각계각층의 삶이 경제적 맥락에서 어떻게 연관되어 돌아가는지를 포착해 낸다. 이로써 『고향』은 단순한 농촌소설에 그치지 않음은 물론이요, 사회의 각 부면을 배경으로 끌어들이는 데 그치는 자연주의나 비판적 리얼리즘 소설의 수준을 훌쩍 넘어선다. 이는 이광수의 『흙』, 염상섭의 『삼대』, 최서해의 『호외시대』1931, 현진건의 『적도』1934 등 동시대의 장편소설들 속에서 『고향』을 빛내 주는 중요한 사실이다.

둘째는 인물들 각각의 면모가 복합적이고 개성적이어서 인물 구성 전체를 두고 유산계급 대 무산계급 혹은 선악으로 단순하게 유형화할 수 없다는 사실이다. 이 면에서 무엇보다 먼저 주의를 요하는 것은 80여 명의 등장인물들이 예컨대 계급 관계나 경제적인 측면 등 어느 하나를 기준으로 해서 일면적으로 형상화되지는 않는다는 사실이다. 『고향』의 등장인물들은 계급적 인간 혹은 경제적 인간의 단면으로서가 아니라 실제 현실에서 생활하는 전체적 인간으로서의 면모가 다면적, 복합적으로 형상화되고 있다. 말 그대로 전형적 요소와 개성적 요소가 어우러진 전형을 창조했다고 고평받기도 하는 이러한 특성이야말로 『고향』의 인물 구성이 보이는 두드러진 특징으로 강조될 필요가 있다.

주인공이라 할 김희준부터 살펴본다. 그는 긍부정적인 면들을 두루 보인다. 아들이자 남편으로서 김희준은 가족 내에서 실망스럽기까지 한 봉건적인 행태를 보이고, 처자가 있음에도 불구하고 음전이나 갑숙에게 끌리는 비윤리적인 남성의 모습도 띤다2절 3회, 11절 5회, 13절 4회, 18절 3회 등. 그럼에도 불구하고 그는 청년회와 야학에 참여하고 두레를 조직하여 소작쟁의를 이끄는 농촌 운동가이다. 이와 같이 '고상한 생활과 불순한 생각이 교차'34절 6회하는 복합적인 면모로 해서 그는, 조혼에 일본 유학을 했으며 사회주의자 농부가 되어 현실을 개혁하려는 1930년대 식민지 조선의 청년이 어떠한 모순을 갖춘 존재일 수밖에 없는지를 여실하게 보여 준다.

안승학 또한 그에 못지않게 복합적인 면모를 보이며 현실성을 획득한다. 그의 행위의 주된 목적이 치부 한 가지에 집중되어 있는 것은 사실이지만 그의 형상화가 돈 버는 기계로 한정되어 있지는 않다. 그가 마름이 되기까지의 이력7절 2~3회은 거론하지 않는다 해도, 지역 유지로서의 모습과 마름으로서의 면모, 원두를 놓는 비용과 이익을 꼼꼼히 계산한다거나15절 2회 자식들에게 훈계하는 가부장으로서의 행동, 딸의 혼사 문제로 아내에게 폭력을 휘두르고22절 권상철을 협박하여 돈을 받아 내려는 수작27절 2~4회 등이 각각 생동감 있게 그려지고 있다.

원터의 농민들 또한 마찬가지이다. 땀 흘려 일하는 노동하는 인간의 면모가 관념적으로 이상화되지 않으면서 사실적으로 묘사되어 있음은 물론이나 결코 그에 그치지 않는다. 박성녀나 김희준의 모친처럼 가난에 찌들려 성격적으로 문제적인 행태를 보이기도 하고, 쇠득이 처 국실이처럼 부부관계에 대한 염증으로 괴로워하기도 하며, 쇠득의 모친과 백룡의 모친처럼 죽기 살기로 아귀다툼을 벌이다가도13절 1~3회 두레를 통해 놀며 화합하기도 한다. 김 선달과 조 첨지처럼 짧으나마 식견을 자랑하기도 하고, 인동이와 막동이와 같이 연애 문제로 다투기도 하며, 혼사를 앞둔 원칠이처럼 술 한잔에 태평해지기도 하는 등 다양한 모습으로 그려지고 있다. 말 그대로 삶의 제 양상이 핍진하게 포착되어 있는 것이다. 제사공장의 경우도 그러하다. 파업32절 9회, 33절 8회에서 극대화되는 대로 관리자와 노동자가 각각 계급적 속성을 잘 보여주는 한편, 감독은 옥희에게 관심을 보이기도 하고 여공들은 처녀들답게 새로 들어온 청년 경호에게 관심을 표명하기도 하는 것이다.

사정이 이러하기에, 전체적인 양상을 볼 때 『고향』의 인물 구성을 두고 예컨대 자본가 대 노동자나 지주, 마름 대 소작농의 관계로 단선적으로 가르는 것은 적절치 않게 된다. 이러한 계급 관계가 작품의 주요 서사와 중심 주제효과의 기저를 이루는 것은 분명하지만, 그것을 앞세워 인물 구성상의 특징이라 규정하는 순간 상술한 대로 복합적인 면모를 보이는 인물들이 벌이는 세부 스토리-선들의 복잡한 얽힘 양상이 가려지고 그만큼 작품의 생동감이 휘발될 수밖에 없기 때문이다.

이와 관련해서, 계급 관계가 작품 내 세계의 기본모순으로 설정되어 있기는 해도 계급투쟁이 『고향』의 전부를 말해 줄 수는 없다는 점을 부연해 둘 필요가 있겠다. 단행본으로 옮겨 가면서 삭제된 부분들에 주목해서 보더라도, 임시휴업에 불평하던 여공의 해고로 촉발된 제사공장 파업은 목적의식적인 것이라 할 수 없으며32절 9회, 물난리로 침수 피해가 커서 소작료 감면을 요청하면서 시작된32절 4~9회 소작쟁의의 위기를 헤쳐 나아가는 데 있어 옥희와 방개의 도움이 중요한 역할을 한다고 해도35절 7회, 36절 1~3회 이를 노농동맹이라고 하기는 어려운 것이 사실이다. 무엇보다도 공장 쪽의 조직이랄 것이 없는 까닭이다.[12] 요컨대 인물들 각각을 형상화하고 그들 간의 관계를 설정하며 서술시를 배분하는 전체적인 양상을 따져 볼 때, 『고향』의 인물 구성은 농공 복합지역으로 나아가는 원터 사람들의 삶의 양상을 경제적인 문제를 근저에 두되 복합적으로 리얼하게 형상화하고 있는 것이지, 예컨대 계급갈등에 초점을 맞추어 모든 것을 조직해 둔 것은 아니라 하겠다.

끝으로 『고향』의 인물 구성상의 특징 셋째는 인물들의 위상이 수평적인 양상을 띤다는 점이다. 한 명의 주동인물이 전면에 나서는 단편소설의 수준을 넘어서지 못했던 신경향파 소설과 비교하지는 않는다 하더라도, 이전의 카프 경향소설들이 보였던 것처럼 무산자를 이끄는 문제적 인물의 독보적인 위상 같은 것을 『고향』에서는 찾을 수 없다.

전체적인 스토리 전개를 볼 때 김희준이 주동인물인 것은 맞지만, 그가 가장 중요한 인물이라고 혹은 그만이 중요한 인물이라고 할 수는 없다. 그가 김 선달이나 조 첨지를 뛰어넘어 사람들의 말을 들어 주고 의문에 답해

12 1930년대 들어 검열 상황이 악화되기는 해도(정근식, 「식민지 검열과 '검열표준' – 일본 및 대만과의 비교를 통하여」, 대동문화연구원, 『대동문화연구』 79, 2012 참조) 이러한 양상을 검열의 탓으로 돌리는 것이 적절하지는 않다. 『고향』(1934)과 비슷한 시기에 발표된 작품들 예컨대 『삼대』(1931)나 『적도』(1934)는 물론이요 뒤늦게 나온 『황혼』(1936) 등만 해도 보다 조직적인 사회주의자들의 활동을 구체적으로 형상화하고 있기 때문이다.

주는 역할을 한다 해도 「민촌民村」『조선지광』, 1925.12의 서울댁이나 「서화」조선일보, 1933.5.30~7.1의 정광조처럼 문제를 규명하고 행동의 지침을 주는 위상을 갖고 있지는 않다. 김희준은 청년회의 집행위원일 뿐 대표도 아니며 회원들을 주도하지도 못한다9절, 11절. 야학에 있어서도 일개 선생일 뿐이지 농민들에게 어떠한 운동성을 주입시키는 인물은 아니다. 청년회와 관련하여 김선달에게서 뼈아픈 소리도 듣기도 하고12절 7회 연애 문제와 관련하여 인동에게 핀잔을 듣기도 한다34절 4~5회, 37절 1회. 자신과 자기 집의 일을 뒷전에 두다시피 하고 동리 일에 발 벗고 나서는 것은 맞지만, 이를테면 섬김의 리더십을 보이는 봉사대원형 운동가일 뿐 보다 큰 상부조직의 일원도 아니며 카리스마를 발휘하는 전략적 리더는 물론이요 지략가도 아니라 할 수 있다.

『고향』 전체 서사의 대표적인 반동인물인 안승학 또한 김희준 못지않게 생생하게 살아 있는 인물로서, 어떤 의미에서도 악의 화신이라 하기 어렵고 한갓 자본의 대리인에 머물지도 않는다. 순경에게는 더할 나위 없는 나쁜 남편이고 못된 가부장이지만 숙자와의 관계에서 보자면 평범한 남편의 면모를 보이고, 갑숙의 사단과 관련해서는 아들 갑성에게 항의를 듣기도 하는 인물이다. 요컨대 경제적인 위상과 그에 따른 처신 하나만으로 전체 서사 내에서의 그의 위상이 단선적으로 규정되지는 않는 것이다.

김희준이나 안승학뿐 아니라 원터의 농민들을 포함한 제반 등장인물들 모두가 각기 처한 상황의 변화와 대하는 인물들의 차이에 따라 생동감 있게 다양한 면모를 보인다. 따라서 특정한 기준을 들이대어 그들 사이에 위계를 정하는 일은 아무런 의미도 갖지 못하고 오히려 작품의 생명력을 손상하는 결과만 낳게 되어 있다.

지금까지 살펴본 대로 『고향』은, 당대 조선 사회를 충실히 재현하여 복합공간적인 면모를 보이는 작품 내 세계를 설정하고 등장인물들 또한 실제 현실에서 노동하는 존재들로서 각기 개성을 지닌 생동감 있는 인물로 그려내고 있다. 이로써 사회 변혁 운동의 맥락에서 농촌과 공장에서의 계급 갈등을 그려내면서도 인물들을 계급투쟁의 기능적 담지자로 추상화하지는 않는다. 이렇게 전형적이면서 개성적인 존재로서 인물들을 적확하게 형상화하면서 소작쟁의를 성공으로 이끄는 서사를 구현함으로써 『고향』은, 1930년대 조선 사회의 축도를 훌륭하게 제시하였으며 사회주의 리얼리즘을 성공적으로 실현한 총체적 리얼리즘 소설의 대표작이 되었다.

『고향』의 복합적인 면모는 서사 구성에서도 확인된다. 여기서 무엇보다 먼저 주목되는 것은, 원칠이나 국실, 길동 아버지 등과 같은 부차적인 인물들 또한 그들 각자의 스토리-선을 부여받는다는 사실이다. 이는 각 절은 물론이요 적지 않은 연재분의 구성이 복수의 스토리-선들로 이루어져 있는 것과 상통한다. 이러한 사실들은 앞서 지적한 바 인물들의 위상이 수평적인 양상을 띠는 특징을 가능케 하는 것으로서, 서사 구성상으로 보면 '중심 사건의 부재'와 '스토리-선들의 비위계화'로 규정해 볼 수 있다.

『고향』이 중심 사건이라 할 만한 것을 갖지 않는다는 지적은 일견 의아해 보일 수 있다. 기존 연구들 대부분도 이 소설을 두고 소작쟁의를 다룬 전형적인 카프 농민소설이라 하거나 여기에 제사공장 파업까지 고려하여 노농동맹을 형상화한 데서 의의가 찾아지는 작품이라고 규정하면서 높게 평가해 오곤 했기에 더욱 그렇다. 하지만 작품의 실제를 보면 그렇게 말하기 어렵다. 세 가지 이유를 들 수 있다. 소작료 감면 투쟁이나 제사공장의 파업 모두 전체적인 스토리 구성 차원에서 차지하는 비중이 적으며, 시간상으로도 너무 뒤에 발생하고, 소작쟁의의 경우 발단은 물난리라는 자연재해이고 해결 방식은 마름 안승학의 가정사적 약점을 통하는 것이어서 비전형성이 두드러진다. 따라서 이들 사건은 서사 구성 면에서든 주제효과 면에서든 중심적이라 하기 어렵다.

작품의 실제에 바탕을 두고 말하자면, 소작료 감면 투쟁 자체가 아니라, 수재에 따른 심각한 위기가 발생했을 때 소작농들이 일치단결하여 마름에 맞설 수 있게 되는 역량의 형성 과정 자체가 더 비중 있게 다루어져 있음을 알 수 있다. 이러한 과정은 야학과 두레, 수재민 구호라는 사건들로 이루어져 있어서 수재 이후로 한정될 수 없다. 농민과 노동자 들의 집단적 계급 주체 의식을 기르면서 계급투쟁을 대비하는 것이라 할 이 과정이 전체 서사에서 차지하는 비중이 높다는 점은 세세한 근거를 들 필요가 없을 만큼 자명하다. 여기에 더해, 그러한 각각의 사건을 통해서 주요 등장인물들의 의식이 발전되고 있으며 그들 간의 관계 또한 의미 있게 변화한다는 점이 주목된다. 이러한 특성이 전체 주제효과의 형성에서 행하는 역할을 생각하면, 『고향』을 두고 소작료 감면 투쟁이나 제사공장 파업과 같은 사회사적인 면에서 중요한 사건을 전면화했다고 할 수는 없다. 『고향』이 공을 들인 것은, 그러한 사건이 발생할 수밖에 없는 상황에 대한 분석과 그러한 사건에서 무산자들이 계급적 차원의 투쟁을 견지할 수 있기 위해 필요한 의식의 각성 및 운명 공동체적 생활상의 준비 등을 사실적으로 형상화하는 것이다.

원터의 농민들이 마름에 맞서는 집단 주체로서 행동하게 되는 과정에 『고향』이 집중하고 있다는 점은 등장인물들이 전개하는 스토리-선들에 명확한 위계를 설정할 수 없다는 점에서도 확인된다. 일찍이 김남천과 임화 등이 이 소설의 최대 성과로 김희준의 성격화가 빼어나다는 점에 주목하며 『고향』을 높이 평가했고 김남천의 경우 김희준을 '주인공'이라고 제목에서부터 명기한 바 있으며,[13] 선행 연구들의 상당수도 김희준을 주인공으로 더

---

13 김남천, 「知識階級 典型의 創造와 〈故鄕〉 主人公에 對한 感想－李箕永 〈故鄕〉의 一面的 批評」, 『조선중앙일보』, 1935.6.28~7.4; 임화, 「偉大한 浪漫的 情神－이로써 自己를 貫徹하

나아가서는 영웅적 주인공이라고까지 보기도 했지만,[14] 성격화 면에서 보든 전체 서사에서 차지하는 역할과 비중 면에서 보든 김희준은 일반적인 의미에서 『고향』을 대표하는 주인공이라 하기 어렵다. 단순히 갑숙과 비교해 보더라도 희준이 관계하는 스토리-선들은 갑숙[옥희]의 그것보다 비중 면에서 앞서는 것이 아니며 기여도 면에서도 우세하다고 하기 어렵다.[15] 이렇게 주인공을 특정하는 것 자체가 논란의 여지가 클 만큼 『고향』은 인물들의 위상이나 스토리-선들의 위계를 설정하기 어렵다는 특징을 보인다. 작품의 주요 초점이 농민들의 집단적 주체화에 향해 있는 까닭이다.

후술하게 될 『고향』의 주요 특징에 닿아 있는 것으로서 서사 구성상의 셋째 특징은 서술의 초점이 인물의 발전 및 인물관계의 변화에 맞춰져 있다는 사실이다. 인물의 변화, 발전 면에서 두드러지는 경우가 바로 인동과 인순, 갑숙, 경호의 스토리-선들인데, 서술시상의 비중이 큰 것은 물론이요 이를 통해 작가-서술자의 당대 사회에 대한 진단이나 문제를 해결할 변혁

라!」, 『동아일보』, 1936.1.4.

14 조구호의 「이기영 소설의 대중문학적 성격」(배달말학회, 『배달말』 30, 2002)이 대표적인 예가 된다. 김희준을 다른 인물들의 손이 미치지 않는 곳에 위치한 이상적인 인물이라는 의미에서의 '지평인물'로 규정하는 김병구의 논의나(「이기영의 〈故鄕〉론, 한국문학이론과비평학회, 『한국문학이론과 비평』 9, 2000, 2절), '1930년대 한국 프로문학에 등장하는 긍정적 인물 또는 긍정적 주체인물의 한 전형'으로 김희준을 규정하고 논의를 전개하는 김정숙의 논의(「이기영의 〈고향〉에 나타난 인물의 행위항적 구도」, 중앙어문학회, 『어문론집』 26, 1998, 2절) 등도 모두 이에 해당된다. 김희준이 '자기 계급의 현실에 눈을 뜸으로써 계몽적 지식인으로부터 민중적 인물로 전화'된다고 파악하는 한기형의 의미 있는 논의(「〈고향〉의 인물전형 창조에 대한 연구(I) – 김희준과 소작농민의 인물성격에 대하여」, 반교어문학회, 『반교어문연구』, 1990) 같은 경우를 제외하면, 대부분의 선행 연구들이 김희준의 작품 내 역할을 여전히 문제적 개인이나 매개적 인물의 그것으로 해석하면서 그의 주인공 혹은 주동인물적 위상을 당연한 것인 양 받아들이는 경향을 보이고 있다.

15 소작료 감면 투쟁이 고비에 처하여 김희준이 고두머리를 찾아가 돈을 변통하려다 실패하고 좌절할 때(34절 12회) 옥희가 돈을 건넴으로써 투쟁을 살린 것이나(35절 7회), 안승학이 굴복할 수밖에 없는 고육책을 생각해 내어 김희준에게 일러준 사실(36절 1회), 제사공장 파업과 관련하여 준비 과정에 힘을 쓴 점(29절 4회) 등을 고려하면, 소작쟁의와 파업으로 요약되는 『고향』의 정치사회적인 주제효과의 형성에 있어서 갑숙[옥희]의 역할이 김희준에 비하여 결코 적다고 할 수 없다는 점이 확인된다.

론 맥락의 방침 등이 제시되고 있다는 점에서 중요한 의미를 갖는다. 이들의 경우 의식과 실천 양면에서 뚜렷한 발전을 보이고 있는 것이다.

이 면에서 가장 두드러지는 인물은 갑숙[옥희]이다. 서술시점 이전에 그녀는 경호와 육체적 관계를 맺은 시체 여학생이자, 박성녀의 술지게미를 보고 돼지먹이냐고 묻고4절 5회, 순결을 잃은 자신의 미래 신상을 걱정하면서6절 5회 발버둥을 치며 징징 울거나15절 5회, 부친의 훈계에 앙칼지게 대응하는10절 5회 등에서 보이듯이 세상물정 모르는 부잣집 딸에 불과하다. 그러던 갑숙은 청년회에서 열변을 토하는 김희준을 보고 '투사의 면목'에 '아주 감심'한 뒤9절 4회 희준과 경호를 비교하기 시작하여15절 4~5회, 방학을 맞아 내려온 경호를 낯설게 느끼고16절 3회 그에게 신세를 망치지 말고 후일을 기약하자며 하숙을 옮겨 달라고 요청하게 된다19절 6회. 여기까지는 고작 경호와의 관계에서 주체적인 입장을 취하게 된 것이고 그 동인에 김희준에 대한 끌림이 있는 것이어서 개인적 차원을 넘어선 발전이라고 보기는 어렵다.

이러한 갑숙의 상태에 질적인 전환이 되는 것은 인순이에게 이끌려 희준의 집을 찾아간 일이다. 김희준 집의 궁핍상과 그의 아내를 보면서, 연애를 생각할 것이 아니라 부자유와 싸워야 한다는 생각을 하고 희준의 마음을 짐작하며 자신을 반성21절 5회하는 데서 갑숙의 질적인 변화가 시작되는 것이다. 그녀의 변화가 관념 차원이 아니라 희준의 집을 방문한 현실의 경험에서 촉발된다는 점은 변화 발전에 현실성을 부여하는 것으로서 의미를 지닌다. 여기에 더하여 갑숙은 부친이 칼로 모친을 찌르는 극한 상황까지 겪게 된다22절 6회. 이상의 두 사건 이후, 그녀는 경호의 비밀을 간직한 채 그를 물리치고23절 5회, 현실적으로 불가피한 측면에 따라 박훈을 만나 공장 취업을 부탁하여 마침내 집을 나와 제사공장에 들어간다24절 1~4회. 이후 그녀는 해를 넘겨 노동일에 자신을 적응시키며 여공들의 미덕을 배우는 한편 사회의 생산 기구에 눈을 뜨고 자신의 지식을 나눠 주기 시작한다29절 1~4회. 변화된 환경 속에서 존재의 전이를 이룬 것이다.

작품에 충분히 형상화되어 있지는 않지만 이 시점에서 이미 옥희[갑숙]는 노동운동가의 면모를 띠기 시작했다고 할 수 있으며, 작품 내 세계의 정황에서 볼 때 이는 자연스러운 변화라고 할 만하다. 이러한 변모에 힘을 실어 주는 것이 바로 인순 등과 더불어 희준과 몰래 회합을 갖는 것이기도 하다 29절 7, 9회.[16] 이렇게 변화한 상태에서 그녀는 파업에 참여하고32절 9회, 경호와 동지적으로 일하면서 다시 시작하자고 둘의 관계를 주도적으로 해결한다33절 5~16회. 여기까지 온 상태에서 보면, 소작료 감면 투쟁이 위기에 봉착했을 때 옥희가 경호를 통해 희준을 청하여 돈을 건네는 일35절 7회 또한 자연스럽고 필연적인 면모라 할 수 있다.

자신의 부친 안승학을 원망하는 데서 나아가 반항심을 키우며 비난하는 것37절 3~4회은 다소 과하다고 하지 않을 수 없지만, 지금까지 살펴본 대로 갑숙[옥희]은 현실의 경험을 통해 평범한 시체 여학생에서 노동운동의 주력으로 변화, 발전하고 있다. 이러한 변화가 관념적인 것이 전혀 아니라 주요 사건의 체험과 환경의 변화에 긴밀히 관련되어 이루어진다는 사실을 재차 강조해 둔다. '갑숙'이 '옥희'로 되는 만큼 실제성을 가지고 전면적으로 이루어지고 있는 그녀의 변화야말로 『고향』이 이룩한 리얼리즘적 성취의 주요 요소라 할 것이다.[17]

---

16 이 장면이 단행본에서는 비밀모임이 아니라 우연한 만남으로 설정되어 있다. 그 결과 갑숙의 변모 양상이 갖는 의미가 약화된다.

17 이러한 판단은, 인물들의 발전상을 논의할 때 인동에게 주목해 온 선행 연구들이나, '김희준의 전형화와 안승학의 성격화가 성공한 데 비해 안갑숙은 이상화하여 실패했다'는 당대의 평가와 그에 대한 작가 자신의 동의(민촌생, 「〈故鄕〉의 評判에 對하야」, 『풍림』, 1937.1, 27면)와도 거리를 두는 것이다. 이기영 스스로 갑숙을 이상화한 의도를 설명하며 '理想에 늘 뛰는 性急한 마음'이 '封建的 桎梏' 밑에서 '二重으로 屈辱的 生活을 하고 있는 女性'에게서 '純眞高潔한 理想的 性格'을 발견하고 싶게 하였다면서, 그런 성격의 창조가

인동의 경우 또한 큰 변화를 보여 준다. 작품 초반의 인동은, 공장에 들어간 인순이만 걱정하는 모친을 원망하기도 하고3절 2회, 야학에서 졸음에 겨워하면서도 음전이와 방개에 정신을 팔고9절 7회, 방개를 희롱하며 육체적 욕망에 이끌리는 순박하고도 평범한 시골 청년에 불과하다3절 3~4회, 11절 1회. 신체적인 성장과 더불어 막동이와 맞먹게 되고 방개와 연인관계가 되었어도17절 4~5회 인순과의 대화에서 확인되듯이 아직 인간적으로까지 성숙한 면모를 갖추지는 못하고 있다21절 3회.

음전과의 결혼 이후 타작마당에서 인동이가, 희준 덕에 자신의 의식이 변했다고 느끼면서 손톱만 한 욕심을 벗어나야 한다는 갈피 없는 생각을 하는 데서28절 8회 비로소 그의 변화가 드러나기 시작한다. 그의 발전은 이듬해 뒷산에서 음전이와 방개를 대조하던 끝에, 야학에서 들었던 울타리와 관련한 호랑이, 돼지 등의 일화를 떠올리며 무산자인 소작농들이 울타리를 칠 이유가 없다는 자각에 이르면서 명확해진다29절 8~9회.

이러한 인동의 변화는 조선의 농촌 현실에서 이루어진 농민의 각성이라는 점에서 매우 큰 의미를 지니는 것이지만, 이러한 의미를 제한적인 것으로 만드는 두 가지 문제가 있다. 하나는 김희준의 감화나 야학이 언급되고는 있어도 작품 내 세계 차원의 실제적인 계기가 취약하다는 문제이다. 야

필요할 것 같아서 "安承學 吝嗇漢과 對照해서 女學生의 한 個의 典型을 그려 보자 한 것이였다"(같은 곳)라고 하였지만, 지금까지 분석한 대로 갑숙의 성격화는 전체적으로 볼 때 리얼리즘 미학의 견지에서 대단히 설득력 있게 형상화된 성공적인 경우라고 할 수 있다. 후술하겠지만, 냉정하게 판단해 보면 인동의 변화 발전을 그리는 방식은 이에 크게 미치지 못하는 것이다. 인동의 경우를 고평하는 경우들은, 김희준의 감화력에 대한 인동의 의식(28절 〈풍년공황〉 8회)에 주목하면서 이를 근거로 인동이 실제로 변화하였다고 판단하고 그 변화의 정도 또한 큰 것이라고 평가하고 있는데, 작품의 실제에 비추어 볼 때 이는 예단에 불과하다. 이러한 예단이 무반성적으로 계속된 데에는, '매개적 인물에 의한 민중 교육'이라는 『고향』 이전 카프 소설계의 구도가 연구자들 사이에 암암리에 계승된 사정이 있다 하겠다. 『고향』이 넘어서고자 했고 실제로 넘어선 이전 시기의 도식적 틀에, 『고향』에 대한 선행 연구들 상당수가 여전히 빠져 있었던 것이다.

학과 독본 읽기라는 '공부'를 바탕으로 하고 스스로 생각을 해 보는 방식으로 이루어지는 그의 변화 발전은 사실 인동의 생각이라는 형식으로 서술자-작가의 언어가 발화된 것이라 해도 좋을 만하다. 다른 하나는 그의 발전이 아직은 심중에 그쳐 있을 뿐 사태를 개혁하기 위해 실천하겠다는 현실 의지로 나아가지는 못했다는 한계이다. 아내의 임신을 두고 암울한 미래를 내다보며 무거운 짐을 느끼는 데서[32절 1회] 그의 변화가 현실의 궁핍함을 자각하는 수준에 그치고 있음이 확인되고, 수재로 인해 아내가 사산했을 때 그것을 '가난한 자의 숙명'으로 받아들이는 것[33절 2회] 또한 그의 수동성을 입증해 준다.

어쨌든 인동은 상술한 자각 위에서 모친의 욕심을 비판적으로 평가하기도 하고[32절 4회], 소작료 감면 투쟁을 지속하기 위해 돈을 나눠줄 때 원출의 문제가 생기자 자신이 양보하는 모습을 보이기도 한다[35절 11회]. 이러한 행위가 작품 초반의 인동에게서 기대하기 어려운 성숙한 것임은 분명하지만 소작농들의 상황을 적극적으로 타개하기 위한 운동가의 면모에 미치지 못하는 것도 마찬가지로 분명하다. 사정이 이러하기에 『고향』의 성과 중 하나로 인물의 발전적 형상화를 꼽는다 할 때 그 맨 앞에 나올 수 있는 것은 앞에서도 밝혔듯이 인동이 아니라 갑숙이라 할 것이다. 인동과 마찬가지로 놀라운 발전을 보이는 인순의 경우 또한 그 자체로 의미 있어도 갑숙의 경우에 비할 것은 아니다.

『고향』의 서사는 몇몇 중심인물의 발전에 더해서 인물들 사이의 관계의 변화에 적지 않은 비중을 두는 특징도 보인다. 인동과 음전 부부의 관계 변화가 가장 두드러지는데 그 외에도 갑숙－경호, 인동－방개, 희준－갑숙, 희준－복임, 희준－김 선달, 안승학－갑성, 원칠－박성녀 등의 관계들 또한 작품 내 세계의 현실성을 확보하면서 의미 있는 변화의 양상을 보이고 있다. 갑숙과 경호의 스토리-선은 서술시상의 비중 면에서도 대단히 큰 것이어서 한층 중요한 것이며, 희준과 복임의 관계는 김희준의 성격의 일면을 잘 보여주는 것으로서 주목할 만하고, 희준에 대한 김 선달의 태도 변화는 농민들의 생래적인 현실주의적 의식과[18] 계급적 한계[19] 모두를 드러내 준다는 점에서 의미가 있다.

지금까지 살펴본 대로 『고향』은 복합적인 성격을 주요 특징으로 하는 작품이다. 작품 내 세계의 설정 양상에서부터 80여 명의 등장인물들이 각기 생동감 있게 살아서 저마다의 스토리-선을 영위하는 인물 구성상의 특징과 여러 개의 스토리-선들이 뚜렷이 위계화되지 않은 채 중층적으로 엮여 있는 서사 구성상의 특징에 이르기까지 이러한 복합적인 양상이 확인된다.

『고향』이 보이는 이러한 복합적인 양상의 최종적인 작품 효과는, 1930년대 초 식민지 조선 사회의 충실한 재현이라고 할 수 있다. 여기서 중요한 것은, 사회의 재현이라고 해서 그 상像이 완결된 것으로 제시되지는 않는다는 점이다. 사정은 반대이다.

『고향』의 의미 있는 특징은 작품 내 세계와 그 속의 인물들, 그리고 그들이 벌이는 사건들 모두를 변화와 운동의 맥락에서 재현한다는 데 있다. C군 원터 읍내의 근대화 양상은 물론이요, 김희준이나 안승학의 의도와 노력, 좌절, 재기의 서사나 기타 주요 등장인물들의 변화 발전의 서사, 인물들이 맺는 스토리-선의 전개 양상, 소작료 감면 투쟁과 제사공장 파업의 전개 양상 모두 부단한 운동의 맥락에서 그려진다. 김희준의 정체성이 일의적으로 규정될 수 없음은 주지의 사실이며 인물들과의 관계에서 볼 때 안

18 실행력이 없는 청년회를 왜 하냐고 따지면서 야학은 잘하는 일이라 평가하는 데서 이러한 면모가 확인된다(12절 7회).

19 목적의식적으로 투쟁을 끝까지 이어나가려고 분투하는 대신에 벼를 베려고 하는 다른 작인들의 동요를 전하며 김희준의 하회를 기다리는 모습(34절 8회)에서 그의 한계가 드러난다.

승학도 마찬가지이다. 갑숙이나 인동, 경호 등 주요 등장인물들이 보이는 변화의 양상과 지향점이 하나로 수렴되고 있지 않은 것도 물론이요, 그럼으로써 작품의 종결 이후가 열려 있는 것도 명확하다. 작품 내 세계든 인물이든 사건이든 그리고 이들 모두의 총화든 어떤 견지에서 보더라도 『고향』의 세계 자체는 어떤 식으로도 실정적으로 규정되어 있지 않고 끊임없이 운동하면서 복잡한 양상을 보이고 있는 것이다.[20] 결과가 아니라 과정이 중시되고 있다고 상식적인 맥락으로 옮겨 말해도 크게 문제될 것은 없는 이러한 『고향』의 재현 방식은 사상事象을 고정시키지 않고 운동하는 것으로 파악하는 변증법적 사유를 충실히 구현한 것으로서 의미를 갖는다.

『고향』이 보여 주는 현실은 특정한 현실상 혹은 세계관에 의해 고정된 것이 아니라, 변화하는 사실들과 관계들, 과정들의 총합이다. 총합이라고 했지만 그것이 특정한 상태에서 특정한 모습으로 실정적으로 규정되는 것이 아님은 물론이다. 그러한 총합으로서의 현실 자체가 끊임없이 운동하면서 그 구성 요소들 모두를 형성하는 것이기 때문이다. 다시 말하자면 인물, 사건, 배경 들이 각각 그리고 상호적으로 운동하는 구조적 효과로서 스스로 형성 과정 중에 있는 그러한 총합이 바로 『고향』이 재현하고 있는 세계이다.[21] 이것이 구체적 총체성의 세계이며[22] 바로 이러한 총체성을 구현하고 있다는 점에서 『고향』의 성취를 총체적 리얼리즘이라고 할 수 있다.

『고향』의 이러한 성취는 소설사적으로 볼 때 매우 값진 것이다. 사회주의

20 전통적인 세시풍속의 하나인 두레 또한 정형화된 세시풍속으로 고정되어 있지 않고 사회관계자본으로 전이되고 있는데(윤영옥, 「이기영 농민소설에 나타난 풍속의 재현과 문화재생산」, 국어국문학회, 『국어국문학』 157, 2011, 263~4면), 이러한 사실이야말로 지금 논의하고 있는 『고향』의 특성을 상징적으로 잘 보여 주는 것이라 할 만하다.

21 이러한 점은, 전체적으로 볼 때 미미하지만 내용 면에서 의미 있게 읽히는 서술자-작가의 언어가 주목하는 것 또한 농촌이 궁핍화되는 과정이지(28절 '풍년공황' 6~7회) 예컨대 추상적인 계급의식이나 계급투쟁의 구도 등이 아닌 데서도 확인된다.

22 카렐 코지크, 박정호 역, 『구체성의 변증법』, 거름, 1984, 43~7쪽 참조.

리얼리즘이 수용되면서 카프의 소설관이 기존의 경직성을 상당 부분 덜어내고 있었다 해도, 『고향』에 대한 당대 카프 진영의 상찬과 한계 지적이 공히 보여주듯이, 좌파 문인들 대부분이 공시적으로는 사회를 실정적 실체로서 재현할 수 있다는 의식의 한계를 벗어나지 못하고 통시적으로는 사적 유물론을 맹목적으로 따르며 미래를 규정하고자 하는 욕망에 갇혀 있던 것이 사실이다. 이러한 상황에서 『고향』은 농촌 현실의 구체성을 운동의 맥락에서 포착하고자 하는 왕성한 실증적 욕구를 통해 마르크스주의적인 현실 파악 의지를 실현해 낸 희귀하면서도 성공적인 사례에 해당된다. 바로 이러한 성취가 『고향』을 카프의 대표작이면서 동시에 한국 현대소설 형성기의 주요 작품으로 세워 준다.

앞에서도 말했듯이 『고향』의 의의는 문화사적인 차원에서도 우뚝 서는데, 이 또한 바로 위에서 말한 소설사적 성취에 힘입은 것이다. 인간과 사회를 변화와 운동의 맥락에서 포착하는 자세로 해서 『고향』은 발전하는 청년기 농민과 노동자들을 포착해 낼 수 있었다.

이와 같이 발전하는 무산계급 청년에게서 식민지 조선의 미래를 찾는다는 점에서 이기영의 『고향』과 쌍을 이루는 것이 바로 한설야의 『황혼』『조선일보』, 1936.2.5~10.29이다. 제목으로 쓰인 '황혼'은 부르주아 계급의 몰락을 암시하지만 정작 작품의 주된 내용은 그렇지 않다. 제목의 상징적 의미와 관련해서는 쁘띠부르주아 지식 청년 김경재의 암울한 미래를 그리는 데 그칠 뿐이다.

『황혼』의 주된 내용은 가난한 여주인공 려순이 가정교사로 일하던 집의 장남인 경재와의 연애를 청산하고 자신의 길을 주체적으로 밟아 나아가는 과정으로 이루어져 있다. 다소 놀랍게도 그것은 자신이 사무직 직원으로 다니던 회사에 노동자로 취업해서 다른 노동자들과 연대를 이루어 파업을 주도하는 것이다. 『고향』이 발전하는 청년 노동계급을 그린 데 화답하듯이 『황혼』은 노동자로의 존재 전이를 제시한 셈이다. 이에는 노동자가 되는 것이 미래 지향적이라는 작가의 생각, 조선의 미래는 노동자 계급에서 찾아야 한다는 한설야의 판단이 깔려 있다.

여자고보를 졸업한 신여성이 노동자가 된다는 것 그것도 자신이 사무직으로 일하던 회사의 노동자가 된다는 설정은 지나치게 작위적으로 보일 수 있다. 이런 인상을 앞세울 때 『황혼』을 쓰는 한설야가 시대의 변화와는 무관하게 자신의 이데올로기만 앞세웠다는 비판이 가능해진다. 카프의 서기장이요 당대 최고의 좌파 비평가였던 임화가 "인간들이 죽어가야 할 환경에서 인간들을 살리려고 작가가 애쓴 탓에 문제가 생겼다"[23]라고 비판한 것이 대표적이다. 1990년 전후의 연구들에서 '작가의 관념적 계급 편향'이나[24] '주관 혹은 자의식의 과잉',[25] '작가의 주관성의 노출',[26] '오기와 신념'[27] 등을 지적한 경우들도 비슷한 맥락에 놓여 있다고 할 수 있다.

이미 다른 논문에서 밝힌 것이라 상세히 말할 것은 아니지만,[28] 임화의 비판은 적절한 것이 못 된다. 『황혼』은 1936년에 발표되었고 작품 속의 시간은 '삼사 년간의 공황' 이후여서 1933~4년경이 되는데, 임화는 1938년 시점의 정세 판단을 가지고 비판한 까닭이다. 작품의 배경인 1933~4년이나 발표 시기인 1936년까지만 해도 조선의 노동운동은 계속 고조되어 있

23 임화, 「作家, 韓雪野論 (下) – 「過渡期」에서 「青春記」까지」, 『동아일보』, 1938.2.22~4.
24 김철, 「황혼(黃昏)과 여명(黎明) – 한설야의 "황혼"에 대하여」, 『황혼』, 풀빛, 1989, 465쪽.
25 서경석, 「생활문학과 신념의 세계」, 김윤식·정호웅 편, 『한국문학의 리얼리즘과 모더니즘』, 민음사, 1989, 262~5쪽.
26 김윤식, 「한설야론」, 『한국 현대 현실주의 소설 연구』, 문학과지성사, 1990, 74쪽.
27 강진호, 「1930년대 후반기 한설야 소설과 리얼리즘」, 한국현대소설학회, 『현대소설연구』, 1994, 277쪽.
28 이하 『황혼』에 대한 분석 및 연구사 비판은 박상준, 「재현과 전망의 역설 – 한설야의 『황혼』 재론」, 『통념과 이론』, 국학자료원, 2015, 참조.

었다가 1937년의 중일전쟁을 앞두고 일제의 탄압이 극심해지면서 비로소 동맹파업의 수가 급감한다. 이러한 사실을 고려하면 임화 비판의 시대착오적인 성격이 확연해진다. 『황혼』이 배경으로 하는 시대나 연재된 시기 모두 노동운동을 통한 미래 전망의 제시라는 좌파 문학의 처리가 전혀 부적절하지 않았으며, 현실의 반영이라는 리얼리즘 맥락에서 보더라도 자기 정당성을 가지고 있었다는 점을 잊어서는 안 된다. 한설야의 이데올로기 편향 혹은 과잉을 지적한 연구들 또한 이러한 점을 소홀히 했다는 혐의로부터 자유로울 수 없다.

이를 명확히 하기 위해 『황혼』 전후의 노동 현실과 노동운동에 대해 간략히 정리해 둔다. 앞에서 지적한 바 미국 대공황의 여파로 심각한 디플레이션에 처하게 되었을 때 일본이 취한 방법은 제국주의적인 해결책이었다. 1931년에 만주사변을 일으키고 중요 산업 통제법을 시행하였으며 1931~1936년간 군수공업에 70억을 투자하면서 경기를 활성화하고자 한 것이다.[29] 이와 더불어 식민지 조선의 경제도 큰 변화를 입었다. 만주사변을 일으킨 일제가 조선의 병참 기지화 정책의 일환으로 조선의 공업화를 본격적으로 추진한 까닭이다. 이에 따라 일본 자본이 조선에 대거 들어오는데, 이에는 중요 산업 통제법은 물론 공장법도 시행되지 않아 노동자에 대한 무제한의 착취가 가능했던 식민지 조선의 상황이 한몫을 톡톡히 했다.

그 결과 1930년과 1936년을 비교해 보면, 공장 수가 4,261개에서 5,927개로 증가하고 생산액은 2억 6천 3백만에서 7억 9백만으로 269% 증가하였다. 광업 투자도 크게 증가하여 광업 생산액이 2천 4백만에서 1억 6십만으로 네 배 이상 뛰었다. 공장 종업원 수도 10만 2천 명에서 18만 8천 명으

29 이하, 김윤환, 앞의 글, 415~9쪽 참조.

로 증가하였는데, 직공만 따져도 83,900명에서 148,799명으로 대폭 늘어났다. 광업 노동자 수는 3만 1천 명에서 13만 9천 명으로 4배 이상 격증하였다. 공업화가 이렇게 급속도로 진행된 결과 『황혼』이 연재되던 1936년 기준 임금 노동자 총수는 추산 백오십만 명에 이른다.

이들 노동자의 노동 조건 및 생활 수준은 형편없는 것이었다. 자본과의 관계에서도 문제적이지만 피식민 상황의 문제도 심각했다. 1929년에서 1935년의 현황을 보면 일급日給 기준, 일본인 성인 남성 임금의 평균이 1.954원인 데 비해 조선인 성인 남성은 0.930원으로 50% 미만의 임금을 받았는데, 이는 일본인 성인 여성 평균 0.986원보다도 적은 금액이다. 조선인 성인 여성은 훨씬 열악하여 0.532원에 그치고 있다. 조선인 유년 여성은 0.302원으로 일본인 성인 남성의 1/6에도 못 미친다. 노동자 급여에서 민족적, 성별 차별이 극심했던 것이다.[30] 조선인 노동자 특히 젊은 여성 노동자의 이러한 사정은 당시의 신문기사에서도 확인된다. 먼지와 땀에 쌓여 꽃 같은 나이에 시들어가면서도 인천 만석정 동양방적에서 일하던 여공 세 명이, 심한 감독하에 12시간 노동을 해도 쌀 한 되 값도 못 버는 여공 생활을 그만두고 다른 길을 알아보고자 경성 방면으로 가다가 순사에게 발견되어 귀가 조치되었다는 기사[31] 같은 것이 심심찮게 보이는 정도다.

당시의 노동자들은 이러한 현실을 감내하고 있지 않았다. 일제 식민지 치하에서였음에도 불구하고 적극적인 동맹파업을 통해 자신들의 계급적 이익을 보존하고 강화하고자 노력했다. 이는 총독부의 집계에서부터 확연히 드러난다. 1921~1924년간 199건, 1925~1929년간 451건이던 동맹파업이 1930년에는 160건으로 늘고 1931년에는 201건으로 정점을 찍었다.

---

30 위의 글, 418쪽 '표 5-3' 참조.
31 「女工生活 싫다고 三 處女가 出奔」, 『조선중앙일보』, 1936.7.2.

이후 1932년부터 1935년까지 152, 176, 199, 170건의 흐름을 보였다. 1931~1935년간 총 898건으로 1920년대 후반보다 두 배 가까이 증대된 것이다. 노동쟁의는 일제의 강력한 탄압에 따라 중일전쟁을 앞둔 1936년에 138건으로 꺾이고 전쟁이 시작된 1937년에는 99건으로 그리고 1938년에는 90건으로 급격히 축소된다. 이러한 자료가 보여 주는 중요한 사실은, 중일전쟁 직전까지 식민지 조선의 노동자들이 동맹파업 투쟁을 고조된 상태로 지속했다는 것이다.

동맹파업의 질도 고찰할 만하다. 1930년대 전반기의 파업에서 동맹파업의 원인과 철회 비율 두 가지가 주목된다. 놀라운 점은 1930년과 1931년의 파업을 보면 임금 인상 요구, 임금 인하 반대, 대우 개선 등의 원인 중 '임금 인하 반대'가 각각 26%, 37%로 최대 원인을 이룬다는 사실이다. 미국 대공황에 따른 경기 불황에 처한 기업주들이 그 피해를 노동자에게 전가함으로써 파업이 증대되었음이 확인된다. 쟁의를 철회하는 비율은 1920년대 전반기 34.7%에서 후반기 17.7%로 크게 줄고 1930년대에는 16.7%로 감소하였다. 이는 쟁의의 제기가 보다 합리적 기초를 갖고 노동자들의 투쟁 역량이 그만큼 강화 성장했음을 의미한다고 볼 수 있다.[32] 이상 두 가지 특징은 이 시기 노동자들의 동맹파업과 투쟁 역량의 성장 모두 현실의 강제에 의해 이루어진 필연적인 것이었음을 알려 준다.

물론 노동계급의 위상이 의미 있게 나아졌다거나 한 것은 전혀 아니다. 길게 보면 사실은 정반대이고 동맹파업이 고조되어 있던 1930년대 전반기만 보더라도 사정은 그렇지 않다. 노동자들의 투쟁 역량이 성장한 것은 사실이지만 동맹파업이 실패로 돌아가는 비율 또한 크게 증대했다. 쟁의가

32 김윤환, 앞의 글, 424~6쪽 참조.

거절되는 실패 사례의 비율은 1920년대 전반기 5.0%에서 후반기 17.1%를 거쳐 1930년에는 24.4%, 1931년에는 28.8%로 크게 늘어났다. 1932년과 1933년 또한 28.3%, 27.8%로 비슷하게 유지되었다. 그만큼 당시의 경제 상황이 좋지 않았고, 공황의 위협이 가시적인 상황에서 자본가와 일제가 노동계급에 대한 탄압을 강화했음을 알 수 있다. 이는 쟁의가 관철되는 비율에서도 확인된다. 1920년대에는 전후기에 각각 32.7%, 30.8%로 압도적으로 컸다가 1930년에는 25.6%로 줄어 거절된 경우와 비슷해졌다. 1931년부터는 완전히 역전되어 관철 비율은 16.6%, 19.7%, 21.0%밖에 되지 않는다. 곧 노동자들의 투쟁 역량은 성장했지만 그렇다고 투쟁의 성공률이 높아진 것은 아니다. 이 모두가 노동운동에 대한 일제의 탄압이 한층 더 강화되었기 때문임은 물론이다.

이와 같은 상황을 고려할 때 주인공이 사무직원에서 공장 노동자로 존재를 전이하는 『황혼』의 설정이 갖는 시대적인 의미가 또렷해진다. 그것은 무엇인가. 고조된 동맹파업에서 확인되는 노동자 계급의 투쟁 의지에 힘을 보태는 좌파 문학 운동으로서의 본연의 임무를 수행한 것이라 하지 않을 수 없다. 앞에서도 지적했지만 1936년 시점에 1933~4년을 배경으로 하고 있는 것이어서 시대착오적이지도 않다. 주인공 려순이 노동자가 되는 『황혼』의 설정은, 일제 식민 지배의 강압에 따라 고조된 무산계급 운동과 그에 기반하는 바 노동자 계급에게서 미래 전망을 찾는 일의 정당성과 필연성을 강조하는 조치라고 할 것이다. 따라서 이는 엄혹한 현실에 맞서는 한설야의 작가 의식을 높이 살 긍정적 근거이지 그가 현실과 무관한 이데올로기를 시대착오적으로 고집했다는 비난의 근거일 수 없다.

이러한 주장은 『황혼』이 려순의 변화를 그리는 실제 양상에서도 근거를 얻는다. 려순과 경재의 변화를 함께 검토해 본다.

려순의 형상화에서 먼저 확인해 둘 것은 그녀가 원래부터 당찬 면모를 보이는 인물이라는 사실이다. 부모의 유산을 차지한 오촌에 맞서 밥을 굶어가며 고집을 피워 공부를 놓지 않았다는 사실1절 5회에서부터 그녀가 유약한 인물이 아님이 확인된다. 자신이 가르치는 경일과 경옥에 대해서는 악감정을 갖고 있으며1절, 2회, 4회, 경재와의 연애 관계가 수립되면서부터는 현옥에 대해서 연적戀敵으로서의 태도를 보이고14절 5회, 안 사장과 김재당의 태도에 극도의 불쾌감을 느낄 때는 인사도 없이 방을 나오는 당찬 면모를 보이기도 하며16절 6회, 자신을 찾아와 경재와 헤어지라며 김재당이 돈 봉투를 놓고 갈 때는 쫓아나가 그의 앞에 돈을 내던지기까지 한다17절 10회. 준식을 만나서 그의 거룩함을 느끼며 스스로를 경계하는 데서도 확인되듯이7절 3회, 5회, 려순은 애초부터 자신이 원하는 바를 표현하고 행동으로 옮기는 주체적인 면모를 지니고 있다. 경재와의 연애에 있어서도 이러한 면이 잘 드러난다. 그의 주선으로 취직이 되고 여러 호의를 받으면서 '커다란 정'을 느끼되 그가 결국 현옥에게 가리라고 현실적으로 예감하는 것이나4절 5회, 연애관계가 진전되면서는 기로에 서 있는 경재 '스스로 자신에게 오기를' 기다리는 성숙한 면모를 보이는 것9절 5회 등이 좋은 예가 된다.

이러한 려순의 변화가 시작되는 것은 타인의 침해에 대한 대응을 통해서이다. 추행 시도에 대해 사과한 후 안 사장이 보이는 자별한 태도에서 '음독한 흉산'을 눈치 채고 무서움을 느끼기도 하는 상태에서16절 1회 그가 자신에게 훈계를 하기까지 하자, 자신의 길을 주체적으로 헤어나오지 못했음을 자각하고 자신과 경재가 너무도 약한 사람임을 직시하게 된다17절 1회. 이러한 상황을 모면하는 방법으로 자연스럽게 귀향을 떠올리면서 그녀의 생각이 복잡해진다. 경재와의 동행 여부, 그를 곤궁에 넣는 것은 아닌가 하는 우려, 주위의 반대에 대한 반발심과 동시에 연애를 끝내고 새 삶을 사는 가능성 등에 대한 생각이 뒤섞이는 것이다17절 2~6회. 이러한 상태에서 불가피하게 사표를 제출한 뒤, 무슨 일을 못하랴 하며 경재에게도 의뢰하지 않겠다 하는 끝에 문득 '사랑을 스스로 내어던지는 대담하고 장엄한 인간의 일면'을 생각도 해 보게 된다17절 7회.

이로써 존재 전이에 스스로 의미를 부여하는 과정이 시작되는데, 이는 연애를 해소하고자 하는 괴로움 속에서 '대담하고 장엄한 인간 되기', '강한 인간 되기'를 바라는 다양한 생각과 언행으로 18절1~9회 전체를 통해 핍진하게 묘사되고 있다.

자신의 마음이 너무 약하다는 것을 깨닫고 새사람으로서의 출발 의지를 경재에게 편지로 알리게까지 되는 려순의 의식의 변화는, 자신의 여성성과 경재와의 연애에 대한 타인들의 위협에 의해 필연적으로 촉발되고 불가피하게 모색된 것이라는 점에서 자연스러우며, 그럼에도 불구하고 여전히 남아 있는 미련과 괴로움 및 그에 따른 약한 모습이 작위적으로 부정되지 않고 여실하게 묘파된다는 점에서18절 2~3회, 7회, 21절 6회 현실적이다.

공장 노동자가 되는 려순의 존재 전이는 바로 이러한 바탕 위에서, 심적 변화의 연장선상에서 이루어진다. 공장들을 알아보던 중22절 2~3회 태도를 명확히 하는 것이 우선이라는 준식의 충고와 권고에 따라22절 4~5회 끝내 경재에게 도움을 청하게 되고23절 사무원으로 다니던 Y방적회사에 직공으로 취업하고자 사장을 계속 찾아가게까지 되는 것이다24절. 이러한 과정에는 귀향이 의미 없는 현실적인 상황과, 준식이나 형철 등의 본보기 역할 및 조언이 조건이자 배경으로 한편에 놓여 있고24절 4회, 경재에 대한 미련은 물론 이요21절 6회 취업을 알아보는 와중에도 '여공이 돼?' 하는 '서굽흔 생각'이 있어 스스로 '가장 난처한 회전기'에 처해 있다는 자각이 다른 한편에 존재한다22절 5회. 이와 같이, 려순의 직공 취업 운동은 어떤 의미에서도 작가에 의해 작위적으로 설정되었다고 일의적으로 폄하될 만한 것이 아니다.

경재에게 공장행을 부탁하는 려순의 말을 두고 이론을 길게 마련하여 말하는 것 자체가 확고한 결심이 서지 못한 까닭임을 서술자가 적시하는 것이23절 7회 작위성을 거론하기 어렵게 하는 한 가지 요소이며, 자기가 구하는 직업을 창피하게 생각하지 않게 되어 사장을 자꾸 찾아가 부탁하게 되었다는 것이나24절 5회, 공장 취업 달포 후 '공장에서 설을 지냈다는 생각이 때 따라 야릇하게 서굽흔 가운데 서러워지는 심정'의 묘사25절 1회, '사장 직계'를 만들라는 회유를 거부한 뒤28절 10회 유혹을 이긴 듯한 쾌감을 느끼고, 사무실과 같은 좋은 자리에 대한 미련과 허영이 없지 않지만 자신의 현 생활을 의의 있게 생각하려는 신념이 더욱 잡혀서 '현재 처지를 불만스럽다 여기고 창피하게 생각하던 마음'이 어느 정도 없어지게 되는 과정29절 6회 또한 직공이 된 이후 심리의 복잡성을 보여줌으로써, 이러한 전이 과정의 자연스러움을 증대시키고 있다.

요컨대 임화 등의 비판과는 달리 『황혼』에서 보이는 려순의 존재 전이는 상당한 설득력을 갖고 16절에서 29절까지 근 100회에 걸치는 서술시를 통해 형상화되어 있다. 임화가 『황혼』에서 찾아볼 수 없다고 했던 바 '사회인으로 자기를 완성해 가는 힘찬 형상'이 (그의 바람처럼 '남주인공'에게서는 아니지만) 려순의 존재 전이를 통해 충실히 묘파되고 있는 것이다.

려순의 변모는 이기영의 『고향』이 보이는 갑숙의 존재 전이와 비교될 때 그 형상화의 공과가 좀 더 명확해진다. 마름의 딸인 갑숙이 공장노동자 옥희로 전환되는 과정 또한 긴 서술시에 걸쳐서 묘사되며, 가출할 수밖에 없는 정황과 제사공장에의 취직을 알아보게 되는 과정이 대체적으로 자연스럽고도 현실적으로 설정되어 있기는 하다. 그러나, 갑숙의 변모에 대한 형상화는 리얼리즘의 차원에서 볼 때 두 가지 점에서 려순의 경우에 미치지 못한다. 그녀가 가출할 수밖에 없는 정황이라는 것이 기본적으로 경호와 관계하여 순결을 잃은 상태에서 허명의식과 완고함 등이 뒤섞인 부친에게 그것을 용납받을 수 없다는 사적인 사정, 환경으로 이루어졌다는 점이 하나이고, 존재 전이 후의 그녀가 부친을 적대시하는 등 극단적인 변모를 보여 현실성이 취약해진다는 점이 다른 하나이다. 이 두 측면에 비할 때, 앞서 지적한 바 려순이 보이는 (존재 전이의) 현실적, 필연적이고도 (전이 후 심리의) 복합적인 면모는 그녀의 존재 전이에 대한 형상화가 꽤 성공적임을 알려준다.

경재의 경우 또한 그 변모 양상이 『황혼』 전편에 걸쳐 점진적으로 뚜렷해진다. 그의 경우는 제3자가 볼 경우 달라진 것이 없다 할 수 있을 정도로 그 변화가 내적인 것이지만, 오히려 그런 만큼 그 심도와 진정성은 려순의 존재 전이에 못지않을 정도로 크다. 더욱이 그러한 변화가 려순과 대비되고 작품의 제목과도 상징적인 관계를 맺고 있어서 『황혼』의 전체 주제효과에서 차지하는 비중은 오히려 더 크다고도 할 수 있다.

변화가 내면적인 것인 만큼 경재의 스토리-선에는 큰 굴곡이 없다. 귀국한 지 한 달쯤 된 상태에서 독서와 려순에 대한 권학으로 시간을 보내다, 려순에게 끌려 현옥과 삼각관계에 놓이지만 자신의 태도를 명확히 하지 못한 채, 결국 주위의 반대와 려순의 결별 선언에 의해 무위의 상태에 빠지게 된 상태에서 자신의 소시민성을 자각하지만, 끝내는 타기만만한 생활 속에서 '줏대 없는 관대함'에 빠져들어갔다가, 노사대립 상황을 목도하고 절망하고 있다.

그는 외부에서 그에게 주어진 역할 중 어느 하나도 의지적으로 선택하지도 거부하지도 않은 채 시종일관 비슷한 양상의 생활을 한다. 작품 전편에 산재된 안 사장과의 대화에서 온건한 입장을 견지하지만 말을 할 뿐 자기 생각을 주장, 관철시키려는 의지는 없으며, 려순과 형철을 취직시켜 주고 봉우와 술을 마시고 하지만 어떠한 목적이나 지향, 의지에 따른 것은 아니다. 취직과 결혼 문제로 부친과 거리를 두지만 각을 세워 어떠한 행동으로 나아가지도 않는다. 심지어 애정관계에서조차 어떠한 의미 있는 진전을 이룰 행동을 하지 않음으로써, 자기 태도의 모호함으로 삼각관계가 지속되는 상황이 벌어지게 방치하고 있다. 정이 떨어진 현옥에게 제 입장을 명확히 밝히지 않고, 려순에게는 우위에 있는 척할 뿐이지 실질적으로 어떠한 지표도 꿈도 제시하지 않는 것이다. 이러한 관념적 지식인, 무위의 쁘띠부르주아의 내면이 서서히 그러나 확실히 붕괴되는 것, 이것의 경재의 변화이다.

이상 정리한 대로 『황혼』은 김경재를 통해서, 사상적으로는 자신이 옳다고 믿는 유물론에 어느 정도 닿아 있지만 실제의 삶은 부르주아적인 데 머물러서, 정신적으로는 고상하고 올바른 삶을 지향해도 아무런 실천도 하지 않는/못하는 관념적이고 우유부단한 청년 쁘띠부르주아를 제시하고 있다. 김경재의 이러한 무기력한 쁘띠부르주아의 면모는 1930년대 중반 한국 지식인 사회에서의 하나의 전형에 해당하는 것이라는 의미를 갖는다.

물론 그렇다고 해서 이러한 작업이 목적의식적으로 생경하게 수행된 것은 아님을 강조해 둘 필요가 있겠다. 작품 전편에 걸친 치밀한 묘사 외에, 자기 풍자적이고 극적 아이러니라 할 만한 장면을 그리거나18절 6회, 21절 2회, 자신의 문제를 관념화할 뿐인 무기력한 태도를 적실하게 포착하는21절 4회, 8회 등 소설 미학적으로 빼어난 기법을 활용하여 내면의 변화 양상을 효과적으로 형상화한 까닭이다. 여기에 더하여 경재의 의식이 타락하는 과정에 대한 냉철한 비판과 거리두기가 유지됨으로써, 경재라는 인물은 한국 소설사가 낳은 주요 인물형의 하나로 올라서게 된다. 임화가 말했던 바를 다소

비틀어 달리 말하자면, 자기 자신과 자기 계급의 황혼을 느끼는 경재야말로 '인물이 죽어가야 할 환경 속에서 죽어가는 것'을 빼어난 작가적 역량으로 성공적으로 형상화한 경우라 할 것이다.

이렇게 한편으로는 경재를 통해서 쁘띠부르주아의 몰락을 보이고 다른 한편으로는 려순을 통해서 노동자 계급의 미래 전망을 드러낸 것이 『황혼』의 중심 주제효과이다. 『황혼』은 노동소설이라기보다는 계급소설에 해당한다고 할 만큼 노동자 계급과 부르주아 계급의 대립 상황을 부각하고 양 계급의 상반된 운명을 강조하고 있다.

려순의 존재 전이가 보여 주는 노동자 계급화와 경재가 황혼을 맞이하는 설정은 1930년대 중반의 식민지 현실에서 우리가 나아갈 미래를 모색한 한설야의 대답이라 할 것이다. 한설야의 판단이 적실했는가는 이른바 암흑기라 불리는 일제 말기에 비추어 판단할 일이 아니라 긴 역사 속에서 최종적으로 확인될 것이라는 점에서 이 자리의 몫이 아니다. 현재의 논의에서 중요한 점은 『고향』이 농민과 노동자 계급의 변화 발전을 그림으로써 무산계급에게서 미래의 희망을 본 것과 마찬가지로, 『황혼』 또한 동일한 맥락에서 미래를 전망했으며 그것을 려순의 존재 전이로 표현했다는 사실이다.

『고향』과 『황혼』 두 작품은 신경향파 소설을 통해 문학 장과 공론장에 처음으로 등장했던 민중이 이제 식민지 치하 현실의 주동적인 주체적 존재로 우뚝 서게 되었음을 보여 준다. 달리 말하자면 명실상부하게 주체적인 집단 주체, 계급 주체로서 농민과 노동자가 성장했음을 문학적으로 재현한 것이 이 두 작품의 의의를 이룬다. 좀 더 넓게 보면 『고향』과 『황혼』을 위시한 1930년대 중반 카프 문학의 의의가 여기서 찾아진다. 이러한 의의가 비단 문학사 차원에 그치지 않음은 물론이다. 국민의 절대다수를 차지한 농민과 식민지 공업화 속에서 크게 확장된 노동자들을 현실적인 집단 주체로서 부각했다는 점에서는 문화사 및 역사적 의의를 갖는 까닭이다. 이들 소설이 보인 형상화에 작가의 이념적 지향이 끼친 영향이 없지 않지만 그들의 지향 또한 광범위하게 지속된 소작쟁의와 크게 증가한 동맹파업 등 현실 사회운동의 발전을 반영한 것이므로, 이들 작가의 주관성을 따지며 작품의 의의를 폄훼할 일은 아니다. 『흙』의 춘원이나 그와 같은 준비론적 민족주의 세력이 보지 않았던/못했던 새로운 사회 세력 곧 노동자 농민 계급이라는 집단 주체의 존재를 인식하고 문학 장에 부각한 것 이것이 카프가 주도한 좌파 문학 운동의 역사적인 의의이다.

결론

주체의 탄생과 현대 사회의 형성

1900년대에서 1930년대에 이르는 기간 한국 사회와 한국인은 오늘날 우리 시대의 모습을 갖추었다. 대한민국이 현대 국가로서 보이는 사회 양상의 기본적인 틀이 이 시기에 마련되었으며 현대인으로서 우리가 갖고 있는 다양한 모습들이 또한 이때 형성되었다. 요컨대 사회와 인간의 현대화가 이 시기에 이루어졌다고 할 수 있다. 상당 기간 식민지 지배를 겪었기 때문에 왜곡된 것이 많고 그 폐해가 막대하기도 했지만, 물질문명의 발달과 사회적 삶의 제도화, 현대 문화의 확산이라는 기본적인 면에서 현대화가 전개된 것은 엄연한 사실이다.

서로 긴밀히 관련되는 현대 사회의 형성과 사회 구성원의 현대화는 제도만으로 완수되지 않는다. 갑오개혁을 통해 봉건적인 신분제가 철폐되었다고 그와 동시에 사람들이 현대인이 된 것은 아니었다. 국가 사회도 마찬가지다. 이런 면에서 문화가 중요해진다. 새롭게 마련된 제도가 사람들의 삶의 실제로서 기능하게 되는 것은 문화의 힘에 의해서이다. 문화의 힘은 그것이 역으로 새로운 제도를 촉구하기도 할 만큼 막강한데,[1] 이러한 힘이 발현되는 터전이 바로 공론장이다. 서론에서 밝혔듯이 20세기 전반기 우리

---

* 한국 현대문학을 통해 현대 한국인과 한국 사회의 형성 과정을 검토하는 본 연구의 일차적인 대상은 1900년대로부터 1948년 대한민국 정부의 탄생까지이다. 이 책이 '1권'인 이유는 현재 1930년대 좌파 문학까지만을 다루었기 때문이다. 따라서 결론을 쓸 자리는 아니지만, 책의 체제 면에서 아예 없는 것보다는 현재 논의의 핵심만이라도 추려 두는 것이 좋겠다고 판단했다.

1 서양 세력의 도래에 의해 현대화를 이룬 비서구 지역 국가들의 경우 이러한 점이 두드러지는데, 이런 면에서는 현대화와 서구화가 등치되는 경우가 흔하기도 했다. '서구화로서의 현대화'가 봉건성을 탈피하는 유일무이한 길로 간주되었던 탓이다. 이러한 서구 중심주의에 대한 비판적 인식은 에드워드 사이드의 『오리엔탈리즘』(1978 : 박홍규 역, 교보문고, 1991)과 위르겐 하버마스의 『현대성의 철학적 담론』(1985 : 이진우 역, 문예출판사, 1994) 등을 통해 확산하여, 새뮤얼 헌팅턴의 『문명의 충돌—세계 질서의 재편』(1996 : 이희재 역, 김영사, 1997)을 낳는 데까지 이른다. '현대화=서구화'라는 등식에 대한 한국문학 연구계에서의 반성은 하정일의 「보편주의의 극복과 '복수의 근대'」(『20세기 한국문학과 근대성의 변증법』, 소명출판, 2000)를 통해 널리 퍼졌다.

사회의 공론장은 문학 장과 긴밀히 관련되어 있어서, 사회와 인간의 현대화에 문학이 끼친 영향이 막대해졌다.

한국의 현대문학은 공론장의 형성과 변화에서 주된 역할을 담당한 지식인 계층과 밀접하게 관련되어 있었다. 이는 문인과 언론인, 지식인이 삼위일체라 할 만한 양상을 보였던 데서 확인된다. 1900년대에 활동한 신채호, 박은식 등의 개신유학자들과 이인직으로부터 한일합병 전후 이래의 최남선과 이광수, 조중환은 물론이요 1920년대 동인지의 문학청년들과 신경향파 문학의 주창자들 및 이후 문학계의 헤게모니를 장악한 카프1925~1935의 작가, 비평가 들까지 모두가 단순히 문인에 그치지 않고 당대의 신문과 잡지에 관여한 언론인으로서 민족 사회 운동의 지도자였다.

사정이 이러해서, 이 시기의 현대문학은 한편으로 당대의 사회와 인간을 재현함과 더불어 다른 한편으로는 바람직한 사회상 및 인간상을 제시하기도 했다. 이 책에서 살펴본 작품들이 보인 현대 한국인과 사회의 모습 들 또한 부분적으로는 있는 것의 재현이고 부분적으로는 있어야 할 것의 제시였다. 이러한 재현과 제시가 각각 현재와 미래에 결부되지는 않는다는 점이 주목된다. 1900년대 애국계몽 문학이 그린 민족적 영웅은 과거에서 길어 올려진 것이지만 미래의 인간상을 희구한 결과이며, 1930년대 좌파 문학이 그린 이상적인 노동자, 농민의 모습 또한 순전한 재현이라 말하기 어렵다.

그러나 재현과 제시의 이와 같은 시간성은 문학을 통해 인간과 사회의 탄생을 살피는 작업에 별다른 문제를 제기하기 않는다. 20세기 초의 첫 세대를 두고 보더라도 그 기간을 하나의 단위로 보면 그러한 시차가 문제되지 않기 때문이다. 이 책의 작업이 현대인과 현대 사회의 특정 요소가 정확히 몇 년도에 발생했는지를 따지는 것은 아니기에 더욱 그렇다. 이러한 입장에서 1900년대로부터 1930년대에 걸친 현대 한국인과 사회의 탄생 과정을 간략히 개괄하면 다음과 같다.

전근대와 비교할 때 현대가 현대로서 갖는 가장 중요한 특징은 인간 일반을 주체로 본다는 사실에 있다. 이런 맥락에서 현대 한국인의 탄생 또한 주체의 탄생으로 바꾸어 말해 볼 수 있다. 주체적인 인간의 탄생이라는 점에서 한국 현대문학은 짧은 기간에 놀라운 양상을 보여 주었다.

한국 현대문학의 뿌리를 이루는 1900년대 이래의 애국계몽 문학은 반외세 자주화라는 시대적인 과제를 짊어질 이상주의적인 주체를 제시했다. 신채호의 『을지문덕』1908과 「꿈하늘」1915에서 보았듯이 과거의 위인들이 소환되었지만 이러한 인물형은 주체적인 국민의 형성을 지향하는 것이어서 미래지향적인 이상주의적 인물이라 할 만하다. 이상주의적인 현대인을 제시하는 것은 신소설과 1910년대 계몽주의문학에까지 이어진다. 이인직의 『혈의 누』1906에 등장하는 유학생들과 이광수의 『무정』1917에서 유학길에 오르는 인물들은, 비록 자주화의 길에서는 벗어나 있었지만, 스스로 깨인 사람이 되어 인민을 계몽함으로써 국가와 사회를 개조하겠다는 이상을 공유했다. 토론체 신소설에 등장하는 인물들 또한 이에 해당한다.

인간과 사회의 개조라는 계몽의 열망으로부터 한발 벗어나 자신을 돌아보는 개인 주체의 등장이 뒤를 이었다. 『무정』의 이형식이 자신의 사욕에 이끌리기도 하고 '속사람'을 발견하기도 하면서 개성에 눈을 뜨긴 했지만 민족 계몽이라는 이상주의의 빛이 너무 세서 개성의 자각이라고까지는 하기 어려웠다. 내면을 가진 인간, 심리가 중요한 개인 주체의 모습은 1920년대 초 동인지 문학에서 등장했다. 김동인의 「약한 자의 슬픔」과 주요한의 「불놀이」가 이를 잘 보여 준다.

이들 개인 주체는 그들 특유의 내면을 가능케 한 추상적 근대성에 대한 열망으로 가득 차 있었다. 따라서 그들의 시선이 사회로 향할 때면 폐색된 식민지 현실 속에서 불행해질 수밖에 없었다. 이런 면모는 소설 속 인물들의 특징에 그치지 않고 작가인 문학청년들 자신의 것이기도 했는데, 이러한 사정이 그대로 작품화된 것이 염상섭의 『만세전』1924이다. 여기에서 우리는 사태에 개입하지 않고 해석하기만 하는 인식 주체, 정관적인 부르주아 개인의 등장을 목도했다. 그와 더불어, 주인공 이인화와 그의 형, 부친을 통해서 서로 삶의 방식을 달리하는 인물들의 병치 상태도 확인했다. 『만세전』이 보인 이와 같은 스타일의 혼합 양상은 그대로 현대사회의 주된 양상을 재현한 것이어서 주목할 만하다.

현대 주체의 탄생은 여기서 그치지 않았다. 보다 극적인 전개가 기다리고 있었는데, 그것은 바로 집단 주체, 계급 주체의 탄생이었다. 그 초기 양상은 빈민, 하층민의 등장이었다. 1920년대 중기의 신경향파 소설은 우리나라 문학사상 최초로 궁핍한 사람들을 형상화했다는 점에서 역사적인 의미를 지닌다. 신경향파 문학을 통해서 기층 민중이 사회의 구성원이라는 사실이 공론장에서 공고해졌으므로, 이러한 평가는 과장된 것일 수 없다. 이어지는 카프1925~1935의 좌파 문학은 이들 기층 민중을 농민 계급, 노동자계급으로 곧 무산계급으로 형상화했다. 이는 현실 사회의 변화를 재현함과 동시에 그것을 추촉한 것으로서, 계급 주체로서의 집단 주체의 탄생을 역사화한 의의를 갖는다. 이와 더불어 사회도 현대 계급사회로 새롭게 인식되었으니, 카프 문학은 현대사회의 탄생에서 중요한 이정표를 세운 공적 또한 획득한다.

현대사회의 탄생은 어떠한가. 1900년대의 애국계몽 문학과 1910년대의 계몽주의문학에서는 사실 현실로서의 사회가 주목되지 않았다. 상상의 공동체로 판명이 난 민족[2]의 차원에서 사회와 국가를 사고했을 뿐이다. 이러한 인식 지평에서는, 실제 현실을 살아가고 있는 절대다수의 경제적 하층민들은 사회적 존재로서 의식되지조차 않았다. 한민족이라는 동질적인 상상의 공동체가 현실의 계층을 가리고 있었던 까닭이다. 사회의 각 부면에 대한 (비정치적인) 비판을 행하고 있는 이해조의 『자유종』1910에서도 사정은 동일하다. 이러한 경향이 1910년대에 그친 것도 아니다. 춘원의 경우를 보면 민족을 앞세우는 경향이 계속 이어져서 「민족개조론」1922과 『흙』1933에까지 미치고 있다. 이상의 작품들에서도 물론 현대사회로 변화하는 모습, 사회의 현대화 양상이 파편적으로 확인되지만 기본적으로 그것은 풍속의 차원에 그쳐 있다.

자율적인 개인들의 욕망이 펼쳐지는 시장이 있고 그에 따라 형성되는 계급, 계층이 존재하며 시장의 질서와 구성원들의 조화를 유지하려는 국가기관이 작동하는 현대사회가 현대사회로서 의식되는 것은 1920년대에 들어와서이다. 그 시작은 흥미롭게도 스스로 사회로부터의 도망자가 되었던 1920년대 초기 동인지 문학의 문학청년들에 의해서였다. 추상적 근대성에 대한 그들의 동경을 낭만주의적인 좌절로 만드는 폐색된 현실로서 식민지 치하의 사회가 등장했다. 이러한 사회의 양상이 보다 구체적으로 인식된 것은 앞에서 언급한 『만세전』에서이지만 이 또한 인식 대상으로서였다. 주체적인 개인들, 집단 주체들이 서로 부딪치며 이루어 내는 현대사회의 실제 모습은 1930년대 좌파 문학에 이르러서 등장한다. 이기영의 『고향』1934과 한설야의 『황혼』1936으로 대표되는 카프 문학에 의해서, 민족 사회 전체를 하나로 보는 민족주의적인 계몽주의, 이상주의의 지형이 종언을 고하고 현실의 사회가 그 자체로 공론장에 등장한 것이다.

---

2 베네딕트 앤더슨, 윤형숙 역, 『민족주의의 기원과 전파』, 나남, 1991.

지금까지 정리한 대로, 현대 한국인의 다양한 주체들이 등장하는 양상과 현대사회에 대한 의식의 변모를 검토한 것이 이 책의 성과이다. 서론에서도 밝혔듯이 이 작업은 완수된 것이 아니다. 현대인과 현대사회의 본질적인 모습 같은 것이 있어서 아직 거기까지 밝히지 못했다는 뜻은 전혀 아니다. 대한민국의 수립과 더불어 확고해지는 국민의 형성을 보기 전까지는 논의의 완결을 구할 수 없다는 것이 주된 이유이고, 그 시기에 이르기까지 검토해야 할 국면들이 남겨졌다는 것이 부차적인 이유이다.

『현대 한국인과 사회의 탄생』 2권에서 검토할 내용은 대략 다음과 같다. 1920년대 최독견의 소설을 포함하여 1930년대의 대중문학을 검토함으로써 식민지 치하 일상생활의 실상에 한층 더 다가감과 더불어 풍속 차원의 현대화 양상을 확인할 것이다. 사회 구성원을 두루 검토한다는 취지에서 식민지 시대 여성의 상황을 알려 주는 작품들도 따로 장을 설정하여 검토할 예정이다. 역사적인 맥락에서 보자면 모더니즘 문학과 친일 문학, 해방 공간의 문학에 대한 검토가 2권의 핵심에 해당한다. 모더니즘 문학을 검토하는 데 있어서는 이상과 박태원, 최명익 등에 국한하지 않고, 이태준과 이효석은 물론이요 카프 해산 이후의 김남천까지 포함할 계획이다. 좁은 의미의 문예사조로 보더라도 그래야 하지만 넓은 의미의 역사적 견지에서는 그럴 필요가 한층 더한 까닭이다. 친일 문학은 중일전쟁 이후 일본 제국주의 파시즘이 본격화한 상황에서 한국인의 삶이 어떻게 억압받고 한국 사회가 어떻게 와해되었는지를 확인하는 창이다. 친일과 부일이라는 민족사적인 상처의 맥락에서가 아니라 현대 한국인과 사회의 탄생이라는 맥락에서 친일 문학이 재현하고 제시한 모습들을 해석할 것이다. 해방 이후 남북한 정부의 수립까지 군정기에 이루어진 '나라 만들기'의 격렬한 양상에 대한 검토 또한 재현과 제시의 양 측면에서 검토가 요청된다.

이러한 검토가 일단락된 위에 현대 한국인과 사회의 탄생에 대한 보다 일목요연한 결론, 사태의 전개에 대한 정리뿐 아니라 의미 부여가 한층 뚜렷해지는 결론이 가능해지리라 믿는다. 향후 연구 과제인 이러한 부족함을 확인하며 이 책의 결론을 맺는다.

참고문헌

자료

『개벽』, 『금성』, 『대한매일신보』, 『독립신문』, 『동명』, 『동아일보』, 『만세보』, 『매일신보』, 『백조』, 『별건곤』, 『사상계』, 『삼천리』, 『소년』, 『소년한반도』, 『시대공론』, 『시대일보』, 『신민』, 『신생활』, 『신여자』, 『신천지』, 『영대』, 『장미촌』, 『조선』, 『조선문단』, 『조선일보』, 『조선중앙일보』, 『조선지광』, 『창조』, 『청춘』, 『폐허』, 『폐허이후』, 『학지광』 등.

권영민, 『한국 근대 문인 대사전』, 아세아문화사, 1990.
전관수 편저, 『한시 작가 · 작품 사전』, 국학자료원, 2007.
『두산백과사전』, 『한국민족대백과』 등.

『1930년대 한국 문학비평 자료집』, 계명문화사 · 한일문화사.
『김동인 문학 전집』, 대중서관, 1983.
『김남천 전집』, 책세상, 2000.
『김팔봉 문학 전집』, 문학과지성사, 1989.
『단재 신채호 전집』(전집, 보유, 별집), 형설출판사, 1972~1977.
『박영희 전집』, 영남대 출판부, 1997.
『아단문고 미공개 자료 총서』, 소명출판, 2012.
『염상섭 전집』, 민음사, 1987.
『신소설 · 번안소설편』, 아세아문화사, 1978.
『역사 · 전기소설편』, 아세아문화사, 1979.
『원본 김유정 전집』, 강, 2012.
『이광수 전집』, 우신사, 1979.
『임화 문학예술 전집』, 소명출판, 2009.
『최서해 전집』, 문학과지성사, 1987.
『포석 조명희 선집』, 소련과학원 동방도서출판사, 1959.
『한국 개화기 학술지』, 아세아문화사, 1978.
『한국 현대소설 이론 자료집』, 한국학진흥원, 1985.
『한국 현대 시문학 총서』, 역락, 2000.
『현진건 문학 전집』, 국학자료원, 2004.

국내 논저

감태준, 「근대시 전개의 세 흐름」, 김윤식 · 김우종 외, 『한국현대문학사』, 현대문학, 2005.

강동진, 「일제하의 한국 社會運動史 연구」, 안병직 · 박성수 외, 『한국 근대 민족운동사』, 돌베개, 1980.

강영주, 『韓國 歷史小說의 再認識』, 창작과비평사, 1991.

강진호, 「1930년대 후반기 한설야 소설과 리얼리즘」, 한국현대소설학회, 『현대소설연구』, 1994.

고정휴, 『태평양의 발견 대한민국의 탄생』, 국학자료원, 2021.

구인모, 「최남선과 국민문학론의 위상」, 한국근대문학회, 『한국근대문학연구』 6, 2005.10.

宮嶋博史, 「조선 토지조사사업 연구 서설」, 梶村秀樹 외, 『한국 근대 경제사 연구』, 사계절, 1983.

_______, 「토지조사사업의 역사적 전제 조건의 형성」, 梶村秀樹 외, 『한국 근대 경제사 연구』, 사계절, 1983.

권보드래, 『3월 1일의 밤—폭력의 세기에 꾸는 평화의 꿈』, 돌베개, 2019.

_______, 『신소설, 언어와 정치』, 소명출판, 2014.

_______, 『한국 근대소설의 기원』, 소명출판, 2000.

권순긍, 「1910년대 고소설의 부흥과 그 통속적 경향」, 『민족사의 전개와 그 문화—벽사 이우성 교수 정년퇴직 기념논총』, 창작과비평사, 1989.

권영민, 『한국 계급문학 운동 연구』, 서울대 출판문화원, 2014.

_____, 『한국 민족문학론 연구』, 민음사, 1988.

_____, 『한국 현대문학사 1—1896~1945』 3판, 민음사, 2020.

김경수, 『염상섭 장편소설 연구』, 일조각, 1999.

김병구, 「이기영의 〈故鄕〉론, 한국문학이론과비평학회, 『한국문학이론과 비평』 9, 2000.

김석봉, 「『매일신보』의 '신년 현상 문예 모집' 양상 연구」, 한국현대문학회, 『한국현대문학연구』 48, 2016.

김성식, 「日帝下 韓國學生運動」, 최영희 외, 『日帝下의 民族運動史』, 현음사, 1982.

김수진, 「1930년 경성의 여학생과 '직업부인'을 통해 본 신여성의 가시성과 주변성」, 공제욱 · 정근식 편, 『식민지의 일상—지배와 균열』, 문화과학사, 2006.

김영모, 「日帝下의 社會階層의 形成과 變動에 관한 硏究」, 조기준 · 이윤근 · 유봉철 · 김영모, 『日帝下의 民族生活史』, 현음사, 1982.

김영민, 「근대계몽기 단형 서사문학 자료 연구」, 김영민 · 구장률 · 이유미, 『근대계몽기 단형 서사문학 자료 전집』, 소명출판, 2003.

_____, 『한국의 근대신문과 근대소설』 1. 『대한매일신보』, 소명출판, 2006.

______, 『한국의 근대신문과 근대소설』 2. 『한성신보』, 소명출판, 2008.
김우종, 『韓國現代小說史』, 성문각, 1982.
김원모, 『영마루의 구름-춘원 이광수의 친일과 민족보존론』, 단국대 출판부, 2009.
김윤식, 「문제적 인물의 설정과 그 매개적 의미」, 김윤식 · 정호웅 편, 『한국 리얼리즘소설 연구』, 문학과비평사, 1987.
______, 『염상섭 연구』, 서울대 출판부, 1987.
______, 『이광수와 그의 시대』, 한길사, 1986.
______, 『한국근대문예비평사연구』, 일지사, 1976.
______, 『한국근대소설사연구』, 을유문화사, 1986.
______, 『한국 현대 현실주의 소설 연구』, 문학과지성사, 1990.
김윤환, 「日帝下 韓國勞動運動의 展開過程」, 최영희 · 김성식 · 김윤환 · 정요섭, 『日帝下의 民族運動史』, 현음사, 1982.
김정숙, 「이기영의 〈고향〉에 나타난 인물의 행위항적 구도」, 중앙어문학회, 『어문론집』 26, 1998.
김정인, 「식민지 근대로의 편입-1910~1919, 지배와 저항의 토대 쌓기」, 김정인 · 이준식 · 이송순, 『한국근대사』 2, 푸른역사, 2015.
김종균, 『廉想涉硏究』, 고려대 출판부, 1974.
김주현, 『선금술의 방법론-신채호의 문학을 넘어』, 소명출판, 2020.
______, 『신채호 문학 연구초』, 소명출판, 2012.
김　철, 「1920년대 신경향파 소설 연구」, 연세대 박사논문, 1984.
김치홍, 「春園의 〈端宗哀史〉 硏究」, 명지대국문과, 『명지어문학』 10, 1978.
김태준, 『조선소설사』, 청진서관, 1933(예문관 1989).
김학균, 「염상섭 소설의 추리소설적 성격 연구」, 서울대 박사논문, 2008.
김학주, 『중국문학사』, 신아사, 1989.
다지리 히로유끼, 『이인직 연구』, 국학자료원, 2006.
류청하, 「3 · 1운동의 역사적 성격」, 안병직 외, 『한국 근대 민족운동사』, 돌베개, 1980.
박상준, 「〈만세전〉 연구를 통해 본, 한국 근대문학 연구의 문제와 과제」, 한국문학연구학회, 『현대문학의 연구』 28, 2006.
______, 「비주체적인 주체의 실체 없는 지향성-이광수, 『무정』」, 『소설의 숲에서 문학을 생각하다』, 소명출판, 2003.
______, 「역사 속의 비극적 개인과 계몽 의식-춘원 이광수의 1920년대 역사소설 논고」, 우리말글학회, 『우리말글』 28, 2003.

_____, 「임화의 문학사 연구에 나타난 이론 구성과 실제 기술의 변증법」, 한국근대문학회, 『한국근대문학연구』 9, 2004.
_____, 「조선자연주의 소설 시론」, 『한국학보』 74, 일지사, 1994.
_____, 「한국 근대소설 연구방법론 시고」, 『1920년대 문학과 염상섭』, 역락, 2000.
_____, 『1930년대 한국 모더니즘과 이상, 최재서』, 소명출판, 2018.
_____, 『통념과 이론』, 국학자료원, 2015.
_____, 『풍요로운 문학 감상을 위한 글쓰기』, 포항공대 출판부, 2021.
_____, 『한국 근대문학의 형성과 신경향파』, 소명출판, 2000.
_____, 『형성기 한국 근대소설 텍스트의 시학－우연의 문제를 중심으로』, 소명출판, 2015.
박선영, 「한말 '민족지' 신화의 재검토－대한매일신보를 중심으로」, 한국방송학회, 『한국방송학회 세미나 및 보고서』, 2007.
박정심, 『한국 근대사상사』, 천년의상상, 2016.
방민호, 「신채호 소설 「꿈하늘」과 이광수 문학사상의 관련 양상」, 춘원연구학회, 『춘원연구학보』 18, 2020.
사회과학원 역사연구소 편, 『조선 근대 혁명 운동사』, 한마당, 1988.
서경석, 「생활문학과 신념의 세계」, 김윤식 · 정호웅 편, 『한국문학의 리얼리즘과 모더니즘』, 민음사, 1989.
서영채, 『아첨의 영웅주의』, 소명출판, 2011.
서울사회과학연구소 경제분과, 『한국에서의 자본주의 발전』, 새길, 1991.
서재길, 「〈금수회의록〉의 번안에 관한 연구」, 국어국문학회, 『국어국문학』 157, 2011.
손석춘, 『한국 공론장의 구조 변동』, 커뮤니케이션북스, 2005.
송경숙, 「아랍 현대문학」, 김영애 외, 『아시아 아프리카 문학』, 한국외대 출판부, 2003.
송백헌, 『韓國 近代 歷史小說 硏究』, 삼지원, 1985.
송호근, 『국민의 탄생－식민지 공론장의 구조 변동』, 민음사, 2020.
신용하, 「일제하 '조선토지조사사업'의 구조와 토지 소유권 조사」, 『조선 토지조사사업 연구』, 지식산업사, 1982.
신용하, 「『대한매일신보』 창간 당시의 민족운동과 시대적 상황」, 『구국언론 대한매일신보』, 대한매일신보사, 1998.
안 확, 『조선문학사』, 한일서점, 1922.
양진오, 『한국 소설의 형성』, 국학자료원, 1998.
염상섭, 「處女作 回顧談을 다시 쓸 때까지」, 『조선문단』, 1925.3.

유길준, 채훈 역주, 『西遊見聞』, 명문당, 2003.
유선영, 「황색식민지의 西洋映畫 관람과 소비의 정치, 1934~1942」, 공제욱·정근식 편, 『식민지의 일상－지배와 균열』, 문화과학사, 2006.
윤병노, 『한국 근현대 문학사』, 명문당, 1991.
윤영옥, 「이기영 농민소설에 나타난 풍속의 재현과 문화재생산」, 국어국문학회, 『국어국문학』 157, 2011.
이광린, 「『대한매일신보』 간행에 관한 일고찰」, 서강대 인문과학연구소, 『대한매일신보연구』, 1986.
이기영, 「사회적 경험과 수완」, 『조선일보』, 1934.1.25.
이난아, 「터키 현대소설」, 김영애 외, 『아시아 아프리카 문학』, 한국외대 출판부, 2003.
이원혁, 「신간회의 조직과 투쟁」, 『사상계』 85, 1960.8.
이일숙·임태균, 『포인트 일본문학사』, 제이앤씨, 2009.
이준식, 「지배하는 제국, 저항하는 민족－1920~1937, 식민지 지배의 안정과 위기」, 김정인·이준식·이송순, 『한국근대사 2－식민지 근대와 민족해방운동』, 푸른역사, 2016.
이　진, 「최초 신춘문예에서 동요만 1등을 선정한 이유는?」, 『동아일보』, 2021.6.4.
이진용, 「최남선 '불함문화론'과 중국 사상－중국 신화와 철학의 사유를 중심으로」, 한국도교문화학회, 『도교문화연구』 52, 2020.5.
이태훈, 「1920년대 최남선의 조선학 연구와 실천적 한계」, 한국사학회, 『사학연구』 131, 2018.
이희정, 「1920년대 『매일신보』의 독자문단 형성과정과 제도화 양상」, 한국현대문학회, 『한국현대문학연구』 33, 2011.
임중빈, 『단재 신채호 일대기』, 범우사, 1987.
임　화, 「概說新文學史」, 『조선일보』, 1939.9.2~11.25.
______, 『文學의 論理』(1940), 서음출판사, 1989.
______, 「朝鮮新文學史論序說 -李仁稙으로부터 崔曙海까지」, 『조선중앙일보』, 1935.10.9~11.13.
장남준, 『독일낭만주의 연구』, 나남, 1989.
전은경, 『미디어의 출현과 근대소설 독자』, 소명출판, 2017.
전혜경, 「베트남의 근·현대문학」, 김영애 외, 『아시아 아프리카 문학』, 한국외대출판부, 2003.
정근식, 「식민지 검열과 '검열표준' -일본 및 대만과의 비교를 통하여」, 대동문화연구원, 『대동문화연구』 79, 2012.
정진석, 『대한매일신보와 베설』, 나남, 1987.
조구호, 「이기영 소설의 대중문학적 성격」, 배달말학회, 『배달말』 30, 2002.
조남현, 『한국 현대소설 연구』, 민음사, 1987.

조남현, 『한국문학잡지사상사』, 서울대 출판문화원, 2012.
조동일, 『신소설의 문학사적 성격』, 서울대 출판부, 1973.
朝鮮總督府學務課, 「內地勉學朝鮮學生의 歸還後의 狀況」, 『朝鮮』 79호, 1924.4.
조희정, 「春園 李光洙의 歷史小說 小考」, 숭전대국문학회, 『숭실어문』 3, 1986
차원현, 『한국 근대소설의 이념과 논리』, 소명출판, 2007.
천정환 · 소영현 · 임태훈 외편저, 『문학사 이후의 문학사－한국 현대문학사의 해체와 재구성』, 푸른역사, 2013.
최기영, 「한말 안국선의 기독교 수용」, 한국기독교역사연구소, 『한국기독교와 역사』, 1996.
최덕교, 『한국 잡지 백년』 1~3, 현암사, 2004.
최일수, 「歷史小說과 植民史觀 -春園과 東人을 中心으로」, 『한국문학』, 1978.
최정운, 『한국인의 탄생』, 미지북스, 2013.
최혜실, 「염상섭 장편소설에 나타난 통속성 연구」, 국어국문학회, 『국어국문학』 108, 1992.
하정일, 「보편주의의 극복과 '복수의 근대'」, 『20세기 한국문학과 근대성의 변증법』, 소명출판, 2000.
한기형, 「〈고향〉의 인물전형 창조에 대한 연구(I)－김희준과 소작농민의 인물성격에 대하여」, 반교어문학회, 『반교어문연구』, 1990.

국외 논저

F. Jameson, *The Political Unconscious－Narrative as a Socially Symbolic Act*, Metheun, 1981.
귀스타브 르 봉, 민문홍 역, 『군중심리학』, 책세상, 2014.
누시노브, 「세계관과 창작방법에 대한 문제의 검토」, 루나찰스끼 외, 김휴 편, 『사회주의 리얼리즘』, 일월서각, 1987.
루시앙 골드만, 문학과사회연구소 역, 『계몽주의의 철학』, 청하, 1983.
루카치, 박정호 · 조만영 역, 『역사와 계급의식』, 거름, 1986.
______, 반성완 · 임홍배 역, 『독일문학사』, 심설당, 1987.
______, 여균동 역, 『미와 변증법－미학의 범주로서의 특수성』, 이론과실천, 1987.
르네 지라르, 김윤식 역, 『소설의 이론』, 삼영사, 1991.
발터 벤야민, 이태동 역, 『문예비평과 이론』, 문예출판사, 1989.
베네딕트 앤더슨, 윤형숙 역, 『민족주의의 기원과 전파』, 나남, 1991.
벤 싱어, 이위정 역, 『멜로드라마와 모더니티』, 문학동네, 2009.
새뮤얼 헌팅턴, 이희재 역, 『문명의 충돌－세계 질서의 재편』, 김영사, 1997.

아놀드 하우저, 염무웅·반성완 역, 『文學과 藝術의 社會史－近世篇 下』, 창작과비평사, 1981.
에드워드 사이드, 박홍규 역, 『오리엔탈리즘』, 교보문고, 1991.
에리히 아우얼 바하, 유종호 역, 『미메시스－고대·중세편』, 민음사, 1997
위르겐 하버마스, 이진우 역, 『현대성의 철학적 담론』, 문예출판사, 1994.
재크린 살스비, 박찬길 역, 『낭만적 사랑과 사회』, 민음사, 1985.
카렐 코지크, 박정호 역, 『구체성의 변증법』, 거름, 1984.
타타르키비츠, 손효주 역, 『미학의 기본 개념사』, 미술문화, 1999.
피에르 부르디외, 최종철 역, 『자본주의의 아비투스』, 동문선, 2002.
하타노 세츠코, 최주한 역, 『이광수, 일본을 만나다』, 푸른역사, 2016.
호르크하이머·아도르노, 김유동·주경식·이상훈 역, 『계몽의 변증법』, 문예출판사, 1995.

찾아보기

인명

작품명

기타